JEAN CLAUDE PASCAL

LE BEAU MASQUE

ÉDITIONS ROBERT LAFFONT
PARIS

ISBN 2-221-04918-7

A Madame EDWIGE FEUILLÈRE
en témoignage de reconnaissance.

« La jeunesse est un temps pendant lequel les conventions sont, et doivent être, mal comprises : ou aveuglément combattues, ou aveuglément obéies. »

PAUL VALÉRY

Première partie

LE TEMPS DES ESPÉRANCES

« Il y a certains moments de notre existence où nous sommes de façon inexplicable et presque terrifiante ce que nous deviendrons plus tard. »

MARGUERITE YOURCENAR

I.

24 octobre 1945. J'ai dix-huit ans et je viens d'être démobilisé. J'ai passé un an dans la 2e D.B., ce qui m'a donné l'occasion de découvrir la Lorraine, l'Alsace, le Wurtemberg et la Bavière, Berchtesgaden, Munich et quelques autres localités habitées par nos cousins germains.

La première partie de cette marche a été plus difficile que la seconde. Il y avait des obus, des mines, des mitrailleuses et aussi de la boue entre Baccarat et le col de Dabo. Nous avons eu très froid pendant l'hiver 44 et aussi peur, un peu, quelquefois.

Donc, j'ai dix-huit ans, et sur mon uniforme de l'armée américaine est accroché un assez joli ruban vert et rouge avec une étoile de bronze au milieu et une belle croix qui ballotte quand je marche.

Cela s'appelle la Croix de guerre.

Mes supérieurs m'ont décoré au lendemain de la libération de Strasbourg.

Je m'empresse de vous dire que je ne méritais pas du tout cette nomination, pour la simple raison que, si je suis entré (peut-être) le premier dans Strasbourg, c'est parce que je me suis trompé de route. Mais cela est une autre histoire.

J'étais, à l'époque, agent de liaison motocycliste (Harley-Davidson 400 kg — merci beaucoup ! A vos souhaits !) au poste de commandement de mon régiment de cavalerie — le 1er Régiment de marche de spahis marocains. J'avais bondi de joie lors de mon affectation à cette unité, croyant naïvement que mon rôle consisterait — risques mis à part — à monter à cheval et à entrer dans les villes et bourgades au son des trompettes et des tambours, caracolant sur un « fier destrier », saluant de la main et du sourire de ravissantes créatures jetant en cascades des fleurs par les fenêtres.

A cet âge on vient de finir de lire les exploits de d'Artagnan, de Fanfan la Tulipe et de Robin des Bois ! En réalité, nos chevaux étaient des chevaux-vapeur marchant à l'essence américaine et non pas au picotin d'avoine. Et le régiment de cavalerie était en fait un régiment de blindés.

J'avais pour mission, quotidiennement ou presque, de porter des papiers qui transmettaient les ordres du colonel Rémy aux différents escadrons, bataillons, groupements et sous-groupements. Nous étions un peloton composé d'une dizaine de garçons dont le plus âgé devait avoir vingt-cinq ans, le plus jeune étant votre serviteur.

Or, je ne sais plus si cela s'est passé le 19 ou le 20 novembre, mais ce dont je me souviens c'est qu'il pleuvait, beaucoup.

Non seulement de la vraie pluie qui mouille, mais aussi de temps à autre quelques obus. Il m'arrivait souvent de rentrer la tête dans les épaules, par réflexe. Comme si cette réaction pouvait éviter le pire...

Vous savez, un projectile, quand il part, on l'entend et il est tout à fait souhaitable de l'entendre arriver avec son bruit de papier de soie cartonné qu'on froisse, parce que, si on ne perçoit pas ce chuchotement, c'est que le délicieux projectile va tomber sur vous.

Quel soulagement lorsqu'il éclate un peu plus loin, après un temps court de silence total ! Il reste alors à guetter le prochain.

Le 19 ou le 20 novembre, ma mission consistait à porter des papiers, bien à l'abri dans une sacoche, du P.C. du colonel cantonné à Huttenheim au commandant de l'un des escadrons. Arrivé à destination, dans un village situé à l'ouest d'Ernstein, j'eus la surprise de découvrir l'agglomération déserte. Pas trace du moindre militaire et, naturellement, personne pour me renseigner de façon précise, à l'exception d'un petit vieillard qui m'indiqua vaguement du geste : « Ils sont partis par là... » Le « par là », c'était toute la plaine d'Alsace...

Vous me direz qu'un escadron (une centaine d'hommes plus le matériel), ça ne se perd pas « comme ça », comme une allumette, et pourtant...

Alors, comme il n'était pas question de retourner à mon point de départ en avouant bêtement : « Je ne les ai pas trouvés », il ne me restait qu'une chose à faire : les chercher. C'est ce que j'entrepris avec beaucoup de volonté (bonne) et une trouille (certaine). On se sent tout petit dans ces cas-là et surtout terriblement seul et vulnérable. On a l'impression que les obus « pètent » plus près et que la pluie redouble.

Bien entendu, il y avait déjà quelque temps que les poteaux indicateurs avaient disparu du coin des routes. Ceux qui restaient plantés, tels des épouvantails, étaient à moitié déchiquetés et, de ce fait, illisibles. Les cartes d'état-major ? On n'avait pas eu le temps de nous en donner... nous avions avancé trop vite.

Notre dieu Mars, le général Leclerc, pas encore maréchal, en avait ainsi décidé. Le serment de Koufra, il entendait le tenir, à savoir : délivrer Strasbourg. Pour ce faire, il nous avait ordonné de nous « dépêcher » (si je puis dire) et nous avions obéi avec l'enthousiasme qui caractérisait les « gars de Leclerc ».

Mais l'enthousiasme n'était pas le sentiment qui habitait mon esprit ce jour-là. A cheval sur ma moto américaine, j'ai traversé des boqueteaux, des champs, des villages, espérant rencontrer ce fameux escadron quelque part.

Recherche vaine.

Les militaires d'autres compagnies étaient incapables de me renseigner. « Ils doivent être en déplacement » était la réponse laconique que l'on me servait le plus souvent. Cette lapalissade ne m'aidait en rien. Et c'est ainsi que, de maison en maison, de route en route, de croisement en croisement, je finis par me rendre compte que les maisons semblaient de plus en plus accotées les unes aux autres et que les routes étaient devenues des rues. Je poursuivis mon chemin, trouvant cette agglomération bien grande et les constructions de plus en plus hautes.

Je finis par déboucher sur une place... déserte. Les immeubles aux volets fermés ressemblaient à des jeux de construction gigantesques. De cette place où je me trouvais, partaient une série d'avenues dans plusieurs directions opposées. Je distinguais mal le bout de ces longues rues, sauf une, où je crus discerner de la fumée et quelques mouvements... là-bas... tout au fond.

La pluie avait perdu de son intensité et le bruit sourd des canons s'était éloigné. C'est alors que j'avisai, fichée contre un arbre et tracée en lettres noires sur fond blanc, cette indication surmontée d'une flèche : KIEL BRUCKE.

Il n'est pas nécessaire d'avoir lu Goethe dans le texte pour savoir qu'il s'agissait du pont de Kiel, lequel, enjambant le Rhin, relie l'Alsace à l'Allemagne. Or, c'était à l'extrémité de cette avenue, indiquée par la flèche, que j'apercevais confusément des mouvements noyés dans des fumées. Tout à coup je réalisai que je devais me trouver dans Strasbourg. Tout me le prouvait subitement !

Surprise, étonnement, effroi et désarroi, puis...

— Qu'est-ce que je fais ?

Etant curieux de nature, je mis ma machine en première et m'avançai dans cette avenue en direction de cette fumée pleine d'agitation.

Je n'eus pas à aller bien loin (je n'en avais pas vraiment envie d'ailleurs) pour me rendre compte qu'il s'agissait de militaires allemands transportant des choses dans des véhicules de toute sorte, qui démarraient aussitôt le chargement fait.

Mon jugement fut rapide. Mon demi-tour également. Mon retour au P.C. du colonel à Huttenheim dut s'effectuer à une vitesse record.

Au premier lieutenant rencontré, je déclarai, encore essoufflé, quelque chose comme :

— Vous savez que les Allemands passent le pont de Kiel... Ils évacuent Strasbourg.

— Comment le savez-vous ?

— J'en viens.

— D'où ?

— De Strasbourg !

— Vous vous moquez de moi ?

— Pas du tout, mon lieutenant.

— Venez dire ça au capitaine.

Je dus répéter mon histoire plusieurs fois, en remontant la hiérarchie galonnée. L'incrédulité était générale.

Cependant, mon air convaincu dut les faire réfléchir. A la suite de quoi les événements échappent à mon contrôle. Ce dont je me souviens, c'est que quelques heures plus tard, le lendemain, la 2e D.B. entrait réellement dans Strasbourg. Moi aussi, en permissionnaire, et seulement le dimanche suivant.

Vous voyez qu'il n'y a pas de quoi se vanter, en ce qui me concerne, d'avoir vaillamment combattu et de se voir décoré de la Croix de guerre. Ce serait mentir effrontément que de laisser mon courage responsable de cette nomination.

Je crois que mes supérieurs, au moment de la distribution des médailles, ont voulu mettre à l'honneur ma jeunesse extrême plutôt que récompenser un valeureux combattant.

Voilà. Mais revenons à Paris, fin octobre 1945.

Il fait beau, je suis fier de déambuler sur les trottoirs, persuadé que ceux que je croise sont en admiration devant cette Croix de guerre et, par voie de conséquence, devant celui qui la porte ostensiblement. (J'ai dû me prendre pour Jeanne d'Arc brandissant son étendard après avoir « bouté les Allemands », et non les Anglais, hors de France !)

Mais la parade ne peut durer qu'un temps.

Bien sûr, c'était amusant de retrouver les copains qui, restés à Paris, avaient joyeusement et longuement fêté la libération de la ville puis celle du territoire au milieu des filles et des troupes alliées. Il était facile de bomber le torse et de les rendre jaloux, surtout en ajoutant, avec un certain sourire, qu'ils auraient, eux, à « faire leur service militaire » dans quelque ville de garnison sinistre...

Ces échanges de plaisanteries entre jeunes gens, c'était « de bonne guerre ».

« Le retour du guerrier » fut fêté par mes amis sur un certain ton et par ma famille, comme il se devait, sur un autre. Naïf, je crus qu'on me laisserait tranquille jusqu'aux fêtes du nouvel an... Non. Mes « vacances », après un an de campagne, durèrent du 6 au 25 octobre. Et puis vint le moment où la grande question — que je me préparais à entendre depuis longtemps — finit par m'être posée :

— Alors, maintenant, qu'est-ce que tu vas faire?

Ma réponse était toute prête :

— Je ne sais pas.

Et c'est effectivement ce que je répondis le moment venu. Cela n'arrangeait rien ni personne.

Je ne parlerai pas ici de mes études chaotiques qui précédèrent « ma guerre ». Quant à mon enfance... Présentement, j'ose à peine m'en souvenir. Ce que je peux avouer cependant, c'est que je ne suis pas né dans un faubourg triste et pauvre, d'une mère aveugle et d'un père alcoolique... Non. J'ai ouvert les yeux — m'a-t-on dit — dans un bel immeuble d'un quartier que l'on appelle résidentiel, c'est-à-dire au bord du Champ-de-Mars, presque au pied de la tour Eiffel.

Mes parents étaient beaux et très jeunes. Mon père mourut dans sa vingt-quatrième année. Il ne m'a connu que six mois. Si mon regard a croisé le sien, il ne m'en reste aucun reflet. La mémoire ne se met pas si tôt en marche. Ma mère a été longtemps fêtée comme l'une des plus ravissantes et plus spirituelles femmes de Paris. Donc :

— Qu'est-ce que tu vas faire?

— Je n'en sais rien.

Déception pour les uns. Soulagement pour les autres.

C'est bien sûr décevant qu'un garçon de dix-huit ans n'ait pas une idée précise sur l'avenir qu'il se souhaite; mais, d'un autre côté, il est rassurant de ne pas entendre qu'il aimerait devenir amiral de la flotte, chef de gare, boulanger ou encore archevêque de Paris.

Ma famille ne me connaissait plus très bien.

C'était un enfant qui était parti avec la division Leclerc en septembre 1944. En décembre 1945, c'était un grand garçon qui, s'il n'était pas encore un homme, intimidait et gênait un peu les consciences car on ne savait pas ce qu'il avait dans la tête.

Et puis... il avait « fait la guerre », ce qui était presque sans précédent dans la famille.

Ce qui ennuyait l'un de mes grands aînés, c'est qu'il avait eu l'imprudence de lâcher une phrase dont il se souvenait trop bien — tout comme moi d'ailleurs — et nous savions l'un et l'autre que nous l'avions en mémoire. Il se la reprochait à présent. Et moi je ne disais rien... Oh... la phrase dite dans un mouvement qui pouvait passer pour de la colère dans un moment particulier ne voulait plus rien dire, mais elle avait choqué mon oreille au moment où elle avait été prononcée.

Le 1ᵉʳ septembre 1944, j'étais venu dire au revoir.
— Je viens vous embrasser car je m'engage demain.
— Quoi ?
— Oui, je pars faire la guerre !
— Tu n'as pas le droit... tu n'es pas majeur !
— Majeur ou pas, je pars.
— Jamais !
— Si. Ma décision est prise !
— Je t'en empêcherai.
— Tu ne pourras pas !
— Tu es fou.
— Non.
— Mais c'est impossible ! Ce sont les paysans ou les enfants trouvés qui s'engagent !

Et j'étais parti.

Ma mère avait admis, moitié fière, moitié paniquée, cette prise de position et, éducation anglaise oblige, elle sut retenir des larmes prêtes à sourdre en m'accompagnant à l'endroit où nous devions nous séparer jusqu'à... on ne savait quand.

Une année s'était écoulée. Et puis j'étais revenu. Et puis j'étais là.

Bref, il fut décidé — pas par moi — comme je m'y attendais — hélas ! — que j'entrerais dans l'affaire familiale.

Usines textiles dans la Somme. Siège social à Paris, grand immeuble rue Bachaumont ! J'y entrerais certes, obligé. Restait à définir ce que j'y ferais au juste. Je connaissais de lontemps cette menace, mais durant mes études secondaires hybrides, je m'étais refusé de penser avec trop de précision qu'un jour viendrait peut-être où ce « projet » risquait d'être mis à exécution.

Et voilà ! Dès la fin du mois d'octobre 1945, je dus quitter mon bel uniforme pour m'habiller « comme il faut », c'est-à-dire costume de ville gris, chemise, col cravate, chaussures noires, etc. La panoplie du jeune bourgeois de l'époque.

Le frère cadet de mon père dirigeait alors l'affaire. Mon grand-père régnait encore, mais de haut.

Me voilà rue Bachaumont. On ne sait pas à quoi m'employer, ni quoi me faire apprendre. Je n'ai aucune formation. Je suis passé de l'école à la guerre, sans transition. Alors, en attendant — on ne sait quel miracle — on me donne à classer des fiches. Je classe !

Travail fascinant ! Monotonie exaspérante ! Après un an passé au grand air, se retrouver confiné dans une pièce minuscule et mal éclairée, et être astreint huit heures par jour à un travail tout à fait inutile, en en étant conscient, cela ne vous donne pas de cœur à l'ouvrage.

J'ai tenu — consciencieusement — huit mois. Presque le temps d'accoucher d'un enfant. Après quoi, j'accouchai d'une révolte. J'annonçai ma décision de partir. Ce fut une révolution dans la famille.

— Qu'est-ce que tu comptes faire ?

— Je ne sais toujours pas... mais pas ça !

Et de m'expliquer en phrases explosives sur la notion du temps perdu, sur mon allergie au travail stupide que l'on m'imposait et sur ma répulsion — à présent complète — pour toutes les questions touchant de près ou de loin aux affaires textiles et familiales de surcroît.

On me prit pour un fou, et on ne me l'envoya pas dire. Je claquai la porte et partis.

La famille était atterrée, et moi un peu inquiet tout de même, deux ou trois jours, après mon coup d'éclat.

C'était à mon tour de me poser la question : « Qu'est-ce que tu vas faire mon petit vieux ? » Et le « petit vieux », qui était encore tout jeune, ne trouvait pas de réponse dans le miroir. Ce qu'il pouvait constater en revanche, en se regardant dans la glace, c'est qu'il avait bien mauvaise mine, ce grand échalas d'un mètre quatre-vingt-cinq, et qu'il avait maigri depuis son retour du grand air.

Disparu le teint hâlé et l'éclat dans l'œil. Visage terne, regard éteint, figure de cire. Une sale gueule... Une tête de novembre, pour la Toussaint. Et nous étions au seuil de l'été 1946 !

Des amis m'avaient proposé de venir passer des vacances dans le Midi, à Cannes. Je m'empressai de les appeler pour leur dire : « J'arrive. » Et me voilà parti. Parti « de », parti « vers ». Je quittai l'ombre et les ombres pour la lumière et le soleil.

II.

Le rythme du train qui m'emportait vers la Côte d'Azur chantait allègrement à mes oreilles. Je respirais avec l'impression de m'être évadé d'une prison.

J'avais vu Cannes pour la dernière fois aux vacances de Pâques 1938 ; vacances sages et un peu monotones d'un garçon de onze ans royalement installé avec ses grands-parents à l'hôtel Miramar.

Juillet 46, huit ans plus tard, nous avions beaucoup changé, la ville et moi, et ce ne fut pas facile de nous reconnaître.

Il faut avouer que les vacances de cet été-là furent plus drôles et moins sages. Il est évident que l'on ne s'amuse pas de la même façon et que l'on ne rit pas des mêmes choses à onze ans et à dix-neuf ans. On ne rencontre pas non plus les mêmes personnes.

A onze ans, on voit et l'on écoute les amis de ses grands-parents et l'on joue avec des petits amis de son âge, mais, cela doit dépendre du caractère, on ne s'amuse pas vraiment.

Huit ans plus tard, je me suis surpris à rire de façon si débridée, si spontanée, si fréquente, que j'ai eu l'impression que la bonne humeur entrait dans ma vie quotidienne comme un coup de vent imprévu force une fenêtre que l'on croyait fermée.

Il faut dire que j'aurais pu me trouver projeté au milieu de gens ennuyeux. Or ce n'était pas le cas. Avocats, médecins, couturiers, dessinateurs, peintres, architectes, compositeurs, musiciens, écrivains (et j'en passe !), toute une farandole de personnalités connues, reconnues et heureuses de l'être, composaient jour après jour le programme de mes divertissements. Le plus âgé ne devait pas friser la quarantaine.

Inutile de vous dire que je me mêlais peu aux conversations, trop heureux de pouvoir être le témoin muet mais attentif des jeux d'esprit qui s'échangeaient devant moi. Ce furent, je crois bien, mes premières leçons de parisianisme véritable. J'ai tenté d'en retenir quelque chose.

J'ai ri depuis, mais pas autant que cet été-là.

Parmi les personnalités en vacances, il y en eut une qui décida, sans s'en douter, de mon destin.

C'était un homme apparemment doux, rond, assez corpulent, doté d'un visage presque poupin au milieu duquel se fichait un nez légèrement pointu aux narines sensuelles surmontant une petite bouche de marquis du XVIIIe peint par Boucher, et de laquelle sortaient, émis posément et d'une voix que je qualifierais d'ecclésiastique, des mots d'esprit fins et drôles. Or, ce monsieur (car c'en était un à n'en pas douter : l'attitude, le geste, les tournures de phrases et jusqu'au rire qui sentait la politesse et l'éducation peut-être jésuitique), entendant prononcer mon nom alors que l'on me présentait à lui, me dit :

— Mais, j'ai connu un Villeminot lorsque j'étais à l'Ecole alsacienne. Il s'appelait Roger.

— C'était mon père, monsieur.

— Ah ! mon Dieu... Vous êtes le fils de...

— Oui.

— Seigneur, comme le temps passe...

J'imaginais ce à quoi il devait penser. « Mon camarade de classe est mort et c'est son fils de vingt ans qui se trouve devant moi... »

— Et... qu'est-ce que vous faites ?

— Eh bien... c'est-à-dire que...

Quelqu'un vint à ma rescousse :

— Jean Claude était dans la division Leclerc. Il vient d'être démobilisé il y a quelques mois.

— Ah ! Vous avez fait la guerre ?

— Oh... un peu.

— Et modeste, en plus. Et beau garçon aussi, comme votre père.

— Ce n'est pas de ma faute !

Et naturellement je me suis mis à rougir comme une petite fille prise en faute. J'étais furieux contre moi de cette réaction, dont je mis d'ailleurs plusieurs années à me défaire. Mon interlocuteur, continuant à me dévisager, ajouta :

— Mais il faudrait peut-être raser cette moustache... Je crois qu'elle vous abîme la figure...

— Vous croyez vraiment ?

— Oui, vraiment.

— Ah ? Bon !

Il faut vous dire que j'avais cru bon de me laisser pousser une sorte de moustache, ou plutôt un duvet brun, lors de mon engagement dans l'armée pour faire plus vieux, plus viril. On cache son enfance comme on peut lorsqu'on se déguise en guerrier.

La moustache-duvet fut rasée le soir même.

Cet homme m'avait impressionné. Son regard surtout, qui se voulait eau calme, mais derrière ce paravent transparent on devinait une volonté d'acier démentie par la voix aux intonations pleines d'onction, parfois. Cette maîtrise de soi n'arrivait pas à retenir les éclairs qui s'échappaient, fugitifs, de l'œil, tout à coup ironique, avant de redevenir indéchiffrable et presque angélique.

Je suppose aujourd'hui (car je n'ai jamais su la vérité) que l'un de mes amis connaissant mon court passé et mon avenir indéfini avait cru bon de renseigner précisément ce monsieur sur ma situation incertaine pour ne pas dire encore inexistante. Toujours est-il que, quelques jours après la disparition de la moustache-duvet, je me retrouvai après un dîner particulièrement réussi, tant il y avait eu de joutes spirituelles, dans un coin de salon, au Cannet, presque seul auprès du personnage en question.

— Savez-vous dessiner ?

— Non, je ne crois pas.

— Mais vous pouvez apprendre ?

— Euh... je ne sais pas. Oui, peut-être.

— Eh bien, il faut apprendre à dessiner.

— Ah oui ? Vraiment ? Vous pensez que...

— Non, je ne sais pas si vous avez des aptitudes. Mais vous pouvez toujours essayer.

— Si vous croyez que...

— Vous êtes bien le petit-fils de Charles Frédéric Worth ?

— Ma grand-mère maternelle est née Worth.

— Alors vous devez être attiré par les couleurs et les formes. Votre aïeul fut le premier grand couturier !

— Oui, c'est vrai. J'apprécie l'élégance et j'aime regarder les femmes bien habillées.

— Et cela ne vous rebuterait pas de dessiner de jolies femmes bien habillées ?

— Ah non ! Au contraire.

— Eh bien, il me semble que tout devrait s'arranger, et que nous pourrions commencer à travailler ensemble en février ou mars. Je vais demander à notre ami commun René Gruau de vous donner quelques notions de dessin. Nous sommes en été, vous avez le temps de travailler sérieusement avant le printemps prochain. Je compte sur vous.

Et c'est ainsi que tout a réellement commencé.

Le monsieur en question était encore à l'époque modéliste chez Lucien Lelong mais, créateur-né, il préparait le lancement de ses propres idées en matière d'élégance féminine. Ayant rencontré Marcel Boussac, il avait convaincu ce dernier de l'opportunité de révolutionner la haute couture française.

Ce monsieur s'appelait Christian Dior.

Durant cet automne-là et l'hiver suivant, je m'ingéniai à noircir du papier (canson ou bristol) en dessinant des silhouettes féminines, tentant en vain d'attraper le coup de patte de ce dessinateur exceptionnel qu'est toujours René Gruau. Il eut une patience rare. Moi beaucoup moins, car je ne parvenais pas à exprimer en dessin ce qui était pourtant clair dans mon esprit.

Quant au coup de patte de Gruau, jamais je n'ai réussi à l'attraper.

Le temps passait.

M'étant sérieusement battu avec mes crayons et mes gommes, Gruau me conseilla d'aller respirer un peu d'air frais pour me détendre.

L'air frais, ce fut la montagne, à la fin de décembre 1946. Un petit chalet au-dessus de Megève vit débarquer une ribambelle de garçons et de filles — des amis d'enfance — bien décidés à skier, à rire, à vivre, à prendre du bon temps. « Joyeux Noël » et « Bonne année ».

Ma mère nous accompagnait. Elle était parmi nous non pas en « mère », mais en « copine », bien décidée elle aussi à prendre de vraies vacances en vivant au même rythme que nous, rires et sports inclus. Il faut vous signaler au passage que cette jeune femme ravissante — que je n'ai jamais réussi à appeler « maman » — ne paraissait pas son âge et passait très facilement pour ma sœur aînée. C'est d'ailleurs à ce titre qu'elle nous accompagnait. « Je viens avec ma sœur »... c'était passé tout seul. Si j'avais dit à mes copains : « Ma mère nous accompagne », cela aurait gâché les rapports dès le départ. Parmi mes amis d'enfance, il y en avait quelques-uns qui la connaissaient. Ils ne vendirent pas la mèche et jouèrent le jeu jusqu'à la fin ou presque, ce qui donna lieu, quelquefois, à des quiproquos fort distrayants. Lorsque la vérité fut dite la veille du retour, certains ne voulurent pas la croire.

Il faut dire que ma mère et moi n'avons que dix-huit ans de différence, ce qui peut expliquer bien des choses.

Les vacances furent splendides et toute la bande joyeuse regagna Paris avec le teint bronzé et la joie dans la tête.

Ma mère, mise au courant du « projet Christian Dior », avait été enchantée de cette opportunité qui se présentait miraculeusement, ravie dans le fond de montrer à la famille de mon père que le côté atavique des Worth valait bien la réussite commerciale des bonnetiers du Marais. Elle préférait sans doute me voir tourner vers la haute couture autour des Champs-Elysées que vers le jersey du côté du Sentier.

Janvier et février furent consacrés à une reprise de travail acharné sous la surveillance amicale, constructive et rectificatrice de René Gruau.

Il m'arrivait à cette époque de participer certains soirs à d'étonnantes récréations. Christian Dior habitait alors rue Royale, un appartement haut perché où il recevait volontiers ses amis. J'eus le privilège d'être accepté quelquefois à ces réunions, à titre d'auditeur et non de participant. Je me contentais de me taire, mais je ne perdais rien de ce qui se passait autour de moi.

Poètes, écrivains, compositeurs, peintres, l'été précédent se recopiait sous le ciel hivernal de Paris, à cette nuance près que le comité était plus restreint et de qualité supérieure encore. Que de leçons n'ai-je pas prises en écoutant tous ces gens-là ! L'élite artistique du Paris de cette époque a réellement défilé sous mes yeux. Henri Sauguet, étincelant de verve et de causticité, échangeait avec Christian Dior des propos un peu fous, et ces messieurs extrapolaient avec une facilité et un génie déconcertants. Partant de n'importe quel prétexte, la joute oratoire sur fond d'ironie légère ou mordante entraînait les jongleurs de mots sur des terrains qu'ils n'auraient pas imaginé aborder quelques instants plus tôt.

Souvent, c'étaient les personnalités absentes qui faisaient les frais de ces conversations éblouissantes. Tout Paris passait au crible. De la tête de Turc choisie, il ne restait pas grand-chose quelques minutes après. Ses travers, défauts ou excès étaient alors étalés, disséqués, analysés, parodiés, voire caricaturés.

Parmi les pauvres créatures mises à ce pilori de l'esprit revenait souvent un couturier très « lancé » dans ce temps-là et dont la prétention constante agaçait toute la capitale. Je tairai son nom par discrétion. L'ayant rencontré personnellement par la suite, j'ai mieux compris pourquoi il ne trouvait pas grâce auprès des gens d'esprit : tout simplement parce qu'il était sot. Et pour un être fin et cultivé, la sottise est impardonnable, d'autant plus qu'elle marche souvent de pair avec la prétention.

Au mois de mars 1947, j'entrai officiellement, affublé du titre de dessinateur-modéliste, dans le petit hôtel particulier de l'avenue Montaigne, fraîchement décoré par Grand Pierre.

L'ameublement de style Louis XVI aux boiseries peintes en blanc se mariait avec bonheur à la couleur des murs. Le gris Dior venait d'être inventé.

Il y a d'étranges coïncidences : je suis entré chez Dior presque en même temps que Pierre Cardin. Lui était affecté à l'atelier « tailleur » (composition des jaquettes, manteaux et autres boléros), alors que je me voyais destiné à l'atelier du « flou » (robes de cocktail, du soir ou de mariée).

Bien entendu, Dior dessinait tout sur des bristols rectangulaires. Ses croquis étaient très « lisibles » ; encore fallait-il savoir les interpréter et restituer au maître ce qu'il attendait en réalité (tissu coupé et bâti présenté sur mannequin) — tâche ardue pour tout le monde et panique générale au moment de montrer son travail à l'appréciation du créateur.

Il y avait une dame qui m'épouvantait (il n'y avait pas que moi), et qui participait à toutes les réunions de travail. Belle femme, encore mince, plus très jeune mais dotée d'une vive intelligence, de beaucoup d'instinct et affichant une forte personnalité en même temps qu'une élégance certaine et innée probablement, Mizza Bricard régnait en second après Dieu le Père, Dior.

Sachant qu'elle faisait peur, qu'elle intimidait, elle s'amusait à jouer les croquemitaines car elle était trop fine pour être simplement méchante. Quoi qu'il en soit, en face d'elle, je perdais tous mes moyens... et j'en avais fort peu. Combien de fois ne me fit-elle pas redescendre dans mon cagibi pour refaire un dessin, me renvoyant à ma table comme on congédie un incapable ! Très souvent.

Je sais, à présent, qu'elle avait parfaitement raison. Je dessinais mal et c'est peut-être par gentillesse foncière (bien cachée) qu'elle tentait ainsi de m'éviter le jugement négatif de Christian Dior, « en direct », si je puis dire.

Autant l'atmosphère de l'avenue Montaigne me ravissait, à tous points de vue, autant ma planche à dessin et moi commencions à connaître des rapports difficiles.

Je n'y arrivais pas. J'avais beau m'acharner, tenter d'améliorer, de parfaire, je ne parvenais qu'à des résultats désastreux. Et le plus triste résidait dans le fait que je m'en rendais parfaitement compte. Je n'étais pas le seul.

René Gruau, admirable de sollicitude, me rassurait à sa façon. Il alla même jusqu'à imposer à un journal de mode important de l'époque une double page — emplacement réservé aux plus grands — dessinée par le tout jeune débutant que j'étais.

Lorsque je regarde aujourd'hui ce qui a été imprimé, j'en ai des sueurs froides et j'ai honte !

Imaginez une demi-douzaine de silhouettes habillées, se baladant en noir et blanc sur deux pages... Le drame, c'est qu'elles ne se « baladent » pas du tout. On dirait des santons de plâtre ou de bois (sans les couleurs), des figurines sans vie, sans mouvement, sans grâce, sans intérêt, sans rien... pas même laides... Non... inutiles. Et naturellement, dessinées (si on veut) avec un tel manque de personnalité que l'ensemble fait penser à un faux Gruau ou à un Gruau qui se serait cassé le poignet avant de livrer son œuvre.

L'horreur !

Cela étant dit, la maison Dior évoluait fort bien sans mon aide effective. Nous préparions dans la fièvre le lancement de la collection et, étant

« dans le bain », nous étions à même de nous rendre compte avant l'heure de la bombe qui allait éclater à la présentation de cette première collection.

Mes dessins étant de moins en moins présentables, on me demanda de passer en revue les jeunes femmes qui espéraient être engagées comme mannequins. L'une d'entre elles retint mon attention : toute jeune, brune, gracile et ravissante, elle fut retenue et gardée. Elle s'appelait Sylvie. Quelques années plus tard, elle épousait Daniel Gélin.

La collection Christian Dior sortit. Le « new-look » était lancé.

La haute couture mit des années à s'en remettre. Tout était changé : la longueur des jupes, leur ampleur, le retour des jupons, les basques sur les hanches, les petits chapeaux posés sur le côté (on aurait dit des portraits dessinés par Clouet), les fleurs faites en mousseline roulée qui jouaient aux roses stylisées, la hauteur des talons, et j'en passe...

Le succès fut littéralement délirant.

L'émotion était à son comble dans la cabine des mannequins après la certitude du triomphe. Mizza Bricard, Mme Raymonde Zénacker (assistante, secrétaire, confidente inconditionnelle de Dior), Mme Marguerite (première de grand talent à la chevelure de feu), Suzanne Lulling, grande et belle femme admirable s'occupant de tout, et moi-même, nous pleurions à chaudes larmes, nageant en plein bonheur.

Il me semble me souvenir que Pierre Cardin ne pleurait pas. Sec, ascétique, réservé, pâle et muet, un peu raide, il était indéchiffrable. A part quelques rides légères, je ne crois pas qu'il ait beaucoup changé depuis ce temps. Nos réussites différentes bien que parallèles nous ont fait nous perdre de vue. A présent, lorsque nous nous rencontrons dans Paris, il me donne du « vous ». J'en fais autant. Il a dû oublier que nous nous tutoyions jadis.

Depuis quelque temps, en face de moi dans mon cagibi, était venu s'installer un tout jeune homme fraîchement débarqué d'outre-Atlantique. Il dessinait, lui aussi. A cette différence près que, lui, il dessinait vraiment.

Il est devenu l'un des plus grands couturiers des États-Unis : James Gallanos.

Christian Dior ayant beaucoup de talent et pas vraiment besoin de moi, il me dit un matin avec une gentillesse extrême :

— Vous n'êtes pas heureux ici, Jean Claude. Vos dessins ne vous suffisent pas. Il faut à présent que vous fassiez des robes vous-même en drapant, en coupant, en épinglant sur les mannequins... J'ai travaillé à mes débuts chez Robert Piguet. Il se trouve que son modéliste principal le quitte pour entrer chez Schiaparelli. Je vous propose de prendre sa place. Tout est arrangé avec Piguet, il vous attend. Vous n'avez qu'à dire oui.

Pouvais-je dire autre chose ? J'ai tout de même ajouté un « merci ». Et puis, mes cartons sous le bras, j'ai remonté l'avenue Montaigne jusqu'au rond-point des Champs-Elysées où se trouvait le bel hôtel particulier où Robert Piguet créait ses collections.

Il me reçut dans son luxueux bureau de façon fort courtoise, me posa des questions, me donna quelques conseils et recommandations, puis décida de me présenter ses collaborateurs et principalement ceux avec lesquels j'aurais à travailler.

C'est ainsi que je rencontrai le même jour, dans la même pièce, au même moment, le modéliste partant et qui me cédait sa place, et l'autre, celui qui restait et qui me voyait arriver d'un mauvais œil.

Le sortant était Hubert de Givenchy.

Le demeurant, Marc Bohan.

Avec le premier, la sympathie fut immédiate et réciproque. Avec le second, l'antipathie fut instantanée et réciproque aussi. Après la « visite » de la maison Piguet, Hubert de Givenchy m'invita à déjeuner au bistrot du coin sous prétexte de m'éclairer un peu sur la façon de travailler à mon nouveau poste. Nous eûmes la bénédiction du maître de céans. J'en entendis de toutes les couleurs. Je quittai Hubert un peu mieux informé, un peu plus inquiet et très interrogatif en ce qui concernait mes capacités à « faire face » dans cette nouvelle maison.

Depuis ce matin-là, et pendant un assez long temps, nous nous sommes beaucoup vus, Hubert de Givenchy et moi ; non seulement nous préparions nos collections face à face (sans copier l'un sur l'autre), nous documentant au musée de l'Opéra, mais nous passions quelquefois des week-ends ensemble dans la propriété de mes grands-parents paternels, dans l'île de Croissy-sur-Seine.

Il était plus grand que moi et son talent commençait à s'affermir alors que le mien restait vague... et sur papier. Je le taquinais volontiers lorsqu'il dessinait, car il passait de longues minutes à parachever les visages de ses silhouettes.

— Tu fais des portraits ou tu fais des robes ?

Je le mettais au comble de l'exaspération en affirmant que toutes ces têtes au crayon ressemblaient à des chèvres...

Robert Piguet était d'origine suisse. Homme élégant, impeccablement habillé, parfaitement bien élevé, souriant (avec un peu trop de dents), croyant ainsi dissimuler la partie autoritaire de son caractère. Il était susceptible et jaloux et s'ingéniait à ne pas le laisser paraître.

Il avait une particularité : il s'arrangeait la plupart du temps pour traverser une pièce en longeant les murs. On avait ainsi l'impression qu'il se déplaçait constamment de profil. Profil qu'il savait « aristocratique ». On le lui avait dit, répété. Et il l'avait cru. Ce n'était pas inexact. Mince jusqu'à la maigreur, il était doté de longues mains aux doigts effilés. Afin qu'on les remarque, il les posait volontiers, prenant des poses de lévrier.

Le visage long faisait songer à Henri III (de Valois), et à cause du nez, fort, à Charles X (de Bourbon). Il n'y avait rien d'helvétique dans cette figure pâle — carnation ivoire. L'œil sombre, assez fuyant, ne reflétait pas la franchise absolue. La voix un peu grêle, un peu haute, laissait échapper des mots attentivement choisis.

L'ensemble reflétait l'étude de soi et le souci permanent de l'image qu'il est de bon ton de montrer alors qu'on est un « personnage » encore indéniablement important à l'époque dans la haute couture française.

Pour la petite histoire — et celle-ci en est une —, je me dois de dire que ma place chez Dior ne resta pas longtemps vacante. (Les jeunes gens se seraient battus pour entrer dans cette toute nouvelle maison.) C'est André Levasseur qui me succéda. Nous nous sommes connus bien plus tard, devenant rapidement copains et complices. Il est devenu l'un des meilleurs décorateurs de théâtre et préside encore aux montages des spectacles de la principauté de Monaco.

Si Christian Dior pouvait être considéré comme un innovateur de génie, on peut, me semble-t-il, dire qu'il bâtissait ses robes comme un architecte.

Jacques Fath créait ses collections avec l'œil d'un peintre figuratif.

Pierre Balmain recopiait, de collection en collection, la même petite robe « chemisier, trois boutons, une ceinture », en changeant simplement les couleurs et les tissus.

Robert Piguet, lui, avait une attirance particulière et têtue pour le « bleu marine et piqué blanc ». On était presque certain, en lui proposant un modèle où s'alliaient ces deux matières, d'arracher un acquiescement ravi.

Marc Bohan et moi avions des rapports que je qualifierai d'inexistants. Bonjour, bonsoir, pas beaucoup plus. Nous travaillions dans la même pièce, deux tables-bureaux face à face. En vérité, nous n'avions rien à nous dire et l'idée de faire un effort ne nous vint pas à l'esprit. Nous étions là, comme deux faits acquis, nous épiant mutuellement « à la sauvette » et jouant en toute hypocrisie notre jeu personnel avec les premières d'atelier pour la préparation de nos modèles respectifs. Ce climat plein de circonspection tenait jusqu'au moment où nous entrions fatalement en concurrence ouverte, c'est-à-dire à l'heure où il fallait présenter au « prince suisse » nos modèles personnels.

Alors là, la bagarre éclatait.

Longtemps retenues, notre antipathie réciproque et notre jalousie compréhensible s'étalaient sans retenue ou presque sous les lumières du grand salon de présentation.

Etant en séance de travail et entre professionnels, Robert Piguet supportait cette atmosphère belliqueuse qui, dans le fond, devait l'amuser quelque peu. Il laissait les jeunes se critiquer mutuellement avec plus ou moins de passion et, lorsqu'il en avait assez de nous entendre aboyer, il tranchait. Son verdict était souverain. Nous relevions le menton ou baissions le nez alternativement selon la décision prise.

Nous connûmes des joies et des déceptions à parts égales ou peu s'en faut.

La partie n'était réellement gagnée qu'après la présentation des collections, le passage des acheteurs et de la clientèle privée. La victoire s'inscrivait en chiffres, c'est-à-dire au nombre répété du même modèle.

C'est alors que se produisit un premier incident de la plus haute importance concernant mon « avenir ».

Christian Bérard, gros poupon barbu de génie, dessinait paresseusement d'admirables costumes pour le théâtre et le cinéma. Il peignait aussi, jonglait avec les pastels et les fusains et excellait encore dans le maniement de la gouache sur fond noir. Ses dessins aériens jouaient aux tableaux de maître.

Je suis convoqué dans le bureau de Robert Piguet en fin d'après-midi.

— Jean Claude, vous connaissez Christian Bérard ?

— Bien sûr, monsieur, qui ne le connaît pas !

Je serrai la main molle du poupon génial, présentement affalé dans un fauteuil, caressant sa petite chienne Jacynthe, installée sur ses genoux, et tripotant de l'autre main sa barbe déjà légèrement grisonnante sur laquelle tombaient des cendres de la cigarette fichée au centre de sa petite bouche. L'œil d'un bleu vif, clair, paraissait enchâssé dans la graisse des paupières, mais les lueurs qui s'en échappaient dénotaient une très grande vivacité. L'ironie, la candeur, la folie, on pouvait y lire bien des choses... Agnès, Louis II de Bavière et Voltaire, un mélange assez fascinant.

— Voici de quoi il s'agit, Jean Claude, reprenait Robert Piguet. Christian vient d'inventer les costumes du *Don Juan* de Molière, que Louis Jouvet monte au théâtre de l'Athénée prochainement. Il m'apporte les maquettes des costumes des femmes et nous devons les réaliser au plus vite. Si vous voulez jeter un coup d'œil sur les dessins...

C'est avec précaution et respect que je pris possession des deux esquisses. Deux merveilles. Deux gouaches sur fond noir à encadrer sur-le-champ !

Tout en admirant ce que je tenais en main, je revoyais le décor des *Forains*, admiré au Théâtre des Champs-Elysées l'année précédente (Boris

Kochno et Henri Sauguet), rouges, grenats, violines se confondant et s'épousant. Je me souvenais aussi des costumes fabuleux de *Renaud et Armide* de Jean Cocteau monté à la Comédie-Française en 1943.

— Vous ne dites rien ? questionnait Piguet me ramenant sur terre.

— C'est que... monsieur... il n'y a rien à dire.

— C'est beau, n'est-ce pas ?

— C'est merveilleux !

Et comme je restais figé, en contemplation, je fus aimablement prié de quitter les lieux ayant pour mission immédiate de rechercher les matières susceptibles de correspondre à la fabrication des costumes d'Elvire et de Mathurine.

Matérialiser un dessin de Bérard n'était pas chose facile. Il fut avec moi d'une patience extrême. Aussi passionnés l'un que l'autre, nous n'avions qu'une hâte : voir le résultat. Il fut heureux.

Elvire, vêtue de drap noir luisant, retenu par endroits pour former dans la jupe des reflets en forme d'étoiles, la tête noyée dans un flot de tissu sombre et vaporeux.

Mathurine, habillée dans de la toile à sac avec, juchée au sommet du crâne, une véritable galette raide au diamètre imposant.

Les costumes semblaient réussis, Bérard était presque content, Piguet enchanté, et moi assez étonné d'avoir participé à la réalisation de quelque chose de très original.

Andrée Clément, frêle jeune femme longiligne et pâle, au visage pathétique et au regard inquiétant, se prêta de bonne grâce aux derniers essayages. Elle était alors la femme de Jacques Dufilho ou allait le devenir.

L'autre costume ne fut jamais essayé en ma présence. Je ne sais plus pour quelle raison.

Les décors dans lesquels évoluèrent « nos » robes peuvent être qualifiés de chefs-d'œuvre. Tout en hauteur, des arcades sur des arcades allaient se perdre dans les cintres. On croyait rêver devant tant d'audace, de justesse, de goût et d'imagination. Les candélabres, les plumes juchées sur les portants, et ces quatre arbres stylisés au centre du plateau avec au fond ces troncs de chêne recopiant la forêt... Du merveilleux.

Bravo « Bébé », et merci.

Après cet intermède fastueux la réalité reprit ses droits, c'est-à-dire que Marc Bohan et moi recommençâmes notre numéro de duettistes.

La dernière collection avait assez bien marché, Piguet semblait content en se cachant de l'être. Vers la fin de cette année-là, je fus à nouveau convoqué dans le bureau présidentiel.

— Voilà, Jean Claude, il faudrait dessiner quelques maquettes pour les robes que devra porter Edwige Feuillère dans un film anglais qui commence dans un mois. C'est une histoire contemporaine. Il lui faut par conséquent un tailleur de voyage, une robe de... Et Piguet de m'énumérer le nombre et le genre de modèles qu'il souhaitait proposer à cette grande star française.

— Vous me faites quatre ou cinq croquis pour chaque modèle, bien entendu... Je déciderai avec elle. C'est urgent, Jean Claude, me dit-il en souriant de toutes ses dents d'ivoire jaunies par le tabac.

Et me voilà me jetant sur ce travail nouveau. Fier et flatté bien sûr, mais aussi paniqué devant la tâche à accomplir, laquelle me paraissait quasi insurmontable.

Qu'est-ce qu'elle aime ?

Qu'est-ce qu'elle souhaite ?

Qu'est-ce qu'elle n'aime pas ?

Quelles couleurs ?

Quelles formes ?

Comment est sa poitrine ? Et ses épaules, ses hanches, comment sont-elles ?

Et puis je repris mon sang-froid. Je n'avais — comment l'aurais-je pu — jamais été présenté à Edwige Feuillère, et pourtant je la connaissais. Je l'avais admirée au cinéma dans de nombreux films durant les quatre ans d'Occupation. Entre ma treizième et ma quinzième année, Edwige Feuillère représenta pour moi l'incarnation de la beauté racée et de l'élégance absolue. Ce sentiment dura de longues années. Je l'avais vue, entre autres, dans *Mam'zelle Bonaparte*, *La Duchesse de Langeais*, avec Pierre-Richard Wilm, et, encore avec le même partenaire, au théâtre des Arts-Hébertot en 1942, j'avais été m'attendrir sur les malheurs de Marguerite Gautier, alias *La Dame aux camélias*.

Je l'avais d'ailleurs entr'aperçue, alors qu'elle quittait les coulisses, et qu'elle prenait place dans un vélo-taxi. J'avais été frappé par l'expression de son visage en dehors de la scène. Je découvrais un masque figé, un regard fixe qui m'impressionnèrent quelque temps. J'avais cru y lire de la dureté alors que sur scène elle avait été bouleversante de tendresse...

Présentement, il n'était pas question de rêvasser à la belle figure de cette dame, mais plutôt de s'occuper de son corps... pour le vêtir.

Les dessins « sortirent » plus aisément que je ne l'avais prévu et surtout plus vite. Ils n'étaient pas extraordinaires, mais il y en avait deux ou trois qui me plaisaient assez. Je déposai le résultat de mes travaux entre les mains du prince suisse, attendant ses appréciations.

Quelques raclements de gorge discrets, un ou deux froncements de sourcils, une ébauche de sourire sous la moustache grise impeccablement taillée, et puis un :

— Bon... Ce n'est pas mal. J'aime assez ceci, et cela, cette robe-là, par contre, pas du tout ! Quant au tailleur... je ne suis pas sûr qu'elle accepte de porter ça ! Enfin, je verrai bien.

Ce « je » en disait long. Cela voulait dire que Robert Piguet s'occuperait lui-même d'Edwige Feuillère et que j'aurais, de ce fait, peu de chance de la rencontrer. Je m'estimais injustement puni, frustré d'un privilège. J'étais déçu, triste et furieux.

Il arriva ce que j'avais malheureusement prévu. Cette grande dame du théâtre et du cinéma choisit certaines robes et en refusa d'autres, décida des couleurs et des tissus avec le prince suisse qui, naturellement, s'occupa lui-même des retouches et des changements, présidant seul aux essayages avec sa « première » préférée qui lui passait les épingles.

Pas une fois je ne rencontrai Edwige Feuillère à cette époque.

Le film se tourna à Londres avec Stewart Granger, dont ce furent les véritables débuts en tant que vedette masculine avant sa prodigieuse réussite aux Etats-Unis quelques années plus tard.

Je ne vis jamais « mes robes » à l'écran, car le film *Woman Heater* (« Le Misogyne ») ne fut pas distribué en France.

Des semaines s'écoulèrent. Nous avions terminé la seconde collection à laquelle il m'ait été donné de participer chez Piguet. Nous nous étions allègrement agressés avec Marc Bohan, comme d'habitude. Je commençais à en avoir par-dessus la tête de cette sempiternelle guérilla au milieu des tulles, des satins et des fanfreluches. Et puis ce ton mondain qu'il était souhaitable de prendre pour « faire couture » me tapait sur les nerfs. Tout me semblait artificiel. Je ne supportais plus de prononcer des « Bonjour Maaaame » encore et encore recopiés, de faire des ronds de jambe, des grimaces, des sourires et des compliments à de grosses dames riches qui se croyaient élégantes parce qu'elles avaient payé leurs robes une fortune.

Je n'en pouvais plus de cette atmosphère de volière. Le gazouillis des vendeuses, les flatteries des premières mains, l'ineptie de la conversation des mannequins, le moindre détail ajoutait à mon exaspération.

J'étais peut-être fatigué. J'éprouvais un immense besoin de vacances, de départ, de grand air, de soleil, enfin de n'importe quoi... d'autre.

Malheureusement, j'étais arrivé dans la maison au mois d'octobre 1947 et nous étions en mars 1948. Trop peu de présence dans la maison pour avoir droit à une récréation.

J'en étais là avec moi-même, lorsque se produisit un nouvel incident qui allait décider de mon sort. Cela se présenta de façon anodine et je crus à une erreur sur la personne.

— Il y a un monsieur qui vous a appelé au téléphone.

— Ah oui ? Et alors ?

— Il a dit qu'il rappellerait.

— Qui est-ce ?

— Michel Auclair.

— Michel Auclair ?

— Oui, Michel Auclair.

— Je ne le connais pas. Enfin, pas personnellement.

— Lui dit que si.

— C'est impossible.

Michel Auclair était en train de devenir la coqueluche de Paris. Si mes souvenirs sont justes (il y a quarante ans de cela), il avait remporté un brillant succès personnel dans *Le Bal du lieutenant Helt*, présenté au Théâtre des Mathurins. Il venait de tourner *Les Maudits* avec Henri Vidal, sous la direction de René Clément, l'un des plus grands metteurs en scène français, et s'apprêtait, je crois, au tournage de *Manon* (version moderne) sous la direction de Henri Georges Clouzot, qui devait nous faire découvrir dans ce film Cécile Aubry. Michel Auclair était déjà une vedette importante qui grimpait en courant les marches qui mènent à la consécration. Qu'est-ce que cet acteur de cinéma pouvait avoir de commun avec moi ? Quand diable aurais-je pu le rencontrer ? Où aurais-je pu le voir ailleurs qu'au théâtre ou sur un écran ?

La réponse arriva par poste, sous la forme d'une lettre qui m'était adressée chez Piguet.

« *Je n'ai pas pu te joindre par téléphone avant de quitter Paris. Appelle-moi la semaine prochaine à tel numéro de téléphone. Je t'attends. Signé : Michel Auclair.* P.-S. : Ci-joint une photo qui te fera découvrir le mystère. »

Ladite photographie représentait deux garçons bruns en costume Eton gris avec un brassard blanc noué sur le haut du bras gauche. Au bas du document, une date, un nom de lieu : « Annel, juin 1938 ».

Je reconnaissais parfaitement ces deux premiers communiants. Le plus fort, le plus âgé, c'était Pierre Vujovic. Le plus mince, c'était moi.

Mais quel rapport avec Michel Auclair ?

Je tournais et retournais cet instantané sans comprendre. Je relisais la lettre et je ne parvenais pas à trouver la clef de l'énigme.

Annel. Le nom d'un collège privé situé aux environs de Compiègne où j'avais poursuivi mes études pendant quelques mois. Je l'avais quitté dès après ma première communion. Durant mon court séjour dans ce bel endroit, je m'étais fait deux vrais copains dans la classe des grands : Pierre Vujovic, d'origine serbe, et Michel Piccoli.

Mes aînés me protégeaient dans les bagarres et les jeux entre pensionnaires, et j'éprouvais pour eux ce sentiment admiratif que tout enfant ressent pour ce qui incarne la force et l'autorité souriante.

Avant de quitter le collège en juillet 1938, nous avions monté un spectacle tiré du *Livre de la jungle* de Kipling, mis en scène par le docteur Préau et sa femme.

Je ne me souviens plus lequel des deux garçons interprétait Tabaki le chacal et Bagheera la panthère, mais ce dont je me souviens, c'est que j'avais été furieux de me voir attribuer un rôle de figurant : un petit loup hurlant parmi les autres. Ensuite, d'autres collèges nous avaient séparés, et puis la guerre, et puis l'Occupation.

Je n'avais jamais revu Michel Piccoli, ni Pierre Vujovic. Mais je ne voyais encore pas la place de Michel Auclair dans mes souvenirs de l'époque.

Bien entendu, je téléphonai à Michel Auclair. Tout s'éclaircit. Nous prîmes rendez-vous et tombâmes dans les bras l'un de l'autre. Il avait tout simplement changé de nom.

A ce moment-là, ceux qui se destinaient à une carrière artistique s'inventaient de jolis noms sonnant bien français et de préférence courts, parce que faciles à retenir. Alors, évidemment, Vujovic...

Durant quelques semaines nous ne nous sommes plus quittés ou presque, dînant fréquemment ensemble, seuls ou avec des amis de Michel.

C'est à cette époque que je rencontre Jean Marchat et Marcel Herrand, et que je découvre ce que sont les coulisses d'un théâtre (les Mathurins). L'envers du décor et ce que le simple spectateur ne connaît pas m'attirent. Curieux de tout, je pose cent questions, je regarde, j'écoute, je m'étonne. Je marche de surprises en découvertes. Je suis fasciné par ce monde nouveau. L'univers qui s'ouvre brusquement devant moi m'émerveille. Les conversations auxquelles j'assiste entre comédiens, metteurs en scène, photographes, gens de théâtre et de cinéma me tournent la tête.

J'ai l'impression d'être sur une autre planète et, ce qui me surprend le plus, c'est que je m'y sens bien. Il me semble ne pas respirer le même air.

Jean Marchat me demande de lui dessiner les costumes pour le *Britannicus* qu'il compte mettre en scène prochainement. Il voudrait aussi un décor et des costumes pour *La Double Inconstance*, mais c'est un projet plus lointain.

Avec une belle inconscience je me jette dans l'aventure, me prenant au sérieux et me voyant déjà l'égal de Bérard, et de ses homologues.

Je continue à travailler chez Piguet, mais le cœur n'y est plus. Ma tête est ailleurs. Je ne rêve que de théâtre, de décors, de lumières, de costumes éblouissants. Pour un peu je me verrais sur scène.

J'y pense tellement, à ce monde du spectacle, que rien d'autre ne m'intéresse. Non seulement je le sens, mais je le laisse voir et je finis par l'avouer.

J'ai tort.

Toujours inconscient, je profite d'une algarade avec Marc Bohan où Robert Piguet donne raison — avec raison — à mon antagoniste pour faire un coup de tête. Je donne ma démission et décide de quitter Piguet en claquant la porte. Ce dernier tente de me raisonner : peine perdue.

Je m'entête, je me bute. Je prétexte ma mésentente avec Bohan, mais je sais que c'est un faux argument. Piguet insiste. Il me trouve du talent, dit-il, et un poste d'avenir comme celui que j'occupe ne se retrouve pas du jour au lendemain. Que vais-je faire en quittant « sa » maison ? Je lui réponds sincèrement que je n'en sais rien encore, et je mens car je me prends déjà pour un homme de théâtre capable d'époustoufler le monde du spectacle, comme Christian Dior vient de bouleverser la mode.

Je ne doute de rien.

Piguet me propose tout ce qui est en son pouvoir, une préséance sur Bohan, de l'augmentation, un bureau pour moi seul, des responsabilités accrues, des vacances...

Entêté comme un âne bâté et prétentieux comme un paon, je rejette catégoriquement offres et propositions. Je suis complètement fou.

Fasciné, obnubilé, hypnotisé par le théâtre et tout ce qu'il représente, je ne me rends pas compte que je suis en train de commettre une lourde erreur. Et comme un imbécile, je saute le pas, croyant franchir le Rubicon. Je marche déjà vers la gloire.

Piguet est contrarié et triste tout à coup — ce qui me surprend —, mais je me refuse à réfléchir. Je pars.

René Gruau, Christian Dior, Hubert de Givenchy (toujours chez Schiaparelli où il fait déjà des merveilles), tous mes amis sont atterrés par ma décision.

On me sermonne, on me raisonne, on m'explique, on me démontre, on insiste, on s'inquiète, on se lamente, on me dit qu'il n'est pas trop tard et que « l'on peut arranger cela » avec Piguet. Je m'y refuse, buté ! Je suis sourd et aveugle. Je commets l'erreur.

Vingt-cinq ans plus tard j'en commettrai une semblable, dont les conséquences seront incalculables...

Mes dessins de costumes pour *Britannicus*, que j'apporte triomphalement à Jean Marchat, sont jugés « magnifiques », « splendides », « extraordinaires »... mais trop chers à réaliser. « Nous n'avons qu'un petit théâtre, et les frais... » Mon décor pour *La Double Inconstance*, sur lequel j'avais tant travaillé, est rangé dans un tiroir au théâtre des Mathurins... pour plus tard. Marcel Herrand est souffrant. Jean Marchat part en tournée. Et Michel Auclair a quitté Paris pour tourner les extérieurs de son prochain film.

Nous sommes en juin. Il fait tiède.

Paris est une merveille et s'amuse. Moi je ne ris plus. Je commence à me rendre compte de l'erreur commise et de son importance. L'inquiétude arrive. Je ne parviens pas à me rassurer. J'ai beau me raconter des histoires, j'ai beau essayer d'y croire, il y a quelque part, tout au fond de moi, une petite voix qui me juge sévèrement, avec lucidité, et je l'entends.

Je suis mal dans ma peau. Je réalise ce que j'ai fait. J'ai peur.

Du haut de la terrasse du palais de Chaillot, je regarde le pont d'Iéna, la tour Eiffel, le Champ-de-Mars, l'Ecole Militaire, comme si je les découvrais. Tout me semble différent.

Sur ce que je croyais connaître, je jette un autre regard. Le cœur cogne. Pour un peu les larmes jailliraient.

J'aurai vingt et un ans dans quelques mois.

Je pense à Rastignac : « A nous deux Paris ! » Et je me dis que pour moi, il n'est plus temps. J'ai raté mon coup. Enfin je broie du noir.

Nous sommes fin juillet. Dior, Gruau, la plupart des amis d'hier sont partis pour la Côte d'Azur. On m'a gentiment dit que l'on m'attendait, mais le ton n'y était pas : aimable mais insincère. Je sens que je ne suis pas souhaité.

Alors je pars pour la Bretagne. N'importe où. Trébeurden ? Pourquoi pas ! J'y flambe mes dernières économies.

Si je déguste des coquillages avec plaisir, je remplis un peu trop souvent mon verre. L'ivresse légère me calme les nerfs et me donne un moment l'illusion d'un bien-être. Je m'y réfugie lâchement, tout en étant conscient que la pente est mauvaise.

De retour à Paris dès la fin août, je réalise qu'il va me falloir, de gré ou de force, « faire face » et résoudre un certain nombre de problèmes.

Le plus important est « le pain quotidien ». Sans travail, je suis sans le sou.

A mon retour de la guerre, étant émancipé, ma famille paternelle m'avait vivement conseillé de demander « des comptes » à ma mère sur la fortune de mon défunt père. Il y eut une entrevue pénible chez un avocat, après laquelle je pris la décision de ne rien demander du tout.

Ce qui eut pour résultat de changer, en plus frais, la couleur de mes rapports avec la famille de mon père. Mon attachement à mes grands-parents, qui m'aimaient profondément, ne s'en trouva pas modifié pour autant, Dieu merci.

Je vivais alors depuis quelque temps dans un immense appartement au cinquième étage, rue de la Faisanderie. Ma grand-mère maternelle, Renée Lemoine-Worth, régnait avec grâce, élégance et distinction (beaucoup d'autorité aussi) sur une succession de pièces aménagées avec un raffinement certain.

Encore belle femme, son visage racé était éclairé par de magnifiques yeux bleus qui m'intimidaient fort lorsque j'étais petit garçon. Ayant depuis peu de temps dépassé la soixantaine, elle avait réussi sans teinture à conserver une chevelure de jais sans le moindre fil blanc. Personnage actif, dévoué, religieux, dissimulant volontiers une bonté foncière derrière un comportement parfois bourru, elle avait des principes, entendait qu'on les appliquât, qu'on la respectât, et n'admettait la familiarité que lorsque cette dernière était recouverte d'une parfaite éducation. Elle savait rire, chanter, en s'accompagnant sur son Pleyel, tricoter comme toutes les grands-mères, et préférait l'humour à la plaisanterie. Elle choisissait ses amis, les traitait bien et savait les garder.

Se trouvant un peu seule dans ce grand appartement, elle me reçut à bras ouverts lorsque je lui demandai si je pouvais m'installer chez elle. Elle mit à ma disposition une grande chambre à coucher et une salle de bains.

La fidèle Jeanne — femme de chambre, cuisinière, femme de confiance —, qui m'avait vu naître, présidait à l'intendance et à la bonne marche de toutes choses.

Nous faisions « maison commune », mais « vie séparée », ma grand-mère et moi. Par accord tacite, chacun faisait ce qu'il croyait bon de faire et gardait son indépendance de mouvement. Je déjeunais et dînais souvent en ville, et nous ne nous retrouvions autour de la table de la salle à manger que lorsque nous en étions convenus préalablement. Nous prenions des rendez-vous. C'était très amusant.

Coquette, elle faisait l'effort de s'habiller certains soirs. Je la complimentais ou critiquais ses robes. Nous discutions, parlions lectures, mode ou musique.

Nous faisions très bon ménage. Rares sont les grands-mères qui ne s'entendent pas avec leur petit-fils.

La réalité n'était pas amusante à regarder en face à ce moment-là. L'automne s'installait sur Paris. Les marronniers roux, les rues luisantes de reflets de pluie, la grisaille, et surtout la disparition presque complète de mes économies me rendaient d'humeur chagrine et l'angoisse augmentait au fil des jours.

Que faire ? Vers qui, vers quoi me tourner ? A quelle porte pouvais-je aller frapper ?

A bout de ressources, j'allai voir René Gruau pour lui confier ma peine, mon inquiétude, mon désarroi. Il comprit que l'heure des sermons était passée et que cela ne servirait à rien d'enfoncer le clou plus profondément. Il fut assez intelligent et délicat pour ne pas me dire : « On t'avait pourtant prévenu ! » Bref, il fit ce qu'il crut bon de devoir faire, et je lui suis encore reconnaissant aujourd'hui d'avoir agi comme il l'a fait.

Au début du mois d'octobre, j'entre chez Anny Blatt. Cette femme préside au destin d'une vaste boutique, boulevard Haussmann. Elle fait fabriquer des pull-overs de toutes sortes et de toutes les couleurs pour les dames. Son entreprise n'est plus vraiment « à la mode », mais l'affaire marche encore assez bien, s'appuyant sur une clientèle d'habituées fidèles.

Anny Blatt a un mari. Méridional sur le retour, la mèche blanche et la démarche encore élastique, il hésite sur le rôle qu'il doit jouer dans la boutique. Il est à la fois comptable, administrateur, inspecteur des travaux finis, mouche du coche et empêcheur de tourner en rond. Il se prend très au sérieux et donne volontiers des leçons à tous, à tout propos et hors de propos. En un mot, il est agaçant, inutile et embarrassant.

Quant à Mme Anny Blatt, excusez-moi, mais je suis incapable de la décrire. Je l'ai complètement oubliée. Ce dont je me souviens, c'est qu'elle n'était pas grande et encore vaguement blonde... C'est peu, j'en conviens. On peut avoir des trous de mémoire...

J'avais pourtant accepté la proposition de cette dame — provoquée par l'intervention de Gruau — avec un grand enthousiasme. Tandis qu'elle me débitait la liste de tout ce que j'aurais à faire chez elle pour mériter le maigre salaire qu'elle m'offrait « pour commencer », je n'écoutais pas. Elle m'aurait demandé de faire la cuisine, son lit et le ménage, j'aurais tout accepté tant j'étais heureux d'avoir trouvé une place.

C'est avec beaucoup de bonne volonté que je me mets au travail. L'ébauche d'une collection de pull-overs pour le printemps 49, la création d'un nouveau nuancier, la décoration des vitrines, la présentation des modèles... bref, je m'agite et m'occupe de tout. De tout ce qui me regarde et aussi de tout de qui ne me regarde pas. J'ai vingt et un ans, je veux réussir et faire mes preuves. Alors, j'en fais trop. Je m'attire quelques observations bien senties et probablement justifiées de la part du mari de Mme Blatt, à la suite de quoi je boude dans mon coin en serrant les dents, et les poings dans mes poches.

La boutique du boulevard Haussmann représente pour moi un grand avantage géographique : elle est à deux pas de la rue des Mathurins, à trois cents mètres du théâtre.

Je m'y précipite dès que j'ai fini mon travail. Je suis toujours le bienvenu. J'assiste à des répétitions. Je me passionne pour ce qui se passe devant moi : dialogues constructifs entre metteurs en scène et comédiens, engueulades, félicitations, claquages de portes et congratulations alternent.

Je regarde, passif mais attentif, ce qui se déroule sur la scène. J'essaye de me mettre dans la peau du comédien qui répète et je tente de comprendre le « pourquoi » du « parce que », et comment on aborde un rôle, ce qu'il faut y mettre, ce qu'il faut « faire passer » dans tel ou tel personnage qu'on incarne. Je me trouve beaucoup plus à l'aise aux Mathurins que chez Mme Blatt !

Quelques semaines s'écoulent, lentes et énervantes le jour, délicieuses et fascinantes le soir.

Cependant, au fond de moi-même, je ne suis pas tranquille. « Ça » ne va pas. Il y a quelque chose qui ne va pas. Qu'est-ce que c'est que cette espèce de doute qui se glisse, insidieux, dans ma tête ? Je suis mal dans ma peau et j'ai peur de la vérité. Je crains de la regarder en face.

Depuis le mois de juin, je n'ai revu aucun de mes amis (Gruau mis à part pour les raisons que l'on sait, et une fois seulement). Personne ne m'a fait signe depuis la rentrée, et je n'ignore pas qu'à cette époque de l'année les uns dînent chez les autres et que tout le monde se téléphone une ou plusieurs fois par jour. Moi, on ne m'appelle pas.

Je fais le point. « Ça » fait mal. Parce que je comprends trop bien ce qui s'est passé.

Lorsque j'ai quitté Dior pour entrer chez Piguet, cela n'a pas été un événement. Dans notre petit cercle d'alors, chacun se plaisait à dire : « C'est une très bonne chose pour Jean Claude. Dior a son propre genre et n'aurait pas pu donner à quelqu'un d'autre la possibilité de montrer son talent créatif, tandis que chez Piguet il pourra... », etc.

Mon départ de la maison du rond-point ne provoqua pas de remous dans la profession, non, seulement de la surprise, un peu d'étonnement peut-être aussi. « Chez qui va-t-il entrer ? » « Il a certainement une idée derrière la tête. »

Pendant l'été, certains durent se poser la question, mais fugitivement, en y pensant par hasard, tout simplement, au cours d'une conversation sur une plage. Je n'étais pas quelqu'un d'assez important pour que l'on se préoccupât sérieusement de ce que j'allais faire.

La catastrophe, à n'en pas douter, fut l'annonce de mon entrée chez Anny Blatt. Depuis mars 1947, j'avais descendu la pente au lieu de la gravir. En dix-huit mois, j'avais tout fichu par terre. Car il y a tout un monde entre l'avenue Montaigne et le boulevard Haussmann. C'est un peu — toutes proportions gardées — quitter un luxueux duplex de l'avenue Foch pour s'installer dans une mansarde, quartier des Batignolles.

Or Paris n'aime pas les gens qui tombent. Et j'étais bel et bien tombé.

Une telle chute en si peu de temps, comment diable avait-elle pu se produire ? Je me remémorais les moments joyeux passés il n'y avait pas si longtemps aux côtés d'Hubert de Givenchy. Je comparais son évolution et sa brillante réussite toute neuve à ce que j'appelais alors non sans quelque exagération : ma déchéance ! Hubert avait tant de succès que l'on chuchotait qu'un groupe financier songeait sérieusement à l'aider à lancer sa propre maison de couture...

Honnêtement, je crois avoir été depuis l'enfance et presque de façon constante atteint d'excessivité latente. Dans mes joies comme dans mes peines, j'ai toujours été trop loin. J'ai eu — et j'ai encore ! — la manie de tout amplifier. Mes bonheurs furent splendides. Mes revers sont souvent dramatiques. Je n'ai pas su me guérir de ce travers, et cela ne m'a pas aidé à vivre, je vous prie de le croire.

Donc, en ce mois de novembre 1948, les choses ne marchent pas comme je le voudrais et je ne peux m'en prendre qu'à moi pour ce constat d'échec. C'est ce que je fais et cela n'arrange rien. Je me mine. Je me ronge. J'ai une sale tête et je suis triste comme un prisonnier. Mes seules joies, je les trouve au théâtre des Mathurins, à regarder et entendre les autres, et à essayer de comprendre tout ce qu'ils font ou tentent de faire.

Et moi je ne dis rien. J'attends. Quoi ? Je n'en sais rien. Le déluge ! Un miracle !

Ni l'un ni l'autre ne se produisent. Juste une toute petite phrase qui change tout.

Michel Auclair, de retour de son tournage, fait sa réapparition aux Mathurins. Retrouvailles joyeuses, dîners, dialogues, et puis conversations sérieuses. Il me raconte ce qu'il a fait, ce qu'il va faire, ce qu'il espère. Enfin, il est heureux, ça se voit, ça s'entend.

— Et toi ?

— Moi ?

— Oui. Comment ça va ?

— Mal !

— Pourquoi ?

— Je m'emmerde !

— Faut pas !

— Je sais...

— Alors ?

— Alors quoi ?

— Change de boîte !

— Non, c'est râpé, j'ai gâché mes cartes. Maintenant, c'est trop tard.

— Ben alors... change tout !

— Qu'est-ce que tu veux dire ?

— Change de métier !

— Tu parles ! Je ne sais rien faire à part ce que je fais... et que je fais mal d'ailleurs, parce que je n'y crois plus.

— Tu es complètement idiot. On n'a pas le droit de baisser les bras à ton âge.

— Mais qu'est-ce que tu veux que je fasse ?

— Ben... fais comme moi.

— Quoi !

— Du théâtre !

— Moi ?

— Oui, toi ! Avec la gueule que tu as...

La conversation se poursuivit longtemps. J'écoutais, j'enregistrais les arguments énumérés par Michel. Je prenais mentalement des notes, des points de repère. Il me parla de lui, de ses débuts et des difficultés qu'il avait rencontrées et surmontées. Il me raconta les embûches, les pièges, les ratages, les dérapages. Il me dit l'espoir et le prix des victoires. Il insista sur l'effort, les efforts continuels et quotidiens, et la ténacité qu'il faut pour tenter de toucher au but recherché. Il me confia les doutes, les peurs, les angoisses de ceux qui se jettent dans le maniement de soi-même. Il cita le trac comme une nécessité, comme une épreuve à laquelle nul ne pouvait échapper ni se dérober. Il expliqua que, au contraire de ce que certains pouvaient penser, il « s'appuyait sur son trac » justement, pour s'en servir comme d'un tremplin qui l'aidait à atteindre la justesse de ses interprétations. Il disserta de la chance et de l'importance d'être là où il le faut quand il le faut.

Nous nous quittâmes très tard ce soir-là. Lui, passionné, fatigué, heureux. Moi, excité, fourbu, troublé. Mais l'un et l'autre conscients d'avoir partagé des heures bénéfiques.

A la suite de cette longue conversation, nous en eûmes d'autres fréquentes et plus brèves. Si je tentais de faire ce que j'appelais « mon saut de l'ange », comment devais-je procéder ? A qui m'adresser ? Par quel bout commencer ?

— Bien sûr, Jean (Marchat) pourrait te donner des leçons, mais il est trop occupé... et Marcel (Herrand)... ça ne l'amusera pas. Alors, à ta place, j'irais m'inscrire au cours de René Simon. C'est quelqu'un de formidable. La plupart des comédiens actuels sont passés chez lui plus ou moins longtemps. Il leur en est resté quelque chose. Oui, à ta place, c'est là que j'irais. Et vite ! Avec la gueule que tu as...

La décision était difficile à prendre, à tous les niveaux. Il s'agissait d'une remise en question complète, d'un re-départ de zéro. Un pas difficile à sauter.

Les réactions de mes deux familles. La perte probable et définitive de mes amis de la mode, et le grand aléa de la réussite.

Avais-je réellement envie de « jouer la comédie » ? Et tout d'abord, en étais-je capable ? Est-ce que je portais en moi, inconsciemment, les qualités requises pour me lancer dans cette aventure qui me semblait démesurée ? Après tout ce que m'avait confié Michel Auclair sur les difficultés qu'il avait rencontrées avant de réussir, j'avoue que j'en doutais quelque peu.

En cette fin de novembre 1948 je vécus des moments proprement cornéliens, stances incluses.

Je le fais ? Je ne le fais pas ? Est-ce une sottise ou la solution ?

La réponse me fut donnée du côté où je l'attendais le moins, en la personne de M. Blatt, si je puis dire. Un soir que nous allions fermer la boutique du boulevard Haussmann, il se lança dans une véritable diatribe, me reprochant ceci et cela, critiquant, démolissant, bafouant avec une désinvolture admirable tout ce que j'avais entrepris. Il parlait, parlait, criait, hurlait, se grisait de ses propres éclats de voix et en rajoutait encore, surenchérissant dans la critique. Il parla trop, trop fort, et injustement.

J'ai toujours eu horreur de l'injustice.

Est-ce le diable qui me poussa ? Toujours est-il que, profitant d'un moment où il reprenait sa respiration, je lui déclarai avec calme et très distinctement que, puisque les choses en étaient à ce point, je croyais préférable de m'en aller et que par conséquent il ne devait plus compter sur mes services, que je ne reviendrais ni le lendemain ni les jours suivants, jamais plus. J'ajoutai poliment que je lui demandais d'être assez aimable pour dire adieu à son épouse de ma part.

Et je suis parti, comme ça ! Tout simplement. Peut-être est-il mort ce monsieur... Pourtant j'aurais aimé qu'il sache que je ne lui en ai jamais voulu. Non ! Il m'a rendu un trop grand service.

Le plus dur restait à faire. Pour commencer, prendre bien garde à ne pas faire de faux pas justement, pas de « pas de clerc ». Attention ! En tout premier lieu : prévenir les familles (expression fort peu réjouissante en soi, et encore plus pénible lorsque l'on est chargé de la mission et que c'est de soi qu'il s'agit). Il n'y eut pas de grande scène lorsque je lâchai la vérité et annonçai mes projets. Contre toute attente, ma mère éclata de rire en déclarant qu'après tout « j'avais parfaitement le droit de choisir mon chemin et que ce n'était pas plus bête de vouloir devenir une star de cinéma que de vendre de la laine boulevard Haussmann ». Elle ajouta sur un ton d'ironie qui n'appartient qu'à elle : « Je voudrais bien voir la tête de tes grands-parents quand tu vas leur annoncer que tu veux monter sur les planches. »

— Je leur téléphonerai ce soir, j'irai les voir demain !

— Tu me raconteras comment ça s'est passé...

Et voilà. Du côté maternel, j'avais le feu vert. Donc partie à moitié gagnée. Restait effectivement à prévenir le côté paternel... autre type de forteresse dont on ne pouvait faire le siège avec les mêmes armes ni à l'aide des mêmes arguments.

Les Lemoine, Worth, Cartier, Révillon étaient de la race des créateurs, grands couturiers, joailliers ou fourreurs. Ils faisaient partie du Tout-Paris de haut luxe depuis plusieurs générations. Il n'était pas extraordinaire que l'un de leurs descendants veuille, à son tour, innover. C'était atavique, l'invention, de ce côté-là.

La « Reine-Mère » avait rappelé à la fin de notre conversation à trois un petit fait amusant :

— Ta décision ne fera jamais autant de bruit que celle que prit un jour ton arrière-grand-père Worth et qui, tout en scandalisant Paris, assura notre propre fortune. Tu sais que c'est lui qui inventa les maisons de couture et la présentation des modèles sur des mannequins vivants. Avant lui, les élégantes du siècle dernier, aristocrates ou bourgeoises, se faisaient habiller par leur couturière particulière à domicile. C'est ton arrière-grand-père qui eut l'idée de demander à sa propre femme de présenter dans leur hôtel particulier quelques modèles devant l'impératrice Eugénie et quelques dames de la cour des Tuileries. Le succès fut immédiat. L'impératrice commanda six robes... Les dames de la cour impériale, la ville et les capitales étrangères se précipitèrent chez Worth pour être « à la mode ». Alors... ce que tu veux faire n'est pas plus extravagant que ce que fit ton arrière-grand-mère à l'époque. Vas-y ! Ose... Mais je t'en supplie... réussis !

Mes grands-parents paternels avaient quitté leur somptueux rez-de-chaussée, bel étage, jardin, de l'avenue de Breteuil, pour s'installer dans un bel appartement de la place des Invalides. « Les usines de la Somme » ayant été totalement détruites par le feu et les bombardements en 39-40, ils avaient cru plus sage de réduire considérablement leur train de vie parisien. Ce grand-père-là était un homme d'argent. Cette grand-mère-là était une femme de tendresse.

Lui, intelligent et travailleur infatigable, devait sa brillante réussite à un acharnement constant à l'évolution de ses affaires. C'était un homme sec, de petite taille, qui se reprocha sa vie durant de ne pas être plus haut de quelques centimètres. Il avait un grand nez, de petits yeux, portait barbe et moustache, sentait la lavande, parlait sec et passait ses journées à remplir des fiches — pour ne rien oublier — qu'il classait méticuleusement dans deux portefeuilles de crocodile noir. Nerveux, autoritaire, il était cependant d'une lâcheté totale envers ses propres enfants. Lorsque quelque chose ne marchait pas comme il l'entendait, c'était naturellement la faute de ma pauvre grand-mère, laquelle avait naturellement encore pour mission d'arranger ce qui n'allait pas. Pas toujours de bonne foi, il faisait payer à sa malheureuse épouse des fautes dont il était parfois le seul responsable. (Il l'avait oublié ou ne tenait pas à s'en souvenir.) Très attachés l'un à l'autre, ils formaient un couple qui s'entendait très bien, et pour cause... Ma grand-mère avait été créée, semblait-il, pour le servir et le satisfaire en tout. Je ne l'ai jamais entendue élever la voix. Elle était née Gravereaux, avait huit frères et sœurs avec lesquels elle entretenait d'affectueuses relations. Son père, Jules Gravereaux, exécuteur testamentaire de Mme Boucicaut (le Bon Marché), s'était retiré des affaires la quarantaine à peine dépassée (heureux temps !) et avait acquis une douzaine d'hectares aux environs de Paris, en pleine campagne à cette époque, à L'Haÿ. C'est là que ma grand-mère vécut sa jeunesse avec ses parents, ses frères et sœurs, dans une jolie maison du XVIIIe, placée au bord d'un parc immense devenu partiellement « roseraie ».

A la mauvaise saison, la tribu regagnait l'hôtel particulier de l'avenue de Villars. Paradis bourgeois très fin de siècle... ce qui ne manquait pas d'agréments, je veux bien le croire. C'est là que mon grand-père avait demandé la main de ma grand-mère et l'avait obtenue grâce à l'amitié de collège qui le liait à l'un des frères de la fiancée...

Ma grand-mère fut, jusqu'à sa mort, l'un des deux personnages les plus importants de mon existence. Il m'arrive de penser à elle, souvent. Je la revois sans effort et j'entends encore le son de sa voix. D'elle, rien ne s'est effacé de ma mémoire. Le geste doux, la voix mesurée, l'élégance discrète, le parfum léger (violette et citronnelle). Elle avait su conserver de très beaux bras qu'elle laissait encore voir l'été. Elle vous donnait, en vous parlant, le plus beau regard gris clair que j'aie jamais croisé. Elle n'était pas « belle », mais charmante, avenante, aimable, affectueuse de nature et, en ce qui me concerne, d'une indéfectible dévotion (dont je m'accuse aujourd'hui d'avoir usé et abusé pendant des années). Peut-être est-elle restée le grand amour de mon existence ; l'autre amour que j'ai connu ne peut être comparé à celui que je lui ai porté.

Nous sommes à la mi-décembre 1948. Dans le grand salon d'où l'on pourrait voir le dôme des Invalides si l'on allait sur le balcon (mais aucune des personnes réunies n'y songe), se trouvent assis et silencieux, dans l'expectative, les spécimens humains qui composent ma proche famille paternelle. Mes grands-parents, le frère aîné de mon père — qui ressemble, tant il est maigre et long, à une sorte de Don Quichotte sans barbe, sans moulin à vent et sans charme. Appendice nasal de toucan, dentition très abîmée (vieil ivoire et brun), visage à la Greco repeint par Goya, voix pointue, rayée et nasillarde qui laisse entendre quelquefois des choses exceptionnelles. Il est très intelligent mais... « plus paresseux que lui, tu meurs ». Il fume un tabac qui empeste, au bout d'un long fume-cigarette des années trente qu'il n'a pas dû beaucoup quitter depuis vingt ans.

Ensuite, la sœur aînée de mon père et ma marraine de surcroît. Personnage mince, blond, bleu ciel, gracile, élégant, distingué. Un pastel vivant. Pas vraiment jolie mais infiniment séduisante. La gentillesse foncière de sa mère, mais les lèvres minces de son père et... la moitié de son nez. Elle a pour moi toutes les faiblesses, parce que je suis le fils de son frère cadet disparu qu'elle adorait.

La cinquième personne arpente la pièce les mains dans les poches, fume un tabac blond, se mouche, feuillette une revue, la repose, siffote discrètement. C'est un nerveux. Presque aussi longiligne que son frère, il n'a pas hérité de sa maigreur agressive mais du même nez, en plus discret. Nous avons quinze ans de différence et il m'a depuis longtemps considéré comme un obstacle à ses projets futurs de mainmise sur les usines familiales.

Nous ne sommes pas assis tous les six pour parler des fêtes de Noël pourtant proches, mais pour assister et participer à un procès dont je suis, bien sûr, l'accusé. Mentalement, je distribue les rôles. J'assurerai seul ma défense, sans avocat. Ma grand-mère et ma tante seront les jurés, hélas trop modestes et trop réservés pour influencer le juge qui, naturellement, sera mon grand-père. Mes deux oncles se déguiseront automatiquement, je le sens, je le sais, en procureurs agressifs de la République des Bourgeois conventionnels.

Je ne relaterai pas les minutes de ce procès qui dura des heures... Atmosphère pénible et d'autant plus irritante que les hommes étaient de parti pris. Leur mauvaise foi s'appuyait sur des critères datant de décennies révolues. Les deux femmes reléguées au rang de témoins muets n'osaient pas intervenir. Elles auraient été rabrouées sèchement.

D'entrée de jeu (et pourtant, ce n'en était pas un), j'avais senti que la partie était perdue mais, condamné en puissance, je me défendais avec la force de la jeunesse, mon orgueil et ma conviction. Ce qui m'aidait, dans cette dure tâche, c'est qu'en regardant et écoutant ces trois hommes, je sentais que j'étais capable de faire tout au monde — n'importe quoi ! — pour ne pas leur ressembler. Leur étroitesse de vue, leur ton tranchant, leurs arguments faux et péremptoires provoquaient en moi une sorte de dégoût. J'éprouvais la nécessité de prendre de la distance avec des gens que j'estimais mesquins. Nous n'étions — à présent j'en étais sûr — décidément pas du même chenil. Il m'avait été dit, répété, que mon père ne leur ressemblait en rien. C'est sans difficulté que j'en étais, à présent, convaincu et soulagé.

Après s'être égosillés, en aboyant, croassant et coassant, mes deux oncles se lassèrent de mordre. Cette affaire, dans le fond, n'était pas tout à fait la leur. Du moment que je ne touchais ni à leurs privilèges ni à leur porte-monnaie, ils se moquaient de mon destin. Après tout, si je voulais devenir saltimbanque... Mon grand-père était contrarié, peiné, déçu et furieux. Ma grand-mère, bouleversée, pleurait. Ma tante baissait les yeux en jouant avec ses bagues.

C'est dans un silence relatif que j'entendis l'aîné de mes oncles déclarer :

— Naturellement, pour « faire l'acteur », tu vas changer de nom !

Je n'avais pas encore eu le temps d'y penser.

— Evidemment, affirmai-je.

— Tu n'as pas le droit de traîner notre nom sur les planches !

Alors, exaspéré par cette petitesse d'esprit insultante, je me surpris à répliquer en une phrase (emphatique et théâtrale, déjà !) :

— Votre nom n'a fait que le tour de la bonneterie, le mien fera peut-être le tour du monde.

C'était là envoyer un peu loin le bouchon pour un garçon de vingt et un ans qui n'avait encore rien prouvé et dont la réussite future n'était encore qu'hypothétique dans une corporation dont il ignorait tout et qui ne connaissait pas même son existence... C'est alors que le cadet de mes oncles lâcha cette question qui me fit éclater de rire :

— Et s'il réussit... comment les gens sauront-ils que nous sommes de la même famille ?

Mon rire mis à part, on n'entendait plus rien dans le salon, en dehors de la pendule qui égrenait huit coups.

III.

Les fêtes de famille en cette fin d'année se déroulèrent comme à l'accoutumée, déjeuners et dîners somptueux où chacun affichait une bonne humeur de rigueur. Personne dans les deux camps séparés ne fit allusion à mon futur « changement de cap ». On n'en parlait pas (et pour cause !) : rien n'était fait ! (Tout restait à faire.)

Cette période de stagnation n'était pas faite pour me plaire. J'étais résolu à en sortir au plus vite. Je considérais le fait de ne rien faire depuis des mois comme du temps gâché. Il fallait agir (c'est dans mon tempérament), et vite.

Au tout début de janvier 1949, j'entre au cours Simon, alors situé boulevard des Invalides, au coin de la place Saint-François-Xavier. Cette académie privée se composait d'un rez-de-chaussée abritant une entrée, minuscule « foyer », un bureau jouxtant une grande salle d'audition dotée d'une scène équipée de rideaux bruns et de projecteurs, peu nombreux. Le premier étage était réservé aux appartements privés du « patron », René Simon.

Les formalités de mon inscription au cours s'effectuèrent sans difficulté. La fidèle secrétaire, Marga, âme damnée du patron, me dit qu'avant tout il était nécessaire que le maître des lieux me voie et m'entende pour qu'il décide de la classe où il allait me placer.

— J'allais oublier ! Comment vous appelez-vous ?

En un éclair je revis la scène du tribunal familial.

— Euh... Jean ! déclarai-je.

— Jean quoi ? questionna Marga.

D'une pièce adjacente s'élevaient des éclats de voix — deux garçons qui parlaient fort (je ne savais pas encore qu'ils allaient devenir de bons copains pendant quelque temps). Derrière la cloison, le ton montait. Une voix engueulait l'autre. « Mais non... ce n'est pas du tout dans le personnage.. Ne me dis pas ça en riant, Pascal ! »

Dans le bureau, Marga s'impatientait.

— Alors, comment vous appelez-vous ?
— Euh... Jean Claude... Pascal !
Et c'est ainsi que j'inventai le nom que vous connaissez. En ce qui concerne les « voix » derrière la cloison, ce n'était ni sainte Catherine ni sainte Marguerite, mais celles de Pierre Mondy et de Pascal Mazzotti qui répétaient une scène pour une future audition.

Le lendemain, je rencontre René Simon. Visage fascinant où se lit une vivacité d'esprit. Des rides en tous sens parcheminent ce masque sans cesse en mouvement. L'œil est petit, indéfinissable et scrutateur. La voix mesurée, volontairement calme.
— Qu'est-ce que tu veux faire ?
— Euh... du théâtre.
— Tu as déjà joué ?
— Non, jamais.
— Qu'est-ce que tu sais ?
— Euh... pas grand-chose.
— Qui t'as donné l'idée de venir ici ?
— Michel Auclair.
— Tiens tiens...
Et tout en m'écoutant lui répondre, il me dévisage, m'inspecte, me jauge, m'évalue. Je ne suis pas très à l'aise.
— Evidemment, tu as une belle gueule... mais ça ne suffit pas.
— J'imagine.
— Non, n'imagine pas : sache-le ! Qu'est-ce qui t'attire ?
— Tout !
— Vaste programme ! Qu'est-ce que tu aimes ?
— Tout ce qui est beau.
— Oui, mais quoi ? Racine, Molière, Hugo ?
— Je ne sais pas, n'importe quoi !
— Parce que Racine, Molière, Hugo, c'est n'importe quoi ?
— Non ! Ce n'est pas ce que je veux dire.
— J'espère bien !
Je commençais à me demander si je n'allais pas être mis à la porte avant de l'avoir franchie.
— Tu sais bien un texte ?
— Pas vraiment par cœur.
— Une fable de La Fontaine ?
— Oh oui, ça... une fable de La Fontaine...
— Parce que tu crois que ce sont des textes faciles ?
— Non, mais je connais quelques fables.
— Eh bien, nous allons t'entendre. Mme Clervannes a dû commen-

cer son cours, nous allons descendre et tu vas nous raconter la fable de ton choix.

— Comment ? Comme ça, tout de suite ?

— Pourquoi pas ?

— C'est que... je ne sais pas si...

— Bien sûr, tu ne sais pas, moi non plus, et c'est pour ça que je veux t'entendre, pour juger de tes aptitudes. Allez, viens, on descend. Passe devant, c'est tout droit.

J'ai l'impression de descendre aux enfers. C'est un bien petit « Orphée », tout pâle, que l'on propulse dans la grande salle d'audition. Sur une estrade, dans le fond, une jeune fille et un jeune homme passent une scène d'une œuvre de Musset. La pièce est remplie d'élèves attentifs. Chacun se lève ou s'interrompt à l'entrée du patron qui me présente à Mme Clervannes, laquelle préside ce cours. René Simon me montre à toute la classe.

— Je vous présente un nouvel arrivant. Physiquement, il n'est pas mal. Nous allons tous ensemble voir ce qu'il vaut, et c'est pour juger si son ramage ressemble à son plumage qu'il va nous dire une fable de La Fontaine !

J'ai l'impression que le sol s'ouvre, que ma vue se brouille et que l'air me manque. On me pousse vers l'estrade. J'y grimpe, croyant gravir les degrés qui me séparent d'un gibet. Je suis là, affolé, au milieu de la scène. Je ne sais pas quoi faire de mes jambes, de mes bras, de moi-même. Le silence s'est fait. Je n'ose rien, à peine respirer. Il me semble avoir pénétré par effraction dans le lieu sacré d'une secte dont je ne fais pas partie. Je deviens otage d'une tribu cruelle. J'ai très peur. C'est alors que j'entends, dans une sorte de brouillard, la voix pourtant claire de René Simon :

— Alors... tu commences ?

Le silence encore. Il n'y a pas de doute, il faut faire ou dire quelque chose, parler ou s'enfuir.

— C'est que... comme ça... devant tout le monde...

— Eh bien quoi, devant tout le monde ? Tu te figures que tu joueras la comédie tout seul, dans ta salle de bains ?

Eclat de rire général qui me fait rougir jusqu'aux oreilles. René Simon reprend :

— En général on s'adresse à un public quand on monte sur une scène de théâtre. Si tu veux jouer tout seul tu n'as qu'à rentrer chez toi, mais ne serait-ce que par politesse, tu peux nous dire une fable avant de partir.

Je ne vous surprendrai pas en avouant que j'ai passé là un moment difficile. On ne peut massacrer le texte de La Fontaine mieux que je ne le fis ce jour-là. Aux trois quarts inaudible, avalant la moitié des mots, sautant des vers, bafouillant, suant, je parvins péniblement au bout de mes peines. Silence total dans l'auditoire, et puis à nouveau la voix de René Simon.

— Alors, qu'est-ce qu'on fait ? On le garde ?

La question était lancée à la cantonade. Des « oui » et des « non » fusèrent avec la belle franchise qui habite la jeunesse. Le patron mit fin au brouhaha et laissa tomber la sentence :

— On va le garder, on va l'essayer. On va le faire travailler, on verra bien.

Pris en main par Madeleine Clervannes, je « travaille » comme un forcené Molière, Hugo, Racine, Corneille, Musset, Rostand aussi. Je tente de m'identifier à Titus, Alceste, Ruy Blas, Horace, Clavaroche et bien d'autres. On me fait tâter du « moderne », du Marcel Achard, du Salacrou, mais le résultat n'est pas probant.

Doué d'une mémoire éléphantesque, j'apprends mes textes rapidement. Reste ensuite à les interpréter de façon présentable, sinon personnelle. Aimant la musique, je suis sensible à la cadence des alexandrins que je restitue à peu près convenablement. En revanche, j'éprouve quelques difficultés avec les rôles en prose, principalement dans le répertoire contemporain. Je ne sais pas respirer, je ne prends pas « mes temps ». Je veux aller trop vite, je bafouille. On ne comprend rien. Hypernerveux de nature — c'est dans ma famille —, je ne sais pas encore me contrôler et je m'y ingénie de toutes mes forces avec une ténacité qui m'étonnerait presque si je ne me sentais pas habité irrépressiblement par la passion de ce que je fais.

Madeleine Clervannes et René Simon complotent à mon sujet. Ils se proposent de me préparer au concours du Conservatoire, antichambre de la Comédie-Française. Pour une fois, me croyant lucide et les prenant pour de « doux dingues », je poursuis mon apprentissage avec une conviction acharnée. Les auditions succèdent aux auditions. J'ai toujours une scène prête si l'on me demande de passer.

Je fais des progrès. On ne me le dit pas, mais je le sens. Cela revient simplement à dire que la peur ne me paralyse plus tout à fait, que je bafouille un peu moins, que mes mouvements s'harmonisent avec ce que j'ai à dire et que je commence à m'amuser dans les scènes que j'ai à interpréter. Par conséquent, j'avance. Cette sensation me donne des ailes et du courage. Je ne cesse de travailler. Je dévore les œuvres. J'apprends tout ce qui me tente. Je pousse la démarche jusqu'à l'excès, jusqu'à la parodie. Lorsque Madeleine me demande :

— Qu'est-ce que vous passez aujourd'hui, Jean Claude?

Je réponds sans me démonter :

— Célimène !

Eclats de rire de mes camarades !

— Après tout, pourquoi pas ? Un grand garçon comme vous dans un rôle de coquette, ça peut nous distraire !

Je ne sais plus qui, sur l'estrade, m'envoya les derniers vers d'Arsinoé pour me permettre d'enchaîner mon monologue : « Madame j'ai beaucoup de grâces à vous rendre... » Jacqueline Maillan peut-être... Ce que je peux dire c'est que je remportai ce jour-là un succès mémorable. Les rires et les applaudissements de l'assistance me remplirent de joie. Pour calmer ma vanité prête à naître, mon professeur coupa court en m'intimant l'ordre de passer séance tenante les fureurs d'Oreste. Beau texte, certes, mais beaucoup moins distrayant.

Les journées passèrent avec une rapidité jamais connue jusqu'alors. Les nuits étaient écourtées pour me permettre d'ingurgiter textes sur textes. Cette nourriture-là, si elle emplissait mon esprit et entretenait ma petite flamme intérieure, ne me faisait pas engraisser. Mince, le teint pâle, les joues creuses, j'étais heureux mais j'avais mauvaise mine. Les deux « clans » familiaux commençaient à s'inquiéter pour ma santé.

Nous étions au printemps. Depuis peu ma mère et mon demi-frère, fils de son second mari et mon cadet de six ans, avaient, eux aussi, élu domicile auprès de moi chez ma grand-mère, rue de la Faisanderie. On avait aménagé toute la seconde partie de l'appartement à cet usage. Ma mère, mon frère et moi vivions indépendamment de ma grand-mère. D'une grande lingerie, on avait fait une cuisine. D'une pièce de rangement, une salle à manger. Mon frère et moi avions nos chambres respectives, partageant la même salle de bains, et notre mère s'était arrangé une très belle chambre et un petit salon boudoir à son usage personnel.

Ma vie quotidienne était assez bien organisée. Le matin je relisais ou j'apprenais mes textes. Ensuite, je prenais le métro pour aller déjeuner chez mes grands-parents paternels aux Invalides, à deux pas du cours Simon. La plus grande partie de l'après-midi était consacrée au travail sous l'autorité attentive de Madeleine Clervannes ou de René Simon, à la suite de quoi nous allions finir la journée au « Villars », café-brasserie situé presque en face du cours, à l'angle de la rue de Babylone et de l'avenue de Villars.

Tout le monde n'avait pas accès à cet endroit. Avec quelques camarades, nous avions constaté que nous étions bien plus à l'aise dans ce lieu que dans le petit foyer du cours Simon. Et puis nous pouvions bavarder à bâtons rompus de nos préoccupations de néophytes, de nos ambitions, de nos problèmes d'apprentis comédiens sans être entendus par des oreilles indiscrètes. C'est pourquoi les élèves qui ne faisaient pas partie de notre groupe, assez restreint, étaient priés d'aller voir ailleurs si nous y étions, et de déguster leur café crème dans la brasserie d'en face de préférence.

Je ne sais plus comment j'ai réussi à entrer dans ce cénacle d'anciens (inscrits au cours avec six ou dix mois d'avance sur moi). A cause de mon « numéro » de Célimène ? Peut-être ! Toujours est-il que nous avions décrété notre intention de ne pas être dérangés et embêtés par les autres.

Il y avait là Pierre Mondy, pas encore gros nounours mais déjà grassouillet, qui ne jurait que par Sacha Guitry, avait lu toute son œuvre et n'entendait travailler que sur ses textes ou presque ; Philippe Nicaud partageait cette passion pour LE maître, avec des échappées sur Labiche et Feydeau. Claire Maurier était drôle, Colette Deréal jolie et Marcelle Derrien discrète. Jacqueline Maillan rongeait son frein. Elle avait un emploi difficile dans les classiques et cherchait éperdument son personnage. Elle savait qu'elle le trouverait un jour et s'armait de patience. Nicole Courcel nous faisait la grâce de venir quelquefois boire un vichy-fraise en notre compagnie ; Pascal Mazzotti, délirant, nous faisait crever de rire avec des histoires impossibles. Robert Hossein s'installait, sombre et tourmenté, jouant volontiers à la ville les personnages de Dostoïevski puis, tout à coup, prenant quelqu'un à partie, l'invectivait, le sermonnait, se faisait offrir un café par le même et le quittait en l'embrassant avant de sortir dans un grand rire, « slave » jusqu'à la plante des pieds. Il faisait pleurer les filles qui l'écoutaient, pâmées, réciter : « Mes chers amis quand je mourrai, plantez un saule au cimetière... » Dix minutes après il nous expliquait pourquoi lorsqu'on l'invitait au restaurant il commandait ce qu'il y avait de plus cher. « Ça pose quelqu'un... tu comprends ! De la langouste, encore de la langouste... Après on te prend au sérieux. » Mais il était excellent sur scène dans les personnages « à problèmes ». Il les jouait encore dans la vie. J'éprouve de l'admiration pour la réussite de Robert Hossein. Elle est venue tard. Il a dû s'ennuyer longtemps dans des rôles de petites frappes, de voleurs punis, de gangsters frustrés, de mauvais garçons aux attitudes troubles. Et puis un jour, il a incarné à l'écran Joffrey de Peyrac, héros de la série des *Angélique*. Sa popularité éclata immédiatement, du jour au lendemain connu, aimé, apprécié, il se trouva recherché par les producteurs et les metteurs en scène en vogue. Il sut éviter certains écueils, ne pas succomber à certaines tentations faciles dans le choix de ses rôles et commit, comme tout le monde, des erreurs dont il sut tirer la leçon. Il a su, surtout, s'entourer d'une équipe d'acier surveillée par Ghislaine Dewing avec une attention jalouse et des intentions d'évolution constantes qui ont mené Robert jusqu'à Reims pour s'y faire couronner, comme un roi. Il régna avec bonheur sur cette maison de la culture et lui apporta, avec sa forte personnalité, le rayonnement que l'on sait. Depuis, metteur en scène de grands spectacles, s'il tyrannise ses interprètes, son despotisme est accepté car chacun sait qu'il n'impose pas les choses sans raison.

J'ai refusé un rôle qu'il m'offrait (au théâtre de Mogador), parce que je me sentais incapable d'incarner le personnage vil qu'il me proposait. Il ne m'en a pas voulu. Nos rapports sont bons, je crois, bien que nous nous voyions peu. Notre cheminement n'est pas le même.

Parmi les « copains » de l'époque, je ne voudrais pas oublier de citer Pierre Roussel, qui a abandonné le métier, et sa sœur Hélène Roussel, jolie brune aux yeux bleus, qui doit consacrer (c'est ce qui m'a été dit) ses activités de comédienne à l'animation d'un centre culturel. Elle et lui sont la sœur et le frère de Michèle Morgan, alias Madeleine Roussel, tous trois de souche normande. J'ai revu, quelquefois, Michèle Morgan. Son frère et sa sœur, jamais.

Dans cette « bande », il y avait aussi Pierre Goutas, à présent metteur en scène à la télévision, Claude Joseph, qui fait beaucoup de synchronisation, Paul Pavel qui joue par-ci par-là, et puis un grand beau garçon qui s'appelait Langlais et qui a dû abandonner depuis...

Philippe Lemaire arrivait.

Sur le cours Simon, il y aurait beaucoup à dire. Pour moi, ce fut une période expérimentale exceptionnelle, tous ceux qui sont « passés par là » ne me contrediront pas.

Le « Patron » était un homme admirable. Professeur étonnant, il trouvait les mots justes pour critiquer, il connaissait les défauts et les qualités qui habitaient chaque élève. Il savait toucher au plus juste, au plus sensible chacune de nos jeunes cervelles. Souvent dur dans ses jugements, s'il employait des mots cinglants, c'était pour mieux faire jouer tel ou tel ressort dans la mécanique de nos esprits réceptifs et impressionnables.

Après une audition, l'apprenti comédien qui s'entendait dire « Pas mal !... enfin, c'est moins désastreux que la dernière fois... » passait sa soirée dans un climat d'euphorie teintée d'orgueil ; par contre, quelqu'un qui se voyait gratifié d'un : « C'est désespérant ! Tu ne feras jamais rien », celui-là mettait plusieurs jours à s'en remettre.

Les années ayant passé, il me semble que ce n'est pas René Simon, professeur d'art dramatique, qui nous a le plus enrichis, mais le psychologue, le poète, l'orateur éloquent, l'homme persuasif et impressionnant de sincérité qui nous a marqués le plus. Nous prenions, inconscients, de fortes leçons d'humanité. Il disait des choses frappantes et savait convaincre son auditoire. Il provoquait, de notre part, une telle admiration qu'il aurait pu nous faire admettre n'importe quoi.

Seulement il ne disait pas n'importe quoi, au contraire. Convaincu du sujet qu'il traitait, il exposait ce qu'il tentait de nous faire entrer dans la tête en employant tous les moyens. Léger, anecdotique, comique, sincère, simple, sérieux, émouvant, dramatique. Son masque pouvait tout exprimer. Il allait jusqu'à la grimace, la caricature, pour nous mieux faire comprendre. Il s'aidait du geste pour appuyer tel ou tel argument. La voix changeait de ton, de couleur. Il modifiait le rythme de ses phrases, s'étendait dans les graves pour atteindre une éloquence troublante ou grimpait dans les aigus en martelant ses mots pour devenir incisif.

Il me semble, aujourd'hui, qu'il avait volontairement abandonné sa propre personnalité de comédien pour devenir multiple. Lorsqu'il décidait tout à coup de s'identifier à Cyrano, il devenait Cyrano. Quelques minutes après il pouvait être Hermione, Tartuffe, Bérénice ou Trissotin. Caméléon de génie, je défie ceux qui ont eu la chance de passer quelque temps à son cours de ne pas se souvenir combien il nous a tous marqués.

Seulement, nous étions très jeunes. Et, bien sûr, nous nous permettions (prenant des attitudes de censeurs) de tourner en dérision ce que nous estimions être les « excès du Patron ». Nous le jugions, derrière son dos (fanfaronnades de néophytes). A quel titre ? je vous le demande. C'était là un comportement fâcheux et assez ridicule. Mais allez donc empêcher la jeunesse de vouloir se montrer supérieure, de plastronner et de dauber sur les anciens ! Nous omettions volontairement de conjuguer le verbe « être », lui préférant l'autre : « paraître ».

Et nous nous croyions intelligents !

C'est dans ce petit café-brasserie du coin de l'avenue de Villars que le dernier cours de René Simon auquel nous venions d'assister était diversement jugé. Ce tribunal ne tenait pas longuement séance. Quelques phrases lapidaires, des qualificatifs faciles, des appréciations sottes, de mauvais « mots d'esprit » qui se voulaient mots d'auteurs. Attablés devant nos verres d'eau teintée de menthe ou de nos cafés crème, nous nous prenions au sérieux et refaisions le monde, celui du spectacle tout particulièrement.

Le mois de mai resplendissait. Les bassins de la capitale reflétaient un ciel clair. Les marronniers en fleur coloriaient les avenues. Sur certaines places, les tulipes éclataient au centre des gazons ; ailleurs, l'odeur des cascades de lilas caressait les narines, les jets d'eau avaient un air gai et les fontaines paraissaient chanter.

Nous autres, élèves du cours Simon, avions des préoccupations bien trop importantes pour nous attarder à contempler ces beautés naturelles. En effet, cette période de l'année se révélait être pour nous de la plus haute importance. L'examen de fin d'année approchait. Il nous restait quelques semaines pour préparer et présenter « notre » scène de concours de sortie devant un jury attentivement sélectionné par René Simon et se composant de personnalités du spectacle parisien : directeurs de théâtre, comédiens en renom, actrices à la mode, sociétaires de la Comédie-Française, metteurs en scène de cinéma, etc. Bref, c'était là l'occasion, le jour, l'instant où l'on pouvait en quelques minutes se faire remarquer par quelqu'un d'influent, susceptible de vous faire démarrer dans la profession. C'est dire l'importance de ce concours.

L'excitation régnait sur nos faits et gestes, faussant nos jugements, exaspérant nos nerfs (et ceux de notre entourage), affolant nos cervelles. L'esprit de compétition s'y glissait, sournois, et nous regardions sans tendresse ceux que nous estimions, à tort ou à raison, capables de nous surpasser et d'impressionner favorablement les membres du jury.

Il fallait choisir une scène, pas trop longue, pas trop courte non plus, dans laquelle on pourrait montrer plusieurs facettes de « son talent ». Décision difficile. Après quoi, il était indispensable de choisir (encore) la fille ou le garçon qui vous donnerait la réplique. Quelqu'un de solide, de pas trop brillant pour ne pas prendre le risque que la scène choisie vous soit « volée » par le faire-valoir. C'était là tout un ensemble de difficultés à surmonter. Naturellement, les élèves les plus doués se trouvaient assaillis et ne pouvaient tout accepter. Insistance, supplication, espoir, triomphe ou déception, l'atmosphère était au demi-drame sur fond d'inquiétude et de trac naissant. Lorsque la situation devenait trop tendue, René Simon tranchait.

— Tu passeras telle ou telle scène avec un tel ou une telle comme réplique.

L'édit étant proclamé, pas question de revenir sur la décision prise au plus haut niveau de la hiérarchie simonienne. C'est ainsi que je reçus l'ordre de préparer un extrait de *La Peine capitale* de Claude-André Puget. Mlle Kovacs, d'origine tchèque, jeune fille charmante au demeurant quoique un peu forte, me fut désignée comme partenaire.

Moi qui souhaitais passer Titus !

Nous avons commencé à travailler ensemble en mai. La date de l'audition officielle étant déjà fixée à la mi-juin, nous estimions le temps court, d'autant qu'il fallait présenter ladite scène au patron avant le concours afin qu'il sélectionne ceux et celles qui passeraient en finale. Ces éliminatoires nous inquiétaient car nous avions conscience, étant nombreux, que seulement un tiers des élèves seraient désignés.

Début juin, j'apprends par mon professeur, Mme Clervannes, que le patron entend nous voir passer ma scène deux jours plus tard. Panique !

— Déjà ? Mais...

— Après-demain à trois heures !

Et Mme Clervannes ajoute :

— Tout ira très bien... si tu ne parles pas trop vite.

Le surlendemain fut là en moins de temps qu'il n'en faut pour l'écrire. Comme vous vous en doutez peut-être, mon audition fut une catastrophe. Contrairement à l'habitude, René Simon ne donna pas son verdict tout de suite. Il me dit simplement : « Je te verrai dans mon bureau après le cours. » Je repris ma place au milieu de mes camarades pour voir passer les copains. J'avais l'esprit ailleurs, écoutant et regardant les Octave et les Andromaque fort distraitement, surtout préoccupé par ce qu'allait m'annoncer le patron.

Quelques heures plus tard, la figure plus blanche qu'une serviette de table, je suis seul face à René Simon dans son bureau. Il compulse des papiers et c'est à peine s'il lève la tête pour me dire :

— Je viens de recevoir un courrier de Nadine Farel, elle est directrice du théâtre Sarah-Bernhardt. Edwige Feuillère doit partir en tournée dans quelques mois avec *La Dame aux camélias*. Elle cherche un nouvel Armand Duval et elle me demande de lui envoyer des garçons susceptibles de pouvoir interpréter ce rôle...

Moi, bouche entrouverte et sourcils levés, froncés, je ne comprends pas pourquoi il me raconte ça qui ne me concerne en rien. Comme je ne bouge pas, il reprend :

— Alors, tu vas apprendre la scène III, deuxième acte, et la scène VII, quatrième acte. L'une se passe dans le charme, la légèreté, la joie, l'autre est un grand moment de colère et de dépit. Tu feras ça très bien. Tu as le temps d'apprendre tes textes ! Je te conseille néanmoins de lire ou de relire la pièce d'Alexandre Dumas fils avant d'attaquer tes scènes. Puisque tu as travaillé avec Kovacs, tu lui demanderas de te donner la réplique dans le rôle de Marguerite Gautier. Voilà ! C'est tout. Va-t'en, j'ai un travail fou ! Ah, j'oubliais, tu es attendu au théâtre Sarah-Bernhardt le 16 juin à quinze heures.

Comme je ne bouge encore pas, le patron ajoute :

— Je ne suis pas sûr que tu sois tout à fait prêt pour jouer ce rôle, mais je n'ai pas le droit de ne pas te donner ta chance... parce que... tu es tellement le personnage physiquement que... enfin... on ne sait jamais. A présent, va-t'en, je te dis ! Non, pas un mot, j'ai à faire. Va apprendre Armand Duval !

Je me retrouve sur le boulevard des Invalides la tête vide. J'ai l'impression confuse d'avoir assisté à une scène tirée d'un film dont je ne connais pas le scénario. Mlle Kovacs m'attend en compagnie de quelques élèves. « Alors ? Alors ? » Je suis incapable de répondre.

— Qu'est-ce qu'il a dit ? On passe ? On passe pas ?

— Je ne sais pas !

— Comment tu ne sais pas ? Tu es resté dix minutes avec lui !

— Oui, je sais.

— Alors ?

— Alors rien !

— Tu es devenu fou ou quoi ?

— Je ne sais pas... Mais il m'arrive un drôle de truc...

— Tu es malade ?

— Pas encore, mais ça va venir... Allons prendre un verre. J'ai besoin de boire quelque chose...

— Ça veut dire qu'il a dit « non » pour la scène ?

— Non... au contraire.

— Alors, on passe ?

— Je ne sais pas. Allons au « Villars », je vais tout vous raconter.

Nous arrivons au « Villars ». On s'assied. Et je raconte. Je rapporte le monologue de René Simon. Je dis ce qu'il a décidé et j'avoue, piteux, que je n'ai pas eu le temps de placer un mot. L'auditoire réagit différemment, les uns peignent ma situation en noir, d'autres en bleu.

— Mais... le 16 juin, c'est le jour de l'audition au cours !

— Je sais bien...

— Tu ne peux pas être à Sarah-Bernhardt et au cours Simon en même temps !

— Je sais bien...

— Mais pour la scène que tu as passée tout à l'heure... Qu'est-ce qu'il t'a dit ? Tu passes ? Tu ne passes pas ?

— Il n'a rien dit.

— S'il t'envoie à Sarah-Bernhardt, c'est qu'il ne veut pas que tu passes ta scène au cours.

— Ah non par exemple ! Il n'a pas dit ça !

— Mais alors... qu'est-ce que tu vas faire ?

— Je n'en sais rien.

Je passe une soirée et une nuit dans un état d'énervement difficile à décrire, me remémorant cent fois les termes employés par René Simon, ce qui ne m'avance à rien. En fait, la situation est simple si on la regarde au premier degré, seulement j'en suis incapable dans l'état où je suis. Je prête au patron des arrière-pensées. Je me raconte un roman : « Il n'a pas voulu me dire que j'étais recalé pour l'audition du cours le 16 juin, alors il m'envoie ailleurs pour que je ne puisse pas passer. » Quel manque de franchise !

Eh bien, je la passerai quand même ma scène (puisqu'il ne m'a pas dit que je ne la passerai pas !). Il ne s'est peut-être pas rendu compte que c'était le même jour, etc.

Je raisonne et déraisonne avec toute la mauvaise foi dont je suis capable, ce qui m'amène tout naturellement à prendre la décision de facilité, c'est-à-dire la plus mauvaise.

Au diable Armand Duval, Edwige Feuillère, sa dame aux camélias et le théâtre Sarah-Bernhardt ! Qu'est-ce que j'irais faire là-bas ? Tout ce que Paris compte de jeunes comédiens va se précipiter pour tenter d'obtenir ce rôle. Sans parler des jeunes premiers vaguement connus qui doivent déjà se trouver sur les rangs. Non, décidément, le patron est fou de m'envoyer me casser la gueule. Je n'ai pas une chance sur cent ! Si j'y vais, on ne m'écoutera pas cinq minutes. Edwige Feuillère me fera jeter dehors... Non, non, décidément René Simon est complètement inconscient ! Je vais plutôt retravailler à fond ma scène de *La Peine capitale* avec Kovacs et j'arriverai au cours fin prêt pour l'audition du concours.

La Dame aux camélias ? Je n'ouvre même pas la brochure ! Effectivement, je ne l'ouvre pas.

Les jours suivants, je répète trois heures par jour avec Kovacs. Je crois faire d'énormes progrès. Il me semble (et à elle aussi) que le dialogue s'échange avec plus de naturel. Nous nous congratulons mutuellement, enchantés par avance de l'effet de surprise que nous allons produire dans trois jours, au concours

Il fait beau sur le boulevard des Invalides, un temps radieux, un peu chaud peut-être. Il est deux heures de l'après-midi. Nous, les élèves, tendus et anxieux, nous pénétrons dans l'enceinte du cours, nous entassant au foyer dans l'attente angoissée du moment fatidique où l'on appellera notre nom pour monter en scène.

C'est alors que, suivi des membres du jury, René Simon traverse la pièce. Il nous salue tous du geste puis le laisse en suspens et me fixe, l'œil écarquillé.

— Qu'est-ce que tu fais là ? Tu devrais déjà être à Sarah-Bernhardt à cette heure-ci ! J'ai téléphoné à Nadine Farel, elle t'attend... Veux-tu me ficher le camp là-bas ! Tout de suite !

Et me revoilà sur le trottoir. Il fait toujours aussi beau, un peu chaud effectivement pour la saison. Moi, j'ai froid. Mlle Kovacs, muette, est à mes côtés et regarde ses chaussures. Elle n'ose rien dire. Que pourrait-elle dire ? Elle sait que je n'ai pas appris un mot du rôle d'Armand Duval. Moi aussi...

Je suis coincé. Je me sens complètement perdu. Et puis, la nécessité d'agir s'imposant, je décide d'en finir avec cette situation ridicule.

René Simon ayant prévenu la directrice du théâtre que je serais là, il n'est pas pensable de « griller » ce rendez-vous. Cela entraînerait des conséquences auxquelles je ne veux même pas penser. Donc, puisque je ne peux pas faire autrement, allons-y, à ce théâtre Sarah-Bernhardt !

Mlle Kovacs sur mes talons, nous sautons dans un autobus.

Durant le trajet je lui explique qu'une fois sur place je dirai à Mme Farel que je n'ai pas eu le temps d'apprendre les scènes d'Armand Duval à cause du concours, que je suis venu tout de même pour ne pas être impoli, mais que je compte repartir tout de suite pour arriver à temps boulevard des Invalides et passer notre scène.

Je ne veux pas voir plus loin. Dans ma tête, les choses doivent se passer ainsi, tout simplement.

Nous arrivons place du Châtelet. Le théâtre, nous y pénétrons par l'entrée des artistes. Un escalier, quelques marches, un palier, une porte, les coulisses, et enfin un monsieur.

— Qu'est-ce que vous voulez ?

— Je viens de la part de...

— Chut ! Parlez moins fort, les auditions ont commencé.

Effectivement, j'entends, à demi étouffées par d'épais rideaux qui tombent des cintres, deux voix qui paraissent se répondre sur un ton théâtral.

— C'est que... monsieur...

— Je suis le régisseur du plateau. Quel est votre nom ? (Il consulte une liste qu'il tient à la main.)

— Euh... Pascal. Mais je voulais...

Il m'interrompt en déclarant :

— Oh... vous avez le temps. Ils en sont seulement à la lettre D. Vous passerez dans deux heures, pas avant.

Une douche glacée sur ma nuque n'aurait pas produit plus d'effet. Il est presque quinze heures trente. Dans deux heures, l'audition du cours Simon sera terminée et le jury se dispersera après verdict énoncé. Ils ne m'auront ni vu ni entendu.

Alors je me jette à l'eau et tente d'expliquer au régisseur quelle est ma situation : l'audition boulevard des Invalides, Armand Duval, les horaires, l'autobus, le jury...

Le souffle court, je mélange tout. Je parle sans respirer, je bafouille. Le régisseur ne comprend rien... et pour cause ! Il s'énerve. Je l'agace. Je m'en rends compte et cette sensation redouble la rapidité de mon élocution déjà presque inaudible. Il fait cesser cette logorrhée, d'autant plus exaspérante que je m'exprime à mi-voix.

— Ecoutez... moi, ça m'est égal. Vous devez vous présenter sur le plateau par ordre alphabétique. Si vous tenez à passer avant les autres, arrangez-vous avec vos camarades qui attendent leur tour. Ils sont là.

Disant cela, il me désigne un angle à l'opposé de l'endroit où nous nous trouvons et là, dans la pénombre, je distingue une dizaine de garçons et de filles qui chuchotent entre eux. Sans hésiter, je me précipite vers le groupe et, m'adressant au premier regard masculin que je croise, j'explique ma situation avec un peu plus de calme. Quelques conciliabules s'ensuivent et j'ai dû être convaincant car mon interlocuteur revient vers moi en déclarant :

— Bon, ça va... Tu peux passer avant nous. Tu sais... on n'a aucune chance, on est sûr que c'est Untel qui est déjà choisi. Edwige Feuillère consent à nous écouter, mais... elle a déjà fixé son choix. Alors, tout ce qu'on peut espérer, c'est un petit rôle dans la pièce, celui de Gaston peut-être...

Je n'écoute pas ce que me raconte ce garçon, tout cela m'est parfaitement égal. Ce qui m'occupe l'esprit en cet instant, c'est la façon dont je vais expliquer à Mme Feuillère que je suis venu lui dire que je ne sais pas un mot du rôle parce que... parce que...

Sur ces entrefaites, le comédien et sa réplique qui auditionnaient sortent de scène. Le régisseur lance un : « Au suivant ! »

Le groupe me regarde, je regarde le groupe. Le régisseur nous regarde alternativement. « Alors ? » dit-il.

Alors ?

Alors... c'est à moi de « jouer », c'est le cas de le dire. Je me tourne vers la scène. C'est d'une démarche un peu hésitante que je me dirige vers le centre du plateau. Que c'est long ce trajet ! Comme elle est vaste cette scène !

Je suis au centre. Mon cœur saute dans ma cage thoracique.

Le silence est total. Devant moi un immense trou noir, un gouffre. J'ai des crampes dans les cuisses tant je suis tendu. J'ouvre et referme les poings spasmodiquement.

Le silence se prolonge. Je ne peux plus le supporter.

Alors que je prends ma respiration pour débiter mon petit monologue basé sur le thème « Excusez-moi mais je ne peux pas parce que... » j'entends, venue du gouffre, la voix splendide d'Edwige Feuillère me dire :

— Commencez par la scène du II, s'il vous plaît.

Je reçois l'invite comme un coup de poing en plein plexus. Une sorte de K.O. technique. Je souhaiterais disparaître, happé, dans une trappe.

La voix reprend :

— Vous avez amené votre réplique ?

— Oui madame.

J'ai réussi à dire deux mots. Ce qui m'étonne, c'est qu'ils sont sortis de mon gosier serré nets et sonores. S'ensuit un court silence. La voix reprend :

— Eh bien... jouez-moi la scène du deuxième acte, s'il vous plaît.

La situation est intenable pour moi, et mon mutisme, mon immobilité qui se prolongent incompréhensibles pour Edwige Feuillère... qui attend. Je n'en peux plus. Je plonge. Je m'explique, et cette fois-ci clairement.

Nouveau silence. Qu'est-ce qui m'attend ? Qu'est-ce que j'attends ? Qu'est-ce qu'elle attend pour me dire de m'en aller ?

Je perçois, quelque part au centre du gouffre noir, des échos de conciliabules. Puis à nouveau la voix légèrement énervée :

— Vous savez bien quelque chose... un poème, une tirade, un monologue, une scène...

Et moi, opportuniste et brutal, je l'interromps :

— Oui, justement... Je suis venu avec ma réplique, Mlle Kovacs. Je peux vous passer une scène de *La Peine capitale* de Claude-André Puget... et si...

Et Feuillère, tranchante, de dire :

— C'est ça... allez-y ! Faites votre plantation de décor... Vous avez des bancs, des chaises, sur le plateau.

— Oui madame.

Je fais signe à Mlle Kovacs (prudemment restée en coulisse) et en un instant quatre chaises et deux bancs se transforment en montants de porte et en portants de fenêtre. Je suis prêt. Je le dis.

— Alors, allez-y !

— La scène se situe au moment où Lionel...

— Allez-y ! Je connais la pièce.

La voix a monté d'un ton. J'énerve.

Moi, à l'inverse, je me sens totalement détendu, léger comme un isard sur ses rochers. C'est par conséquent très à l'aise que je bondis dans cette scène que je connais à fond. Les premières répliques s'échangent. Le larynx de Kovacs émet des sons chevrotants — c'est le trac, ça va passer. Moi, je nage comme un poisson dans son bocal. Je me meus sans raideur, je le sens. Je parle fort et distinctement (pour une fois !). Je prends des temps aux bons moments. J'écoute ce que me dit ma partenaire, ce faisant, je réponds « juste ». Tout est simple.

Je joue véritablement la comédie pour la première fois. J'en ai vaguement conscience. Après tout, cette expérience n'est qu'une formalité que je remplis à la demande. Pourvu que je sois aussi bien tout à l'heure devant le jury du cours Simon ! Mon Dieu, faites que j'arrive à l'heure... là-bas ! Tandis que la scène se déroule, c'est ce à quoi je pense, puisque je suis persuadé que le « numéro » que je suis en train de faire ne débouchera sur rien. Enfin la scène se termine. Je salue le gouffre sans plus attendre, j'entraîne Mlle Kovacs hors de scène. Les coulisses, la porte, le palier, les escaliers, la sortie !

Nous voilà dehors, à l'air libre. Il fait toujours aussi beau, mais plus frais. Moi, je crève de chaleur. Nous galopons vers l'arrêt d'autobus. Il y en a un qui démarre presque sous notre nez... Nous aurons le prochain.

Quelle heure est-il ? Quatre heures ! Ça va, nous arriverons à temps boulevard des Invalides. Kovacs et moi tendons le cou pour guetter notre autobus qui se fait attendre. Enfin... il me semble le voir au milieu de la circulation. C'est à ce moment que j'entends une voix de femme essoufflée crier : « Monsieur Pascal ! Monsieur Pascal ! » Je n'y prête pas attention, fixant l'autobus qui se rapproche. Les « Monsieur Pascal !... » de la dame essoufflée se font plus nets.

Ça y est, l'autobus arrive !

« Monsieur Pascal ! » La femme est tout près de nous. Je me demande qui est ce M. Pascal qu'elle appelle si fort. Je ne réalise qu'il s'agit de moi qu'au moment où elle m'attrape par la manche alors que je saute sur la plate-forme de l'autobus. Elle a le temps de me dire :

— Je suis Olga Horstig, l'imprésario de Mme Feuillère. Elle vous attend demain à trois heures dans sa loge, au théâtre Sarah-Bernhardt.

Je n'ai pas le temps de répondre... L'autobus nous emporte. Il nous dépose à temps pour que je puisse enfin passer « ma » scène devant le jury du cours Simon. Tout le reste me semble dénué d'intérêt.

La petite scène du cours n'a aucune commune mesure avec le grand plateau du théâtre Sarah-Bernhardt.

Nous commençons à échanger nos répliques. La voix de Kovacs est sûre, la mienne hésite. Je suis brusquement dépaysé. Je cherche éperdument à retrouver l'état d'esprit dans lequel je baignais quelques heures plus tôt. Je commets une erreur fatale : je cherche à me recopier moi-même. Le résultat est désastreux. Je bute sur les mots, je saute des phrases du texte, Kovacs a du mal à suivre. Mes gestes sont gauches, empruntés. Je prends des poses, des attitudes inutiles. Je crie, je bafouille, bredouille et m'embrouille. Je me noie. Bref, la Bérézina... une débâcle.

Je quitte le cours, piteux, évitant tout contact avec mes camarades et professeurs. Les membres du jury, pas plus que René Simon, ne m'ont accordé le moindre regard lorsque je suis sorti de la salle. Je quitte la malheureuse Kovacs avec brusquerie, sans un remerciement, sans un mot, et je rentre chez moi comme un lièvre qui se précipite au gîte, bouleversé par un constat d'échec indubitable.

Il n'y a encore personne à cette heure-ci dans l'appartement. Heureusement car je n'ai pas envie de parler. Je n'ai pas faim. Je me couche... pour ne pas dormir. Je prends un livre, que je ne lis pas. Je fume. Je prends un bain. Je me recouche. En un mot, je ne sais pas où me mettre. Et puis la fatigue de la journée aidant, je finis par m'endormir.

Au matin, ma mine n'est pas des plus resplendissantes. Pâle et bouffi, je regarde dans la glace quelqu'un qui me ressemble mais que je trouve plutôt vilain. J'ai passé une partie de la nuit à imaginer ce qu'allait me dire Edwige Feuillère, tout à l'heure, dans sa loge.

Je sais bien que je vais me faire « sonner les cloches » pour m'être comporté aussi grossièrement en quittant le théâtre où elle avait bien voulu m'entendre sans même prendre congé d'elle de façon polie.

Oui, bien sûr, la réprimande est justifiée. Je la mérite, certes... Mais convoque-t-on quelqu'un pour lui donner une leçon ? Une femme comme elle, au faîte de la gloire, perdre son temps pour s'amuser à « tirer les oreilles » à un élève de cours... Cela me paraît peu vraisemblable.

Quoi qu'il en soit, je n'ai pas le choix. Etant attendu, il me faut aller bon gré mal gré au rendez-vous fixé à l'heure dite. A dire vrai, ce n'est pas seulement la rencontre avec Edwige Feuillère qui me tracasse. Ce qui m'inquiète davantage, c'est le retour au cours Simon. Là, je m'attends au pire.

Tout d'abord, l'inévitable engueulade « monstre » du patron à qui j'ai forcé la main en passant devant le jury sans y avoir vraiment été invité. Ses critiques, que je devine acerbes et dures quant à mon interprétation. Je risque tout simplement d'être renvoyé. L'horreur !

Je pense aussi aux regards ironiques de mes camarades, aux petites phrases courtes, aux qualificatifs divers dont on ne manquera pas de m'abreuver. Bref, je ne me sens pas « dans mon assiette ». J'ai un peu la trouille. Et l'heure tourne...

Par miracle, j'ai réussi à éviter tout contact avec la famille. Je n'ai pas eu à parler, à raconter, à expliquer, à mentir. Seul dans la cuisine, j'ai avalé mon café au lait, aussi vite que possible. Il est midi depuis longtemps : je dois me préparer. J'essaye de me refaire « une gueule » ; toilette lente et soignée, non pas « pour réparer des ans l'irréparable outrage » (j'ai vingt-deux ans), mais pour redonner bonne figure à un visage maltraité par l'insomnie et l'anxiété.

Il est deux heures passées. J'arrive place du Châtelet beaucoup trop tôt. Je me promène sur les quais, il fait beau. Moi, je m'en moque. Ciel gris, ciel bleu, ça m'est bien égal. Je ne sais même pas ce que je ressens... une impression de vide peut-être, de la déception, sûrement. Je suis déçu, de tout, de moi surtout. Quel fichu caractère que le mien ! Quel imbécile je suis ! Le temps passe tandis que je regarde les eaux de la Seine contourner les arches d'un pont.

C'est avec une pointe d'énervement, un peu de fatalisme et beaucoup de curiosité que je frappe à la porte d'Edwige Feuillère, loge qui fut celle de la grande Sarah Bernhardt.

— Entrez !

La voix de velours... J'entre et referme la porte doucement. Décor blanc et or, de style Empire (si je me souviens bien). A contre-jour, debout devant un flot de rideaux en voile crème, se tient Edwige Feuillère. Je suis un peu ému, intimidé. Je la regarde. Elle sourit. Je regarde ailleurs... et rougis. Je m'en veux mais n'y peux rien.

— Approchez un peu... qu'on vous voie de près !

C'est un ordre, mais c'est si joliment dit, si gentiment. J'avance.

— Allons, venez... je ne vais pas vous manger !

Et elle rit, naturellement. Je fais un pas. Deux mètres nous séparent. Nos regards s'accrochent un long moment. Je ne baisse pas les yeux bien qu'en éprouvant l'envie. Mon front devient moite.

— Oui... Evidemment, vous n'êtes pas mal physiquement. Vous êtes grand, ce qui est une bonne chose... et joli garçon. On vous l'a déjà dit ? Sûrement !

Je ne sais plus où me mettre. Tout à coup, je me remémore le livre de Colette *Le Blé en herbe* et je panique... Alors, c'est pour ça qu'Edwige Feuillère... Je n'ai pas le temps d'élucubrer davantage. La voix reprend, légèrement incisive :

— Eh bien, dites quelque chose... Vous n'êtes pas muet. Je vous ai entendu hier...

Je bredouille n'importe quoi. Sentant mon trouble, Edwige reprend :

— Tenez, asseyons-nous et causons.

Elle s'assied sur un canapé et me fait signe de prendre place auprès d'elle. Je suis à peine installé qu'elle me déclare : « Cela vous amuserait-il de jouer le rôle d'Armand Duval avec moi ? »

Je suis déjà debout, mû par un ressort, et j'éclate littéralement. Les phrases se chevauchent, je hausse le ton, je critique violemment son attitude envers moi. Je suis hors de moi. Je lui fais une scène. A cette différence près que les mots qui se bousculent sont les miens et que je ne joue pas la comédie. Je lui déclare qu'elle peut tout se permettre, tout me reprocher mais qu'elle n'a pas le droit de se moquer de moi. Oui, j'ai mal agi hier, je suis venu pour m'excuser. C'est vrai. Mais je ne m'attendais pas à ce que quelqu'un d'aussi important s'abaisse à traiter si méchamment quelqu'un d'aussi insignifiant que moi, et que... et que... Je fulmine.

Si elle n'avait pas éclaté de rire, je crois bien que j'aurais continué à l'invectiver. Ce rire de gorge si connu continuait, s'amplifiait. Je n'avais jamais imaginé que cette grande dame du théâtre et du cinéma pût rire ainsi, comme tout le monde. J'étais médusé, décontenancé, penaud.

Edwige reprenait son souffle et riait encore en mineur en me disant :

— C'est bien la première fois qu'il m'arrive une chose pareille. Je vous propose un rôle pour lequel tous les jeunes premiers de Paris sont prêts à se battre, et vous... vous me faites une scène ! Non... vraiment, je n'ai jamais vu ça.

L'ivresse que provoque la colère criée se dissipa d'un coup et c'est comme une baudruche vide que je m'affalai sur le sofa. Comment ? Quoi ? Alors... c'était vrai ? C'était vrai ! Tandis que je reprenais mon souffle, elle me dit en désignant du doigt un guéridon :

— Donnez-nous donc un peu de champagne. Nous allons prendre un verre pour fêter cet événement.

Elle ajouta, malicieuse :

— J'espère que vous savez ouvrir une bouteille de champagne.

Si j'ai bonne mémoire, c'est ainsi que les choses se sont passées.

Durant les minutes qui suivirent, Edwige Feuillère me parla de la pièce et du rôle que j'aurais à interpréter. Elle m'apprit que nous ne jouerions pas avant plusieurs mois et que j'avais, par conséquent, tout mon temps pour apprendre mon texte. Après quoi, l'entretien se poursuivit pendant une heure pendant laquelle je dus principalement répondre à des questions me concernant. Alors qu'elle me raccompagnait gentiment jusqu'à la porte de sa loge, Edwige Feuillère me dit en souriant :

— Vous êtes décidément tout à fait le personnage.

Ce jour-là, en fin d'après-midi, mon retour chez René Simon fut tout autre que celui que j'avais imaginé. A peine arrivé, Marga, la fidèle secrétaire, m'accueillit par un :

— Le patron t'attend.

— C'est pour l'audition d'hier ?

— Je ne sais pas...

Je monte au bureau. René Simon est seul, il écrit. A peine suis-je entré qu'il pose sa plume et renverse le buste contre le dossier de son fauteuil. Il me dévisage et lance :

— Alors ?

— Alors quoi ?

Un silence.

— Tu as été très mauvais hier... tu m'as fait honte !

— Je sais.

— Les membres du jury n'ont pas compris pourquoi je présentais un élève aussi peu doué... La plupart d'entre eux ont écrit en face de ton nom : « A déconseiller ». Tu sais ce que ça veut dire ?

— Oui, évidemment.

— Ça veut dire qu'ils ne croient pas que tu sois capable de faire une carrière.

— Oui... Mais...

— Non, il n'y a pas de mais... Tu n'as pas d'excuses. Tu m'as mis dans une situation impossible devant Untel et Untel.

Et lui d'énumérer les membres du jury dont je tairai les noms car ils font partie de l'histoire de notre théâtre contemporain. René Simon me sermonna pendant un petit moment. Je crois qu'il s'amusait à mes dépens. J'en fus convaincu lorsque, changeant de ton, il lâcha :

— Je ne sais pas ce que tu as fait à Edwige Feuillère, mais...

— Ah... vous savez !

— Oui, je sais. Nadine Farel et Olga Horstig viennent de me téléphoner. Je suppose que tu as dû être excellent dans le rôle d'Armand Duval... Tu es tellement le personnage... tu as dû être plus à l'aise dans la scène du quatrième acte... Tu vois que j'ai bien fait de t'envoyer là-bas. Seulement, je n'étais pas sûr que tu réussisses... C'est bien. C'est très bien. Je suis heureux et fier de toi.

Et subitement lâche, je n'ai pas eu le courage de lui avouer la vérité. L'a-t-il jamais sue ?

La nouvelle fit l'effet d'une bombe dans le petit monde des élèves du cours Simon. Le plus abasourdi du lot étant votre serviteur, qui se gardait bien d'avouer sa surprise d'avoir été choisi. Au contraire, je laissais courir les légendes.

« L'audition d'Armand Duval » prenait figure d'exemple. Chacun, racontant l'historiette, en rajoutait un peu, tant et si bien qu'à la fin personne ne sut l'exacte vérité, tout ayant été déformé, amplifié, modifié selon l'imagination des uns et des autres.

Moi, ravi et légèrement habité d'une sotte vanité, je jouais au milieu de mes condisciples le rôle du « gars tout simple » qui a eu de la chance mais qui... au fond, la méritait... peut-être. Les filles me regardaient autrement, plus souriantes. Les mâles m'observaient de biais, un peu jaloux tout de même à cause des filles et de l'engagement que j'avais décroché. Je déclarai, toujours avec une simplicité que je croyais sincère, que je continuerais à suivre les cours jusqu'aux vacances du 14 juillet.

Mes camarades me trouvèrent magnanime ! Chacun semblait rechercher ma compagnie... Les filles me demandaient des conseils et des appréciations sur leurs interprétations. Je me gardais de répondre : qu'aurais-je pu dire, moi qui ne savais rien, encore ahuri par ce qui était arrivé ?

La famille fut un peu surprise en apprenant la nouvelle. Joie teintée d'un léger doute du côté maternel. Etonnement teinté d'inquiétude du côté paternel. Ce n'était pas encore encore officiel, et puis cela ne se passerait pas tout de suite. Et dans ces milieux du spectacle... les gens changent d'avis si facilement, n'est-ce pas ?

IV. L'été s'annonçait radieux.

Je tins ma promesse et continuai à suivre ponctuellement les cours chez René Simon, comme s'il ne s'était rien passé. Je jouais au garçon sage et attentif (attitude d'emprunt). Ma tête était pleine d'élucubrations relatives à « ma réussite ». L'orgueil mal placé me taquinait déjà. Je vendais « la peau de l'ours avant de l'avoir tué », mais restais muet sur mes pensées secrètes. Notre assiduité se relâchait au rythme des jours. Le clan Pierre Mondy, Philippe Nicaud, Roussel, Pascal et quelques autres se réunissait volontiers dans ce bar-brasserie du coin, « le Villars ».

Là nous discutions sans fin. Nous parlions théâtre et cinéma. Nous nous lancions aussi dans d'interminables parties de cartes. Ce jeu s'appelait *le barbu*, se jouait à plusieurs, en cinq ou six manches, et obéissait à des règles simples que j'ai partiellement oubliées. C'est à l'issue de l'une de ces parties que le doigt du destin décida, à nouveau, de me toucher de biais.

Il est près de cinq heures de l'après-midi. Il a fait lourd toute la journée. Un violent orage vient d'éclater. Nous jouons aux cartes. Philippe Nicaud, qui vient d'être éliminé de la partie, compulse une revue de cinéma. Il s'ennuie et nous commente ce qu'il lit. A un certain moment, il nous déclare :

— Tiens, Raymond Bernard (grand metteur en scène de l'avant-guerre : *Les Croix de bois* entre autres, grand film avec Pierre Blanchar), Raymond Bernard prépare son prochain film. Il n'a pas encore distribué les deux principaux rôles masculins.

Tout en jouant aux cartes, nous éclatons de rire.

— Tu crois qu'il t'attend pour te donner le rôle titulaire ? Sûrement, dès qu'il te verra, il aura un choc, etc.

Plaisanteries, quolibets, mise en boîte et noms d'oiseaux, Philippe en entend de toutes les couleurs. Il ne se formalise pas, car nous avons pris l'habitude de nous moquer de nous mutuellement en toute occasion. Il reprend :

— Non... je ne suis pas idiot ! Mais je connais la script du film, Lucile Costa. Alors je vais aller au bureau de la production. On ne sait jamais. Il y a sûrement des petits rôles. C'est une grande fresque historique. Ça se passe au Moyen Age. Le film s'appellera *Le Jugement de Dieu*. C'est une légende allemande, une histoire d'amour entre un prince et une bergère. Il y a sûrement des troubadours, des chevaliers... enfin, des petits rôles...

Nous, ironiques et peu convaincus, nous poursuivons notre partie en laissant Philippe gamberger tout haut. Dehors, la pluie redouble. Eclairs et coups de tonnerre se succèdent. Les voitures, en passant trop près des caniveaux, inondent les trottoirs. Les rares passants rasent les murs en courant sous leur parapluie. Autour de la table nous avons terminé la partie. Pierre Mondy en sort vainqueur. Il est près de six heures. C'est le moment de se quitter, nous dispersant pour rentrer chez des parents, aller au cinéma ou retrouver un flirt.

Philippe Nicaud, s'entêtant dans son idée folle, décide de passer par le bureau de la production du film que prépare Raymond Bernard. Il veut voir la script qu'il connaît. Il a téléphoné, elle l'attend. Il pleut de plus en plus. Philippe s'adresse à moi :

— Si tu veux, je te ramène. La production se trouve rue Bertie-d'Albrecht, c'est à l'Etoile. Je pourrai te déposer après, au bout de l'avenue Victor-Hugo.

Devant mon air indécis et un peu interrogatif, il ajoute :

— J'ai une bagnole... que m'a prêtée une amie. (Philippe aimait assez, à l'époque, se faire passer — vrai ou faux — pour un Don Juan.)

Constatant que la pluie ne diminue pas, j'accepte cette proposition. Et nous voilà partis. Nous parlons peu, attentifs à ne pas percuter d'autres véhicules. On voit mal au travers du pare-brise. Les essuie-glaces travaillent ferme. Nous arrivons. Philippe se gare.

— Alors, tu viens ?

— Oh non... Je ne bouge pas. Je t'attends. Moi, je ne la connais pas la script.

— Ne fais pas l'idiot, tu ne vas pas rester là tout seul...

— Mais si.

— Mais non. Allez, viens !

C'est d'assez mauvaise grâce que je m'extirpe de la voiture, estimant cette démarche tout à fait inutile et vaine en ce qui me concerne. Et puis... étant assez timide de nature, je crains de rencontrer des personnes inconnues. Mais ça, je ne l'avoue pas.

Nous entrons dans l'immeuble, montons, sonnons. On nous ouvre. Une longue entrée d'un appartement bourgeois aménagé en salle d'attente. Deux fauteuils fatigués, une banquette de bois et, face à la porte palière, deux autres portes fermées. Philippe me dit de l'attendre là. Il va voir la script, Lucile Costa, et disparaît au détour d'un corridor. Je m'assieds sur la banquette. C'est inconfortable. Le temps passe. Je feuillette une revue cinématographique. Il pleut toujours. Une porte claque quelque part.

Quelques minutes s'écoulent, je les trouve longues. Je change de position. Qu'est-ce que je fais là ? J'ai l'impression d'être chez le dentiste. La revue corporative n'a plus rien à m'apprendre.

Un bruit de pas dans le corridor. C'est Philippe... enfin ! Je me lève. Il avance vers moi en faisant une grimace très expressive avant de me dire :

— C'est raté, c'est trop tôt ! Ils commencent par les extérieurs du film en Allemagne, c'est pour septembre. On repassera à la fin octobre. La script m'a dit qu'il y aura sûrement une foule de petits rôles à distribuer. Ils n'ont toujours pas choisi le rôle principal. Jean Marais ? Georges Marchal ? Elle ne sait pas.

A ce moment précis il se passe plusieurs choses simultanément. Philippe et moi sommes debout devant la porte palière. Philippe l'ouvre, me fait signe de passer. Moi, caricaturant une sorte de révérence de cour en inclinant le buste et décrivant avec une élégance théâtrale un demi-cercle du bras droit, je déclame : « Après vous, monseigneur... » Philippe hausse les épaules et va franchir la porte. Je m'apprête à le suivre. Une voix dans mon dos stoppe mon mouvement.

— Hep ! là-bas !

Nous nous immobilisons Philippe et moi. La voix reprend :

— Venez un peu par ici...

Nous nous retournons pour découvrir la silhouette maigre d'un monsieur à cheveux gris qui répète :

— Venez par ici...

Philippe et moi réagissons de la même façon : nous nous désignons nous-mêmes, l'index indiquant le torse.

— Non, pas vous... Vous.

Le monsieur semble nous regarder tous les deux. Philippe fait un pas.

— Non ! l'autre !

— Moi ?

Je me demande ce qu'on me veut. Je n'ai strictement rien fait depuis que j'ai pénétré dans cet appartement. Je répète, étonné :

— Moi ?

— Oui, vous... Entrez donc ici.

Je jette un regard paniqué à Philippe qui écarte les bras en signe d'impuissance et d'incompréhension.

Je rentre dans une grande pièce. Un bureau encombré de manuscrits, papiers, brochures et photographies. Au mur, des affiches que je n'ai pas le temps de contempler. Qu'est-ce qui m'arrive ? Qu'est-ce que j'ai fait ? La porte est refermée. Le monsieur à cheveux gris s'avance vers moi. Il me regarde. Je le regarde. On se tait. On se dévisage.

Il est assez grand, plus maigre que mince. Long visage aux joues creuses, au nez proéminent. Il me fait penser à Louis XI. L'œil est pétillant d'intelligence et me scrute. Je sens qu'il me jauge, me pèse, me déshabille, me juge. Le regard se plisse, aigu, gourmand, intéressé. Pas un mot, pas un bruit. Je n'ai pas vraiment peur mais je ne suis pas à l'aise. C'est alors que la mitrailleuse se met en marche, c'est-à-dire que les questions partent à cadence accélérée. J'ai à peine le temps de répondre que déjà me parvient la question suivante.

— Vous êtes comédien ? Qu'avez-vous fait ? Quel âge avez-vous ? Vous mesurez combien ? Etc.

J'essaye de répondre juste et vite. Je suis ahuri. Mon interlocuteur s'excite, me semble-t-il. Tout à coup il se précipite vers son bureau, attrape une liasse de papiers, y jette un coup d'œil puis me les tend.

— Tenez, lisez-moi ça !

Je regarde un texte imprimé, c'est un dialogue : le prince-le margrave. Louis XI ordonne :

— Allez-y... lisez !

Comment faire autrement ? Je lis. Enfin, je déchiffre. Je dis les mots, mais ne sachant pas dans quelle situation se trouvent les deux personnages, je ne mets aucune intention en lisant, je ne sais pas de quoi il s'agit. Louis XI m'interrompt. Il me semble qu'il sourit (impression vague). Il me fait asseoir, ce qui est plutôt aimable de sa part. Il me tend d'autres feuillets. Je les parcours rapidement. Nouveau dialogue : le prince-Agnès. Il m'explique, la voix plus calme :

— C'est un prince... elle, une bergère. Il l'aime et elle n'ose pas y croire. Allez-y. Lisez, lisez.

Je lis ! C'est déjà moins difficile, je comprends un peu mieux. Je continue. Il m'interrompt à nouveau

— Essayez de parler moins vite... N'ayez pas peur. Calmez-vous. Mettez-vous dans la peau des personnages. Elle est intimidée... pas lui. Il lui déclare son amour... il ne lui parle pas comme à un soldat. Il veut la séduire, la convaincre. Allez... reprenez !

Je reprends. Au bout d'une demi-heure, nous en avions assez, moi de lire et Louis XI de m'entendre devenir atonal. Louis XI me regarde, marche de long en large, nerveux, et monologue :

— C'est pas mal... c'est pas mal du tout, vous savez..

J'ai envie de lui dire que justement, non, je ne sais pas. Je ne sais pas où j'en suis, où je vais, ce qu'on attend de moi. J'ai l'impression que je ne sais même plus qui je suis... Louis XI appelle un certain Jacques Planchet. Une sorte d'adjudant en civil plutôt sympathique. Ils échangent des phrases courtes. Je manque m'étrangler lorsque j'entends l'assistant répondre :

— Oui, bien sûr, monsieur Bernard.

Merde ! Je suis devant le metteur en scène ! Je ne rougis pas, je crois que je deviens écarlate, et puis je me sens pâlir brusquement. J'essaye de me calmer. Je pense à Philippe qui doit se demander ce qui se passe. Moi aussi j'aimerais bien le savoir. Ces messieurs se parlent et me parlent. Ils énoncent des dates, des heures, des lieux, se contredisent sur les jours de semaine... Ils discutent. Il en résulte que j'entends à peu près ceci :

— Rendez-vous après-demain à neuf heures aux studios de Boulogne... Nous allons faire des essais... Tenez, emportez ces trois scènes. Apprenez-les, surtout la scène de déclaration d'amour. Jacques Planchet va prendre votre numéro de téléphone et vous expliquera ce que je n'ai pas le temps de vous dire aujourd'hui. Alors, après-demain... Neuf heures à Boulogne. Travaillez bien.

Il me tend la main. Je sors avec Planchet, par la porte du fond. Nous restons quelques minutes ensemble dans une petite pièce tapissée de photographies et de graphiques, de plans de travail. Echange d'adresses, de numéros de téléphone, quelques explications et éclaircissements, quelques conseils aussi. Nous sympathisons, Jacques Planchet et moi. Il a la gentillesse de me dire dans quel sens je dois travailler mes scènes. Il me donne des indications sur le personnage du prince. Confidentiel, il m'esquisse le profil du prince tel que Raymond Bernard le conçoit. Il veut un jeune homme comme ci, comme ça, qui ne soit ni Marais, ni Marchal, mais qui doit avoir, etc. Précieux renseignements venus de la part d'un premier assistant.

C'est un garçon montrant tous les symptômes de l'ivresse et de l'état second qui retrouve un Philippe Nicaud en pleine expectative.

— Alors ?

— Allons prendre un verre... C'est de la folie !

Je titube en descendant l'escalier. Dehors la pluie a cessé.

Il est près de minuit lorsque nous nous décidons à manger quelque chose dans la cuisine de la rue de la Faisanderie. L'appartement est désert, la famille est à la campagne. Nous avons travaillé toute la soirée dans ma chambre. Philippe m'a donné la réplique pour m'aider à mémoriser mes textes. A présent, il les sait par cœur, aussi bien que moi. Nous discutons encore, la bouche à demi pleine sur le ton à donner à telle ou telle réplique. D'accord, pas d'accord. On n'en finit plus de chercher les pourquoi des parce que. C'est ça aussi la passion.

Philippe me quitte vers deux heures du matin, après avoir téléphoné à la « femme à la voiture » pour la prévenir qu'il était en retard ! Je pense intérieurement qu'elle doit être dotée d'une bonne dose de patience, ou bien qu'elle est très amoureuse. Vers onze heures, le téléphone sonne. C'est Jacques Planchet. Longue conversation, oui, j'ai appris mes textes, je crois les savoir à peu près. Demain je les saurai sans faute. Comment ? Oui, j'écoute... Mon interlocuteur me donne un conseil d'une importance capitale :

— Vous comprenez... c'est le rôle d'un prince de Bavière. En général, les gens imaginent les Allemands plutôt blonds. Raymond Bernard semble partager cette opinion. Alors, si j'étais vous, j'irais vite chez le coiffeur me faire décolorer. Je suis sûr que c'est un atout de plus à mettre dans votre jeu. Raymond Bernard a l'air très emballé... non, je ne plaisante pas... Il m'en a parlé. Il suffit de très peu de chose pour que vous décrochiez le rôle. Oui, bien sûr, le rôle du prince !

Le téléphone à la main, moi, je m'assieds. Je n'ai plus de jambes. J'entends dans un brouillard la voix de Planchet me dire qu'il me téléphonera ce soir pour savoir « si ça va » et comment je me trouve « en blond ».

Philippe débarque chez moi vers deux heures. S'il a la voiture ? Oui ! (Décidément, la femme est amoureuse !)

— Pourquoi ? On travaille pas ?

— Si... Mais on va d'abord chez le coiffeur.

Et je lui raconte.

Je me regarde dans la glace. Qui est-ce ? Je ressemble à quelqu'un que je n'ai jamais vu, un vague cousin qui aurait pour père une sorte de Leslie Howard, les yeux clairs en moins. Je suis mé-con-nais-sable ! Ma mère me croiserait sans me reconnaître.

Philippe assis en face de moi me contemple, apparemment pas très convaincu, lui non plus, du résultat de la métamorphose. Je suis vaguement inquiet. Ça ne sert à rien. Allez, au travail.

Et nous reprenons activement nos échanges de répliques. Une ou deux hésitations, quelques inversions de mots, mais la majeure partie du texte est mémorisée. Vers sept heures, Jacques Planchet téléphone.

— Tout va bien ?

— Ouais...

Non, il n'a pas le temps de passer voir ma tête. Il la verra demain matin. Si je sais le chemin du studio ? Non ! Mais Philippe le connaît. Il m'accompagnera. Oui, je serai là à huit heures... pour le maquillage.

Le trac ? Euh... non... oui... je ne sais pas. Tout ira très bien ? J'espère... Ah oui, j'espère !

Soudain j'ai terriblement peur. Je supplie Philippe de ne pas me laisser seul. Il râle un peu. La femme à la voiture... elle l'attend. Il ne peut pas lui faire « ça » deux soirs de suite, surtout si « on » garde la voiture pour aller au studio demain. Bref, il va essayer. Il lui téléphone. J'entends sans écouter vraiment. Il fait du charme, plaisante et raconte une histoire où il prend tout à son compte, c'est lui qui doit faire des essais le lendemain, pour un rôle important dans un film. Si... si... au studio de Boulogne, etc. Convaincu de ce qu'il dit, il doit être convaincant car il obtient gain de cause. Elle lui laisse sa soirée... et la voiture. (Il n'y a plus de doute : elle l'aime !) Moi, je suis soulagé. Je ne tenais pas à passer cette veillée d'armes dans la solitude.

Un peu avant neuf heures du matin, c'est encore quelqu'un d'autre qui sort de la salle de maquillage. C'est qui on veut (un prince de Bavière, pourquoi pas ?), mais ce n'est pas moi. Il faut avouer que le fond de teint me donne meilleure mine. Les cheveux blonds semblent moins agressifs sous les lumières. Le rimmel me fait briller les yeux. Le résultat n'est peut-être pas vilain, mais le regard que je croise dans le miroir est celui d'un inconnu qui ne me plaît pas tellement.

Il est immense, le grand plateau de Boulogne. Pour moi qui pénètre pour la première fois dans un studio, je crois pénétrer dans une cathédrale. D'ailleurs, les projecteurs accrochés en l'air ressemblent (il faut de l'imagination !) à des gargouilles gothiques, un peu surréalistes il est vrai. Ce qui me surprend tout de suite, ce sont les énormes proportions de ce hangar et l'apparence minuscule du petit groupe éclairé qui m'attend là-bas... tout là-bas au bout.

En effet, tout un rassemblement de personnes s'agitent dans l'ombre et la lumière. C'est moi qu'on attend ! J'ai l'impression de marcher vers un pilori. Dans les éclairages vifs, je crois voir un bûcher.

Il y a quelques minutes, Jacques Planchet m'a fait revêtir une sorte de justaucorps en cuir clouté par-dessus un chemise de toile aux manches bouffantes. On ne s'est pas préoccupé du bas du corps. J'en conclus que c'est surtout ma tête qui intéresse le metteur en scène. (Suis-je bête ! Bien sûr, il s'agit de cinéma, pas de théâtre.)

J'avance. Je suis presque arrivé sur le lieu du supplice. Je n'ai pas encore la trouille... mais elle vient !

A ma droite, Jacques Planchet. A ma gauche, Philippe, costumé lui aussi, a eu la permission de m'accompagner et de participer aux essais dans le rôle de l'écuyer du prince. Il sait le rôle. Derrière nous trottine le maquilleur, et l'habilleuse ferme la marche.

Ça y est ! J'y suis ! Raymond Bernard me tend la main. Il a l'air calme. Il esquisse un sourire puis me présente rapidement à différentes personnes dont je n'écoute pas les noms à part trois d'entre elles : M. Roger Hubert, chef opérateur (c'est l'un des plus grands de France à l'époque), M. Eugène Tuscherer, producteur, et Mlle Andrée Debar, actrice qui interprétera le principal rôle féminin, celui d'Agnès Bernauer.

Les projecteurs sont braqués sur l'ébauche d'un coin de décor. Un banc de bois posé sur des dalles de carton (imitation pierre), une fenêtre ogivale à petits carreaux translucides au centre d'un mur en simili-torchis beige.

Raymond Bernard m'entraîne sous les lumières. Je me retourne, cherchant les yeux de Philippe pour me rassurer, je ne vois rien que du noir. Les projecteurs m'éblouissent. Patiemment le metteur en scène m'explique ce qu'il attend de moi. Il m'indique les mouvements et les gestes que j'aurai à faire à tel ou tel moment du texte. Mlle Andrée Debar se tiendra contre la caméra et me donnera la réplique dans le rôle d'Agnès. C'est elle que je dois regarder et pas ailleurs, à moins que je n'en sente le besoin. Il décide :

— Nous allons commencer par la scène d'amour. Vous savez votre texte ? Alors, répétons ! Vous êtes prête, mademoiselle Debar ? Bien ! Allons-y ! Silence... Action !

C'est elle qui attaque la scène. Elle parle, je réponds. Je ne pense qu'à mon texte. Je ne veux surtout pas me tromper. Je dis les mots, je débite les phrases mécaniquement. La scène se termine. Je ne me suis pas trompé, ouf !

Raymond Bernard s'approche de moi et très gentiment cherche à me détendre, à me rassurer.

— C'est bien. Vous savez votre texte, mais à présent il faut jouer. Mettez-vous dans la peau du personnage. Interprétez votre dialogue. Mettez-y plus de chaleur... plus de sincérité, plus d'amour... Vous avez compris ? Bien. Alors nous allons tourner. Silence ! Moteur !

— Ça tourne ! répond le cameraman.

Une autre voix lance, monocorde :

— Scène d'amour le prince-Agnès. Essai Pascal. Première fois.

Le bruit de la claquette me fait sursauter — c'est la première fois que je l'entends. Mon souffle s'accélère, je m'affole un peu.

— Action ! ordonne le metteur en scène.

Andrée Debar lance la première réplique. Je réponds. Je me crois un peu moins figé, mais je fixe le visage d'Andrée Debar comme si j'étais hypnotisé par un python. Il est vrai que je me sens assez pauvre petit lapin pour le moment.

— Coupez !

Raymond Bernard revient me parler tout doucement :

— C'est mieux... c'est beaucoup mieux. Mais ce n'est pas encore ça. Détendez-vous. Vous savez votre texte. Jouez avec les mots. Faites semblant de les inventer... et regardez où vous voulez. Ça va ? Allez, on recommence.

Nous avons recommencé huit ou dix fois, interrompus de temps à autre par l'éclairagiste ou la maquilleuse qui m'épongeait le front avec des tampons.

— Allez, une dernière fois pour cette scène-là — décida le metteur en scène s'adressant à l'équipe. Puis, me regardant, il ajouta : Cette fois-ci... oubliez tout ce que je vous ai dit et faites exactement ce que vous voulez, ce que vous sentez.

Au début j'avais eu très peur. Le trac me paralysait en partie. Je ne parvenais pas à me maîtriser, à restituer ce que j'avais l'intention de faire passer à travers les mots. Et puis, au fur et à mesure, je pris de l'assurance. Il me semble que le déclic se fit au moment où j'entendis le metteur en scène dire : « Faites ce que vous sentez... »

Et je fis ce que je sentais. J'y parvins ! Effort ou hasard ? Je ne sais plus. Un peu des deux sans doute. J'étais subitement entré dans la peau du prince. Je regardais Agnès lorsqu'elle parlait, l'écoutait attentivement, puis, baissant les yeux ou détournant la tête, je faisais semblant de chercher mes mots et lui répondais en phrasant différemment, en cherchant à la convaincre. J'étais tellement « dans le coup » pendant cette prise-là que j'en avais les larmes aux yeux en jouant. (Ça aide, l'émotion, dans les scènes d'amour !)

— Coupez !

La voix de Raymond Bernard avait éclaté, claire !

— Ça y est ! C'est la bonne, ajouta-t-il. Allez, tout de suite, encore une... une de mieux.

Nous tournâmes plusieurs fois les trois scènes. L'une d'elles nous réunissant devant la caméra, Philippe et moi. Et puis... ce fut fini. Les lumières s'éteignirent une à une. Brouhaha — dialogues croisés et superposés —, remerciements réciproques, qualificatifs et appréciations lâchés par les uns et les autres. Il fallut se quitter.

Il est près de quatorze heures lorsque Philippe et moi nous retrouvons débarbouillés et en civil. Jacques Planchet vient de nous quitter. Il est resté avec nous pendant une demi-heure, nous assurant que ça s'était « très bien passé » pour l'un comme pour l'autre, ajoutant que nous étions en droit d'espérer le meilleur. Nous ne demandions qu'à le croire. Avant de partir, Planchet nous avertit :

— Il faut maintenant avoir un peu de patience. Ce n'est pas amusant d'attendre le résultat des essais et la décision prise. Dans deux jours, trois jours au plus tard, la mise en scène et la production auront pris leur décision. Nous faisons d'autres essais cet après-midi, je ne vous le cache pas. Dès que je sais quelque chose, je vous téléphone.

Il ajouta en me regardant :

— Vous étiez très beau dans les lumières... et la scène d'amour, à la fin... vous l'avez drôlement bien jouée...

Il avait l'air sincère en disant cela. Et puis il disparut.

Philippe et moi sommes sur le trottoir, devant la voiture, par ce bel après-midi d'été. Nous devons avoir l'air de deux grands enfants perdus. On se sent tout nu lorsqu'on est démaquillé, on a quitté quelqu'un pour devenir soi-même. C'est la première fois que je ressens cela. Ce ne sera pas la dernière. La fin de l'après-midi s'écoule mollement. Nous sommes rentrés chez moi, essayant vainement de nous intéresser à nos jeux de cartes. Peine perdue. Nous pensons à autre chose. Philippe décide d'aller faire un tour du côté du cours Simon. Je n'ai aucun argument pour le retenir, mais lui explique qu'il ne m'est pas possible de l'accompagner avec ma tignasse blonde.

— Pourquoi ?

— Parce que... Si je me montre comme ça avant de connaître les résultats de ce matin, tout le monde va me mettre en boîte. Il faudra raconter, expliquer... Et si nous ne sommes pas engagés, on aura bonne mine après. Tu vois d'ici la tête du patron ? Si on s'est cassé la gueule, je me fais teindre, et je reviens comme si rien ne s'était passé. Toi, tu peux y aller, tu as la même tête. Mais tu ne dis rien, je t'en supplie...

Trois jours après à la maison, Philippe et moi avons la sensation de loucher à force de fixer l'appareil téléphonique qui s'obstine à ne pas sonner. Depuis trois heures de l'après-midi nous sommes là à tourner en rond, à nous raconter mutuellement des histoires pour nous faire rire, histoires que nous n'écoutons ni l'un ni l'autre. Nous avons à peine déjeuné. Il a « tapé » l'une de ses copines pour remplir le réfrigérateur car je n'ai plus un sou en poche.

Il est six heures et demie. Ça sonne ! Je manque me casser la figure en me précipitant.

— Allô... oui ?

— C'est vous ? Ici c'est Jacques Planchet.

— Oui... alors ?

— Alors...

— Attendez, je dis à Philippe de prendre l'écouteur.

— Ah... vous n'êtes pas seul ?

— Non, je suis avec Philippe Nicaud.

— Ah... bon.

— Alors ?

— Alors... j'ai une bonne nouvelle pour l'un, et... une moins bonne pour l'autre.

Suspens... Jésus ou Barrabas ? Terribles secondes, difficiles à supporter pour nous deux suspendus à la voix de Planchet qui s'obstine à se taire.

— Alors ?

— Alors... le plus simple... c'est que vous veniez tout de suite au bureau de la production. Je crois qu'il y a une décision de prise. Il y a un verre de champagne qui vous attend. Dépêchez-vous !

Et il raccroche.

Jamais je n'ai vu Philippe conduire aussi vite. C'est quatre à quatre que nous grimpons les escaliers de la rue Bertie-Albrecht, débouchant hors d'haleine dans le bureau de Raymond Bernard qui, détendu, bavarde en buvant du champagne en compagnie du producteur, d'Andrée Debar et des principaux techniciens.

Philippe et moi avons des visages couleur craie. On nous donne du champagne, on nous sourit, on nous force à avaler quelques gorgées et puis, se tournant vers moi, le metteur en scène me dit presque affectueusement :

— Je crois que nous avons trouvé notre prince !

Moi je ne bouge pas parce que je ne suis pas sûr d'avoir réellement entendu.

— C'est tout l'effet que ça vous fait ? ajoute-t-il.

Je regarde Philippe qui me regarde. C'est fou ce que l'on peut se dire de choses à la fois dans des moments pareils. Raymond Bernard poursuit en regardant Philippe.

— Pour le rôle de Töring, l'écuyer du prince, je n'ai pas encore pris de décision... ça ne veut pas dire que ce ne sera pas vous.

Alors d'un coup l'atmosphère se détend. Philippe retrouve ses couleurs et moi je cherche un siège et le regard de Jacques Planchet. L'adjudant en civil sourit (petit clin d'œil complice en prime).

Moi j'ai presque mal au cœur de joie. Il y a quelque chose qui me serre la poitrine. J'ai envie de pleurer, mais j'ai toujours craint le ridicule. Philippe s'approche et me tape dans le dos. Je le regarde. On se dit encore plein de choses avec les yeux.

Raymond Bernard vient vers nous. Ce n'est plus Louis XI, c'est Apollon ! Il me parle, je n'entends pas. Andrée Debar vient m'embrasser gentiment en me disant bravo. Le producteur remplit nos verres.

Philippe boit le sien d'un trait et moi je renverse la moitié du mien sur le tapis.

La soirée s'est terminée gaiement dans un restaurant proche, bien que Philippe nous ait abandonnés le premier, prétextant qu'il était attendu par une amie. Il me dit : « Je t'appelle demain matin. » J'ai répondu :

— Non, ne téléphone pas, viens !

— Bon, je viendrai vers dix heures.

C'est Jacques Planchet qui m'a raccompagné ce soir-là. J'avais d'un peu trop près tutoyé le champagne... Avant de m'endormir, j'ai pensé à Philippe. A sa place, me serais-je aussi crânement comporté ? Honnêtement, je ne le crois pas.

Avant de nous séparer, le producteur, Eugène Tuscherer, m'avait fixé rendez-vous pour le lendemain après-midi.

— Il faut que vous veniez signer votre contrat. Vous avez un agent, un imprésario ?

— Euh... non, monsieur.

— Bon ! Vous n'en avez pas besoin ! Il s'agit d'une simple formalité, juste pour que nous soyons en règle avant le début du tournage, avait-il ajouté en souriant.

J'aurais dû me méfier de l'homme, de son sourire qu'il avait fort laid, les dents gâtées se chevauchant, et de sa voix, trop sucrée pour être tout à fait honnête. Mais allez donc demander à un garçon qui n'a pas encore vingt-deux ans de réfléchir alors que coup sur coup il est choisi pour le théâtre comme partenaire de la plus prestigieuse comédienne française du moment et qu'il se voit désigné comme l'interprète principal d'un grand film dont toute la corporation parle déjà beaucoup.

Le garçon en question ne raisonne pas. Il n'en est pas capable. Enivré, enfiévré par sa chance invraisemblable, il est aveuglé, ébloui par la tournure que prennent les choses. Il se croit déjà l'égal de Jean Marais et de Georges Marchal, puisqu'on l'a préféré, lui, inconnu et néophyte, à ses aînés, professionnels reconnus. Ce garçon-là croit qu'il rêve. Et lorsqu'on lui dit que tout cela deviendra réalité à condition d'écrire son nom au bas d'une page dactylographiée, que croyez-vous que fait le garçon ? Il signe. On peut lui faire signer n'importe quoi, et c'est ce que l'on fait.

Le garçon, inconscient et heureux, rentre chez lui, serrant précieusement dans sa poche un bout de papier dont il connaît mal la teneur. Il ne sait qu'une seule chose, c'est qu'il a réussi à pénétrer dans le monde du cinéma par la grande porte. Un rôle principal d'entrée de jeu, cela tient du miracle. Dans un certain sens, c'est vrai. Mais il y a l'avers de la médaille, et ça, le garçon n'y songe même pas. Un temps viendra, un peu plus tard, où ce bout de papier lui brûlera les doigts, et l'on aura bien du mal à éviter le pire. Mais nous n'en sommes pas là.

En tout premier, je vais voir René Simon. Je veux lui annoncer la nouvelle moi-même avant quiconque. Sa réaction n'est pas tout à fait celle que j'attendais. Il ne paraît pas très heureux de l'information que je lui apporte. Il me met en garde, sans pessimisme excessif, contre les aléas du cinéma et puis il ironise en souriant :

— Ah... les jeunes ! Vous êtes tous les mêmes. Vous ne pensez qu'au cinéma ! La ca-ca, la caméra. Puis, de nouveau sérieux, il reprend : Un jour, tu comprendras la différence qu'il y a entre le cinéma et le théâtre. Ce n'est pas du tout la même chose. Enfin, heureusement que tu vas jouer avec Feuillère l'année prochaine. Ça, ce seront tes vrais débuts. Allez, pars en vacances... Amuse-toi, tu l'as bien mérité ! Pense à autre chose. Sois jeune ! Allez, va-t'en... et reviens me dire bonjour. Quand tu auras le temps...

Ce n'est que bien plus tard, des années après, que j'ai eu connaissance d'une lettre manuscrite que Pierre Mondy adressait à un ami journaliste dont je vais bientôt parler et dans laquelle mon vieux copain du cours Simon, citant notre maître commun, disait, entre autres choses chaleureuses à mon égard, ceci :

« *J'entends encore la prophétie du patron à son sujet : "Je lui donne six mois pour démarrer, et un an pour être connu."* »

Personne ne m'a parlé de cette prophétie au moment où elle a été proférée. Mondy ne m'en avait pas fait part. Il savait tenir sa langue. Mais il est surprenant que René Simon ait vu juste à ce point.

Je crois sans me tromper pouvoir affirmer que tous ceux et celles à qui il a été donné l'occasion d'écouter René Simon ont eu une chance inégalable. Ses leçons — pas seulement d'art dramatique —, ses messages nous ont sérieusement marqués. Leur empreinte est en nous. Et ceux qui n'ont pas conscience de cela ou qui ne veulent pas le reconnaître sont des imbéciles ou bien ils n'ont pas eu le privilège d'entendre René Simon.

La nouvelle de ma « découverte » par Raymond Bernard et l'annonce de mon engagement pour *Le Jugement de Dieu* firent l'effet d'un coup de tonnerre dans le milieu du cinéma. En un jour chacun voulut me connaître. Quel était ce nouvel oiseau rare ?

Il me fallait absolument prévenir mes familles en vacances avant qu'un journal, annonçant la vérité, ne leur tombe sous les yeux.

J'annonçai à mes grands-parents ma venue pour le lendemain. Ma chambre d'enfant m'attendait, toujours prête, dans leur belle maison au bord de la Seine, en face de Bougival. Nous étions seuls tous les trois, lorsque j'avouai la vérité. Ils s'émurent, chacun à sa façon. Le climat, ce jour-là, était à l'indulgence. Ma grand-mère se tamponna les yeux, répétant en me regardant, comme si elle me voyait pour la première fois : « Mon Dieu... du cinéma ! Tu vas être un prince de Bavière, dis-tu, c'est magnifique ! »

Dans son regard je pouvais lire toute la tendresse du monde avec un léger reflet d'orgueil aussi. Pour elle, point d'étonnement au fait que l'on m'ait désigné comme prince. Dans son esprit plein d'affection, il y avait si longtemps que je régnais. Il était temps que le monde entier sache mon existence.

Mon grand-père fronça les sourcils (par principe), se racla la gorge (par habitude) et dissimula son émotion (lui aussi dans un mouchoir), mais en exagérant le bruit de trompette que nous connaissions bien.

J'avais bien fait de précipiter les aveux. Deux jours plus tard, la nouvelle s'étalait dans les quotidiens et certains hebdomadaires à la rubrique « Spectacles ».

A Paris, le téléphone se mit à sonner. Des gens que je ne connaissais pas, des journalistes, me demandaient des rendez-vous. Avant d'avoir eu le temps d'en accorder un seul, je reçus un coup de fil de l'imprésario et amie de confiance d'Edwige Feuillère, Mme Olga Horstig. Cette dernière, au courant de la nouvelle, me convoquait de toute urgence. Elle me demanda si j'avais signé quelque chose. Sur ma réponse affirmative, elle me dit qu'elle m'attendait tout de suite, chez elle. Elle habitait à deux pas, entre la Muette et le Trocadéro. Un peu fanfaron en arrivant, mon état d'esprit se modifia progressivement au cours de l'entretien.

Olga m'ouvre la porte elle-même, me dit bonjour hâtivement, me pousse dans son salon, s'assied derrière son bureau, allume une cigarette et tend la main en me disant :

— Le contrat !

Je le lui donne.

— Asseyez-vous... pendant que je lis.

Je la regarde. C'est une femme encore jeune. Visage pâle et rond, légèrement poupin, menton volontaire, œil perçant à peine entrevu, chevelure châtain-roux très soignée, la main et le verbe pleins d'énergie. Je ne vais pas tarder à m'en rendre compte... à mes dépens !

Plus elle avance dans sa lecture, plus il me semble que son dos s'arrondit. Elle paraît se tasser sur son fauteuil. De temps à autre, elle rectifie la position, redresse le buste, hoche la tête et lâche de petites onomatopées sèches et indistinctes s'échappant de ses lèvres serrées autour d'une cigarette fichée, qui se consume de biais par rapport à son nez.

Elle a fini sa lecture. Elle détache délicatement sa cigarette de sa bouche, l'écrase dans un cendrier, s'adosse à son siège et me regarde avec une certaine fixité. Je la sens au bord de l'exaspération, tendue comme une corde d'instrument de musique. Et contre toute attente, c'est un rire que je perçois, un rire qui vient de la gorge, léger, contenu, et qui n'en est que plus menaçant. Son œil d'agate assez rond se fait à la fois ironique et attristé. Je n'ose rien dire. L'atmosphère s'alourdit à chaque seconde. Elle parle enfin, traînant sur certains mots.

— Vous savez ce que vous avez signé ?

— Oui. Le contrat du *Jugement de Dieu* !

— Vous l'avez lu avant ?

— C'est-à-dire...

— C'est-à-dire que vous vous êtes fait avoir... et dans des proportions que vous n'imaginez même pas.

— Je ne comprends pas.

— Oh, vous allez vite comprendre ! D'abord, vous allez être payé trois sous pour ce rôle principal, ce qui n'est pas grave mais regrettable ; ensuite, vous n'êtes pas assuré d'être cité au-dessus du titre, ce qui est aussi regrettable, mais pas trop grave.

» Il n'y a pas de limite de durée pour votre rôle. Si le film est interrompu, vous devrez attendre et vous tenir à la disposition de la production.

» Je ne vous cache pas que cela risque de compromettre sérieusement votre engagement pour *La Dame aux camélias* avec Edwige. Je ne veux pas lui faire prendre de risques. Et puis vous avez accordé au producteur une série d'options à des prix dérisoires qu'il peut lever quand il en aura envie : il peut vous revendre, en plus, à qui bon lui semble, même à l'étranger. Si vous avez du succès, il a le droit de vous faire tourner pour rien n'importe quelle « merde » de son choix et il le fera...

» Je ne parle pas de...

A mesure qu'elle énumère l'accumulation de mes gaffes et qu'elle hausse le ton, je réalise l'étendue de la catastrophe et je sens que ma vue se brouille. Elle continue de parler que déjà je ne l'entends plus. Je sens que je vais tourner de l'œil. Je dois m'évanouir pour de bon car lorsque je reprends conscience, ma tête est posée au creux d'un bras et une main me fait respirer quelque chose de fort. Ça y est, je vais mieux, la main s'écarte, ma tête se redresse. Olga me regarde, souriant gentiment.

— Eh bien, dites-moi, vous êtes émotif !

J'ai du mal à respirer. J'étouffe. Elle propose :

— Venez près de la fenêtre... Voulez-vous un whisky ?

J'acquiesce d'un mouvement de tête machinal. Elle me sert, se sert, apporte de la glace, boit, me dit de boire, je bois, je tousse, elle met de l'eau dans mon verre et me fait asseoir. Olga a complètement changé d'attitude et de ton. C'est une autre femme à présent qui s'adresse à moi, presque maternelle. Elle me dit :

— Allons, allons... il ne faut pas trop dramatiser. Vous avez fait une énorme bêtise, mais on peut essayer de réparer une partie des dégâts... Si vous voulez que je m'en occupe je téléphone et je le vois demain, ce producteur. Je verrai ce que je peux sauver.

Je me sens mou comme un paquet de coton. Il faut chaud et l'alcool me tourne un peu la tête. Elle me regarde et me questionne :

— Dites-moi... il sera bientôt huit heures. Qu'est-ce que vous faites ce soir ? J'attends un de mes amis pour aller dîner avec lui. Il est journaliste, très gentil, et sera content de vous rencontrer. Vous pourrez donner à ce garçon votre première interview. Il va être flatté de cette exclusivité. Si vous en êtes d'accord, bien entendu.

Si je n'avais écouté que mon instinct, je lui aurais sauté au cou, mais j'avais peur de faire encore une gaffe...

— Bon, ça va mieux, vous reprenez des couleurs. Vous m'avez fait peur, vous savez. Mais c'est de ma faute ! J'y suis allée un peu fort avec vous. Excusez-moi, mais je suis comme ça. Vous ne m'en voulez pas ?

J'arrive à dire :

— Oh non, madame... Je ne sais pas comment vous remercier.

Elle me coupe :

— Ah non ! Je vous en prie, ne tombons pas dans ce ton mondain, j'ai horreur de ça ! Soyez simple, naturel, et ne vous en faites pas, on va arranger tout ça. Mais à l'avenir, je saurai que vous êtes fragile et vulnérable. Je ferai attention.

Là-dessus, coup de sonnette. Olga me laisse un instant et revient accompagnée d'un garçon d'une trentaine d'années. Elle nous présente : Jean V., correspondant de la grande revue belge *Ciné-Revue*. Aucun de nous ne se douta sur le moment que ma carrière allait démarrer en flèche parce que nous étions réunis tous les trois ce soir-là.

Il est exact que Jean V. fut le principal artisan de ma popularité — l'une des bases indéniables du succès. Si j'ai eu l'occasion de prouver, parfois, quelque talent, c'est lui qui sut, parce qu'il le voulait absolument, mettre mes quelques qualités en valeur. Il exagéra même, quelquefois, je m'en expliquerai plus loin, le moment venu et sans gêne. Mais dès à présent, par besoin de franchise, j'estime que je dois écrire que j'ai toujours été conscient de ce que cet homme a fait pour moi.

Peut-être jugerez-vous qu'il y a de l'exagération dans cette succession d'émotions violentes ? Il n'en est rien. Les événements qui ont marqué ma jeunesse et dont je parle ici ne sont pas le fruit de mon imagination. « Ça s'est passé comme ça », aussi vite et aussi violemment. Non seulement je ne renie pas ce qui appartient au hasard, à la chance, mais j'insiste sur le fait que je ne me rends pas responsable de la réussite de mes débuts. C'est avec lucidité que je dois reconnaître que tout cela s'est passé presque malgré moi. Je n'ai eu par conséquent que peu de mérites (ce qui ne veut pas dire que je ne méritais pas cela). C'est peut-être le ciel qui, ayant pitié de moi, a voulu me mettre le pied à l'étrier et me donner ainsi l'occasion de prouver quelque chose.

V. Les vacances d'été 1949 furent courtes. Un mois d'août tronqué de sa dernière semaine. Il me fallait être à Paris pour l'essayage des costumes du film. Rosine Delamare en était responsable. Je connaissais cette femme exquise et spirituelle depuis l'époque « Dior », car elle passait souvent par là chercher quelqu'un en fin d'après-midi. Quelle joie de retrouver cette créatrice de talent avec laquelle j'avais d'emblée sympathisé. Elle eut la patience de discuter avec moi des couleurs et des formes avec lesquelles nous habillerions ce prince Albert de Bavière du XVe siècle.

Le scénario définitif, dialogué remarquablement par Bernard Zimmer, me fut remis dès le début de septembre. On ne partirait pour le Wurtemberg que dans une quinzaine de jours, le début du tournage ayant été retardé pour je ne sais plus quelle raison. La distribution — le « casting », dirait-on aujourd'hui — était enfin définitivement arrêtée. A part Andrée Debar, la bergère héroïne, Pierre Renoir serait le roi mon père, et Gabrielle Dorziat ma tante, sœur du précité. Malheureusement, Philippe Nicaud ne fut pas choisi pour incarner mon fidèle écuyer. Raymond Bernard avait finalement désigné un garçon de mon âge, aux yeux bleus, dont j'ai oublié le nom (qu'il me le pardonne).

J'étais redevenu blond comme un champ de blé mûr, mais je n'avais plus de complexes à me montrer ainsi transformé. A présent je pouvais dire pourquoi, sans gêne. De plus, des photographies me représentant en costume moyenâgeux avaient paru dans la plupart des quotidiens et dans toutes les revues de cinéma. La corporation chuchotait mon nom mais réservait son appréciation, attendant de voir le film.

Et puis ce fut le départ vers la grande aventure. En arrivant en Allemagne je me revis quatre ans plus tôt, en uniforme dans ce pays, alors fortement dévasté.

A présent, j'avais sous les yeux une ravissante campagne, une petite ville proprette dominée par un vieux château qui se reflétait dans les eaux calmes d'une rivière : Tübingen. On voyait tout autour des champs, des vallons, des collines, des chapelles juchées sur des crêtes, des forêts et des chemins partant s'y perdre. Sur l'ensemble planaient des odeurs champêtres, les couleurs claires et vives des fleurs ajoutaient encore de la fraîcheur au tableau. Mais nous n'étions pas là pour rêver.

Une équipe de cinéma à cette époque, cela représentait beaucoup de monde : plus de deux cents personnes, il me semble. C'est pourquoi, bien qu'un peu surpris, j'appris que le régisseur du film, ayant la responsabilité des cantonnements, avait décidé que je partagerais la chambre de Jacques Planchet, l'assistant de Raymond Bernard. Il n'y avait rien à dire. Il n'y avait pas de place dans la petite ville, et personnellement cela m'était tout à fait égal. Rosine Delamare habiterait le même hôtel que nous, dans une mansarde. Mes costumes étaient là. Magnifiques. J'étais heureux et passablement excité.

Dès le lendemain de notre arrivée, Jacques Planchet me demande de le suivre pour choisir mon cheval. En effet, d'après le scénario, j'aurai à faire plusieurs cavalcades et certaines scènes dialoguées sont prévues en selle. Il y aura aussi un tournoi. Je n'ai aucune inquiétude. Grands cavaliers, mon grand-père maternel et l'un de mes oncles ont pris le soin, bien avant la guerre, de me familiariser avec la race chevaline. Cela se passait il y a longtemps, au manoir de Brion, tout près du Mont-Saint-Michel. Je me souviens de ces belles promenades...

— Voulez-vous essayer celui-ci ?

La voix de Jacques Planchet me sort de ma rêverie. Il ajoute :

— Je voudrais bien voir comment vous vous débrouillez.

Eh bien, il va voir, puisqu'il croit que j'ai peur. Je commence par dire bonjour au cheval. Face à l'animal, je m'approche et lui caresse les naseaux puis, passant du côté gauche, je regarde la selle, je me penche pour voir si la sangle est en place, assez serrée. Je remarque les étriers et, estimant qu'ils sont trop courts, je rallonge de deux crans la lanière de cuir. Je fais signe au palefrenier allemand qui me suit d'en faire autant pour l'étrier droit. Après quoi je saute en selle. Rênes de mors et filet bien en main, je fais sentir à ma monture que je ne suis pas n'importe qui et qu'elle a intérêt à le comprendre. Cela se passe à l'aide de légères impulsions des jambes, de petites pressions des doigts sur les rênes et de discrets coups de talons pour voir si la bête est décidée à obéir.

Nous sommes sur une route de plateau de terre battue. Lorsque j'ai l'impression que l'animal et moi avons fait connaissance, je nous fais avancer de quelques pas, puis le trot, puis le galop.

Je ne regarde pas Jacques Planchet mais je suis persuadé qu'il est bien épaté, et je m'offre une petite crise de fierté souriante en ramenant ma monture. Tout ce que j'obtiens c'est un : « Bon... ça pourra aller » de la part de l'assistant. Je suis un peu déçu mais pas étonné : je commence à connaître le personnage.

J'apprends que nous commencerons à tourner le surlendemain, très tôt. C'est un plan muet. Le prince et son escorte doivent sortir du château par une poterne et, passant devant la caméra, disparaître derrière un pan de mur de pierre, cinquante mètres plus loin. Alors que l'on m'explique ce dont il s'agit, j'ai la sottise de déclarer que cela ne me semble pas bien difficile... Jugement hâtif de néophyte prétentieux.

A six heures du matin, habillé, chapeauté, maquillé, je suis en selle depuis une demi-heure et je tente difficilement de tenir ma monture immobile. Le cheval commence à en avoir assez... Moi aussi. Nous sommes une trentaine de cavaliers dans le même cas. Les autres sont, pour la plupart, des autochtones, mais que ce soit en allemand ou en français nous pensons sans aucun doute tous la même chose : « Y en a marre ! »

Derrière la caméra, Raymond Bernard s'agite au milieu de son équipe de techniciens (gestes confus et éclats de voix incompréhensibles).

Il fait plutôt frais, heureusement mon costume de cuir et ma cape m'empêchent d'attraper la crève. Gentille, attentionnée, Rosine Delamare m'apporte un gobelet de café chaud. Merci.

Tout à coup, près de la caméra, juché sur un praticable, Jacques Planchet se met à hurler dans un porte-voix :

— Attention... on va répéter !

Sa voix déjà bien timbrée au naturel, amplifiée par la conque de métal, résonne comme le tonnerre, ce qui a pour effet de faire broncher les chevaux. La belle mise en place est complètement désarticulée. Tout le monde fait demi-tour, moi inclus, et on s'engouffre sous la poterne. Bousculade, brouhaha, fouillis, désorganisation complète.

Les ordres contradictoires fusent en deux langues, ce qui n'arrange pas les choses. Enfin, après quelques échanges de hurlements, l'escorte est à peu près reformée. Les trente cavaliers et la dizaine de mulets porteurs de coffres sont alignés à la queue leu leu. Et... rien ! On attend. Puis, brusquement... un ordre lancé par Planchet :

— Partez !

La colonne s'ébranle. On nous a dit de marcher au pas. Nous défilons ainsi, passant de profil devant la caméra. Tout irait à peu près bien si le sol n'était pas recouvert de pavés arrondis par le temps. Les chevaux glissent, l'un d'eux se cabre tandis que le mulet de tête se met à ruer... Enervement général dans la plus grande cacophonie. Nouveaux ordres lancés, toujours aussi contradictoires. Le désordre est à son comble. Et on recommence. On a recommencé toute la matinée.

Un peu avant midi, la mise en scène se déclare satisfaite et chacun a la permission d'une demi-heure pour déjeuner. Je suis en nage. Le maquillage s'efface sous les rigoles de sueur qui dégoulinent.

Pris en main dès ma descente de cheval, on me refait une gueule présentable au plus vite car dans une heure Raymond Bernard veut tourner (nous serons à cheval, bien entendu) la scène où, suité de mon fidèle écuyer, je retrouve le village où j'ai rencontré Agnès Bernauer, objet de mes amours, et que je veux revoir à tout prix. Jacques Planchet court vers nous afin de presser le mouvement.

— Dépêchez-vous... J'espère que vous savez votre texte... Allez, vite... l'équipe est en train d'installer un travelling... le plan va être difficile à régler.

Tu parles !

L'horreur ! Imaginez un chemin de terre en pente douce, descendant entre deux champs. Sur ce chemin, deux cavaliers doivent passer côte à côte, mais légèrement décalés pour que l'un ne cache pas l'autre. L'équipe technique a installé, non sans mal, toute une suite de planches de bois parallèles sur lesquelles sont posés les rails qui supportent le chariot surmonté de la caméra. Le chariot, la caméra, le cameraman et le preneur de son glisseront, poussés et retenus par des machinistes tandis que les deux personnages à filmer se diront des choses tout en avançant au pas de leur monture. Ce n'est déjà pas facile à dire. Vous ne savez pas combien c'est difficile à faire.

Tout d'abord, les chevaux n'ont aucune envie de frôler de près des planches de bois. Leurs sabots auraient plutôt tendance à chercher à s'en écarter, instinctivement. Ensuite, cette masse gesticulant autour de la caméra qui glisse sur son chariot ne leur inspire aucune confiance. A cela s'ajoute l'inconvénient majeur : les projecteurs ! Or ces animaux-là ont tout simplement horreur de ces lumières qu'on leur envoie en pleine tête. Ça les surprend, les pauvres. Ils ne sont pas habitués ! Moi non plus.

Je crois que nous avons répété une quinzaine de fois et, si je me souviens bien, nous avons dû tourner une vingtaine de prises. Il y avait toujours quelque chose qui clochait. L'un des chevaux butait dans le travelling, j'étais trop près de la caméra, mon écuyer ne parlait pas assez fort, il y avait trop d'écart entre les deux cavaliers, le son n'était pas bon, nous nous trompions dans le texte, un nuage cachait le soleil et ainsi de suite...

Un cauchemar éveillé.

Il devait être près de cinq heures de l'après-midi lorsque la mise en scène décida que nous cesserions nos activités. Tout le monde en avait assez. Moi aussi

Voilà, à peu de chose près, ce que fut mon premier contact avec le cinématographe. Ce soir-là je m'endormis comme une brute. Epuisé, courbatu, vidé, crevé de fatigue, tout en m'avouant que ce n'était pas si facile que ça de devenir acteur de cinéma... C'était décidément un métier. Il me restait à l'apprendre. C'est ce que je fis chaque jour par la suite, pendant des années. Je continue à apprendre d'ailleurs, quand l'occasion m'en est donnée.

En priorité absolue venait mon propre rôle. Je relisais sans cesse le scénario dans sa continuité pour reconnaître les scènes charnières sur lesquelles je devais m'appuyer pour montrer l'évolution du caractère de mon personnage. Vous savez sans doute que l'on ne tourne pas un film en suivant l'ordre chronologique. On saute du début à la fin, on revient au milieu de l'action, etc.

Il est indispensable de savoir quelles sont les pensées et les arrière-pensées qui habitent le héros que l'on incarne pour tenter de bien jouer la scène que l'on tourne. Il faut aussi se souvenir de ce qui se passe juste avant, et aussi de ce qui se passe tout de suite après (que l'on a déjà tourné ou qu'on n'a pas encore tourné). C'est une habitude à prendre, une précaution nécessaire. Si on ne le fait pas, on est très vite perdu et l'on ne sait plus où on en est. Alors on dit le texte sans intention personnelle et ce n'est pas bon. Il serait relativement simple de donner à son rôle la couleur que l'on a choisie si cela ne tenait qu'à vous. Mais cela ne se passe pas ainsi.

Vous avez imaginé, par exemple, jouer telle scène avec un peu de colère dans le geste et la voix en interprétant telle ou telle réplique à votre façon, et cela parce que dans la scène suivante vous pensez, par contraste, montrer une certaine tendresse dans ce que vous avez à exprimer. Même si votre raisonnement tient debout, même si vous avez découvert, à votre avis, la meilleure façon de faire évoluer votre personnage, ce n'est pas vous qui allez en décider. Le metteur en scène intervient. Impérial et impératif. Plusieurs fois j'ai été contraint, durant notre tournage, d'obéir aux injonction de Raymond Bernard, lequel m'obligeait à jouer d'une façon diamétralement opposée à celle que j'avais conçue. A propos de ce film, je ne saurais dire qui a eu tort ou raison. Mais j'ai beaucoup appris dès ce moment-là, chaque jour, chaque minute, et ces leçons m'ont servi par la suite. J'ai surtout senti, très vite, comment il fallait s'y prendre pour essayer d'obtenir ce que l'on désire et tenter d'éviter ce que l'on craint.

Ce n'est pas simplement en face du metteur en scène qu'il faut savoir louvoyer, négocier, plaider. Il existe tout un jeu, tout un travail qui s'exécute dans l'ombre et où il faut reconnaître, au plus tôt, qui sont vos amis. C'est une précaution élémentaire. Je ne savais pas, alors, qu'elle était vitale.

C'est au début novembre que nous dûmes réaliser le dernier grand morceau de bravoure du tournage en extérieur : un tournoi.

Dans un champ de grandes dimensions, les décorateurs avaient dressé des tribunes, des barrières, des poteaux, des tentes. Le ciel était barré de drapeaux, de banières et d'oriflammes. Partout, des caissons bariolés. Une longue lice installée au centre du pré allait servir à délimiter l'espace réservé à chaque chevalier participant au tournoi.

Rosine Delamare, plus que jamais responsable des costumes, ne savait pas où donner de la tête. Il aurait fallu qu'elle fût partout à la fois. Cinq cents figurants (hommes et femmes) à habiller, ce n'est déjà pas une petite tâche, mais elle devient très ardue lorsque l'on ne dispose que de trois cents vêtements en tout et pour tout. Et je ne parle pas des chabraques ! Non seulement elle devait s'occuper de la figuration humaine, mais également de la chevaline... Or, au Moyen Age, lors des tournois, les chevaux étaient entièrement revêtus d'étoffes frappées aux armes de leur cavalier.

Rosine résolut le problème humain avec autorité : les personnages assis dans les tribunes ne revêtiraient que le haut des costumes. Cela sauvait des jupes, des collants et des chausses. La veille, nous avions, Planchet, elle et moi, été acheter d'énormes métrages de tissu de coton aux couleurs vives pour caparaçonner les chevaux.

Rosine nous surprit un peu lorsqu'elle nous déclara qu'il lui fallait se procurer des moules à petits gâteaux. Nous les trouvâmes. Elle condescendit à nous dire que c'était dans le but de « démoderniser » les mors des chevaux.

Jacques Planchet m'ayant assuré que je ne devais pas paraître dans les premières prises de vues, je décidai d'aider Rosine à transformer son écurie. Cela nous prit des heures. Les animaux n'ont pas vraiment l'habitude de se sentir drapés dans des métrages d'étoffe... C'est avec bonne humeur et en nous amusant volontairement que, aidés de quelques palefreniers teutons, nous parvînmes à terminer cette épreuve. Il était plus de midi.

Raymond Bernard n'avait encore rien tourné, ayant passé la matinée avec son équipe technique à repérer les meilleurs angles pour ses prises de vues.

Durant la pose du déjeuner, nous pique-niquâmes sur l'herbe avec Rosine. Jacques Planchet était venu nous rejoindre, et c'est en grignotant un œuf dur que j'appris que le metteur en scène avait prévu de tourner quelques plans sur moi, à quinze heures.

— Oh... rien, juste le début du tournoi, avait-il dit.

Or, qui dit « tournoi » dit « chevalier ». Qui dit « chevalier » dit « cavalier en armure ».

Rosine avait eu bien du mal à découvrir, avant de quitter Paris, une armure à ma taille (un mètre quatre-vingt-huit). En général, ce genre de panoplie est destiné à des hommes aux mensurations plus normales... si je puis dire. Peut-être avait-elle appartenu à François Ier... Bref, elle avait déniché l'objet rare.

Le jour était venu de m'en revêtir pour l'utiliser. Ils se mirent à plusieurs pour accrocher la ferblanterie complète par-dessus ma cotte de mailles. Cette acrobatie dura plus d'une heure. A la suite de cette performance, ils étaient épuisés. Moi, pas encore. Rosine et Jacques, me contemplant, déclarèrent d'une commune voix que j'étais « superbe » ! Ce n'était pas le moment d'en douter. Pas trop gêné aux entournures, les articulations libres, je fis quelques pas, lentement. Bien sûr, c'était un peu surprenant, assez inhabituel et surtout très lourd. Et puis... je crevais de chaleur là-dessous. On me retira mon casque orné d'une crinière de plumes magnifiques pour me laisser un peu respirer et puis... on me fit asseoir — pas commode — et puis... on attendit. (Au cinéma, on attend des heures, et puis tout à coup, il faut répéter tout de suite et tourner précipitamment aussitôt après.)

Le soleil était encore très fort pour la saison et, sans nous accabler, il chauffait dur. Mauvaise organisation ou faute imputable à la régie, le ravitaillement des figurants allemands n'était pas arrivé sur les lieux de tournage. Ils n'avaient rien mangé ni bu depuis le petit matin.

La mise en scène, pour ne pas risquer de perdre de temps, avait interdit que l'on se déshabillât. Pour les dames en hennin, les seigneurs et les pages, ce n'était pas trop grave. Ce l'était bien davantage pour les chevaliers. Les malheureux, revêtus de leur armure, s'étaient pour la plupart étendus dans l'herbe. Certains s'étaient endormis dans la carapace de fer-blanc. A les voir ainsi on pensait à des gisants.

Rosine et moi attendions toujours. Elle m'apportait un peu d'eau, de temps à autre, en cachette, pour ne pas provoquer la jalousie justifiée des autres chevaliers teutons en armure, qui, bien que cousins germains, n'en demeuraient pas moins hommes, obéissant aux mêmes lois organiques que les petits Français.

Tout à coup, Jacques débouche en courant en m'intimant l'ordre de le suivre. On va tourner un gros plan du prince sur son cheval. Pour commencer, il faut deux gars solides pour m'aider à me lever. Ensuite, je m'ébranle et dois mettre dix minutes pour franchir les deux cents mètres qui me séparent de la caméra, de Raymond Bernard et de mon cheval !

Rosine me remet mon casque, en fixe la fermeture. Il faut apporter des tabourets de bois pour que je tente de me hisser sur ma monture. Ils sont une demi-douzaine de machinistes costauds pour m'aider à me mettre en selle. Ça y est ! J'y suis ! J'ai l'impression que le cheval se plie en deux. Il bronche. Il manifeste clairement l'envie qu'il a de se débarrasser de ce poids énorme et imprévu que je représente. Il fait tout ce qui est en son pouvoir pour parvenir à ses fins. Plusieurs personnes interviennent. Tout rentre dans l'ordre et le calme. Apparemment. Moi, je sens que ça ne va pas durer. Le malheureux animal a l'écume à la bouche et mâchouille son mors avec nervosité. (Les figurants n'ayant pas eu à boire... les chevaux, pensez donc !) Bref, je ne suis pas plus tranquille que ma monture.

Raymond Bernard, en contrebas, m'explique des choses. Les oreilles recouvertes par la cotte de mailles et le casque, je n'entends pas un traître mot. Je le fais comprendre. Le metteur en scène s'énerve et crie. Je n'entends pas mieux. Jacques Planchet intervient. Il s'approche du metteur en scène. Ce dernier lui parle. L'assistant vient tout près de moi. Je me penche, au risque de basculer sur le côté entraîné par mon propre poids. Il me transmet les instructions reçues. J'ai compris ! C'est peu de chose, en fait. Je dois tout d'abord baisser la visière de mon casque, puis, lorsque l'on m'aura fait signe que « ça tourne », exécuter successivement un certain nombre de gestes, à savoir : tourner la tête vers la gauche, l'immobiliser un instant, relever la visière de mon casque, regarder vers l'endroit (supposé) où se trouve l'élue de mon cœur (en fait de bergère, c'est un poteau blanc). Après quoi je dois sourire... au poteau, rabaisser la visière de mon casque, replacer ma tête droite, éperonner mon cheval et sortir du champ au galop.

Tout cela ne me semble pas problématique. Je serai, paraît-il, pris en gros plan. On ne cadrera que ma tête. On répète. J'exécute dans l'ordre les mouvements successifs, à l'exception du dernier. Je n'ose pas encore éperonner mon cheval, qui ne piaffe même plus mais souffle tel un cachalot. Bon ! On va tourner, Raymond Bernard dixit.

C'est alors que, pour la beauté de l'image, le cadreur demande que l'on me remette ma lance. On apporte une longue tige de bois dont l'extrémité la plus épaisse est recouverte d'une sorte de coquille pour protéger la main, le poignet, l'avant-bras du cavalier-chevalier. Je prends en main l'instrument. Cela me semble peser une tonne. On me dit de la redresser et de la tenir verticalement. J'essaye. Ça balance. Le cheval aussi se balance, et moi avec lui. Après quelques minutes, tout semble en ordre. On va tourner ? Non ! Parce que le soleil s'est déplacé et que la lance me fait de l'ombre sur la figure. Alors on bouge le cheval, qui n'apprécie pas. Enfin on est en place. On re-répète.

Ça va. On va tourner. On tourne. Moteur... Action ! Je m'exécute. Coupez !

On a fait quatorze prises. Le cheval bougeait, je relevais ma visière trop vite, je ne regardais pas au bon endroit, la lance n'était pas droite, le sourire était trop crispé, etc. Bref (si l'on peut dire), le plan est « dans la boîte ». La demi-douzaine de préposés à cet office me redescendent de cheval. Je demande qu'on me retire mon casque. On essaye. On essaye encore. On s'énerve (moi aussi). On insiste (j'espère bien, j'étouffe). La fermeture est coincée... Dix minutes après j'avale enfin un peu d'air, goulûment, tout en étant pris subitement d'une irrésistible envie de faire pipi... Essayez donc d'avoir envie de faire pipi revêtu d'une armure moyenâgeuse et vous m'en direz des nouvelles...

On me laisse un peu de répit tandis que la mise en scène met en place un plan général dans lequel tous les personnages présents devront figurer. On me laisse cuire et transpirer au cas où tout serait prêt plus tôt que prévu. Dans les tribunes, la figuration attend. Raymond Bernard fait répéter les chevaliers-cavaliers, c'est-à-dire qu'il les fait galoper tout anarchés en long et en large dans l'enclos réservé au tournoi. Et ils recommencent... Encore et encore.

A un certain moment, je me retourne, surpris par des cris qui s'élèvent un peu plus loin. Dans les tribunes, les figurants sont debout. A une certaine distance, des silhouettes s'agitent. Je vois des gens qui courent, convergeant vers un même point. Je distingue mal ce qui se passe. Quelques minutes s'écoulent. Là-bas, le brouhaha, puis, bien visible, de profil, j'aperçois une masse en armure que l'on emporte sur une civière, au pas de course. Il y a quelque chose de rouge à l'extrémité de la civière.

Empêché de bouger, enfermé dans mon armure, je demande à Rosine d'aller aux nouvelles. Elle revient en marchant lentement. Elle regarde ses pieds. Elle s'approche de moi, relève la tête. Elle pleure.

Voilà ce qui s'est passé : les chevaux, comme les cavaliers en armes, après dix heures d'attente sans avaler quoi que ce soit, n'en pouvaient plus de fatigue. Les cavalcades réclamées par la mise en scène sont arrivées à un mauvais moment. Hommes en armes et bêtes harnachées étaient exténués avant de se mettre en mouvement. Un accident prévisible vient de se produire. Un accident grave, puisqu'il va y avoir mort d'homme. Nous l'apprendrons dans quelques minutes.

La monture d'un malheureux Allemand s'est écroulée, entraînant dans sa chute son cavalier, lequel, en tombant, s'est ouvert le cou avec la partie inférieure de son casque ; la veine jugulaire a éclaté...

La régie et l'équipe de production cherchent à cacher la vérité, à la minimiser. Il faut poursuivre le tournage. Le producteur insiste, exige. C'est un incident qui ne doit pas interrompre... On ne va pas compromettre le plan de travail... ni laisser partir cinq cents figurants alors que l'on n'a pas fini de travailler ce jour-là, etc. La figuration et les chevaliers se voient contraints d'accepter les exigences de la production... autrement ils ne seront pas payés...

Je ne parlais pas encore la langue de Goethe à cette époque, mais j'avais assez d'instinct pour comprendre ce que les Allemands ressentaient.

C'est à ce moment-là que je commis mon premier acte de rébellion ouverte et délibérée face à une production de film. Ce ne sera pas le dernier ! D'ailleurs, c'est presque malgré moi que je fis preuve d'autorité. Poussé, mû par je ne sais quel sentiment, je refusai catégoriquement d'exécuter ce que l'on attendait de moi. Je dus puiser ce courage dans ma propre peur viscérale, mais cela fut jugé par la plupart des personnes présentes comme une prise de position dictée par des raisons humanitaires et sensées. Ma détermination en soi était simple. Je fis savoir à Raymond Bernard que je me refusais à remonter à cheval et à galoper visière baissée, lance dans la main droite, l'écu-bouclier fiché à l'autre avant-bras.

Je prétextai mon inexpérience à monter dans ces conditions et allai jusqu'à menacer de quitter le lieu de tournage si l'on ne voulait pas admettre le bien-fondé de ma prise de position. J'ajoutai qu'ayant été engagé comme comédien, mon contrat (je le savais par cœur à présent !) ne prévoyait pas que j'aurais à assumer le rôle de cascadeur. Il y avait des doublures, des cascadeurs de métier. Il suffisait de faire appel à eux. Je terminai, m'appuyant sur ma bonne foi, en faisant remarquer que nous étions tous levés depuis cinq heures du matin et que le soleil, lui aussi, en avait assez. En effet, le crépuscule s'esquissait.

Personne ne sachant trop quel argument me rétorquer et sans doute convaincu que je n'avais pas tort, il y eut un silence. Pour éviter toute discussion superflue, je crus bon de dire bien fort, m'adressant à Rosine :

— Veux-tu m'aider à me déshabiller ?

Ce qui fut fait. A une dizaine de mètres, Jacques Planchet arborait un demi-sourire en me regardant. Quant aux Allemands, je ne sais pas s'ils entendaient le français, mais, croisant certains regards, j'eus le sentiment qu'ils avaient fort bien compris...

Ce tournage en extérieurs touchait à sa fin. Nous avions changé de région. Ratisbonne et ses environs assistèrent à nos évolutions moyenâgeuses, et puis, plus au nord, les sources du Danube où il faisait un froid brusquement hivernal. C'est là que nous avons effectué les dernières prises de vues : la noyade d'Agnès et le suicide du prince qui plonge pour trouver la mort en même temps que sa belle, du haut d'un promontoire de cent cinquante mètres. (C'est un mannequin qui fit le saut à ma place !)

Et puis nous pliâmes bagage. Ce fut le retour. Le retour vers la France et... Paris.

Du studio d'Épinay, je n'ai gardé que des souvenirs vagues, exception faite d'une découverte importante : mon père (dans le film), le roi Pierre Renoir. Fils d'Auguste, peintre génial, et frère de Jean, metteur en scène remarquable.

Je rencontrai pour la première fois ce père d'occasion dans le décor où nous devions nous affronter dans une scène d'« engueulade ». Tout dans le maintien de Pierre Renoir était royal ce jour-là.

Rosine Delamare, connaissant sa personnalité, l'avait revêtu d'habits simples. Un accessoire doré aurait semblé dérisoire posé sur ce haut front. Sa couronne, il la portait mentalement. Elle était là, sans y être.

Tout d'abord très intimidé, ce grand comédien eut la gentillesse de chercher à me détendre avant même de commencer à répéter notre texte. De taille élevée, assez fort, le buste large, il se tenait bien planté sur ses jambes écartées (Henri VIII par Holbein), cherchant sans complexe véritable à éviter de mettre en évidence l'un de ses bras accidenté longtemps auparavant. L'œil sombre, scrutateur et mi-clos dissimulait des éclairs sous un réseau de petites rides en éventail horizontales et verticales tout autour des paupières. Œil de maître, regard de mainate inquiétant et inquisiteur.

Pour souligner sa pensée, il savait plisser son visage assez plein de telle façon que l'on ne savait plus à qui l'on s'adressait d'un moment à l'autre. Sa mobilité d'expression m'hypnotisait, ainsi que son nez recourbé en forme de bec. La voix aux résonances nasales, le débit saccadé, l'élocution parfois sèche, tout agressait, attaquait, rusait.

Il s'interrompait brusquement au milieu d'une phrase pour s'abriter dans un silence qui, alourdissant l'atmosphère, donnait du poids à ce qu'il venait de dire puis, semblant pirouetter, il attrapait un air madré de paysan bonasse et enchaînait son texte sur le mode mineur.

J'étais déconcerté.

Aux premières répétitions, j'étais tellement occupé à l'observer que j'en oubliai mon texte. Après un rappel à l'ordre du metteur en scène, je tentai de rentrer dans la peau du prince. Après quelques bafouillis, j'y parvins. Et la scène fut tournée. C'est la première fois que j'avais à donner la réplique à un grand comédien.

Quelle leçon !

Je me rendais compte de l'énorme travail d'alchimie mentale qui m'attendait si je voulais tenter, un jour, d'égaler ceux que j'admirais tant. C'est peut-être ce jour-là que j'eus pleinement conscience de mes lacunes.

Après de nouvelles complications entraînant de nouveaux retards, et pour des raisons sans intérêt, nous avons — enfin — terminé le film aux studios de la rue François-Ier (sur l'emplacement desquels s'est construit Europe 1).

Nous étions en avril 1950. Olga Horstig manifesta un certain soulagement. A ma grande surprise, moi aussi.

VI.

Edwige Feuillère m'attendait impatiemment « pour répéter chez elle », me dit Olga. « Vous jouez dans trois mois à Évian... vous savez ! »

Je fus autorisé à me faire couper les cheveux (ô délivrance) mais pas à retrouver ma couleur naturelle. Olga insistait pour que la « Dame aux camélias » me voie en blond.

Je devais ressembler à une sorte de Jean Marais-Tristan (*L'Éternel Retour*), lorsque je débarquai, précédé par Olga, chez Edwige Feuillère.

On accédait au bel appartement donnant sur le Champ-de-Mars en entrant par l'avenue de La Bourdonnais. J'étais né à cinquante mètres de là. Une petite femme aux cheveux gris nous ouvre. Olga m'apprend que c'est Berthe, la fidèle habilleuse femme de chambre d'Edwige. Un grand salon confortable décoré de meubles Napoléon III. Bois noir, nacre, opalines, sèvres à fleurs, sofa et chaises capitonnées, roses fraîches et plantes vertes, rideaux blancs devant une large baie donnant sur le parc.

Un bruit de porte, une bouffée de parfum (Guerlain ?). Edwige entre, en beige. Elle me voit, s'arrête, me fixe, ouvre la bouche, regarde Olga, me dévisage à nouveau et, sans me quitter du regard, s'assied en nous invitant du geste à en faire autant. Elle ne dit rien encore. Elle a l'air extrêmement surprise. Et puis dans un sourire-soupir, elle me dit :

— Qu'est-ce qui vous est arrivé ?

Olga explique, raconte.

Edwige écoute... comprend et ajoute :

— Mais... vous avez l'air d'un premier communiant !

Je n'ai pas le temps de dire un mot que déjà les deux femmes échangent des propos contradictoires à mon sujet. La discussion se poursuit. J'entends et sens que je suis en cause et en danger. Dans une minute, la grande dame du théâtre peut décréter que je ne suis plus le personnage d'Armand Duval. Contrat ou pas contrat, elle seule a l'ultime pouvoir décisionnaire. Je le sais. Je ne suis pas tranquille. Et puis le dialogue se calme. Les visages se détendent. Edwige me regarde, sourit et dit en riant :

— Je veux vous voir avec une barbe... Ce sera très romantique et je crois que cela vous ira assez bien. Mais vous resterez blond.

Se levant brusquement, elle nous donne congé, me convoquant pour le lendemain après-midi chez elle.

— Nous commencerons par le premier acte, qui est très court pour vous. Alors, le deuxième acte aussi... Voilà... au revoir. A demain trois heures. Sachez votre texte.

Une bouffée de parfum, un mouvement de jupe, un geste de la main, une porte se referme. Elle est partie. Je quitte l'appartement à la suite d'Olga.

Le printemps déferle sur Paris. Une marée montante installant couleurs, odeurs et bruissements nouveaux. La sève éclate partout. L'air est tiède, les nuages jouent à saute-mouton sur fond pastel, les moineaux pépient dans les branches, les péniches remontent la Seine, des enfants crient et courent dans les allées du Champs-de-Mars. Juste au-dessus d'eux, moi, je travaille. Enfin... je suis occupé à écouter Edwige qui me dit selon les moments : « C'est ça... ça va très bien », ou encore : « Non... Jean Claude... ce n'est pas ça... du tout. Vous comprenez, il faut que l'on sente... »

Nous nous asseyons et elle m'explique. Elle me décortique la scène que nous venons de travailler, elle s'acharne à me faire saisir ce qu'elle veut entendre. Je comprends, mais je ne parviens pas d'emblée à restituer ce que je veux et qu'elle attend.

Parfois ça vient tout seul. Parfois je bute, me trompe dans l'intention, me trouble et bafouille. Elle a une patience qui me fait honte. Suis-je réellement aussi incapable que je le crois ? Mais non ! Mais si. Je n'y arriverai jamais. Mais si ! Mais non !

Lorque cela va trop mal, elle se met en colère. J'ai horreur de ça. Elle me paraît terrible alors et me paralyse. Elle s'en aperçoit, se calme, et me caresse avec des mots réconfortants, en souriant. J'ai l'impression d'être devenu un paquet de glaise manié par un sculpteur.

A la fin du mois de mai nous avons travaillé les cinq actes de M. Dumas fils. Je sais presque parfaitement mon texte et les intentions qu'Edwige metteur en scène attend de son partenaire. Elle ne paraît pas mécontente du résultat obtenu. Il y a eu des moments difficiles. Dans la colère, je parlais si vite qu'elle m'interrompait en tapant du pied, agacée, criant qu'elle ne comprenait rien. Et on recommençait ! Je recommençais.

Dans les scènes d'amour où il me fallait la prendre dans mes bras, j'étais pris de panique. Elle me troublait, cette femme.

J'avais beau me répéter que nous jouions la comédie, que nous disions un texte écrit, que nous incarnions des personnages fictifs, que c'était un jeu, je n'en éprouvais pas moins de gêne. A vingt-deux ans, allez donc essayer d'étreindre l'une des plus grandes comédiennes de l'époque en lui déclarant — alors que vous êtes seul avec elle dans son salon — que vous êtes éperdument amoureux d'elle.

Je ne savais plus très bien ce que je disais, moi, dans ces moments-là. Eh bien, c'est précisément là qu'Edwige me déclarait :

— C'est très bien, Jean Claude... c'est tout à fait ça, Armand Duval !

Et moi qui ne savais même plus ce que j'avais dit, ni comment. Elle ajoutait :

— Ce qu'il y a d'excellent chez vous, c'est que vous parlez juste ! Seulement, au théâtre, il ne faudra pas que vous ayez peur de montrer que vous êtes amoureux de moi... Ne me dites pas que je vous fais peur, Jean Claude... et elle riait !

Elle avait une façon de traîner la voix sur la dernière syllabe de mon prénom que je n'ai jamais oubliée. Peut-être parce que j'ai toujours aimé la musique...

Edwige suspend notre travail commun pendant trois semaines. Je l'apprends par Olga. La « Dame aux camélias » veut se reposer quelques jours à la campagne avant d'attaquer les vraies répétitions sur la scène du théâtre Sarah-Bernhardt. Toute la troupe sera réunie. Ils ont tous joué la pièce avec elle. Pour eux, ce sera une sorte de remise en place. Le seul élément nouveau, c'est votre serviteur.

Je ne réalise pas encore clairement ce qui m'attend. Pour le moment je regarde mon collier de barbe prendre forme. On a blondi mes poils et cendré davantage mes cheveux. C'est à nouveau quelqu'un d'autre que je regarde dans la glace et que je ne connais pas encore. On dirait Musset.

Jean-Denis Maillart, peintre à la mode, a signé les décors et les costumes de la pièce. J'ai essayé mes vêtements. Ils sont simples et beaux. Jean-Denis Maillart a fait de moi un portrait en blond, mais sans barbe. Je ne sais plus à qui je l'ai donné.

Jean V. me tanne, insiste et réussit à m'entraîner de force chez Harcourt, le seul, l'unique photographe des stars. En bon chargé de presse avant la lettre, il sait que seules les photos signées Harcourt sont accrochées à l'entrée des salles de théâtre et de cinéma de Paris, de France et de Navarre.

Il entend m'y voir figurer. Il a raison. Et puis il faut des photos pour le programme. J'ai déjà horreur de me faire photographier. Je ne sais pas « poser ». C'est avec beaucoup de mauvaise grâce que je participe à la séance de portraits, avenue d'Iéna.

C'est vrai que j'éprouve une certaine gêne à me laisser photographier. Ce n'est pas nouveau et remonte à l'enfance. Mes grands-parents, au cours des vacances, cherchaient à fixer l'image de leur petit-fils sur pellicule. Ils tenaient à garder les traits de leur galopin préféré au fur et à mesure de sa croissance.

Un jour, Dieu seul sait quand, pour essayer de me faire tenir tranquille, on m'avait dit, braquant un Kodak sous mon nez : « Ne bouge pas... regarde le petit oiseau qui va sortir ! » Je m'étais immobilisé, fixant l'appareil photographique dans l'attente de l'arrivée de l'oiseau. Or, je n'ai jamais vu cet oiseau-là sortir de la boîte, ni ce jour-là, ni les autres fois.

Tel le corbeau de la fable, je jurai qu'on ne m'y prendrait plus. Si j'aimais les contes de fées, comme tous les enfants, j'avais déjà de la répulsion pour le mensonge. L'amour de la vérité m'a habité toute mon existence. Sa recherche aussi et également sa pratique, ce qui est considérablement plus dangereux. Je l'ai appris souvent à mes dépens. Cependant, malgré moi, je persiste encore, l'esprit habité par cet excédent de bagage là.

Cela me rappelle ma première déception en découvrant qu'on me déguisait la vérité. Cela doit se passer en 1931 ou 1932. Je dois avoir cinq ans à peine.

Après m'avoir sérieusement catéchisé, on décide de m'emmener à l'église assister à la messe du dimanche. Nous sommes à la campagne. L'église du village de Genêts se trouve à quelque deux kilomètres du château de Brion où nous habitons. La caravane de carrioles attelées emmène famille, nurses, enfants, parents et amis vers l'église.

L'office commence. Moi, je m'intéresse surtout au décor, à l'environnement, à l'atmosphère. Tout cela est nouveau pour moi. Il m'a été dit et redit qu'à un certain moment j'entendrais tinter une clochette. Il faudra baisser la tête aussitôt. Il y aura un second coup de sonnette. Je devrai garder, absolument, la même position. Pourquoi ? Parce que c'est le petit Jésus qui descend sur terre, il sera là, dans l'église. Et puis, il y aura après un certain temps un troisième tintement. C'est alors seulement que je pourrai relever la nuque.

La messe suit son cours. Je remarque que le monsieur devant l'autel a un bien joli costume.

Le moment prévu arrive. Premier tintement, je baisse la tête. Second tintement, je regarde mes chaussures. Et puis... comme il ne se passe rien et que le silence se prolonge, je relève la tête, regarde en face et tout autour de moi. Constatant que rien n'a changé ni bougé, je déclare à haute et intelligible voix : « Alors... il vient ou il ne vient pas le petit Jésus ! » Le troisième coup de sonnette se fait entendre alors, un peu amorti par les raclements de gorge, les toux discrètes et un léger brouhaha. L'assistance a dû sourire. On a eu bien du mal à me fournir des explications à la suite de cette cérémonie.

J'étais déjà, c'est probable, inconsciemment habité par cet esprit cartésien qui ne m'a pas quitté. Il est vrai que j'ai été très tôt attiré par la logique. Cela m'a aidé souvent, gêné quelquefois. S'appuyer sur ce qui vous paraît évident pour exposer le résultat de votre raisonnement à des personnes dont la bonne foi n'est pas absolue et qu'il faut malgré tout conquérir ne facilite pas les choses, je vous prie de le croire.

VII.

Dans les premiers jours de juin, je me retrouve sur la pelouse d'un ravissant château Louis XIII des environs de Paris, déguisé en duc de Buckingham.

Assis sur une chaise, je me laisse maquiller. Olga n'a pas eu trop de difficulté à faire croire à la production américaine que mon collier de barbe romantique convenait parfaitement au XVIIe siècle. Je rends hommage à ce tour de force. Le metteur en scène américain doit avoir des connaissances historiques limitées. Il lui manque aussi le sens de l'esthétique, si j'en juge par la façon dont nous sommes costumés. On est allé fouiller chez un loueur de fripes et je me vois affublé d'un pourpoint de velours violet fatigué brodé d'argent terne, dont les mesures sont si peu à ma taille que l'agrafe de la ceinture m'arrive sous les côtes flottantes. Les pantalons — bas de chausses — sont si larges qu'ils rappellent la culotte d'un zouave. L'une de mes bottes perd son talon, le col de dentelle qui m'entoure le cou est en partie déchiré. Quant au large feutre gris qui me sert de couvre-chef, débordant de plumes d'autruche, on a dû l'emprunter à la collection de Cécile Sorel lorsqu'elle jouait *La Reine Christine de Suède*.

Pour terminer la description de cet accoutrement, sachez que je porte une perruque de crin si rigide qu'elle paraît en bois. Les autres comédiens ne sont pas mieux lotis.

Je fais la connaissance de Jacques François, grand beau garçon blond, au regard ironiquement calme. Il se dégage de sa personne une sympathie toute britannique. Sa façon de parler accentue cette impression. Il sera Aramis, en rose bonbon et cape grisâtre.

Je rencontre Annabel, blonde (qui ne sait pas encore qu'elle deviendra plus tard la très brune Mme Bernard Buffet). Pour l'heure, vêtue de satin pâle de qualité douteuse, elle déambule sur la pelouse, s'apprêtant à incarner Milady de Winter, la traîtresse.

Les autres comédiens sont américains. J'ai oublié leur nom (la postérité aussi d'ailleurs), sauf un : Otto Reichow, qui incarnait Porthos. Géant blond d'origine berlinoise, il faisait penser à un monumental grizzli échappé d'on ne sait quelle montagne. Une voix sépulcrale et puissante, des mains d'étrangleur, l'œil prussien, la démarche d'un ogre. Il était doux comme un agneau de lait.

Je l'ai revu quelques années plus tard, lors d'un de mes séjours à Hollywood, où il vit toujours probablement.

Ami intime d'Errol Flynn, il passa son temps à tourner des rôles secondaires aux côtés de son meilleur copain.

Nous étant rendu compte dès le premier jour que le metteur en scène ne connaissait rien à son métier, c'est parfaitement détendus que nous échangeons nos répliques en anglais. Nous croyons si peu à nos personnages que nous glissons des sourires et de l'humour français là où il en manque. Le fou rire nous guette presque constamment. L'humeur est bonne et nous nous moquons éperdument du destin de cette production de catégorie C, sachant que nos élucubrations présentes n'auront aucune répercussion sur l'évolution de nos carrières respectives.

Bien que quittant mes camarades à regret, c'est avec un certain soulagement que je me défais de la défroque du duc de Buckingham. Ces hardes poursuivront leur destin sans moi. Bon vent ! J'allais oublier de vous dire : le film en question n'est jamais sorti nulle part (au moins à ma connaissance).

A présent, revenons à cet été 1950, en plein cœur du XXe siècle. Les cachets de Buckingham me permettent de régler la facture du studio Harcourt (chère !) et de me commander un début de garde-robe.

Me souvenant de l'élégance irréprochable et discrète de René Gruau, je décide de m'adresser à son tailleur, le meilleur du moment : Cifonelli, rue Marbeuf. Là, me croyant milliardaire, je commande sans compter.

Ma bonne mine, le bruit léger qui commence à courir sur mon compte dans Paris, portraits et articles de journaux me sont autant d'alliés pour convaincre le tailleur que j'ai les moyens de m'offrir ce qui me plaît.

C'est avec une belle assurance (d'emprunt) que je discute non pas les prix mais la longueur des vestons, la carrure que je souhaite, la forme que je veux (pas une autre).

— Mais monsieur, cette année la mode veut que...

Péremptoire, je balaie l'argument :

— Je me moque de la mode parisienne, monsieur... J'entends m'habiller comme moi. Pas comme les autres.

Et de discuter de la qualité des boutons, de la couleur des doublures qui seront en soie... naturellement.

Insupportable personnage se prenant au sérieux à la première occasion (c'était le cas), imposant sa volonté avec d'autant plus de force que ce comportement exagéré entendait camoufler ma timidité foncière.

Par la suite, et encore aujourd'hui, bien des gens se trompent sur mon compte et me jugent trop vite. J'ai contracté très tôt cette habitude d'attaquer. Cette attitude — car c'en est une — cache ma vulnérabilité sous des dehors agressifs. Craignant d'être amené à me défendre, je mords le premier et je regarde « si ça marche ». J'ironise et fais de la dérision, guettant les réactions. Ce petit jeu ne m'a pas toujours été profitable. Trop sensible à l'époque, j'aurais tout tenté pour ne pas être atteint. Cela s'est un peu arrangé depuis. Jamais complètement.

C'est demain, en début d'après-midi, sur la scène du théâtre Sarah-Bernhardt, qu'Edwige Feuillère me présentera à toute la troupe faisant partie de la distribution de *La Dame aux camélias*.

Je retrouve ce vaste plateau non sans une certaine émotion. C'est là qu'il y a un an, presque jour pour jour, je me présentais à Edwige. Cela me donne une curieuse sensation. J'ai l'impression d'avoir grandi. Dans quelques heures, brutalement rappelé aux réalités, je me sentirai à nouveau tout petit. Juste retour des choses.

Edwige, habituellement très élégante, est habillée très simplement. La tête recouverte d'un foulard qu'elle a noué sur sa nuque en forme de fichu, elle me présente à mes futurs partenaires.

Jacques Varennes sera M. de Varville, le méchant rival. Grand, bel homme, profil de César, voix d'airain, long visage (un Vélasquez retouché par Rouault), il est intimidant, le sait, en use et en abuse. Fier de son talent affirmé, c'est avec une certaine condescendance qu'il me rend mon salut. (Par la suite, je me suis rendu compte que c'était le plus gentil des hommes.)

M. Berlioz sera mon père. Nous aurons peu de choses à nous dire durant la pièce, puisqu'il ne jouera qu'une longue scène dramatique, seul face à Marguerite Gautier, au troisième acte, à l'issue de laquelle, les deux comédiens étant sortis de scène successivement, je reviendrai dans le décor, le temps de prendre connaissance d'une lettre de Marguerite dont la lecture doit m'arracher un cri déchirant. Après quoi, me retournant, j'aperçois dans l'encadrement d'une porte M. Berlioz (alias papa Duval) dans les bras duquel je me jetterai en criant :

« Ah mon père... Mon père... » RIDEAU !

Nous n'aurons par conséquent rien à faire ensemble en dehors de ce pathétique embrassement.

Germaine Delbat sera Nanine, la fidèle (ô combien) femme de chambre, servante, affectueuse complice de la dame aux camélias. J'aurai peu de scènes avec elle mais beaucoup d'échanges de regards. Le sien est bleu-gris, attentif et tendre.

Edwige, assistée d'Olga, entend commencer tout de suite à répéter. Auparavant, s'adressant à toute la troupe, elle a l'air de s'excuser auprès de tous ses camarades en leur demandant de bien vouloir jouer « dans le ton » les scènes dont je fais partie, pour m'aider à entrer dans le jeu. Elle leur accorde la permission de « filer » leur texte, « à l'italienne », dans les moments où je ne serai pas en scène.

J'ai un peu peur, mais pas plus que ça. Ce qui m'étonne, d'ailleurs.

On attaque le premier acte. Je ne suis pas du début. J'écoute, j'entends les autres, dont Edwige, échanger leurs répliques. Je guette le moment précis où je dois faire mon entrée... Il arrive... Je suis prêt... J'entre en scène, pas seul puisque c'est un domestique qui annonce à la cantonade :

« Madame Duvernois, monsieur Gaston Rieu, monsieur Armand Duval... »

Après les salutations d'usage (dans le rôle), arrive la réplique qui va m'obliger à répondre :

« Ne seriez-vous pas parent, monsieur, de monsieur Duval, receveur général ? »

Je réponds :

« Si monsieur, c'est mon père. Le connaîtriez-vous ? »

Et voilà, c'est parti ! Les répliques succèdent aux répliques. Ma voix résonne, je prends de l'assurance au fur et à mesure que la scène se déroule. Je ne bafouille ni ne bredouille. Je suis heureux. Je me sens bien, pour un peu je m'amuserais.

L'acte se poursuit. La scène seul face à Marguerite se passe sans accrochage. Je suis à l'aise et très étonné de l'être. Je sors de scène comme prévu, à reculons, en lançant vers la dame aux camélias un : « Je pars... ! » qui veut dire « à demain ». Une courte scène sans moi. Rideau. Fin du premier acte.

Tout le monde semble satisfait. Mes partenaires tout neufs me congratulent. Olga hoche la tête en signe d'acquiescement. Edwige ne dit rien mais ne paraît pas mécontente. Moi, je me prends pour un comédien.

Je suis à la fois soulagé, détendu et bêtement, on peut le dire, assez content de moi. Je vais bientôt déchanter. Après une courte pause, on attaque le second acte.

Au début, Armand n'est pas là. Il arrive, il parle, tout va bien. Et puis… Et puis je sens venir une phrase que je n'arrive pas à articuler convenablement depuis que j'apprends mon rôle. Répondant à une question de Marguerite, je dois dire, avec désinvolture :

« Mon père m'avait écrit qu'il m'attendait à Tours. Je lui ai répondu qu'il peut cesser de m'attendre. Est-ce que je suis en train d'aller à Tours ? »

Bien entendu, je bute, dérape, bafouille et m'arrête. Je reprends mon souffle et tente de redire la réplique avant qu'Edwige ait pu dire un mot. Je recommence donc. Et je recommence, en effet, à bredouiller au milieu de la phrase… Je la termine péniblement. On enchaîne, l'acte se poursuit.

La scène de jalousie entre Marguerite et Armand se passe bien. Edwige est un peu énervée, moi beaucoup plus. Nous sommes l'un et l'autre tout à fait dans le ton. Les choses commencent à se gâter quelques minutes plus tard.

Marguerite Gautier (après une scène avec le comte de Giray auquel elle escompte soutirer de l'argent) s'apprête à sortir pour rejoindre ce dernier, lorsque Armand Duval fait irruption et lui fait une scène qui doit se terminer par des « raccommodailles » si tendres que l'enlacement de la femme par l'amoureux transi va de soi et le baiser qui doit sceller leur désir mutuel inévitable.

Le moment fatidique arrive. Alors qu'Edwige attend, entre deux répliques, que je me précipite sur elle pour la prendre dans mes bras, je bloque. Je me bloque. Je dois dire : « Tu es un ange, et je t'aime » et l'embrasser.

Déjà dans son salon de l'avenue de La Bourdonnais, j'éprouvais quelque pudeur à accomplir certains gestes. Mais là, je ne sais pas ce qui me prend, je ne peux pas. J'ai l'impression que les comédiens qui nous regardent me guettent, et je n'ose plus bouger.

Edwige, qui imagine ce qui peut se passer dans ma tête, prétextant je ne sais plus quelle erreur de mise en scène, déclare à voix haute quelques infimes changements de place. Puis, s'approchant de moi, elle murmure : « Quand vous me dites que vous m'aimez… prenez-moi dans vos bras. Que diable ! est-ce que je vous fais peur à ce point… ou est-ce que je sens mauvais ? »

Elle n'est pas encore furieuse, mais la tension monte. C'est à voix forte qu'elle décide : « Allez, reprenons la scène à l'entrée d'Armand ! » Elle ajoute sur un ton où la menace est imperceptible : « Vous êtes prêt, Jean Claude ? »

J'acquiesce d'un mouvement de tête. Je suis vert. Et ça repart. Tout va bien mais ma voix faiblit.

« Tu es un ange, et je t'aime. »

Je me précipite sur elle et la prends à bras le corps, tel un meunier étreignant un sac de farine. La retenant par la taille, je lui bascule le buste en arrière dans un mouvement brusque qui tient davantage d'une figure de paso doble que d'un enlacement amoureux. Quant au baiser, je ne songe même pas à l'esquisser.

D'un mouvement de reins, Edwige se redresse, se dégage, se recule, me fait face, les mains posées sur les hanches, bien campée sur ses jambes légèrement écartées. J'essuie la plus énorme scène d'engueulade et de dérision qu'il m'ait été donné d'entendre. Ce n'est plus du tout Marguerite Gautier qui parle, ce n'est pas Edwige Feuillère non plus. C'est une furie. Mais une furie qui se contrôle. C'est une voix méconnaissable que j'entends :

— Qu'est-ce qui m'a fichu un empoté pareil ! Où vous croyez-vous ? Dans une salle de gymnastique ? C'est comme ça que vous enlacez les femmes ? Je les plains ! Vous avez peut-être un profil racé, mais je vous signale que vous avez des gestes de rustre. Je ne sais pas, moi... Si je ne vous inspire pas, pensez à quelqu'un d'autre... pensez à quelque chose que vous aimez. Est-ce que vous aimez les sardines ? Alors, pensez que je suis une boîte de sardines !

Mon visage a dû passer par tous les camaïeux de rouge pour arriver au blanc craie. Immobile, pétrifié, j'ai essuyé la philippique sans broncher. Qu'aurais-je pu dire ou faire ? Elle avait parfaitement raison, et à double titre. D'abord, en tant que metteur en scène responsable d'un spectacle que nous devions présenter dans trois semaines. Ensuite, en tant que femme.

A ce point de vue là, mes restrictions gestuelles étaient effectivement peu flatteuses. Mais je crois être en droit de penser, aujourd'hui, que c'est davantage le metteur en scène qui m'invectiva.

Inutile de préciser que la répétition prit fin dès après cet intermède. On se reverrait le lendemain.

Vous imaginez sans peine que ce n'est pas l'hilarité qui me tint compagnie ce soir-là.

Les répétitions suivirent leur cours normal.

La douche intelligente, cruelle mais nécessaire avait porté. En me blessant volontairement devant toute la troupe, Edwige avait frappé juste. Un uppercut à la pointe de l'orgueil. Je fis de réels progrès jour après jour.

Entièrement débarrassé du problème de la mémoire, je nuançais mon interprétation, j'essayais de phraser autrement. Je prenais garde de ne pas répéter les mêmes gestes. Bref, je travaillais ferme, consciencieux et heureux d'avoir l'occasion de l'être. Durant cette période terminale de nos répétitions, Edwige ne me quitta pas des yeux.

Tout en interprétant son texte en mineur, elle m'observait, se dédoublant. Lorsqu'elle avait une indication à me donner pour corriger ou parfaire, elle le faisait discrètement, seule à seul.

J'y fus sensible. J'avais l'impression de recevoir des confidences, de devenir un détenteur de secrets. C'est ainsi qu'elle me dit, un soir où je n'avais pas été trop en dessous de ma tâche, alors que nous buvions un whisky dans sa loge :

— Jean Claude, vous allez être excellent dans ce rôle. Je vous le dis aujourd'hui parce qu'à présent j'en suis convaincue. Vous m'avez fait très peur, certes, au début des répétitions mais je sens que vous avez fait le tour du rôle. Je sais que vous tendez à mieux faire chaque jour. C'est bien. Je vais vous donner un conseil. Le soir, avant de vous endormir, rejouez donc la pièce les yeux fermés. Regardez-vous évoluer sur scène. Croyez-moi, vous vous verrez bouger, vous mouvoir dans le rôle et c'est ainsi que vous corrigerez votre plastique. C'est un bon truc, vous verrez.

Comme elle avait raison. Je n'ai jamais oublié cette leçon-là non plus. Merci Edwige pour le petit truc, merci aussi pour tout le reste.

En ce début de juillet, mes familles étaient sur le pied de guerre. Chacun voulait assister, à Évian, aux débuts du petit monstre. C'est avec une autorité nouvelle, puisée je ne sais où, que je distribuais mes autorisations. Pour commencer j'interdis formellement à mes grands-parents paternels de se déplacer. Sachant de quelle joie je les privais, je m'empressai d'atténuer la méchanceté de ma sentence en leur apprenant que la pièce se jouerait sans aucun doute à Paris... Bientôt.

En disant cela, je ne savais pas alors que j'étais près de la vérité !

Du côté maternel, j'eus un geste du type « grand seigneur ». J'invitai ma mère à m'accompagner à Venise, à la représentation de gala qui devait avoir lieu le 22 juillet au théâtre de la Fenice, dans le cadre de la Biennale du théâtre.

Edwige, après quelques réticences (que je ne compris pas à l'époque), finit par accorder cette permission à condition que nul ne sache qu'il s'agissait de ma propre mère. Les deux femmes tombèrent tacitement d'accord sur ce point. Moi, qui ne voyais pas plus loin que le bout de mon nez, je ne me posais pas de questions.

Les choses s'arrangeaient d'elles-mêmes, ma mère et moi ne portant pas le même nom sur nos passeports, elle pouvait passer pour l'une de mes amies.

Comme toutes les femmes dans de tels cas, ma mère s'aperçut huit jours avant notre départ pour Évian qu'elle n'avait « rien à se mettre » pour le grand gala de Venise.

Je dus faire le tour des maisons de couture susceptibles de lui prêter ce dont elle avait besoin... et envie. Chez Dior, les mannequins étaient trop grands. Pas une robe ne serait à sa taille. Robert Piguet, absent de Paris, je n'osais pas m'adresser à Marc Bohan, supputant un refus. Je pensai à Jacques Fath.

Une amie de ma mère m'avait présenté à lui en 1942 ou 1943, à l'époque où je songeais inconsciemment à me destiner à la haute couture.

Jacques était un homme délicieux. Follement « moderne », follement « décadent ». Mi-Valois mi-Bourbon, son visage aurait pu être dessiné par Clouet ou peint par Mme Vigé-Lebrun.

Il ressemblait au comte d'Artois. Un comte d'Artois descendu de son cadre et bien vivant. Le rire de Jacques Fath éclaboussait, étincelait, agressait presque. Il y avait une sorte de provocation à la gaieté lorsqu'il lançait ses éclats de voix. Œil bleu, mèches blondes, teint rose, il était pastel. Amusant, drôle, spirituel, léger, il savait plaire et aimait à séduire. On se laissait d'autant plus facilement prendre à son charme qu'il débordait de gentillesse. Affable, courtois, généreux, il avait une valeur humaine que ses détracteurs imbéciles et jaloux s'ingéniaient à lui dénier.

Il formait ce qu'on peut appeler un beau couple avec sa femme Geneviève. Grande, belle, potelée, charnelle, peau laiteuse, sourire de nacre et splendide chevelure blond pâle, elle passait à juste titre pour l'une des plus jolies femmes de Paris. Elle et lui m'aimaient bien.

C'est donc tout naturellement que Jacques Fath nous ouvrit les portes de sa maison de couture avenue Pierre-Ier-de-Serbie. Venue pour chercher une robe du soir, ma « chère maman » se laissa facilement convaincre d'emporter à Venise, en plus, quelques ensembles et autres robes d'après-midi. Si elle avait écouté Jacques — et elle n'aurait pas demandé mieux —, c'est une collection complète qui serait partie avec elle. J'intervins, prêchant la modération, et fus entendu. Tous ces vêtements lui allaient à ravir, pour la simple raison que Fath, ayant engagé récemment un nouveau mannequin sur lequel il avait créé ses modèles les plus spectaculaires, cette jeune femme, Bettina, ressemblait à Arlette, ma mère, non de visage mais par leurs communes mensurations, même taille, même tour de hanches, etc.

J'ai revu Bettina il n'y a pas si longtemps à un dîner chez elle en tout petit comité (dont Isabelle Adjani faisait partie). Je l'ai sidérée en lui décrivant, dans le détail, les robes qu'elle avait présentées chez Fath quelque trente-cinq ans plus tôt.

Évian, juillet 1950.

Je ne connais pas la ville. Pour le moment, elle m'indiffère, je ne la regarde pas. Je ne la vois pas. Une seule préoccupation m'habite : le théâtre. Je n'ai de cesse de me rendre sur les lieux où je dois monter sur scène pour la première fois de ma vie, ce soir. J'entends découvrir au plus tôt le cadre où je vais tenter à nouveau quelque chose. Curieux, nerveux, pressé, inquiet, je veux jauger la largeur du plateau, sa profondeur, les dimensions de la salle, etc. Réaction de professionnel avant l'heure.

Je me précipite sur la scène. Jean, qui me suit pas à pas, sent qu'il risque de me gêner. Il n'a pas le temps de formuler sa pensée que déjà je lui intime l'ordre d'aller dans la salle, au fond, et de se faire tout petit.

Je veux essayer ma voix : qu'il m'écoute ! Ensuite, il me dira. J'emprunte un ton dictatorial, sec, dur, précis. Je m'en rends compte et c'est d'autant plus injuste que Jean m'est tout dévoué. Je ne pense pas à m'excuser. Je suis trop angoissé. J'ai peur.

A vingt heures, dans ma loge, l'image qui me vient à l'esprit est celle du toréador qui va pénétrer dans l'arène. Je le vois apparemment calme et résolu, dissimulant sous son costume étincelant cette « trouille » viscérale qui vous prend lorsque, de sang-froid, on sait que l'on part à la rencontre du danger. Jean me dit quelque chose que je ne saisis pas. Il est blême. Il quitte ma loge. Je l'oublie. Olga m'accompagne jusqu'au plateau. Le décor est planté, le rideau fermé. Suivie de sa fidèle Berthe, Edwige apparaît. Éblouissante. Je la regarde, subjugué.

Dieu qu'elle est belle ! Dans une splendide crinoline de satin crème, le corsage scintillant de broderies, Marguerite Gautier semble descendre d'un tableau de Winterhalter. La coiffure impeccable entoure de ses « anglaises » le visage et le cou de la dame aux camélias. Je me demande si je connais cette femmme. J'éprouve de la difficulté à la reconnaître. Elle sourit, se meut, prend des poses... Les photographes mitraillent. D'un geste aimable mais impérieux, elle les arrête et me fait signe de la rejoindre. J'avance vers elle comme un automate. Nous sommes côte à côte. Elle me présente aux photographes :

— Messieurs... voici Armand Duval !

Je ne les salue pas, je la regarde.

Un autre geste autoritaire, un sourire pour atténuer cet ordre muet, et les photographes s'éclipsent discrètement.

Pour un instant nous sommes seuls. Venu de l'autre côté du rideau rouge, on perçoit ce bruit si particulier produit par le public qui s'installe. Brouhaha confus, sorte d'écho de mer lointaine qui monte, des coups de ressac par instants, quelques rires, des murmures. J'entends cela pour la première fois. C'est assez grisant.

Edwige me ramène sur terre. Elle me questionne :

— Trac ?

J'essaye d'avoir un sourire vrai.

— Mais... oui... bien sûr.

Elle me paraît un peu pâle lorsqu'elle me dit :

— Ça ira très bien... Vous verrez.

Et moi de penser : « On doit toujours dire ça dans ces cas-là. » Et puis je ne pense plus à rien du tout parce que le régisseur hurle en coulisse :

— Tout le monde en scène pour le un !

Après un dernier coup d'œil vers Edwige qui regarde ailleurs, nous sortons du décor chacun de son côté.

Les trois coups résonnent et fracassent ce qui me reste de lucidité. Musique de fond. Le rideau se lève dans un chuintement très doux d'anneaux qui glissent sur une tringle, fer sur fer.

Ça y est ! La danse a commencé, sans moi. Mais la partie est engagée. J'ai un peu chaud, mais... ça va. Tout en me persuadant que je vais bien, il y a une partie de mon cerveau qui me raconte combien nous serions mieux ailleurs... loin, très loin... au bord de la mer... sur un voilier.

Edwige fait son entrée. La salle croule sous les applaudissements et interrompt ainsi quelques secondes le déroulement de l'action sur scène. C'est une convention. On la respecte. J'entends les répliques qui s'échangent. Puis la voix du régisseur tout près de moi :

— Attention... ça va être à vous...

J'ai la tête complètement vide, les jambes en plomb. Une voix, une main qui me pousse :

— Allez-y !

Mon Dieu, qu'est-ce que je fais là ? J'entre sur scène. Impression première : des lumières plein les yeux et, au-delà des lumières, montant d'un immense trou noir, un bruit léger de marée montante... Edwige parle. On lui répond. Je sors de mon éblouissement. J'écoute ce qui se dit. Armand Duval est réveillé, attentif. Je suis en situation lorsque l'un des acteurs lance sa réplique qui va m'obliger à ouvrir la bouche pour lui répondre :

— Seriez-vous parent, monsieur, de...

Je me guette et réponds la voix claire :

— Oui monsieur, c'est mon père... le connaîtriez-vous ?

Et le dialogue se poursuit, s'échange, s'installe. Je regarde Edwige du coin de l'œil. Son menton tremble. Elle a visiblement le trac. C'est curieux... comment est-ce possible ?

Moi... je bouge très à l'aise et interprète mon texte sans difficulté. J'ai l'impression que j'ai fait cela depuis toujours.

Vient le moment où, dans la pièce, Marguerite et Armand sont assis côte à côte sur un sofa. Entre deux répliques, Edwige me glisse :

— Comment ça va ?

Et moi de répondre en souriant, *mezza voce* :

— Mais… très bien.

Elle dit à mi-voix :

— Oh… alors…

Et nous enchaînons à voix haute. Je remarque simplement que son menton ne tremble plus. Le premier acte se termine. Rideau.

Il faut que je me dépêche. J'ai trois minutes pour changer de costume.

Acte II.

Tout va bien. Je suis maître de moi jusqu'au moment où je sens venir la fameuse phrase : « Mon père m'avait écrit qu'il m'attendait à Tours… » Etc.

Je n'ai pas l'intention de me laisser piéger.

Je suis l'œil d'Edwige qui me guette, anxieux. Alors, tout à coup, je décide d'innover. Je me jette à l'eau. J'entrecoupe ce texte de rires, ce qui donne à peu près ceci :

« Mon père m'avait *écrit* qu'il m'attendait à *Tours*… Ha ha… (dans le sens : « vous vous rendez compte »). Je lui ai répondu qu'il peut cesser de m'attendre… ha ha ha. (Qu'est-ce qu'il croit ce cher homme !) Est-ce que je suis en train d'aller à Tours ? »

Sourire et haussement d'épaules (imaginez-vous ?).

Je suis resté dans la ligne du personnage en interprétant mon texte de cette façon-là. La salle s'amuse. Edwige se retourne pour ne pas rire. Et moi je suis bien content et surtout… soulagé ! On continue. Le rideau tombe. C'est l'entracte.

Je regagne ma loge en courant. J'ai dix-huit minutes pour reprendre mon souffle et changer de costume.

Jean fait irruption, les yeux écarquillés, radieux. Il parle à toute vitesse, les compliments se bousculent dans sa bouche. Je n'écoute pas. Je lui dis de se taire, que ce n'est que la première manche, qu'il reste trois actes à jouer et que… et que… Je le flanque à la porte. Il a les larmes aux yeux mais je sais que c'est de joie ! Je ne veux pas y penser. Il me faut aller jusqu'au bout. Je veux toute mon énergie, pas d'attendrissements prématurés.

Le troisième acte se déroule.

Il est surtout centré sur Marguerite, mais ce que j'ai à y faire n'est pas des plus faciles.

Il y a, entre autres, un court monologue où, restant seul en scène et me parlant à moi-même, je dois faire « passer » l'évolution de la pensée d'Armand Duval.

Ça se déroule bien. Je prends des temps plus longs. Je réfléchis à ce que j'ai à dire avant de le dire. Je m'installe dans la situation... comme si j'avais des heures devant moi pour penser tout haut...

Le « coup de théâtre » qui termine l'acte n'en est que plus brutal. La salle applaudit très fort.

Le quatrième acte.

C'est un bal, beaucoup de figuration. Finies les scènes intimistes. Il faut jouer « au public », devant le public. Le ton n'est plus le même.

Armand Duval cache la souffrance de l'amant éconduit et remplacé derrière un cynisme d'emprunt. Et puis il y a la grande scène où devant toute l'assistance il dit des horreurs à Marguerite Gautier et termine en lui jetant une liasse de billets de banque en pleine figure. A la suite de quoi Jacques Varennes me gifle à l'aide d'une paire de gants. Duel inévitable.

Rideau.

Je sors de scène en nage.

J'ai tellement crié mon mépris à la dame aux camélias que j'ai la sensation (fausse) de m'être cassé la voix. Je respire tel un coureur de marathon en fin de course lorsque je débouche dans ma loge. J'ai un peu plus de temps qu'entre les actes précédents mais, au lieu de me reposer un instant, je me change aussi vite que possible. Je suis si tendu que bras et jambes me font mal. J'avale un grand verre d'eau. Ça ne change rien. Je sens que je vais craquer. Mes mains tremblent.

Je quitte ma loge dans cet état. Le cinquième acte est commencé. Encore quelques minutes et je vais pénétrer dans le décor de la chambre de Marguerite. Elle agonise, phtisique.

La fidèle Nanine vient me chercher en coulisse et j'entre en scène à sa suite.

La dame aux camélias est étendue sur une méridienne. Armand Duval s'approche. Nos regards se croisent.

A ce moment précis, tout contrôle m'échappe. Est-ce le visage bouleversé d'Edwige qui me produit cet effet ? Est-ce que mon personnage me dépasse... je ne sais pas. Mais c'est quelqu'un d'autre qui parle. Je dis mon texte mais je ne reconnais pas ma voix. Edwige est livide. Elle sourit avec effort. Tourmentée il y a un instant, sa figure est lisse à présent, sans rides. Puis, mimant la souffrance, les muscles de la face se contractent à nouveau. Je ne la reconnais pas. Je ne sais plus qui je suis ni où je suis. Le dialogue se poursuit. Elle sourit à nouveau et moi je ne peux retenir mes larmes. A mesure que nous approchons de la fin de la pièce, j'ai de plus en plus de difficultés à me contenir. Je pleure sans retenue en disant mon texte. Et puis je me mets à sangloter, en me détournant instinctivement de Marguerite. La scène touche à sa fin. Elle me prie de l'aider à se lever ; je m'exécute en cherchant à lui dissimuler mon visage. Elle est debout... fait quelques pas... seule en titubant… Elle se retourne… me regarde… dit mon prénom… me tend les bras… se fige et… tombe à la renverse de toute sa hauteur sur le sol. Laissant libre cours à mes sanglots, je me jette sur son corps en hurlant : « Marguerite ! »

Le rideau tombe. Moi, je continue de sangloter.

Le rideau se relève, nous ne bougeons pas. La salle applaudit follement en criant des « Bravo ».

Le rideau retombe. Edwige me dit à mi-voix :

— Jean Claude, relevez-vous. Vous m'étouffez !

Le rideau est toujours baissé. On perçoit la réaction du public. Un bruit de tonnerre. Nanine, le régisseur et je ne sais plus qui viennent nous aider à nous relever. On entraîne Edwige d'un côté, moi d'un autre. Je ne peux pas arrêter mes larmes. Les sanglots sont devenus des hoquets.

Le rideau se relève. La scène reste vide tandis que les applaudissements redoublent. Edwige entre en scène pour saluer. La salle éclate, les bravos fusent, assourdissants. Edwige salue.

Le public se lève, ovationne. Le rideau tombe.

Edwige me cherche. M'appelle. J'entends. Je ne peux pas bouger, en pleine crise de nerfs. Le rideau remonte. La salle est debout, de plus en plus bruyante. Edwige salue de nouveau, tandis que le régisseur me gifle et me pousse en scène. Edwige voit entrer un zombie. Elle me tend la main.

Le public se met à hurler. J'ai rejoint Edwige. Elle salue, je l'imite. Le rideau tombe.

Elle esquisse un sourire. Moi, je me sens vidé comme un lapin mort. Nous saluons plusieurs fois côte à côte, et puis nous sortons de scène. Le rideau retombe encore. La salle applaudit toujours. Je regagne ma loge, les yeux embués. Je marche comme un somnambule. En scène, Edwige salue encore et encore. Dans la salle, c'est du délire. Moi, affalé dans ma loge, j'ai l'impression que je suis en train de m'évanouir. Je n'en ai pas le temps. Jean se jette à mon cou et répète : « Bravo, bravo, bravo », comme un écho.

Je sens qu'il va se mettre à pleurer lui aussi. Je ne veux pas voir ça et je prends une toute petite voix détimbrée pour lui demander d'aller me chercher un whisky. Il est déjà parti en courant. L'habilleuse arrive, souriante, heureuse du triomphe de la soirée. Elle me secoue, me force à me déshabiller. Ma chemise est trempée. Elle me frictionne. Torse nu, je me débarbouille plutôt que je ne me démaquille. J'ai une tête à faire rater une couvée de singes.

Jean revient avec du whisky. J'avale un verre d'un trait. Chaleur dans l'estomac ! Ça brûle mais ça me requinque. J'ai la tête qui tourne un peu mais la respiration est redevenue normale et les nerfs sont calmés. Je fais ma toilette, mets mon smoking. Puis quelqu'un vient nous chercher pour retrouver Edwige, Olga et quelques autres personnes pour le souper que nous offre le directeur du Casino d'Évian.

Edwige a retrouvé son visage de jolie femme triomphante. La dame aux camélias est morte ce soir. C'est un personnage drapé dans un long fuseau de couleur grise qui me pince le bras très fort à travers ma veste en disant tout bas :

— Je m'en doutais, petit imbécile, que vous aviez du talent !

Ensuite, nous avons été séparés par le protocole mais, ce soir-là, nous échangeâmes quelques regards qui disaient bien des choses.

Très tard, je m'endormis comme un sac de plomb.

La représentation à Aix-les-Bains ne fut pas comparable à celle de la veille. Je commis la faute la plus sotte qui soit : heureux des compliments reçus, je voulus m'imiter moi-même. Le public ne s'en rendit pas compte. Mes camarades, Edwige et moi, si.

Je ne fus pas autrement surpris lorsque Olga vint me dire, à l'issue de la représentation, qu'Edwige désirait souper seule avec moi, à notre hôtel. Ce fut Marienbad... avant l'heure.

Je la reverrai toujours, arrivant dans cette immense salle à manger rendue plus vaste encore par l'absence totale de convives. Robe sombre, une cape sur les épaules, des lunettes noires et, entre ses mains, un énorme bouquet de violettes de Parme.

Une table ronde dans un angle nous attendait. Nappe blanche, bougies roses dans des photophores, fleurs en tapis de table, porcelaine claire à dessins dorés, cristaux et deux personnes seules au monde, face à face.

Nous ne disions rien. Ce silence était agréable. Un temps de repos pour deux voyageurs qui viennent de loin. Car nous venions de loin. Il n'est pas facile de quitter la peau d'un personnage que l'on s'est ingénié à incarner pendant cinq actes. Il faut un peu de temps pour se reprendre, se reconnaître soi-même. Savoir qui l'on est.

Le maître d'hôtel s'approchait d'un pas de chat, et c'est avec une voix onctueuse qu'il questionna :

— Madame Feuillère désire-t-elle un apéritif ?

Edwige, comme réveillée en sursaut, prit une longue inspiration et c'est tout simplement qu'elle répondit :

— Je voudrais du vin rouge.

Le maître d'hôtel leva discrètement les sourcils.

— Ah oui ?... Ah bon... très bien... et quelle sorte de...

Elle l'interrompit.

— Du bordeaux... léger. C'est excellent pour la voix !

Loin du théâtre, des mondanités, des témoins, loin du monde entier, elle se permettait d'être elle-même. Elle se découvrait sans fard, sans masque devant moi.

Je pris cela pour un cadeau. C'en était un.

C'est un peu plus tard qu'elle retira ses lunettes noires.

Nous avons tout d'abord beaucoup ri. (C'est une forme de détente nécessaire quelquefois.)

Nous avons ri parce que nous avons découvert qu'en matière de nourriture nos goûts étaient assez cousins, plutôt simples. Bien qu'appréciant le soufflé, ce n'était pas l'heure d'en commander un au chef qui devait craindre le pire dans sa cuisine, attendant les souhaits de la dame aux camélias. Le maître d'hôtel, apportant le bordeaux demandé, ne laissa pas voir une surprise excessive à l'énumération de ce que nous attendions de lui : viandes et volaille froides, de la sauce mayonnaise, beaucoup de salade verte, du pain, du beurre, du sel et du poivre, de la moutarde forte et, surtout, un énorme assortiment de fromages. Ah... et puis encore du vin rouge...

— Bien madame... tout de suite, madame...

Il s'enfuit, frustré, avec cette commande originale à laquelle il ne s'attendait pas.

Nous imaginions ce qu'il devait penser : « Avec ces artistes, il faut être prêt à tout. » Edwige et moi, pensant à la même chose en même temps, éclatâmes de rire.

Cette fin de soirée passée en tête à tête m'apprit beaucoup. Débutant dans la plus franche gaieté, elle se poursuivit, plus calme. Edwige parla « métier », du métier, de son métier, de mon futur métier. Elle dit un peu de sa carrière. S'appuyant sur certains faits, elle me donna des exemples simples sur ce qu'il était bon de faire et de ne pas faire. Elle disserta sur mon futur métier de comédien comme si, à ses yeux, c'était une chose acquise. Sûre. Elle me parla de mon physique, me questionna avec délicatesse sur moi-même, ma formation, mes familles, mes espoirs, mes envies, mes penchants, ma culture, mon « bagage » et mes lourds excédents de bagages...

Le ton était léger, la voix mélodieuse, l'atmosphère rare. Edwige me dit que je lui rappelais « Richard ». Il s'agissait de Pierre-Richard Wilm. Très grande vedette de cinéma, tête d'affiche au théâtre, cet homme mince, élégant, lévrier blond, incarnait encore le type du jeune premier romantique. Nerveux, perpétuel inquiet, il s'exprimait avec précipitation et parlait en saccades. Beau visage fin, la moitié de l'Europe était amoureuse de lui. Star des années trente et quarante, il s'apprêtait à abandonner sa carrière pour aller se réfugier, à l'écart, pour suivre le destin qu'il s'était choisi. Edwige le connaissait bien. Ils s'étaient retrouvés au cinéma pour tourner *La Duchesse de Langeais*, et au théâtre, ils avaient joué, ensemble, *La Dame aux camélias*...

Je dis les avoir vus, ensemble, en 1942, à Paris, au théâtre des Arts-Hébertot.

J'avouai à Edwige que je ne me trouvais que peu de ressemblance avec Pierre-Richard Wilm. Elle me répondit que j'étais un bébé et que je ne savais pas encore qui j'étais. Que pouvais-je répondre ? Rien. Pencher la tête et reconnaître qu'elle avait raison.

Edwige, qui en savait long sur « Richard », ne me fit aucune confidence. Elle me dit qu'il me fallait vivre. Vivre intensément. Chercher à tout voir, tout connaître, tout sentir et ressentir, ajoutant que c'est ainsi que j'élargirais mon registre d'interprète. Elle dit aussi : « Vivez, aimez, souffrez, pleurez, criez, battez-vous, mais existez ! Dépêchez-vous. A peine a-t-on le temps de se dire que l'on a peut-être compris quelque chose, que c'est déjà l'automne... »

J'ai aimé cette femme.

La nuit s'avançait. Elle avait remis ses lunettes noires et, tandis qu'elle parlait doucement, je voyais des larmes descendre le long de ses joues. Elle me dit des choses que je ne m'accorde pas le droit de rapporter ici. Vous savez bien qu'on ne peut pas tout écrire, ou bien alors, on est volontairement indiscret ou involontairement maladroit.

J'espère être ni l'un ni l'autre.

Non, je ne vais pas vous décrire Venise. C'est un choc que chacun reçoit à sa façon. On le supporte avec plus ou moins de bonheur. C'est beau ! Extraordinaire tout de même de se promener dans les décors de Guardi. Ne serait-ce que cela...

Edwige avait une suite au « Danieli ».

Les autres comédiens étaient éparpillés dans différents hôtels. Je ne sais plus le nom de la résidence où nous avons dormi, Arlette et moi ; ce dont je me souviens, c'est que nos fenêtres donnaient sur le Grand Canal.

Arlette, qui est-ce ? Ma mère, tout simplement. Depuis l'enfance, je l'appelais par son prénom. Elle avait préféré très tôt que je l'appelle ainsi. Nous avions si peu de différence d'âge... En grandissant, cet écart avait encore paru diminuer.

Lui ressemblant beaucoup, nous passions pour frère et sœur. Je l'avais présentée à toute la troupe pendant le voyage : « Vous connaissez Mme Untel ? » et je disais son nom, qui n'est pas le mien.

Mes camarades, à cent lieues de la vérité, nous regardaient d'un œil complice, ajoutant parfois des sourires entendus... Nous faillîmes éclater de rire, Arlette et moi, lorsque Papa-Berlioz (le père d'Armand Duval dans la pièce) me dit en aparté dans le hall du théâtre :

— Elle est très belle, Mme Pascal !

Et moi de lui rétorquer, sincère :

— Mais ce n'est pas Mme Pascal !

Et lui de répondre, confidentiel :

— Oh... voyons... c'est tout comme !

J'ai connu bien des salles de spectacle, mais il m'a rarement été donné la joie de me produire dans un cadre aussi ravissant que le théâtre de la Fenice. Du XVIIIe siècle teinté de baroque ! Un écrin. Quelque chose de précieux, de rare, que dis-je, rare ? Il est unique en son genre. Dans toute l'Europe, vous ne trouverez pas l'équivalent. Cette salle est incomparable.

La soirée de gala fait partie des souvenirs marquants de ma vie. Je ne peux pas l'oublier, ni la nuit qui lui succéda. Non seulement l'aristocratie et la grande bourgeoisie vénitiennes étaient présentes, mais les personnalités italiennes les plus en vue s'étaient procuré des places à prix d'or. Tout ce que la péninsule comptait d'élégant se trouvait réuni ce soir-là. Les femmes, parées comme des reines, rivalisaient de beauté. Milanaises, Romaines, Florentines, Turinoises, elles étaient toutes là. Personne n'aurait voulu manquer cette unique représentation de la Biennale du théâtre. Toute l'Italie voulait applaudir « la Feuillère » dans *La Dame aux camélias*.

L'Italie lui fit un triomphe.

Encore un détail qui peut faire saisir l'atmosphère exceptionnelle qui a régné toute la soirée. En France, nous sommes habitués à voir le rideau se lever verticalement après qu'on a frappé les trois coups. Au théâtre de la Fenice, ce sont de beaux hommes en livrée du XVIIIe siècle, rouge et or, perruque blanche, candélabre à six branches à la main, qui semblent ouvrir le rideau. Ils se déplacent doucement de chaque côté de la scène, accompagnant le mouvement majestueux des lourdes tentures qui s'écartent comme des bras pour faire découvrir au public le cœur du décor. L'impression doit être fantastique.

Je n'ai pas pu voir cela ce soir-là, on me l'a raconté.

Après la représentation, très tard, il y eut un grand souper. Ne pas y assister eût été faire preuve de la dernière impolitesse. Pourtant, je me serais, personnellement, passé volontiers de cette obligation mondaine.

Je tentai de me défiler en arguant que je ne parlais pas italien. J'étais sincère. Je ne pratiquais pas encore la langue de Dante à l'époque. On me répondit pertinemment que tout le monde parlait français. Devant cette évidence, je ne pus que m'incliner et assister à cette éblouissante réception.

Une suite de grands salons, lambris dorés, plafonds couverts de peintures allégoriques, lustres de cristal monumentaux, gerbes de fleurs fraîches partout ; un orchestre invisible déversait sur les invités des cascades d'harmonies ; des buffets éclairés par des bougies innombrables et des hommes en livrée et perruque proposant des boissons sur des plateaux d'argent.

Certains hommes en habit, d'autres en smoking papillonnaient autour des dames, véritables fleurs aux couleurs vives, ruisselantes de bijoux. Diamants, émeraudes, rubis, saphirs échangeaient leurs éclairs scintillants.

C'était un véritable feu d'artifice. Je crains bien que l'évolution des choses nous empêche à jamais de retrouver tant de raffinement.

Arlette était splendide : grande jupe en faille citron, le buste et la taille gainés dans des broderies d'argent entrecroisées, la gorge ornée de perles et de diamants, les épaules nues, elle attirait bien des regards. Un maquillage discret et réussi mettait en valeur ses yeux clairs et ses cheveux noirs.

Visiblement elle s'amusait. Souriante, coquette, spirituelle, heureuse. Je l'apercevais de loin, entourée de chevaliers servants. Et moi... et moi... Et moi ? Eh bien moi, j'étais triste comme une pierre tombale.

J'ai patienté une heure dans ce cadre fabuleux, et puis je me suis enfui... ou presque.

Tout à coup, je n'ai plus supporté la fête. J'en avais assez, assez de croiser des regards, et pourtant l'occasion était belle de faire connaissance... Quelques jolies femmes m'ont dévisagé d'une certaine façon. Ceux qui les accompagnaient m'ont regardé, eux aussi, différemment.

Tout cela ne m'intéressait pas. Il ne me serait pas venu à l'idée d'ébaucher une aventure. J'avais envie d'être seul, loin de cette foule élégante et bariolée qui riait.

Décidé à partir « à l'anglaise », j'ai tout de même prévenu Arlette que je m'éclipsais discrètement, prétextant la fatigue. Elle devina mon état d'âme, comprit et ne me posa pas de question. Elle me demanda simplement de prendre son manteau au vestiaire en sortant car il faisait trop chaud pour qu'elle s'en encombre. Quelqu'un la raccompagnerait sans doute en gondole... Je n'avais pas à m'inquiéter. Sans une once de regret, je quittai la place.

J'ai passé la nuit place Saint-Marc. Assis sur des marches de pierre, j'ai écouté les clapotements de l'eau, guettant le jour qui allait se lever en face, derrière Saint-Georges-Majeur.

C'était beau. J'étais triste. Une chose était née, et puis... elle était morte ! J'exagérais, bien sûr. Mais allez donc changer de cœur dans ces moments-là.

En trois représentations théâtrales, je savais que j'avais fait un immense bond en avant. Je sentais qu'il s'était passé quelque chose de très important pour moi. Et j'étais habité par un chagrin immense, insupportable. Cette recherche profonde de soi-même à travers un personnage ou inversement, c'est un peu descendre au fond d'une mine : on creuse, on creuse... on peut s'écorcher, se faire très mal en essayant de creuser encore plus profond.

Je n'avais que trop tendance à m'analyser et ma situation présente, que je me peignais en noir à grands coups de fusain, m'apparaissait comme une vieille amie mélancolique que l'on retrouve de temps en temps.

Pas gai tout cela, n'est-ce pas ? Que voulez-vous... c'étaient trop d'oppositions consécutives. Tous ces efforts, cette rencontre avec Edwige, cette découverte de la scène, du public, des lumières, le jeu, les applaudissements, les rappels, les bruits flatteurs, le succès, et puis... plus rien. Demain je ne jouerai pas sur scène.

Ni après-demain...

Alors, quand rejouerai-je ? Quand retrouverai-je Edwige ? J'en aurais pleuré. J'en ai pleuré... assis tout seul sur mon quai de pierre vénitien... en attendant l'aube.

Romantique, sans le savoir encore, je l'étais indubitablement, et, pour finir ce chapitre sombre, je voudrais ajouter que les passants de ce petit matin-là ont dû croire qu'ils croisaient un fou en voyant une silhouette en smoking blanc, un grand manteau de velours noir posé sur les épaules et balayant le sol, regagner à pas lents son hôtel.

J'étais Lorenzaccio et Fabrice del Dongo à la fois.

J'étais aussi moi-même, malheureux et tourmenté.

Le lendemain, j'eus beaucoup de peine à faire mes adieux à Edwige. Elle aussi devait être émue. C'est souvent étreignant de se quitter après s'être tant aimés sur la scène. Nous avons parlé de n'importe quoi.

Nous n'écoutions pas ce que nous nous disions, tels deux amants qui vont se déserter par nécessité, emporté chacun vers un chemin différent, qui se consolent en parlant d'autre chose, croyant par là retarder l'inévitable séparation.

Je ne sais pas à quoi pensait Edwige en me disant : « Nous nous reverrons bientôt. » Moi j'avais l'impression de voir partir Bérénice... De là à me prendre pour Titus... il n'y avait qu'un pas. Je le sautai, vous vous en doutez. Pauvre de moi ! Incorrigible sentimental... Il faut vous dire que j'ai toujours aimé Racine.

Deuxième partie

LES ILLUSIONS MEURENT AUSSI

« J'aime bien choisir mon cheval moi-même, dit Angélo. Je suis seul à savoir ce que je vais lui demander par la suite. »

JEAN GIONO, *Le Bonheur fou*

VIII.

On étouffe à Paris en cette fin de juillet.

Je retrouve Jean et toute une bande d'amis nouveaux.

Le Jugement de Dieu n'est pas encore « sorti ». Personne ne m'a vu jouer sur scène à Paris, mais déjà on parle — paraît-il — beaucoup de ma petite personne.

Jean en est le principal responsable. Il n'y a pas de semaine qu'il ne fasse paraître un article dans telle ou telle revue. Dans un certain sens, c'est excellent pour moi. Je suis « l'inconnu connu », mais cela ne va pas sans exciter quelques jalousies. Moi je laisse faire, assez content. Olga a des « projets » pour moi, dont elle refuse de parler encore. Jean, de son côté, mijote certainement quelque chose, mais lui aussi garde ses secrets.

Je suis impatient. Je voudrais jouer, jouer, jouer... N'importe quoi !

— Justement pas ! me dit Olga.

— Oh, surtout pas ! décrète Jean.

Alors j'attends. J'ai rasé ma barbe. Adieu Armand Duval. Je promène dans Paris un museau tout frais et des mèches encore blondes.

Brusquement, je m'aperçois que j'étouffe et ce n'est pas seulement à cause de la chaleur. Je me sens encore en deuil d'Armand Duval. Olga et Jean ne veulent rien dire des projets qu'ils ont pour moi. Je veux *partir*. Jean est furieux. J'ai besoin d'air. J'ai envie de soleil, de mer, de bateau... Sur une sorte de coup de tête, j'arrive à convaincre mon plus vieil ami d'enfance (nous avions sept ans lorsque nous nous sommes rencontrés), Thierry T., de partir avec moi pour « n'importe où ». Ce « n'importe où », ce fut la Tunisie.

Je ne connaissais rien encore de l'Afrique du Nord. Je découvre un monde. Hammamet ! Un enchantement ! Le Paradis terrestre.

C'était alors un petit village de pêcheurs. Quelques maisons blanches aux volets bleu clair, bâties autour d'une citadelle fortifiée dont les remparts anciens plongeaient directement dans les eaux d'un golfe couleur turquoise. L'autocar s'arrêtait à l'entrée du bourg, après quoi il n'y avait plus de route.

Du sable blond et des chemins dans le sable sur lesquels passaient, comme aux temps bibliques, des femmes portant de l'eau dans des gargoulettes de grès posées en équilibre sur la tête. Grâce et cadence inoubliables de la démarche, pieds nus, elles semblaient surgir du fond des âges.

Des enfants vous proposaient des colliers de jasmin, avec des sourires et des regards à fendre une pierre. Les hommes remontaient leur barque de pêche jusque sous les oliviers. D'autres réparaient les filets, ravaudant de leurs grosses pattes rudes d'immenses tentures couleur d'iode à travers lesquelles on apercevait un ciel serein.

L'Hôtel de France, le seul, huit chambres seulement. Du haut de notre fenêtre grillagée on pouvait voir le golfe dans toute sa largeur, fermé au fond par une chaîne de montagnes qui barrait l'horizon dans un camaïeu de gris tendres.

Au détour d'une ruelle, quelqu'un jouait de la flûte. Devant nous, sur une place minuscule, des enfants dansaient... L'air sentait la fleur d'oranger, le lys et l'eucalyptus. Les lauriers abrités croulaient sous leurs fleurs blanches. Des géraniums ponctuaient de leur tache sanglante les verdures environnantes.

Le crépuscule fut prodigieux. Le soleil nous quitta ce soir-là drapé dans des plis de nuages roses qui virèrent au violet. La nuit nous parut littéralement éclairée par des myriades d'étoiles scintillantes. Un muezzin se mit à chanter ses versets du Coran tout là-bas, en haut de la mosquée.

Thierry et moi avions le souffle coupé et une émotion indicible nous nouait la gorge. Nous nous taisions comme si les mots risquaient de briser l'enchantement dans lequel nous étions plongés.

Si vous allez là-bas, un jour, ne cherchez pas ce que je viens d'essayer de vous décrire. Ce monde-là n'existe plus. Il a été englouti, Atlantide méditerranéenne, par ce monstre aux cent visages que l'on nomme modernisme. De cette image miraculeuse, il ne reste plus rien... Disparu, le mirage ! Des bruits naturels autrefois quotidiens, il ne reste que des échos si vagues qu'une oreille nouvelle ne saurait les percevoir ne sachant pas les reconnaître.

Quel dommage ! Quel gâchis !

La veille du 15 août, un télégramme mit fin à ces vacances de rêve. « Prière rentrer urgence théâtre attend. Signé : Olga - Jean. »

A Paris, une lettre d'Olga m'attendait à la maison. Elle se disait en vacances et me priait de contacter Jean au plus tôt. Il m'expliquerait tout. Le soir même nous dînions ensemble lui et moi.

— Tu connais Renée Saint-Cyr ? me dit-il presque tout de suite.

— Ben... oui... comme tout le monde. Mais je ne l'ai jamais rencontrée.

— Tu vas la rencontrer demain après-midi.

— Ah oui ? Pourquoi ?

— D'abord, c'est une femme charmante et... je crois qu'elle a un projet pour vous deux.

— Théâtre ?

— Oui.

— Quoi ?

— Une pièce de Marcel Achard.

— Nouvelle ?

— Non, ancienne.

— Laquelle ?

— *La Femme en blanc.*

— Connais pas.

— Eh bien, tu vas la lire cette nuit... parce que si tu accroches bien avec Renée... tu joues cette pièce avec elle début octobre.

— Quel théâtre ?

— Au théâtre des Galeries.

— Quelles Galeries ?

Je ne connaissais aucun théâtre parisien portant ce nom !

— Le théâtre des Galeries à Bruxelles !

Au lieu de bondir de joie, au lieu d'être content de ce projet, je me mets à râler. C'est tout moi ! Pour un peu, je me lèverais de table.

— Merde ! J'en ai marre de jouer dans les provinces ! Evian, Aix-les-Bains, Venise... et maintenant la Belgique ! Alors quoi ?... Moi... Paris... Jamais ?

Jean me laissa grogner, bougonner, ronchonner, sans interrompre ce monologue stupide qui cessa de lui-même faute d'arguments solides. Je marmonnais encore mon dépit lorsque Jean me dit dans un demi-sourire en se foutant carrément de moi :

— Si tu préfères ne rien faire...

Il savait — et moi aussi — qu'il avait touché juste. La soirée se poursuivit et se termina mieux qu'elle n'avait commencé. Jean me parla de la pièce et de Renée Saint-Cyr. C'est détendu, rasséréné, presque optimiste, que je rentrai chez moi pour lire la pièce.

Avouons que *La Femme en blanc* n'est pas la meilleure pièce de l'auteur de *Jean de la lune*.

Rencontrant Marcel Achard quelques années plus tard pour un projet au Châtelet avec Jean-Michel Damas qui d'ailleurs n'aboutit pas, je lui demandai alors son opinion d'auteur. Il convint qu'en effet ce n'était pas sa meilleure pièce... Pour l'heure, je n'avais pas à juger ou à comparer, j'avais à convaincre Renée Saint-Cyr que j'étais bien le partenaire idéal qu'elle cherchait pour Bruxelles.

Un peu avant quatre heures de l'après-midi, nous arrivons boulevard Richard-Wallace à Neuilly. Renée Saint-Cyr habite un immense appartement haut perché dont les fenêtres donnent sur le Bois, la Seine, et plus loin les jardins de Bagatelle.

Intérieur raffiné, jolis tableaux, parfum suave, bouquets de fleurs gigantesques, canapés confortables. Tandis que nous l'attendons, je regarde par la grande baie vitrée à quoi ressemble la fin d'un été sur Paris. Ce n'est pas encore mélancolique, c'est une tapisserie pas encore rousse, c'est doux, calme et chaud.

Je songe à Renée Saint-Cyr, à l'idée que je me fais de celle qui va pénétrer dans ce salon d'un instant à l'autre. C'est une star de cinéma et une tête d'affiche au théâtre. Elle a tourné avec les plus grands, Raimu, Pierre-Richard Wilm et bien d'autres. Jouissant d'une très grande popularité, elle choisit ses rôles de préférence dramatiques et elle émeut. Elle a aussi tourné des comédies mais le public préfère la voir pleurer. Certains disent, l'air sentencieux : c'est une actrice, ce n'est pas une comédienne. Et vlan ! Gentil, non ?

Dans ce milieu où l'on se croit obligé de classer chacun, Mlle Saint-Cyr est jugée par certains pleureuse, geignarde, minaudante, jolie sans doute mais dénuée de vrai tempérament dramatique. D'autres la trouvent exquise, séduisante, dotée de tous les charmes et fondent au son de sa voix. Moi, tant que je ne l'ai pas vue, je n'ai pas d'à priori. Je n'aime pas les jugements téméraires. Elle m'a beaucoup touché dans *Nuit de décembre* avec Pierre Blanchar, le film aussi.

Un bruit de porte, je me retourne, la voilà. Première réaction : tiens... comme elle est petite. Deuxième réaction : mais... comme elle est jolie.

Renée ne vient pas vers moi, elle court. Comme si elle avait attendu depuis longtemps le moment de me rencontrer. Moi, surpris, flatté, je m'incline et fais déjà du charme — demi-sourire et œil plissé.

Elle est ravissante et je n'ai pas à me forcer pour lui laisser voir ma façon de penser. Elle fait partie de cette catégorie de femmes qui — je ne sais pas comment elles font — semblent toujours sortir de leur salle de bains, de chez le coiffeur ou des mains de leur couturier. Renée est fraîche comme de la mousse de savon. Un parfum léger émane de sa petite personne. Des cheveux bruns, bouclés, un visage gracieux, ovale, un teint très clair, mat, un biscuit de Sèvres, de grands yeux sombres, profonds, humides, dans lesquels on devine qu'il peut se passer des tempêtes, sourcils noirs bien dessinés, un nez minuscule qui donne une expression mutine, une bouche vermillon, petite, dont les lèvres remuent sans arrêt, en souriant, en parlant, en se taisant.

Le sourire ? Un collier de perles vraies. Sa voix très personnelle... peut-être un peu haut perchée par moments. Des mains, comme des ailes, en mouvement perpétuel.

Elle s'est assise après nous avoir servi des verres glacés ; elle croise ses jambes, fort belles. Elle parle avec Jean — potins parisiens de métier. Elle rit : une cascade de bonne humeur, une sorte de pluie rafraîchissante. Plus je la regarde, plus je lui trouve de qualités, à cette Mlle Saint-Cyr.

Je ne peux pas rester coi, là, à la dévisager. J'entre dans le jeu. Nos regards s'accrochent, se sourient. C'est parti. C'est si bien parti que nous finirons par devenir des amis véritables, non seulement en jouant une pièce de théâtre ensemble, mais en tournant un film quelques années plus tard. Et puis aussi, surtout, à cause « des choses de la vie ». Nous nous sommes côtoyés souvent, retrouvés toujours. Tu sais bien Renée que tu tiens une bien jolie place dans ma mémoire. Je t'embrasse.

La Femme en blanc raconte l'histoire d'une intrigue amoureuse typiquement d'avant-guerre. Cette pièce ne serait pas montable aujourd'hui. En 1950 cela « passait » encore très bien.

Premier acte. Un monsieur de cinquante ans, moi (mais si !), parle avec son vieil ami auquel il demande la main de sa fille. Le père hésite vu la différence d'âge... La fille est amoureuse. Le père cède. Fin du premier acte.

Jusque-là il n'y a pas de quoi... n'est-ce pas ? Nous sommes d'accord ! Attendez la suite.

Deuxième acte. On est revenu vingt-cinq ans en arrière. Le monsieur de cinquante ans (toujours moi, oui) a retrouvé sa jeunesse. Il est l'amant de la femme de son vieil ami du premier acte, par conséquent de la mère de la fiancée... Vous me suivez ? (Elle est morte entre-temps d'ailleurs... la pauvre, autrement il n'y aurait pas eu de pièce.) Cet acte-là frise le burlesque. Rideau.

Troisième acte. Heu... je ne me souviens plus très bien, sauf qu'il y a un peu de « tirage » entre la fiancée et le quinquagénaire. Elle a appris que sa propre mère a été la maîtresse de l'homme qui lui demande de l'épouser... Vous voyez le genre ? Pas vraiment gaie comme situation. Et puis... tout s'arrange. Ils se marieront. Ils seront très heureux.

Renée jouait le double rôle de la mère et de la fille. Moi, le fiancé de l'une puis l'amant de l'autre avant de redevenir le fiancé de la première. Pour que cela paraisse vraisemblable, on avait décidé que je me blanchirais les tempes, les sourcils et la moustache et que je porterais des lunettes pour le premier et le dernier acte, retrouvant mon âge véritable au second acte seulement. Voilà, vous savez tout... ou presque.

Ce rôle de composition m'excitait assez. C'était très amusant pour moi d'avoir cinquante ans (aujourd'hui, voyez-vous... je ferais bien l'inverse). Le tout n'était pas de se grimer, il fallait ralentir sa démarche, son verbe, avoir l'air d'être quinquagénaire.

Je suis parti une petite semaine en Bretagne, chez des amis, pour penser à tout cela et apprendre mon texte. Trébeurden, encore une fois, la dernière.

J'ai aperçu Gérard Philipe sur la plage, je l'ai reconnu ; lui ne pouvait pas me connaître encore (un peu de patience, j'arrive !). Il bavardait avec Jacques Sigurd. Ils préparaient peut-être le scénario d'*Une si jolie petite plage*...

Pendant tout le mois de septembre nous avons travaillé, Renée Saint-Cyr et moi, sous la direction de Tania Balachova, personnage slave comme son nom l'indique et beaucoup plus « commode » qu'Edwige comme metteur en scène. Il faut dire que le drame de M. Dumas fils n'avait rien de commun avec cette comédie de Marcel Achard.

Dans les premiers jours d'octobre nous sommes partis pour la Belgique.

Bruxelles.

Je ne connaissais pas la Belgique. Elle me connaissait. Jean depuis des mois avait pris le soin de parler ou de faire parler de moi à l'aide d'articles louangeurs tout à la gloire future de cette étoile naissante. « Papiers » d'autant plus surprenants qu'on y parlait à longueur de colonne d'une vedette fantôme puisque personne ne m'avait encore vu à l'écran (moi non plus). Nouvelle Arlésienne. Ces rédactionnels, ces articles (ce qu'on y lisait), ces photos, ces portraits (ce qu'on y voyait) me plaçaient dans l'esprit des gens.

Grâce à ces manœuvres préliminaires je pénétrais dans leur mémoire, mon nom et ma figure leur devenaient familiers. A force de lire ces interviews où l'on chantait sur tous les tons les trop nombreuses qualités de votre serviteur, je finissais par me demander si, après tout, je n'étais pas « si bien que ça » (piège de l'auto-intoxication), ce qui n'empêchait pas le côté lucide de mon caractère de faire remarquer à Jean que je trouvais tout ce battage dans la presse très exagéré et même dangereux.

Il me répondit de lui ficher la paix et qu'il connaissait son métier. Il avait raison. (Cette affection que je porte à la Vérité n'était — et n'est toujours pas — à la mode dans le monde du spectacle.)

Il avait raison, vous disais-je. On s'en aperçut dès mon entrée en scène dans *La Femme en blanc*, au Théâtre royal des galeries Saint-Hubert de Bruxelles.

A peine avais-je pénétré dans le décor qu'une véritable tempête d'applaudissements éclata et se prolongea. Je vous assure que cela fait un choc la première fois, alors qu'on ne s'y attend pas. Comment aurais-je pu prévoir que je serais accueilli de cette façon ? Est-ce que je vous étonnerai beaucoup si je vous dis que mon premier réflexe a été la panique ? Oui, ça m'a fait peur. Oh, un instant, mais on m'a dit après que j'étais devenu pâle et que j'avais légèrement vacillé sur mes longues jambes.

J'ai retrouvé mon sang-froid, attaqué mon texte, et nous avons « enchaîné ». Renée Saint-Cyr souriait.

La représentation s'est bien passée. Le lendemain matin Jean fit irruption dans ma chambre avec une liasse de journaux à la main. Les critiques ! Il voulut me les lire.

Moi, paresseux et à peine éveillé, je me laissais bercer par le son de sa voix jusqu'au moment où je l'entendis parler de moi en termes élogieux. Je crus qu'il inventait et mon côté saint Thomas me réveilla tout à fait. Lui arrachant le journal des mains, je voulus lire moi-même ce qu'il avait dit.

Je dus relire plusieurs fois ces articles pour me convaincre qu'il s'agissait bien de moi. Quelque chose dans ma petite tête demeurait incrédule. Normal ! Non ? Si ! A vingt-trois ans il y a bien des choses qui vous arrivent pour la première fois...

Nous avons dû jouer cette pièce de Marcel Achard une quinzaine de fois. Le directeur du théâtre était content. C'était plein chaque soir.

M. Rasimi (entrepreneur de spectacles bien connu à l'époque) vint assister à l'une de ces représentations. A la suite de quoi il eut avec Renée Saint-Cyr un long conciliabule d'où sortit une proposition de tournée dans les casinos d'été et les villes d'eaux pour les mois de juillet et août de l'année suivante. Renée était ravie de cette idée. Jean battait des mains, préparant déjà dans sa tête (j'en suis sûr) sa campagne de France d'articles louangeurs.

Olga décréta qu'il fallait faire cette tournée.

Moi... oui, bien sûr... j'aimais bien Renée, mon rôle et les voyages... Mais, Paris... quand ? Rastignac renaissait ! Ou plutôt le désir de pouvoir dire enfin : « A nous deux Paris ! » Décidément, ce serait pour plus tard. Je me fis une raison et signai mon contrat, à la fois content et... pas content.

La caméra me manquait. J'avais envie de faire du cinéma. Les projets étaient encore vagues de ce côté-là mais il y en avait. Olga et Jean ne voulaient rien dire. Moi je rongeais un peu mon frein. Nous quittâmes la Belgique à regret et regagnâmes Paris.

Joyeux Noël ! Bonne année 1951 ! Et là, tout à coup, ça démarre. Tout démarre en flèche. Jean m'apprend (il mijote son coup depuis plusieurs mois) que :

— Ça y est !

— Quoi ?

— Un film !

— Quel film ?

— Ça va s'appeler *Ils étaient cinq*. C'est l'histoire de cinq garçons, copains de guerre, qui se retrouvent dans la vie civile et alors...

Il me raconte le scénario. Je lui dis que je trouve ça un peu faiblard, mais comme je n'ai rien d'autre à faire, il n'a aucun mal à me convaincre, d'autant que je crève d'envie de me retrouver en présence d'une caméra. Le producteur est un industriel charmant, passionné de cinéma, Robert J., nous l'appelons Boby. Le scénario est de Michel Jourdan. Jack Pinoteau sera metteur en scène assisté de son frère Claude. Les dialogues de Pierre Laroche, et la musique de Georges Van Parys. Les cinq copains, héros du film, seront Michel Jourdan déjà nommé, François Martin qui sort à peine du cours Simon, Jean Gaven, Jean Carmet et moi.

On se retrouve tous un soir pour dîner. On nous raconte le scénario. Jack Pinoteau est plein d'enthousiasme ; alors que nous allons nous quitter, il me retient et me glisse en aparté : « A part François Martin, ils sont tous bruns, Jourdan, Gaven et Carmet, alors je voudrais que tu sois blond... tu comprends ? »

Vlan ! Ça recommence ! Non, mais décidément, c'est une manie ! Je serre les poings dans mes poches et je réponds que cela m'est tout à fait égal.

Dans le taxi qui nous emmène, je donne libre cours à ma fureur. Nous arrivons devant ma porte ; je descends du taxi encore bougon. Jean a le temps de me dire avant que la voiture ne démarre à nouveau :

— Puisque tu es d'aussi mauvaise humeur, je ne te dirai pas une très bonne nouvelle que je voulais t'apprendre. C'est bien fait ! Tu attendras demain. Bonsoir. Bonne nuit.

Et le taxi disparaît. Je reste comme un idiot sur mon trottoir, douché. Qu'est-ce qu'il a à m'apprendre ? Je ne suis plus en colère, mais énervé par ma propre curiosité insatisfaite. Jean s'est bien vengé de mon sale caractère. Il a touché juste. Il sait que rien ne m'exaspère davantage que les petites phrases de gosses, dans le genre : « Je sais quelque chose mais je ne te le dirai pas, na ! » Je m'endors en me posant des questions.

Jean, peu rancunier (il ne l'a jamais été avec moi), me téléphone dès le matin :

— Alors... tu veux savoir ?

— C'est quoi, cette bonne nouvelle ?

— Non... Tout à l'heure...

— Comment ?

Et il m'explique qu'il passe me prendre vers midi car nous déjeunons au studio de Boulogne où l'on tourne *Fusillé à l'aube* dont la vedette féminine est Nathalie Nattier. Jean veut une photo de moi avec elle. Il me dira la « bonne nouvelle » tout à l'heure. Et il raccroche.

Je n'ai pas le choix. Je me prépare. Nathalie Nattier avait tourné avec Yves Montand le film de Carné *Les Portes de la nuit*, remplaçant le couple Gabin-Marlène Dietrich initialement prévu. Le film avait, disait-on, coûté une fortune, Carné ayant exigé que l'on reconstituât en studio une station du métro aérien de Paris et quelques rues adjacentes. Bref, Nathalie Nattier représentait alors une star en puissance et Jean, pour tout l'or du Pérou, n'aurait pas laissé passer l'occasion de me photographier en compagnie d'une jeune femme ravissante sur laquelle la corporation braquait ses jumelles.

La nouvelle « surprise » était effectivement d'importance. Jean me dit qu'Edwige Feuillère avait décidé de reprendre *La Dame aux camélias* en octobre... de l'année suivante, à Paris, au théâtre Sarah-Bernhardt pour une cinquantaine de représentations et que... sauf catastrophe imprévisible... je serais à nouveau « son Armand Duval » ! Elle avait signé son contrat.

Aucune nouvelle ne m'aurait rendu plus heureux. D'abord retrouver Edwige, et puis surtout, surtout : « Jouer enfin à Paris. »

Depuis quelques semaines je roule carrosse. J'ai acheté ma première voiture en Belgique. C'est un coupé Lincoln Continental (d'occasion) de couleur grenat. Je suis comme un enfant, enchanté de me dire que « j'épate le bourgeois » et quelques autres. Vanité pardonnable, je crois, à cet âge. Rouler en « voiture américaine », cela représentait encore quelque chose dans ce Paris qui se souvenait de ses quatre années d'occupation. La notion de standing a existé de tout temps, même si l'expression a changé. Il est très agréable de dire à quelqu'un : « Je passe vous prendre », et de se réjouir par avance de la surprise que l'on va lire sur son visage en découvrant l'engin moderne et « américain » !

Olga à peine rentrée à Paris me fait signer mon contrat de *La Dame aux camélias* pour octobre 1952... Plus d'un an à attendre ! Je suis l'impatience incarnée.

Olga me calme en m'apprenant plusieurs choses. Tout d'abord, elle me laisse entendre que j'aurai de quoi m'occuper jusque-là. Elle a un projet pour un film en Italie pour l'été prochain ; la décision est imminente. Il y a encore autre chose. Un jeune metteur en scène encore inconnu, Yves Ciampi, a convaincu Pierre Fresnay d'accepter de tourner sous sa direction une histoire de médecin. Il y a plusieurs rôles intéressants à distribuer autour du grand comédien. Elle attend le scénario le jour même. Yves Ciampi me téléphonera demain ou après-demain.

Je rêve. Olga me réveille.

— Décidément, vous ne lisez jamais ce que vous signez... Regardez donc ce que j'ai obtenu pour l'affiche du théâtre Sarah-Bernhardt.

Je relis, attentivement cette fois, et je n'en crois pas mes yeux. Edwige accepte que mon nom soit cité juste après le sien et avant le titre de la pièce. C'est quelque chose d'énorme pour le jeune débutant que je suis.

Pour les non-initiés, cette place « au-dessus du titre » ne veut peut-être pas dire grand-chose ; pour nous autres, c'est très important. Cela signifie que l'on est considéré comme vedette à part entière et, sauf imprévu, qu'on ne perdra pas l'avantage acquis. Il y a des comédiens de grand talent qui ont attendu des années avant de parvenir à ce résultat. Ce qu'il y a de plus extraordinaire dans ce cas précis, c'est que, après Pierre-Richard Wilm, Edwige Feuillère n'a jamais accepté qu'aucun Armand Duval ne soit cité avant le titre. C'était « Edwige Feuillère » dans *La Dame aux camélias*. Ensuite venaient les autres noms.

Je suis très ému. Je veux remercier Olga qui honnêtement réplique qu'elle n'a aucun mérite puisque c'est Edwige elle-même qui l'a proposé. Je sors de chez elle dans un état d'euphorie difficile à décrire...

Le tournage de *Ils étaient cinq* est terminé. N'ayant vu aucune projection, je ne sais toujours pas de quoi j'ai l'air au cinéma. Ça va venir...

IX.

Appel d'Yves Ciampi. Il me fait déposer le scénario. En raccrochant je m'aperçois que j'ai oublié de lui demander quel était le rôle qu'il me destine.

Vers onze heures du soir je suis dans mon lit et je lis. Deux heures plus tard j'ai terminé. C'est excellent. Le scénario d'Yves Ciampi et Pierre Véry nous plonge dans le milieu médical et chirurgical moderne. Un grand patron — mandarin — règne sur un hôpital. Professionnel acharné, homme passionné par son art, il en oublierait presque de vivre normalement. Son neveu, jeune homme romantique, poursuit ses études de médecine mais s'inquiète de la vie qui l'attend s'il « embrasse la carrière ». Sa fiancée le pousse à renoncer, souhaitant une vie familiale normale.

En opposition à ce personnage, l'auteur place un interne d'hôpital arriviste et cynique qui entend tout sacrifier à sa réussite professionnelle.

Le sujet est on ne peut mieux traité, le dialogue brillant et le caractère des personnages dessiné avec précision. Bref, à la lecture, on trouve là, réunis, tous les ingrédients nécessaires à « fabriquer » un bon film.

Réfléchissant à cette histoire, je me dis que ce n'était pas la peine de demander au metteur en scène quel était le rôle qu'il me destinait. Cela va de soi : c'est le neveu du grand patron, ce jeune homme hésitant qui va renoncer à poursuivre ses études... Je porte encore les cheveux blonds de mon personnage d'*Ils étaient cinq*... Je parie deux francs cinquante contre rien du tout que Ciampi va me demander de rester couleur blé d'or pour incarner le rôle romantique. C'est d'ailleurs un mot qui revient de plus en plus souvent accolé à mon nom dans les articles de presse.

Je me demande à quel jeune acteur le metteur en scène pense pour le rôle de l'interne cynique, parce que c'est un personnage formidable à jouer... Enfin... je m'endors en trouvant étrange que je sois condamné à cette blondeur de rôle en rôle. Armand Duval, le prince du *Jugement de Dieu*, *Ils étaient cinq*, et à présent ce film-là...

Après tout peu importe, je tourne !

Vers midi et demi, je rencontre Yves Ciampi.

La trentaine un peu dégarnie, sympathique, nerveux, mèche molle châtain clair, œil gris-bleu légèrement proéminent, le nez fin, les dents ivoire soutenu et le parler ultra-rapide. Je le complimente sincèrement sur le scénario et il me parle du film dans son ensemble, de ce qu'il voudrait « faire passer » en tournant cette histoire. Au bout d'un petit moment, je lui pose la question qui me démange :

— Dites-moi... qui jouera le rôle de l'interne ?

Il me regarde comme si je tombais de la lune et sa réponse arrive, nette :

— Mais... c'est vous... Naturellement !

C'est à mon tour de rester bouche bée.

— Ah bon ! Parce que je croyais que...

Ciampi éclate de rire et s'amuse visiblement de ma méprise. Il m'explique qu'il m'a vu dans un restaurant à la mode quelque temps auparavant en train de discuter ferme avec quelqu'un et que ma façon de « dire ce que je pense » colle exactement avec le personnage de l'interne. C'est ce ton-là qu'il veut. En plus il ajoute que ma taille, ma démarche, mes gestes correspondent à ce qu'il cherche.

— Evidemment, vous serez brun, décrète-t-il, c'est le neveu qui sera blond.

Quarante-huit heures plus tard je retrouve (enfin !) ma couleur de cheveux naturelle.

Entre-temps j'ai relu vingt fois le scénario en mettant une loupe sur le rôle de Marcillac, l'interne que je vais incarner. Tandis qu'Olga s'occupe du contrat et que Jean se réjouit en ébauchant déjà de nouveaux articles, moi je m'inquiète. (Que voulez-vous, c'est dans ma nature et cela ne s'arrangera pas par la suite.)

Je m'inquiète parce que ce rôle est celui d'un spécialiste. On n'improvise pas les gestes, les attitudes, le comportement d'un interne d'hôpital sans avoir la plus petite idée de ce qu'est la vie quotidienne en milieu hospitalier. On peut inventer un prince de Bavière, un jeune provincial amoureux qui devient Armand Duval, mais un professionnel de la chirurgie... ce n'est pas tout à fait aussi simple, me semble-t-il.

Ciampi m'a prévenu que l'on commencerait à tourner début juin. Il reste à peine quinze jours. Je lui téléphone et lui fais part de mon anxiété et de ma complète ignorance du milieu médical. Il ne crie pas, il ne rit pas, il comprend. Il a si bien compris que je me retrouve, à sa demande, pensionnaire à l'hôpital Saint-Louis.

Je suis resté une petite semaine dans le service du Pr Mialaret. J'ai regardé, écouté, entendu, découvrant un monde que je ne pouvais pas imaginer. J'ai vu des gens de toute sorte se comporter de toutes les façons — patients, médecins, internes, externes, infirmières et aides-soignantes. J'ai appris la chaleur des rapports humains et aussi leur froideur parfois nécessaire.

J'ai posé des questions à l'infini, au risque de lasser les oreilles de ceux à qui je m'adressais. Insatiable, je désirais tout savoir, tout comprendre, tout de suite. Ce stage m'a passionné.

On ne m'a pas fichu à la porte de l'hôpital Saint-Louis, mais vous ne m'ôterez pas de l'idée que c'est avec un certain soulagement que l'on m'a vu en partir.

C'est avec une force de conviction surprenante que je me sentis prêt, alors, à assumer mon rôle.

Le trac ? Bien sûr ! On a toujours le trac lorsqu'on va entrer dans la peau de quelqu'un qui n'est pas soi ; mais au lieu de flotter dans le vague sans savoir par quel bout « attraper » mon personnage, je me sentais relativement sûr de moi.

Il valait mieux qu'il en soit ainsi car le caractère de cet interne, à chaque scène, devait se montrer sous un jour décidé, net, précis, autoritaire, ne laissant aucune place à la moindre hésitation. Heureusement que Ciampi m'avait encouragé à faire ce stage. Sans cela je crois en toute bonne foi que je serais passé à côté du rôle, décevant tout le monde, à commencer par moi.

Ce goût pour le perfectionnisme (pour le meilleur et pour le pire) m'a peu quitté au cours de ma carrière. C'est peut-être cela aussi qui a contribué par la suite, en se développant, à me créer cette solide réputation d'emmerdeur que les imbéciles se sont plu à colporter en l'amplifiant... bien entendu.

Dans la vie quotidienne, j'improvise avec joie, donnant à mon imagination la permission de s'exprimer sans retenue. J'aime jongler avec les mots, les idées, poussant — par jeu ou par exercice — le paradoxe jusqu'à faire miennes des théories contraires à mes propres convictions pour le plaisir d'opposer aux affirmations d'un interlocuteur intéressant un esprit de contradiction qui m'amuse.

S'il dit blanc, je dirai que c'est noir. Plus il défendra son idée, plus je m'ingénierai à lui prouver qu'il a peut-être tort. C'est un exercice distrayant à condition, cela va de soi, que les antagonistes, tacitement, se battent à l'arme blanche. Non, je ne me crois pas plus intelligent qu'un autre, mais pas plus bête non plus. Et puis cela dépend avec qui l'on se trouve pour s'exercer à ce genre de duel verbal.

Mon amie Louise de Vilmorin disait : « Lorsqu'on me place à un dîner entre deux imbéciles, je deviens complètement idiote et je dis des bêtises. »

Elle a raison. Pour ma part, au contact de personnes intelligentes et cultivées, j'ai l'impression que je deviens intelligent, et inversement, comme Louise.

Le tournage commence par des scènes assez faciles et, d'entrée de jeu, je trouve le ton juste. Ciampi me félicite. Il est content, moi aussi. Et puis vient le jour où pour la première fois je dois échanger quelques phrases avec Pierre Fresnay.

Pour commencer, l'atmosphère qui s'installe sur le plateau ce matin-là n'est pas tout à fait la même. Certains sont nerveux, d'autres trop calmes. Yves Ciampi indique les places, installe sa caméra, on règle les lumières et on commence à répéter le texte. Ciampi remplace Pierre Fresnay pour l'instant. On est allé le chercher. Je donne mes répliques avec l'assurance des jours précédents. Tout va bien.

Pierre Fresnay pénètre sur le plateau. Il salue chacun, souriant et courtois. Yves Ciampi va à sa rencontre. Ils se parlent, l'un et l'autre parfaitement détendus.

J'attends, un peu figé, au milieu des autres comédiens qui font partie de la scène. Pierre Fresnay et Yves Ciampi s'approchent. Ciampi nous présente. Une poignée de main solide, franche. Premier contact avec l'œil vert de Fresnay. J'avale ma salive. Ciampi donne ses indications à Fresnay — grand patron — qui écoute, attentif, les paupières plissées. Et puis : LA VOIX !

— Bon… alors… on y va ?

Tout le monde connaît cette voix. Combien de fois ne l'ai-je pas entendue, appréciée, admirée, au théâtre et au cinéma, mais l'entendre là, tout à coup, éclater tout près de moi… J'avale encore ma salive et toussote comme si j'avais besoin de m'éclaircir la voix.

— Allez… s'il vous plaît, messieurs… silence… On répète !

Ciampi a donné ses ordres. La scène commence. Ce n'est pas moi qui attaque. Je suis le dialogue, guettant le moment d'intervenir en réponse à une question du Grand Patron. Il la pose.

Je veux répondre. Je réponds. Rien ne va plus ! Je réponds avec une toute petite voix qui n'est pas la mienne, du moins je ne la reconnais pas — Ciampi non plus, qui me regarde d'un air interrogateur. La scène se poursuit. Je dis les mots, à demi aphone. Ciampi laisse filer la scène. Elle se termine.

— Bien… Merci… On va recommencer.

Ciampi est déjà debout, expliquant à l'un et à l'autre ce qu'il veut précisément dans le ton et le geste à tel moment et non pas à tel autre. Il vient à moi et discrètement me demande si je suis malade. Il ajoute que ce que je viens de faire « ce n'est pas ça du tout ».

J'acquiesce, désolé. On reprend. Je me concentre et m'oblige à contrôler ma respiration — pas facile —, on répète. Ça va... moins mal. Ciampi ne dit rien mais me regarde.

On reprend. Ma voix semble revenir. Je fais un geste brusque, imprévu, et pousse le coude du Grand Patron et, d'instinct, je dis : « Oh... excusez-moi ! »

C'est un réflexe. Un réflexe idiot qui non seulement interrompt le rythme de la répétition mais est un « ajout » dans le texte qui ne correspond ni à la situation de la scène ni au personnage que j'incarne. L'interne que je suis ne peut en aucun cas dire « excusez-moi ».

On reprend. Je parle plus fort mais... je me mets à bouler mon texte, je bafouille... les défauts reviennent au galop et le contrôle de soi s'enfuit à tire d'aile...

Pierre Fresnay qui m'observe du coin de l'œil depuis un bon moment interrompt la répétition et, m'apostrophant gentiment, me dit de sa voix qui sonne :

— C'est moi qui vous fiche la trouille ?

Le regard vert sous les sourcils levés me scrute. J'hésite trois secondes : je mens ou je dis la vérité ? Autour de nous le silence est presque palpable. J'opte pour la seconde solution :

— Oui, monsieur !

La réponse a fusé, claire.

— Mais il ne faut pas mon vieux... je ne suis pas si méchant que ça, vous savez... Allez... détendez-vous et faites-moi confiance... Ça va aller très bien... Et puis, s'adressant au metteur en scène, il ajoute : Dites-moi, Yves, si on tournait maintenant... ?

La question est une invite et une invite de Fresnay est un ordre. Nous tournons. Nous avons tourné trois fois cette scène. La dernière prise étant la bonne, Ciampi, qui a perdu assez de temps, règle déjà le plan suivant. Le Grand Patron est reparti dans sa loge. Moi je vais prendre l'air hors du plateau. Je suis en nage. Je m'engueule mentalement et puis je me rassure en me racontant que si on a fait trois prises ce n'était pas de ma faute à moi ! Il y a des moments où l'on finit par croire à ce qu'on se raconte ! J'ai tout de même eu très peur.

Quel homme ! Quel œil ! Quelle voix ! Je n'en reviens pas d'être parvenu à lui répondre avec cette désinvolture à laquelle Ciampi tenait tant. Je respire nettement mieux.

Le tournage se poursuit. Les séquences se succèdent et s'enchaînent, on change de décors et au fur et à mesure que le temps passe je sens de jour en jour mon assurance s'affirmer.

Non seulement Pierre Fresnay ne me fait plus peur, mais sa présence me manque lorsque je dois interpréter une scène sans lui. Je trouve que je joue moins bien, manquant de naturel et de spontanéité. Illusion ? Peut-être. Il n'en est pas moins vrai — et je m'en rendrai compte tout au long de ma carrière — que l'on joue bien mieux la comédie quand on est placé face à de grands comédiens. Ce qui n'arrive pas tous les jours, surtout au cinéma.

Lorsque je donne la réplique à Pierre Fresnay, et tout en interprétant mon rôle, je l'observe et consciemment ou non je prends des leçons. Des leçons de tous ordres.

Tout d'abord, sa précision dans le geste. Après s'être mis d'accord avec le metteur en scène, il répétera patiemment autant de fois que la technique l'exigera. Ensuite, le rythme de la scène étant fixé une fois pour toutes, il recommencera, à chaque prise de vues, ce qui a été précisément défini sans y rien changer, n'ajoutant et ne retranchant rien. Les inflexions de voix, les silences, les regards et les mouvements ne seront pas modifiés.

Le plus stupéfiant (pour moi) c'est qu'il donnera, chaque fois, l'impression qu'il improvise. C'est véritablement du grand art et d'excellents éléments de réflexion pour le très jeune comédien que je suis.

Durant des prises de vues de ce film, l'occasion m'a été donnée d'entrer un peu plus avant dans les secrets de la technique. Souvent j'entendais Pierre Fresnay questionner :

— On est au combien ?

Le cameraman lui répondait :

— Au vingt-huit, au trente-cinq, au quarante, le cinquante ou le soixante-quinze — selon le plan que l'on se préparait à tourner.

Pour moi, cette valse de chiffres, c'était du chinois. Je décidai d'en avoir le cœur net et c'est tout naturellement que le cameraman me fournit les explications demandées.

Le vingt-huit c'est un objectif qu'on emploie pour les « grands champs » : les acteurs sont filmés en pied et c'est surtout le décor que l'on montre. Le trente-cinq, tu es coupé à la ceinture. Le quarante, c'est plus près. Le cinquante, encore plus près. Le soixante-quinze, c'est très près. On s'en sert surtout pour les gros plans de visage. Quant au cent, c'est tellement près qu'on ne s'en sert presque pas car il faut cadrer la figure en coupant le front à la racine des cheveux.

Ces précieuses indications me furent d'un grand secours et me firent réaliser davantage la différence fondamentale qui existe entre l'expression théâtrale et cinématographique. Si vous savez que l'écran de cinéma projette votre image grossie trente-six fois, vous avez tout compris... J'irai jusqu'à dire que le comédien de théâtre et l'acteur de cinéma n'ont pas tout à fait le même métier.

Pour le moment, inexpérimenté mais ne demandant qu'à apprendre, je participe aux dernières prises de vues (en ce qui me concerne) du film d'Yves Ciampi. A force de regarder Pierre Fresnay, je finis par m'imprégner de cette exceptionnelle personnalité à un point tel que je m'exerce à imiter sa voix. Il me semble que j'ai « piqué » assez juste en singeant sa manière si personnelle de phraser et d'articuler.

Il se trouve, et je vous assure que c'est le hasard, que je dois tourner une longue scène qui en réalité est un monologue, où le Grand Patron, quittant le décor, demande à l'interne de poursuivre à sa place la visite des malades. Examinant, diagnostiquant, consolant, ordonnant, je dois imiter ostensiblement le Grand Patron pour impressionner les jeunes externes et les infirmières qui me précèdent et me suivent.

Un grand numéro ! C'est très excitant à jouer. C'est aussi très difficile.

On a tourné la veille au soir le plan où Pierre Fresnay m'ordonne de poursuivre la visite à sa place et il est sorti de la salle. Aujourd'hui il ne tourne pas. Ciampi nous indique ce qu'il attend des uns et des autres, et puis, s'adressant à moi, ajoute :

— Allez... Maintenant vas-y... et n'oublie pas que tu dois impressionner ceux qui t'écoutent. Dans cette scène... imite le Grand Patron !

On répète. Je sais mon texte « au rasoir ». Il y a plusieurs jours que je me prépare à jouer cette scène. J'attaque, très sûr de moi, je parle de greffe, d'appendicectomie, de maladie polykystique du rein, comme si ces mots-là faisaient partie de mon vocabulaire quotidien.

Je n'ai pas raté une seule de mes places et je me suis exprimé sur un ton d'autorité que je juge mentalement tout à fait « épatant ». Apparemment, Ciampi ne partage pas cette opinion. Nous reprenons la scène. Il me recommande de chercher davantage à imiter Fresnay.

Je m'y ingénie sans oser pousser jusqu'à la caricature. J'ai trop peur que l'on se moque de moi ou que le metteur en scène soit furieux de me voir singer le grand acteur.

Nous répétons encore (pas seulement pour moi). Le synchronisme de nos mouvements avec ceux de la caméra doit être parfait. Une dernière répétition pour la technique et on va tourner la première prise.

C'est alors que Ciampi me recommande, pour la énième fois, péremptoire : « Allez, n'aie pas peur... Imite Fresnay... Tu ne feras pas aussi bien que lui... Mais essaye au moins... Allez. Moteur !... Partez ! »

Et je suis parti, effectivement. Cette dernière recommandation de Ciampi m'avait touché au vif... une piqûre de taon. J'ai imité Fresnay, mimant ses gestes, copiant sa voix et ses intonations, prenant des temps entre deux phrases, là où je supposais qu'il les aurait pris. La scène (un long travelling) durait bien quatre minutes. J'étais arrivé au bout du texte.

C'est dans un éclat de rire énorme, général, que j'entendis le mot « COUPEZ ! » hurlé par un Ciampi hilare. Autour de lui toute l'équipe technique était secouée par des rires.

Alors moi aussi j'ai ri, croyant avoir réussi une bonne blague. Yves Ciampi retrouvant son souffle décréta :

— Cette prise-là, on la garde, je veux la voir... Mais on va recommencer.

Très énervé mais joyeux, il m'entraîna un peu à l'écart :

— C'est formidable... C'est exactement ça qu'il faut faire. C'est tout à fait ça que je veux... C'est ça le personnage de Marcillac dès que le Grand Patron a le dos tourné, il l'imite, se croyant déjà à sa place... C'est ça, tu comprends... Alors tu me refais exactement la même chose... exactement. Mais avec ta voix à toi... Je t'autorise une ou deux intonations Fresnay, mais pas plus. Tu as compris ? Allez, on y va !

Et on y est allé. Nous avons mis trois prises « dans la boîte ». Ciampi avait l'air satisfait.

Le lendemain, je dois tourner une scène où, s'il y a peu de texte à interpréter, il faut exprimer un certain nombre d'intentions de plus en plus précises. Le schéma est simple : je me trouve seul dans une salle de chirurgie déserte. J'examine je ne sais quel document quand une infirmière entre, portant un plateau d'instruments. Le haut de sa blouse est déboutonné (omission ou distraction de sa part), je jette un coup d'œil au passage sur le décolleté. Elle passe devant moi et dépose son plateau. Je regarde ses seins et cela me donne des idées. J'avance vers elle et lui propose aimablement de partager avec moi certains plaisirs bien précis. Elle refuse. Je l'enlace. Elle résiste. Je la serre par la taille et l'entraîne jusqu'à la table d'opération où je la renverse en renouvelant mes propositions, précisant mes intentions avec les mains. L'infirmière se défend. Je suis plus fort qu'elle, mais je veux qu'elle cède. Nous nous connaissons et avons déjà fait l'amour ensemble. Je le lui rappelle. Elle me répond qu'elle n'aime pas les brutes et cherche à se dégager. Je veux resserrer mon étreinte. D'un coup de reins elle se redresse, m'échappe et sort de la salle.

La caméra alors s'avance sur moi et on cadre mon visage. Je dois dire en regardant dans la direction par où est sortie l'infirmière, d'un air dépité, frustré, furieux et fataliste à la fois :

« Va donc... hé... Organe ! »

Cette toute petite réplique a décidé presque à elle seule du véritable départ de ma carrière.

Pour moi, l'heure est venue de faire mes adieux à l'équipe de *Un grand patron*. J'ai le cœur un peu gros parce que je sens — peut-être pour la première fois — que nous avons fait du bon travail ensemble.

Pierre Fresnay n'est pas là. Yves Ciampi me prend à part :

— Je voulais te dire que tu as été formidable. Tout le monde te trouve formidable. Tu as réussi ton rôle mieux encore que je ne m'y attendais. Je vais te dire : tu m'as étonné... et je ne suis pas le seul. Tu vas voir ce que je te dis... tu vas crever l'écran à côté de Fresnay quand le film va sortir. Jean Claude, je te le répète, tu as été formidable...

Il a l'air tellement convaincu de ce qu'il dit que moi, pour un peu, je me mettrais à pleurer... comme un gosse.

— Tiens... j'oubliais de te donner ça... de la part de Fresnay.

Il me tend une enveloppe. Je la mets dans ma poche et m'apprête à quitter le plateau lorsque je suis arrêté dans le chambranle de la porte par un appel. C'est la voix de Ciampi. Je me retourne sur place. Et du fond du décor il me crie, heureux :

— For-mi-dable !

Je suis parti en courant, tête baissée pour que personne ne puisse voir les larmes qui dégoulinaient sur mes joues. J'avais la sensation pénible d'avoir divorcé d'avec une passion réciproque que je ne retrouverais plus...

Un peu plus tard j'ai ouvert l'enveloppe. Trois lignes :

« Je crois que vous allez faire une belle carrière.

Venez donc me voir au théâtre, nous en parlerons.

A bientôt. Fresnay. »

Je suis allé le voir au théâtre, nous « en » avons parlé. Mais la vie est remplie de choses surprenantes, ce n'est pas avec lui que le dialogue s'est poursuivi mais avec son propre neveu — un vrai neveu. Nous allons le rencontrer bientôt. C'est Roland Laudenbach.

X.

Cet été 1951, je ne tiens plus en place. Ciampi peut bien me dire qu'il me trouve formidable, je trouve ça très gentil, très encourageant, tout ce qu'on voudra, mais j'aimerais bien, enfin, me rendre compte par moi-même de ce que je donne à l'écran. Je voudrais voir la gueule que j'ai... même en blond ! La couleur de cheveux m'importe moins que la tête, la silhouette, la voix, le jeu... Je crève de curiosité.

Jean, une fois de plus, a tout organisé de main de maître. Je ne sais pas comment il s'est débrouillé, mais il a obtenu des organisateurs du Festival de Knokke-le-Zoute que l'on présente en grande première mondiale, le 7 juillet, *Le Jugement de Dieu* et, le 10 juillet, *Ils étaient cinq*.

Lorsqu'il m'apprend ce « doublé invraisemblable », je refuse d'y croire tout d'abord parce que cela me semble impossible. Il me montre un programme des festivités d'été du littoral belge et, effectivement...

Le 5 juillet, départ pour la Belgique. « Tout le monde il est content, tout le monde il est gentil. » Et moi je suis un paquet de nerfs. C'est demain soir que sera projeté *Le Jugement de Dieu*.

Angoissé, préoccupé de moi-même, je ne regarde qu'à peine cet admirable littoral des Zoutes battu par les vents, ce « plat pays » que Jacques Brel décrira si bien et que je chanterai plus tard. Je ne vois rien d'ailleurs. Je goûte à peine à ces succulents repas que nous propose M. Naelens à « La Réserve », magnifique résidence de Knokke où toute une pléiade de vedettes s'ébattent et font du bruit, invitées par le Festival.

Je suis à peine aimable et ne desserre pas les dents. Jean, conscient de mon état d'esprit, essaye de faire passer les heures en me noyant dans des interviews et des reportages successifs. Devant les photographes, les sourires qu'on me réclame sont contraints : des grimaces. Je ne parviens pas à me détendre. Je suis paniqué.

Le grand soir arrive enfin. J'ai revêtu mon smoking et suis prêt deux heures avant l'heure prévue. Je tourne en rond dans ma chambre en avalant des whiskies glacés. J'ai l'impression de boire de l'eau. Jean, dont la chambre est au même étage, vient me chercher. Nous partons pour le casino. Il me parle. Je fume cigarette sur cigarette et réponds par monosyllabes. Il me dit de changer de figure (comme c'est facile !) parce que je suis blanc comme une feuille de papier.

Nous prenons nos places dans la grande salle du casino. Il me semble que les gens mettent des heures à s'installer. Olga est là, sans Edwige. Elle me tape sur l'épaule en me conseillant de me calmer. J'essaye. Les lumières s'éteignent. Je me raidis. Je suis en sueur.

La projection commence. La musique de Joseph Kosma est très belle et les images de Roger Hubert magnifiques. Et puis... tout à coup je vois apparaître sur l'écran une espèce de longue asperge blonde qui s'agite et qui parle comme un être humain. Quoi ! C'est moi... ÇA !

Je suis stupéfait, statufié dans l'horreur.

Quelque chose en moi refuse obstinément de se reconnaître dans cette girouette maladroite qui semble s'entêter à accumuler tous les défauts que je remarque et critique chez certains acteurs.

La voix d'abord : plate, haut perchée... Ce n'est pas possible ! Je parle à une telle rapidité que je ne comprends pas la moitié de ce que je dis. Je bafouille une ou deux fois dans chaque scène. Et puis ce ton sec, nerveux... Je n'ai rien entendu de pire. Les gestes ? N'en parlons pas. On dirait un pantin dont on ne sait qui tire les ficelles. Je bouge par saccades, comme un automate. Quant à la démarche, je suis ahuri. Comment... c'est moi, cette espèce de danseur en bois qui déambule et se dandine en remuant les épaules et les hanches comme un accidenté en convalescence ?

Je suis figé, déconcerté et atterré par ces constatations.

Il y a plus : « La gueule que j'ai !... » Sous le maquillage (épais en ce temps-là), on dirait une lune percée de deux trous ronds, les yeux, et de deux autres petits trous, les narines. Le reste ? Rien. Pas plus d'expression qu'une planche à repasser. Et puis cette chevelure claire qui encadre jusqu'aux épaules ce qui me sert de figure ajoute un côté féminin au personnage que je trouve de plus en plus déplaisant. Je suis consterné.

Le film va bientôt se terminer. Sur l'écran on va noyer Agnès Bernauer et le prince va sauter du haut de sa falaise dans les eaux noires du Danube. J'ai envie de rentrer sous terre, aspiré par une trappe salvatrice. Je voudrais m'enfuir, honteux. Je n'en ai pas le temps.

Les lumières se rallument et la salle éclate sous les applaudissements qui se prolongent. Les assistants manifestent longuement leur satisfaction. (Intérieurement je me demande s'ils sont fous ou complètement idiots.) Et puis tout le monde se lève : échanges de sourires et de poignées de main, congratulations diverses, compliments variés, appréciations louangeuses et sucrées qui n'en finissent plus.

Jean et Olga qui me connaissent me font discrètement quitter la salle. Nous allons au bar. Re-whisky. Avant que j'aie eu le temps de dire quoi que ce soit, on me fait la leçon : il y a un grand souper auquel nous nous devons d'assister. Quoi que j'en pense, je suis la vedette masculine du film. Il va me falloir jouer le rôle du garçon qui, sans étaler un contentement excessif, se trouve satisfait d'avoir pu participer au tournage d'une aussi grande production, etc.

La soirée se termine tard. J'ai fait ce que j'ai pu pour défendre les couleurs de ce *Jugement de Dieu*. Me raccrochant à ma sincérité, j'ai insisté sur ce qui m'a paru être les qualités majeures du film, c'est-à-dire le sujet, la mise en scène de Raymond Bernard, les décors réussis de Robert Gys, les images admirables de Roger Hubert et la splendeur des costumes de Rosine Delamare.

Là-dessus, je vais me coucher. Olga et Jean se refusent à engager, vu l'heure, une conversation qu'ils devinent orageuse, d'autant que je me suis laissé aller à tutoyer le whisky exagérément. On en parlera demain.

Nous n'en avons pas eu le temps. D'ailleurs, qu'aurions-nous pu dire ? Lorsqu'un film est terminé et présenté au public, il n'y a plus rien à faire. Les dés sont jetés.

Jean, fidèle à sa politique, « Profitons de chaque occasion, provoquons-les s'il le faut pour faire parler de Jean Claude Pascal », m'entraîne dans un tourbillon de rencontres avec photographes et journalistes. Il y ajoute les interviews radio. Il me fait comprendre qu'il ne s'agit pas de perdre son temps à ressasser ce qui me déplaît dans la projection de la veille, mais plutôt de penser à celle à venir : après-demain, *Ils étaient cinq* ! Il a raison, une fois de plus. Je m'incline et joue le jeu durant ces quelques jours.

Je voudrais, ici, ouvrir une parenthèse « De l'influence de l'alcool ». J'ai connu, je connais, de grands comédiens qui ne peuvent jouer au théâtre ou attaquer une scène devant la caméra sans avoir, au préalable, pris la précaution de se caler l'estomac. Certains arrosent leurs repas de bon bordeaux tonifiant, de café et de pousse-café. Cette façon d'agir correspond à leur nature, et s'ils se rassurent ainsi, il faut les comprendre. Personnellement, je suis dans l'incapacité d'avaler quoi que ce soit avant de jouer la comédie, au théâtre ou au cinéma. C'est une fois que la performance est terminée que je me rattrape, avec joie et bon appétit. En revanche — et c'est là où je ne dois pas être tout à fait normal — c'est lorsqu'il me faut affronter des inconnus dans la vie quotidienne que j'éprouve le besoin de me « remonter ».

Le trac du comédien est une chose. Le trac de l'individu en est une autre. On peut avoir peur en devenant un autre. On peut avoir encore plus peur en étant soi-même.

C'est mon cas. Dès qu'il me faut rencontrer quelqu'un de qui dépend telle ou telle décision concernant des projets (de quelque ordre soient-ils), je sens une angoisse m'étreindre et je me précipite (modérément) sur le premier remontant venu pour me donner du courage.

J'ai interprété des scènes d'ivresse simulée dès neuf heures du matin, en studio, avec Arletty entre autres, n'ayant avalé au préalable que deux ou trois cafés noirs. J'ai dû boire trois ou quatre verres de scotch avant d'aller dîner avec Orson Welles, et deux ou trois pastis avant de me rendre à un déjeuner chez Sacha Guitry.

Je suis toujours entré en scène à jeun. Dans le théâtre de la vie il a fallu, souvent, que je me dope avant de participer à la comédie. Fermons la parenthèse.

Le 10 juillet au soir nous assistons à la projection publique de *Ils étaient cinq*. N'étant que l'un des héros de cette histoire, on me montre moins fréquemment sur l'écran. Ce que je vois ce soir-là me rassure un peu. Il me semble que je me meus avec moins de raideur. C'est encore un blondin qui me ressemble vaguement que l'on voit et entend, mais, si mon personnage n'est pas tout à fait réussi, je note au passage que mon articulation est meilleure.

La photographie est inégale. Certaines scènes trop éclairées, d'autres pas assez. Il y en a une, entre autres, qui se déroule dans le funiculaire de Montmartre. J'ai le déplaisir de constater que pendant de longues minutes ma figure est barrée transversalement par l'ombre portée d'une poutrelle. Je me souviens, alors que nous tournions cette scène, avoir fait remarquer au chef opérateur que je ne percevais pas la lumière sur mon visage, que je ne me sentais pas éclairé. Il avait haussé les épaules, préoccupé par des tâches plus importantes et estimant sans doute ma remarque mal venue. A présent, regardant la scène sur l'écran de Knokke-le-Zoute, je me rends compte que c'est moi qui avais raison.

Pour un grand film, quelques années plus tard, alors que je serai autorisé à indiquer mes préférences concernant le choix d'un chef opérateur, le nom du responsable de cette « bavure » sera proposé. C'est sans hésitation que je déconseillerai son engagement. Il ne fera pas le film.

Dans ma vie, les circonstances ont voulu que je sois amené, hélas ! à pardonner quelquefois des actes ou des comportements. Pas une fois je n'ai hésité à effacer l'offense ou la méchanceté dont on avait fait preuve à mon égard, ne souhaitant que l'oubli. En revanche, j'ai difficilement pardonné une faute professionnelle. Plus exigeant que quiconque envers moi-même, j'estime encore que je suis en droit d'attendre des autres une sorte de réciprocité dans l'exercice de nos fonctions respectives.

Cette forme d'intransigeance dans le travail n'a pas toujours été appréciée et on m'en a souvent tenu rigueur. Ce sont les imbéciles qui ont eu cette attitude. Les gens intelligents, eux, ont très bien compris. Ils n'ont pas eu à se donner beaucoup de mal pour se convaincre du bien-fondé de certaines de mes exigences : ils partagaient mes idées, allant parfois plus loin que moi dans cette recherche du « mieux faire ».

Mais l'heure n'est pas encore venue de la mettre en pratique. Mon but, en ce moment de ma vie, est d'apprendre mon métier, comme un bon artisan.

J'ai quitté Knokke-le-Zoute pour Paris, juste le temps de changer de valise. Je range le smoking et sort des tiroirs de vieux vêtements d'été que j'affectionne particulièrement. (Je suis encore très attaché à certains vieux pull-overs troués.)

Je téléphone à Jean, à Olga, aux deux familles et leur déclare que je disparais pour relire au calme mon texte de *La Femme en blanc*. Nous devons commencer la tournée dans un dizaine de jours.

J'appelle Renée Saint-Cyr pour l'avertir que je m'absente trois ou quatre jours, qu'elle ne s'inquiète pas. Je serai là pour que nous ayons le temps de rejouer la pièce dans son salon avant de partir ensemble sur les routes à la conquête des villes d'eaux et des casinos d'été.

Jean est furieux, frustré de me voir partir seul il ne sait pas où. Je lui explique que j'éprouve ce besoin de faire le point avec moi-même. Après tout ce bruit fait aux Zoutes autour de moi et des deux films présentés, quelques jours de retraite me semblent nécessaires.

Je pars. Prenant la route au volant de ma belle voiture américaine, je ne mets que quelques heures à franchir les kilomètres qui me séparent de ma destination : Cancale, Ille-et-Vilaine.

Pourquoi Cancale ? Parce que ce ravissant petit port de pêche est situé juste en face de mon enfance, là-bas, de l'autre côté de la baie du Mont-Saint-Michel. Je suis attiré par ce petit coin de France où j'ai vécu, heureux et insouciant, alors que j'étais petit garçon.

Mes grands-parents maternels s'étaient rendus acquéreurs du pied-à-terre des moines de ce fameux Mont-Saint-Michel : le château de Brion. Peu de temps avant la guerre, ils s'en étaient séparés pour acheter une autre propriété sur les bords de la Loire, près de Gien.

Une part de ma prime enfance sommeille encore à cet endroit et, lorsqu'il me semble souhaitable de me « re-sourcer », je me dirige instinctivement vers ce lieu. Je m'y rends sans tristesse, sans regrets ni amertume. Je sais que l'on ne recopie pas le passé, mais il me suffit de regarder un porche, une fenêtre, une allée qui serpente en direction de la mer pour que, comme hier, j'aperçoive un gosse en culottes courtes qui gambade à la recherche de trésors qu'il n'a jamais su trouver.

Ce pèlerinage n'est pas mélancolique et c'est en souriant que je pose mes pas aux endroits où naguère de petits pieds ont couru. Ces dunes couvertes de genêts, maltraitées par le vent, cette grève gris perle qui miroite comme de la moire, le vol des mouettes et des courlis, le cri bizarre des corbeaux, l'odeur d'iode, les coquelicots à demi cachés dans les herbes, les pies sautillantes, l'aboi d'un chien, quelque part, un lapin qui s'enfuit, des camélias qui poussent en pleine terre, les ramiers roucouleurs, le coucou, le bruit du bec du pic-vert sur l'écorce d'un hêtre et le ciel plus étonnant ici que partout ailleurs, cette lumière unique qui donne aux formes ce relief si particulier, tout cela compose un ensemble dans lequel il me faut, parfois, me retremper. Sans vouloir faire pompeusement allusion au phénix qui renaît de ses propres cendres, je crois, malgré tout, que ce bain dans la jouvence des « hier » souriants m'est tout à fait bénéfique.

Seulement c'est là quelque chose que je ne peux pas partager. Je ne souhaite personne à mes côtés, toute présence étrangère à ce lieu dérangerait mon univers et ferait figure d'intrus. Je pourrais presque lui en vouloir de se trouver là, éprouvant une sensation de sacrilège. Il faudrait, peut-être, répondre à des questions, expliquer, raconter, se souvenir avec des mots. J'aurais le sentiment qu'on cherche à fracturer une porte qui protège l'enceinte de mes jardins secrets.

Jaloux ? Je ne crois pas, exception faite de mon enfance. Je n'admets pas que l'on effleure mon paradis perdu.

Je m'étais pourtant bien promis de ne pas aborder ce sujet dans mon récit et puis... au fil de la plume, malgré soi, les images s'imposent. Si on les écarte, elles resurgiront cinq ou six pages plus loin, entêtées, insistantes, comme si elles craignaient de se sentir oubliées, écartées.

Le 20 juillet, je crois, nous avons repris *La Femme en blanc*. C'est le casino de Dinard qui nous accueillit en premier lieu.

Nous nous déplacions en voiture. Renée et l'un de ses amis dans l'une, Jean et moi dans l'autre. Décors et accessoires allant de leur côté. Après chaque représentation, pendant le souper, nous tracions l'itinéraire du lendemain, consultant les cartes et cherchant dans le *Guide Michelin* quelle était la meilleure étape gastronomique. Nous avions tous un penchant pour la bonne cuisine. Cette tournée se transformait en promenade, nous aimions rire, nous amuser, nous distraire, et nous ne nous en privions pas.

Je ne sais plus exactement où cela s'est passé, mais je voudrais vous rapporter un incident qui nous a amenés jusqu'au fou rire. Je vous ai raconté que, dans cette pièce d'Achard, je devais paraître avoir cinquante ans au premier acte et vingt-cinq ans au deuxième acte. Cheveux gris, sourcils gris, moustache grise au début, je n'avais que quelques minutes pour changer de costume et brosser cheveux, sourcils et moustache. Pour gagner du temps, j'ajoutais du rimmel noir sur les sourcils et la moustache, après quoi je séchais le rimmel à l'aide d'une houppette.

Or je ne sais plus pour quelle raison, je pris du retard, un soir, entre les deux actes, et dans la précipitation j'oubliai de sécher le rimmel. J'entrai en scène, la moustache charbonneuse.

A un certain moment, Renée Saint-Cyr et moi nous échangions un baiser passionné. Comme chaque soir, nous exécutâmes (avec plaisir) ce mouvement amoureux prévu par la mise en scène. Alors qu'elle se dégageait de mon enlacement en se reculant un peu pour dire sa réplique, quelle ne fut pas ma surprise d'apercevoir, plaquée au-dessus de sa lèvre supérieure, l'empreinte très nette de ma moustache ! A peine avait-elle ouvert la bouche que la salle éclata d'un rire énorme. Renée, une seconde décontenancée et inconsciente de ce qui provoquait cette hilarité générale, enchaîna son texte. Moi, je la regardais, effaré, cherchant le moyen de la prévenir et de réparer au plus vite cet effet comique involontaire. Je lui lançai mes répliques en pensant à tout autre chose, elle me répondait en jouant, toujours inconsciente de l'image qu'elle montrait à la salle, laquelle riait de plus belle.

Coiffée d'une large capeline, elle portait une longue robe blanche en dentelle. Mais son visage se trouvait agrémenté d'une sombre barre noire juste au-dessous du nez.

N'écoutant que mon courage pour sauver la situation, je bousculai la mise en scène habituelle, bien décidé à la reprendre dans mes bras afin de lui glisser à l'oreille le conseil de se débarbouiller. Me voyant me précipiter vers elle, Renée, qui ne comprenait pas pourquoi, se déplaça vers l'autre côté de la scène. Nous continuions à échanger nos répliques. La salle croulait sous les exclamations joyeuses. Chaque fois que je m'approchais de Renée, elle paraissait chercher à s'enfuir.

Elle ne réalisait toujours pas ce qui se passait.

A force de jouer ainsi au chat et à la souris, ce deuxième acte devenait du Feydeau. Renée, étonnée mais ravie d'entendre la salle manifester sa joie, devait se demander pourquoi les gens n'avaient pas ri autant lors des représentations précédentes.

Nous poursuivions nos échanges de répliques, toujours sur fond de rires de l'auditoire. En désespoir de cause, je tentai alors de lui faire comprendre par gestes ce qui n'allait pas. Elle me regardait, légèrement ahurie, me frotter fréquemment le dessous des narines, croyant que j'avais attrapé un tic. Elle ne comprenait toujours pas.

Seulement, le rire d'une salle est communicatif. Je commençais à éprouver quelques difficultés à garder mon sérieux. Renée, imperturbable, interprétait son rôle, à peine déconcentrée. Vint le moment fatal où, n'en pouvant plus, j'éclatai de rire à mon tour.

Renée, décontenancée, s'était immobilisée. Je profitai de l'occasion, et, marchant vers elle à grandes enjambées, je parvins à lui arracher un mouchoir qu'elle tenait à la main puis, l'étreignant avec force, j'entrepris de la débarbouiller en la plaçant de dos au public.

Le résultat fut désastreux ! Le rimmel noir se mélangeant à son propre maquillage, Renée ressortit de mon enlacement avec une large marque grisâtre s'étalant d'une joue à l'autre.

La salle hurla. Les spectateurs étaient pliés sur leurs sièges, moi, je hoquetais de rire, ne sachant plus où poser les yeux. Le fou rire étant devenu général, c'est dans la plus inénarrable gaieté que le rideau tomba finalement sur ce deuxième acte.

Renée et moi avions des crampes d'estomac, essayant de faire cesser nos rires inextinguibles.

La tournée se poursuivait sans incident ni anicroche. La bonne humeur régnait ; nous changions chaque jour de ville, d'hôtel, d'auberge et de salle de spectacle. Nous traversions de bien jolies régions parfois, faisant des détours pour visiter une abbaye, un musée, un site.

Ainsi que prévu, mes grands-parents paternels s'étaient déplacés pour venir admirer leur petit-fils sur scène, en Normandie. Après la représentation, dans ma loge, ils restaient presque sans voix. Ma grand-mère, très émue, se tamponnait les paupières, mon grand-père, qui voulait montrer qu'il gardait son sang-froid, tentait de dissimuler sa surprise et son contentement derrière un masque de dignité. L'œil embué et les lèvres légèrement tremblantes démentaient l'attitude qu'il s'ingéniait à conserver. Le connaissant assez bien, je sentais qu'il éprouvait de la fierté. Il n'aurait sans doute pas été plus heureux si j'avais reçu le prix Nobel !

Il me semble que c'est à Néris-les-Bains que se place une scène importante de mon existence. Je pourrais la passer sous silence et éviter cette mise au point, mais il me paraît juste d'éclairer sous leur vrai jour et avec exactitude certains faits qui marquent, de loin en loin, comme des panneaux indicateurs, les tournants de ma vie.

Nous avions joué comme chaque soir. La représentation avait eu lieu devant une salle comble et c'est tout à fait détendus que nous avions partagé un excellent souper à l'hôtel. Une seule ombre, légère, au tableau : Jean devait nous quitter le lendemain pour regagner Paris afin de reprendre ses activités journalistiques. La tournée touchant à sa fin, nous nous retrouverions dans quelques jours avant mon départ pour Rome où le tournage de *Quatre Roses rouges* allait incessamment commencer.

Il faisait assez chaud en ce début de mois d'août dans l'Allier. Renée Saint-Cyr, pour que notre séparation ne soit pas trop triste, avait décidé qu'elle nous offrirait à tous du champagne sur la terrasse de l'hôtel après le repas.

Le départ de Jean ne représentait en soi rien de dramatique mais ce n'est jamais très drôle de se dire au revoir lorsqu'on vient de passer quinze jours ensemble en travaillant certes, mais en nous amusant aussi beaucoup tous ensemble. Jean, qui ne supportait pas le champagne, préféra se faire servir un whisky.

Nous étions parfaitement installés, devisant, fumant, buvant et plaisantant, bien calés dans des fauteuils confortables. Des photophores éclairaient la terrasse, les étoiles scintillaient et la lune, projecteur bleuâtre, balayait par instant les jardins en contrebas. Cette atmosphère paisible n'était troublée que par notre conversation qui se prolongeait. Nous étions bien, là, à l'air frais, dégustant une seconde bouteille de champagne. Nous aurions pu rester ainsi encore longtemps, mais Renée, raisonnable, faisant allusion à la route du lendemain, prit la décision d'aller se coucher.

Nous nous étions levés.

Après avoir échangé les souhaits de bonne nuit, je m'apprêtais à lui emboîter le pas vers le hall de l'hôtel, lorsque Jean me retint :

— Tu peux bien rester encore cinq minutes... le temps de finir mon verre...

Je me rassis dans mon fauteuil à côté du sien en déclarant :

— Je n'ai pas vraiment sommeil... Et puis il fait bon en plein air, à cette heure-ci...

Cette nuit d'été était splendide. Je m'en souviens très bien. J'ai posé ma nuque sur le dossier de mon fauteuil en fermant les yeux. Le silence semblait féerique et l'odeur des fleurs parvenait jusqu'à la terrasse par bouffées.

Jean me demanda si je voulais une cigarette. Je fis non d'un mouvement de tête. Je me sentais calme, détendu, les avant-bras posés sur les accoudoirs du fauteuil. Je goûtais une sorte de béatitude.

— Alors... tu vas partir pour l'Italie ?

J'étais à cent lieues de penser à l'Italie. Ces quelques mots me ramenaient à la réalité et cassaient mon bien-être

— Evidemment, je pars pour l'Italie... Le film va commencer et je dois être à Rome juste après le 15 août.

— Ce sera long, le tournage ?

— Je ne sais pas au juste... Olga a parlé de huit semaines, mais on ne sait jamais...

— C'est long, deux mois !

— Mais non ce n'est pas long... et puis ça m'amuse beaucoup de retourner en Italie. Après Venise, Rome...

— Tu vas t'ennuyer là-bas.

— Pourquoi veux-tu que je m'ennuie ?

En bel égoïste, je ne raisonnais qu'en fonction de ma petite personne, ne saisissant pas le message que Jean tentait de me faire entendre.

J'avais toujours les yeux fermés. C'est alors que je sentis la main de Jean qui se posait sur la mienne tandis qu'il me confiait, malheureux :

— C'est moi qui vais m'ennuyer, tu sais !

La phrase affectueuse m'aurait certainement touché si elle n'avait été accompagnée d'un geste auquel je ne m'attendais pas et qui, me surprenant, faillit me faire sursauter. Je me contraignis à ne pas bouger ma main que la sienne recouvrait, chaude, fiévreuse. Je me taisais, attendant ce qui allait suivre et le redoutant d'instinct. Au bout de quelques secondes de silence, voyant que je ne réagissais pas, Jean retira sa main.

J'ai éprouvé du soulagement, mais quelque chose d'imperceptible avait transformé l'atmosphère. Nous étions là, côte à côte, nous taisant, mais je ne sais quoi me faisait comprendre que nous ne serions plus tout à fait les mêmes à compter de cet instant.

Malgré tout, les choses auraient pu en rester là et j'aurais dû casser ce climat pesant en me levant pour aller me coucher. Je ne sais ce qui me retint.

A présent, à trente années de distance, je me dis que ce que j'ai entendu ce soir-là était inévitable. Tôt ou tard, la confidence aurait jailli, irrépressible. Jean ne serait pas parvenu à garder pour lui seul ce qu'il tenait à me faire savoir et comprendre. Il souhaitait de toutes ses forces me faire admettre certaines choses, espérant, peut-être, me les faire partager.

La passion qu'il mettait à entreprendre tout ce qui était en son pouvoir pour me voir « réussir » dépassait, dans l'acharnement qu'il montrait, toute mesure. Il outrepassait en agissant ainsi ce que l'on peut normalement attendre d'un collaborateur assidu — voire d'un ami véritable —, aussi enthousiaste soit-il. Même en éprouvant de l'admiration pour les qualités présumées d'un jeune homme, nul ne pouvait en faire autant sans être habité par une sorte d'obstination frénétique et constante qui trouvait sa source dans le pathétique attachement qu'il me vouait.

Or je n'étais ni sot ni aveugle. J'avais deviné depuis longtemps qu'en dehors de l'affection profonde et sûre qu'il me portait, il éprouvait à mon égard un sentiment plus précis dont j'avais, dès nos premières rencontres, suspecté la nature. C'est, en quelque sorte, par accord tacite que ce sujet brûlant n'avait pas été abordé plus tôt, préférant l'un et l'autre vivre, jusqu'ici, dans un statu quo dont, pour ma part — égoïstement —, je m'accommodais sans peine.

Et puis, cette nuit-là, dans la fraîcheur de cette terrasse estivale, Jean avait « craqué ».

Il me dit ce qui l'étouffait et qu'il s'était interdit d'avouer jusqu'alors. Il pleurait en me confiant ce qui lui détraquait l'esprit : trop-plein du cœur qui se déverse.

J'ai écouté sans interrompre ce flot de mots et d'images jaillissant par pulsions successives d'une bouche qui ne pouvait plus rien retenir. Les digues avaient lâché. Très ému, bouleversé par ce que j'avais dû entendre, j'attendis que la voix se calme et cesse d'exprimer son désarroi. Alors, aussi doucement que je le pus, je lui répondis posément comme à un frère auquel on est affectueusement attaché et que l'on veut tenter de secourir tout en sachant — pas d'hypocrisie — que l'on ne dira pas ce que l'autre attend.

Il n'aurait pas supporté de m'entendre décréter : « Entre nous deux... ça... jamais ! » Et pourtant, pendant de longues minutes, c'est ce que je me suis ingénié à lui faire admettre. Ce n'est pas facile, sans blesser, de dire à quelqu'un qui n'a eu de cesse de vous prouver son dévouement et qui vous offre ce qu'il croit être le meilleur de lui-même : « Non merci, je n'en veux pas ! » Cela peut faire très mal, irrémédiablement.

Assis à côté de cet homme à présent désarmé par son aveu, je voulais éviter, avec le plus de délicatesse possible, de mettre du sel sur cette plaie ouverte mais, pensant à moi — toujours ! —, je sentais l'importance d'échapper à ce qui pourrait être, plus tard, un remords.

Je crois que ma terrible lucidité (sentinelle aux aguets qui s'assoupit si bien lorsque cela m'arrange) m'empêchait alors de tricher en faisant luire lâchement un faux espoir.

Dans les instants graves de ma vie je n'ai jamais pu mentir. Si j'éprouve de la peine en me souvenant de ce moment précis, je ne ressens aucune gêne à tracer ces lignes qui relatent ce qui a été. Tant de gens, plus ou moins bien intentionnés, ont été trompés par les apparences. Il me semble juste de leur faire connaître la vérité. Il n'y eut rien d'extraordinaire entre Jean et moi, notre amitié seule était déjà exceptionnelle. L'affection vint s'y greffer, rien d'autre. Je l'affirme ici. Il en souffrit sans doute.

Par la suite, convaincu que je ne céderais pas, sachant que je resterais intraitable sur ce point, il s'ingénia petit à petit à faire disparaître de son esprit — au prix d'efforts considérables — ce qui aurait pu le blesser davantage : entretenir l'espoir de satisfaire ce qui était et resterait entre nous du domaine de l'impossible. Il y eut cette faille entre nous, un fossé que nous ne comblâmes jamais tout à fait. Repoussant l'idée même d'établir ce pont qui nous aurait unis comme il l'entendait, nous marchâmes parallèlement, chacun sur une rive mais avançant au même rythme, en boitant un peu. La route fut longue, belle, difficile, dure quelquefois. Nous échangions alors des sourires complices par-dessus l'eau dormante de cette douve qui séparait nos corps, mais le reflet des ciels changeants éclairait nos âmes en nous insufflant la force et le courage de poursuivre le chemin vers d'autres batailles que nous étions déterminés à gagner ensemble, amicalement liés.

XI.

« Rome unique objet de mon… contentement ! »

Oui, je plagie Corneille mais je change un mot, et ce mot change tout. Quel « ressentiment » pourrais-je avoir envers cette ville magnifique ?

Rome, unique objet de ma curiosité, de mon admiration, de ma joie, de mes joies. Je suis heureux comme un gamin qui, ouvrant des paquets, découvre des trésors au pied de l'arbre de Noël. Tout m'est surprise et enchantement : le soleil, les couleurs, les formes, l'air, les fontaines, la vie. Il me semble que tout chante. Le cœur et l'esprit en liesse, j'écarquille les yeux, voulant tout explorer à la fois, insatiable.

J'ai été fort bien accueilli par la production du film *Quatro rose rosse* : grand dîner très élégant au cours duquel je fais la connaissance de mes futurs partenaires.

Olga Villi, haute jeune femme brune à l'œil d'agate et dont la voix gazouille et roucoule sans arrêt. On dirait qu'elle fait des vocalises en parlant… même un peu de français. (Dans le film, elle jouera la comédie et chantera aussi, effectivement.)

Fosco Giacchetti, au masque définitif et dramatique. C'est un comédien renommé qui interprétera le rôle du méchant et s'emploiera par tous les moyens à « tuer » l'amour que je porterai à Mlle Villi.

Il y a aussi Capucine ; elle est française, jeune, jolie et drôle. Ancien mannequin, ce sera son premier film. Nous sympathisons d'emblée. Durant ce tournage nous irons souvent souper à pied dans l'une ou l'autre des petites *trattorie* qui pullulent, éparpillées dans la ville. Elle ne sait pas encore qu'elle s'envolera un jour pour Hollywood, qu'elle y tournera plusieurs films, dont un avec Dirk Bogarde, et ne se doute pas qu'elle vivra — je crois — un grand amour avec William Holden.

Trente ans plus tard, je la rencontrerai vivant en Suisse et nous éviterons de nous dire que le temps a passé.

Je ne vous raconterai pas le scénario — je ne m'en souviens pas.

C'était un drame, sans aucun doute, en costume d'époque 1900. On procédait alors, avant tournage, à des essais photographiques ; bien que filmés en noir et blanc, nos maquillages devaient être étudiés, le chef opérateur et le metteur en scène indiquant leurs préférences selon que le fond de teint leur semblait trop clair ou trop foncé.

En ce qui me concerne, il n'y eut pas que le fond de teint ! Le metteur en scène, M. Nunzio Malassoma, lors de la projection de ces fameux essais, s'avisa que j'avais — ce qui est toujours vrai — les oreilles décollées. Il crut bon d'en faire tout un drame. Pour un peu, il m'aurait fichu des complexes.

C'était un tout petit homme à la voix nasillarde. Vêtements incolores, aux formes indéfinies, cheveux à pellicules et dentition grisâtre, il avait peu de chose pour plaire. Comme cela arrive souvent chez les hommes de petite taille, il croyait suppléer à son manque de centimètres en manifestant son autorité par des éclats de voix parfaitement désagréables lancés sur un ton sec et tranchant des plus discourtois. Mais revenons à mes oreilles. Il décida tout simplement de me les recoller à l'aide de sparadrap qu'on m'appliquait avant chaque prise de vues.

L'idée ne me plaisait pas. Je le lui dis. Il ne voulut rien entendre, maintenant sa décision. A bout d'arguments je lui fis remarquer que les oreilles décollées de Clark Gable ne l'avaient pas empêché de faire une carrière. Il me rétorqua sèchement que je n'étais pas Clark Gable ! C'était exact. Mais, contrarié comme je l'étais, j'avais une furieuse envie de lui répondre que lui n'était certainement pas Luchino Visconti !

Je ne me laissai pas aller à lui lancer cette repartie pour la simple raison qu'étant le metteur en scène il avait de ce fait presque tous les droits et que nous devions nous supporter l'un l'autre, lui dirigeant, moi obéissant, pendant un certain nombre de semaines.

Cette conversation eut le mérite d'établir la qualité de nos rapports avant le premier jour de tournage (qui dura deux mois). Il était certain que nous ne pouvions pas nous supporter mutuellement ! Ce qui n'est pas le comble de la commodité lorsque l'on doit travailler ensemble ! Enfin, passons.

Je n'ai jamais vu ce film (je ne sais pas, d'ailleurs, si beaucoup de gens sont allés le voir à sa sortie, en Italie). En France, il n'a jamais été projeté. Je ne suis pas sûr que mes compatriotes cinéphiles aient beaucoup souffert de ce manque.

En dehors du tournage de ce film, il se passait bien des choses à Rome en cette fin août 1951. Je n'étais pas le seul acteur français à travailler dans les studios de la Ville Eternelle, loin de là. La mode était alors aux grandes coproductions. Comédies, drames, fresques historiques et reconstitutions diverses, tout était prétexte au cinéma. Ceux qui présidaient au choix des interprètes des films en question avaient, à n'en pas douter, reçu des directives précises pour rassembler sur un même plateau autant de personnalités étrangères. Les studios faisaient songer à la tour de Babel.

Imaginez une scène, réunissant plusieurs comédiens et où chacun interprète son rôle dans sa langue maternelle (pas commode de suivre le texte des copains à moins d'être polyglotte). Il était courant de voir réunis une Allemande, un Anglais, un Français, une Italienne, un ou deux Espagnols et, comble du luxe, un ou une Américain(e). Et il fallait que tout ce petit monde ait un air naturel en jouant, alors que personne ne comprenait un traître mot de ce que lui racontait son ou ses partenaires. Non, je vous assure, ce n'est pas une plaisanterie. Le plus étonnant, c'est que le metteur en scène avait l'air de suivre. Il comprenait ou faisait semblant, mais le tournage se poursuivait apparemment sans incident.

Evidemment, par la suite, tous les interprètes étaient doublés et chaque pays concerné présentait après synchronisation une version intégrale où tout le monde (enfin) parlait la même langue. (Je me suis vu et entendu un jour, des années plus tard, à Tokyo, en train de parler couramment japonais... Je vous prie de croire que ça fait un drôle d'effet !)

A l'ouest de l'Excelsior, via Veneto, un peu perché en haut d'une rue, se trouve l'Hôtel de la Ville. De ses fenêtres on découvre de ravissants escaliers qui dégoulinent comme une cascade vers la piazza di Spagna, face à la via Condotti. Cette résidence, non moins luxueuse que l'Excelsior, abrite entre autres, en ce moment, deux Français. L'un est Daniel Gélin, l'autre Henri Vidal. Je connais à peine le premier, un peu plus le second.

Un soir de septembre où, accompagné de Capucine je crois, nous finissons de dîner au restaurant « Tre Scalini » piazza Navona, j'aperçois, venant dans ma direction, Daniel Gélin suité d'une ravissante créature. (A Paris, à Rome, comme ailleurs, Daniel était toujours suité de ravissantes créatures.) Je lui fais un signe de la main. Il arrive, l'air content de me voir.

Il n'y a rien de tel que les Français à l'étranger, surtout nous autres saltimbanques, pour éprouver une joie certaine à se retrouver, comme si nous étions subitement sauvés de quelque chose, exilés parmi les Zoulous.

Bref, présentations, sourires, ils s'assoient. La soirée se poursuit comme si nous étions tous des copains de toujours. Plaisanteries, rires et récits de bonnes blagues se succèdent. On est jeunes, on a du succès, on tourne, la vie est belle, on s'amuse. On goûte l'instant présent sans retenue. Nous n'avons pas d'autre préoccupation. Nous vivons et nous sommes heureux de nous sentir bien vivants justement. Au diable le lendemain. En admettant que l'on veuille y penser, on le voit encore plus beau, plus bleu qu'aujourd'hui. Tous les lendemains à venir sont bleus.

A vingt-cinq ans on est éternel. On ne sait même pas ce que c'est que le gris. Comment, le gris ? Ça existe ?

La piazza Navona influence peut-être nos esprits, c'est tellement extraordinaire. Cette place ovale est unique. Tout au fond, sur la gauche, on distingue les dernières lueurs d'un crépuscule d'été. Tout un pan de mur semble en feu, badigeonné au safran. Déjà quelques lumières s'allument autour. Les admirables fontaines de Bernini. Neptune, dauphins et sirènes, tritons et naïades semblent se distraire sous leur corps de pierre. Les fontaines chantent à Rome comme nulle part ailleurs.

Daniel est toujours là. Je constate que nous rions moins depuis quelques minutes. Est-ce parce que le soleil s'est couché ? Je crois plutôt que c'est l'humeur de Gélin qui vient brusquement de changer. Il me semble que je le reconnais bien là. J'ai rarement rencontré visage aussi mobile, aussi muable dans l'expression. D'une seconde à l'autre, vous avez la sensation de vous trouver en face de quelqu'un d'autre. Ses yeux sombres peuvent charmer, sourire, danser, rire, et puis quelque chose se produit, on ne sait pas quoi, on ne sait pourquoi, et la prunelle devient tragique, comme affolée par une vision intérieure. L'instant qui suit efface cette impression fugitive et c'est à nouveau un grand gosse qui veut « rigoler » que l'on a devant soi.

Les horaires de tournage du cinéma italien étaient, à l'époque, des plus fantaisistes. Nos voisins transalpins ne se croyaient pas tenus à respecter un horaire de travail quelconque.

Comme nos contrats ne stipulaient rien de précis en la matière, nous étions obligés de nous plier aux coutumes du pays et à la fantaisie du metteur en scène. C'est ainsi qu'une journée de travail commencée vers neuf heures du matin pouvait être brusquement interrompue sans qu'on sache exactement pourquoi vers quatorze heures.

Alors que la voiture de la production vous ramenait à l'hôtel, on apprenait chemin faisant qu'elle reviendrait vous prendre vers vingt et une heures, quand ce n'était pas à deux heures du matin. Il m'est arrivé d'être réveillé en pleine nuit par le téléphone, la régie du film me prévenant que la voiture passerait me chercher deux heures plus tard.

Cette façon chaotique et imprévisible de travailler ne nous permettait pas de faire des projets pour occuper nos moments de liberté. Vingt fois j'avais tenté de joindre Henri Vidal, mais comme il était soumis au même régime que moi, nos appels téléphoniques se croisaient et nous étions dans l'incapacité de pouvoir prendre un rendez-vous ferme. N'habitant pas le même hôtel et tournant dans des studios situés aux antipodes, à des heures incertaines, nous ne réussissions pas à nous parler.

C'est finalement le hasard qui nous réunit. Il y avait — je suppose qu'ils sont toujours là —, de l'autre côté du Tibre, toute une série de petits restaurants où l'on dégustait avec délices des spécialités — naturellement italiennes — accompagnées de vins blancs glacés du pays. L'orvietto et le frascati se laissent facilement boire, surtout lorsqu'il fait chaud, qu'on est bien et que l'on éprouve le besoin de se détendre et de s'amuser.

On accède à ces endroits par des ruelles pavées qui grimpent en traversant des petites places que l'on dirait inventées tout exprès par un ensemblier de génie. L'éclairage, non étudié, est en partie responsable de l'impression d'irréalité que l'on ressent. On se promène dans des décors que ne renieraient pas Christian Bérard, Léonor Fini, Lila de Nobilis ou Wakhevitch.

Sur de vieux murs gris, beiges, ocre, sales, pendouillent des linges, des étoffes dont les drapés ont l'air d'avoir été savamment disposés. Il n'en est rien. Tout cela est naturel. Il s'en dégage un charme particulier qui séduit irrésistiblement. On aperçoit des chats pressés qui surgissant brusquement traversent les ruelles et se poursuivent en se faisant des scènes.

Là-haut, quelque part sous un toit de vieilles tuiles, une « mamma » met les choses au point dans l'aigu avec un « bambino » désobéissant qui pleurniche. Miaulements et cris se mélangent un instant, et puis c'est à nouveau le silence relatif. On entend des pas résonner sur les vieux pavés.

Ces petits restaurants du Trastevere ne paient pas de mine. Ils donnent directement sur la chaussée ; on descend parfois une ou deux marches pour atteindre la salle du restaurant. Là, c'est le bruit, les bruits, les mouvements, les rires, la bonne humeur et la gaieté qui règnent. Sur les soupeurs attablés planent des accords de guitare ou de mandoline. Il y a presque toujours un Romain dans un coin qui chantonne une vieille romance à l'intention des touristes étrangers dans l'extase de leur dépaysement.

On voit des piments pourpres en guirlande sur les murs blancs, disposés avec goût sur de longues tables ; on peut s'enivrer de couleurs en inventoriant les légumes et les fruits de toute sorte qui, artistiquement disposés, s'offrent à la convoitise.

C'est dans cette atmosphère inimitable que je me trouve subitement un soir en face d'Henri Vidal. Nous sautons dans les bras l'un de l'autre, contents comme des camarades de régiment qui se retrouvent.

Henri est toujours le même. Magnifique spécimen de beauté masculine, le cinéma, la presse n'ont cessé de souligner les proportions harmonieuses et olympiennes de sa musculature et cela l'énerve un peu. Il a des yeux très clairs, très vifs : deux lames vert d'eau. Cheveux bruns drus, front droit, sourcils épais, menton solide et une bouche où l'on décèle la sensualité et toutes les formes de gourmandise. Il a un rire clair de sportif, mais s'exprime, parfois, avec nervosité. Si on oublie le regard, on croit avoir affaire à un bon vivant content de sa beauté physique et déterminé à vivre en jouisseur goûtant à toutes les voluptés.

Seulement voilà... il y a le regard. Observant l'iris aux reflets d'aigue-marine, on pourrait y découvrir les orages qu'il recèle et dont Henri ne parle pas, ou peu, ou alors très tard lorsqu'il se sent en confiance et que le vin frais partagé en bonne compagnie délie la langue. Cela arrive très rarement. Henri préfère garder ses secrets.

Il est heureux, certes. Acteur fêté, aimé des foules, il a épousé de surcroît l'une des plus jolies femmes du cinéma français : Michèle Morgan.

Eh bien non ! Avec « tout ça », ce n'est pas « tout à fait ça ». Il lui manque quelque chose. Je sais ce dont il s'agit, il me l'a dit, mais ce que je ne sais pas encore, c'est qu'à mon tour, bientôt, je vais être atteint par le même phénomène.

En 1938, Henri avait décroché le titre d'« Apollon de la Côte d'Azur ». Tout jeune alors, et flatté par cette victoire, il n'avait pas supposé que cette étiquette le poursuivrait tout au long de sa carrière.

Il faillit en sortir en tournant sous la direction de René Clément un rôle de médecin prisonnier des nazis dans *Les Maudits*, en 1946. Malheureusement pour lui ce fut Michel Auclair qui fut la véritable révélation du film. Henri regrettait profondément de n'avoir jamais eu vraiment jusqu'alors l'occasion de prouver son talent de comédien. Il citait Gérard Philipe dans *Le Diable au corps*, et Michel Auclair encore une fois dans *Manon*, de Clouzot.

Il était sincère. Il me semble que je le comprenais quand il soupirait, se croyant condamné à interpréter longtemps encore des rôles de « gigolos musclés » ou de « belles statues turbulentes sans caractère ».

Il était pourtant beau comme un demi-dieu dans son rôle de gladiateur de *Fabiola*. Il aurait préféré avoir à interpréter le rôle de Laurence Olivier dans *Les Hauts de Hurlevent*. Il n'eut pas l'occasion de montrer des qualités autres que celles que les producteurs et les metteurs en scène entendaient qu'il montrât. Il en était ulcéré.

Je connus cette dualité, un peu plus tard. Pour moi non plus cela ne fut pas amusant. Mais à Rome je n'en étais pas encore conscient. La jeunesse ne laisse pas le temps de réfléchir ! Elle marche.

Pour le moment, nous sommes assis dans ce petit restaurant du Trastevere et nous refaisons le monde du cinéma en entrecoupant nos contradictions amicales par d'exquises lampées de vin blanc glacé. Nous nous amusons ferme. Le temps passe. Il ne compte pas. Le lendemain étant un dimanche — ou un jour férié —, nous sommes assurés de ne pas tourner. La nuit est à nous.

Les personnes qui nous accompagnaient nous ont depuis longtemps quittés, lassées de se voir complètement exclues de notre conversation à deux. Le restaurant n'est pas désert pour autant. Nous ne sommes pas les seules personnes qui s'attardent. Dans le fond de la salle, un musicien chantonne doucement, pour lui seul, une vieille mélodie en s'accompagnant à la guitare.

Il fait bon. Il fait chaud. Nous avons bien soupé, bien ri et bien bu, et nous n'avons pas sommeil.

Il y a une table, dans un coin où quatre hommes sont assis. C'est à présent seulement que nous réalisons qu'ils nous regardent sans doute depuis un bon moment avec une fixité vaguement souriante. Après avoir échangé entre nous, les sourcils levés, un regard interrogatif, nous reprenons notre conversation animée sans plus nous préoccuper des quatre hommes attablés.

La nuit s'avance. Nous n'en avons pas conscience. La guitare joue toujours. Quelqu'un s'approche de notre table. C'est le patron du petit restaurant. Nous supposons qu'il vient nous dire qu'il voudrait bien « fermer boutique » et déjà nous nous apprêtons à lui expliquer que nous sommes heureux d'être là, qu'il nous apporte plutôt à boire...

Ce n'est pas ça du tout. Le patron, dans un français très approximatif, tente de nous expliquer que ces messieurs, là-bas, dans le fond, qui font partie de nos admirateurs, seraient au comble de leurs vœux si nous acceptions de boire un verre en leur compagnie.

Nouvel échange de regards entre Henri et moi. Nous sommes indécis. Nous jetons des coups d'œil rapides, à la dérobée, pour essayer de jauger ces hommes. Qui peuvent-ils bien être ?

Il n'y a rien de douteux dans leur attitude, rien de déplaisant dans leurs demi-sourires, et ils sont habillés comme tout le monde, ou presque. Des vêtements un peu clairs peut-être, des chaussures légèrement trop pointues, des cravates un peu trop pastel sur des chemises sombres. Mais rien dans leurs visages — plutôt sympathiques — n'exprime autre chose qu'une sorte d'admiration gourmande. Ils doivent avoir atteint la quarantaine et leur solide carrure ferait plutôt penser à des policiers en civil ou à des gardes du corps. Il n'y a rien d'efféminé dans leurs gestes. L'impression qu'ils dégagent nous permet de supposer qu'ils n'ont aucune arrière-pensée — précise et spéciale — à notre égard.

Notre examen n'étant pas négatif, c'est avec des sourires que nous acceptons de boire un verre en leur compagnie. En moins de temps qu'il n'en faut pour le dire, ils sont déjà là, assis autour de nous, nous encadrant de leur masse puissante, le visage exprimant un contentement visible. Nous sommes à présent seuls tous les six dans la salle du restaurant. Le patron s'est éclipsé. Le guitariste s'est rapproché. Nous buvons, nous chantons, nous disons n'importe quoi.

Le vin glacé et la chaleur aidant, on commence à se taper dans le dos en échangeant de grands éclats de rire. Henri et moi avons beaucoup trop bu. Nos nouveaux amis un peu moins, mais c'est tout juste. La conversation est difficile. Ils s'expriment dans un italien sicilien, émaillé de quelques rares mots français.

Le guitariste a disparu. Les rires diminuent et les verres restent à moitié pleins. Nous n'avons pas vu passer l'heure. Maintenant, nous sommes fatigués. Après un nouvel échange de regards, Henri et moi décidons que le moment est venu de lever la séance. A peine avons-nous esquissé le geste qui montre notre intention de partir que les quatre hommes sont déjà debout. Deux d'entre eux se dirigent vers la porte de la rue, les autres écartent les chaises pour nous faciliter le chemin vers la sortie.

Nous cherchons le patron des yeux afin de lui régler notre repas. Peine perdue : le patron a bel et bien disparu. Nos quatre amis nous font signe que cela est sans importance et nous entraînent vers la porte en nous prenant par le bras. J'ai l'impression désagréable d'être entraîné par un inspecteur vers je ne sais quel commissariat. Henri qui se trouve dans la même posture doit, c'est probable, ressentir la même chose.

Nous sommes à l'extérieur. Il fait jour. Là, nous marquons un temps d'arrêt. Henri et moi vacillons un peu sur nos jambes. Est-ce la lumière qui nous surprend ? Nous éprouvons quelque difficulté à maintenir notre équilibre. Nos quatre gardes du corps (c'est le cas de le dire) se transforment en gardes-malades et nous soutiennent en souriant toujours.

On ne va pas rester plantés là à attendre — attendre quoi d'ailleurs ? —, nous voulons regagner nos pénates Henri et moi au plus tôt, notre seul but étant de nous précipiter sur nos oreillers respectifs comme sur une bouée de sauvetage. Les quatre mousquetaires sont dans l'expectative ; nous avons l'impression qu'ils attendent un signe.

Henri se jette à l'eau, si je puis dire, et tente d'expliquer moitié parlant, moitié gesticulant, que nous voulons rentrer « a casa ».

Il a été compris. L'un des quatre hommes crie : « Mario ! » Comme par enchantement, semblant jaillir d'un pan de mur, deux autres costauds font leur apparition. Nos gardes se parlent entre eux. Trois minuter après, nous voyons arriver deux belles voitures qui s'arrêtent devant nous. Nous sommes éberlués, n'ayant aucune idée d'où elles ont pu sortir. D'un conte de Perrault ou d'un roman d'espionnage ? Elles sont là, rutilantes, les moteurs tournant au ralenti.

J'ai l'impression de nager en pleine irréalité ; le vin blanc absorbé y est sans doute pour quelque chose, mais il me semble participer malgré moi au tournage d'une scène de film de série noire. Les mousquetaires nous font comprendre gentiment qu'ils vont nous raccompagner.

Nous nous confondons en remerciements pâteux. Nos nouveaux amis ne veulent pas nous quitter sans nous arracher la promesse d'être leurs invités pour souper le samedi suivant. Nous sommes tellement épuisés, Henri et moi, que nous promettrions presque n'importe quoi. C'est d'accord, nous les retrouverons le samedi suivant, c'est ça, comme ils voudront, quand, où et à l'heure qu'ils voudront, mais nous supplions que, pour l'instant, on nous ramène.

Nos quatre gardes grimacent des sourires réjouis en nous annonçant qu'ils viendront nous chercher le samedi suivant à nos hôtels respectifs, vers les huit heures. Mais oui, mais oui, c'est ça. Le rendez-vous étant fixé, on nous entraîne vers les portes des voitures. On nous sépare. Henri est embarqué à l'arrière d'un somptueux véhicule bleu ciel ; moi je suis transporté dans une limousine noire dont les portières se referment en claquant.

Durant le trajet jusqu'à l'hôtel Excelsior, je lutte pour ne pas m'endormir sur la banquette confortable, étroitement encadré par deux des gorilles. J'ai la sensation de vivre mon arrestation. C'est une très curieuse impression. C'est surtout une bonne cuite. Ayant regagné ma chambre d'un pas incertain, je m'écroule sur mon lit. Ma dernière pensée consciente est pour Henri auquel je n'ai même pas dit au revoir.

La semaine s'écoule normalement. Je ne réussis pas plus à joindre Henri qu'il ne réussit à me joindre — chacun tourne son film de son côté.

Le samedi, la voiture de la production me dépose à l'Excelsior vers dix-neuf heures trente. On viendra me chercher lundi vers six heures du matin pour tourner en extérieur.

Je suis encore sous la douche lorsque j'entends le téléphone sonner. Je me précipite encore trempé. C'est Henri.

— Allô... c'est toi ?

— Oui.

— Ça va ?

— Oui, oui, très bien. Et toi ?

— Ça va ! Dis donc...

— Oui ?

— Ils sont là !

— Qui ?

— Les types !

— Quels types ?
— Ben... les types du Trastevere !
— Du Trastevere ?
— Ne fais pas l'idiot... Les quatre types de samedi dernier, qui nous ont raccompagnés en voiture.
— Ah oui ! Et alors ?
— Eh bien, ils sont là. Ils sont venus nous chercher.
— Merde ! j'avais oublié.
— Oui... Eh bien, pas eux ! Il y en a deux dans le hall de l'hôtel et je te parie que les deux autres t'attendent en bas de chez toi.
— C'est pas possible !
— Non seulement c'est possible, mais c'est vrai !
— ... Qu'est-ce qu'on fait ?
— Qu'est-ce que tu veux faire ?
— Je ne sais pas, moi...
— Je ne crois pas que ce soit le genre de mecs auxquels on peut fausser compagnie, comme ça...
— Alors qu'est-ce qu'il faut faire ?
— Rien. Y aller.
— Où ?
— Ça, je voudrais bien le savoir.
— Oh... il n'y a pas de danger, quand même...
— Ça, mon vieux, je n'en sais rien. Je ne les connais pas, ces types...
— Moi non plus !
— Oui, je sais.
— Alors ?
— Je crois qu'on n'a pas le choix. Et puis, qu'est-ce qu'on risque ? Hein ?... Ils ne vont pas nous violer !
— Bon. Alors, on y va ?
— Oui, on y va.
— Mais... on ne sait même pas où.
— Non.
— ... Bon. Alors, rendez-vous là-bas.
— Oui, c'est ça.
— Quelle histoire !
— Ah, dis donc... Quand tu seras prêt et que tu les auras repérés, rappelle-moi pour me dire que tu pars. Moi, je vais dire aux miens que j'attends ton coup de fil. O.K. ?
— O.K.

Ce qui fut dit fut fait.

Mes gorilles m'emportèrent dans la belle limousine noire vers une destination inconnue. Cette promenade ressemblait à un enlèvement.

Je ne peux pas dire que j'étais tranquille et pourtant, mes gardes du corps ne paraissaient pas ruminer de sombres projets. Ils souriaient et me tapaient de temps en temps sur les cuisses. Nous échangions des onomatopées qui ne voulaient rien dire. Nous avions dépassé les faubourgs de Rome depuis quelques minutes, la voiture glissait en pleine campagne au milieu des pins et des cyprès.

Je n'étais pas très rassuré.

Je ne comprenais vraiment pas à quoi nous étions en train de jouer. Que nous voulait-on ? Qu'est-ce qu'on attendait de nous ?

J'imaginais Henri dans une autre voiture, en train d'échanger les mêmes sourires niais et recevant des tapes sur les cuisses. Mais cela n'arrangeait rien.

On continuait à rouler. Ces messieurs parlaient entre eux à présent, de façon volubile et joyeuse, dans une langue qui ressemblait à l'italien par moments, avec je ne sais quoi en plus ou en moins qui déformait la consonance des mots. Je ne savais pas où j'étais, ni où j'allais, ni avec qui, ni pourquoi. Je finissais par me demander si j'étais bien moi, et l'inquiétude s'installait dans ma tête.

Un grand tournant. Un arrêt devant une grille monumentale que deux gardiens viennent ouvrir. Nous redémarrons. La grille se referme derrière nous. La limousine avance à travers un jardin splendide parfaitement entretenu.

La voiture stoppe enfin sous un porche.

Je suis invité à descendre. Je m'exécute, monte quelques marches d'escalier et me trouve dans un immense salon où s'accumulent tapis, statues, tapisseries, tableaux et meubles anciens, lustres en cristal, consoles de marbre et boiseries dorées. Des bouquets de fleurs partout. Les objets sont de qualité, mais il y en a trop : on se croirait chez un antiquaire.

Parlant, buvant, déambulant dans la pièce, une trentaine de personnes. Rien que des hommes entre quarante et cinquante ans, l'air détendus et affichant une bonne humeur réconfortante.

Assis, ou plutôt à demi enfoui au milieu des coussins d'un énorme canapé, le verre de whisky à la main, j'aperçois Henri souriant qui me fait signe. Libre à vous de ne pas me croire. Henri, hélas ! n'est plus là pour confirmer la véracité de cette histoire.

Nous ne sommes pas tombés chez des fous ni au milieu d'une troupe d'homosexuels. Ce n'est pas du tout ça. Il s'agit simplement d'une bande. D'une bande qui fait partie d'un certain milieu et qui tout bonnement s'est offert le luxe de fêter pour eux seuls, en petit comité, ce qui représente à leurs yeux le plus extraordinaire cadeau qui soit : des acteurs de cinéma français.

La tête d'Henri était alors bien plus populaire que la mienne en Italie, mais j'avais dû leur plaire et c'est pourquoi je partageais les bienfaits que nos hôtes semblaient disposés à nous prodiguer en tout bien tout honneur.

Je vous assure que je n'invente rien.

Ces « messieurs », à qui je préfère ne pas donner d'autres noms qui correspondraient peut-être davantage à leurs activités, se sont comportés avec une gentillesse touchante. Flattés de nous voir là, ils se réjouissaient comme des gamins qui ont réussi un bon coup.

Et nous, objets de leur attention constante, nous étions bien obligés de nous comporter comme des « divas » auxquelles on rend des hommages mérités. Si nous n'avions pas joué le jeu, ils auraient été déçus, dépités, fâchés peut-être, et alors ces visages détendus n'auraient pas mis longtemps à retrouver leur faciès fermé de gorilles en campagne. Rien qu'au souvenir de certaines trognes posées sur ces carrures de poids lourds, j'ai froid dans le dos en imaginant ce qui serait advenu si nous les avions mis de mauvais poil.

Toute ma vie je reverrai le tableau qu'offrait Henri à un certain moment de la soirée ! Entouré de bonshommes carrés, assis sur un sofa, le bras nonchalamment appuyé sur l'épaule d'un hercule à face de tueur, il écoutait, apparemment ravi, verre de whisky en main, une espèce de lutteur de foire qui, accroupi à ses pieds, lui chantait d'une voix de soprano dans un français très approximatif en s'accompagnant à la guitare : « Où es-tu mon amour depuis tant et tant de jours où j'espère, solitaire, ton retour... » Il y avait de quoi mourir de rire.

J'eus beaucoup de mal à ne pas éclater.

Henri, lui, sérieux comme un pacha qui rend la justice, ne bronchait pas et donnait l'impression que cette saynète invraisemblable faisait partie de sa vie quotidienne.

C'était irrésistible.

Le plus difficile a été de les quitter. Je ne dirai pas que l'on a sorti les mouchoirs, mais il y avait du gros chagrin dans l'air et nous avons dû mettre une bonne demi-heure avant de nous détacher de leurs embrassements. On aurait dit des frères qui se séparent pour aller à la guerre.

C'était complètement fou. Mais ils étaient sincères, j'en suis sûr. Il y a des détails qui ne trompent pas, et c'est pourquoi je ne vois pas pourquoi je leur donnerais un autre nom que celui de « Messieurs », étant donné leur comportement irréprochable, sympathique et chaleureux.

Nous eûmes beaucoup de mal, par la suite, à trouver des échappatoires à leurs invitations constamment renouvelées. Henri, comme moi, avait trouvé l'épisode désopilant mais nous n'avions aucune envie de renouveler l'expérience. Ces choses-là peuvent être drôles, mais une seule fois.

Dans les premiers jours d'octobre le temps fraîchit brusquement. Il y avait du brouillard le matin sur les rives du Tibre et le castel San Angelo, entouré d'ouate, semblait sortir d'un écrin.

Quatro rose rosse entrait dans sa phase terminale. Je n'en éprouvais aucune tristesse, n'ayant pas réussi à me passionner ni pour mon rôle ni pour le scénario auquel je n'avais cru qu'à demi.

XII.

L'hôtel Excelsior abritait toutes sortes de personnalités pour une durée variable. Il m'arrivait de croiser fréquemment l'une d'entre elles dans le hall de l'hôtel. C'était une femme magnifique : assez grande, mince, la poitrine mise en valeur par d'élégants décolletés, elle se déplaçait avec nonchalance, affichant un demi-sourire un peu hautain et ignorant le monde entier. Elle me fascinait assez, je l'avoue.

C'est dans l'ascenseur que je me rendis compte de la blancheur peu commune de sa peau : du lait. Ajoutez une crinière de feu étincelant de tous les tons d'un incendie et surtout d'admirables yeux verts dont l'expression passait de la langueur slave à la fascinante fixité des fauves.

Je m'aperçus qu'elle avait un léger accent. Elle me dit qu'elle était d'origine hongroise.

Elle s'appelait Nadia Gray. Le hasard, peut-être, nous nous revîmes et nous sympathisâmes de plus en plus. Elle tournait un film — dont j'ai oublié le nom — et s'apprêtait à en commencer un autre en décembre, avec un metteur en scène italien fort apprécié à l'époque : Mario Camerini. Ce film s'appellerait *L'Ora de la fantasia* et devait faire connaître au public une jeune débutante, très belle me dit-elle, qui s'appelait Gina Lollobrigida. Gino Cervi ferait également partie de la distribution. Elle me raconta que le scénario retraçait l'histoire croisée de deux couples qui...

Et puis, s'interrompant brusquement, elle me fixa de ses admirables yeux clairs en disant avec son accent qui roulait les *r* :

— Mais j'y pense, Camerini cherche partout le jeune premier de cette histoire... Il fait des essais avec des tas de garçons. Pourquoi pas avec vous ?

Elle s'excitait au fur et à mesure que cette idée prenait forme dans sa tête, la trouvant géniale.

Entre deux journées de fin de tournage des *Quatre Roses rouges*, je fis effectivement des essais pour Mario Camerini aux studios de Cinecitta.

La scène que l'on me demandait de jouer ne présentait pas de difficultés. Je jouais au piano, répondant, dans un texte plus ou moins improvisé, à Camerini soi-même, lequel me racontait un peu n'importe quoi debout près de la caméra qui tournait. Il s'agissait surtout d'essais de photogénie, car nous autres acteurs étrangers savions que nous serions immanquablement doublés en italien par une autre voix que la nôtre.

Quelques heures plus tard, après que Camerini m'eut assuré qu'il me contacterait dans quelques jours, dès qu'il aurait vu mes essais, je quittai Cinecitta pour regagner mon hôtel où j'étais pressé de rentrer car Jean devait arriver ce soir-là, venant de Paris avec des surprises... Nous étions restés en contact téléphonique durant mon séjour romain; il me racontait ce qui se passait de neuf à Paris, et je lui rapportais les péripéties de mon tournage italien.

Vers onze heures du soir, nous sommes encore assis dans un excellent restaurant qui domine la ville dont les lumières scintillent au loin.

Nous sommes trois garçons ravis de se retrouver et qui plaisantent entre eux. La surprise de Jean, c'est tout simplement Michel Auclair. Ce dernier devant venir à Rome pour retrouver Antonio Leonviola avec lequel il avait tourné l'an passé, ils avaient décidé de voyager ensemble.

Le dîner avait été excellent et c'est en sirotant je ne sais plus quelle *grappa* que nous poursuivions une conversation à bâtons rompus.

Entre deux éclats de rire, j'observe Michel. Il me semble qu'il a changé. Ce n'est plus tout à fait celui qui m'a retrouvé en 1948, il y a quelque chose dans sa physionomie qui s'est modifié. S'il a toujours ce visage moitié poupin, moitié dur, s'il lève encore le sourcil gauche par moments pour lancer une phrase, si le ton demeure goguenard, il me semble qu'il y a des ombres qui se promènent dans son regard et que son sourire est de plus en plus vague. Au coin des lèvres, je crois discerner de petites lignes verticales. Mais je me trompe peut-être... Cela doit venir de l'éclairage.

Par moments, il me donne l'impression de quitter la table où nous sommes, comme s'il s'absentait, la pensée ailleurs... Il me semble pourtant qu'il n'a aucune raison d'être triste. Depuis que nous nous sommes vus il a tourné je ne sais combien de films : deux avec Georges Lampin en 1949, un film italien, *Justice est faite*, avec André Cayatte et *Singoala* sous la direction de Christian-Jaque. Je trouve ça formidable et je me dis que je voudrais bien avoir l'occasion de tourner avec ces deux derniers metteurs en scène.

Sur le moment, je ne saisis pas d'où peut venir cette mélancolie que je crois discerner chez Michel. Après tout, il a peut-être des problèmes sentimentaux. Et puisqu'il n'en parle pas, mieux vaut ne pas être indiscret.

Et la conversation entre nous trois se poursuit. Ce que nous ne savons pas encore, et que Michel pressent peut-être, c'est que sa carrière à venir sera moins éclatante qu'il était en droit de l'espérer. Tout le milieu cinématographique français voyait en lui une extraordinaire vedette, et puis... allez savoir pourquoi... les choses ne se passent pas comme elles le devraient.

Michel Auclair et Serge Reggiani ont eu des carrières injustement chaotiques. Ce sont sans aucun doute les deux comédiens les plus doués de leur génération. Ils ont tourné des films (parfois ensemble), sous la direction de metteurs en scène prestigieux qui ont su employer leur immense talent ; alors pourquoi n'ont-ils pas réussi à imposer au public leur indéniable personnalité ? Mystère. Pendant ce temps-là, d'autres vedettes qui n'auront pas leurs qualités — tant s'en faut — feront des carrières retentissantes.

Il faut avouer que c'est étrange : nous étions trois garçons au collège d'Annel, dans l'Oise, en 1938. Auclair, Piccoli, Pascal.

Or, en 1949, Auclair est au faîte de sa gloire cinématographique, Pascal est au cours de René Simon, et Piccoli tourne des petits rôles. Ce dernier devra attendre longtemps pour atteindre la tête d'affiche ; dix ans plus tard, 1959 : on placera Pascal au pinacle, Auclair ne tournera presque plus et Piccoli pas encore de vrais rôles. Encore dix ans : 1969 : Piccoli s'imposera comme une grande star française, Auclair et Pascal ne tourneront quasiment plus.

J'apprendrai tout cela plus tard, en cours de route... Pour le moment, nous terminons la soirée gaiement, Jean, Michel et moi, en sirotant notre *grappa*, jetant un coup d'œil de temps à autre sur les lumières de la ville qui miroitent en contrebas.

Dès le lendemain, tout en dégustant des *fetuccini* en tête à tête, Jean m'annonce :

— Olga a aussi un projet de film pour toi, au mois de janvier. Elle t'en parlera... Elle m'a demandé de te remettre le scénario. Ce n'est pas bien tapé, mais c'est une nouvelle de Barbey d'Aurevilly, la première des *Diaboliques*. Je te donnerai le manuscrit tout à l'heure. Ah !... et puis j'ai aussi une petite surprise pour toi.

Avec un sourire malicieux, Jean m'apprend qu'il a convaincu Michèle Morgan d'accepter de tourner une courte scène avec moi sous la direction de Maurice Régamey. Le scénario est de son cru :

« Un jeune homme qui veut "faire du cinéma" s'arrange pour inviter une star à dîner dans un grand restaurant et, bien entendu, ayant promis à la star qu'il n'y aurait personne (ou presque), il profite de l'occasion pour convoquer toute la presse parisienne. »

L'histoire, courte, se termine bien. La star, forcée de sourire devant les photographes, finit par se prendre à son propre jeu et c'est en riant qu'elle pardonne à son indiscret mais heureux partenaire.

Cette petite scène fut effectivement tournée et projetée le soir du fameux Gala annuel des Affaires étrangères à Bruxelles, en 1952.

Les gens s'amusèrent beaucoup, nous aussi.

A présent, les événements se précipitent. Il fait nuit. Je dors. Le téléphone sonne, je décroche croyant que c'est Olga. C'est Nadia Gray. Elle est avec Camerini, ils ont soupé ensemble. Nadia, excitée, m'annonce que mes essais sont excellents et que le metteur en scène est décidé à m'engager. Elle veut que je vienne les retrouver tout de suite. Quelle heure est-il ? Une heure vingt ! Je lui dis que j'attends un appel de Paris et ne peux quitter l'hôtel.

Elle me dit d'attendre une seconde. J'attends. De sa jolie voix de tourterelle hongroise elle m'annonce que nous déjeunerons ensemble le lendemain avec Camerini. Il sera à l'Excelsior vers midi.

D'accord ? D'accord ! Je raccroche. A peine ai-je le temps d'avaler un verre d'eau que ça resonne : c'est Olga. Elle me raconte longuement ses impressions du film de Ciampi, me confie qu'elle est très heureuse parce que ceux qui ont vu le film sont unanimes : « Je ramasse tout ! »

Sachant qu'Olga n'est pas du genre « fofolle qui s'emballe », je suis d'autant plus ravi de ce que j'entends.

Elle me touche un mot d'un projet de film avec Nicole Courcel, mais encore trop vague... Le scénario n'est pas tout à fait terminé.

Je lui parle du film de Camerini, à Rome. Elle a l'air très intéressée par cette idée.

Ai-je lu le scénario tiré de Barbey d'Aurevilly que Jean m'a apporté ? Non, pas encore ? Ça ne fait rien... C'est une petite production sans grands moyens financiers... et le metteur en scène est un inconnu. Elle me rappellera demain soir pour savoir ce que Camerini aura dit durant le déjeuner. Nous raccrochons.

Ce qu'elle vient de me dire à propos de mon rôle dans *Un grand patron* m'a complètement réveillé. Impossible de me rendormir tout de suite. Je me relève et me verse un verre de whisky (avec beaucoup d'eau !). Très énervé, je tourne en rond dans ma chambre. Si je reprenais le Giono que je suis en train de lire ? Bonne idée. Je vais prendre *Le Hussard sur le toit*, et je tombe sur le scénario que Jean m'a remis de la part d'Olga. Après tout, pourquoi ne pas plutôt lire ça ? J'enfile une robe de chambre — il commence à faire frais à Rome fin octobre — et ouvre une chemise de carton violine de laquelle s'échappent des feuillets de papier bleu pâle. Ce papier est si mince que je mets bien cinq minutes à rassembler le tout et à les reclasser dans l'ordre.

Je me cale dans mon fauteuil et je commence à lire :

« Adaptation cinématographique d'Alexandre Astruc pour la première des *Diaboliques*, de Barbey d'Aurevilly : *Le Rideau cramoisi*.

« L'action se situe dans une ville de garnison... » Etc.

Il est cinq heures du matin lorsque je termine ma lecture. Je n'ai pas bu d'autres verres, mais j'ai fumé les trois quarts de mon paquet de cigarettes.

Je ne suis plus du tout énervé. Je suis fatigué, crevé, vidé, mais enthousiasmé. Je sais bien que je n'ai pas eu le temps (ma carrière est trop neuve) de lire beaucoup de scénarios, mais là, il me semble que je découvre quelque chose d'exceptionnel, de rare. Cet Alexandre Astruc, dont je n'ai pas entendu parler jusqu'à présent, a une manière très personnelle de voir les choses et de vouloir les filmer. L'originalité de son traitement et les idées qu'il propose pour raconter cette histoire en images sont tout à fait exceptionnelles. C'est proprement fascinant.

Et son idée de vouloir tourner ce film en « muet », avec simplement la voix du personnage qui a vécu l'histoire et qui se raconte lui-même...

Je suis entré dans l'univers de Barbey d'Aurevilly par le truchement du regard d'Astruc. Je suis émerveillé.

Finalement je me recouche, ferme les yeux et m'endors... dans le film d'Astruc.

Nadia Gray est très belle dans un tailleur beige, foulard multicolore et poignet couvert de bracelets d'or. Camerini et Jean échangent des idées brillantes et gaies sur le cinéma en général et moi, je suis très ennuyé, perplexe.

Camerini m'a annoncé dès les *antipasti* que j'allais faire son film. Il m'a dit ça comme une chose acquise, définitive. Il a été un peu surpris de ne pas me voir ni m'entendre manifester plus ouvertement ma joie.

Jean sait de quoi il retourne et n'est pas d'accord avec moi. Nadia m'observe de son œil vert et ne comprend pas ce qui se passe. C'est à la fois simple et compliqué. J'ai tout simplement envie de « faire » le film d'Astruc.

Je ne demande pas mieux que de tourner aussi avec Camerini, seulement (et c'est toujours comme ça que ça se passe) les deux tournages sont prévus approximativement aux mêmes dates.

C'est très ennuyeux, cette situation. Je n'ai pas encore l'habitude.

Nous sommes au dessert (délicieuse *suppa inglese*) lorsque Camerini précise que le tournage de *L'Heure éblouissante* commencera à la fin novembre pour une durée de huit semaines environ.

Mentalement, je compte que cela me bloquerait à Rome tout décembre et janvier. Or, *Le Rideau cramoisi* doit commencer dix jours avant les fêtes de Noël... Il est évident que je ne peux pas être à Paris et à Rome à la fois. Il faut choisir. Dilemme !

Camerini me sort de ma « rêverie-cauchemar » en me demandant si j'ai un agent, pour discuter les conditions du contrat. Soulagé, je lui indique le nom d'Olga et ses coordonnées. Il continue, enthousiaste, à parler de son scénario et de mon personnage. J'écoute à peine. Jean pique du nez dans son assiette et se tait. Nadia me regarde fixement.

L'après-midi est consacré à la visite de la Villa Médicis que je tiens à voir avant de quitter la Ville Eternelle. Jean, qui m'accompagne (avec un photographe !), en profite pour fixer quelques images.

Nous regagnons l'hôtel à pied. Il fait frais mais beau et j'ai envie de me dégourdir les jambes. Pendant le trajet, Jean me déclare tout net qu'il ne comprend pas mon attitude face à Camerini. Il prêche les avantages multiples de ce projet, me souligne la notoriété du metteur en scène, les qualités du scénario, la chance de tourner avec Gino Cervi, etc.

Il est intarissable... Je suis buté.

Je finis par lui couper la parole en lui faisant remarquer qu'il me conseille de refuser la proposition d'Alexandre Astruc, alors qu'il n'a même pas lu son adaptation du *Rideau cramoisi*. Obligé de le reconnaître, c'est à son tour de se taire et de m'écouter lui vanter les raisons de mon emballement. Il ne fait pas de commentaires mais me conseille d'attendre de savoir ce qu'en pense Olga.

De retour à l'Excelsior, je trouve un message de Nadia Gray : la contacter de toute urgence. Ce que je fais. Nous nous retrouvons au bar. Très élégante dans une robe mauve, la gorge bardée de perles, elle attaque.

Camerini est très déçu de notre rencontre, désorienté par ma froideur et dérouté par mon attitude. La plupart des jeunes premiers italiens et étrangers désirent interpréter ce rôle et alors qu'il me l'apporte sur un plateau...

Je ne sais pas quoi dire. Je me retranche prudemment derrière Olga... d'autres projets... Je dis des choses vagues.

Nadia, qui suppose que je joue à celui qui veut se faire désirer et que mon comportement hésitant est une politique pour faire « monter les prix », change de ton. Elle précise que la production est prête à faire un très gros effort pour que je signe ce contrat. Camerini ayant fixé son choix sur moi, le producteur paiera. Il ne peut faire autrement.

Je ne dis toujours rien, très mal à l'aise. Nadia, qui croit avoir touché le point faible en parlant de questions financières, me confie, avec un sourire à damner un archevêque, qu'elle croit savoir — mais c'est un secret — que le producteur irait jusqu'à m'offrir... Elle cite alors une somme très importante pour l'époque, surtout pour un acteur qui n'a pas encore atteint la grande notoriété.

Là-desssus, Nadia me quitte, « follement » en retard pour se rendre au cocktail où on l'attend. On se parlera demain.

Olga m'appelle vers minuit. Camerini l'a contactée dans l'après-midi. Elle est emballée par le projet, alléchée par les noms qui seront à l'affiche, charmée par l'enthousiasme que le metteur en scène manifeste à mon égard et finalement séduite par le chiffre qu'on propose pour obtenir mon acceptation.

J'écoute, mais je ne sais pas pourquoi, il y a quelque chose qui m'empêche de me laisser convaincre. A mon tour, je parle du *Rideau cramoisi* et je plaide, avec une conviction que j'espère communicative, toutes les qualités de cette histoire. Olga a du mal à m'interrompre pour souligner les nombreux aléas que présente ce film-là. Les producteurs disposent de moyens plus que limités, Alexandre Astruc écrit certes, mais n'a encore jamais manié une caméra, quant au sujet...

Nous terminons notre conversation sans prendre de décisions. Sur mon insistance, Olga va reprendre le dialogue avec les producteurs du *Rideau*, tenter de déplacer les dates du tournage et connaître la somme qu'ils me proposent.

Camerini ou Astruc ? Situation cornélienne (toutes proportions gardées). Je suis tout de même très embêté.

La décision que je vais prendre — car, sans me l'avouer encore, je sens bien qu'elle est prise — correspond tout à fait à l'image type de ma carrière.

Pressentant instinctivement où se trouve la qualité, j'ai toujours été attiré par elle dans les domaines artistiques. Il m'est arrivé souvent de me résoudre à sacrifier délibérément ce qui aurait été mon intérêt financier, promotionnel ou publicitaire, au profit de ce qui m'a été trop rarement offert : la qualité.

Cet entêtement m'a coûté très cher, mais je peux dire en toute tranquillité d'esprit que je ne le regrette pas. A chacun son éthique. J'ai tenté de céder le moins possible à la facilité. J'ai dû « en passer par là » pourtant, quelquefois, comme tout le monde. Cependant, s'il m'arrive de croiser mon regard, le matin quand je me rase, si je m'examine sans complaisance, je vous assure que je me reconnais.

Dans la chambre de l'hôtel Excelsior, Jean classe des photos et les commente. Moi, je fume trop.

Le téléphone sonne. C'est Nadia. Voix de miel, rires en cascade, elle est chargée de nous transmettre une invitation à dîner pour le soir même de la part de Camerini.

Sans consulter Jean, je prétexte un autre engagement pour la soirée et décline la proposition. Nadia insiste — voix grave, suave, slave. Je résiste et persiste, tout en m'excusant poliment. Nadia ne cède pas (une murène) et ajoute que le metteur en scène a eu une longue conversation avec Olga et qu'ils sont d'accord sur tout, alors...

Je réponds que j'en prends bonne note mais que malgré tout, ce soir, ce n'est pas possible de se rencontrer. Demain ? Pour déjeuner ? Bon, très bien... Dans le hall vers une heure (comment faire autrement ?) et je raccroche.

Jean a très bien compris de quoi il s'agit. Je sens qu'il va se lancer dans une grande tirade tendant à me prouver le contraire de ce que je souhaite entendre, aussi je le stoppe avant même qu'il ait ouvert la bouche, par un peu amène « Fous-moi la paix ! ».

Et je rallume une cigarette.

A minuit, téléphone d'Olga. D'emblée elle parle de Camerini avec lequel elle a discuté pendant une heure entre Paris et Rome. « Tout est arrangé », me dit-elle, ajoutant joyeusement qu'elle est parvenue à doubler le prix du cachet. La somme est plus que considérable et doit dépasser ce que Jean Marais — alors vedette absolue — doit toucher pour un film.

Olga me dit encore qu'elle a obtenu que mon nom soit le premier cité au générique pour tous pays. C'est un énorme pas en avant pour un acteur de cinéma à mon stade.

Je la laisse poursuivre l'énumération de toutes ses victoires professionnelles, inespérées. Il faut avouer que je me sens légèrement ébranlé.

Sans répondre ce qu'elle attend, c'est assez timidement que je lui demande des nouvelles du film d'Astruc. Le ton change. Les producteurs n'ont aucune surface financière. Ils ne peuvent pas même s'offrir une location de studio. Le film sera tourné en décors naturels, à Paris, dans un immeuble ancien. L'équipe technique sera réduite au strict minimum, et, crime majeur : le cachet proposé est proprement inacceptable.

Effectivement, le chiffre qu'elle me cite est dérisoire.

Je questionne encore : « Qui interprétera le rôle de la fille ? » Olga me répond que son contrat a été signé il y a trois jours. Ce sera Anouk Aimée.

En entendant ce nom, je sursaute.

J'ai vu Anouk dans *Les Amants de Vérone*, d'André Cayatte. Pour la rencontrer, j'aurais fait des kilomètres, alors, pour jouer avec elle...

— Qui sera le chef opérateur ?

Il y a un léger silence du côté d'Olga. Elle hésite avant de lâcher un nom qui, elle le sent, va emporter ma décision finale et nous faire refuser définitivement le film de Camerini.

— Qui dirigera les lumières ?

— C'est Eugène Schüfftan.

Je suis tenté de pousser un hurlement d'enthousiasme au bout du fil. Schüfftan, l'un des plus grands opérateurs du monde ! Le cinéma allemand des années trente, l'homme qui éclaire Marlène Dietrich dans tous ses films...

Je respire profondément et m'armant de courage j'arrive à dire à Olga :

— Ecoute, ne crie pas et essaye de me comprendre. Jusqu'il y a cinq minutes, j'hésitais encore. A présent que tu me parles d'Anouk et de Schüfftan, je ne me pose plus de questions. Je veux faire le film d'Astruc. Tu raconteras ce que tu veux à Camerini. Moi, je rentre.

Olga n'est pas contente, pas contente du tout. Elle essaye encore de me faire revenir sur ma décision, qu'elle devine pourtant bien arrêtée. Elle me demande de réfléchir encore, d'attendre à demain. Elle va essayer de déplacer les dates de tournage de l'un des deux films. Je déjeune avec Camerini ? Tant mieux ! Elle me rappellera à l'hôtel vers cinq heures. J'ai des difficultés à m'endormir. Brusquement, je me demande si je ne suis pas en train de commettre une énorme « connerie ».

C'est dans un complet quiproquo que débute le déjeuner qui nous réunit Nadia, Jean, Camerini et moi. Le metteur en scène et la belle Hongroise affichent le sourire des heureux vainqueurs ; Jean — que j'ai mis au courant — regarde ailleurs et déguste son *prociutto* en silence, et moi, je manque totalement d'appétit.

Je ne sais pas comment interrompre Camerini qui s'est lancé dans l'explication détaillée de certaines scènes du film.

Ce n'est pas très facile d'apprendre à un — ou une — fiancé, alors qu'on est à la veille de la publication des bans, que les parents sont enfin d'accord et que la dot a été substantiellement augmentée : « Non, on ne se marie plus ! » C'est à peu près la situation dans laquelle je me trouve.

C'est au milieu de l'escalope de veau panée que j'ai posé ma fourchette. J'ai avalé une longue gorgée d'orvietto et j'ai interrompu le monologue du metteur en scène. Le regardant bien en face, je lui ai appris que je regagnais Paris dans deux jours.

Ne voulant pas comprendre — alors qu'il parle français comme vous et moi —, il demande à Nadia de lui traduire ce que je viens de dire.

Elle le fait. C'est à son tour de boire un grand verre d'orvietto. Entre le gorgonzola et la tarte aux fraises, il joue sur tous les registres pour me prouver que je ne peux ni ne dois quitter Rome avant d'avoir signé mon contrat.

« Tout le monde est d'accord, répète-t-il. Il n'y a plus que vous... »

Je m'ingénie à lui répéter qu'un autre film m'attend à Paris, aux mêmes dates que le sien et que je ne peux...

Il ne veut rien entendre. Il a tout de même compris que c'était une question de dates puisqu'il me répond qu'il ne peut rien changer à son plan de travail à cause de Gino Cervi qui est coincé entre une pièce de théâtre et un autre film.

Au café, nous parvenons enfin à la conclusion qui s'impose : nous ne pourrons pas tourner ensemble *L'Heure éblouissante*.

Camerini, qui décidément veut faire celui qui n'a pas compris, fait une dernière tentative, en biais :

— Ils vous payent beaucoup plus pour le film à Paris ?

Si j'étais autre que ce que je suis, je laisserais entendre que... oui... effectivement... Avant que j'aie le temps de le détromper, il déclare :

— Demandez-nous le prix que vous voudrez, vous l'aurez ! Les producteurs sont convaincus que vous allez faire une énorme carrière internationale, c'est pourquoi nous sommes disposés à investir sur vous une très grosse somme... Dites-moi... Vous aurez ce que vous voudrez.

Moi, je suis sincèrement très malheureux. Camerini est un homme de grand talent, et charmant en plus. Cette situation est des plus désagréables. Je ne peux tout de même pas lui dire que j'abandonne son film pour tourner avec un inconnu qui me paiera deux francs cinquante (c'est une image...). Cela laisserait entendre que je trouve le scénario de *L'Heure éblouissante* mauvais, ce qui n'est pas le cas, ou que je ne lui fais pas confiance à lui, Camerini, ce qui n'est pas le cas non plus.

Nadia Gray me jette le regard éploré d'une femme qui vient d'enterrer son frère. Camerini soupire et fume un cigare en sirotant un cognac.

Je me lance dans une sorte de justification car il me semble ridicule de ne pas faire comprendre à cet homme, que j'estime et qui n'est pas un sot, ce qui motive ma décision. Ecartant au préalable toute question financière, je lui raconte l'adaptation d'Astruc.

Peu attentif au début, il écoute avec un intérêt croissant ce que je lui expose. Lorsque j'ai terminé, il est moins triste et m'avoue que, d'un certain point de vue, il me comprend.

Homme de métier (plus que moi à l'époque), il a saisi, lui aussi, l'originalité indéniable de la présentation de cette histoire et reconnaît ce qu'il peut y avoir de tentant dans cette aventure. En me serrant la main il me dit en partant :

— Je vous regrette encore plus. Vous êtes un passionné. Quand vous croyez en quelque chose que vous estimez valable, ça ne doit pas être facile de vous faire changer d'avis. C'est bien d'être convaincu et de s'embarquer sur une idée en refusant une fortune que l'on vous supplie d'accepter. C'est vous qui avez raison dans un certain sens, mais je vous préviens que vous vous préparez des lendemains difficiles et de nombreuses désillusions. Vous gagnerez quelquefois... mais gardez-vous de crier victoire. La roche Tarpéienne est près du Capitole... Vous perdrez aussi, souvent ; ne pleurez pas et dites-vous que ce sont les échecs qui ont fait les grands artistes. Vous avez vingt-cinq ans à peu près, moi aussi j'ai eu votre âge. Si on n'agit pas comme vous venez de le faire à ce moment-là, croyez-moi, on ne fait jamais rien !

Il pleut au-dehors. Dans le wagon-lit qui file vers la France, je revois le visage de Camerini, et je me souviens de ce qu'il m'a dit avant de me quitter :

« J'attendrai huit jours avant d'engager quelqu'un d'autre. De Paris téléphonez-moi votre refus définitif. Je vous attends. »

Le train roule et me berce de sa cadence si particulière, au rythme de laquelle je m'endors la tête pleine des souvenirs que j'emporte de Rome.

Je n'ai jamais revu Camerini, Nadia Gray non plus. Elle eut le destin cassé de certaines femmes particulièrement belles que les producteurs et les metteurs en scène cherchèrent à s'attacher mais préférèrent voir évoluer, pour leur plaisir égoïste, dans leurs appartements privés plutôt que devant les caméras. Elle ne fit pas une grande carrière. C'est regrettable... Quel charme ! Quelle beauté !

XIII.

Paris, novembre 1951.

Projection privée d'*Un grand patron* avec Ciampi. C'est la première fois (enfin) que j'ai regardé sur l'écran un grand garçon qui me ressemble et qui se donne à fond dans un rôle pas si facile que ça... et qui parvient à être convaincant. Je suis heureux et je tremble comme une feuille.

Je suis atteint pour la première fois — et cela m'arrivera très souvent — de ce que j'appelle le « trac rétrospectif ». Je n'arrive pas à réaliser que c'est moi qui ai fait « ça » ! J'ai la sensation que si on me demandait de recommencer, j'en serais incapable.

Ne vous méprenez pas ; il ne s'agit pas d'un excès d'admiration nombrilique, non ! Je ne peux me convaincre que c'est moi qui ai réussi « ça » ! J'ai l'impression que c'est quelqu'un d'autre. C'est très curieux cette réaction. Les autres ressentent-ils la même chose ?

Le tournage avec Michèle Morgan se passe dans la plus franche gaieté. En deux jours tout est terminé. Peu après, nous visionnons ce que nous avons fait, tout va bien.

Michèle Morgan et son mari Henri Vidal assistent au gala de lancement d'*Un grand patron*. C'est un succès, un grand succès. Avant de nous précipiter sur les journaux pour lire les critiques, Michèle et Henri nous invitent, Jean et moi, à passer le week-end dans une maison qu'ils ont louée à Moret-sur-Loing.

Sur la route, Henri conduit trop vite. Michèle n'aime pas ça. Il dit son enthousiasme pour le film et m'adresse des compliments qui, venant de lui, sonnent franc. Michèle, plus réservée, me fait comprendre que je viens de gagner une belle partie. Je la sens sincère.

Alors que nous arrivons sur les bords du Loing, Henri me dit une phrase que je n'ai jamais oubliée et qui résume, un peu, son personnage : « Mon vieux, tu es formidable ! A partir d'aujourd'hui, tu pourras me demander tout ce que tu voudras... sauf de l'argent ! »

Boutade ou profession de foi ? Allez savoir. J'avais toujours — et je n'étais pas le seul — quelque difficulté à m'y retrouver dans le comportement d'Henri. Je l'aimais bien, cet Auvergnat à la cervelle tzigane, ce bohémien au grand cœur qui comptait ses sous.

La dernière fois que je l'ai vu, il dormait, allongé sur son lit, dans sa chambre, tout en haut de ce magnifique hôtel Lambert.

Il n'y avait rien à dire.

Sur son épaule, Michèle Morgan pleurait.

Les critiques d'*Un grand patron* sont sorties.

Pierre Fresnay est, une fois de plus, encensé, et c'est justice, par les journalistes. Yves Ciampi est porté aux nues. Pour son premier film il a réussi un coup de maître. Et « l'interne cynique » se taille la part du lion. Je ne croyais pas, sincèrement, avoir l'occasion de lire autant de qualificatifs louangeurs à mon adresse. Les critiques de cinéma ne sont pas tendres en général mais, en l'occurrence, ils sont unanimes. Ils saluent mon arrivée dans la profession sur un ton qui m'autorise à tout espérer. Les signataires de ces articles parlent de « révélation ». Moi, je n'en reviens pas.

Je savoure le succès, bien sûr, c'est évident, mais — je ne sais pas comment le définir — il y a un petit quelque chose qui me fait peur. Que vais-je faire, à présent, pour ne pas décevoir ? Ciampi a fait sortir un papillon de sa chrysalide en faisant éclater sur l'écran des qualités que je ne me connaissais pas. Le prochain metteur en scène sera-t-il aussi fin psychologue, aussi adroit ?

Le prochain rôle sera-t-il aussi fort ?

Ces réflexions-là, je les ai retrouvées à tous les tournants de ma carrière, chaque fois qu'un film est sorti, j'ai tremblé. Durant les projections privées ou publiques, je crois en toute honnêteté avoir été vis-à-vis de moi-même le critique le plus sévère, le plus dur, poussant la lucidité jusqu'à l'injustice. Je ne suis pas masochiste, loin de là, mais à dire vrai, je ne me suis pas beaucoup admiré au cinéma. Il y a des scènes, dans certains films, que je crois avoir parfaitement jouées, mais il y en a aussi beaucoup d'autres où j'aurais sans doute pu et dû être meilleur. Sur la cinquantaine de personnages que j'ai incarnés, quelques-uns « tiennent le coup » et restent plausibles ; il y a dans certaines de mes interprétations des échos, des reflets d'authenticité, mais il y a eu aussi les autres, où je ne suis parvenu à présenter que des pantins sans ossature.

Si j'avais le désir de me justifier — ce qui n'est pas le cas —, il me serait facile de plaider que l'on m'a le plus souvent donné des rôles inconsistants. Les héros dans la peau desquels j'ai tenté d'entrer manquaient le plus souvent de caractère dans l'écriture même du rôle. Or je ne suis pas un magicien. On ne peut pas faire une statue de marbre avec du sable, on ne peut pas donner de relief à une planche (même si vous vous ingéniez à sculpter dans le bois, ce ne sera jamais qu'une planche sculptée, mais une planche !). Bien sûr, je pourrais arguer que certains scénarios parfaitement traités sur le papier devenaient après tournage des historiettes banales à faire fuir. Je rejetterais alors la faute sur l'incapacité du metteur en scène, sur le manque de professionnalisme du monteur, enfin sur tout le monde et n'importe qui. Un film, c'est une aventure. On s'embarque à plusieurs techniciens connaissant parfaitement leurs responsabilités respectives. On monte sur le bateau. On quitte la rive. Si l'on connaît le quai duquel on est parti, on ne sait pas où, finalement, on abordera. On a vu des bateaux s'enliser, d'autres éviter de justesse les rochers à fleur d'eau. Certains ont victorieusement traversé les tempêtes. D'autres s'y sont engloutis.

Il fait un froid sibérien dans ce grand escalier de la Schola cantorum, rue Saint-Jacques, où nous tournons *Le Rideau cramoisi*.

C'est la cinquième fois qu'Alexandre Astruc me fait monter et descendre les deux étages en tenant Anouk dans mes bras. Bien qu'elle soit mince comme une liane, je la trouve de plus en plus lourde à porter. Elle est morte (dans le film), et je dois me débarrasser du cadavre. Je le descends, me ravise et remonte. C'est très fatigant.

Astruc est très minutieux ; il a raison. Je vais trop vite, trop lentement, je suis trop loin de la rampe sur laquelle on doit voir glisser le bras d'Anouk, je n'ai pas le dos assez droit, je ne... et merde !

Je râle parce que « ça m'énerve ». Je sais qu'Astruc pousse le perfectionnisme au maximum. Je l'ai compris et j'aime ça. Il n'empêche que par moments...

Entre Anouk et moi, « ça a tout de suite accroché ». Nous étions heureux de travailler ensemble et une complicité rare s'est établie d'emblée entre nous.

Nous sommes persuadés l'un et l'autre de nous être lancés dans une aventure merveilleuse avec Astruc, mais c'est difficile de « faire » du merveilleux.

Alexandre est un garçon très intelligent. Il sait ce qu'il veut et ce qu'il ne veut pas. Il connaît son film à une image près avant de commencer à tourner.

Anouk et moi sommes pleins de bonne volonté, tendus l'un et l'autre pour saisir exactement ce que désire Alexandre. Ce dernier a dans la tête une vision claire de ce qu'il attend de nous à tel ou tel moment mais il éprouve de la difficulté à nous expliciter sa pensée. Les mots ne viennent pas. Il s'énerve et se met à parler trop vite, les phrases se chevauchent. Nous le comprenons mal. Il nous faut deviner ce qu'il n'exprime pas. Dès le second jour, nous y parvenons.

Autre complication : le film est tourné en muet. Nous n'échangerons pas une réplique. C'est très difficile, acrobatique même.

Alexandre, qui, lui, connaît par cœur le texte du commentaire que l'on entendra sur les images, sait très exactement à quel moment celui-ci doit baisser les yeux, boire un verre d'eau ou poser sa cuillère. En dehors des gestes que nous devons accomplir sur un rythme calculé, il nous faut exprimer en même temps les pensées ou arrière-pensées des personnages. C'est un travail d'alchimie cérébrale auquel nous ne sommes pas habitués.

En quarante-huit heures nous sommes dans le climat que veut Alexandre et, ayant compris le mécanisme de sa pensée, nous nous adaptons avec docilité. Il n'empêche que l'effort est considérable. Toute l'équipe en est consciente.

Nous répétons beaucoup plus que d'habitude avant de tourner. Alexandre (qui ne peut dépenser qu'un métrage de pellicule parcimonieusement calculé par la production) prend toutes les précautions possibles.

L'atmosphère est particulièrement tendue, mais c'est dans le bon sens. Nous tentons tous de restituer avec justesse ce que veut ce metteur en scène à qui nous faisons tous une confiance absolue. Les nerfs sont à rude épreuve.

Les plans d'Astruc étant particulièrement longs (on tourne parfois une scène qui dure trois à quatre minutes), entre les prises de vues et la prochaine répétition nous nous livrons, Anouk et moi, aux joies de la détente. C'est nécessaire. Nous avons des rires qui agacent Astruc mais qui nous sont indispensables. C'est une question de soupapes (si je puis dire). Si nous ne cherchions pas à nous divertir en riant pour des riens, nous ne tiendrions pas le coup. La tension, la concentration poussée à l'extrême pendant huit heures consécutives, ce n'est pas pensable pour des comédiens. Si nous n'avions pas recours à nos fous rires, nos visages deviendraient de bois, figés dans une seule et unique expression : l'inexpression. Or il faut éviter cela à tout prix.

Sans le secours des mots, lorsqu'il faut « faire passer » successivement sur nos visages l'amabilité, l'ennui, la surprise, l'espoir, le doute, la crainte, le dégoût, à nouveau la surprise, l'affolement et enfin le manque d'appétit soudain... je vous prie de croire que ce n'est pas le comble de la facilité. Nous y sommes parvenus.

Notre acharnement à bien faire venait du fait — je me répète — que nous étions convaincus de participer à la réalisation d'un futur chef-d'œuvre.

Il y avait auprès de nous, attentif comme un furet, un vieux petit monsieur de génie, Eugène Schüfftan. Je n'ai jamais vu quelqu'un régler avec autant d'amour les lumières dans un décor ou sur le visage des protagonistes. C'était un spectacle fascinant et attendrissant à la fois de le voir travailler. Il plaçait lui-même tel ou tel petit projecteur, en augmentait la puissance, la diminuait, déplaçait le même spot, en voilait l'éclairage avec du tulle, un bout de rideau, du papier de soie, n'importe quoi.

Je l'ai vu, alors que l'on allait tourner un gros plan d'Anouk et qu'Alexandre s'énervait, sortir son mouchoir de sa poche et, après avoir percé des petits trous dans l'étoffe, tenir ce chiffon à bout de bras devant le projecteur pendant toute la durée du plan.

Je ne crois pas qu'Anouk Aimée ait été plus magistralement photographiée que dans ce film.

Ce grand petit homme avait éclairé Marlène à Berlin dans les années trente. Il l'avait suivie à Hollywood et avait auréolé son visage pendant le tournage de plusieurs grands films de la star. Et puis, le ciel seul sait pourquoi, il avait été remplacé. Les années passent... une dizaine, peut-être davantage.

Le hasard (?) veut que Schüfftan et Marlène se trouvent réunis à nouveau sur le tournage d'un film. On procède aux essais photographiques préliminaires, comme il se doit. A la projection desdits essais, Marlène prend Schüfftan à part. Elle lui demande affectueusement s'il n'est pas souffrant, s'il n'a pas d'ennuis ou quelque chose qui ne va pas. Schüfftan, un peu surpris, la rassure : non, non, il se sent très bien !

Marlène alors lui avoue, un peu gênée, qu'il lui semble que son visage n'est pas aussi bien éclairé que dans le passé... Après un temps court de réflexion, Schüfftan lui répond en s'excusant :

— Que voulez-vous, madame, j'ai vieilli !

C'est avec un réel chagrin que toute l'équipe du *Rideau cramoisi* s'est séparée.

Nous avions travaillé comme des forcenés pendant peu de temps, l'esprit habité par cette petite flamme rare qui donne aux artisans consciencieux que nous étions la force d'aller au-delà de la persévérance pour dépasser le stade de l'ordinaire.

Les jours qui ont suivi cette rupture prévue, j'ai regretté de ne plus reprendre, comme je le faisais chaque matin, le chemin de Saint-Germain-des-Prés pour aller chercher Anouk qui habitait alors juste en face de l'église. Quant à Alexandre Astruc, il était déjà enfermé dans le montage de son film, donc inabordable. Je le retrouverai avec Anouk un peu plus tard...

S'amuser dans Paris en ce mois de janvier 1952, ce n'est pas difficile. Tout s'y prête. L'humeur générale est bonne, les théâtres sont pleins, les cinémas aussi. (*Un grand patron* est un énorme succès commercial.) Les gens donnent des réceptions, des dîners, des bals. La ville se distrait et moi, dans le petit monde des gens de cinéma, je suis devenu « à la mode ». On me dit bonjour différemment et certains éprouvent le besoin de se déplacer pour venir me serrer la main, ce que je trouve à la fois courtois et flatteur.

Seulement, si j'apprécie la confiture sur une tartine et le miel sur un gâteau sec, je ne sais pas apprécier le sucre dans les échanges humains. Il y a dans la flatterie quelque chose qui poisse et qui vous donne envie d'aller vous laver les mains.

Peu importe. Pour l'heure, je rends sourire pour sourire, compliment pour compliment. Je joue le jeu sous l'œil observateur de Jean. Je ne suis pas encore devenu cet ours qui enverra balader les fâcheux et qui déclarera dans la presse qu'on le laisse faire en paix son métier mais qu'on ne l'emmerde pas en dehors de son travail. Ça, c'est pour plus tard.

Je commettrai la sottise d'être franc, de dire ce que je pense, de le montrer et de le faire. Autant de choses qu'on ne me pardonnera pas.

Je ne me souviens plus avec exactitude où, quand et comment j'ai rencontré Jean Genet. J'avais lu *Querelle de Brest* et *Haute Surveillance* ; ce que disait cet homme dans ses livres et sa façon de le dire m'intéressaient beaucoup. C'était si neuf, si courageux à l'époque d'oser aller jusque-là dans l'écriture, que j'avais très envie de le voir et de l'entendre.

Je ne sais plus où cette rencontre a eu lieu. Ni chez lui, ni chez moi, ça, j'en suis certain. Alors... ailleurs... dans un bistrot ? Je suis incapable de me souvenir qui se trouvait avec nous. Jean ? Olga ? certainement pas ! Ils n'auraient pas compris cette escapade vers le danger.

En mars 1949, je lui avais écrit après avoir lu *L'Enfant criminel* et *A dame Miroir* — un petit livre étonnant. A Paul Morihien, qui l'avait édité, j'avais demandé qu'un exemplaire me soit dédicacé. Jean Genet l'avait signé. Le livre m'était parvenu. Je l'ai toujours.

C'est en janvier 1952 que j'ai découvert le personnage. J'avais vu des photographies le représentant et je m'apprêtais à le reconnaître. Il n'en fut rien.

Un crâne soigneusement chauve (l'horreur du flou, de la mèche ?), un nez bizarre et cassé de boxeur qui a fui le ring pour aller se battre ailleurs, dans des coins mal éclairés. Un petit œil cruel, qui ferait penser à un bouton de bottine s'il n'était bleu. Le regard est agressif, tout de suite. Il attaque de crainte (qui sait ?) d'être attaqué le premier. La voix sèche me surprend. Elle claque : un fouet ! Est-il dans un mauvais jour ou est-ce le ton habituel chez lui ?

Je fixe un instant ses lèvres minces, un simple trait, un coup de sabre horizontal. Le menton lourd, épais, semble appartenir à un marin breton prêt à sortir son couteau, pour le plaisir de voir « l'effet que ça fait ».

Il y a quelque chose de simiesque dans ce visage. Quand il ne parle pas, son masque devient menaçant. On est mal à l'aise.

Et puis il dit quelque chose qui l'amuse. Il en rit. Il se fait rire lui-même, mais dans le rire, on capte un son clair. C'est un rire d'enfant, d'enfant carnassier : un petit chacal. Les dents sont minuscules dans cette mâchoire massive. Mieux vaut ne pas se faire mordre : on serait déchiqueté. Il doit avoir envie de déchirer. Mais déchirer quoi ? Qui ? Lui-même ou la proie ?

Il se tait à nouveau. Le malaise renaît. La menace plane. Cherche-t-il un prétexte pour éclater, bondir ou fuir en renversant la table et claquant la porte, en brisant la vitre ?

Veut-il se battre ou vous injurier ?

A nouveau il dit quelque chose qui le réjouit. Le faciès inquiétant se métamorphose un instant et dans le petit œil bleu on croit voir quelque chose de doux. C'est fugitif.

Le regard redevient sauvage en même temps que la gaieté s'éteint. Il se retient de quelque chose — violence et férocité contenues. Je soupçonne chez cette homme des colères atroces, rentrées ou sorties.

Il est de petite taille. En dehors du visage, ce sont ses mains qui hypnotisent, nettes, propres, récurées. Blanc de craie sont les ongles impeccables : ceux d'un chirurgien.

Seulement il y a la dimension des mains : énormes, et la forme des doigts : des spatules. On pense à l'étrangleur, à l'assassin. Des mains de monstre du terroir, homme des bois qui rôde et guette à l'affût de tout ce qu'il peut haïr mais prêt, peut-être, à donner son déjeuner à un chien galeux qu'il aime.

Fanatique et féroce, il doit obéir à certaines règles barbares qu'il a dû s'inventer, qu'il est seul à connaître et dont la rigueur inexorable doit le faire vivre en enfer.

Le rire d'enfant qui renaît à nouveau déconcerte. Ce personnage paraît être le fruit anormal des amours d'une déesse maudite et d'un animal familier. D'un côté il est terriblement attirant, fascinant ; de l'autre, il est repoussant, terrifiant. Je n'en reviens pas. Ces contrastes violents, dans le même être incarnés, désorientent l'interlocuteur.

Je n'ai jamais revu Jean Genet mais j'ai lu son œuvre et applaudi son théâtre. Sauf quand Patrice Chéreau se permet de représenter *Les Paravents* au théâtre de Nanterre (1984) où l'œuvre se perd dans la chienlit, dénaturée, noyée, perdue dans une mascarade dérisoire.

Jean-Louis Barrault et Madeleine Renaud avaient su — avec quelle force magistrale — sidérer et séduire Paris en montant cette même œuvre des années plus tôt à l'Odéon, sous la direction de Roger Blin.

Quoi qu'il en soit, Jean Genet fait partie de ces êtres d'exception que le destin a bien voulu me laisser côtoyer un instant.

C'est au début de l'année précédente que Robert L. ou Paul Morihien (je ne sais plus lequel des deux) m'entraîna rue Vaneau. J'avais dévoré *Les Nourritures terrestres* et relu deux fois *La Porte étroite*, aussi je tremblais comme un collégien en gravissant les escaliers. Rencontrer André Gide, c'était presque aller dire bonjour au pape. N'importe qui aurait été intimidé, moi j'étais paniqué. Mentalement, je repassais à une vitesse folle les mots que j'avais l'intention de dire pour lui exprimer ce que la lecture de ses livres provoquait en moi. Mais on ne peut pas dire au pape : « Je vous admire beaucoup. » Ce serait ridicule et plat.

D'ailleurs, devant le pape, on s'incline, on s'agenouille et on lui baise la main. Quelle que soit l'admiration que l'on porte à André Gide, on ne peut pas s'agenouiller et lui baiser la main, ce serait insupportable pour chacun. La question se règle d'elle-même.

Un de ses amis (Pierre, je crois) vient nous ouvrir. Nous pénétrons dans une pièce carrée. Salon, bureau, camp retranché ? On ne sait pas exactement où on se trouve. De toute façon le pape est là, assis, et semble occuper tout l'espace.

On nous invite à nous asseoir. Je n'ai pas l'occasion de m'incliner, de bafouiller un compliment stupide ou de me poser le problème de l'attouchement manuel.

La main est là pourtant, il ne me l'a même pas tendue. Je la vois, cette longue main aux doigts d'ivoire qui a écrit tant de choses, elle repose sur une couverture écossaise qui recouvre ses genoux.

Ces messieurs parlent entre eux comme si je n'existais pas. Alors je passe la pièce en revue : ordre désordonné, involontaire ou volonté de désordre dans l'ordre, je ne parviens pas à deviner.

L'endroit tient à la fois de la cellule monacale et de la boutique de brocanteur. Tout un pan de mur nu et sur une table un amas d'objets pêle-mêle rassemblés, ramassés, superposés, qui peuvent laisser croire que l'on s'est inspiré du salon de la reine Victoria à Windsor. Il y a des livres, beaucoup de livres, mais d'où je suis je ne peux pas voir le nom des auteurs. J'aperçois un tableau encadré : la toile est si sombre que je ne discerne pas ce qu'elle représente. La fenêtre est entourée d'un lourd tissu, pas jeune, d'une teinte indéterminée, marronasse.

Je suis très mal assis sur une chaise que je qualifierai de « pointue ». Ces messieurs parlent toujours entre eux. Ils ont dû m'oublier.

Ma respiration ayant retrouvé son rythme normal, je dévisage le pape qui ne me regarde pas.

Son visage a l'air d'avoir été sculpté dans un énorme cierge, un cierge du siècle dernier parce que la teinte de la peau tire vers le jaune. Ce masque que j'observe de trois quarts est celui d'un bonze. Je découvre quelque chose d'asiatique quelque part, dans la maigreur aussi. Je surprends un regard qui ne me regarde pas. L'œil semble pétillant derrière ses lunettes cerclées de fer dont la monture appartient à l'époque balzacienne.

Il est vrai que la pièce où nous nous trouvons pourrait se situer à Issoudun plutôt qu'à Paris. Nous sommes hors du temps.

Malgré la désorganisation apparente par certains détails, je respire un parfum de sévérité qui imprègne les choses, une odeur de rigorisme. Il y a quelque chose d'étriqué, de rétréci qui règne ici. Cela sent la restriction, l'empêchement, la punition aussi. Avec un peu d'imagination on pourrait se dire que celui qui vit là prend la précaution de recompter chaque soir ses pièces de monnaie prudemment emmaillotées dans un linge, enfouies dans le coin secret d'un tiroir.

Je trouve cette idée triste.

Ce qui me déçoit, c'est que je la crois juste. Je m'apprêtais — avec quelle fièvre — à rencontrer un monolithe portant déjà l'auréole de l'éternité, et je crains tout à coup de me trouver dans la loge d'un concierge bigot à la retraite qui dissimule ses tares et ses obsessions derrière un bouclier en forme de bannière (bénie) sur laquelle le mot « pureté » serait brodé en lettres majuscules.

Je suis malheureux parce que je suis profondément déçu. Cette impression me restera, je le crains. Ces messieurs ayant dû se dire tout ce qu'ils avaient à se dire, nous sommes partis. Mes jambes étaient en plomb en redescendant les escaliers. Ulcéré, prêt à vomir, j'amplifiais démesurément mon chagrin, résolu à charger cet homme, dont j'avais tant attendu, de tous les péchés de la terre. La déception peut rendre mal à l'aise jusqu'à fausser les idées. Sur la belle sculpture polychrome on jette de l'acide. On exagère inconsidérément. Aveugle, exaspéré, on accumule, on rumine de méchantes pensées. Ah ! si j'avais eu six ou sept ans, des culottes courtes montrant mes genoux, un ballon sous le coude, une mèche sur le front, un refrain de comptine à la bouche et des gouttes de sueur sur la lèvre supérieure, André Gide m'aurait peut-être regardé et touché la main. Peut-être aurait-il été jusqu'à m'offrir un bonbon, à condition qu'il en reste dans la boîte car il n'aurait pas lâché trois sous pour envoyer quelqu'un en acheter à la confiserie d'en face...

J'avais tant de peine en me retrouvant dans la rue, qu'il me semble que je la ressens encore aujourd'hui, trente-cinq ans après, telle qu'elle fut.

Je n'en avais jamais parlé jusqu'à présent. Il est temps de faire amende honorable : que les mânes de M. Gide me pardonnent. Je ne fais que rapporter ici le bouleversement ressenti sur l'instant vécu.

A vingt-cinq ans on peut (et on a tort) se laisser aller à porter — mentalement — des jugements téméraires d'autant plus excessifs que l'on se sent atteint dans sa conviction profonde. C'est avec une rage folle que l'on piétine alors l'idole qui déchoit à vos yeux. C'est avec un parti pris excessif teinté de mauvaise foi que l'on salit — moralement — la statue déboulonnée. Piètre consolation qui vous fait d'autant plus de mal qu'elle est vaine, stérile et surtout injuste.

C'est un tout jeune homme frustré, déçu, déraisonnable qui, un jour, jadis, a ressenti ce qu'il vous avoue.

M. Gide, excusez-moi.

XIV.

Martine Carol est devenue une très grande vedette européenne depuis le succès phénoménal de *Caroline chérie*. Elle a des projets très importants pour l'avenir. Dans l'immédiat, elle est tenue de tourner pour la Gaumont une suite au roman de Cécil Saint-Laurent ; elle a dû signer une option et elle ne peut éviter d'être la vedette d'*Un caprice de Caroline*, qui se tournera en juin-juillet-août sur la Côte d'Azur.

Ce sera le premier film français en technicolor. Enorme publicité de lancement assurée. Or Olga cherche depuis quelques semaines à me faire attribuer le rôle principal de cette coûteuse production : celui du danseur Livio, alias le fameux « caprice » de la non moins fameuse Caroline

La Gaumont serait d'accord sur mon nom, mais il y a un « hic » : les idées de Martine Carol, et il est ardu de l'en faire changer, paraît-il. Au stade privilégié où elle se trouve, il va de soi qu'elle peut se permettre d'indiquer ses préférences concernant ses partenaires futurs.

Martine aurait (dit-on) fixé son choix sur Raymond Pellegrin pour le rôle en question. C'est pourquoi Olga suggère une rencontre avec Martine Carol. Or il est prévu depuis longtemps qu'un certain nombre de « vedettes » se rendront à Bruxelles (encore !) pour assister au grand bal annuel des Affaires étrangères. Martine Carol se laisse convaincre de faire partie du voyage.

Dans le train qui file vers la Belgique, je n'ai aucun effort à faire pour tenter la conquête de Martine Carol. Elle est jolie à croquer. Elle est mieux que ça encore : elle est ravissante, gaie, vive, drôle, simple, naturelle. C'est elle qui me séduit. Je ne lui « fais pas de charme », c'est moi qui suis « sous le charme ».

Nous sommes une dizaine d'acteurs à la mode à faire ce voyage, dont Anouk et son beau mari grec Niko Papadakis, lequel dirige « La Rose rouge », à Saint-Germain-des-Prés.

Jean, responsable de la répartition des places dans ce wagon-restaurant spécial, s'est arrangé — bien entendu — pour m'installer, avec lui, face à Martine à une table de quatre. Simone Paris, belle comédienne rousse et spirituelle, occupe le dernier siège.

Si Martine gazouille et pépie comme un oiseau, son langage est net. Apparemment elle dit ce qu'elle a envie de dire, quitte à effacer en partie l'affirmation lâchée un peu vite dans une moue délicieuse qui vous donne envie de lui mordre les lèvres sur-le-champ.

Dans sa façon de rire, moitié gorge, moitié tête, on décèle une sensualité retenue qui n'en est que plus provocante.

Chevelure blond pâle, pommettes roses, carnation de camélia, vêtue d'un tailleur bleu ciel, on dirait un bonbon anglais. Elle en a, quelque part, le côté acidulé. Fine, elle saupoudre de sucre ses attitudes.

L'œil ? De quoi se perdre ! De l'or ! Un iris d'or pur strié en éventail par de minuscules traits de bronze. Cet œil est un caméléon. Selon ce qu'elle pense, ou veut vous faire croire, les reflets varient. C'est un arc-en-ciel féminin, câlin, félin, malin.

Martine est un chat (ni siamois, ni persan, ni angora, ni de gouttière), un chat « carol », nouvelle race dont elle est le premier et unique spécimen. Il me semble qu'elle le sait. Jusqu'à présent, il m'a été donné de rencontrer quelques rares espèces dans le zoo du monde du spectacle. Une lionne (Edwige Feuillère), une hermine (Renée Saint-Cyr), une gazelle (Anouk Aimée), mais un chat...

Martine doit sentir que je suis en admiration devant elle (les femmes perçoivent toujours ces choses-là). J'en conclus que je n'ai pas à souligner ce que j'éprouve à son contact et je décide d'employer une arme souvent efficace auprès de la gente féminine : le rire.

Pendant le déjeuner et durant le reste du trajet, je m'ingénie à faire rire la tablée en racontant ce qui me passe par la tête. Apparemment je ne m'en sors pas trop mal.

La grande soirée de gala se déroule comme prévu.

Anouk, très applaudie, remporte un succès d'estime. Elle a horreur de paraître en public — je le sais —, je l'ai blaguée souvent en l'imitant amicalement, en privé. Elle ne sait jamais où mettre ses mains et il suffit de placer un micro devant elle pour qu'elle donne l'impression qu'elle est traquée et que l'idée de fuir lui traverse l'esprit. Mais elle a tellement de charme qu'on lui pardonne tout.

Après quoi, c'est la révolution !

On annonce Martine Carol. A peine est-elle apparue dans une éblouissante robe pastel dont l'ampleur balaye le sol, que la salle, subjuguée, éclate. C'est une ovation, un bruit de tonnerre, claquements de mains et hurlements. Cette manifestation de joie, d'extase, ne cesse qu'après de longues minutes. L'assistance est prise de folie. C'est du délire !

Martine, très émue, sourit... « aux anges » et aussi à la salle, de droite à gauche. Celle-ci ne semble pas vouloir cesser d'applaudir. Martine, qui ne sait plus quelle contenance adopter, écarte légèrement les bras en signe d'impuissance, tout en souriant.

La salle hurle. Il faut l'intervention d'un diplomate important qui rejoint Martine sur le podium pour que l'assistance consente à retrouver son calme.

La soirée se poursuit dans l'allégresse générale. Nous autres, invités, sommes séparés les uns des autres, placés à des tables différentes pour « honorer » les personnalités du corps diplomatique. La nuit est très avancée lorsque nous regagnons notre hôtel.

Le lendemain nous nous retrouvons dans le train où Jean place à nouveau son petit monde. Je suis avec Anouk et Niko, lui se met à une table à deux, seul avec Martine.

Anouk et moi plaisantons en nous remémorant nos fous rires durant le tournage du *Rideau cramoisi*. A l'arrivée gare du Nord, tout le monde se sépare. On s'embrasse, on se congratule, on se sourit, on se dit « à bientôt », et puis on s'éparpille.

J'ai hâte de connaître les impressions de Jean et ce que l'on peut espérer de positif de ce voyage-commando. Devant courtoisement raccompagner Martine chez elle, je ne le retrouverai que le soir pour dîner dans un petit bistrot avec Olga.

Il y arrive avec trois quarts d'heure de retard, ce qui n'est pas dans ses habitudes. Je suis sur des charbons ardents. Il a l'air crevé de fatigue, mais vaguement souriant.

— Alors ?

— Alors... ça va bien !

— Pas plus ?

— Non. Mais ça va !

— Qu'est-ce qu'elle a dit ?

— C'est bien ce qui m'ennuie... elle n'a rien dit.

— Comment ça, rien ?

— Non. J'ai essayé dix fois de ramener la conversation sur toi, chaque fois elle a enchaîné sur autre chose.

— C'est très embêtant !

— Non, pas encore... L'ennui c'est que je ne sais pas ce qu'elle pense. Elle a sûrement une idée ou plusieurs derrière la tête. Impossible d'obtenir la moindre précision.

— Alors, elle est contre ?

— Je ne sais pas. Elle dit que le film ne commence qu'en juin, que la distribution n'est pas faite... qu'elle n'a pas à s'en mêler... Bref, elle ne veut rien dire, elle se défile. Je ne pouvais pas insister davantage.

— Charmant ! Alors, on ne sait rien ?

— Si. Elle a été très impressionnée par les applaudissements qui ont accueilli ton arrivée au bal.

— Oui mais ça... c'est...

— C'est très important ! Il y avait dans la salle deux représentants de la distribution Gaumont-Belgique et je suis sûr qu'ils ont déjà téléphoné à Paris. Pour peu qu'Olga appelle la production demain, on en saura plus... peut-être.

Le sujet étant épuisé pour l'instant, Jean enchaîne sur des projets de reportages, sur le festival de Knokke en juillet prochain, sur vingt-cinq idées successives.

Moi je me bats avec mes filets de sole qui ont du mal à passer. Ma réaction est toujours la même dans de tels cas. Quelque chose se coince, les nerfs se nouent, je n'ai plus faim et je peins tout en noir... Je catastrophie, je fais de la « sinistrose ». Il suffit que l'on me parle d'un projet pour que je veuille le voir se concrétiser dans les heures qui suivent. L'attente, le doute me rendent physiquement et psychologiquement malade. Jean et Olga qui me connaissent bien évitent l'un et l'autre, par précaution, de me parler trop tôt de ce qu'ils projettent. Ils savent que cela me rend réellement malade de ne pas avoir une réponse (quelle qu'elle soit) concernant un projet (quel qu'il soit).

Je sais que c'est un défaut. J'en souffre.

J'essaierai par la suite de m'en corriger. Je n'y parviendrai jamais tout à fait. « Excessif, ce garçon... et trop nerveux », penserez-vous. Et vous aurez raison.

Le *Caprice de Caroline* commencera par le tournage en extérieurs sur la Côte d'Azur, à Menton, au début du mois de juin. Toute la publicité est et sera centrée sur Martine Carol. En dehors de Jacques Dacqmine, alias le général de Sallanches, qu'elle a épousé dans le premier *Caroline chérie*, il n'y a aucun autre acteur engagé. Les producteurs donnent l'impression de se moquer éperdument de « qui jouera quoi » tant ils sont décidés à ne se préoccuper que de Martine. « De plus, me dit Olga, pour le rôle qui t'intéresse, ils cherchent surtout un danseur. »

Eh oui... le « caprice » de Caroline, c'est un danseur italien (Livio). C'est en le voyant évoluer gracieusement que... Je me dis que c'est complètement fichu (toujours optimiste !). Pensez donc... moi en danseur... Allons donc... un mètre quatre-vingt-huit, mince, trop mince, je ne peux pas m'inventer des cuisses et des mollets de danseur d'opéra. C'est hors de question. Un danseur-girafe, ça n'existe pas, etc. Je rumine ma déception prématurée et commence à voir tout en noir tandis qu'Olga poursuit en disant que si le scénario est de Cécil Saint-Laurent — lequel est tout dévoué à Martine puisqu'il espère qu'elle acceptera de tourner une troisième aventure de Caroline —, l'adaptation et les dialogues sont de Jean Anouilh qui, comme chacun sait, est quasi injoignable, enfermé dans sa maison de Montfort-l'Amaury. Par conséquent nous ne pouvons pas espérer obtenir un appui quelconque de la part des auteurs, lesquels, soit dit en passant, doivent se moquer éperdument de la distribution des rôles.

Et pourtant... Le surlendemain, Olga me demande de passer la voir. Elle a eu gain de cause ! Je commence à tourner avec Martine Carol à Menton, le 15 juin.

J'ai envie de pousser un hurlement de joie et de sauter au cou d'Olga. Elle le pressent et m'arrête d'un geste.

— Attends, ce n'est pas tout. « Le Caprice », c'est un danseur, tu ne l'as pas oublié ? Alors, il va falloir que tu danses... non... tu seras doublé dans le grand ballet. Mais le metteur en scène, Jean Devaivre, a bien insisté sur le fait qu'il était indispensable que tu danses toi-même pour les « raccords » et les plans rapprochés. Alors il a été décidé que tu te rendrais chaque matin à l'Opéra où tu répéteras les pas de danse avec Michel Renaud. Après quoi tu iras au studio tourner tes scènes avec Yves Ciampi pour *Le Plus Heureux des Hommes*.

Oui, bien sûr, le programme des journées va être un peu chargé, mais je persiste à penser que c'est moi qui suis « le plus heureux des hommes ».

— Il y a une chose qui m'ennuie, mais je ne vois pas comment l'éviter. Je ne veux pas signer ce contrat sans que nous soyons bien d'accord tous les deux. Voilà, la maison Gaumont exige une option... tu sais ce que c'est... Souviens-toi du contrat du *Jugement de Dieu*. Bon, tu ne tourneras le *Caprice* que si tu t'engages à accorder à la Gaumont une priorité absolue pour les trois ans à venir. Ils estiment que c'est pour toi une chance énorme de te donner ce rôle. Comme ils espèrent — à juste titre d'ailleurs — que ce film va obtenir un énorme succès, ils prennent leurs précautions. Ils veulent bien investir sur toi, à condition de pouvoir en profiter à la sortie. C'est de bonne guerre. Alors, qu'en penses-tu ?

Moi, je ne pense qu'à une chose : faire le film ! Qu'auriez-vous fait à ma place ?

Ayant pesé le pour et le contre — pas longtemps —, je suis sorti de chez Olga avec mes deux scénarios sous le bras et des petits nuages sous les pieds. Si je ne m'étais pas retenu, je me serais mis à danser sur le trottoir.

Olga m'a précisé que les répétitions de *La Dame aux camélias* commenceraient à la fin août ou tout début septembre, la première au théâtre Sarah-Bernhardt étant prévue pour le 30 du même mois. Il faudra me laisser pousser la barbe dès le dernier jour du tournage du *Caprice* et me redécolorer les cheveux, Edwige Feuillère y tient. (Moi un peu moins, mais je n'ai pas le choix.)

Tout en haut du palais Garnier, sous les combles, dans une salle de répétition, je contemple avec ahurissement, dans une immense glace murale, une grande gidouille qui s'agite de façon disgracieuse, essayant en vain de mouvoir son corps sur le rythme mélodieux qui s'échappe d'un magnétophone.

Michel Renaud a une patience angélique. Il me fait reprendre encore et encore chaque pas de danse. Lorsque les jambes sont en mesure, les bras ne suivent pas et inversement. On recommence. Dans la glace j'ai l'air d'une araignée qui se démène. Je me trouve des jambes d'autruche et, lorsque je remue les bras, on dirait les ailes d'un moulin à vent. Mon torse est raide comme un piquet et ma tête a l'air d'être emmanchée sur un balai (sans jeu de mots). Je me concentre, je fais tout ce que je peux, le résultat est désastreux. On dirait, maniée par un fou, une marionnette gigotant de façon désordonnée.

Le résultat fait penser à une caricature comique.

En plus, c'est crevant. Je m'essouffle très vite à ce jeu-là ! J'ai un mal de chien à respirer (en cadence ou non). Jour après jour, il devient de plus en plus évident que je n'ai aucune chance de devenir un jour Nijinsky.

Et pourtant, Michel Renaud, souriant et gentil, affiche un bel optimisme. C'est beau la conviction !

Moi je ne suis pas du tout rassuré. Quand Jean Devaivre découvrira sur le plateau du tournage à quel point je suis ridicule... J'entends déjà l'éclat de rire général de la part de toute l'équipe des techniciens !

— Allez, on reprend ?

Michel Renaud a du courage. Il essaye de m'en insuffler un peu : on reprend !

Le 16 juin 1952 dès neuf heures du matin, il fait chaud à Menton.

Robert Sussfeld me guette sur le quai de la gare, comme prévu. Non, je n'ai pas le temps de passer à l'hôtel, on m'attend déjà à la salle de maquillage. Il faut que je sois prêt dans une heure, maquillé, coiffé, habillé et... à cheval !

On m'indique les numéros des plans à tourner. Je constate qu'il s'agit de scènes muettes à deux personnages : Martine et moi. Donc pas de difficultés majeures en perspective pour ce jour-là. Si, une : mes cheveux !

Livio est un danseur italien du XVIIIe siècle et j'ai bien l'intention de donner une « gueule » à ce personnage. Pas question de rester coiffé « moderne ». Après avoir été maquillé, je demande à Huguette Lalaurette (chef coiffeuse), que j'ai déjà rencontrée, si elle veut bien me friser les cheveux au petit fer. Elle accepte.

Nous sommes les deux seuls complices de cette conspiration. Le metteur en scène Jean Devaivre, que j'ai été saluer à Paris dès après la signature de mon contrat, n'est pas au courant de la surprise que je lui réserve. Nous avons perdu une demi-heure, mais la coiffure est terminée grâce à l'agilité des doigts de Mlle Lalaurette. Je contemple dans la glace une tête qui ressemble un peu plus à un danseur italien d'il y a cent cinquante ans qu'au garçon qui est descendu du train quelques heures plus tôt. C'est du moins ce que je crois.

Bouclé comme un mouton noir, j'ai l'air de porter un casque d'astrakan. Cela me fait une tête toute ronde qui change complètement ma physionomie. Enfin !

Je n'ai pas le temps de remercier la coiffeuse. Robert Sussfeld fait irruption dans la salle de maquillage :

— On vous attend !

Arrivé au pas de course sur le lieu de tournage — le grand jardin d'une belle propriété en bordure de mer —, j'ai à peine le temps de saluer l'équipe technique que le metteur en scène, me jetant à peine un coup d'œil (les cheveux sont sauvés), m'ordonne d'enfourcher un cheval qui se trouve là, tenu par un palefrenier. Dès que je suis à califourchon, Jean Devaivre m'indique ce qu'il attend de moi : je dois déboucher au galop du bouquet d'arbres, là sur la gauche, et parvenir jusqu'au perron de la maison. Là, je sauterai de cheval et, sans plus m'occuper de ma monture, je grimperai les escaliers quatre à quatre avant de disparaître dans la maison. On répète, on tourne, on coupe : plan suivant !

Tandis que les techniciens s'affairent, je demande où est Martine. Elle est dans la maison où elle se repose à l'ombre. Il est midi et le soleil tape sérieusement.

Je n'ai pas revu Martine seule depuis le train qui nous ramenait de Bruxelles. Ces retrouvailles sont importantes ; selon que l'accueil sera chaud, tiède ou froid, je saurai tout de suite ce à quoi je dois m'attendre.

Pendant huit ou neuf semaines nous sommes censés nous adorer devant les caméras. Je ne prétends pas en faire autant entre les prises de vues, mais j'aimerais bien que...

La question se résout d'elle-même. Martine me saute au cou. Elle a l'air enchantée de me retrouver. Souriante, gazouillante, gaie, elle me complimente sur mon allure générale et apprécie beaucoup ma coiffure. Je suis heureux et soulagé. Je me détends d'un coup. Je sens qu'il y a un excellent courant de sympathie qui passe entre elle et moi. Tout va pour le mieux.

On vient nous chercher. Nous tournons notre premier plan ensemble. Ce n'est pas bien sorcier : sortant de la maison, nous courons nous cacher derrière un buisson. En une demi-heure le plan est « en boîte ». Pause pour le déjeuner.

Martine, qui a trop chaud et « pas faim du tout », retourne dans la maison entourée de son escadron de coiffeuse, maquilleuse, habilleuse.

Je vais retrouver Jean Devaivre qui, assis dans son fauteuil personnel, mange un sandwich et boit une bière. Entre deux bouchées il demande qu'on apporte un siège pour moi. Je m'assieds.

Jean Devaivre est un ancien officier de cavalerie. On le sent tout de suite. Il sait ce qu'il veut et n'hésite pas à le dire d'une voix de commandement. D'ailleurs, on l'écoute. Une solide quarantaine, le cheveu court, gris et dru, un nez fort bien dessiné, petite moustache poivre et sel, l'œil assez rieur. Il est plutôt jovial d'apparence s'il n'a pas à manifester son autorité.

Quatorze heures. Il faut se remettre au travail. Le thermomètre doit graviter autour de trente-cinq degrés.

Nous tournons jusqu'à dix-huit heures. Le plan de travail est respecté. On nous distribue la feuille de service pour le prochain tournage et tout le monde se sépare. « Au revoir, au revoir, à lundi ! »

Martine Carol a loué une villa pour être plus tranquille. J'ai une très belle chambre dans le meilleur hôtel de Menton, les fenêtres donnant sur un jardin fleuri. Je passe la journée dans ma chambre à étudier mon scénario en fonction du plan de travail. Je n'ai aucun mérite à faire le studieux : il fait si chaud à l'extérieur que les gens sont cloîtrés chez eux ou en train de se baigner.

Le soir arrive enfin, apportant un peu de fraîcheur. Je dîne avec un copain, Antoine, dans un petit restaurant sur le port de Menton. Le vin rosé glacé poussant à la bonne humeur, nous rions beaucoup en nous racontant quelques bonnes blagues passées. L'heure tourne, nous n'avons pas sommeil. Un samedi soir à Menton, il n'y a qu'un seul endroit où l'on peut tenter de se distraire : le casino.

Et nous voilà partis. Il a sa voiture. Deux garçons de vingt-cinq ans en goguette à bord d'une décapotable grand sport au mois de juin sur la Côte d'Azur. La nuit est splendide, il fait tiède. Demain dimanche on ne travaille pas, nous sommes prêts à toutes les folies ayant bien dîné et bien bu.

Après avoir bien transpiré dans la boîte de nuit du casino, nous décidons de quitter cette étuve. Où aller ? Et si on allait jouer ? Pourquoi pas ! Tandis que nous prenons deux cartes qui nous donnent le droit d'accès à la salle de jeux, je dis à Antoine sur un ton de confidence, mais bluffant complètement :

— Tu sais, c'est terrible, quand je me mets à jouer, il suffit que je pense un numéro pour qu'il sorte. Tu vas voir.

Nous pénétrons dans la salle. Nous dirigeant vers l'une des tables de roulette, j'entends le croupier lancer la formule rituelle : « Faites vos jeux, messieurs, faites vos jeux ! » Jouant les mages pour impressionner Antoine, je mets la main devant mes yeux en mimant un instant celui qui se concentre et je lui dis doucement : « C'est le 21. » Je me précipite vers la table et croisant l'œil du croupier je dépose un billet (assez gros) dans la case en disant bien fort : « Le 21 ! »

— Rien ne va plus !

Je referme les yeux comme si j'étais en transe, je ne sais plus très bien si je suis dupe ou non de mon petit numéro de voyant.

La voix du croupier me réveille ! Antoine n'en revient pas. Moi non plus ! Le 21 est sorti !

Le croupier pousse un appréciable tas de plaques dans ma direction : trente-six fois ma mise !

Antoine et moi nous nous asseyons à la table. Et je joue, tantôt le rouge, tantôt le noir, parfois le zéro et de temps à autre le 7 et les multiples.

Pendant près d'une heure je n'ai pas cessé de gagner. Il suffisait que je pose une plaque dans une case pour que ce soit la bonne !

— Eh... merci. Pour le personnel !

Sans mentir, il a fallu demander de l'aide pour emporter les plaques de la table au bureau de change. Le chiffre était tellement important que le directeur, s'étant dérangé pour me féliciter (un sourire un peu forcé), m'a courtoisement proposé de garder cette somme au coffre du casino pour plus de sécurité, moyennant reçu, bien entendu. J'ai accepté. C'était plus simple et surtout plus prudent que de se balader avec une somme pareille en pleine nuit. Le directeur nous a raccompagnés jusqu'au bas des marches. En nous souhaitant une bonne nuit, il me dit aimablement : « A demain soir ? » Je lui répondis que j'étais au regret de le décevoir mais que j'étais fermement décidé à ne pas tenter le sort une seconde fois dans son établissement. Il me reverrait sans doute, à la fin du tournage à Menton, lorsque je viendrais retirer la somme en dépôt. « Bonne nuit, monsieur le directeur. »

Alors que nous vidions notre dernier verre au bar de l'hôtel encore miraculeusement ouvert à cette heure, Antoine ne voulut pas me croire quand je lui affirmai que je n'étais pas un mage et que je n'avais pas de « truc ». Il partit se coucher en secouant la tête, incrédule. Il n'avait jamais vu une chance pareille. Honnêtement, moi non plus.

J'étais très, très content. Je fis des additions avant de m'endormir. Cette petite fortune allait payer largement les travaux de ma maison de campagne.

C'était « formidable » de tourner le premier film français en technicolor. Les journaux corporatifs en parlaient chaque semaine, les quotidiens nationaux presque sans arrêt, photos à l'appui. Quant au journal régional, le *Nice-Matin* de l'époque, il consacrait chaque jour une page entière ou presque au compte rendu de notre travail.

Ça c'était le joli côté des choses. Martine Carol et moi connaissions l'envers de la médaille. Je vous prie de croire que ce n'était pas drôle à vivre tous les jours. Voici pourquoi :

André Thomas — grand chef opérateur — avait la responsabilité de nous éclairer. La pellicule n'était pas aussi sensible que de nos jours et toute l'équipe « lumière », bien que composée d'excellents techniciens, tâtonnait un peu. Pour ne pas prendre trop de risques on nous inondait de lumière dans les contre-jours et l'on choisissait de préférence les heures diurnes où le soleil est le plus fort pour tourner. Les séquences de nuit se filmaient également en plein jour.

A la suite de quoi le laboratoire « tirait » la pellicule impressionnée et proposait au metteur en scène, au chef opérateur et aux producteurs différents « tirages » plus ou moins clairs, plus ou moins contrastés. Après quoi ces messieurs étalonnaient, faisant le choix entre le trop sombre et le trop clair.

Il y eut quelques erreurs bien excusables au départ, ce qui nous obligea à recommencer certains plans. C'est probablement pour cette raison que nous avions débuté les prises de vues par des séquences de « passages », assez peu coûteuses à refaire le cas échéant.

Martine et moi étant les personnages principaux de cette histoire, Jean Devaivre nous faisait fréquemment jouer en plans rapprochés — le haut du corps des deux protagonistes étant filmé dans le même cadrage. Or, il fallait éclairer nos visages, et c'est là que la torture commençait.

Ayant pris nos places déterminées précisément (à vingt centimètres près), nous répétions le texte de la scène d'abord à froid, puis nous recommencions en donnant le ton, interprétant le texte, soulignant à travers lui les intentions que nous proposions de prêter à nos personnages. Après chaque répétition, Jean Devaivre nous rectifiait et nous suggérait ses propres indications.

Jusque-là, c'était un travail de routine. C'est ce que font tous les acteurs de cinéma.

Lorsque le metteur en scène avait vu et entendu ce qu'il estimait être satisfaisant, il déclarait : « On tourne ! » Là, le martyre commençait.

Je ne sais pas si vous savez ce que c'est qu'un « arc ». C'est le projecteur (à charbon) le plus puissant. Environ un mètre cinquante de diamètre, il dégage une chaleur difficilement soutenable et vous éblouit complètement. Si vous avez le malheur de fixer un « arc » en état de marche, vous risquez simplement de devenir aveugle tant la lumière est puissante. Bien entendu, on nous prévenait avant de les allumer. Lorsque tout était prêt, les phrases rituelles étaient lâchées : « Moteur ! Ça tourne ! Partez ! »

Nous commencions alors à jouer notre scène.

La première et la seconde prise se déroulaient à peu près normalement (s'il n'y avait pas d'incident technique), c'est ensuite que ça se gâtait.

Entrait tout d'abord en ligne de compte : la chaleur. Celle des arcs placés à quelque deux mètres de nous, ajoutée à celle du soleil, nous mettait le visage en sueur. Les maquillages commençaient à virer, à dégouliner. Ensuite, les larmes. Nous ne parvenions plus, Martine et moi, au bout d'un certain temps et malgré, je vous l'assure, toute notre bonne volonté, à ouvrir les yeux. Les ouvrant, ils se remplissaient de larmes.

Or s'il est émouvant de regarder à l'écran deux amants romantiques qui s'avouent leur amour mutuel en pleurant, il est difficile, en revanche, à un comédien, aussi talentueux soit-il, de déclarer à une dame qu'il a très envie d'elle alors que son visage est crispé par la douleur et les yeux remplis de larmes qu'il s'efforce de contenir (avec ou sans succès) en lui déclarant une flamme que l'expression de son visage nie absolument. Là, non seulement on frise le comique, mais l'éclat de rire à la projection de la scène est assuré par avance.

Martine, de son côté, se trouvait dans la totale incapacité, et pour les mêmes raisons, de jouer à la coquette qui hésite. Elle me regardait, écoutant mon texte avec un visage qui aurait pu être celui d'une malheureuse créature qu'on mène à l'échafaud... et qui en pleure.

Alors on faisait une pause. On éteignait les arcs. On se faisait remaquiller. On nous apportait à boire — du thé chaud en général. On reprenait notre souffle tandis que la mise en scène, impatiente, s'énervait. Et puis... on recommençait jusqu'au moment où Jean Devaivre, qui imaginait ce que nous pouvions endurer, se déclarait satisfait et nous passions au réglage du plan suivant.

Ah, mais c'est que ce n'était pas si facile de « faire du cinéma en couleurs » à cette époque !

Peut-être est-ce aussi à cause des difficultés que nous devons surmonter en commun quotidiennement que Martine Carol se rapproche de moi.

La plus vive sympathie s'est établie entre nous dès le premier jour. A présent que nous arrivons à la fin du tournage en extérieurs, il s'y ajoute quelque chose de plus familier peut-être, de plus solide : l'amitié.

Un après-midi, alors que la journée de travail va s'achever, Martine me dit :

— Ecoute... Je voudrais parler tranquillement avec toi de la scène que nous devons tourner demain. Il y a quelque chose qui ne colle pas dans le texte. Comme Devaivre s'en fout (elle ne l'aimait pas), nous pouvons arranger ça tous les deux avant de répéter. Ça gagnera du temps.

Nous prenons rendez-vous pour dîner ensemble le soir même, en tête à tête... et avec le texte.

J'emprunte à Antoine Fleury sa belle voiture décapotable et j'emmène la ravissante Martine Carol dîner dans un petit bistrot de pêcheurs sur le port de Menton (mieux valait nous cacher pour avoir la paix). Melon, sardines grillées, vin glacé. Le repas se passe agréablement, Martine est très gaie, détendue, la fraîcheur relative, la cuisine excellente et le vin délicieux.

Après le dîner, nous nous attaquons au problème du texte. Nous nous apercevons (faute de frappe ou non) qu'en intervertissant quatre ou cinq répliques la scène est tout à fait jouable. Nous voilà rassurés sur ce point.

Il fait bon, dix heures n'ont pas encore sonné, et Martine n'a pas sommeil. Sur le chemin du retour, avant de la déposer à sa villa, je lui suggère de faire un crochet par le casino. Je lui dis que j'ai quelque chose à y prendre, lui racontant en riant la soirée avec Antoine où la chance ne m'a pas quitté. Elle s'amuse de l'anecdote et me félicite.

L'arrivée de Martine Carol au casino ne passe pas inaperçue. Le directeur prévenu se précipite. Il sait, bien sûr, pourquoi je suis là et, au moment où il me propose de me remettre ce qui m'appartient, Martine manifeste le désir d'entrer dans la salle de jeux « juste cinq minutes ».

Nous faisons le tour des tables, jetant un coup d'œil par-ci par-là aux joueurs, aux croupiers et aux tapis verts. Par un malencontreux hasard, juste devant nous, un monsieur se lève et quitte la table de roulette. Martine s'empresse de prendre la place vacante et commence à jouer.

Elle perd un peu... un peu plus. A sa droite, une dame s'en va. Je m'assieds à sa place. Martine n'a plus un sou. Je lui prête un peu d'argent, qu'elle perd encore.

Je lui dis qu'elle joue mal, et je m'y mets à mon tour. Je gagne le premier coup et puis je commence à perdre. Entre ce que je donne à Martine et ce que je perds moi-même, mon portefeuille s'aplatit rapidement.

Il est vide.

Le directeur du casino me fait apporter des plaques et nous jouons. « Un coup j'te gagne, trois coups j'te perds. » A cette cadence vient le moment où le directeur, avec une mine de circonstance, me fait comprendre d'un geste discret mais éloquent que j'ai épuisé mes réserves.

Tel un enfant gâté qui s'entête et qui ne veut pas perdre, je lui demande de m'avancer de l'argent. Après une seconde d'hésitation, il s'exécute. On me rapporte des plaques équivalant à une somme importante.

Inutile de vous faire languir. En un quart d'heure je vois fondre et disparaître une partie assez considérable de mes cachets du film.

Il n'est pas encore minuit lorsque je dépose Martine devant sa porte. On s'embrasse : « A demain ! » (Pas de commentaires.)

J'ai mal dormi cette nuit-là, désolé et furieux contre moi-même d'avoir cédé à cette tentation stupide et vaniteuse qui consiste à vouloir jouer les « nababs » aux yeux d'une jolie femme.

Adieu ! non pas veaux, vaches, cochons, couvée, mais toiture en vieilles tuiles, poutres de chêne, cheminées de pierre et tomettes anciennes... Les travaux de ma maison de campagne seront décidément retardés et je vais avoir des problèmes pour régler en temps et en heure mes chers, trop chers impôts !

Cette fâcheuse expérience m'aura au moins servi de leçon : jamais plus, depuis ce soir-là, je n'ai joué le moindre centime dans une salle de jeux.

Je compte bien appliquer cette règle jusqu'à la fin de mes jours.

XV.

Le *Caprice de Caroline* se termine aux studios de Boulogne. L'équipe va « éclater », chacun enchaînant sur un autre film. On va se quitter. On se quitte. On se promet de se téléphoner, de se voir bientôt, très vite. On est sincère mais ça n'arrivera pas et ce n'est pas de notre faute. Lorsqu'on travaille huit ou neuf semaines avec les mêmes personnes, les sympathies et les antipathies se marquent. L'amitié se crée parfois. Même réelle, profonde, elle sera éphémère. Chacun s'embarquant parallèlement dans une aventure similaire se trouvera obligé « d'épouser » la nouvelle équipe de tournage. Malgré l'envie qu'il pourra ressentir, il ne pourra renouer dans l'immédiat avec ceux qu'il a bien aimés. Il n'en aura pas le temps. Attiré, retenu par de nouvelles sympathies, il lui faudra, forcé, contraint, sacrifier celles d'hier au profit des autres. C'est assez triste mais c'est ainsi, nul n'y peut rien.

Ma barbe pousse. Les répétitions au théâtre Sarah-Bernhardt avec Edwige vont recommencer incessamment. Je me replonge dans mes cinq actes mais ma mémoire fidèle me rassure. Je me souviens parfaitement de tout et de la mise en scène.

C'est à ce moment que j'apprends une nouvelle qui m'ahurit. Tout d'abord, je ne veux pas y croire. Enfin convaincu, je hurle à la trahison (c'est une image). Alexandre Astruc a terminé le montage et le mixage du *Rideau cramoisi*. Il est très content, paraît-il, moi consterné ! Sur les images de Schüfftan, le personnage principal raconte l'aventure. C'est un commentaire dit à la première personne du singulier. Or, le metteur en scène a décidé qu'Yves Furet, de la Comédie-Française, donnerait sa voix à mon personnage. Alexandre (qui me fuit au téléphone) a répondu à Olga qu'il estimait que je n'avais pas une assez jolie voix... Comique, non, pour un futur « rossignol de service » ? Mais pas sur le moment, je vous prie de le croire. Je suis hors de moi ! Il n'y a malheureusement rien à faire. Le metteur en scène a presque tous les droits. Et Alexandre Astruc n'a pas l'oreille absolue.

Autour du 20 septembre, nous commençons à nous agiter sérieusement autour de *La Dame aux camélias*. Dans dix jours le rideau se lèvera sur cette grande reprise parisienne. Nadine Farel, directrice, est très contente. Il a été annoncé qu'Edwige Feuillère jouerait « la dame » pour cinquante représentations exceptionnelles, et le public se précipite pour retenir ses places. Nous sommes déjà assurés de jouer devant des salles combles pendant quinze jours et les réservations continuent d'affluer.

Me voilà blond à nouveau (barbe incluse) et prêt à affronter les feux de la rampe à Paris. Pour Edwige, la partie est gagnée d'avance. Pour moi, ce n'est pas du tout la même chose. J'ai tout à prouver. Et on m'attend... Il n'y a, à ma connaissance, aucun préjugé défavorable contre moi, seulement les gens sont curieux. Curieux de voir en chair et en os ce garçon de vingt-cinq ans dont ils ont beaucoup entendu parler dans les journaux (un peu trop à mon avis) et qu'ils ont pu voir au cinéma dans trois ou quatre productions. Ils savent que plusieurs films dont je fais partie vont sortir incessamment. Seulement la scène du théâtre Sarah-Bernhardt ce n'est pas « du cinéma ». Il faut « payer comptant ». Un comédien totalement inconnu aurait couru moins de risques. Excellent, Paris l'aurait « découvert » et adopté peut-être. Mauvais, Paris l'aurait rejeté et oublié, probablement. Voilà qui n'est pas mon cas. Il y a eu tant et tant de « tam-tam » fait autour de moi que les gens veulent juger par eux-mêmes si j'en mérite autant. Ce qui me paraît juste, mais ne m'empêche pas de réaliser avec sang-froid la position dans laquelle je me trouve.

Je n'ai pas peur mais je connais le péril. J'ai confiance en moi mais je sais le danger.

Et puis, « l'âme chevillée au corps », je suis bien décidé à gagner la partie. J'entends montrer à tous que je vaux quelque chose, que je suis digne d'un peu de considération. Pour me conforter dans cet état d'esprit, je me raconte des tas de choses : que je suis le plus grand, le plus beau, le meilleur ! Je m'autosuggestionne pour me donner cette assurance dont, je le sens, j'ai un absolu besoin pour entrer en scène, assumer mon rôle et, si possible (ô prétention), violer Paris.

Parce qu'ils seront tous là ceux qui font et défont les réputations. Tous ! Edwige, Olga, Nadine Farel, Jean et moi, nous en sommes conscients. Si nous n'en parlons pas, c'est par un accord tacite, évitant de mettre un point sur le *i* du mot trouille ! A cette époque-là et encore tout récemment, la partie se jouait en deux manches — si je puis m'exprimer ainsi. Il y avait une « générale » où tous les gens de métier étaient invités — journalistes et critiques inclus : la presse écrite... c'est-à-dire ceux qui écrivent et impriment leurs impressions. Le lendemain soir, en grand gala, c'était la première ! Etait convié tout ce que Paris pouvait compter d'important, c'est-à-dire ceux qui parlent, se parlent et se téléphonent pour échanger leurs opinions : la presse parlée.

Les deux salles étaient aussi dangereuses l'une que l'autre. Il fallait donc « gagner » deux fois coup sur coup. A présent, les directeurs de salle ont découvert une « combine » qui a le double avantage de leur faire prendre moins de risques et celui, méritoire, de rassurer les comédiens : les personnalités des deux clans sont invitées et viennent voir la pièce à leur convenance et pas forcément le même soir. Mais en septembre 1952, nous n'en sommes pas là.

Hier soir a eu lieu « la couturière ». C'est une représentation donnée devant un public restreint et choisi. Seuls les techniciens et les amis intimes ont le droit d'y assister. Les uns et les autres auront le privilège (dangereux) et le devoir (amical) de faire discrètement leurs observations après le spectacle. Ils critiqueront tel jeu de scène, tel geste, telle intonation. (En général on écoute tout et on retient ce qu'on veut.)

Je descends l'étroit escalier de fer qui me sépare du plateau. Je ne suis pas le dernier. Tout le monde est là avant le lever du premier acte. Il ne manque qu'Edwige. La voici. Nos yeux se croisent — je dirai s'affrontent. C'est sa façon à elle de me donner du courage au cas où j'en manquerais. Je soutiens son regard : c'est une réponse. Ni elle ni moi ne pensons à sourire, c'est le grand soir pour moi.

Tout est prêt ? Oui. Madame, peut-on commencer ?

J'entends dans la brume qu'on frappe les trois coups. Le régisseur fait partir la bande musicale. Le rideau se lève. La pièce a commencé.

Edwige fait son entrée. Trois minutes d'applaudissements, un peu de temps qui passe. J'écoute. Je sens que le régisseur me guette. D'un mouvement de tête je lui fais comprendre que je suis attentif et que je ne manquerai pas mon entrée. Voilà, c'est le moment !

Ce que je vais vous dire passera pour très prétentieux, ce qui ne sera pas exact. Je ne suis pas de ceux qui se prennent au sérieux : la vie est trop courte. Je suis entré en scène. Je ne m'attendais pas à des applaudissements, mais je ne m'attendais pas non plus à ce qui s'est passé : il m'a semblé que la salle se figeait. Il y eut un silence perceptible, c'était comme si chacun, dans la salle, avait retenu sa respiration.

J'étais profondément troublé par cet accueil qui loin d'être froid n'exprimait qu'une sorte de surprise pour des qualités physiques dont je n'étais pas responsable, mais auxquelles, probablement, on ne s'attendait pas. C'est pourquoi, ce soir-là, je pris bien malgré moi un peu plus de temps que d'habitude pour lancer ma première réplique. La salle avait retrouvé sa respiration et Edwige me parut se détendre.

Nous jouons depuis deux semaines, et deux fois le dimanche, ce qui est épuisant, surtout pour Edwige. Les salles sont enthousiastes et la location s'avère de plus en plus forte. La directrice du théâtre, Edwige et Olga se demandent s'il ne faut pas envisager de « tenir » jusqu'aux fêtes de Noël incluses. Moi, je ne demande pas mieux. D'après ce qui a été dit et écrit, j'ai dû réussir mon examen de passage. D'après ce que je crois comprendre, Paris m'a accepté en tant que comédien à part entière. Et ça, c'est très important.

Je ne vais pas vous raconter les critiques louangeuses, dithyrambiques, tièdes ou restrictives. J'ai lu, à mon sujet, des qualificatifs de toutes les couleurs. Plume en main certains tentent honnêtement de rester objectifs. Je les préfère à ceux qui, étant de parti pris, exagèrent dans un sens ou dans l'autre. Bien sûr, c'est très flatteur de se voir gratifié des plus hauts superlatifs, mais il y a, comme dans toutes les formes d'exagération, quelque chose qui sonne faux. Il en va de même lorsque l'on pousse la critique à l'extrême et que vous lisez un constat d'échec écrit par un entrepreneur de démolition qui s'acharne en toute mauvaise foi à démontrer que vous ne valez rien. L'un et l'autre exagèrent, et par là même leurs articles perdent de leur crédibilité. Pour moi qui me trouvais être le point de mire fugitif d'une saison, c'est avec une lucidité toute neuve que je me rendis compte de la précarité et du poids de certains jugements. En toute bonne foi et sans orgueil excessif, je me plaçais au centre de ces contradictions. Je tenais certains compliments comme mérités ; je tenais certaines critiques comme justifiées. A moi de parfaire les qualités et de me débarrasser des défauts.

C'est sur ces entrefaites que se produisit une catastrophe. Olga me téléphone un matin, un peu énervée. Le directeur de production du *Caprice de Caroline* vient de l'appeler. Il se trouve (à qui la faute ? on ne le saura jamais) que le film est incompréhensible si on n'y ajoute pas une courte scène entre Martine Carol et moi. Oh, ce n'est rien, six répliques que nous tournerons dans un petit décor spécialement construit. Nous aurons trois ou quatre heures de travail tout au plus. Là n'est pas le problème.

Jouant chaque soir Armand Duval avec une barbe et des cheveux blonds, je n'ai plus du tout la tête de Livio, le danseur italien du *Caprice*, les cheveux noirs bouclés, et imberbe. Bien sûr, il est facile de faire faire une perruque brune et frisée, mais... la barbe ? On ne peut pas éviter de raser ma barbe ! Mais alors... Armand Duval imberbe ? Edwige n'appréciera pas du tout. Olga le sait bien et c'est ce qui l'ennuie.

Réflexion faite, car on n'a pas le choix, on fera faire une perruque brune pour Livio et un postiche blond pour la barbe d'Armand. Cette situation ne me réjouit guère mais je ne vois pas le moyen de faire autrement. Les mesures des deux « accessoires » ayant été prises et ceux-ci réalisés, un beau matin je me rase la barbe : cheveux blonds, sans barbe, dans la glace j'ai l'air d'avoir dix-huit ans !

Je tourne à midi avec Martine au studio de Boulogne, nous ne savons même pas ce que nous aurons à faire. Ce petit « raccord » se passe assez bien. Dans une cabane de pêcheur, j'attends Martine. Elle entre. On se dit deux ou trois choses, et puis c'est moi qui quitte la cabane. Martine reste seule. A cinq heures, tout est terminé. J'embrasse Martine, salue Jean Devaivre et me précipite au théâtre.

La barbe postiche est là, sur la table, dans ma loge. Je veux l'essayer tout de suite. Comme je n'ai pas l'habitude, je mets de la colle partout, surtout là où il n'en faut pas. Au bout d'une demi-heure j'en ai fichu sur tout ce que je touche, et bien entendu le postiche ne tient pas. Affolé, j'appelle Olga pour lui dire dans quel pétrin je suis. Que faut-il faire ? Elle me rassure et me calme comme elle peut. Elle va m'envoyer le fabricant de postiches qui arrangera tout ça en cinq minutes. J'en accepte l'augure. J'attends.

Je n'ose pas me montrer dans les coulisses du théâtre où personne n'est encore arrivé, je ne tiens pas à me faire remarquer par qui que ce soit. Edwige, qui ne sait rien, ne tarderait pas à être prévenue.

C'est à sept heures et demie que débarque le perruquier. A force d'arpenter ma loge, je suis comme un lion en cage et plus énervé que vous ne pouvez l'imaginer. L'expert en poils met une demi-heure pour réparer les dégâts et rendre au postiche une apparence convenable. Il sacrifie une autre demi-heure à me fixer cette barbe au menton, sur les joues et la lèvre supérieure. Il est vingt heures trente quand il s'en va. Le rideau se lève dans vingt-cinq minutes.

Lorsque je suis entré en scène, Edwige ne s'est tout d'abord rendu compte de rien. C'est venu progressivement, il me semble. C'est mon articulation inhabituelle qui a dû attirer son attention en premier lieu. J'avais tellement peur de sentir le postiche se décoller que j'ouvrais à peine la bouche. Je maugréais. Dès que j'ai eu à m'approcher d'elle pour échanger des répliques plus intimes, elle a tout de suite compris ! Ses yeux n'exprimaient plus l'amour : j'étais dévisagé par deux vrilles. Je ne vous souhaite pas d'affronter le regard d'Edwige Feuillère en fureur : il y a de quoi rentrer sous terre !

La pièce s'est poursuivie mais il est évident que j'étais beaucoup moins câlin que d'habitude au moment des tendres enlacements. Je craignais tellement de voir ma moustache ou ma barbe s'accrocher à ses cheveux ou à sa robe que je me tenais écarté d'elle le plus possible. De la salle je devais passer pour un amoureux plutôt frigide. Mais cela valait mieux, de toute façon, que de risquer de faire éclater de rire l'assistance, Armand Duval perdant sa barbe... on n'aurait jamais pu terminer la représentation de ce drame romantique. Nous aurions risqué « l'emboîtage », et ça, Edwige ne me l'aurait jamais pardonné.

Ayant prévu qu'il faudrait inévitablement donner quelques explications à Edwige à l'issue de la représentation, j'avais supplié Olga de se trouver sur place à mes côtés pour ce moment... délicat.

La pièce terminée, après les saluts, je m'enfuis dans ma loge où je m'attends à trouver Olga comme convenu. Pas d'Olga ! J'ôte le postiche, me débarbouille, me lave, me change... toujours pas d'Olga, mais le régisseur qui m'apprend, à travers la porte, que Mme Feuillère m'attend dans sa loge.

Je n'ai pas le choix, je m'y rends, arrondissant mentalement le dos, prêt à essuyer un épouvantable orage. Je frappe. « Entrez ! » Olga est là ! Ouf !

Edwige n'éclate pas. Ce ne seront pas les fureurs d'Hermione, mais elle ne sourit pas non plus. Visiblement, Olga lui a tout raconté. Edwige, en grande professionnelle, ne peut pas ne pas comprendre ; Olga, en grande diplomate, a exposé les faits en les présentant comme il se devait. C'est avec réalisme qu'on me demande si ma barbe naturelle pousse vite. Je m'empresse de l'affirmer (c'est assez vrai d'ailleurs). Il est décidé que j'abandonnerai ce postiche qui m'empêche de jouer la comédie (manque de métier !) et que — demain nous avons heureusement relâche — après-demain je foncerai un peu ce qui aura poussé de ma barbe naturelle.

Pour m'assurer qu'elle ne m'en veut pas trop, Edwige gentiment nous offre un rafraîchissement et en profite pour m'apprendre que nous jouerons jusqu'après les fêtes du nouvel an. Elle semble heureuse de cette décision, Olga aussi. Et moi donc !

Pendant les représentations du mois de novembre, Edwige et moi recevons, ensemble ou séparément, la visite d'une foule de gens connus : parmi eux, Raymond Bernard, le metteur en scène du *Jugement de Dieu*. Je sais par Jean (qui est au courant de tout, parfois même avant les intéressés) que ce dernier s'apprête à tourner *La Dame aux camélias* avec Micheline Presle, au printemps prochain. Il est venu me voir dans le rôle avec ou sans arrière-pensée, je n'en saurai jamais rien. Tout ce que je peux dire, c'est que j'aurais décliné l'offre si elle m'avait été faite, estimant — à tort ou à raison — que c'eût été commettre une indélicatesse grave vis-à-vis d'Edwige à qui je devais tant que d'envisager interpréter ce même rôle avec une autre comédienne qu'elle.

Un matin, entre Noël et le jour de l'an, Olga me prévient que nous serons invités à souper le soir même. Où ? Elle ne le sait pas encore. Avec qui ? Elle le sait mais ne veut pas le dire : c'est une surprise. Smoking ? Mais naturellement puisque c'est pour elle que... Olga s'interrompt et me dit en riant que je ne réussirai pas à la faire parler. Je me demande ce que cache ce mystère. Décidé à en savoir davantage, j'appelle Jean. On me répond qu'il est sorti tôt ce matin. Non, on ne sait pas où le joindre. Je ne suis pas plus avancé. Jusqu'au soir je me pose des questions qui restent sans réponse.

La représentation se déroule comme à l'accoutumée. Edwige est encore plus extraordinaire que d'habitude, me semble-t-il, ce qui me pousse à tenter de me dépasser. *La Dame aux camélias* remporte un triomphe plus éclatant encore que les soirs précédents.

Je me précipite pour me démaquiller et trouve Jean qui m'attend, souriant. Pendant que je me débarbouille et me change, il me dit qu'Edwige nous attend dans sa loge... et qu'elle n'est pas seule. Comme je le presse de questions, il finit par lâcher la vérité :

— On ne voulait rien te dire pour ne pas t'impressionner avant la représentation qui, d'ailleurs, a été formidable ce soir.

Je l'interromps :

— Oui, oui... alors ?

— Eh bien (il ménage son effet), dans la salle, ce soir, il y avait Laurence Olivier et Vivien Leigh, avec Noel Coward et John Mils.

Je reste sans voix, et puis je m'assieds :

— Quoi !

Effectivement il y a beaucoup de monde dans la grande loge de Sarah Bernhardt. En plus des précités, cinq ou six photographes qui mitraillent. J'aperçois Olga et Denise Tual, qui s'occupent des grands acteurs anglais pour la France. J'ai à peine le temps de saluer Edwige qu'une porte s'ouvre dans mon dos. C'est Vivien Leigh qui sort du cabinet de toilette. Elle s'approche en disant dans un français impeccable : « J'ai tellement pleuré que je suis défigurée ! » Eclat de rire général.

Pendant le souper, j'ai tout mon temps pour observer les convives. Je n'en reviens pas d'être là, familièrement installé auprès de ceux que l'on peut compter parmi les plus grands comédiens d'Europe. Je n'avale rien. Je regarde et j'écoute. Tous parlent en français. Si je n'ai pas faim, je dévore des yeux Scarlett O'Hara qui me sourit de temps à autre, ce qui contribue à m'ôter ce qui me restait d'appétit.

Sans être petite, elle est moins grande que je ne m'y attendais. Très élégante dans un tailleur sombre au revers duquel est accroché un clip de brillants, elle a recouvert ses cheveux bruns d'une calotte de feutre qui semble la casquer. Le long cou aristocratique soutient un visage dont les rapides changements d'expression sont saisissants. Pour souligner ce qu'elle dit, elle se sert alternativement de tous les éléments qui composent sa figure fascinante. Le front, les sourcils, le nez, la bouche, le menton, tout traduit sa pensée. La mobilité de ses traits a quelque chose d'ensorcelant.

Des yeux de lynx, bleus, verts, clairs, troublants. La paupière semble s'arrondir ou se brider selon sa volonté. Le nez aux ailes fines paraît minuscule, il est agrémenté de narines palpitantes. Les lèvres ont l'air d'avoir été dessinées par La Tour. Les pommettes haut placées ajoutent du mystère. Quelquefois, pendant une seconde, la voix se perche dans l'aigu : un cri d'oisillon qui se noie très vite dans un rire de tête, lequel cascade vers le grave comme si ses cordes vocales descendaient une gamme. Les gestes sont gracieux, graciles, mais précis. Cette femme est un amalgame étrange d'éléments contradictoires. Elle peut être fragile, vulnérable, et un instant après on la devine volontaire, autoritaire, flexible et dangereuse comme une lame d'acier. Elle câline, elle agresse, elle miaule, elle mord, elle caresse, elle griffe, elle donne, elle cingle. Tout cela se succède très vite et s'exprime avec le plus parfait naturel. On ne sait ce qu'il faut en conclure. De deux choses l'une : ou elle joue la comédie sans arrêt et à la perfection, ou bien elle est ainsi faite. C'est une femme dont la forte personnalité est composée d'éléments désaccordés. Quoi qu'il en soit, on est sous le charme. Ce soir-là, Vivien Leigh, pour moi, représente l'incarnation de la séduction.

Je ne peux pas m'empêcher d'être intimidé par Laurence Olivier. Il reflète pourtant l'image même de la simplicité. Seulement c'est une simplicité que je qualifierai de royale. Lorsqu'on est prince régnant on ne se rend probablement pas compte du trouble que l'on provoque. Il se peut aussi qu'on en soit conscient, ce qui n'est pas exclu, d'ailleurs, dans le cas présent.

Grand, beau, élégant, distingué, il est tout cela, ce roi de la scène. Affable, courtois, souriant et drôle, il sait l'être aussi. C'est un homme de nuances. Elles sont nombreuses. Il ne m'apparaît pas charmant mais charmeur. Plus séducteur que séduisant. Il y a quelque part dans son comportement je ne sais quoi qui laisserait supposer une grande habitude du maniement de ses pouvoirs. Son naturel est tellement exquis et si irréprochable qu'instinctivement on est tenté de chercher la faille. On ne la trouve pas.

Profil pur, nez droit, front haut, menton énergique et lèvres qui avouent leur sensualité, il ne lui manque rien pour plaire. Il plaît. Il le sait et fait semblant de jouer à celui qui ne le sait pas. C'est du grand art. Ajoutez à cela qu'il est tout à fait sympathique. Si je n'étais pas aussi tendu par ma curiosité dévorante, je ne verrais pas tout ce que je crois entrevoir. Je peux aussi me tromper. Ce qui achève de me troubler, c'est le regard : insondable. Pénétrant et mystérieux, il est insolite et recèle une particularité : les deux yeux ne sont pas les mêmes. Non qu'ils diffèrent par la couleur mais par leur forme. Laurence Olivier a un œil qui frise, l'autre pas. Les paupières, assez lourdes, sont frangées de cils épais, longs et frisés. L'une d'elles descend davantage sur l'iris sombre. On a l'impression que cet œil-là vous fixe à travers une voilette tandis que l'autre vous considère posément. C'est une sensation surprenante. A d'autres moments, reculant légèrement le buste (ce recul ne veut pas marquer de distance, on a l'impression au contraire que c'est pour mieux vous contempler), il vous regarde de telle façon que je défie n'importe qui (qui ne le connaît pas, c'est mon cas) de pouvoir deviner à quoi pense cet homme. S'il vous écoute parler et paraît prêter attention à ce que vous dites, vous ne savez pas si vous le passionnez ou s'il se retient de bâiller. Son expression signifie tout ce que vous pouvez imaginer, sauf l'indifférence. Vous n'en saurez pas davantage. Dans le mutisme observateur, il est impénétrable. Un sphinx. Cette impression ne vous aide pas à faire disparaître votre timidité.

Lorsque à la fin de la soirée il me dira encore une fois à quel point il m'a trouvé brillant dans un rôle aussi ingrat que celui d'Armand Duval, je ne saurai quoi penser. A présent encore je me demande s'il était sincère, s'il jouait la comédie ou s'il se foutait de moi.

A la droite de Vivien Leigh, Noel Coward agite ses manchettes. Il me semble qu'il y a en lui bien des choses aiguës-pointues. La voix, les doigts, le nez, le menton, les coudes — les genoux et les épaules aussi, on peut le supposer — et puis aussi et surtout l'esprit. Il est très maigre à cette époque et très drôle. Persifleur et jongleur de mots, il est « l'humour » en personne. Il dit des choses inimitables, accumule les reparties à une telle cadence que la phrase que l'on vient d'entendre efface la précédente. La démonstration est brillante. Il est très amusant.

Ses mains, dont l'une porte un très beau saphir, semblent vouloir se détacher des poignets dont la flexibilité étonne, pour mieux dessiner dans l'air d'extravagants moulinets. Il a de petits yeux bleus rusés qui pétillent de lucidité, de savoir, de savoir-faire, d'intelligence aussi et de méchanceté caustique. Il manie l'ironie et la cruauté avec une adresse de prestidigitateur. Ses anecdotes fusent et étincellent. C'est un feu d'artifice. C'est un régal qu'il nous sert et cela est d'autant plus acrobatique et méritoire que ses propos ne reflètent pas une once de vulgarité. Je crois qu'il faut être anglais pour s'exprimer ainsi. Il faut surtout être Noel Coward.

Ce soir-là, à Paris, j'avais l'impression de contempler — admirativement — la caricature de l'Angleterre intellectuelle du moment telle qu'un Français de vingt-cinq ans pouvait se la représenter. Je ne savais pas encore que j'attendrais plus de vingt ans pour avoir la joie d'interpréter l'une de ses pièces. C'est certainement de ma faute. Dix fois il m'a invité à lui rendre visite à Londres. Chaque fois une obligation m'en a empêché. Je le regrette profondément. J'ai perdu l'occasion de prendre, là encore, quelques bonnes leçons. A présent c'est trop tard... il est parti.

J'ai lu le scénario que m'a apporté Jean Devaivre : une histoire écrite par André-Paul Antoine. C'est le film d'action type : un officier français auquel il arrive toutes sortes d'aventures autour des missions délicates qu'on lui confie. Bagarres, poursuites en voiture, enlèvements, tortures, duels, assassinats, des chevaux, des chameaux, des filles, de l'amour sur fond de sable et de palmiers. Ce projet me tente, je ressens aussi le désir de bouger. N'ayant pas revu le profil d'une caméra depuis plusieurs mois, j'ai envie de retrouver l'ambiance d'une équipe de tournage. Nous tournerons au Maroc : Casablanca, Fez, Rabat, Marrakech, Ouarzazate, l'Atlas, Zagora, le Sud... Et puis j'en ai un peu assez de ma tête d'Armand Duval, collier de barbe et cheveux blonds. Je suis décidé à accepter cette proposition. Cette histoire m'amuse, c'est une production à gros budget (technicolor), ce qui permet de penser que le résultat sera de qualité ; ce rôle de héros remuant m'attire, je connais Jean Devaivre puisque nous avons tourné le *Caprice* quelques mois plus tôt ensemble. Allez, c'est dit !

Je tournerai *Alerte au Sud*. Il y a un très beau rôle de « méchant » dans le film. Aimablement le metteur en scène veut bien en discuter avec moi. Nous cherchons ensemble quel serait l'interprète idéal. Plusieurs noms restent en suspens. Même dialogue pour la distribution féminine. Jean Devaivre va prendre des contacts et me tiendra au courant de ses démarches.

XVI.

Après trois mois consécutifs au théâtre Sarah-Bernhardt, la sortie simultanée du *Caprice* et du *Rideau*, Paris décide de faire de moi un personnage à la mode. Beaucoup de gens manifestent le désir de me voir de près. Dîners, soupers, cocktails, les invitations pleuvent. Je ne me sens pas attiré par ce genre de réunions.

Françoise Sagan et Bernard Buffet viennent d'« éclater » en même temps que moi. Eux aussi sont très recherchés. Chacun dans notre style nous faisons face à la situation. Le snobisme aidant, le haut du pavé parisien toise avec des yeux ronds les malheureux attardés qui n'ont pas encore eu la possibilité de nous regarder sous le nez. On sait à quoi riment ces réjouissances (qui n'en sont pas). Comme on ne peut pas plaire à tout le monde, on est prévenu qu'une partie de l'assistance vous adoptera et que l'autre vous trouvera cent défauts. Dame... il faut bien que ces gens-là parlent de quelque chose, et s'ils étaient en accord, il n'y aurait plus de conversation possible entre eux, plus de potins à colporter, plus de propos à rapporter en les déformant.

Je suis parfaitement conscient de tout cela, c'est pourquoi je dois faire un sérieux effort pour mettre les pieds sur ces pistes de cirque dangereuses que sont les salons parisiens.

Je choisissais alors mes « sorties » avec le plus grand soin, n'acceptant de me rendre quelque part que si je le jugeais indispensable. Jean me reprochait mon manque de coopération, m'accusant de ne pas vouloir ou savoir « jouer le jeu ». Effectivement, je ne voulais ni ne savais. (Ours bien léché, peut-être, mais jeune homme sauvage malgré tout.) Si je mettais de la passion dans mon travail d'interprète, j'éprouvais une forte réticence à « jouer la comédie » dans la vie, éprouvant une aversion certaine, je le répète, pour ces réunions mondaines. Les sourires de commande sur scène ou devant la caméra, je les donnais avec naturel (je crois) et plaisir (j'en suis sûr). Il en allait tout autrement lorsque je me trouvais hors du faisceau des projecteurs. Timidité ? Peut-être bien !

Mais aussi cette impression de déambuler sans but dans une atmosphère où tout — à tort ou à raison — me semblait artificiel. Ces échanges de propos oiseux, de phrases toutes faites, de compliments mielleux, de flatteries poisseuses, de non-sincérité nécessaire, tout cela suscitait chez moi une sensation de pénurie, d'insécurité, presque de désarroi.

De tout temps j'ai été mal à l'aise « en vitrine », lorsqu'il me faut jouer mon propre personnage ou plutôt le personnage que les gens s'attendent à rencontrer. Je ne sais pas faire ça. Faire mon travail, oui, de tout mon cœur. Que les autres et le public jugent, ensuite, mais qu'on ne me demande pas de faire « le singe » dans les salons. Les tapis d'Orient amortissent les pas, certes, mais il y a des coins de parquet sur lesquels vous pouvez glisser au moment où vous vous y attendez le moins. Les « peaux de banane » sont invisibles. Pourtant, elles sont là, habilement placées sous vos pieds. Derrière les sourires enchanteurs peuvent se cacher des pièges dont vous n'avez pas conscience. Les gens qui vous parlent savent à qui ils s'adressent. Vous ne savez pas toujours qui est au juste celui ou celle à qui vous répondez. Non seulement je trouve ces situations inconfortables, mais surtout, elles m'ennuient. J'ai l'impression de perdre mon temps, de le gâcher. Les minauderies m'ont toujours agacé. Et puis... je n'ai jamais su prendre ce ton-là, qu'il aurait été de bon ton, justement, de savoir adopter. Je n'ai fait depuis aucun progrès à cet égard. Je crois bien, et je ne le fais pas exprès, que je me comporte dans certaines circonstances comme si j'étais l'arrière-petit-fils d'Alceste. Ce n'est pas une idée à écarter. Cette parenté ne me déplairait pas.

Ce qui me fait sourire à présent, c'est que le *Caprice de Caroline*, après un succès prodigieux à l'époque, est aujourd'hui tombé dans les oubliettes alors que *Le Rideau cramoisi* se trouve dans la plupart des cinémathèques du monde entier. L'un n'était qu'une opérette parlée aux couleurs chatoyantes, l'autre demeure un chef-d'œuvre que l'on n'est pas près d'oublier. Ce qui me console un peu, c'est qu'en ce temps-là j'étais déjà conscient de la différence.

Dans les premiers jours de mars, nous allons attaquer *Alerte au Sud* au studio de Billancourt. Jean Devaivre réussit à persuader l'une des plus grandes personnalités du cinéma mondial à accepter de jouer le rôle du « méchant ». Il a d'abord pensé à Pedro Armandariz, mais ce dernier interprète César Borgia aux côtés de Martine — Lucrèce. Alors il a convaincu le plus extraordinaire « méchant » du cinéma : Erich von Stroheim.

Je suis fou de joie ! Rencontrer cet homme, jouer la comédie avec lui... Je suis enthousiasmé à cette idée. Jean Murat, le beau héros type des années trente, fera partie de la distribution, et puis aussi un débutant qui, paraît-il, est plein de talent : Daniel Sorano.

Du côté féminin, je suis un peu déçu (parce que je ne la connais pas encore) du choix du metteur en scène. Pour arriver à boucler son (lourd) budget, il a dû faire appel à des coproducteurs italiens. Ma partenaire sera Gianna-Maria Canale. La distribution réunira entre autres Peter Van Eyck, Jean Tissier, Daniel Lecourtois, Balpêtré, et bien d'autres comédiens de talent.

Les prises de vues commencent au jour dit.

Si Jean Devaivre a fait Saumur, ce serait plutôt sa femme (qui fait office de directeur de production) qui ferait penser à différents régiments de cavalerie. Il y a en elle du cuirassier (la taille), du hussard (l'activité débordante) et du dragon (un air d'autorité qu'elle se doit d'afficher). Sa voix dément ce qui précède : elle parle posément. Ses yeux sombres reflètent un air de chagrin (non d'ennui), comme si on l'avait arrachée d'un cloître où elle aurait vécu dans le calme et la contemplation pour la jeter brusquement dans les activités du siècle. Elle a une personnalité difficile à cerner. Je ne crois pas y être parvenu.

Gianna-Maria Canale est très belle. Grand, beau châssis longiligne. Elle se meut avec beaucoup de grâce. Elle est jolie, le sait, mais contre toute attente ne semble pas s'en préoccuper outre mesure. Le teint pâle, très brune, elle est dotée de splendides yeux verts qui ont dû faire rêver un grand nombre de messieurs. Les proportions parfaites de son corps doivent habiter les demi-sommeils des mâles qui ont contemplé sa silhouette. Elle est tout à fait charmante et d'une totale simplicité. Gianna-Maria réunit tous les éléments qui pourraient faire d'elle la plus parfaite emmerdeuse. Il n'en est rien. Au contraire. J'ai rarement rencontré quelqu'un d'aussi facile à vivre (en travaillant).

Daniel Sorano sera mon copain-complice dans le film. Dans la vie, nous serons copains, complices non, ce n'est pas nécessaire à notre équilibre respectif. Il est assez grand, blond, les yeux bleus légèrement sortis des orbites, solides mâchoires, dentition légèrement chevaline qu'il dissimule, rarement, sous des lèvres charnues dont l'inférieure pourrait être « Habsbourg ». Un masque en perpétuel mouvement, il est drôle mais — pardonnez ma franchise — je ne suis pas sûr qu'il soit très à l'aise devant la caméra. Ce grand comédien de théâtre doit se sentir à l'étriqué dans le maniement du texte moderne qu'il faut donner avec le plus de naturel possible, recopiant le ton du quotidien. Sorano est fait pour les grands textes et les vastes scènes de théâtre, pas pour le côté intimiste du cinéma. D'ailleurs, la suite de sa carrière prouvera que je n'ai pas eu tort. Il ne fera presque pas de films, mais déplacera la

France entière en interprétant de grands rôles aux côtés de Gérard Philipe et Jean Vilar, tout d'abord, tout seul ou presque par la suite.

Je me souviens que, quelques années plus tard, j'ai fait cent kilomètres pour venir lui sauter au cou dans un restaurant où il soupait rue de la Gaîté, après avoir interprété d'une façon magistrale, pour la télévision débutante, avec l'équipe de Claude Barma, un exceptionnel Cyrano de Bergerac.

Donc, pas l'ombre d'une ombre entre Daniel Sorano et moi durant et après le tournage d'*Alerte au Sud*.

Jean Murat, toujours grand, portant beau, les tempes grisonnantes, le profil altier avec dans le fond des prunelles ce petit éclat de nostalgie que doivent avoir ceux qui, après avoir incarné les héros pendant des années, se voient subitement distribués dans un personnage de frère aîné ou de père du héros. Cela ne m'est pas encore arrivé, mais ça viendra peut-être.

Et puis... et puis... voilà Erich von Stroheim.

Son arrivée au studio crée déjà en soi un événement. Toute l'équipe est dans l'expectative, moi inclus. Tant de légendes courent sur le compte de cet homme ! La presse a tracé et retracé de lui des portraits si excessifs qu'ils ne peuvent, je le suppose, correspondre à la réalité. Metteur en scène de génie, personnalité écrasante, comédien fabuleux, je suis convaincu de cela, mais mégalomane, capricieux, sadique, agressif et autoritaire, j'y crois moins.

Jean Devaivre est allé le chercher dans la loge qui lui a été attribuée. Par politesse, déférence et curiosité, toute l'équipe est là, dans le décor, à l'attendre.

Il entre, précédé du metteur en scène, suivi de sa femme, Denise Vernac. Il fait un pas, s'arrête, raidit la position (c'est tout juste s'il ne se met pas au garde-à-vous), et d'un mouvement — raide — du buste, il salue l'assistance à la ronde, sans prononcer une parole. C'est le commandant allemand de la forteresse de *La Grande Illusion* qui vient de faire son apparition. Je n'en reviens pas. C'est incroyable ce qu'il peut se ressembler. Je le regarde et j'ai la sensation d'être au cinéma.

Jean Devaivre me fait un signe. Je m'approche. On me présente au grand homme. Je ne trouve rien à dire. Je suis tout de même très impressionné. Il me prend la main entre les siennes (chaudes, sèches, lourdes, sensuelles), me scrute, puis, se penchant légèrement, me dit doucement comme s'il s'agissait d'un secret :

— Alors... c'est fous que je fais faire peaucoup souffrir... vou zallez foir... on fa bien s'amuser.

Je ne suis pas surpris par son accent, c'est sa façon de parler. Je me crois toujours au cinéma et je le regarde. Ce qui m'étonne, c'est que je vais entrer dans son film.

Nous avons commencé à travailler. Erich von Stroheim écoute attentivement les indications du metteur en scène. Il n'interrompt pas, ne pose pas de questions. Il enregistre, apparemment tranquille, ce que Jean Devaivre lui demande. On dirait un élève docile qui s'imprègne des conseils d'un professeur. De temps à autre, il acquiesce d'un mouvement de tête. Il fait signe qu'il a compris ce qu'on attend de lui. Dans cette posture silencieuse, il y a une sorte d'humilité qui surprend d'autant plus qu'elle est imprévue ; on s'attendait à tout de la part de ce personnage à la fois mythique et monolithique, mais pas à cette attitude disciplinée.

Jean Devaivre, étonné lui aussi sans doute, donne l'impression qu'il perd pied, qu'il est troublé. On le serait à moins :

— Vous êtes prêt, monsieur Stroheim ? On peut répéter ?

Nouvel acquiescement de la tête.

— Bien. Silence... On répète... Partez !

Alors il advient quelque chose d'extraordinaire. Stroheim redevient Stroheim et donne au metteur en scène non seulement ce que celui-ci souhaitait mais davantage encore et auquel il n'avait pas même songé.

Inutile de vous souligner à quel point j'étais « dans mes petits souliers » en interprétant mes premières scènes en face de lui.

Ça c'est arrangé très vite. Je réalise à présent à quel point j'ai eu de la chance de rencontrer, à l'aube de ma carrière, des personnalités aussi fortes. Débuter au théâtre en devenant d'emblée l'amant d'Edwige Feuillère, c'est une leçon qui marque à tel point que quelquefois, bien plus tard, au tournant d'une scène, au détour d'un rôle, il y a quelque chose de ce temps-là qui vous revient brusquement à l'esprit et qui aide considérablement. Au cinéma, recevoir son premier choc important en face de Pierre Fresnay, il vous en reste une empreinte qui ne s'efface pas. Lui aussi je l'ai retrouvé parfois, au hasard de certaines de mes interprétations. Erich von Stroheim a été — non qu'il ait cherché à l'être — ma troisième commotion. Cette rencontre-là, elle aussi, a laissé des traces. Il est des souvenirs forts dont on ne se dessaisit pas. Merci à eux trois d'avoir été devant moi, avec moi, aussi exceptionnels.

Aux studios de Billancourt (énormes), il se tourne plusieurs films en même temps. Martine Carol est Lucrèce Borgia, je vais la saluer quelquefois entre deux prises de vues. Elle ne peut pas bouger à cause de ses robes splendides et immenses que lui a dessinées Rosine Delamare (reine incontestée des costumes de cinéma). Jean Marais tourne *L'Appel du destin* ; nous nous rencontrons à la cantine du studio, mais comme nos temps de pause ne sont pas forcément les mêmes, nous ne faisons que nous croiser le plus souvent. Nous estimons que c'est stupide de ne pas essayer de nous connaître mutuellement, et c'est d'un commun accord que nous prenons rendez-vous pour dîner ensemble le vendredi suivant. Je me réjouis de ce projet de fin de semaine pour plusieurs raisons : la première parce que j'admire beaucoup Jean Marais. Je le trouve magnifique et rayonnant dans les rôles où il apparaît, et je ne demande qu'à me rapprocher de cet aîné sympathique qui connaît par cœur le métier de héros qu'il pratique avec quinze ans d'avance sur moi. Et puis je ne serais pas fâché de faire une mise au point en face de lui.

En effet, depuis quelque temps, les gens racontent que Marais et moi ne pouvons pas nous souffrir. Ce qui est tout à fait faux. Ce bruit qui circule — et Dieu sait si les esprits bien intentionnés s'ingénient à le propager — vient d'une phrase que j'ai dite — c'est vrai — dans un restaurant où devaient traîner quelques oreilles en mal de potins. Je suis en train de dévorer l'œuvre de La Varende, et, lecteur passionné de cet auteur que je découvre, j'espère trouver dans ses livres un personnage à incarner si on adapte l'histoire pour l'écran. *L'Homme aux gants de toile* me retient un moment, mais surtout l'histoire de *Nez-de-cuir*.

Or, j'apprends au même moment que Jean Marais va tourner un film tiré de cet ouvrage, mis en scène par Yves Allégret. Déçu et furieux que ce personnage m'échappe, je dis (trop fort) dans ce restaurant où je me trouve et en parlant de Jean Marais : « Ah le salaud ! la vache ! » Enfin, j'exhale ma rage en affublant Jeannot de quelques sobriquets les plus malsonnants qui me passent par la tête. Ceci n'est que l'expression (maladroite) spontanée de ma jalousie. Marais serait entré au même moment, je lui aurais dit exactement la même chose, avec les mêmes mots et un demi-sourire franc, le tout voulant exprimer : « Sale bête, tu vas jouer un rôle que je voulais pour moi, tu as de la veine... Je t'envie mais c'est de bonne guerre ! »

Le vendredi soir arrive. J'ai laissé ma voiture chez moi, Marais m'a dit qu'on prendrait la sienne, une Salmson bleu ciel décapotable...

Nous quittons le studio. Jean Marais prend la direction de l'ouest. Il me dit en riant que puisque les gens nous croient brouillés à mort, on va leur montrer à quel point ils se trompent. Nous allons à la Moutière, chez Carrère, à Montfort-l'Amaury. Il s'agit du restaurant des environs de Paris le plus en vue. Il est certain que tout Paris saura demain que nous avons dîné seuls, tête à tête, à cet endroit.

Effectivement nous avons dîné tranquillement tous les deux, « dans un petit coin isolé » avait précisé Jean Marais en arrivant. Je ne sais pas si vous vous rendez compte de l'effet que cela pouvait produire à l'époque, auprès des esprits à l'affût d'indiscrétions. C'est un peu comme si, toutes proportions gardées, Alain Delon et Jean-Paul Belmondo avaient retenu une table à l'Espace Cardin ou chez Maxim's pour souper seuls en tête à tête dans un petit coin tranquille après une brouille, vraie ou fausse, survenue entre eux.

Comme ni l'un ni l'autre ne tournions le lendemain, que l'atmosphère était agréable et que nous nous trouvions bien là, ensemble, nous nous sommes attardés, allant jusqu'à élaborer un projet : monter *Salomé* d'Oscar Wilde. Jean Marais serait Hérode, moi saint Jean-Baptiste et Cécile Aubry, Salomé ! Le projet ne s'est jamais réalisé. Ce qui s'est réalisé, en revanche, c'est ce que nous avions prévu : dès le lendemain les Parisiens bien informés ont prévenu les autres des « retrouvailles » de Montfort-l'Amaury. Les gens parlaient de « pacte » entre Jean Marais et moi, ils extrapolèrent bien davantage et c'est tout juste si cet innocent repas ne prit pas figure d'une ébauche de quelque chose entre nous qui dépassait, tant s'en faut, de simples relations amicales. Huit jours après personne n'en parlait plus. C'est ça, l'actualité.

Nous avons presque terminé les prises de vues d'*Alerte au Sud*. Le départ pour le tournage des extérieurs au Maroc est prévu dans les jours qui viennent. C'est la plus importante partie du film qui se réalisera sur place, la plus spectaculaire.

Entre Erich von Stroheim et moi se sont établies de parfaites relations, presque amicales. Ayant cessé de m'intimider, j'ai cherché à le mieux connaître et, sans essayer d'être indiscret, j'ai découvert que ce personnage était, dans le fond, comme beaucoup de comédiens, un grand enfant gâté et meurtri par les aléas de l'existence.

Stroheim le redoutable... oui, bien sûr, par certains côtés, mais il pouvait aussi être le plus amusant des hommes. J'ai cru m'apercevoir que Stroheim se déguisait en Stroheim à la ville pour rester fidèle à l'image qu'il entendait projeter de lui-même. C'était une sorte d'armure qui empêchait les inconnus d'aller chercher plus loin. Carapace volontaire qu'il revêtait par habitude et dont il s'accommodait. Je reste persuadé, par exemple, qu'il aurait pu, s'il l'avait voulu — mais il ne le voulait à aucun prix —, perdre son accent germanique ou l'accuser un peu moins. Il aurait parlé anglais ou français comme vous et moi. Or c'est justement ce qu'il voulait éviter. Stroheim parle comme Stroheim, un point c'est tout. Cet accent était à la fois un alibi et une étiquette de marque. Le maniement du monocle et le torse raide projeté en arrière, combien de fois ne l'ai-je pas surpris en train d'en rire lui-même sous cape. Son œil bleu, alors que je le surprenais dans ces flagrants délits, disparaissait sous les plis de ses paupières de caméléon et, le nez se mettant de la partie en même temps qu'il projetait son menton en avant, il avait, essayant de faire le croquemitaine, l'air d'un potache qui s'amuse à recopier une épouvantable grimace... de Stroheim, probablement. Ce qui avait pour effet de me faire éclater de rire tout à fait irrespectueusement. Non seulement il ne s'en formalisait pas, mais il entrait dans mon jeu avec une bonhomie et une gentillesse de grand-papa qui prend des vacances. Si Stroheim avait condescendu à quitter Stroheim, il aurait fait des blagues toute la journée.

L'Afrique du Nord au printemps, c'est la belle saison. Une chaleur qui n'accable pas, une fraîcheur, le soir, qui caresse. Les arbres sont partout en fleurs. Ça sent bon. Le Maroc a l'air doux et les gens sont beaux — hommes, femmes, enfants. Nous travaillons, changeant de place, de ville, de région. Nous descendons vers le sud. Arrêt à Marrakech.

Jean Devaivre, très à son aise dans ce pays qu'il connaît bien, nous transmet un soir l'invitation d'un personnage important, lequel compte donner une fête (une « diffa », je crois) en notre honneur. Il présente ses excuses aux dames de l'équipe, lesquelles, en tant que femmes, ne peuvent pas être admises. Jean Devaivre, Erich von Stroheim et moi nous y rendrons seuls.

Dès l'arrivée, nous sommes séduits et impressionnés par la beauté du lieu. Des serviteurs vêtus de blanc au faciès de montagnards farouches nous accueillent, tenant des torches à bout de bras. Nous passons sous une voûte ancienne en pierres polies par le temps pour déboucher dans une sorte de jardin clos de hautes murailles crénelées. Sur l'herbe on a étendu un grand nombre de tapis. Il y a une foule de serviteurs qui s'affairent. Le maître de maison se lève pour venir à notre rencontre. Nous serrons la main des hommes rudes mais souriants qui l'entourent.

Un orchestre de musiciens arabes joue discrètement derrière un bosquet.

On nous fait asseoir. On nous désigne les places d'honneur. Stroheim et Devaivre se trouvent à droite et à gauche de notre hôte, moi juste en face de lui. La conversation est un peu limitée du fait que nous ne parlons pas tout à fait la même langue. On nous offre du thé — on nous en offrira toute la soirée. J'en boirai de quoi m'empêcher de dormir pendant deux jours.

Le repas commence, délicieux, au son de la flûte et des tambours. Nous sommes éclairés par des torches. Les plats se succèdent : boulettes de poisson aromatisées, gibiers divers, volailles aux amandes. Au fond du jardin, il y a des broches que l'on tourne au-dessus de feux allumés. Par bouffées, on respire l'odeur du mouton grillé qui se mêle au parfum des jasmins, des lauriers et des orangers en fleur. Naturellement, on mange avec ses doigts. Ce n'est pas très commode lorsqu'on n'en a pas l'habitude, mais on s'y fait. Assis en tailleur, je commence à avoir des crampes mais, comme les autres ne paraissent pas souffrir outre mesure, je m'oblige à penser à autre chose.

Voilà que l'on apporte de grands plats sur lesquels sont disposés des morceaux de mouton. Lorsque tous les plateaux sont en place sur les tapis, notre hôte fait un geste que je suis des yeux machinalement. Il tend la main vers la tête d'un mouton et, d'un geste aussi naturel que gracieux, il arrache l'œil de l'orbite de l'animal mort.

Tiens ! comme c'est curieux. Je me demande ce qu'il va en faire. Ne me dites pas qu'il va le manger... C'est pire ! Comme on tend une fleur à une femme, c'est avec une délicatesse infinie que l'homme qui nous reçoit me présente l'œil du mouton qu'il tient au bout de ses doigts.

Moi, je n'ose pas comprendre. Je regarde notre hôte qui me sourit et attend, la main tendue, pinçant l'œil. Je regarde Jean Devaivre qui, sérieux comme un pape, me fait signe d'accepter le présent. Comme je fais mine d'hésiter, il me dit :

— C'est un très grand honneur qui vous est fait. Vous ne pouvez pas faire autrement que d'accepter ce présent.

Il a dit ça sur un tel ton persuasif que je me dis que je risque ma tête si je fais mine de refuser. Je jette un regard à Erich. L'œil bleu à demi dissimulé sous les paupières, la bouche qui commence à esquisser une moue que je connais bien, le menton lancé vers le haut, je sais, je sens, qu'il se retient pour ne pas rire. Je ne serais pas dans une si fâcheuse situation que c'est certainement la grimace d'Erich qui me ferait éclater de rire. A cette minute précise, je suis très ennuyé.

Finalement je tends la main à mon tour vers celle de notre hôte. Il dépose dans ma paume cette chose insolite qui est, sans doute possible, un œil de mouton. Bon, j'ai ça dans la main... qu'est-ce que j'en fais ? Je regarde à nouveau Devaivre qui m'indique d'un geste qu'il faut mettre la chose dans ma bouche. Je n'ose pas regarder Erich. Notre hôte, qui me dévisage, semble attendre. Bon, je mets l'œil dans ma bouche. Toute l'assistance sourit. Comme si j'avais donné un signal, une ruée de mains plonge dans les plats.

Profitant de ce mouvement général qui détourne de moi l'attention, je tire mon mouchoir de ma poche et très lentement je le porte à mon front que j'essuie, à mon nez que j'essuie, à ma bouche que j'essuie, à mon menton que j'essuie. Je remets le mouchoir dans ma poche, et à mon tour je souris, en regardant Stroheim bien en face.

C'est lui qui éclate de rire !

Erich von Stroheim va rentrer en France avec Denise Vernac, sa charmante compagne. Femme admirable, d'une discrétion et d'un dévouement absolus pour le grand homme. Elle éprouve pour lui les sentiments les plus élevés : amour, amitié, admiration, estime, à quoi l'on devrait ajouter ce ciment indispensable à la pérennité d'un couple : la complicité.

On se dit au revoir tristement au pied des contreforts de l'Atlas. Le plus surprenant, c'est que nous nous reverrons effectivement l'an prochain. Mais nous ne le savons pas encore.

Après avoir passé l'Atlas, l'équipe s'installe à Zagora. C'est un gîte d'étape au confort relatif, mais nous ne sommes pas en vacances. Si nous sommes là, c'est pour filmer de belles images dont l'authenticité fera rêver les spectateurs d'Europe. A l'époque, on ne voyageait pas aussi facilement qu'aujourd'hui, il est bon de s'en souvenir. Il faut avouer que les paysages sont splendides. Une terre rouge, des autochtones que le modernisme ne semble pas avoir effleurés. Les femmes vont puiser l'eau et leur démarche de danseuses royales est d'une réelle beauté. Dans cette région, les hommes se déplacent à dos de chameau, traversant d'immenses étendues plus ou moins désertiques vêtus de costumes ancestraux qui, dans leur originalité, leur donnent une allure majestueuse. Seuls les militaires français (on disait « métropolitains ») utilisent des véhicules de l'armée. Camions et jeeps nous seront d'un grand secours pour transporter notre imposant matériel nécessaire au tournage.

Je suis enchanté de tout ce que je découvre et le travail se déroule dans une bonne ambiance. Seulement, le temps passe. Nous avons pris un léger retard sur le plan de travail prévu et si nous ne le rattrapons pas cela risque de me créer un problème. En effet, avant de quitter Paris, j'ai signé un contrat pour un film qui doit commencer le 15 mai. Il s'agit d'un scénario original de Jean Anouilh, c'est une histoire qui se situe à la fin du siècle dernier. Renée Saint-Cyr en sera l'héroïne et j'aurai — ce qui m'excite assez — à interpréter un double rôle : celui d'un mari, amant, jaloux, dur, méchant, sadique et autoritaire, et aussi celui qu'il aurait pu être, c'est-à-dire une créature aimante, attentionnée, douce et poétique. L'héroïne supporte l'un et rêve éveillée avec l'autre. Elle aime les deux incarnations pour diverses raisons.

C'est une jolie idée qui, si elle est bien réalisée, peut devenir un film sortant des sentiers battus. Comme vous pouvez le supposer, je devrai être brun pour jouer le méchant et blond pâle pour incarner le gentil. Quel est le comédien qui n'a pas été séduit par l'idée d'interpréter un double rôle ? Or nous sommes le 5 ou le 6 mai et Jean Devaivre et sa femme n'ont pas l'air de s'inquiéter des jours qui filent. Il est vrai qu'il ne nous reste que deux séquences importantes à tourner, le reste n'étant que des raccords entre certaines scènes. Nous descendons encore plus au sud. Après El Mamid. Les pistes de tôle ondulée sont fatigantes à supporter mais les sites que nous traversons nous récompensent. Les « hommes bleus » que nous rencontrons, juchés sur leurs dromadaires, nous font une très grande impression. Décidément, ce film présentera des personnages qui n'auront pas cet air déguisé qu'ont parfois certains figurants et la beauté de ce pays ne pourra que séduire tant il est magnifique.

Le temps file comme le sable entre les doigts. Le 9 ou 10 mai, je tente de joindre Paris. Là où nous sommes il n'y a pas de téléphone, on correspond par radio, par l'intermédiaire des militaires. On transmet de poste en poste, ce n'est pas très commode. Les messages seront-ils captés, retranscrits, retransmis ? Il faut l'espérer. Le 11 ou le 12 mai, un lieutenant m'apporte un billet en provenance de Casablanca, via Marrakech, sur lequel est griffonné à peu près ceci : « Retour impératif le 15 mai pour début tournage urgent — Saint-Cyr. »

Je me trouve en plein Sud marocain, à des milliers de kilomètres de Paris et coupé de toutes voies de communication normales.

Jean Devaivre et sa femme savent depuis longtemps que l'on m'attend à Paris à une date précise, mais ils préfèrent, sans doute, l'oublier. Mme Devaivre a récolté tous les passeports de l'équipe pour les garder en lieu sûr afin d'éviter, a-t-elle dit, vols ou pertes de documents. Je vais trouver le metteur en scène et lui expose la situation dans laquelle je me trouve. Je ne lui parle pas du billet signé Saint-Cyr. Jean Devaivre n'a pas l'air décidé à me laisser partir. Il reste des plans à tourner, me dit-il. C'est vrai et c'est faux à la fois. Il manque effectivement quelques passages de mon personnage, en voiture, au cours de poursuites. On peut parfaitement me doubler, cela ne fait aucun doute, car ce sont des plans lointains et rapides. Ce qui ne fait aucun doute non plus, c'est qu'on ne veut pas me laisser m'en aller. Moi, par contre, j'y suis fermement décidé. Je veux partir et je sais que cela va être difficile de m'échapper. Avant tout, réfléchir et bien organiser « mon coup ». Il y a une partie de moi-même qui s'amuse dans ma tête : j'ai l'impression de tourner un film d'évasion pour moi tout seul.

Avant tout, il me faut récupérer mon passeport. Avec des ruses de Sioux et un complice (qui ne sait pas ce dont il s'agit), je parviens à reprendre mon passeport. Oh, le procédé est simple : je me rends dans la chambre qui sert de bureau à Mme Devaivre et où elle conserve, je le sais, certains documents concernant le film dans une serviette de cuir.

Tandis que je suis avec elle, quelqu'un l'appelle au-dehors sous un prétexte quelconque et urgent ; elle sort de la pièce, juste le temps de me permettre d'ouvrir la serviette et d'en retirer mon passeport que je glisse dans ma poche. Elle revient, nous parlons de n'importe quoi. Je m'éclipse.

Premier round. A présent, les militaires : le lieutenant qui m'a remis le billet. Je vais le trouver. Nous bavardons au coucher du soleil en buvant quelques verres d'anisette coupée d'eau. Il trouve que j'ai l'air ennuyé, anxieux. Je lui réponds qu'il y a de quoi et, sortant le billet un peu froissé qu'il m'a remis le matin même, je le lui relis en lui racontant une histoire rocambolesque : on m'attend pour tourner un film, c'est urgent — d'ailleurs, le mot est dans le message, tenez, lisez —, c'est très sérieux ! Regardez, c'est signé Saint-Cyr !

C'est avec la plus totale hypocrisie que je cherche à le faire mordre à cet énorme hameçon. Sans vouloir entrer dans les détails (et pour cause !), je tente de lui faire croire que c'est — pas moins que ça — l'école de Saint-Cyr qui m'attend. Il tripote et relit le billet sans rien dire. Il réfléchit. Moi, j'adresse une prière à tous les saints du Paradis pour que « ça marche ». Le lieutenant prend une longue respiration et me dit très simplement :

— Au fond, ce que vous voulez, c'est rentrer à Paris ?

Eh oui, c'est ça, c'est exactement ça. L'espoir envahit ma tête et danse une farandole démente dans mon cerveau tandis qu'il ajoute, amical et important :

— Bon, eh bien, ça ne me paraît pas impossible. Le capitaine Z. doit justement partir demain en congé en métropole. Il vous emmènera jusqu'à Casablanca. Vous prendrez le même avion.

Je crois que j'ai eu envie de lui sauter au cou. Je ne l'ai pas fait, mais nous avons vidé la bouteille d'anisette.

C'est le 13 mai dans la nuit que le capitaine Z. et moi (son nom m'échappe) nous nous enfuyons comme des voleurs. Je lui ai servi la même histoire qu'au lieutenant en ajoutant que la production du film actuel ferait tout pour m'empêcher de partir et que là-bas, en France, Saint-Cyr m'attend. Alors, pour être certain de me faire échapper sans risques ni contretemps, il faut prendre toutes les précautions possibles. A commencer par se taire. Il acquiesce et se met en quatre pour tout organiser par radio, y compris la réservation de ma place dans l'avion que je prendrai avec lui pour Paris. Le lieutenant qui fait partie du complot nous aide à pousser la jeep le soir venu jusqu'aux dernières maisons de l'agglomération (nul ne doit nous surprendre). Ce n'est que deux cents mètres après le dernier gourbi que nous mettons le moteur en marche. La piste se dessine, vague, à la lueur des veilleuses, mais elle est le symbole de longues vacances pour le capitaine et pour moi celui de la liberté reconquise. Le voyage nocturne nous enveloppe d'une irréalité fantomatique. Crêtes, gorges et plaines éclairées par la lune semblent des décors de planète inconnue. La jeep cahotant et sautant entre les cailloux et les trous du chemin nous tient en éveil. Jusqu'à l'aube nous ne rencontrons âme qui vive.

Etape rapide au poste-caserne de Marrakech, toilette de chat, changement de véhicule. Nous réussirons à attraper l'avion Casablanca-Marseille-Paris.

Si je ne me rappelle plus le nom de ce capitaine Z., je me souviens de sa bonne humeur. Il était assez court sur pattes, rondouillard, châtain clair, un peu chauve, et riait en découvrant des dents écartées. Merci mon capitaine, sans votre aide efficace, je ne serais pas arrivé à Paris le 15 mai.

Plus tard, lorsque j'ai retrouvé Jean Devaivre et sa femme au moment de la synchronisation de certaines scènes du film, elle m'a fait une longue figure, me tenant rigueur de ma fuite alors que le metteur en scène avait l'œil amusé de l'ancien militaire qui apprécie à sa juste valeur la qualité d'une évasion réussie.

Troisième partie

UNE GUERRE N'EST JAMAIS PERDUE

« Je n'ai pas la folie de souhaiter qu'on m'approuve. Je ne demande pas d'être admis : c'est une exigence trop haute. Je ne désire qu'être compris. Je vois bien que c'est la même chose, et que c'est désirer beaucoup. »

MARGUERITE YOURCENAR

XVII.

Nous arrivons maintenant au plus grand bluff de ma carrière. Convié à la réception du mariage de Philippe Lemaire et Juliette Gréco, je rencontre Robert Siodmak. C'est un très grand metteur en scène international. Il doit avoir une cinquantaine d'années. Né aux États-Unis, à Memphis, sa famille est revenue s'établir à Leipzig où il a passé son enfance et sa jeunesse. C'est en 1931 qu'il tourne *Tumultes* avec Charles Boyer, et puis *Pièges* et encore *Mister Flow* avec Louis Jouvet. Autant de succès successifs. Il arrive des États-Unis où son dernier film, *Le Corsaire rouge* avec Burt Lancaster, vient de remporter un triomphe. Un producteur parisien de ses amis, Michel Safra, l'a convaincu de venir en France pour y tourner en octobre prochain le remake du *Grand Jeu*, prodigieux film tourné par Jacques Feyder il y a une vingtaine d'années et dont les vedettes s'appelaient Marie Bell, Pierre-Richard Wilm, Charles Vanel et Françoise Rosay. Or Robert Siodmak, s'il a donné son accord pour tourner une version nouvelle de ce film, n'a pas encore décidé quels en seraient les interprètes, à une exception près. Mlle Gina Lollobrigida est devenue, en trois ou quatre films, une énorme vedette de cinéma. Non seulement son nom remplit les salles italiennes, mais aussi les françaises, les allemandes, enfin celles de l'Europe entière. La production l'a engagée pour le double rôle créé naguère par Marie Bell. Ceci étant définitif, reste à savoir qui interprétera à ses côtés le rôle créé par Pierre-Richard Wilm. Tous les jeunes premiers en rêvent, leurs imprésarios aussi.

Pour le moment, personne ne sait rien des intentions du metteur en scène et du producteur. Personne ne sait ? C'est faux ! Moi je sais que je veux absolument jouer ce rôle.

Je me dirige résolument vers Robert Siodmak. Pas très grand, plutôt trapu, râblé, torse large que l'on devine musclé, épaules carrées et grosse patte, le crâne chauve et poli comme un galet, un regard pétillant de malice derrière de grandes lunettes sans monture. Il a l'air sympathique, direct, ouvert, détendu.

Je n'y vais pas par quatre chemins. Après m'être présenté, je lui annonce tout simplement, mi-blagueur, mi-convaincu, que ce n'est pas nécessaire qu'il se creuse la cervelle pour chercher qui pourrait bien interpréter le rôle principal masculin du *Grand Jeu* : il n'y a qu'un seul garçon au monde qui en soit capable : c'est moi et pas un autre ! Voilà !

D'abord un peu surpris par cette entrée en matière plutôt « directe » (c'est le moins qu'on puisse dire), Siodmak éclate de rire. On sent dans cette réaction spontanée que jamais jusqu'alors « personne ne lui a fait ça » ! Moi je le regarde rire et j'attends, imperturbable, qu'il cesse. Il se reprend et puis, familièrement, comme si nous étions des amis de longue date, il me prend par le bras et m'entraîne un peu à l'écart, vers le fond du jardin. Nous bavardons.

Il me pose cent questions, je lui donne cent réponses sans hésiter, rapidement, franchement, l'œil dans l'œil. Au bout d'un quart d'heure de dialogue serré, il y a naturellement un fâcheux qui s'approche et tente de se mêler à notre sérieuse conversation. D'autres personnes arrivent et nous obligent à abandonner notre échange. On finit par nous séparer complètement. D'ailleurs, il est très tard et je me décide à prendre congé des nouveaux mariés.

Nous venons de passer le « pont » du 14 juillet lorsque se produisent presque simultanément un certain nombre de petits événements. En premier lieu, Sacha Guitry, qui a commencé de réaliser *Si Versailles m'était conté*, me fait savoir qu'il désire me voir interpréter le rôle du roi Louis XV dans son film. Ensuite, Michel Safra, producteur du *Grand Jeu*, voudrait me rencontrer avec Robert Siodmak. Je vais à son rendez-vous.

Michel Safra, assis, à demi caché derrière des monticules de papiers qui encombrent une longue table-bureau, est un gros homme : grosse tête, gros yeux, gros nez, grosse bouche, gros torse, grosses mains, grosse voix et aussi gros cigare. Il parle doucement et pose des questions auxquelles je réponds. Pendant ce temps, Siodmak, debout, le dos appuyé à l'embrasure d'une fenêtre, me regarde. Je le sens. Je suis parfaitement conscient de passer un examen et ne me démonte pas pour autant. Le jeu a le mérite d'être clair. Ils savent que j'ai très envie du rôle et se demandent s'ils ont envie ou non de me le confier.

Dans la lignée des jeunes premiers romantiques, il a été dit, redit et imprimé que je suis probablement celui qui s'apparente le plus à Pierre-Richard Wilm. Ces messieurs ont probablement regardé ma tête au cinéma, mais ils ont préféré me voir en chair et en os, me mouvoir, parler et leur répondre. Ce qui me paraît tout à fait normal.

Leur décision dépend de plusieurs critères. Si l'on exclut le talent (avec Siodmak une potiche en aurait), il y a la valeur commerciale : le producteur et le metteur en scène connaissent ma position dans le box-office européen. Ils savent aussi les résultats positifs de ma jeune carrière, ma cote d'amour auprès du public et la force exacte de mon image de marque. Ils sont conscients du fait que je risque de devenir encore plus « à la mode » durant les mois qui viennent, par conséquent avant que *Le Grand Jeu* soit terminé et prêt à sortir ; *Alerte au Sud*, *Le Chevalier de la nuit*, *Les Enfants de l'amour* auront été vus dans toute l'Europe et, de styles très différents, ces trois films risquent d'élargir considérablement l'éventail des publics divers qui apprécient mes qualités. Celles qu'on me prête.

Ils ont déjà pesé tout cela, j'en suis persuadé. Et puis, si l'on exclut l'engagement éventuel d'un acteur américain (ne serait-ce que pour des raisons financières), il n'y a pas, en France, beaucoup d'interprètes susceptibles d'assumer le rôle en question. Procédant par élimination, nous sommes cinq : Jean Marais, Georges Marchal, Gérard Philipe, Daniel Gélin et moi. Il est bien possible qu'on les ait contactés et qu'ils ne soient pas libres. (Gélin devrait tourner *Les Amants du Tage* avec Verneuil et Gérard Philipe *Monsieur Ripois* avec René Clément.) Il ne resterait donc que deux magnifiques garçons blonds : Jean Marais et Georges Marchal, et un garçon brun, moi. Chacun de nous trois réunit assez de qualités — pas les mêmes — pour être un candidat valable.

Je reste plus d'une heure avec Michel Safra et Robert Siodmak. En les quittant, je ne suis pas plus avancé. On ne m'a pas dit « on vous écrira », mais c'est sur une phrase laconique que je m'en vais. « Je vous téléphonerai bientôt », m'a promis Siodmak en souriant.

Stéphane Prince, secrétaire de Sacha Guitry, me fait savoir que « le Maître » serait désireux de me rencontrer au plus tôt afin de me parler de Louis XV. J'explique à M. Prince que, tournant toute la journée avec Léonide Moguy, je peux difficilement me rendre à Versailles à une heure normale.

Après différentes conversations téléphoniques nous convenons que je me rendrai au Petit Trianon un soir de la semaine suivante, vers vingt et une heures. Le Maître me verra à ce moment-là.

Nous sommes à la toute fin de juillet et *Si Versailles m'était conté* est commencé depuis déjà plusieurs semaines. *Les Enfants de l'amour* exigeront ma présence à plein temps au studio jusqu'au 5 ou 6 août, pas davantage si tout va bien. Je ne vois pas comment je peux être à la fois gynécologue à Saint-Maurice et le roi Louis XV à Versailles...

C'est par un beau crépuscule d'été que je me rends (Jean m'accompagne), au volant de ma jolie voiture, au Petit Trianon où Sacha Guitry attend ma visite à neuf heures du soir. Ayant un quart d'heure d'avance, j'entraîne Jean dans une courte promenade dans le parc. Cet endroit, tout imprégné du XVIIIe siècle, m'enchante. Passionné d'histoire (de France en particulier), je raconte à Jean une foule d'anecdotes qui me reviennent à l'esprit concernant Marie-Antoinette. La température ambiante est fraîche, le cadre ravissant, l'endroit magique. Des grappes de fleurs en buissons s'épanouissent dans le calme et embaument l'atmosphère.

A neuf heures précises nous sommes au premier étage. Stéphane Prince, petit homme sec et nerveux à la mèche en bataille, nous attend. Le Maître ne va pas tarder. Il est allé dîner à Versailles, si nous voulons bien patienter quelques minutes... J'en profite pour admirer les délicates boiseries, le dessin et la courbe de l'admirable rampe d'escalier en fer forgé, le parquet tricentenaire luisant de cire, les trumeaux, les meubles, et les proportions de l'ensemble. Neuf heures vingt ! Je ne sais plus sur quoi poser les yeux. J'ai déjà fait trois ou quatre fois l'inventaire des merveilles que je peux apercevoir du palier sur lequel nous attendons, Jean et moi. C'est étrange, je ne sais pas si c'est par respect du lieu où nous nous trouvons, mais c'est presque à voix basse que nous échangeons de courtes phrases. Dix heures moins vingt ! Je fais un signe à Stéphane Prince qui accourt en essayant de m'expliquer que la journée de travail s'est terminée tard et que le Maître... Je l'interromps gentiment en lui faisant doucement remarquer que j'ai quitté le studio précipitamment pour être à l'heure au rendez-vous fixé, que moi non plus je n'ai pas dîné et que je vais à mon tour gagner le restaurant le plus proche.

Stéphane Prince s'agite, explique, raconte, excuse, veut convaincre et me retient ainsi dix minutes de plus qui permettent à Sacha Guitry d'arriver enfin au bas de l'escalier. Du haut du palier où je suis placé, je n'aperçois tout d'abord qu'une large galette noire : un chapeau. Et puis, sortant d'une masse de tweed gris, une main qui tient une canne, l'autre s'appuyant à la rampe, en montant.

Qui se déplacerait avec cette majesté sinon Sacha Guitry soi-même ? Il parle à quelqu'un que je remarque à peine et qui grimpe les marches à ses côtés. Parvenu à notre hauteur, le Maître, s'appuyant sur sa canne et poursuivant sa conversation avec son interlocuteur, passe à deux mètres de nous sans paraître remarquer notre présence et poursuit sa marche. Sur le moment je trouve ça « énorme ». Convoquer des gens à neuf heures du soir, les faire languir une heure et passer devant eux, sous leur nez, sans même leur jeter un coup d'œil, il me semble que c'est délibérément faire preuve d'une grande discourtoisie. Et puis, cette première réaction passée, je me dis qu'après tout, dans le feu de la discussion qui l'occupait, il ne nous a, peut-être, pas vus.

Le voilà qui traverse le grand salon. Je vois une large cape de tweed qui s'éloigne. Au fond de la pièce j'aperçois Stéphane Prince qui se précipite, parlant au Maître qui s'est arrêté. Dans un grand mouvement de volte, Sacha Guitry se retourne et, constatant ma présence de loin, fait, dans ma direction, le geste d'écarter les bras. Il demeure dans cette position quelques secondes. A mon tour je pénètre dans le salon et avance de quelques pas, puis je m'arrête. Sacha Guitry refait le même geste sans bouger.

J'exécute vers lui deux ou trois enjambées. Je me suis immobilisé à nouveau. Lui a abaissé les bras. Nous restons ainsi à nous regarder comme deux statues placées à dix mètres l'une de l'autre. Stéphane Prince me fait désespérément des signes pour me dire d'approcher. Je ne veux pas les voir. Il me semble que le Maître pourrait tout de même faire un pas dans ma direction. On peut être très intelligent, manier la langue française avec délicatesse, avoir de l'esprit comme personne, jouir d'une réputation méritée de grand homme de son temps, se mouvoir royalement et parler comme un livre, on peut aussi se plier aux règles pures et simples de la civilité puérile et honnête. Je sais que je ne suis pas un personnage très important, mais je trouve que cette façon de traiter quelqu'un qui vous attend depuis un long moment alors qu'on a fixé soi-même l'heure et le lieu du rendez-vous, c'est manquer aux lois de la simple politesse. Et puis je me calme en me rappelant qu'il est tout de même Sacha Guitry et que je suis seulement en train d'essayer de devenir Jean Claude Pascal.

Il y a dû avoir similitude ou analogie de pensée entre les deux statues, car c'est avec un synchronisme presque parfait que nous avançons tout à coup l'un vers l'autre, avant de nous immobiliser à nouveau. Jean qui m'a suivi durant ce petit ballet reste un pas derrière moi. Stéphane Prince a fait la même chose et se fige un peu en retrait de Sacha Guitry. Ce dernier recopie son attitude de tout à l'heure : il ouvre les bras.

Cette fois-ci j'avance en le regardant bien dans les yeux et lui fait face à un mètre cinquante, ce qui lui permet de poser ses mains sur mes épaules. Nous nous dévisageons quelques secondes. Et puis il ouvre la bouche et pour la première fois de ma vie (ce ne sera heureusement pas la dernière), j'entends la voix fameuse qui s'adresse à moi en des termes que je rapporte ici approximativement.

— Hum... hum... hum... hum... on m'avait dit que vous étiez assez grand pour que je vous fasse roi de France... Hum... hum... hum... mais vous êtes... hum... hum... encore plus que cela... Oui, je sais... vous ne pourrez pas être le roi Louis XV... Oui, je sais... je le regrette... pour le roi... pour la France... pour le film... et pour moi... Mais... hum... hum... je vous trouve... hum... oui... hum... oui, c'est cela... je vous trouve assez beau pour devenir l'amant de ma femme... oui... c'est cela... ce sera parfait... Vous serez magnifique... hum... je veux dire... hum... merveilleux... Oui, c'est tout à fait cela... vous serez... vous êtes le comte de Fersen... hum... permettez-moi de vous féliciter.

Ayant dit tout ce qu'il avait envie de me dire, sa main droite quitte mon épaule. Il me la tend d'un geste royal, comme s'il m'accordait une grâce.

C'est avec grand plaisir que je lui ai serré la main. Sacha Guitry, c'était tout de même Sacha Guitry. Je suis présentement incapable de vous rapporter ce que j'ai ressenti à cet instant précis de notre première rencontre. De toute manière, j'étais sans nul doute très, très impressionné. C'est par la suite que j'ai eu la joie de voir s'établir entre nous un type de relation exceptionnel. Il m'a beaucoup appris en me permettant simplement de rester, par périodes, en contact avec lui. Je ne le remercierai jamais assez de tout ce qu'il m'a permis d'apprendre en le regardant vivre et en l'écoutant parler et répondre aux gens intelligents autant qu'aux imbéciles. J'ai d'instinct le sens de la repartie mais, si quelquefois il y a un peu d'esprit qui s'y glisse, c'est bien parce que Sacha Guitry m'a permis — c'est un privilège — de le voir et de l'entendre avoir du génie.

Je quitte mes tempes grises de médecin accoucheur pour me couvrir le crâne de magnifiques cheveux blancs : la perruque de cour du comte Axel de Fersen.

Le costume de ce noble suédois a été taillé dans le plus chatoyant satin blanc qu'on a pu trouver. Les costumiers sont venus prendre mes mesures au studio et, comme on a peu de temps et que les spécialistes déclarent qu'un essayage ne sera pas nécessaire (ils ont surtout la flemme de se déplacer à nouveau), on m'assure que la culotte, le gilet, la veste et la cape de satin m'attendront au Petit Trianon le jour prévu pour le tournage. Les escarpins à boucle de strass, les bas de soie blanche et le tricorne compléteront l'ensemble avec le jabot en dentelle et l'épée de cour à poignée dorée.

Tout ira au mieux. Surtout, que je ne me tracasse pas. Pour une fois, je domine mon tempérament anxieux et, appliquant ce conseil, je ne m'inquiète pas. J'ai tort.

Arrivés de bonne heure au Petit Trianon par ce joli matin d'août, le maquilleur et le perruquier prennent aussitôt ma tête entre leurs mains expertes. Une heure plus tard je les remercie du résultat de leurs efforts qui, dans un grand miroir, me paraissent satisfaisants. C'est la première fois que je me vois affublé d'une perruque du XVIIIe siècle. Alors que je craignais un peu d'avoir l'air apprêté pour un bal déguisé, il me semble au contraire que le visage que j'inspecte peut passer — toute ressemblance mise à part — pour celui du comte de Fersen.

L'heure tourne doucement. La demie de neuf heures sonne quelque part dans le petit château. Les costumiers sont en retard. Sacha Guitry, lui, est à l'heure.

Un assistant vient me prévenir que le Maître m'attend dans un petit salon au premier étage pour me présenter à son épouse Lana Marconi, alias la reine Marie-Antoinette.

Au moment où je vais ouvrir la bouche pour faire remarquer que mon costume n'est pas là, les habilleurs arrivent en courant, essoufflés, les bras chargés de paquets divers. Il n'est pas nécessaire de donner de longues explications à l'assistant qui, comprenant la situation, repart prévenir le Maître que j'arriverai dans quelques minutes.

Je me déshabille. On s'ingénie à me rhabiller autrement. La chemise est parfaite, les manchettes de linon de fil bordées de dentelle recouvrent en partie le dos des mains à une juste longueur, le jabot se place bien et retombe dans un élégant mouvement flou sur la poitrine. Je passe la culotte de satin. Tandis que l'on attache les jarretières dans leur boucle, sous le genou, j'essaye, mais en vain, de fermer cette culotte. Je rentre mon ventre jusqu'à me couper la respiration, il n'y a rien à faire. Force nous est de constater qu'il manque une dizaine de centimètres au tour de taille de cette culotte.

Les costumiers ne se démontent pas pour autant et décident de couper le vêtement dans le dos. On attrape des ciseaux, on tranche dans le tissu, on fait un point et... je peux enfin fermer ma culotte. (Ce faisant, ces messieurs m'ont expliqué que « ça ne se verra pas » puisque je porterai une veste et une cape. Je n'ai rien répondu.)

A présent on me passe le gilet. Je l'enfile. Avant qu'il soit en place, je sens qu'il va m'être étroit. Effectivement, je tente de rapprocher les petites plaques brillantes de leurs boutonnières, en vain. Comprimant autant que faire se peut ma cage thoracique, je ne parviens à aucun résultat. Essoufflé, je baisse les bras. Je jette un coup d'œil à la glace. J'ai l'air de porter un boléro, ce qui ne correspond pas tout à fait au costume de l'époque. Les habilleurs sont muets, figés. Leurs joues pâlissent légèrement, me semble-t-il.

Sans leur faire l'aumône d'un regard — je dois déjà me prendre pour le comte de Fersen —, je leur conseille d'une voix ferme de couper le tissu du gilet dans le dos, verticalement. Ils feront un point dans le haut, un point à la taille et je pourrai, peut-être, alors, boutonner ce morceau d'habit. J'ajoute avec une pointe d'ironie qu'il est inutile de me répéter que la veste et la cape recouvrant le tout on ne verra, etc.

Ces messieurs s'empressent. Après quelques minutes le mal est provisoirement réparé. Passons à la veste. Rien qu'en la regardant je sais à l'avance que la carrure est trop étriquée. En effet, à peine ai-je engagé le bras gauche dans une manche que je suis certain de l'étroitesse définitive du costume. Très énervé, je l'avoue, je passe l'autre manche et à ce moment-là, d'un brusque mouvement des épaules, je fais volontairement craquer tout le dos de cette veste qui n'a visiblement, pas plus que les autres pièces du vêtement, été exécutée à mes mesures. Je suis furieux.

Les costumiers pâlissent encore et s'enferment dans un mutisme de coupables. On entend sonner dix heures dans une pièce voisine. C'est d'un geste assez sec que j'exprime mon désir d'essayer la cape. Ces messieurs se précipitent et s'exécutent en silence. La cape de satin blanc, par chance, cache en les recouvrant les désastreuses échancrures qui m'aèrent le dos.

C'est à cet instant précis que l'assistant à la mise en scène (le même) fait irruption en déclarant que tout est prêt pour tourner le premier plan dans le jardin et que le Maître s'impatiente. Me refusant à me lancer dans des explications qui excuseraient mon retard mais ne feraient que l'augmenter, je refoule tout mouvement d'humeur et déclare que je viens : qu'on me passe mes escarpins, mon tricorne et mon épée. On remet l'épée et le couvre-chef à l'assistant et on s'ingénie à faire entrer mes pieds dans lesdits escarpins. Cet exercice complémentaire, exécuté à grand renfort de talc et de chausse-pied, dure encore dix minutes. Finalement je réussis à glisser les bas de soie dans le cuir, au prix d'efforts considérables et douloureux. L'assistant, nerveux, agite tellement ses jambes qu'il a l'air d'un mulet qui piaffe. Moi, je n'ai pas du tout envie de piaffer, j'aurais plutôt envie de m'asseoir et d'ôter ces maudits escarpins qui me torturent.

Je me mets tout de même en marche. J'ai envie de hurler. Je m'abstiens et m'oblige à suivre l'assistant qui, lui, aurait plutôt tendance à vouloir courir. Notre façon d'avancer ne se synchronise pas tout à fait. Je m'évertue cependant à ne pas boiter car j'aperçois à une cinquantaine de mètres Sacha Guitry entouré de son équipe qui, visiblement, attend. Comme tout le monde me regarde avancer, je m'oblige à marcher normalement, étouffant une douleur dont vous n'avez pas idée. (Ces imbéciles de costumiers ont dû me chausser dans une pointure correspondant à celle d'un nain.) J'arrive néanmoins sans trop boiter à la hauteur de l'équipe.

C'est avec la plus grande courtoisie que Sacha Guitry se lève à mon approche et lance bien fort, afin que nul n'en ignore, en me désignant :

« Ah... hum... j'avais oublié, oublié... hum... oui c'est vrai... j'avais oublié qu'il était si beau ! »

Que peut-on dire sans passer pour un sot après un tel accueil ? Cependant, ayant remarqué avec une surprise dont tout l'agrément est pour moi que le Maître n'a fait aucune allusion à mon retard, je me permets d'ouvrir la bouche pour dire : « Excusez-moi, monsieur, mais... mon tailleur arrive directement de Suède... et la route est longue jusqu'à Versailles... »

Sacha Guitry me fait la grâce d'un sourire. Une partie de son équipe copie cette réaction en demi-teinte, pas l'autre. En effet, un second assistant se précipite sur moi et me dit assez fort pour qu'une partie de l'assistance entende son propos : « Vous savez que lorsqu'on s'adresse à monsieur Sacha Guitry tout le monde l'appelle Maître. »

Alors, avec un aplomb que je vais chercher je ne sais où, je réponds sur le même ton et aussi fort :

— D'abord, monsieur... je ne sais qui... je ne suis pas tout le monde, vous n'avez qu'à me regarder, je suis le comte de Fersen... Ensuite, vous aurez l'obligeance de dire à monsieur Sacha Guitry, au cas où il vous le demanderait — ce dont je doute —, que jusqu'à présent c'est seulement mon avocat que j'appelle maître.

Deux ou trois secondes de silence succèdent à ces propos. Et puis le Maître, en riant franchement, déclare :

— Hum... et vous avez en plus... le sens de la repartie... Hum... tant mieux... comme c'est rare !... Je préfère.

A ces mots toute l'équipe se détend. Et moi donc ! Le second assistant me jette un regard dont je ne saurais définir aujourd'hui avec exactitude la juste proportion de venin qu'il pouvait contenir.

Les premiers plans de la matinée sont, en ce qui concerne Marie-Antoinette et Fersen, d'une grande simplicité. Sacha Guitry désire voir la reine et son chevalier servant déambuler dans les allées du parc en donnant l'impression qu'ils se parlent, échangeant des propos confidentiels voire des secrets que personne, jamais, ne connaîtra. Il explique qu'il commentera lui-même ces images une fois montées dans son film. C'est avec plaisir que nous nous exécutons.

Nullement gênée par sa robe à paniers, Lana Marconi se déplace avec majesté et une certaine grâce, la main tenant négligemment une longue canne au bout enrubanné. Son visage, surmonté d'une haute perruque, est protégé par la bordure d'un large chapeau rehaussé de plumes. Elle est tout habillée de blanc, elle aussi.

A la pose du déjeuner je commets la fâcheuse erreur de retirer mes escarpins. Que voulez-vous, je souffre trop depuis le matin. Si encore nous étions restés tranquillement assis sur un banc de pierre, les choses auraient peut-être pu s'arranger, mais comme nous n'avons cessé de marcher doucement côte à côte dans les allées du parc en faisant mine de deviser, je n'en peux plus. J'irais jusqu'à dire que je ne sens plus mes pieds. Donc, pour grignoter mon sandwich sans souffrir davantage, j'ôte ce qui me sert d'instruments de torture. Le sandwich avalé, une pomme croquée, une tasse de café dégustée, Sacha Guitry nous explique, sur place, en quoi consiste le plan suivant que nous tournerons à l'intérieur du Petit Trianon, dans l'un des salons du premier étage. Le dialogue sera très court, nous dit-il, presque inexistant d'ailleurs, puisqu'il s'agira surtout d'un monologue qui m'est réservé et par lequel le comte de Fersen supplie la reine de quitter Paris, quitter Versailles pour sauver sa vie. Après m'avoir entendu, Marie-Antoinette laissera supposer qu'elle est tentée de céder aux arguments qui lui sont servis d'une voix anxieuse, pathétique et passionnée par l'homme en qui elle a toute confiance : Fersen.

A la suite de cet exposé, les assistants nous préviennent que nous avons tout notre temps pour faire nos raccords de maquillage, le décor n'étant pas encore éclairé. Tandis qu'on entraîne Lana Marconi pour qu'elle change de coiffure, je m'apprête à regagner la salle de maquillage. Pour ce faire, il me faut remettre mes chaussures. C'est à ce moment-là que je constate l'erreur. Après quelques minutes d'essais aussi pénibles qu'infructueux, je dois me rendre à l'évidence : l'erreur est irréparable. Mes pauvres pieds ont tout simplement doublé de volume. A quoi bon vouloir s'entêter à faire entrer une taille quarante-quatre dans un chausson de danseuse ? C'est à la fois acrobatique, douloureux et inutile. Je fais appeler l'assistant auquel j'expose le cas. Nous réfléchissons, essayant de trouver, vite, une solution, car il est évident que je ne pourrai pas remettre les jolis escarpins. Une idée me vient à l'esprit : je l'expose à l'assistant qui est prêt à accepter n'importe quelle proposition pour sauver la situation, à condition qu'elle soit admissible. Je propose quelque chose qui me semble logique : les plans tournés dans la matinée montraient la reine et Fersen, heureux et détendus, en train de se promener ; or, si j'ai bien compris ce que nous allons filmer à présent, c'est une scène qui se passe bien plus tard dans le film, par conséquent pas le même jour. Après le beau temps, le temps de l'angoisse. Pas le même jour, donc pas obligatoirement le même costume. Fersen se précipitant aux genoux de la reine pour la supplier de s'enfuir, il est plausible d'imaginer qu'il est arrivé jusqu'à elle au galop d'un cheval. Si on adopte cette version, il suffit de me trouver une paire de bottes à ma taille — j'insiste — et une cape de couleur sombre parce que le satin blanc qui vole au vent...

Une demi-heure plus tard l'assistant m'a trouvé une cape immense de couleur foncée et une paire de bottes de gendarme. Qu'importe ! J'en ai essayé six et c'est dans ces dernières que je parviens à glisser mes pieds endoloris.

Lors de la répétition, Sacha Guitry ne fait aucune observation. On dirait qu'il avait prévu que les choses se passeraient ainsi. L'assistant et moi échangeons un coup d'œil complice et nous tournons la scène telle qu'elle avait été conçue par le metteur en scène.

Il est cinq heures de l'après-midi et d'après l'extrait de scénario qui m'a été remis, mon rôle est terminé. A moins que...

La voix de Sacha s'élève. Il s'adresse à un assistant :

— Dites-moi... hum... est-ce que la berline est prête ?

On lui répond qu'il faudrait patienter au moins une demi-heure. Le Maître rétorque que cela l'arrange car il veut tourner ce plan à la tombée du jour. N'osant pas aller le déranger pour lui demander s'il a encore besoin du comte de Fersen, je m'assieds et attends. Sacha Guitry attend aussi et comme il aime bien parler c'est tout naturellement qu'il prend un siège auprès de moi et me parle seul à seul. Flatté, heureux, j'écoute, attentif. Au fur et à mesure qu'il me raconte ce que nous allons tourner tout à l'heure et que je l'entends me donner des détails, ma gêne s'accroît.

— Voilà... vous avez supplié la reine... et... hum... Dieu sait avec quelle chaleur... si... si... c'était très bien ce que vous avez fait... hum... elle a été convaincue. Elle est décidée à vous suivre... hum... je dirai tout cela dans un commentaire... Alors... ce que nous allons tourner dans un moment... c'est la fuite... enfin... c'est le départ pour la fuite... qui... hélas... comme nous le savons... n'a pas réussi. Alors n'est-ce pas... vous êtes en bas... vous la guettez... angoissé... nerveux. Elle est en retard... Hum... les femmes même pour s'enfuir... hum... s'arrangent toujours pour être en retard... Elle arrive enfin... vous l'aidez à monter dans la voiture... Et puis... aussi vite que vous le pourrez... vous grimperez sur le siège du cocher et vous ferez démarrer les chevaux... Hum... hum... ce peut être une très belle image... hum... cette berline qui emporte la reine... hum... dans la lueur d'un soleil couchant... Naturellement, dans mon commentaire je dirai que c'est l'aube... Hum... ce sera très beau.

Je ne sais pas ce qu'il faut faire. Je ne peux tout de même pas me permettre de dire à Sacha Guitry qu'il est en train de commettre une énorme bourde. La fuite à Varennes partant du Petit Trianon ! Cette erreur historique me paraît impensable. Malgré tout je n'ose pas avancer ce qui me dérange, mais je dois faire une drôle de tête. Sacha Guitry qui s'en rend compte me dit sur un ton de confidence :

— Hum... je sais ce qui vous tracasse... Ne vous inquiétez pas... hum... j'ai une très grande habitude... Dans mes films d'histoire... c'est toujours moi qui raconte l'histoire de France... Les gens sont très contents... et moi aussi. Nous ne tournons pas... «Si les Tuileries m'étaient contées»... Elles ont brûlé d'ailleurs... mais c'est une autre histoire... L'histoire de France, c'est notre histoire à tous... et hum... voyez-vous... notre histoire... je me flatte... hum... et je crois bien que j'ai raison... oui, c'est vrai, je me flatte... disais-je... de savoir la conter.

Quoi qu'il en soit, je n'avais rien à lui répondre. J'ai vu le film une fois terminé et on peut dire que cet homme avait le génie de présenter les choses, les êtres et les événements faisant partie de l'histoire sous une lumière qui, si elle n'était pas tout à fait orthodoxe, n'en était pas moins passionnante, fascinante et surtout tout à fait originale. Il me semble me souvenir qu'il déclarait volontiers, alors qu'il s'attaquait au travail monumental de préparation de l'une de ses grandes fresques historiques, qu'il se servait des personnages pour distraire le public en l'amusant à sa manière sans chercher à lui donner des leçons d'histoire, ce qui aurait été prétentieux et très ennuyeux à la fois.

Je n'ai pas le droit de me vanter d'avoir fait partie des intimes de Sacha Guitry. Il me fit pourtant l'honneur et surtout le plaisir de me recevoir plusieurs fois au 18 de l'avenue Elisée-Reclus pendant les deux années qui suivirent notre rencontre. Ne cherchez pas le charmant petit hôtel particulier qui se trouvait là. Il n'en reste plus trace, à l'exception du buste de bronze de Lucien Guitry scellé dans la pierre, comme un témoignage.

Le seuil franchi on se trouvait dans un hall d'entrée sur lequel débouchait un imposant escalier. C'est au premier étage que l'on était reçu.

Je me souviens de murs entièrement recouverts de tableaux, de gravures, de dessins, d'esquisses et de reliures anciennes : un charivari de couleurs, de formes et d'images. Monet et Vuillard, Rembrandt, Cézanne et Tiepolo voisinaient avec Goya, Renoir, Van Gogh et Gauguin. Des bronzes de Rodin, la tête de Balzac, un buste de Victor Hugo trouvaient leur place entre Utrillo et Van Dyck, pas très loin de Corot. Les reliures splendides jetaient leurs reflets d'or ancien. Ce cabinet du premier étage était un véritable musée, à cette différence près qu'il avait le privilège de paraître animé. Nulle froideur dans cette pièce au désordre apparent savamment organisé. C'est là que quelquefois j'ai eu la chance de pouvoir me taire en écoutant Sacha Guitry raconter des souvenirs ou rapporter une anecdote. C'est là que j'ai entendu parler (avec des détails qu'on ne trouve pas dans les livres) d'Alphonse Allais, Edmond

Rostand, de Jules Renard, et aussi de Tristan Bernard, Colette et Cocteau.

Il parlait de lui aussi, bien sûr, mais sa manière de manier l'ironie était extraordinaire. Que de leçons ai-je prises en l'écoutant parler. Je crois sincèrement que Paul Léautaud a vu juste lorsqu'il a déclaré que Sacha Guitry devait être considéré comme le Molière du XXe siècle. Vous avouerez que ce n'est pas banal de parfaire son éducation artistique, littéraire et humaine avec un professeur tel que cet homme-là. Je sortais de ces visites tout imprégné de son esprit. Je regrette que ce temps-là soit passé et qu'il ne m'en reste pas davantage en mémoire.

Parmi les trésors amassés avenue Elisée-Reclus il en était pourtant quelques-uns dont — je ne sais pas pourquoi — l'authenticité me paraissait douteuse. Je veux parler de ces fameuses vitrines du rez-de-chaussée où s'entassait avec un hétéroclisme, peut-être volontaire, un ramassis d'objets desquels ne se dégageait pas cette émotion que l'on ressent malgré soi en contemplant une « relique » dont la provenance est incontestable. Je regardais les lunettes de Robespierre, un gant de Clemenceau, un éventail de Sarah Bernhardt ou la robe de chambre de Flaubert à côté de l'encrier de Victor Hugo avec un certain scepticisme et j'allais jusqu'à me demander (c'est mon côté saint Thomas) si cette collection-là ne provenait pas tout simplement du Marché aux puces.

Au milieu de chefs-d'œuvre indéniables — et le ciel sait combien cette demeure en contenait —, le maître de maison s'était peut-être amusé à placer un peu n'importe quoi, dans le but de se délecter mentalement des exclamations extasiées des flatteurs auxquels il faisait l'honneur de commenter les objets enfermés derrière ces fameuses vitrines. Le goût de la mystification pouvait, à mon avis, faire partie du caractère du personnage. S'étant ingénié à se moquer du monde toute sa vie — on sait avec quel talent —, je ne crois pas porter atteinte à sa mémoire en avouant ce qui m'était passé par la tête alors que je regardais, sans parvenir à me convaincre de leur provenance historique certaine, le gilet de Mirabeau voisinant avec des bols moulés sur les seins de Marie-Antoinette.

Si je me suis trompé, monsieur Guitry, pardonnez-moi. Si je ne me suis pas trompé, pardonnez-moi tout de même de ne m'être pas trompé, justement. Que voulez-vous, en toute franchise, il est difficile de croire absolument que tout est vrai chez un homme qui vous donne et se donne la comédie du matin au soir. Je ne crois pas l'avoir jamais surpris, quels que soient l'heure et le lieu, autrement qu'en représentation. Ceci n'a rien de péjoratif. C'était admirable, mais constant.

J'ai encore dans la tête le rythme de sa voix. Je revois certains gestes et cette bague comme un cube d'or qui ne le quittait pas. Il portait parfois des colliers d'ambre sur des chemises de damas aux reflets chatoyants. Je crois qu'il passait une part importante de son temps à écrire, ce qui ne l'empêchait nullement de vous adresser la parole en même temps en vous regardant par-dessus ses lunettes.

Il y avait entre autres merveilles une prodigieuse collection d'autographes, une grande quantité de lettres d'amour qui dormaient sagement classées dans un certain nombre de dossiers réunissant, avec un éclectisme surprenant, les écrits de Marie de Médicis, Musset et Beaumarchais, plus loin c'était George Sand, Wagner, Potemkine, Voltaire, Goethe, Mozart et Victor Hugo. Ce n'était pas sans émotion que je touchais alors une lettre de Catherine II, de Proust, de Richelieu, de Frédéric Chopin et de tant d'autres.

Je ne sais quelles sont les mains qui, aujourd'hui, détiennent ces précieux témoignages. Je préfère me dire que ces collections rassemblées avec tant de soin pendant tant d'années ne se trouvent pas à nouveau dispersées, bien que je sois persuadé du contraire. Je regrette que l'Etat n'ait pas racheté l'hôtel particulier de l'avenue Elisée-Reclus. On aurait pu peut-être, laissant les choses telles qu'il les avait réunies, créer un musée Guitry. Je suis persuadé que les enfants et les petits-enfants des douze mille personnes qui sont allées s'incliner devant sa dépouille mortelle viendraient se recueillir à présent et contempler les trésors savamment amassés par ce grand homme. Ils amèneraient leurs amis et le musée ne désemplirait pas.

En s'en allant, Sacha Guitry a emporté une grande part de l'esprit du théâtre du boulevard. Lui disparu, ce théâtre-là s'est presque mis en deuil et souffre d'une maladie que l'on pourrait appeler « l'absence » et dont il ne se remettra jamais tout à fait. Quelques directeurs de théâtre en mal d'auteurs ont tenté de remonter certaines œuvres de Sacha Guitry. Le résultat n'a pas toujours été heureux. Si le verbe demeurait spirituel ou émouvant selon les pièces, il y manquait — ô combien — la voix du principal interprète. Il est très difficile de restituer un rôle écrit et joué par et pour Sacha Guitry sans être attiré par l'imitation. Le phrasé est tel que si on le casse, une partie de la saveur du texte s'échappe, si on le respecte, on se retrouve malgré soi en train de contrefaire, de recopier les accents de l'auteur.

J'ai eu, beaucoup plus tard, l'occasion de mettre en scène et d'interpréter le rôle principal de *Faisons un rêve*. Je ne recommencerai pas l'expérience. Le second acte étant un monologue de plus de trente minutes, il me fallait me surveiller constamment pour ne pas tomber dans le piège du pastiche.

Je ne jouais plus la comédie. Je disais mon texte, obsédé par la tentation d'imiter l'auteur et, luttant contre cet appel, je ne parvenais à donner au public qu'une image fausse du personnage. Lamentable restitution, mais importante leçon.

Il n'y a pas si longtemps, le théâtre des Variétés a présenté au public parisien *N'écoutez pas mesdames*. Mon intention n'est pas de critiquer M. Pierre Dux, remarquable dans chacune de ses interprétations, ni de toucher un mot de la mise en scène. Je voudrais seulement vous parler du décor car il y aurait là sujet de réflexion. Ayant vu la pièce à sa création (mes grands-parents m'emmenaient chaque dimanche en matinée au théâtre), je devais avoir alors une douzaine d'années, et si les subtilités du texte ne m'avaient pas été toutes perceptibles, j'avais été frappé par la beauté et la richesse du décor.

Or, en assistant à la représentation de cette pièce remontée, j'ai été désappointé de ne pas retrouver le charme, la somptuosité, l'originalité du décor de la création. L'action se situe, pendant trois actes, dans le magasin d'un riche antiquaire parisien. Il faut reconnaître que les directeurs de théâtre d'aujourd'hui sont dans la nécessité de faire face à des taxes importantes et que le prix de revient du montage d'un spectacle de qualité devient, pour eux, du domaine de l'acrobatie financière.

Je me permets de me demander si cet empêchement ne nuit pas quelque peu à la qualité du spectacle, justement. Un bracelet de diamant offert sur du coton dans une boîte de carton est, me semble-t-il, beaucoup moins séduisant que présenté dans l'écrin de velours d'un bijoutier.

Or, et c'est là où je voulais en venir, Sacha Guitry habillait les décors de ses pièces avec ses propres meubles ou demandait à des antiquaires renommés de lui prêter tel ou tel objet. Il en résultait une agréable et rassurante sensation d'authenticité.

On a détruit depuis quelques années je ne sais combien de salles de spectacles sur l'emplacement desquelles on s'est empressé de construire des garages, ou des « parkings ». « C'est plus rentable », paraît-il. Ce sont d'anciens entrepôts, des gares désaffectées, voire des garages précisément qui abritent à présent certaines troupes théâtrales.

Ces endroits n'étant pas conçus pour l'expression théâtrale, les œuvres qui y sont présentées, quelles qu'elles soient, ne peuvent attirer le public.

Les gens veulent aller « au théâtre », pas « au hangar » ! Quand, à quelle heure, en quelle saison, sous le règne de quel ministre de la Culture voudra-t-on comprendre enfin que le bon peuple — car c'est tout de même pour lui que les artistes travaillent — a horreur de la chienlit ?

Il veut bien payer sa place mais entend — à juste titre — « en avoir pour son argent ».

Or il ressort frustré de ces spectacles indigents.

Le bon peuple de France n'aime pas que l'on se « foute de sa gueule ». Il n'apprécie pas les blagues de mauvais goût. Il sait aussi se mettre en colère et je le crois capable, exaspéré, d'aller incendier ces hangars pompeusement dénommés « théâtres du peuple ».

Pour l'instant il se contente de bouder ces lieux inutiles et sinistres. Il n'y va plus parce qu'il s'y ennuie. Demain, s'il revient, ce sera peut-être pour y mettre le feu poussé par le désir de contempler du « grand spectacle ».

J'exagère sans doute mais il y a des sujets que je ne peux pas m'empêcher de traiter avec passion. Le constat du gâchis m'a toujours ulcéré.

De nos jours, non seulement le raffinement n'est plus à la mode, mais il semblerait que l'on s'ingénie à appauvrir le cadre dans lequel on présente les œuvres, même les plus classiques. Pourquoi ? Ma question n'est pas insolente, ou elle a l'insolence d'être simple. Le théâtre, c'est une fête. Il fut un temps où l'on se précipitait au spectacle avec l'impatience des enfants qui attendent l'heure de la récréation. C'est avec joie, intérêt, curiosité, passion, que l'on courait vers le dépaysement. Aujourd'hui, non seulement on ne cherche plus à transporter le public dans une atmosphère attrayante — somptueuse ou non —, mais il semble au contraire que l'on s'efforce, en maniant à plaisir le contresens, de tout ramener au triste quotidien, de tout rapetisser, tout couvrir de gris, de poussière, de saleté, de crasse. Il faudrait — d'après les gens à la mode — présenter les œuvres dans un climat où le misérabilisme devient l'élément de base en dehors duquel il n'y aurait pas de crédibilité.

Je m'insurge. Il m'a été donné l'occasion d'assister, il y a peu de temps, à une représentation de *Marie Stuart* au théâtre de l'Athénée. J'aimerais que l'on m'explique pourquoi le responsable de cette présentation du drame de Schiller s'est cru obligé d'affubler ses comédiens d'oripeaux étranges, d'habiller la reine d'Ecosse dans une robette informe sortant tout droit d'une caisse de soldes du Sentier, de monter des décors qui ont visiblement l'air d'avoir été conçus pour une autre pièce, de faire lire le texte de façon si scandée, si hachée qu'il en devient inaudible, et — incompréhension majeure de ma part — d'inciter certains comédiens à esquisser des pas de danse entre cour et jardin autour d'une barrière placée perpendiculairement à la salle. Je ne vois pas ce que peut apporter la danse dans ce drame noir. Eu égard au sujet traité, j'irais jusqu'à dire que cette idée est hérétique et imbécile.

Le hasard a voulu que je sois à Milan peu de temps après que cette même œuvre fut présentée au public italien. Valentina Cortes incarnait Marie Stuart et la mise en scène était signée Franco Zeffirelli. Eh bien, ce n'était pas du tout la même chose. Pourtant l'œuvre était la même.

Qu'on ne me rétorque pas — surtout pas ! — « c'est une question de moyens... une pauvre petite troupe de province n'a pas assez d'argent pour monter un tel spectacle ! », parce que, dans ce cas, les réponses sont toutes prêtes. Si elle n'a pas les moyens, pourquoi choisit-elle cette pièce-là ? Qu'elle en monte une autre. Et puis par quel miracle invite-t-on un spectacle aussi indigent à se présenter à Paris ? Sur quel critère se base-t-on pour choisir, et qui décide, et pourquoi ? Il y a en province des troupes exceptionnelles qui présentent, sans subventions particulières, des œuvres théâtrales de façon tout à fait remarquable et sans aucun moyen financier. Pourquoi faut-il que ce ne soit jamais celles-là que les Parisiens puissent découvrir et applaudir ?

Et puis encore une fois ne parlons pas de « moyens », s'il vous plaît. Quand Peter Brook monte *La Cerisaie* aux Bouffes du Nord, il ne disperse pas les millions aux quatre vents pour ses décors, accessoires ou costumes. Sa seule dépense — et là il ne lésine pas — réside dans son énergie, son talent, et la volonté qu'il a d'innover, certes, mais en restant fidèle à l'idée maîtresse de l'auteur qu'il traite et qu'il prend bien soin de ne pas maltraiter, justement.

Et Jean-Michel Ribes ? Lorsqu'il présente *Batailles* (ce qui est à mon avis l'exemple type du spectacle moderne parfaitement réussi à tous les niveaux), eh bien, il se passe royalement d'une lourde commandite. Il a simplement beaucoup de talent et un goût prononcé pour le perfectionnisme dans son travail. Que voulez-vous... moi, j'aime ça !

Une fois de plus, ne me parlez pas de moyens ! Est-ce que, dans un théâtre bien modeste, l'Essaion, en face de Beaubourg, Anne Marbeau et son metteur en scène ont eu besoin de subventions astronomiques pour monter un spectacle exceptionnel autour des *Lettres de Marie Noël* ? Cette jeune comédienne, pendant plus d'une heure, seule en scène, à l'aide d'accessoires aussi pauvres que peu nombreux, a tenu en haleine une centaine de spectateurs cloués à leur banc par l'admiration. L'œil, l'oreille, l'esprit se trouvaient subjugués par ce petit bout de femme qui nous racontait Marie Noël en la faisant revivre à travers un merveilleux monologue recelant dans son chant toutes les couleurs du prisme des sentiments. J'ai rarement assisté à quelque chose d'aussi captivant, réalisé avec aussi peu de moyens financiers. Seulement voilà, il y avait à la base une conviction profonde, une grande pudeur, beaucoup d'imagination, et un talent à la fois évident et diversifié. Anne Marbeau et son metteur en scène ont monté ce spectacle sans aucun moyen.

Alors ? Je suis allergique au modernisme ? Je viens de donner la preuve du contraire. Pas les moyens ? Qu'est-ce que cela veut dire ? Est-ce que naguère Gaston Baty, au théâtre Montparnasse, dépensait des fortunes pour créer ou monter des œuvres majeures ? Pas du tout. Il y avait des rideaux de velours noir pour tout décor et, placés çà et là, quelques éléments qui suggéraient le lieu de l'action, un point c'est tout. Seulement, au milieu de cette abstraction, il y avait de grands comédiens qui savaient se mouvoir et s'exprimer, obéissant aux directives précises d'un metteur en scène de génie. Gaston Baty réfléchissait et travaillait, habité par une grande conscience professionnelle. Il abordait l'œuvre avec respect, avec humilité. Il cherchait, il hésitait, il essayait, il se trompait (comme tout le monde), il rectifiait, il cherchait encore à parfaire avant de présenter au public un spectacle qu'il estimait digne d'être soumis à son appréciation, souhaitant son approbation sincère.

Il savait aussi manier les éclairages de main de maître. Il « mettait en lumière » aussi bien les caractères des personnages que ses éléments de décor. Le relief était partout, sur tout, sensible et visible, sorti tout neuf de la pensée d'un homme de réflexion qui s'ingéniait à devenir magicien. Il y parvenait par le cheminement difficile qui hante et perturbe l'esprit de tout créateur de talent.

Les éclairages ? Marguerite Jamois, comédienne de haute personnalité du théâtre contemporain, prit la direction du théâtre Montparnasse après Gaston Baty avec lequel elle avait travaillé. Une année, je ne sais plus laquelle, elle monta un *Marie Stuart*, drame de Mme Marcelle Maurette. Pour présenter cette œuvre, elle osa proposer au public une mise en scène qui reflétait à l'extrême l'influence de Gaston Baty. Sur fond de tentures de velours noir, la reine d'Écosse apparaissait vêtue de noir. Seuls la coiffe encadrant la figure, la fraise enserrant le cou et un trait de lingerie au bas des manches longues éclataient dans le blanc. On ne voyait plus que son visage et ses mains. Le reste du corps semblait inexistant. L'effet était prodigieux. Le texte, interprété avec une conviction bouleversante, prenait, je vous prie de le croire, toute sa valeur. Il n'y avait qu'à écouter, entendre, s'éprendre et s'émouvoir de ce qui vous était donné. Sortant du théâtre, il fallait un certain temps pour s'éveiller du songe dans lequel on avait été plongé.

Lorsque aujourd'hui on vous présente un Don Juan dans la tenue d'Adam, une héroïne de tragédie qui se roule par terre... je me pose des questions. Je suis surpris de voir *Le Misanthrope* interprété par des comédiens à cheval dans une salle de manège. Les vers de Molière entrecoupés de hennissements... entre deux ruades possibles... mon esprit a du mal à l'admettre. Je me demande encore, et non sans inquiétude, jusqu'où pourront aller des gens qui se croient et que l'on prend pour des metteurs en scène. Il me semble que toutes limites étant déjà dépassées, on pourra voir demain *Les Femmes savantes* jouées en blue-jeans dans une arrière-cuisine et *Andromaque* montée dans les abattoirs de Rungis, *Phèdre* au bord d'une piscine autour de laquelle sirènes, plongeurs et scaphandriers débiteraient les vers de Racine entre deux respirations. Et pourquoi pas *Le Cid* dans les costumes de *Carmen* ? Hein ? Ce n'est pas une bonne idée, ça ? Remarquez que *Tartuffe* dans le décor du palais Bourbon pourrait avoir un certain intérêt...

Plaisanterie mise à part, je persiste. J'avoue que je ne comprends pas, et quelque chose me dit que je ne suis pas le seul. Je m'empresse de souligner que je ne me crois pas plus intelligent qu'un autre, mais on n'arrivera pas à me convaincre que toute la France applaudit aux élucubrations insensées de ces soi-disant responsables de la nouvelle expression théâtrale. Ce n'est pas possible.

Cela me fait songer à ce que l'on nomme aujourd'hui « nouvelle cuisine » (présentation des mets très à la mode et de plus en plus répandue, hélas !). Vous voyez ce à quoi je fais allusion ? Ces belles assiettes dont le contenu multicolore, qui ressemble à la palette d'un peintre, couvre, recouvre et dissimule sous des légumes variés coupés en fines lamelles, et en général cuits à l'eau, un minuscule morceau de bœuf dont un chat ne ferait qu'une bouchée. Vous êtes surpris, déçu, vous qui aviez cru commander un filet, un steak ou une entrecôte. Voilà ! On est en plein trompe-l'œil. Vous sortez du restaurant avec autant d'appétit qu'en y entrant. Vous restez sur votre faim.

Alors, le néo-théâtre ? Dites-moi donc... on est en plein trompe quoi ? Après avoir assisté à un spectacle désastreux, votre esprit n'est pas plus satisfait que votre estomac ne l'est en quittant le restaurant où l'on vous a trompé sur la marchandise...

Je n'ai pas le sentiment d'exagérer dans cette attaque dirigée contre ceux qui se permettent de traiter les œuvres à leur sauce. A preuve : je ne réclame pas que l'on pousse le souci du détail jusqu'à imiter le goût de l'authentique tel que le pratiquaient Guitry, Luchino Visconti et quelques autres « grands » du spectacle. Vous savez sans doute que lorsque Sacha Guitry jouait une pièce où les personnages devaient dîner en scène, il exigeait que soit servi de la volaille accompagnée de champagne — du meilleur cru, réellement frappé. Il n'aurait jamais admis dans son décor d'autres bouquets que ceux, composés chaque soir, de fleurs fraîches.

Visconti, montant une pièce de Tchekhov, faisait amener avant chaque représentation un certain nombre de bouleaux coupés quelques heures plus tôt et que l'on replaçait sur le plateau. Lorsque ce génial metteur en scène fit jouer à Paris, par Romy Schneider et Alain Delon, la pièce *Dommage qu'elle soit une p...*, il exigea, au moment de l'assassinat, que soit fixé, à l'extrémité de l'épée, instrument du meurtre, un petit morceau de mousseline rouge afin que le public soit impressionné par la couleur du sang. Lors du tournage de *Louis II de Bavière*, ce perfectionniste voulut absolument que le moindre accessoire soit d'époque, dans le mobilier comme dans l'habillement : les parures en pierres véritables, les boutons d'uniformes d'origine ; il alla jusqu'à exiger que les dames portant des jupons (qu'on ne voyait jamais) soient vêtues exactement comme on l'était en ce temps-là. Il y avait peut-être outrance dans cette recherche absolue du « conforme à la réalité ». Toutefois, il est indéniable qu'il se dégageait des films en costumes de Luchino Visconti une atmosphère de vérité qui ne pouvait pas laisser indifférents les spectateurs.

Sans aller jusque-là, je souhaiterais simplement que les ouvrages importants de notre littérature ne soient pas livrés à des individus insuffisamment préparés à les traiter. Ceux-là, s'appuyant sur la valeur indubitable de l'œuvre, s'en servent comme prétexte pour présenter des spectacles imprégnés, dans leur présentation, d'une imagination souvent maladive et ne cherchent, soutenus par leur inculture, qu'à créer un événement suscitant le scandale dans le seul but de provoquer l'opinion et de faire, enfin, parler d'eux de cette façon.

Le plus grave et le plus déplorable réside dans le fait qu'une partie du public, trop jeune ou non averti, se laisse berner, leurrer, aveugler par ce type de spectacle et applaudit davantage aux numéros de cirque qui lui sont présentés qu'à la valeur de l'œuvre à laquelle elle ne peut s'attacher tant celle-ci est déformée, étouffée, travestie par les soins de ces prétendus metteurs en scène, lesquels ne sont en réalité que des montreurs de foire dont la prétention égale l'incapacité et la vulgarité, l'absence de talent.

Ce qui ajoute encore au détestable de ces spectacles, c'est qu'il se trouve des gens provenant d'on ne sait quelle obscurité — dont ils n'auraient jamais dû sortir — qui s'arrogent le droit de crier au génie en faisant publier, déguisées en critiques, leurs impressions dithyrambiques sur les productions lamentables de leurs petits copains. Il faut croire qu'aujourd'hui Trissotin a voix au chapitre.

Il est possible après tout que notre décennie nous amène insensiblement vers une période décadente — si nous n'y sommes déjà —, mais ce n'est pas une raison pour précipiter la débâcle en fourvoyant les esprits ; à moins que, mais je ne suis pas féru en la matière, cela aussi fasse partie d'un plan précis trouvant sa place dans une politique à long terme savamment et dangereusement calculée pour abêtir et de ce fait plus commodément dominer et contraindre.

Ce n'est pas très stimulant de tenter de se rassurer en regardant en arrière, mais je vous assure qu'après avoir écrit ces lignes j'ai été réconforté en jetant un coup d'œil à ma bibliothèque dans laquelle je peux contempler tous les livres publiés par Sacha Guitry. Il a eu la gentillesse de me dédicacer chacun de ses ouvrages ou presque. Je lui en suis profondément reconnaissant.

Si je ne me permettais pas de supposer — alors que rien, sauf mon instinct, ne m'y autorise — que ce grand écrivain, que j'ai côtoyé, écouté et entendu, serait peut-être tenté de partager les opinions qui sont les miennes, je crois que je ferais disparaître ces quelques pages du manuscrit, mais quelque chose me dit que, s'il était encore là, il dirait beaucoup mieux et beaucoup plus fort ce que je viens d'essayer de vous faire admettre.

D'autres ne me le pardonneront pas. Voilà qui, à mes yeux, est de nulle importance. « Si tous les gens qui disent du mal de moi savaient exactement ce que je pense d'eux, ils en diraient bien davantage. » C'est bien dit, n'est-ce pas ? Malheureusement ce n'est pas de moi : c'est une des innombrables phrases intelligentes pensées, dites et écrites par M. Sacha Guitry.

XVIII.

Revenons à nos moutons, ou plutôt à « l'agneau Pascal », qui d'ailleurs devient de moins en moins agneau mais n'est pas encore devenu un « bouc émissaire ».

Le 7 août 1953, le journal *L'Aurore* publie un article sur les activités des héros du cinéma français. Il y est dit que Jean Marais, Georges Marchal, Gérard Philipe, Daniel Gélin et moi enchaînons film sur film alors que Philippe Lemaire, Michel Auclair et Henri Vidal cherchent à tourner à l'étranger ce qu'ils ne trouvent plus en France.

Sans être dur, l'article est injuste. Je ne sais plus qui l'a signé, mais cette personne aurait dû savoir, avant de publier son papier, que les carrières de cinéma sont ainsi faites que l'on peut tourner sans arrêt pendant deux ans et cesser de tourner les deux ans qui suivent pour recommencer pendant deux ans à tourner de nouveau.

Si cette date est restée précise dans ma mémoire, c'est tout simplement parce que le lendemain j'ai su avec certitude que je ferais le rôle principal du *Grand Jeu*. Pour moi c'est un énorme pas en avant. Étant choisi pour ce film, j'accède au rang de grande vedette à part entière. Les conséquences seront multiples et importantes ; cette position, si elle concède des avantages indéniables, n'est malgré tout pas sans danger. Lorsqu'on arrive au faîte du succès et de la popularité, il faut faire extrêmement attention dans le choix des films que l'on tournera par la suite. Le droit à l'erreur est presque interdit. Parvenir en haut de l'échelle, ce n'est pas facile ; s'y maintenir est encore plus difficile. On a vu des stars disparaître de la tête d'affiche en l'espace d'une année. Il suffit pour cela de deux mauvais films consécutifs. La star tombée ne se relèvera pas, ou ce sera par miracle.

Jean Gabin, vedette inégalée avant la guerre, a cessé de faire du cinéma pendant plus de quinze ans, et c'est par hasard qu'on s'est souvenu de lui pour le faire tourner dans *Du rififi chez les hommes* qui fut un énorme succès grâce à quoi Gabin, ayant retrouvé sa cote de popularité, a enchaîné film sur film presque jusqu'à sa mort.

Le Grand Jeu se tournera en octobre, à Paris d'abord, aux studios de Boulogne, ensuite toute l'équipe partira pour l'Algérie du Sud : Touggourt. Après quoi nous remonterons sur Alger pour y filmer les dernières séquences en extérieurs. Le plan de travail prévoit que nous aurons terminé pour les fêtes de Noël.

Robert Siodmak engage de très grands comédiens pour son film. Peter van Eyck, qui sera un légionnaire d'origine germanique au passé admirable et encombrant ; Raymond Pellegrin, étonnant acteur au physique puissant et méridional ; Odette Laure, dont trop peu de gens savent qu'elle est et sera une remarquable comédienne, et puis, le plus beau cadeau qui soit réservé au jeune homme que je suis encore : jouer la comédie en face d'Arletty. Je me réjouis profondément à l'idée de « jouer » avec elle devant la caméra dans des scènes (dont une d'ivresse) particulièrement difficiles. J'ai lu le scénario avec bonheur. Mon rôle est magnifique et l'histoire très solide, très belle. Charles Spaak, merveilleux homme soit dit en passant, a écrit un excellent dialogue. Le ton est juste, humain, vrai, et la plupart des répliques seront percutantes. On le sent à la lecture et on imagine déjà comment on les interprétera au mieux pour en restituer toute la saveur.

Il y a cependant un petit nuage qui plane autour de ces préparatifs. Gina Lollobrigida, qui a été la première à être engagée pour ce grand film, serait — c'est ce qui se dit dans le milieu du cinéma — assez contrariée, c'est le moins qu'on puisse dire, que Burt Lancaster ou Kirk Douglas, ou tout autre acteur américain, n'ait pas été retenu pour jouer le rôle du héros qui m'échoit. On dit même — mais vous savez comme les gens exagèrent — qu'elle aurait été jusqu'à menacer de rompre son contrat pour cette raison. On raconte qu'elle a un caractère assez difficile et c'est à plaisir que l'on colporte, en les amplifiant je veux le croire, ses innombrables caprices de star. Bref, on ne peut pas dire que sa réputation soit celle d'un ange ni que la douceur et la gentillesse fassent partie des qualités qu'on lui prête. Ne l'ayant encore jamais rencontrée personnellement, je me méfie des racontars et des bruits, la plupart du temps sans fondement, que certaines gens, soi-disant mieux renseignées que d'autres, se complaisent à faire courir pour se donner de l'importance. Les médisants vont jusqu'à laisser entendre qu'elle est franchement insupportable.

Moi, dans le doute, je m'abstiens de tout commentaire. Les contrats sont signés, la distribution et les dates définitivement arrêtées, ce n'est pas le moment de poser des questions et il serait inutile et prématuré de s'en poser soi-même. Je sais que je rencontrerai Mlle Lollobrigida dans le courant du mois de septembre pour que nous procédions ensemble, sous la direction de Michel Kelber, chef opérateur, aux essais photographiques prévus pour les vedettes principales avant chaque tournage. En attendant je me refuse à avoir une opinion.

J'ai quelques difficultés à empêcher Jean de publier des articles qui tenteraient de mettre en doute l'amabilité de cette star transalpine dont le succès international est indéniable. Je l'amène finalement à admettre que des articles restrictifs touchant au caractère de la jolie personne se retourneraient contre moi s'ils étaient imprimés. Il accepte d'attendre de la rencontrer pour écrire ce qu'il pensera d'elle. Ce qui est logique et plus honnête. Il en convient — ce qui ne l'empêche pas d'être furieux contre elle. A priori. Il est d'autant plus hors de lui qu'il débarque un matin chez moi en brandissant triomphalement le résultat du grand référendum annuel de la plus grande revue de Belgique par lequel je me vois placé à la cinquième place des acteurs de cinéma internationaux.

Le cinquième acteur du monde le plus populaire en Europe ! Je crois rêver. Il y a de quoi. Gary Cooper, Gregory Peck, Cary Grant et Jean Marais sont cités juste avant moi. Le fait que je devance Gérard Philipe, Daniel Gélin me sidère.

Si je suis très heureux, je n'ai pas encore attrapé « la grosse tête ». Ne vous inquiétez pas, cela va venir : inévitablement. Et je vous dirai comment et pourquoi. Pour le moment Jean a très envie d'expédier ces résultats à Mlle Lollobrigida. Je l'en dissuade : ce serait de la provocation et, comme elle doit arriver à Paris très bientôt, je lui fais comprendre que quelqu'un de bien intentionné s'empressera de l'informer. Donc, qu'il ne se donne pas cette peine.

En revanche, je ne peux pas l'empêcher d'envoyer à Siodmak ces fameux résultats, accompagnés d'une lettre par laquelle il félicite le metteur en scène de m'avoir engagé. Je trouve la démarche maladroite mais il passe outre.

C'est vers la mi-septembre que la production du *Grand Jeu* organise un somptueux dîner à *La Tour d'Argent* pour fêter l'heureuse arrivée en France de Mlle Gina Lollobrigida.

C'est dans ce cadre unique, dominant Paris, face à Notre-Dame, que notre première rencontre a lieu. C'est incontestablement une très jolie femme. Ni grande ni petite, ni trop forte ni trop mince, elle est élégante. Une robe simple, de bon goût, met en valeur sa gorge, laquelle est, paraît-il, l'un des éléments de son succès. Son visage est rayonnant. Sur une carnation délicate de brune solaire elle a su poser le maquillage le plus fin, le plus discret, le plus réussi qui soit. Le sourire est admirable de suavité et les yeux tout simplement inoubliables. Je ne crois pas avoir vu proportions plus parfaites dans les fentes des paupières (on pense à l'ovale exquis de l'Égypte ancienne). En dessous, le regard sombre se veut velours brun mais laisse entrevoir des lueurs de roches dures. Le nez, vu de face, est sans défaut apparent. De profil, il remonte un tout petit peu trop à son extrémité, ce qui a pour effet de laisser voir, si on y prête attention, une narine légèrement trop évasée, ce qui permettrait à un insolent de se dire que ce nez-là fait penser à celui d'un petit animal.

Le décolleté est à peindre. L'arrondi de l'épaule fait rêver de caresses. Le bras se meut avec la grâce et l'abandon gracieux d'une ballerine un peu lasse. L'attache du poignet n'est pas aussi fine que je m'y attendais ; la main, petite, serait un peu courte si l'on cherchait à critiquer, le pouce surtout n'est pas assez effilé. Il y a un je-ne-sais-quoi qui fait défaut à ce doigt un peu trop épais à la base ; on dirait qu'il lui manque quelque chose, presque la longueur d'une phalange. Il s'arrête brusquement, ce pouce, en une pointe triangulaire. C'est surprenant. Je ne suis pas sûr que cette jeune femme soit consciente de cette légère anomalie quasiment invisible. D'ailleurs, à peine l'a-t-on remarqué qu'on oublie ce détail.

La voix est délicieuse. Ce qu'on entend tient de la roucoulade napolitaine, du ronronnement satisfait d'un chat de luxe et du chant de l'oiseau dressé. L'ensemble est mélodieux, charmant, agréablement parfumé de cet enjôlant accent que seuls détiennent nos voisins transalpins.

Je suis sous le charme et me réjouis de passer quelques semaines auprès d'une aussi jolie personne — même si nos rapports ne restent que professionnels. J'oublie sans effort tout ce qui a pu être dit sur cette belle actrice et c'est avec une bonne humeur tout à fait sincère que je m'ingénie à la distraire durant tout le dîner.

Son attitude durant le repas a été parfaite, irréprochable, hochant la tête, souriant beaucoup, opinant parfois, elle a très peu parlé. A dire vrai, elle n'a pas dit grand-chose. Mais son rire est tout à fait charmant. Alors que nous nous séparons, je réalise que je ne sais absolument pas ce qu'elle pense. Je me console en me disant que nous avons tout le temps de faire plus ample connaissance. Nos communs essais photographiques sont prévus aux studios de Boulogne pour la semaine prochaine.

En ce début d'automne Paris me sourit. La ville commence à me fêter comme elle le fait chaque fois qu'elle entend montrer que quelqu'un est à son goût. Moi, tout à fait inconscient, j'accepte cette agréable situation, non pas comme un dû mais comme une chose assez naturelle. Les tailleurs font des bassesses (sur les prix aussi) pour avoir le plaisir de m'habiller à condition de pouvoir s'en vanter (en ville ou sur les génériques des films). Et moi, pauvre fat, j'accorde des privilèges et me constitue une garde-robe princière. A cette époque, j'attachais une grande importance à la panoplie vestimentaire, et sachant d'instinct exactement ce que je voulais, je savais, paraît-il, m'habiller avec une élégance certaine. On me le disait, j'écoutais, j'avais la faiblesse d'y croire et d'en tirer, bien sûr, un peu de vanité. Le plus amusant — car il y a un côté drôle dans la dérision — c'est que, ne voulant pas céder aux caprices d'aucune mode, je me suis toujours fait faire des vêtements de coupe classique d'après mes propres conceptions, me moquant de la largeur d'un revers de veste ou de celle d'un pantalon. Cette façon d'imposer ma volonté dans ce domaine m'a procuré quelques avantages : je me suis toujours senti très à l'aise dans mes costumes et ils ne se sont pas démodés. Je peux dire sans honte ni fierté que je porte encore à l'heure actuelle des vêtements coupés il y a quelque trente ans. Si la tête a changé, le corps beaucoup moins, et je suis très content de ne pas avoir à m'acheter quoi que ce soit. Aujourd'hui, c'est une économie considérable.

En 1953, j'ai d'autres luxes encore, mais d'un autre ordre. Je refuse des films, de nombreux films, dont deux en Italie. Je n'ai pas beaucoup de mérite, la plupart des scénarios sont sans intérêt. C'est tout de même très flatteur de savoir qu'il y a des gens qui courent après vous, qui attendent, qui espèrent un acquiescement. Il suffirait de peu de chose pour qu'on se prenne tout à fait au sérieux, pour qu'on se croie devenu quelqu'un d'important. C'est tentant, mais grâce au ciel je reste encore lucide. Pourvu que ça dure...

Il y a toutefois une proposition que j'abandonne à regret. Il s'agit de *Raspoutine*, une grande coproduction qui doit se tourner au printemps prochain avec Pierre Brasseur et Isa Miranda. J'y aurais tenu le rôle du prince Youssoupov.

J'aurai vingt-six ans dans quelques semaines. Je me crois heureux, j'ai du succès, des projets à revendre, je ne discerne aucun nuage à l'horizon, ne regarde que le beau côté des choses et me plais à croire cette situation privilégiée, définitive.

Nous avons passé toute une journée aux studios de Boulogne avec Robert Siodmak et son équipe, Michel Kelber et ses techniciens, Gina Lollobrigida et sa suite, et tout un état-major de maquilleurs, coiffeurs et perruquiers pour tourner ces fameux essais photographiques. Pour moi c'est assez simple : j'aurai deux couleurs de maquillage, un pâle lorsque je suis avocat parisien au début du film, un autre plus foncé quand je serai devenu légionnaire, la peau tannée par le soleil.

Pour notre vedette féminine, c'est un peu plus compliqué. Elle incarnera deux personnages très différents, le premier étant celui d'une femme très élégante, adulée, capricieuse, dépensière, qui, après avoir acculé son amant (moi) à la ruine, le laissera tomber et disparaîtra pour chercher un autre « commanditaire » à la fortune solide. Fou de chagrin je m'engagerai dans la Légion étrangère et un soir, là-bas, en Algérie, je croirai retrouver cette femme que j'adore toujours. Elle lui ressemble tant que je crois que c'est elle. Or ce n'est pas elle, mais moi je veux le croire. Voilà le second personnage de notre star féminine. Il faut que l'une ressemble à l'autre sans tout à fait lui ressembler. D'où essais toute la journée avec toutes les formes de coiffures et toutes les teintes de perruques possibles. Vers dix heures du soir tout le monde se sépare, fourbu.

Trois jours après le tournage des essais, Robert Siodmak me téléphone en me demandant si je veux les voir. Bien sûr !

Rendez-vous est pris. Je me rends avec Jean à la salle de projection convenue. A ma grande surprise, nous sommes seuls, le metteur en scène, Jean et moi. On projette les gros plans des héros sur l'écran, je n'ai aucun commentaire à faire me concernant. On rallume les lumières et c'est en souriant que je me tourne vers Siodmak pour lui dire que je trouve ça très bien. Il fait quelques réflexions sur la pâleur du premier maquillage, excuse l'absence du chef opérateur et se perd dans des explications tout à fait superflues dans cet endroit à propos de la psychologie des rôles. Enfin, il n'est visiblement pas à son aise. S'étant levé, il marche de long en large. Le sentant nerveux, je lui demande carrément ce qui ne va pas.

Il me regarde en essayant de sourire, se rassied, puis passant une main sur son crâne chauve, il me regarde, éclate de rire, retire ses lunettes, en essuie les verres, les repose sur son nez avant de me dire :

— Voilà... Gina trouve que... pour un légionnaire... tu as des cils un peu longs...

— Comment ?

J'ai la nette impression de n'avoir pas compris. Il répète :

— Oui... elle dit que ce n'est pas possible de te laisser des cils aussi longs... elle trouve que ça fait efféminé...

D'abord atterré par ce que j'entends, je ne peux me retenir d'éclater de rire.

— Enfin voyons, Robert, ce n'est pas sérieux ? C'est une blague ? Elle voudrait que je me coupe les cils ?

— Heu... oui... c'est à peu près ça, me répond Siodmak.

Trois minutes plus tard le metteur en scène, Jean et moi sommes en plein fou rire. Le calme revenu, je dis à Siodmak que ce n'est pas de ma faute si mes cils sont longs et frisés à leur extrémité. J'ajoute que je n'ai pas la moindre intention de sacrifier ce qui frange naturellement mes paupières supérieures sous prétexte qu'une actrice italienne a des cils moins longs. Elle n'a qu'à s'en coller des faux encore plus longs que d'habitude...

Au fur et à mesure que je m'explique, je m'échauffe et je finis par me mettre en colère. Non mais pour qui se prend-elle cette, etc. Aucune clause du contrat ne prévoit que, etc.

Siodmak et Jean réussissent à me calmer. Le metteur en scène, tout à fait détendu, me rassure. Il avait promis de me transmettre le message, il l'a fait. Tout en étant certain de ma réaction. Nous nous quittons de bonne humeur.

Le tournage du film commence bientôt, le 12 octobre, c'est-à-dire dans une dizaine de jours. Je suis d'une humeur de dogue. Moi qui étais dans les meilleures dispositions d'esprit, qui me préparais avec plaisir à me confondre en amabilités diverses, à rechercher toutes les attitudes prévenantes pour complaire à ma partenaire, moi qui... Je suis hors de moi, et toutes les choses désagréables colportées sur son compte me reviennent d'un coup en mémoire : j'ai du vinaigre dans la bouche, c'est très désagréable.

Naturellement, l'anecdote des cils qu'elle voulait voir couper fait le tour de Paris. Les rieurs sont de mon côté. Quelques petits échos ont paru dans la presse à ce propos, ce qui a dû mettre la star italienne d'assez mauvaise humeur d'autant plus que, lorsque les journalistes veulent ironiser, ils n'épargnent pas leur cible.

Le premier jour de tournage ne se passe pas trop mal. Siodmak a choisi une scène facile, ce qui nous permet de prendre contact à travers des dialogues anodins. Elle est très belle et joue fort bien la comédie ; professionnellement elle est irréprochable.

Les jours se succèdent sans incidents notoires au début. Notre vedette transalpine se maquille elle-même, refusant tout concours extérieur. N'étant jamais en retard, on ne peut rien lui reprocher. Le metteur en scène fixant avec nous les places de la scène suivante et nous indiquant où et quand nous devons dire nos répliques, nous travaillons. Dès que la mise en place est terminée, notre héroïne quitte le plateau pour regagner la loge-salon qu'on lui a aménagée. Le chef opérateur réglera les lumières sur nos doublures. Lorsque tout est prêt, on nous appelle.

Les répétitions commencent, se poursuivent et puis nous tournons la scène. Lorsque le metteur en scène se déclare satisfait, on coupe les lumières et on fixe à nouveau les places du plan suivant et ainsi de suite.

Lorsque Gina a terminé de jouer une scène, elle s'éclipse sans un mot et regagne sa loge. Cette attitude irréprochable n'installe pas un climat de vraie détente sur le plateau. On a malgré soi l'impression que la star nous fait une grâce en condescendant à venir jouer son rôle devant la caméra. Elle écoute les indications qu'on lui donne, ne fait aucune réflexion, se plie au désir du metteur en scène et interprète la scène telle qu'elle lui a été indiquée. Elle joue bien, très juste. Mais le dernier mot du texte ayant été donné, elle disparaît sans faire l'aumône d'un regard à personne.

La première semaine s'est écoulée dans cette atmosphère un peu tendue qui ne nuit pas aux scènes que nous avons à jouer. C'est du moins ce que laisse entendre Siodmak qui ne semble pas mécontent. Nous assistons chaque soir après le tournage à la projection des scènes tournées la veille. Le metteur en scène et le chef opérateur se parlent à l'oreille ; notre héroïne ne dit rien et quitte la salle suitée de Milko, son mari, après nous avoir gratifié d'un bref coup de tête, vaguement souriant, en guise d'au revoir.

Si notre star ne manifeste en public aucun des sentiments qui l'habitent en dehors de ceux imposés par son rôle, il paraît qu'elle se laisse aller, le soir, par téléphone, à exprimer sa façon de penser. Les mauvaises langues assurent que, d'après ce qu'elles croient savoir, la star ne serait contente de rien.

Le lundi suivant nous attaquons des séquences plus difficiles. La mise en scène est plus précise encore lorsque nous abordons les scènes amoureuses. Ma partenaire est parfaite dans les plans où je lui déclare que je l'adore et où elle doit paraître distraite, presque inattentive, à mes discours.

Jusque-là, ça va bien. Nous sommes dans nos personnages respectifs.

Les scènes où elle doit me faire du charme pour obtenir ce qu'elle désire, un bijou, une fourrure, elle est incomparable dans l'insincérité jouée. Mais vient le moment où il faut faire semblant de s'aimer. Alors là, c'est tout autre chose.

Lorsque vous prenez une femme dans vos bras, et qu'au simple contact de votre main vous sentez son dos se raidir, vous comprenez très vite qu'il y a quelque chose qui ne va pas (ce n'est pas la peine de faire du cinéma pour savoir ça). Quand vous vous penchez vers ses lèvres et qu'à la seconde qui précède ce mouvement vous essuyez un regard glacé, cela ne vous aide pas à poursuivre. Enfin... je ne vais pas vous raconter tout en détail, mais il est un fait certain, c'est que notre héroïne italienne ne peut, ou ne veut pas, me supporter.

Nous en sommes à la seconde semaine de tournage et le film est une longue histoire d'amour... qui doit tenir encore deux mois au minimum. Pas facile ! Pas évident ! Siodmak me fait la leçon, me dit que c'est à moi de... Je lui réponds en le regardant bien en face que je le défie de faire l'amour avec un iceberg dans les bras ! Il fait la même démarche auprès d'elle, qui lui répond (paraît-il) que ce n'est pas à la femme d'être entreprenante, que son rôle n'est pas celui d'une putain et que si son partenaire ne sait pas comment s'y prendre ce n'est pas de sa faute...

Nous y voilà ! Elle garde une rancune tenace envers la production, Siodmak et cet acteur français qu'on lui a imposé. Vu ce que l'on croit savoir de son caractère, on sent qu'elle ne modifiera pas son attitude. Elle se venge à sa façon de sa déception et hausse sa contrariété à la hauteur de « crime de lèse-star ». Comme nous n'avons pas le choix et qu'il faut sauver le film, c'est d'un accord tacite que toute l'équipe redouble d'attention envers elle. Ses moindres désirs sont satisfaits sur-le-champ. Elle se rend compte qu'elle mène la danse, en profite, en abuse.

Lorsque la mise en scène ne lui plaît pas, elle fait semblant d'oublier son texte, déclare que tel ou tel mouvement la gêne, qu'elle ne sent pas « ça » comme ça. Si le metteur en scène insiste pour la convaincre, elle dit qu'elle ne comprend pas ce qu'on lui dit. Si Siodmak tente encore de la faire céder, elle se sent subitement atteinte de migraine et s'excusant d'une moue douloureuse demande à regagner sa loge quelques minutes pour se reprendre.

Cette mauvaise foi évidente exaspère chacun qui cependant reste coi. Siodmak cache comme il le peut son exaspération.

Ces petites pertes de temps accumulées finissent, en s'additionnant, par former de longues minutes. Nous prenons du retard sur le plan de travail. Le metteur en scène furieux ronge son frein sans exploser. Le producteur s'inquiète.

C'est dans cette atmosphère orageuse que se termine la seconde semaine.

Que s'est-il passé pendant le week-end ? Mystère ! Toute l'équipe apprend le lundi matin que pour ménager la santé de notre star nous tournerons désormais de la façon suivante : les plans généraux dès le matin (quand on voit le décor en entier), puis les plans à deux (la star et moi), puis les gros plans de la star. Ensuite, elle regagnera son hôtel. Après quoi on tournera les plans où elle n'apparaît pas et finalement les gros plans qui me sont réservés.

Ce qui fut dit fut fait. Pour ce faire, justement, il m'a fallu, croyez-moi, une bonne dose d'imagination. Mettez-vous à ma place : ce n'est déjà pas si facile de dire à froid à une dame, devant une caméra : « Je t'aime... Je t'adore... J'ai envie de toi, etc. » ou l'équivalent ! Mais quand à la dame se substitue la tête du metteur en scène, celle de la script-girl ou tout simplement une chaise, la tâche est un peu plus ardue, voyez-vous... Et pourtant on peut le faire ! On y est bien obligé lorsqu'on n'a pas le choix. Mais je vous assure que c'est difficile.

Je peux dire sans mentir ni exagérer que la belle Gina m'en fit voir de toutes les couleurs. Avec une incomparable rouerie, elle cherchait par tous les moyens à m'exaspérer. Je serrais souvent les dents et les poings pour ne pas éclater. L'œil du metteur en scène que je croisais à tout moment me suppliait de garder mon sang-froid. Prenant sur moi, je tins bon.

Durant le tournage, le pire et le meilleur ont alterné. Gina Lollobrigida et moi, nous ne nous adressions plus la parole en dehors du dialogue écrit par Charles Spaak.

Mon plus beau souvenir de ce film est sans aucun doute ma rencontre avec Arletty. C'est un personnage, certes, mais c'est aussi une grande dame. En jouant avec elle, on a l'impression qu'elle invente son texte, c'est fascinant. Et puis, quelle leçon de comédie ! Si je suis « bon » dans les scènes que j'ai tournées avec Arletty, c'est parce que son talent à l'état pur m'a obligé à sortir de moi tout ce que je n'aurais pas su trouver sans elle.

XIX.

Terminé le temps des illusions, le temps où je croyais avec naïveté que pour faire une carrière il suffit d'avoir beaucoup de chance, de la persévérance et de l'acharnement au travail. Je commence seulement à réaliser (bien que le terme ne s'emploie pas encore) qu'à partir d'un certain stade de notoriété l'acteur en vogue devient un produit commercialisable et, de ce fait, une sorte de marionnette aux mains des financiers, lesquels misent, comme des joueurs, sur tel ou tel cheval parce qu'il a plus de chances qu'un autre d'attirer les foules, d'où la course inévitable à la recherche de la plus grande popularité. C'est ce que Jean a tenté de m'expliquer depuis qu'il me connaît, et moi, imbécile, je viens seulement de le comprendre clairement.

N'étant pas masochiste, je ne ressens aucune joie particulière, je vous prie de le croire, à étaler mes excès, mes erreurs et mes accès de vanité. Je trouverais malhonnête de ne rapporter que le beau côté des choses, me dépeignant avec complaisance à longueur de page et laissant croire que ce que j'ai fait de bon vient de moi seul et que les fautes que j'ai commises sont imputables aux autres. Une vie, une carrière, ce n'est pas ça du tout. J'ai connu mes « Austerlitz » et mes « Waterloo », comme tout le monde. Il serait déshonnête de mettre en valeur ou de taire la part de responsabilité qui a été la mienne, chaque fois. Lorsque, pour mieux expliquer qui je fus, qui je suis, j'ai l'air d'insister sur l'ivresse ressentie après une victoire, je suis en train de me « mettre en boîte » moi-même, étant le dernier à être dupe de « tout ça », même si je l'ai été au moment de l'instant vécu.

Si les acteurs de cinéma en vogue jouissent d'une situation matérielle très privilégiée, ils doivent aussi dépenser beaucoup d'argent pour régler tout ce qui correspond à leur position. Le train de vie d'une star est ruineux. Il est très difficile de sortir de ce cercle vicieux. Plus votre popularité s'étend, plus vous vous trouvez dans l'obligation d'investir bêtement dans les signes extérieurs. Les voitures, l'élégance vestimentaire, les sorties, les dîners, les invitations qu'il faut rendre, les cocktails qu'il faut donner, les gens importants qu'il faut traiter dans les meilleurs restaurants. Tout cela coûte une fortune, et chercher à éviter de sacrifier à cette coutume serait commettre une lourde erreur. Les gens ne vous le pardonneraient pas car ils se diraient : « Comment ! Il gagne de l'argent et ne le dépense pas avec nous ? »

Pour essayer de résoudre partiellement le problème, certains comédiens ont monté leur société. Or c'est justement ce à quoi je songe depuis quelques mois.

Pierre Fresnay a un imprésario, Jean Dewalde, lequel gère une S.A.R.L. par laquelle passent tous les contrats, ce qui permet une ventilation des frais généraux qui, tout en restant parfaitement honnête et légale, laisse au comédien un peu plus d'élasticité dans la répartition des sommes que la société perçoit et administre en son nom.

En arrivant à Rome où je finis de tourner *Les Trois Voleurs*, Jean m'apprend que Jean Dewalde est tout disposé à me rencontrer dès mon retour pour constituer cette société. Il m'apporte aussi la confirmation officieuse de ma place au Référendum de Belgique. J'arrive juste après Fernandel et Gary Cooper, avant Gregory Peck et Marlon Brando. Du côté des dames, Morgan est en tête devant Carol, Lollobrigida, Audrey Hepburn et Grace Kelly. Le producteur du *Grand Jeu* doit, lui aussi, être assez satisfait de voir que ses deux vedettes principales arrivent l'une et l'autre à la troisième place mondiale. C'est une formidable victoire mais je ne sais pas pourquoi tout cela me fait un peu peur. Il me semble que « ça va trop vite ».

Nous sommes presque à la fin de mars et le printemps s'installe à Rome. C'est au cours d'un déjeuner avec les producteurs du film que l'on me fait une proposition ahurissante. M. Rizzoli, grand éditeur, grand producteur, grosse fortune personnelle, me fait savoir qu'il serait tout disposé à me prendre sous contrat d'exclusivité pendant les trois prochaines années. Je tournerais trois films par an. Il arrangerait des coproductions avec plusieurs pays d'Europe et aussi les Etats-Unis. Les sujets, rôles, metteurs en scène seraient choisis d'un commun accord. Durant ces trois ans, il me serait versé une somme dont le chiffre est proprement vertigineux. Moi, je suis en plein rêve. Je me dis que ce n'est pas possible et qu'il faut absolument que je me réveille. Pourquoi faut-il que cette maudite Cassandre, qui veille en moi, ait toujours raison ? Le projet mirobolant n'aboutira pas.

Ma tête, à présent, est celle d'un albinos ou presque. J'ai demandé au coiffeur de forcer un peu la dose pour la décoloration. Il m'a écouté.

Je suis proprement hideux à voir ! C'est ce que je souhaitais. En effet, bien décidé à ne pas tourner *Le Fils de Caroline* en blond, autant montrer aux producteurs un visage horrible : cela évitera de longues discussions.

Comme par hasard, c'est juste à ce moment que le ministre de l'Industrie fixe la date de la remise des « Victoires » (de Samothrace) du cinéma français. Nous serons quatre à recevoir le trophée : Michèle Morgan, Martine Carol, Jean Gabin et moi. Henri Georges Clouzot doit le recevoir pour la mise en scène.

Dans les jardins du ministère, aménagés pour la circonstance, à part Clouzot, nous formons un curieux quatuor dans la gamme des blonds. Jean Gabin est blond-blanc, Michèle Morgan blond cendré, Martine Carol blond rose pâle et moi blond citron ! Nous devons avoir l'air de sorbets : vanille, citron, mandarine et orange...

Projection des essais en blond pour *Le Fils de* ... Au bout de dix minutes tout le monde se lève. La cause est entendue : je peux retrouver ma couleur naturelle : brun.

XX.

Comme chaque année, la Kermesse aux étoiles ouvre ses portes et ses stands dans la seconde quinzaine de juin, au beau milieu du jardin des Tuileries. C'est une fête tout à fait originale imaginée par Alain Duchemin, grand maître de toutes les manifestations artistiques de l'époque. Entouré de collaborateurs exceptionnels et d'une équipe dévouée, il est chargé de la monstrueuse organisation de cette kermesse de trois jours, créée au profit des œuvres sociales de la 2e D.B. dont j'ai fait partie quelque dix ans plus tôt.

La colonelle Massu, femme du futur général que j'ai connu capitaine, préside au destin de cette formidable réunion de Parisiens, provinciaux et étrangers venus tout exprès dans la capitale.

Les annonceurs se disputent pour obtenir les stands les mieux placés et se battent encore davantage pour arracher à leurs concurrents les stars les plus en vogue. Les vedettes françaises et internationales invitées passent, en arrivant aux Tuileries, sur un podium où des speakers, à grand renfort de micros et de haut-parleurs, font savoir à la foule (ce sont des milliers, des centaines de milliers de personnes qui sont là !) que telle ou telle star vient d'arriver et qu'elle va se rendre au stand des « matelas Doudou » ou de « l'eau minérale Pouik ».

Ce sont alors des applaudissements, des hurlements qui se déchaînent. La foule en délire se laisse aller à son enthousiasme et manifeste sa joie avec une vigueur, une violence dont vous ne pouvez pas vous fai e une idée juste tant elle dépasse les normes de l'exaltation. C'est une sorte de frénésie communicative dont on connaît mal les limites.

Personnellement, je crains la foule. Joyeuse ou muette, elle provoque chez moi un sentiment de crainte. Elle me fait peur et m'apparaît comme un monstre sans tête qui semble ne pas savoir la voie qu'il doit choisir. A droite il vous acclame, à gauche il peut vous étouffer. Il faut être maître de soi pour se présenter à cette foule passionnée, quelle que soit l'angoisse qui vous étreint. Ne pas paraître à la Kermesse aux étoiles, c'est priver ceux qui forment votre public du plaisir (et Dieu sait s'il le proclame) de vous contempler en chair et en os, et, avec un peu de chance, d'obtenir de vous un autographe. Si vous n'accordez pas cette satisfaction à ceux qui se sont déplacés dans le seul but de vous regarder et de vous manifester leur sympathie, leur admiration ou leur attachement, vous risquez de les décevoir par votre absence. Ils en parleront en rentrant chez eux et, volontairement ou non, ils vous tiendront rigueur de ne pas être venu là où vous saviez qu'ils vous attendaient avec leur joie, leur gaieté et leur contentement de pouvoir simplement vous regarder.

A peine le feu vert m'est-il donné par la production que je me précipite chez le coiffeur. Je suis à nouveau brun pour monter sur le podium de la Kermesse aux étoiles, aux Tuileries. J'aurais eu honte de me présenter avec une crinière couleur de béchamel-mayonnaise. Et puis... la foule m'aurait-elle seulement reconnu ?

Sans mentir ni exagérer, l'annonce de mon arrivée sur place provoque ce bruit de tonnerre effrayant que j'espère et crains à la fois. L'ovation réchauffe le cœur et flatte l'orgueil mais je ne peux retenir un mouvement de recul, une peur viscérale que je dissimule, bien sûr. Je ne parviens pas à comprendre que c'est moi qui suis en butte à une telle explosion de joie populaire. Je trouve mes mérites bien minces pour provoquer une telle manifestation. Quelque chose en moi se méfie et juge immérité ce raz de marée tonitruant. Un esprit moins angoissé que le mien se laisserait sans doute emporter par la joie, mais je demeure spectateur de mes actes. Cette façon d'être me complique la vie. Le dédoublement est très incommode.

Cette année-là, le journal *Libération* et la plupart des autres quotidiens déclareront que Charles Trenet, Ingrid Bergman et votre serviteur ont été les trois personnes qui ont créé de très sérieux problèmes au service d'ordre. Je ne sais pas ce qui s'est passé pour les deux personnalités précitées. En ce qui me concerne, nous avons frisé le drame. Non, croyez-moi, le mot n'est pas trop fort.

Il avait tout d'abord fallu parvenir au stand (de la bière « Glou-Glou », ou des parapluies « Floc-Floc », je ne sais plus), escorté par une importante formation de scouts de France. Arrivé sur place, non sans avoir été bousculé de toute part par des gens en délire, jouant des coudes, de l'épaule et du poing, j'avais commencé à signer des autographes. Le stand — genre petite maison — de bois édifié pour la circonstance devait m'apporter, en principe, une protection suffisante pour me permettre de satisfaire à cette cérémonie — normalement anodine — qui consiste à inscrire son nom sur un bout de papier. Soulignons ici que le « bout de papier » était un ravissant petit carnet dont la couverture représentait l'insigne de la 2e D.B. Pendant une vingtaine de minutes, malgré le brouhaha indescriptible, les mouvements de la foule parurent se coordonner. Les gens assez disciplinés respectèrent les injonctions du service d'ordre et des grands scouts placés de chaque côté du stand. Et puis ceux qui se trouvaient éloignés se mirent à faire pression sur les gens qui étaient devant eux. En quelques minutes les incidents commencèrent à se multiplier. Les plus faibles tombaient par terre, immédiatement enjambés, parfois piétinés, par ceux qui les avaient poussés. La foule encerclait le stand, ayant réussi à contourner les solides gaillards préposés au maintien de l'ordre.

Au bout d'un quart d'heure, au milieu des cris des femmes et des hurlements des enfants perdus, la baraque commença à osciller, poussée de front, de droite, de gauche et de l'arrière par la foule de plus en plus nombreuse. Me croyant à l'abri de ces quelques planches et protégé par ces garçons musclés en uniforme, en souriant je continuai à signer les carnets qu'on me présentait, ou les photos qu'on me brandissait, à une cadence de plus en plus rapide. Ce que les gens désiraient par-dessus tout, c'était « me voir », voir de près la tête de celui qu'ils avaient contemplé au cinéma. La signature sur le papier prouvait qu'ils m'avaient côtoyé au moins un instant. La légère baraque remuait à tel point que je faillis tomber de ma chaise.

Il faisait très chaud, je desserrai mon nœud de cravate. La foule étant de plus en plus compacte; les cris s'accentuant et le stand menaçant de s'écrouler d'une minute à l'autre, j'estimai qu'il était temps de faire quelque chose. Avisant l'un des commissaires de la kermesse, je lui exprimai mon inquiétude (qu'il partageait d'ailleurs), tout en continuant à signer des autographes comme si j'étais inconscient de ce qui se passait.

Une dizaine de minutes s'écoulent. Autour de moi l'atmosphère devient houleuse, les cris redoublent. Parmi la foule la plus éloignée du stand on commence à percevoir des bribes de phrases et des onomatopées qui expriment un certain énervement. Les gens manifestent leur mécontentement de ne pas avancer assez vite.

Le stand devient une barcasse malmenée par un début de tempête. Les chaises se renversent. Tout paraît osciller. Un des commissaires de la kermesse parvient jusqu'à moi, littéralement porté à bout de bras par des gardes du corps (c'est bien le cas de le dire), et me déclare qu'il vaudrait mieux, pour ma propre sécurité, envisager une sorte de « repli stratégique ». Il est bien aimable cet homme essoufflé qui me donne ce prudent conseil, mais placé où je suis, cerné par la foule de plus en plus excitée, je ne vois pas comment on peut procéder à mon escamotage. Le stand qui va, nous le sentons tous (enfin, ceux qui sont restés là), s'effondrer, c'est probable, se trouve totalement isolé au milieu d'une mer humaine. Quelques énergumènes, il y en a toujours dans ce genre de manifestations, ne se retiennent plus de clamer leur désappointement de ne pouvoir approcher. Encore quelques minutes et la colère qui gronde va éclater.

C'est alors que fendant la multitude, irrésistible dans sa façon d'avancer, j'aperçois, se dirigeant vers le stand qui va voler en éclats d'un instant à l'autre, une troupe de parachutistes. Piquant directement sur l'endroit où je me trouve, ils parviennent jusqu'à la balustrade derrière laquelle je suis encore protégé. Là, ils se séparent en deux groupes qui, longeant les parois de bois, tentent de dégager les abords immédiats de la baraque. Les premières personnes qui les voient arriver devant elles supportent (probablement impressionnées par les uniformes) l'autorité bienveillante mais ferme des nouveaux arrivants sans trop rechigner.

A présent, la façade et les deux côtés du stand sont à peu près dégagés. Il s'est créé une sorte de couloir d'un mètre de large sur trois côtés du stand. A l'arrière, ceux qui n'ont rien vu poursuivent et accentuent leur poussée. L'édifice précaire menace de basculer en avant. Le commandant de ce groupe de parachutistes bondit sur le stand et, s'approchant de moi, déclare à mi-voix mais fermement qu'il me faut le suivre. J'ai trop chaud, j'enlève ma cravate et obtempère. Le moment n'est plus à la discussion. Le public qui, tout près, se rend compte du mouvement de retraite que j'esquisse se met à hurler comme si on lui arrachait sa proie.

Ils se sont mis à quatre pour me descendre du stand. Mes pieds foulent la terre ferme; une dizaine de parachutistes m'encadrent et nous cherchons à fendre la foule du côté arrière, vers le bassin des Tuileries où la multitude est moins dense, stoppée par le réservoir d'eau. Trois de mes gardes du corps sont renversés. Des bras, des mains se faufilent dans la brèche. Des cris de victoire retentissent tout près de moi : j'ai l'impression épouvantable de participer à une chasse dont je serais le gibier. Avant que d'autres parachutistes appelés à l'aide n'aient eu le temps de parvenir jusqu'à nous, je sens des doigts agripper mes vêtements. Ma veste se déchire. Nous sommes bloqués sur place. Les renforts arrivent, me voici à nouveau encadré par une vingtaine de militaires. Nous tentons de nous mettre en marche vers le bassin.

Ma veste est en lambeaux, la manche droite entièrement déchirée depuis l'épaule m'a été arrachée. Ma cravate a disparu, mon col pendouille. Ma chemise déchiquetée ne tient plus que par deux boutons. C'est le poitrail nu jusqu'au nombril que j'essaye de me remettre en marche au milieu de mes protecteurs qui s'efforcent à grand-peine de maintenir leur équilibre.

Nous avançons de quelques mètres. Trois coups de sifflet stridents retentissent. Obéissant sans doute à un signal, un nouveau groupe de parachutistes nous rejoint. Pas à pas, nous avançons vers le bassin. J'ai perdu l'un de mes mocassins.

La foule nous presse toujours de toute part, en criant n'importe quoi, on ne comprend rien tant il y a de bruit. Parvenus au bord du bassin, le commandant du groupe et quelques « paras » descendent dans l'eau. Elle leur arrive aux genoux. Et c'est porté comme un paquet qu'ils se passent de mains en mains que je me retrouve de l'autre côté du bassin.

La foule, si elle crie toujours, a changé de ton et d'attitude. Elle aurait facilement pu contourner le bassin ou, à la rigueur, nous encercler en nous obligeant à rester au centre. Mais non. Les Parisiens sont ainsi faits que, ayant assisté à une manœuvre réussie, non seulement leur excitation tombe mais voilà qu'ils se mettent à applaudir. Ils ont apprécié la parfaite coordination de cette fuite. Ils s'esclaffent à présent et, si leur ovation joyeuse m'est encore en partie destinée, elle s'adresse certainement au groupe de parachutistes qui m'a sorti de leurs griffes trop acérées. C'est donc sans encombre que je parviens jusqu'au P.C. de la kermesse où, sous la tente qui abrite une partie de l'équipe d'organisation, j'essaie de me « reprendre » un peu. Dans quelques instants une voiture de l'armée me déposera chez moi. J'ai l'air de la caricature d'un clochard en arrivant à la maison. Je suis en loques. Veste, chemise, pantalon, tout est déchiré. Il me reste un mocassin sur deux, ma cravate a disparu, je suis couvert de poussière.

Si l'on se remet vite de ce genre « d'accident », il en reste tout de même des séquelles. D'abord, c'est inévitable, une bouffée de vanité (on peut appeler ça une crise de croissance ou une poussée d'urticaire) car ce n'est pas courant de se trouver dans une telle situation. *Le Figaro* publiera le lendemain, à la une et photo à l'appui, que j'ai failli me faire « écharper par amour » ! Ensuite, je garderai toute mon existence, sinon la terreur, du moins une méfiance définitive pour la foule.

Surtout, ne vous méprenez pas. Ce n'est pas pour me faire plaisir que je vous ai rapporté cet épisode, ne croyez pas à une complaisance de ma part. Je n'ai pas le goût du gargarisme de la gloriole passée. J'essaye, à ma façon, de vous raconter l'évolution d'une carrière, l'évolution des temps aussi. Glisser sur certains faits — les meilleurs et les pires — ne me semblerait pas honnête. Je ne suis pas attiré par la fausse modestie. Dissimuler, escamoter, travestir pourrait être tentant afin de passer à vos yeux pour quelqu'un que je ne suis pas mais qui essaierait de se présenter sous le meilleur angle. Je me présente tel que je suis, tel que je crois avoir été. Je vous dis mes actions et mes réactions telles qu'elles furent. L'impression que j'ai de moi me regarde ; celle que vous aurez de moi vous appartient.

Pour tous ceux qui ont connu la Kermesse aux étoiles, cet incident, qui s'est passé vraiment de cette façon, leur remettra en mémoire cette joie et cette fête délirante que tout le Paris populaire attendait chaque année avec impatience. C'était une kermesse unique au monde. Ceux qui n'ont pas connu cette « explosion » de foule avide de côtoyer ses idoles peuvent se reporter aux journaux de l'époque. Ils verront que je n'exagère rien.

On vient de me remettre le découpage dialogué définitif du *Fils de Caroline chérie*.

Je lis, je relis. Je suis atterré. L'histoire romanesque n'est pas plus mauvaise qu'une autre, c'est le rôle que je vais devoir interpréter qui n'est pas, mais alors pas du tout fait pour moi. J'imagine ce qui a dû se passer. Le scénario a été conçu pour un tout jeune garçon blond, fils plausible de Martine Carol. Le héros de ce film n'agit pas, il réagit comme un jeune puceau de seize ou dix-sept ans, avec tout ce que cela comporte de timidité. S'il n'a pas peur des femmes, il hésite beaucoup avant de se laisser séduire physiquement par elles. Comment veut-on que je puisse interpréter ça ? Vingt-sept ans, un mètre quatre-vingt-huit, je me sens incapable de jouer *Agnès* avec des pantalons. Je ne me vois pas du tout en train de dire « le petit chat est mort », ou l'équivalent, et baisser les yeux en rougissant parce qu'une dame qui me trouve physiquement à son goût se propose de jouer auprès de moi le rôle d'initiatrice en amour.

Je réagis tout de suite. La production trouve le scénario excellent et m'assure que je m'en sortirai très bien. J'insiste. J'explique. Je plaide. Je supplie qu'on modifie. On ne m'entend pas. De toute façon il est trop tard pour envisager de modifier quoi que ce soit. Jean Anouilh, qui d'ailleurs est en vacances, injoignable, n'acceptera pas de changer une ligne à son dialogue. Cécil Saint-Laurent, l'auteur, m'avoue gentiment son impuissance à intervenir. Jean Devaivre, aussi embêté que je le suis, m'explique aimablement que nous n'avons pas le choix. Martine Carol, que j'appelle au secours, me dit qu'elle ne peut rien faire (et c'est vrai). Bref, le film commence dans quinze jours et il se tournera tel qu'il est écrit, point final.

J'ai envie de me casser une jambe, de provoquer un accident de voiture, de tomber malade, enfin de faire n'importe quoi qui m'empêcherait de faire ce film, ou tout au moins de le retarder. Les personnes sensées auxquelles je fais part de mes idées saugrenues me raisonnent et me prouvent que toute réaction négative de ma part envers cette puissante production risquerait d'entraîner de graves conséquences, voire un procès à mon encontre, dont l'issue serait dramatique à différents niveaux. Les arguments que j'entends sont si nets que je serais fou de passer outre aux sages conseils qui me sont donnés. Je cède. Furieux, déçu, inquiet (ce n'est pas nouveau), je capitule !

Au tout début du mois de juillet, la côte du Roussillon se trouve brusquement envahie par l'équipe du film. Si *Un caprice de Caroline* avait déplacé beaucoup de monde sur Menton et la Côte d'Azur, cela n'était rien en comparaison de ce qui se passe à présent sur la Côte Vermeille entre Port-Vendres et Collioure.

Ce ravissant petit coin de France (non encore envahi par les constructions modernes) doit subitement abriter plusieurs centaines de personnes. A l'époque, on ne tourne pas en décors naturels. On construit en plein air ce qui sera détruit après notre passage. Architectes et décorateurs réunis ont édifié une sorte d'esplanade déguisée en terrasse et sur laquelle nous nous battrons en duel au sabre, Georges Descrières et moi, pour les beaux yeux de Brigitte Bardot.

Il fait une chaleur d'Afrique équatoriale (humidité en moins). Nous « crevons » sous nos lourds uniformes de hussards de l'Empire. L'action se situant au début du XIXe siècle, Rosine Delamare nous a revêtus — fidélité historique oblige — avec exactitude. L'escouade que nous formons aura probablement beaucoup d'allure à l'écran, mais pour le moment nous maudissons notre pesant harnachement, le film, le soleil, la costumière, les chevaux et le metteur en scène qui nous fait recommencer dix fois des passages au galop sur des chemins empierrés de montagne qui déplaisent visiblement à nos montures. Nous autres comédiens, en sueur, nous galopons et trottons au risque permanent de nous démantibuler les vertèbres. Les premières journées de tournage sont pénibles pour tout le monde.

Les nuits nous consolent. Le ciel étincelle et, me baignant avant d'aller dormir, j'ai la surprise de découvrir que mes mouvements dans l'eau salée provoquent des myriades de reflets phosphorescents. C'est très joli.

L'équipe de comédiens qui participe aux extérieurs est assez réduite. C'est à la fin du mois d'août que de grands acteurs participeront au tournage à Paris, en studio. Pour l'instant, supportant la chaleur avec la grâce de ses vingt ans tout neufs, il y a Brigitte Bardot qui sourit et s'amuse sous sa mantille de dentelle blanche. Vous me croirez ou non, mais les producteurs hésitaient à l'engager avançant des arguments restrictifs sans valeur. Ces messieurs, pour paraître aimables — et alors que je n'avais aucun droit de regard sur la distribution — m'avaient poliment consulté. Connaissant mon état d'esprit quant à mon rôle, leur démarche était de pure forme. Que j'aie répondu « ah oui ! » ou « oh non ! » à la question qui m'était posée n'aurait en aucun cas influencé leur décision. Personnellement, je trouvais ce petit bout de femme tout à fait délicieux, c'est pourquoi à l'énoncé de son nom je répondis « oh oui ! », en ajoutant (ayant mon option en travers du gosier) « vous devriez même prendre une option sur elle, comme vous en avez l'habitude... elle va certainement faire une grande carrière ».

Ils prirent sans doute cette réponse pour une boutade. Ils engagèrent Brigitte Bardot (après essais si je me souviens bien, mais je ne suis pas sûr) et, ne misant pas sur son avenir, négligèrent de lui demander de signer une option. Il va s'en dire que n'étant pas plus malin qu'un autre je ne pouvais pas deviner à l'époque que Brigitte Bardot deviendrait peu de temps après « la star » mondiale que l'on sait ; bousculant les critères de la beauté féminine et faisant de ce fait vaciller sur leur piédestal Martine Carol et Michèle Morgan.

Quelques années plus tard, retrouvant l'un des producteurs, je lui rappellerai ma phrase. Il me dira qu'il ne s'en souvient pas...

En dehors de Brigitte Bardot, l'élément féminin est joliment représenté par Magali Noël. Elle porte une mantille noire, ce qui fait ressortir l'éclat de ses yeux clairs. Elle interprète un rôle de (très jeune) duègne qui surveille les faits et gestes de ma fausse demi-sœur (B.B.). Vive et pétillante, elle apporte à son rôle tout le piment dont elle est capable. (Elle est très capable. Elle sera capable — aussi — de me violer dans une grange après m'avoir dépendu [dans le film].)

Dans la vie, c'est une charmante camarade pleine de vie, de sève, d'esprit et dont la bonne humeur constante est communicative. Micheline Gary joue le rôle de ma fausse sœur numéro deux. Elle est d'une joliesse classique, si éclatante qu'elle ne pourra pas faire la carrière que normalement elle était en droit d'attendre. Trop franchement jolie et intelligente, pas une star féminine en place n'aurait accepté sans crainte de la voir paraître et jouer à ses côtés. Elle est devenue Mme Paul Meurisse. Ce bonheur-là vaut bien une carrière.

Parmi les garçons qui se cassent les reins à mes côtés sur de joyeux canassons, il y a Bernard Lajarrige, très gentil, Dinan, quelquefois drôle, et celui que j'ai déjà cité, Georges Descrières. Grand, beau, brun, le profil pur et aquilin, il se meut avec élégance, sort du Conservatoire, s'apprête à entrer à la Comédie-Française où il fera la brillante carrière que l'on sait. Pour le moment c'est un charmant jeune homme qui — si mes souvenirs sont exacts — rencontre la caméra pour la première fois. En dehors de notre rivalité complète dans le film, nous nous entendons très bien après les prises de vues.

Par cette chaleur torride, le tournage de ces extérieurs est proprement épuisant. En plus de notre travail quotidien, Descrières et moi devons nous astreindre, sous la direction efficace de Claude Carliez, à régler minutieusement notre duel au sabre. Or — je ne sais pas si vous êtes au courant — un sabre pèse environ deux kilos cinq cents grammes. Primo, c'est très lourd et fatigant à agiter à la force du poignet ; secundo, c'est assez dangereux car si l'un de nous oublie la parade prévue au mouvement d'attaque de son adversaire, le résultat peut être grave : le sabre poursuivant sa course vous arrivera droit sur le coin de la figure ou en plein milieu. Alors... deux kilos et demi lancés avec élan... je vous laisse imaginer les conséquences possibles.

Le metteur en scène (il a raison), voyant que nous avons vraiment l'air de nous battre, insiste pour que nous ne mettions aucune retenue à nos élans agressifs. Commode !

Enfin, nous avons tant et si bien répété ce duel qu'il est tourné sous plusieurs angles en un temps record. Jean Devaivre nous remercie chaleureusement, son assistant Claude Sautet nous félicite. Descrières et moi crions « ouf ! ». Lui ne se battra plus dans ce film. Moi j'ai encore quatre duels de ce genre qui m'attendent avec d'autres adversaires. Reposante perspective !

Après avoir eu bien soif et bien chaud pendant plusieurs semaines à courir, nous battre et caracoler entre Collioure, Port-Vendres, Font-Romeu et la frontière espagnole, nous regagnons Paris aux alentours du 15 août. La chaleur règne sur la capitale et je demande à mes grands-parents paternels de m'héberger dans leur propriété de Croissy-sur-Seine. Ils sont très heureux de cette aubaine car mes déplacements continuels nous empêchent de nous voir autant que nous le souhaiterions.

Il s'agit à présent d'attaquer les scènes de comédie, en studio. Pour moi c'est ce qui va être le plus délicat.

Le scénario est construit de telle façon que j'ai ce qu'on appelle (en terme de métier) un rôle de « baladeur ». Dans chaque scène — et elles sont aussi nombreuses que variées — je subis les événements et ne réagis que sous l'autorité d'un interlocuteur. Les scènes sont écrites pour mettre en valeur le talent, la personnalité du personnage épisodique. Mon rôle consiste à lui donner la réplique, un point c'est tout. Je ne quitterai pour ainsi dire pas l'écran, certes. Pour me voir, on me verra, c'est une certitude, mais avec ce que j'ai à jouer je ne sais pas comment éviter le ridicule.

Dès le premier jour de studio je tente de pousser mon personnage jusqu'à la caricature du « jeune puceau fier malgré tout ». Le metteur en scène s'en rend compte et m'engage à ne pas poursuivre dans cette voie. Jean Devaivre, qui comprend très bien ce que je ressens, m'explique qu'il devra me sacrifier au montage du film si mon jeu tire vers le ridicule. Il me met honnêtement en garde. Je voudrais faire ce que feront quelques années plus tard certains comédiens anglo-saxons, c'est-à-dire regarder directement dans la caméra à la fin d'une scène en faisant un clin d'œil au public ou en exprimant par une mimique quelque chose dans le genre : « Voyez ce qui m'arrive ! » Encore une fois, Jean Devaivre me demande de ne pas tricher. Il me faut interpréter ce rôle tel qu'il est écrit et surtout ne pas m'ingénier à faire autre chose.

Je ne me sens pas heureux du tout, mais j'assume. C'est ainsi que j'ai donné successivement la réplique à Jean Debucourt, Jean Galland, Michel Etcheverry, Robert Manuel et à « Papa », c'est-à-dire Jacques Dacqmine. Nous sommes aussi surpris l'un que l'autre de nous retrouver dans ces conditions-là. J'étais son rival il y a trois ans dans le *Caprice* et voilà que je suis son fils à présent...

La scène la plus cocasse se joue avec Sophie Desmarets. Son personnage veut qu'elle éprouve le désir de m'apprendre certains jeux qu'elle croit que j'ignore. Nous jouons la scène, la situation et le texte mais nous avons beaucoup de difficultés à éviter le fou rire qui risque de nous gagner à chaque instant. Cette scène aura eu le mérite de me faire rencontrer une jeune femme charmante, belle, élégante, spirituelle et intelligente. Mme de Baroncelli, je vous salue et vous embrasse les mains.

Le film se termine à la fin du mois de septembre. En octobre je pars faire trempette dans les eaux encore chaudes de la Méditerranée, en Afrique du Nord.

XXI.

Un matin je suis réveillé par un coup de téléphone de Jean.

— Tu as vu *France-Dimanche* ?

— Non.

— Eh bien, achète-le !

— Pourquoi ?

— Tu verras...

— Quoi ?

— Ton cul !

— Pardon ?

— Achète le journal... et rappelle-moi !

Evidemment, en première page de ce journal s'étale sur une large photographie l'anatomie de votre serviteur dans la tenue d'Adam vu de dos.

Le cliché est arrivé de Finlande. La photo est bien nette, bien imprimée. Elle sort tout droit d'un sauna d'Helsinki. C'est très officiellement que j'avais été invité à découvrir les bienfaits de cette habitude finnoise. J'avais laissé le photographe de l'établissement prendre quelques clichés, exclusivement réservés au livre d'or. Charmant réveil ! J'imagine les parties de rigolade qui doivent éclater chez ceux de mes compatriotes qui sont friands de ce genre de littérature. Ce n'est pas tous les jours qu'on se paye les fesses de Pascal à la une !

Moi je rigolerais aussi, énormément, s'il s'agissait de quelqu'un d'autre. Mais non, c'est bien moi. C'est bien la première fois que je découvre mon derrière en son entier et en gros plan. Drôle d'impression ! Il n'y a rien à faire. Mieux vaut sourire comme les Français qui regardent ce que je vois. Le journal a paru. Le faire saisir ? Intenter un procès ? Non ! Je sais que cet incident se réglera bientôt autour d'une table dans un très bon restaurant. C'est extraordinaire comme les responsables deviennent accommodants dans ces cas-là. Tout finira dans les sourires échangés et une heureuse conclusion pour moi.

Je n'étais pas pudibond à l'époque. Je ne le suis pas plus aujourd'hui. Imprimer en première page d'un hebdomadaire à grand tirage le postérieur nu d'un acteur de cinéma à la mode, c'était assez révolutionnaire en 1955. Aujourd'hui, personne ne serait surpris de voir le derrière dénudé de Gérard Depardieu à la une d'un journal. D'ailleurs, depuis quelques années, on se demande ce qu'on ne montre pas. Il y a trente ans, ce n'était pas tout à fait la même chose...

Enfin, il n'y a pas de quoi en faire un drame. Il faut simplement se préparer à répondre quelque chose de pas trop stupide aux quolibets des copains. C'est par conséquent sans surprise que j'affronte lesdits copains le soir même dans le bar où nous avons nos habitudes.

Je m'attends à des vacheries. Pas du tout ! Ils ont la franchise d'éclater de rire en me voyant et les commentaires, s'ils sont parfois un peu gras (forcément, c'est tentant comme sujet de dérision), restent amicaux même s'ils me « mettent en boîte ».

Non, la flèche m'arrive du côté où je ne l'attendais pas. Je connais à peine le type en question. C'est un jeune danseur blond, d'origine britannique (dont je tairai l'identité), et qui cherche à se faire un nom à Paris par tous les moyens, qui m'apostrophe. Il me lance dans un demi-sourire : « Votre cul est aussi beau que votre figure ! »

Il y a plusieurs façons de réagir. La brutale ? Non. Il serait trop content de recevoir une paire de claques de ma part, cela lui donnerait l'occasion de raconter quelque chose qui lui serait (enfin) arrivé. Je prends le parti d'ironiser :

— Voulez-vous répéter s'il vous plaît ce que vous venez de dire.

— J'ai dit que votre cul est aussi beau que votre figure.

— J'avais bien entendu.

— Je pense vrai ce que je dis vous savez !

— Dites-moi... vous n'êtes pas d'origine anglaise ?

— Si... pourquoi ?

— Oh... parce que... il n'y a qu'un Anglais qui puisse prendre un air intelligent en débitant des sottises.

Excusez-moi, mais j'aime assez, parfois, jouer avec l'impertinence. Il l'avait bien cherché. L'ayant trouvé il a quitté le bar. Nous avons tous bien ri.

Le 16 juin 1955, la Kermesse aux étoiles plante à nouveau ses stands dans les jardins des Tuileries.

Bis repetita placent, je vous ai déjà décrit ce bain de foule. J'y participe, heureux et toujours surpris d'être confronté à tant de sympathie.

Mon plaisir est toutefois en partie gâché par cette crainte de la foule dont je ne peux pas me défaire.

C'est à ce moment (choisi) que *Cinémonde* lance la série des « Pensées de Pascal ». Je prends connaissance de cette première double page avec une grande contrariété. Le texte me semble insipide ; ce grand article illustré me paraît mièvre. Ça sent la guimauve et le carton-pâte. J'ai une scène d'explication très pénible avec Jean auquel je ne cache pas ma façon de penser. Elle est dure. Je ne ménage pas mes termes. Il éclate en sanglots. Je suis désolé mais je maintiens mon point de vue. Je lui dis que sans s'en rendre compte il est en train de donner de moi une image qui ne me convient pas. Je veux éviter à tout prix de passer pour un play-boy. Je désire être jugé sur ce que je fais et ne pas baser ma réussite sur ce physique que le ciel, mon père et ma mère m'ont donné. Je voudrais être apprécié, si cela est possible, pour mes performances et non pour mon joli museau. Je le prie d'oublier mon profil et de parler plutôt de mes efforts dans ses articles.

Si j'ai une belle gueule, je n'y suis pour rien. Je préférerais avoir un physique tout autre et être fêté, s'il y a lieu, pour certaines interprétations.

Je voudrais des rôles qui me donnent la possibilité de prouver que je ne suis pas dénué de talent. Je préférerais dissimuler ce visage derrière des moustaches, des lunettes, des cicatrices, n'importe quel postiche, qui m'aiderait à m'empêcher de me ressembler. Je désirerais devenir à l'écran aveugle, boiteux, muet, ivrogne, taré, fou, amnésique, assassin, n'importe quel personnage, pourvu que je puisse tenter de montrer au public que je ne me sers pas de mon physique.

J'en ai assez de jouer les bellâtres, les beaux officiers, les gandins, les élégants, les aristocrates...

Forçant la note, je dis, en forme d'exemple, que si on me demandait mon avis, je choisirais Quasimodo plutôt que Roméo. Je voudrais jouer Tartuffe et pas Don Juan. J'ai plus envie d'interpréter Richard III que le Cid. Je suis profondément sincère en disant cela.

Jean m'a écouté, attentif et calme. Il répond qu'il me comprend. Mes arguments sont justes, il le reconnaît et admet, connaissant mon caractère, que mon raisonnement tient debout. Mais...

Il se lance alors dans une explication précise, m'expliquant que ce qui compte pour le public ce n'est pas ce que j'ai envie de lui démontrer, mais plutôt ce qu'il a envie de voir. « Avec la gueule que j'ai », je suis condamné à jouer les héros. Les gens veulent me voir, d'après lui, en vainqueur, en tombeur de jolies filles, en brillant cavalier, en séducteur...

Je bondis sur le mot et l'interromps. Séducteur ? C'est exactement le type de rôle que je veux fuir et refuser à l'avenir.

Jean me dit :

— Tu feras comme tu voudras, mais si tu ne séduis plus à l'écran, le public ira chercher quelqu'un d'autre qui lui apportera ce que tu refuses de lui donner. Cela risque de te coûter très cher. Tu mets ta carrière en jeu.

» Je connais ce métier depuis plus longtemps que toi. Ce que tu me dis, je l'ai déjà entendu dans d'autres bouches. Ceux qui sont restés dans leur emploi sont encore là, ceux qui ont voulu, comme toi en ce moment, en sortir... regarde où ils sont...

Il me cite alors quelques noms de comédiens. Je ne peux que constater qu'il a raison. Je me tais. Je suis ébranlé par ce que je viens d'entendre. Alors ? Qu'est-ce qu'il faut faire ? L'écouter ? M'écouter ? Je ne vois pas clair et ne sais plus le chemin qu'il faut prendre. C'est très difficile, ce choix. Je me sens malheureux. Cette situation est réellement paradoxale. J'ai tout. Le ciel m'a tout donné ou presque, et pour continuer à exercer cet art qui est le sens même de mon existence je dois dissimuler mon véritable caractère derrière ce *beau masque* offert par la nature.

Cherchant à ne tomber dans aucun des deux extrêmes, j'avertis Jean que je sens le besoin de remonter sur scène. Je tiens absolument à retrouver le contact direct avec le public. Il faut que je refasse du théâtre le plus tôt possible. Il faut trouver une pièce, vite. Contacter les auteurs.

— Qu'est-ce que tu veux jouer ?

— Je ne sais pas.

— *Le Misanthrope* ?

— Tu te fous de moi... je ne suis pas prêt pour ce rôle-là. C'est trop !

— Alors ?

— Je ne sais pas... Une comédie... dramatique.

— Il faut choisir : une comédie ? ou un drame ?

— Quelque chose qui commence en comédie et qui se termine en drame.

— Ce ne sera pas facile à trouver.

— Je trouverai !

Avant de nous séparer je demande à Jean s'il ne peut pas arrêter ou modifier cette série imbécile des « Pensées... ». Il me répond qu'il en doute, les articles étant remis depuis longtemps et leurs emplacements réservés et planifiés par la rédaction.

Tant pis ! Il n'empêche que je trouve que cela fait « un peu beaucoup ». Mes fesses en première page de *France-Dimanche* et les « Pensées de Pascal » pendant plusieurs semaines. Deux erreurs stupides en quelques mois, c'est trop. Ce que la France doit rigoler...

Les Mauvaises Rencontres ont été tournées au cours du mois de mai à Nice. C'est à ce moment-là peut-être que j'ai rencontré Alain Delon pour la première fois et non pas chez Yves Allégret comme je l'ai indiqué plus haut. Je peux me tromper sur certains détails qui sont d'ailleurs sans importance.

Alain Delon et moi nous nous sommes trop peu connus pour que notre rencontre soit à noter. Elle n'a pas marqué nos deux destins. Il ne me doit rien, moi non plus. Si vous croyez à l'astrologie, sachez que nous sommes du même signe, ce qui, à mon avis, ne veut pas dire grand-chose. Si nous avons quelque chose en commun, c'est sans doute la volonté. A part cela je ne vois pas ce qui pourrait nous apparenter. Nous avons probablement poursuivi des buts similaires, mais l'époque n'était pas la même et, pour tenter d'obtenir ce que nous cherchions, nous n'avons pas emprunté les mêmes chemins.

A ce moment-là, j'occupais la place qu'il désirait occuper. Il y est parvenu. Je l'en félicite. Je n'ai pas à savoir comment il est arrivé à ses fins. Ce que je peux dire en revanche, c'est qu'il a pu réaliser ce que nous ne pouvions pas envisager de faire à l'époque. Delon, Belmondo et quelques autres après eux ont réussi à monter leur propre maison de production, obtenant ainsi leur indépendance.

Certes, il y a un risque majeur lorsqu'on choisit soi-même le scénario, le metteur en scène, le dialoguiste, toute l'équipe technique et ses partenaires. Ce risque est celui de se tromper. Oui, mais quelle délivrance de ne plus avoir à se battre avec un producteur, un metteur en scène ou un dialoguiste.

Dans les années cinquante, ni Jean Marais, ni Georges Marchal, ni Gérard Philipe, ni moi n'aurions pu faire ce qu'ils ont fait dans les années soixante. C'était alors impensable. Je le regrette profondément en ce qui me concerne. Ma carrière aurait peut-être été tout autre. Je m'en serais peut-être mieux porté. Je dis cela sans jalousie, ce serait stupide. Il est trop tard à présent. Mais c'est de bon cœur que je les félicite d'avoir réussi « ça » aussi.

Nous terminons le tournage des *Mauvaises Rencontres* aux studios de Boulogne. A la cantine je fais la connaissance d'une femme qui me fascine. Elle tourne un autre film sur un autre plateau. Elle est assez grande. Sans être d'une éclatante beauté, elle est infiniment séduisante. Un charme à provoquer des crises cardiaques, un regard ferme, intelligent, une voix aux intonations contrôlées, une articulation toute personnelle, des gestes lents et sensuels, une bouche à vous faire loucher, des mouvements de cou, de buste assez provocants, une démarche décidée… Enfin c'est une femme… une femme hypnotisante. Moitié glacier moitié volcan, on la sent déterminée, pragmatique, dure peut-être, et en même temps chaude, palpitante et qui sait… vulnérable. On voudrait chercher et trouver la faille dans ce quartz, mais elle ne semble pas vouloir le permettre.

Elle a quitté la Comédie-Française après y avoir remporté un franc succès aux côtés de Roland Alexandre dans une pièce d'André Gide : *Les Caves du Vatican*. Elle se destine au théâtre de boulevard et aussi au cinéma.

Chaque fois que je la retrouve à la cantine du studio c'est avec joie que je m'entretiens avec elle. Nous ne savons pas encore que nous jouerons la comédie ensemble et qu'elle viendra dans peu de temps faire de fréquents séjours dans ma petite maison de campagne.

J'aime beaucoup cette femme. C'est Jeanne Moreau.

Il pleut sur Paris. Jean Dewalde me téléphone : il a une proposition pour le mois de janvier. Un scénario qu'il a lu. C'est une excellente histoire tirée d'un roman de Nancy Rutledje : *Emily will know*. L'adaptation est faite par Denys de La Patellière qui mettra en scène. Roland Laudenbach signera les dialogues. Je saute de joie. Mon imprésario me dit que ce projet n'est pas acceptable !

— Pourquoi ?

— Parce que le rôle principal est celui d'un assassin !

— Quoi ?

— Oui… Tu ne peux pas jouer un meurtrier.

Après lecture du script, je suis le plus heureux des hommes. En toute sincérité, ce rôle tombe à pic. Il représente tout ce dont je rêvais sans oser croire tout à fait qu'on me le proposerait si vite. L'occasion m'est offerte tout à coup de prouver que je ne suis pas « le séducteur » (mot haïssable) que certains s'entêtent à vouloir me faire jouer. Enfin je vais pouvoir tenter de sortir de mes rôles de bellâtre. C'est à moi de prouver à présent de quoi je suis capable. Et je me sens apte, justement, à déchirer cette étiquette que les gens de métier ont la fâcheuse manie d'accoler à mon nom. Je crève d'envie de me débarrasser de ce carcan fade dans lequel on aurait trop tendance à vouloir m'enfermer.

Roland Laudenbach arrange une rencontre avec Denys de La Patellière, metteur en scène dont le film *Les Aristocrates*, tiré d'un roman de Michel de Saint-Pierre, a obtenu un très vif succès mérité. Nous sympathisons tout de suite. Le film commencera au mois de janvier, en extérieurs à La Rochelle. Roland et Pat (La Patellière) ont trouvé un titre :

Le Salaire du péché. Bien que le sujet à traiter soit dramatique, je ne peux m'empêcher d'éclater de rire en regardant Roland que je tiens pour responsable de ce choix. Il n'en disconvient pas. Je me doute qu'il a été pêcher cette phrase dans les Saintes Écritures, et je la termine : « Le salaire du péché... c'est la mort. » Je ne me suis pas trompé.

Dans ce film, Jeanne Moreau sera ma maîtresse, Danielle Darrieux ma femme.

Danielle Darrieux se ressemble. Je veux dire par là qu'elle parle comme elle joue et qu'elle joue comme elle parle. Le naturel absolu, ou la maîtrise constante, je ne le sais pas. Mais le résultat est superbe. Pas un geste, pas un regard qui ne soit juste, en situation. Lorsqu'elle interprète dans une scène, j'ai l'impression qu'elle invente ce qu'elle dit tant ses intonations de voix sont naturelles. Or c'est faux ! Elle ne change pas un mot du texte.

Après quelques jours, mon trac vis-à-vis d'elle a complètement disparu. Il a fait place à un autre sentiment. L'éclatant talent de cette dame me met en alerte. Il va me falloir faire très très attention à moi dans nos scènes. Si je me laisse impressionner, je suis fichu et j'interpréterai mon rôle en dessous de ce qu'il vaut. Attention, mon petit gars ! tu as à faire quelque chose de très fort. Si Danielle Darrieux joue avec un instinct sûr, elle sait — et pour cause — qu'elle a la complète maîtrise d'elle-même et de son jeu. Moi, je ne sais pas encore si elle est tout à fait sincère quand elle déclare après chaque scène (ou presque) qu'elle a été « mauvaise », qu'elle a mal dit ceci ou cela, que tel ou tel geste était faux, etc. Elle a l'air désolé d'une débutante qui croit avoir raté son « essai ». Elle ne s'excuse pas, elle se lamente doucement et fait semblant (ça j'en suis sûr) de ronchonner contre elle-même alors que tout le monde se déclare plus que satisfait de ce qu'elle vient de faire, le metteur en scène en tout premier lieu.

Quelquefois je me demande si elle ne se joue pas la comédie à elle-même pour se détendre ou pour jouer à celle qui joue à jouer. Ah... c'est un personnage, Mme Danielle Darrieux !

Cela étant dit, nous sympathisons très vite. La glace est rompue. Plus les jours passent, plus nous sommes détendus. Nous commençons à rire ensemble en dehors des prises de vues. Elle est très drôle quand elle veut. D'ailleurs, elle a deux rires : le vrai et... l'autre. Le premier, elle le laisse échapper en rejetant la tête en arrière. Il éclate du grave vers l'aigu ou inversement. Celui-là est sans retenue. Le second rire est plus métallique, plus sec, plus court et reste sur une seule note. Les deux sont très agréables à entendre. Personnellement, j'ai une nette préférence pour le premier. Il en existe peut-être un troisième, mais celui-là je ne le connais pas.

Pat est un très bon metteur en scène. (De la bonne humeur, de la rigolade, mais aussi de la fermeté, de l'autorité.) Châtain, assez grand, un tout petit peu dodu, il a une très belle gueule de hobereau qui aimerait la mer. Il roule un peu les épaules en se déplaçant et marche comme un canard en lançant ses pieds en avant. Il se déhanche, dodeline du buste qu'il a large, penche la tête de côté de temps à autre et cherche à qui il va s'adresser pour s'amuser un peu, pour parler, pour plaisanter, pour rire. C'est un nerveux. Il le cache mal. C'est un anxieux, il le cache bien. Il a le regard bleu délavé mais perçant des gens de mer. Il apprécie le muscadet (forcément à La Rochelle) et toute autre boisson susceptible d'aiguiser sa bonne humeur (volontairement ?) constante. Il porte une casquette de marin et fume la pipe. Vous trouverez cette dernière dans trois endroits : entre ses dents, quelquefois, dans sa main droite le plus souvent, dans sa poche rarement. Ailleurs, jamais. Je ne serais pas étonné d'apprendre qu'il dort avec elle. En tout cas, je ne l'ai jamais vu la poser nulle part.

Lui aussi a un rire particulier. Ça démarre du coffre (qu'il a puissant) avec un vague bruit de tonnerre et puis très vite ça monte, ça monte vers l'ut majeur. C'est gai, clair, franc et enfantin à la fois, ça se termine dans un souffle aigu presque imperceptible qui fait penser à un éternuement. Et puis ça s'arrête... difficilement, souvent pour repartir de plus belle.

Ah, je vous le dis, Pat, ce n'est pas quelqu'un de commun. C'est même un homme très intéressant qui ne manque ni de talent, ni de culture, ni d'intelligence, ni de charme, ni de sensibilité, ni d'indulgence... à condition que l'on fasse ce qu'il veut.

Avant de partir pour La Rochelle, il a été décidé que je tournerais *La Châtelaine du Liban*, d'après Pierre Benoit. Le producteur, Mme Gillet, me fait rencontrer le metteur en scène, Richard Pottier, et son assistant, Claude Pinoteau, que je suis content de retrouver. C'est un film d'action, une « grande-super-coproduction-franco-italienne-en-cinémascope-couleurs » (ouf !), film à gros budget qui se tournera presque entièrement (comme son nom l'indique) au Liban. On nous verra à Beyrouth, à Baalbek, au bord de la mer, en montagne, à pied, à cheval, en voiture, en avion... enfin, il y aura de l'aventure. (C'est du Belmondo avant l'heure, mais sans Jean-Paul.) Dans le genre, l'histoire est plutôt bonne. Ça va très vite, et si le montage est rapide, ça pourra faire un très bon film du type *Alerte au Sud* avec une histoire d'amour un peu plus solide et quelques épisodes mouvementés qui, s'ils sont bien tournés, peuvent être très spectaculaires.

Nous avons atterri à Beyrouth le 12 ou le 13 mars 1956. Depuis longtemps l'histoire de ces pays qui bordent la Méditerranée me passionne. Je me rends compte qu'aucune lecture ne remplace la contemplation de ce qui reste des cités antiques. Me voilà conquis non seulement par les paysages, mais aussi par la gentillesse des Libanais. Il m'est arrivé de découvrir le Maroc, l'Algérie et la Tunisie, mais en ce moment, il me semble que le Liban est le pays que je préfère sur ce côté-là de la *mare nostrum*.

Un ami m'a rapporté des Etats-Unis un pantalon de toile bleue assez épaisse (il ne me quittera pas durant presque toute la durée du film). C'est ainsi que (nous sommes en mars 1956, ne l'oubliez pas) je m'affuble d'un blue-jean, d'un tee-shirt blanc, d'un blouson à fermeture Éclair, et aux pieds de courtes bottes évasées. Avouez que je ne suis pas en retard pour l'époque !

Richard Pottier fait un peu la grimace en inspectant ma tenue, mais comme nous sommes à trente kilomètres de l'hôtel, si je dois aller me changer, l'aller et retour fera perdre la matinée. La production ne veut pas perdre de temps. On tourne

Il me faut reconnaître que le procédé est un peu sournois mais que voulez-vous, il est parfois nécessaire d'employer certains moyens inhabituels pour parvenir à ses fins. En l'occurrence, cela s'appelle mettre quelqu'un « devant le fait accompli » ou presque, en tous les cas « au pied du mur ».

J'ai revu le film à la télévision il y a quelque temps. Le film date, sans aucun doute, notre façon de jouer aussi. L'histoire, n'en parlons pas. A part les paysages magnifiques et immuables, il y a une chose qui supporte le recul du temps : ce n'est pas ma gueule, c'est mon costume !

Richard Pottier me dit qu'il compte engager un acteur originaire de cette partie du monde pour interpréter le rôle de mon meilleur copain dans le film. Ce rôle est court mais assez joli. Le malheureux personnage se fait assassiner peu après le début du film en cherchant à me faire parvenir je ne sais plus quelle preuve de je ne sais plus quoi. Naturellement je veux le venger, etc. Le metteur en scène sort de sa poche une série de photographies. Il me les montre en me demandant mon avis.

Je regarde une dizaine de visages. (A la lecture du scénario j'avais imaginé mon copain plutôt blond, jovial et sympathique, mais je ne suis pas metteur en scène et si ce dernier veut un brun je ne vais pas le contrarier.) Regardant plus attentivement j'avise, parmi toutes ces figures très typées, un portrait dont le regard de braise me paraît très intéressant. Le front haut, le nez un peu busqué comme l'ont parfois certains

Arabes de race, le menton volontaire bien accroché, ce garçon a vraiment une belle tête. Parmi cette série de photos, ce visage-là me paraît être celui qui dénote le plus de personnalité. Je l'indique à Richard Pottier qui le montre à son tour à Mme Gillet, productrice. Elle donne son assentiment sans y attacher d'importance, semble-t-il. Le metteur en scène reprend en main la photo, la contemple, reprend les autres portraits, leur jette un coup d'œil et puis, remettant le tout dans sa poche, il déclare qu'il trouve mon choix excellent.

C'est ainsi que nous voyons débarquer quelques jours plus tard un grand beau garçon. Il arrive du Caire. Ayant épousé une chanteuse très à la mode en Egypte (non, ce n'est pas Houm Khalsoum), il est lui-même acteur de cinéma et a déjà tourné de nombreux films dans son pays dont il voudrait bien sortir pour embrasser une carrière internationale. Il est enchanté d'être engagé dans un film français, mais ce qu'il vise, c'est l'Amérique, Hollywood. Il parle couramment le français, l'arabe et l'anglais. Il est très sympathique, plein de bonne volonté et rempli d'ambition. Il ne doute pas de son destin et, par la suite, durant les longues conversations que nous aurons ensemble, il m'affirmera sa certitude de devenir un jour à Hollywood le jeune premier le plus apprécié du monde entier. Je me dis qu'il ne manque pas de confiance en lui, mais lui souhaite sincèrement de parvenir à son but tout en lui avouant que son désir me paraît un peu utopique.

Il sait l'incident de la photographie. Quelqu'un lui a rapporté comment sa candidature a été retenue. Il m'en remercie chaleureusement, je lui en sais gré tout en ajoutant que c'est surtout le hasard qu'il faut remercier. Il me répond qu'il ne croit pas au hasard mais au destin. *Mektoub*, dit-il. Il m'explique qu'en langue arabe ce mot veut dire : « C'était écrit. » Etant peu familiarisé à l'époque avec la culture et les coutumes orientales, je lui avoue que je ne suis pas aussi fataliste et que je crois moins que lui à la prédestination. Néanmoins, s'il veut croire que c'est le doigt du prophète qui a influencé mon choix, je n'ai pas l'intention de le contredire.

Ce garçon s'appelait alors Omar Shériff. Seulement le nom de « shériff » étant phonétiquement assez répandu aux Etats-Unis, il a préféré, chemin faisant, devenir Omar Sharif. Il a fait la carrière que l'on sait.

Je ne sais plus à quelle date exacte cela s'est passé.

Nous tournons une séquence de nuit, une scène où Gianna-Maria Canale et moi échangeons divers propos, devant, dedans et autour d'une belle voiture décapotable blanche.

Il fait frais. Nous sommes en pleine ville, sur une hauteur. Les prises de vues ont lieu dans une rue qui débouche sur une petite place où il y a quelques arbres. Une foule de badauds nous regardent. Le service d'ordre a du mal à contenir la foule. Nous tournons malgré le bruit ambiant.

Subitement, alors que nous attendons le réglage du plan suivant en fumant une cigarette et en bavardant, il se fait un tel silence que nous nous regardons, Gianna-Maria Canale et moi. C'est un silence qui nous immobilise.

Que se passe-t-il ? On dirait que le temps s'arrête. Chacun se fige. Nous semblons tous attendre quelque chose. Mais quoi ?

On respire mal. Il y a une sorte de menace qui plane, on ne peut en deviner l'origine, mais nous la ressentons tous dans un mutisme total.

Et puis tout à coup, il se passe quelque chose d'invraisemblable. Tout, je dis bien tout, se met à bouger, les feuilles, les véhicules, les maisons, la rue, le sol. Tout remue. Il y a un instant de stupeur. Et puis des cris éclatent de toute part. Les gens veulent se mouvoir, ils tentent de faire un pas... ils tombent. Le sol bouge toujours.

Alors, dans une sorte de ralenti irréel, nous voyons les projecteurs s'abattre sur le sol, le balcon d'une maison s'écrouler, les voitures rouler toutes seules. Des canalisations éclatent, l'eau envahit la rue. Les cris, les hurlements se font plus aigus, plus dramatiques.

Et puis subitement le sol cesse de trembler. Les maisons n'oscillent plus.

Nous ne réalisons pas tout de suite ce qui vient de se passer. L'eau s'écoule toujours dans la rue mais les voitures sont immobiles. Les hurlements font place à des gémissements. La foule semble vouloir se disperser. Quelques personnes se relèvent. On aide les autres.

Gianna-Maria et moi n'avons pas bougé, médusés. Nous nous regardons, ahuris. Richard Pottier et Claude Pinoteau se précipitent vers nous. Vous n'avez rien ? Nous n'avons rien. Que s'est-il passé ?

C'est ce que l'on appelle une secousse sismique, ou plus simplement un tremblement de terre. Le tout n'a duré que deux ou trois minutes, mais nous avons la sensation que ce laps de temps a été bien plus long. Nous sommes tous un peu hébétés.

Le service d'ordre nous fait évacuer les lieux et nous ramène à l'hôtel. Là aussi le cataclysme a marqué son passage. Le grand lustre du hall est tombé. Le sol de marbre est jonché d'éclats de cristaux. Les tables de la salle à manger sont sens dessus dessous, les porcelaines et la verrerie sont en miettes. L'ascenseur est bloqué, des tableaux gisent épars dans les corridors, le bar s'est renversé avec tout ce qu'il contenait de boissons diverses.

Robert Dalban qui se trouvait à l'hôtel nous raconte que le souffle a fait changer de place tous les meubles de sa chambre. L'armoire à glace est tombée sur son lit, par bonheur il se trouvait dans la salle de bains.

Par un heureux hasard, à l'hôtel il n'y a pas de blessés. Nous apprendrons dans quelques heures les importants dégâts résultant de ce fort séisme et surtout le nombre de morts qu'il a provoquées. C'est effrayant.

XXII.

A la mi-avril, de retour en France, il est décidé que nous partirons dans quelques jours pour la Camargue afin de filmer les séquences manquantes.

L'équipe envahit les environs de Nîmes. Dès notre arrivée dans la région, j'ai retrouvé un garçon charmant rencontré à Nice l'année précédente pendant le tournage des *Mauvaises Rencontres*. Il habite ici depuis toujours. Il y est né, il y vit. Manadier de son état, il élève des taureaux et passe la moitié de son temps à cheval. C'est Jean Lafont.

Le samedi, assez tard dans la matinée, nous partons faire un tour à cheval dans l'une de ses manades. Cette promenade a pour but de sélectionner les bêtes qui participeront demain dans les arènes de Nîmes à l'*abrevado*. Il s'agit d'une série de jeux qui ont lieu chaque année à cette saison. Des garçons s'ingénient, à pied ou à cheval, à arracher des cocardes accrochées entre les cornes des taureaux. Ce sont là des exercices dont les Camarguais sont friands. Une grande partie de la Provence se déplace pour y assister. Si Arles boude un peu en tant que cité concurrente, on vient d'Aix, de Beaucaire, des Saintes, de partout.

La monte des chevaux camarguais n'est pas comparable à l'équitation anglaise. Les selles sont différentes. Gardant les étriers longs, on est presque debout sur sa monture. Les chevaux de Camargue, s'ils sont assez faciles à manier, ont un galop ultra-rapide et un trot très sec. Il faut s'y habituer. Ils n'ont aucune parenté avec les pur-sang anglais ou les anglo-arabes. Ce sont des animaux nerveux, habitués à faire leur métier de cheval de garde et à obéir immédiatement au gardian qui les monte.

En ce qui me concerne, je n'éprouve pas la moindre difficulté à m'adapter à cette nouvelle façon de monter à cheval. Après avoir parqué les taureaux dans un endroit précis bordé par des marais, nous déjeunons et passons la journée en promenade à travers cette attrayante région dont le charme est, me semble-t-il, indéfinissable mais certain.

En France, la Bretagne et la Camargue sont deux pays, je dis bien pays, qui m'ont toujours attiré et retenu peut-être parce qu'on ne trouve leur équivalent nulle part ailleurs. (J'aime aussi la Savoie, le Massif central et les bords de la Loire, mais ce n'est pas la même chose.)

Avant d'aller dormir, Jean Lafont m'entraîne un peu à l'écart. Nous faisons quelque pas sous le clair de lune. Il m'explique que deux de ses gardians sont empêchés de participer à la fête du lendemain. L'un est retenu ailleurs pour raisons familiales, l'autre s'est bêtement blessé à la jambe. Accepterais-je de faire partie de ceux qui, galopant à travers les rues de Nîmes, encadrent les taureaux que l'on mène aux arènes? C'est une promenade, rien de plus, et cela lui rendrait service.

L'idée m'amuse, l'occasion est à saisir, cette cavalcade à travers la ville m'excite assez. J'accepte sur-le-champ.

On se lève tôt ce dimanche matin. Il faut aller chercher les bêtes, les amener jusqu'à la ville. On s'exécute.

On parvient aux abords de Nîmes. La cité est en fête. Des banderoles, des drapeaux, des rubans qui claquent au vent et des paquets de gens, apparemment énervés, encombrent les rues. On entend des musiques allègres.

Nous sommes une quinzaine de cavaliers encadrant une dizaine de taureaux. Tout le monde piaffe. A un signal que je n'ai pas entendu, nous voilà partis au galop dans les rues suivant un itinéraire choisi. Ça va très vite. Prendre des virages en galopant à toute allure sur l'asphalte et les pavés, ce n'est pas si facile que ça. Enfin, on arrive aux arènes. Les taureaux sont enfermés au corral. Les chevaux attachés juste à côté.

Jean Lafont me remercie, tandis que nous allons prendre place dans les gradins. Les arènes sont combles. Je ne sais pas combien de milliers de personnes sont assises là. L'impression est saisissante. On nous a réservé des places, heureusement. La foule est si dense que nous devons déranger pas mal de monde pour parvenir aux quelques centimètres carrés sur lesquels nous allons nous asseoir pour assister aux jeux qui, d'ailleurs, sont déjà commencés.

Les gens qui m'ont reconnu au passage me sourient gentiment et se poussent du coude pour me montrer du doigt aux autres. Au centre des arènes une trentaine de jeunes garçons habillés de blanc sautent et courent autour de deux taureaux aux cornes enrubannées. Jean Lafont m'explique qu'ils ont un crochet dans la main et qu'il leur faut arracher la cocarde maintenue par un fil solide entre les cornes des noirs bovins furieux de cette stupide plaisanterie dont ils sont le centre. Le jeu se poursuit, ponctué par les appréciations de la foule. Au bout d'un petit moment, les cocardes étant aux mains des vainqueurs, on fait sortir les taureaux.

D'autres garçons en blanc (ou les mêmes ?) s'agitent à présent autour de deux nouveaux bovins noirs, tout aussi contrariés que les précédents. C'est à ce moment que Jean Lafont me fait signe de le suivre.

On redescend les gradins. On retourne au corral. Il me fait signe de me remettre en selle. Pourquoi ? Parce qu'il faut que ses taureaux soient présentés tous ensemble. Nous devons encadrer les bêtes jusqu'à la tribune d'honneur, en traversant les arènes. Après quoi, nous les ramènerons au corral. Ils seront alors affublés de leur cocarde et lâchés l'un après l'autre dans les arènes où des gardians à cheval cette fois-ci tenteront de se rendre possesseurs du trophée, toujours fixé entre les cornes.

Les animaux sont en place. Ils mugissent, énervés. Nous, à cheval, nous les encadrons. La grande porte à deux battants s'ouvre. Au son d'une musique martiale et gaie, nous traversons le grand ovale sablé, acclamés par la foule qui manifeste son plaisir tout autour de nous sur les gradins. Nous avançons au pas (j'ai l'impression de tourner une scène de *Ben Hur* !). Les taureaux qui ne se sentent pas heureux voudraient aller plus vite. Nous les retenons avec difficulté.

Enfin nous nous arrêtons face à la tribune d'honneur. Echange de saluts. La foule crie, applaudit, manifeste sa joie. A un signal (que je n'ai pas entendu non plus), nous ramenons les bêtes au corral. Cette fois c'est au galop. Ce n'est pas difficile, il suffit de suivre les autres.

Ouf ! Nous voici à l'ombre, les taureaux dans leur coin, les chevaux dans le leur. Nous regagnons nos places sur les gradins. Une fois assis, j'avoue à Jean Lafont que cela fait tout de même une drôle d'impression de se trouver au centre des arènes au milieu d'une foule enthousiaste. Il sourit.

En bas, deux gardians à cheval se démènent autour d'un taureau particulièrement agressif. Tour à tour les cavaliers foncent sur l'animal ou esquivent ses attaques. Petit galop, arrêts brusques, voltes, demi-voltes, tout cela se passe comme s'il s'agissait d'un ballet dont la chorégraphie serait improvisée. C'est assez fascinant. La foule trépigne, l'un des gardians vient de rater son coup. Il a manqué de peu la cocarde. Le taureau le poursuit. Le cavalier à la suite d'une fausse manœuvre se fait écharper la cuisse par une des cornes de l'animal en fureur. D'où nous sommes placés, on ne se rend pas compte de la gravité de la blessure. Bientôt une tache rouge allant s'élargissant sur le pantalon de peau de taupe nous fera comprendre que le gardian est sérieusement touché.

Deux cavaliers pénètrent à leur tour dans les arènes tandis que le gardian blessé exécute une sortie discrète sous les acclamations de la foule.

Là, je commets une erreur. Exalté par l'atmosphère ambiante, je me lève pour suivre des yeux le cavalier qui va quitter les arènes. Il est sorti.

Au moment où je vais m'asseoir à nouveau, j'entends, presque imperceptiblement tout d'abord, puis de plus en plus distinctement, un certain nombre de voix qui hurlent les deux syllabes d'un prénom. Le son s'amplifie. Je ne sais combien de personnes crient et scandent en même temps : « Pas-cal ! Pas-cal ! »

J'ai déjà compris, mais je ne veux pas comprendre, je me raconte, pour gagner du temps, que ces cris s'adressent sans doute au gardian blessé qui vient de sortir. Après tout, Pascal est un prénom très répandu en Provence. Je sais que je me raconte des histoires, mais plus je réalise la situation, plus j'ai froid dans le dos.

D'autres voix viennent renforcer les cris scandés. J'ai, à tort ou à raison, l'impression que les milliers de spectateurs assis sur les gradins scandent mon nom.

Je regarde Jean Lafont. Un léger sourire sur les lèvres, les sourcils légèrement levés, son expression indique l'expectative, rien de plus.

La foule continue de plus belle à scander les deux syllabes. Les gens frappent dans leurs mains, en mesure, pour ponctuer davantage.

Je sais ce qu'il me reste à faire et tout de suite. Attendre davantage ce serait paraître hésiter. Or je ne peux pas me le permettre. Je passerais pour un couard. Ma réputation est en jeu.

Je jette encore un regard qui en dit long à Jean Lafont. Son expression est la même mais il s'y ajoute un je-ne-sais-quoi qui pourrait vouloir dire : « Comme tu veux ! »

Je respire un grand coup et puis je me lève. La foule se met à hurler. Elle applaudit à tout rompre. (Ce n'est pas le moment de faire un discours sur les vertus des assurances contre les accidents.)

Je commence à descendre les gradins, les jambes en coton. Chacun s'écarte pour me laisser passer. Au centre des arènes, les jeux ont repris. J'ai atteint les écuries. Je dois être blafard. Jean Lafont m'a rejoint. Il me prend par le bras :

— Tu n'es pas forcé d'y aller, tu sais...

— Mais si !

— Tu es sûr ?

— Oui !

Tandis qu'il donne des ordres pour que l'on vérifie les sangles de ma selle, je me conforte dans ma résolution.

Manquer de courage à ce moment, c'est perdre l'estime de deux ou trois mille personnes qui m'attendent sur les gradins. Décevoir un

Méridional dans de telles circonstances, c'est perdre toute crédibilité à ses yeux. Alors vous pensez ! plusieurs milliers... Quand ils me verront faire le singe sur l'écran, ils croiront que je me suis fait doubler par un cascadeur. Ils n'iront plus voir mes films ! Il me faut absolument faire face à la situation et tenter de ressembler aux héros que j'interprète souvent.

Et puis il y a autre chose. Mon orgueil ! Me dégonfler ? Jamais ! Je suis en selle ! Ouvrez les portes ! Ça y est, je me suis mis dans la peau du héros.

Je galope jusqu'au centre. Ciel, que c'est grand ! Je salue de la main droite trois mille personnes en délire. Où est le taureau ? A peine ai-je le temps de tourner la tête que j'aperçois une masse noire qui fonce sur moi. Je retiens mon cheval. Alors que la bête est à cinq mètres, j'éperonne ma monture qui bondit en évitant de justesse les cornes meurtrières lancées à plein élan. La foule pousse une énorme ovation.

Quelques pas de galop dans l'enceinte et je me retourne pour faire face à l'animal écumant qui martèle le sol de son sabot nerveux. L'autre gardian à cheval (il s'appelle Marc, nous deviendrons de très bons copains par la suite) me laisse la priorité pour jouer avec la bête. Il attend et surveille afin d'intervenir au cas où je me mettrais en mauvaise posture. Il n'y a pas de raison. Mon cheval et moi nous nous entendons fort bien. (Je lui dis d'ailleurs à mi-voix que je compte sur lui comme il peut compter sur moi. Il a compris, il hoche la tête.)

Le taureau d'un côté, le cheval et moi de l'autre, nous nous faisons face. Deux cents mètres nous séparent. Il me semble que les arènes se sont ratatinées, le champ d'action me paraît subitement minuscule. Il me faut faire quelque chose.

J'improvise. Retenant ma monture, je nous oblige à avancer au pas droit en direction du taureau, comme si nous étions à la promenade.

La foule s'est tue. Ce que je fais est dangereux. Je le sais. Plus je réduis l'espace qui nous sépare de l'animal, plus je prends de risques. Il nous guette et attend l'instant que lui soufflera son instinct pour s'élancer vers ce cavalier qui le provoque et le nargue. J'avance, toujours au pas. J'ai tout mon sang-froid. Je dois être à une cinquantaine de mètres de l'animal lorsque celui-ci, après s'être ramassé sur lui-même, se lance droit sur moi. J'arrête mon cheval et c'est immobile que nous attendons l'approche de la masse noire qui fonce comme un bolide.

Lorsque le taureau se trouve à une dizaine de mètres, d'un geste du poignet je tourne la tête du cheval et au moment où le taureau va nous encorner, j'éperonne brutalement les flancs de ma monture, qui fait un saut en avant. La queue du cheval a effleuré la tête du taureau.

Dans les gradins c'est du délire. On crie, on hurle, on applaudit, on lance des chapeaux vers le ciel. Je n'ai pas peur. Je n'ai même plus peur de rien. Ah public ! si tu savais ce que tu peux nous faire faire quand tu le veux !

Après quelques minutes d'exhibition improvisée où je me suis offert le luxe de faire semblant d'être très à l'aise, j'ai quitté le lieu du combat sous une tempête d'applaudissements. De retour à l'écurie, à peine descendu de cheval, j'ai été fêté, étreint, embrassé par tous ceux qui se trouvaient là. J'étais en sueur et sans doute assez pâle. On entreprit alors de me soigner à coups successifs de petit vin de pays. Inutile de vous préciser que c'est un gardian de fortune qui fut ramené sur son lit, transporté de bras en bras par de vrais gardians. J'étais assez fier de moi tout de même et... rond comme une bille !

XXIII.

La tournée d'*Un Français à Moscou*, pièce de Pol Quentin mise en scène par Jacques Charon, nous conduit jusqu'en Alger. On nous y attend avec impatience en cette période troublée (1956).

La rade d'Alger est toujours aussi belle lorsqu'on arrive par la mer. La ville ne semble pas aussi agitée qu'on nous le faisait pressentir.

Au théâtre, on affiche complet depuis une semaine. On n'attend que nous et notre décor. Au bout de quelques heures tout est en place. Néanmoins, et assez discrètement, un militaire de haut grade et le chef de la police nous préviennent que, par mesure de sécurité, ils préfèrent établir un service d'ordre autour du théâtre avant et pendant la représentation. « C'est une mesure de précaution », affirment-ils. Ils ajoutent qu'il n'y a pas lieu de s'inquiéter, mais mieux vaut prévoir... on ne sait jamais, etc.

Il est vrai que la ville semble trop calme pour être tout à fait sereine. Quelque chose plane. On ne sait quoi. Les rues sont à demi vides et le silence qui règne ici n'est pas — nous le sentons bien — celui du repos. Il y a de la tension dans l'air, quelque chose qui, sans être vraiment menaçant, nous met mal à l'aise.

Quittant l'hôtel tous ensemble, on nous conduit au théâtre sous escorte. Là, on nous prie poliment de rester dans nos loges ou dans les coulisses, mais de ne pas chercher à quitter l'immeuble ni à repasser par la salle. Le service d'ordre place des piquets de garde entre la salle et nous.

J'engage vivement toute la troupe à se détendre et je crois bien que nous avons joué à la belote en attendant le moment de nous préparer.

Un peu plus tard, ayant ouvert la fenêtre de ma loge, je constate que toute la rue perpendiculaire au théâtre est encombrée de camions militaires. Me rendant dans la loge d'un de mes camarades située à l'opposé, je me rends compte que tout l'édifice est cerné par l'armée et la police.

La salle est archicomble. Il y a des gens debout, nous dit-on. L'atmosphère est assez électrique. Nous sommes tous énervés.

Le rideau se lève. Avant que Francis Lax, qui se trouve en scène, n'ait eu le temps d'ouvrir la bouche, la salle éclate en applaudissements fournis, qui se prolongent.

Qu'applaudissent-ils, tous ces gens réunis ce soir-là ? Francis Lax ? Il n'est pas assez connu à l'époque pour provoquer cela. Alors quoi ? Le décor ?

Nous apprendrons, peu après la représentation, que le public a voulu ainsi rendre hommage au fait que nous soyons venus jusqu'en Alger. Nous saurons à cette occasion que bien des spectacles prévus, venant de France, se sont décommandés à la dernière minute.

Nous jouons ce soir-là d'une façon qui ne nous est pas habituelle. Tout contribue à nous mettre dans un état second.

Chaque comédien a été ovationné à son entrée en scène et à chacune de ses sorties. A la fin du second acte, juste avant l'entracte, le public applaudit de longues minutes devant le rideau baissé. L'ambiance générale irradie d'électricité. Nous avons les nerfs à fleur de peau. La salle nous a communiqué son excitation.

Le rideau se lève sur le troisième acte. Dès les premières répliques, un silence absolu, presque palpable, s'installe dans la salle. Nous sentons malgré tout l'assistance tendue à l'extrême. Je ne sais plus au juste quelle est la réplique qui a tout déclenché, mais à partir de cet instant, nous ne pouvions plus dire une phrase du texte sans qu'elle soit applaudie à tout rompre.

Il faut vous dire que — nous ne l'avons pas fait exprès — ce troisième acte se déroule dans un climat particulier. L'action se passe en 1812. Nous sommes à Moscou. On va mettre le feu à la ville avant de l'évacuer. La plus grande partie du dialogue est consacrée à ce que pensent les personnages de l'évacuation ou de la résistance...

Vous imaginez ce que le public pouvait trouver d'allusif en fonction du moment présent ! En Algérie, fin 1956, nous abordions, sans le vouloir, un sujet dramatiquement brûlant.

Pour comble de similitude, c'est au milieu de ce troisième acte que des bombes ont commencé d'éclater dans la ville, ponctuant à intervalles réguliers tout ce que nos personnages avaient à dire.

La salle, perdant toute retenue, applaudissait à chaque instant, nous coupant la parole après avoir entendu une phrase qui l'avait émue. Lorsque le public retrouvait son calme, c'était une bombe qui éclatait quelque part dans Alger. Nouvelle réaction de la salle...

Sur scène, nous ne savions plus où nous en étions. Aucun de nous n'a perdu son sang-froid, mais je ne sais pas par quel miracle nous avons réussi à nous dominer ce soir-là et à jouer la pièce jusqu'à la fin. Tout ce dont je me souviens, c'est que nous l'avons jouée et très bien.

A la fin du spectacle, nous avons été chaleureusement remerciés de nos efforts et longuement ovationnés. Le public a applaudi debout pendant vingt minutes tandis que le bruit de l'éclatement des bombes continuait à se faire entendre.

Puis nous avons regagné Paris où nous avons joué la pièce pendant près d'un an.

Le Salaire du péché, où je crois avoir montré une image de moi un peu différente, n'a pas été aussi bien accueilli que je l'espérais. Pierre Gaspard-Huit me propose un rôle comique dans *Les Lavandières du Portugal*. Je suis tenté. Jean est contre. Il me rappelle gentiment ce qu'il m'avait dit : « Les gens ne t'apprécieront pas dans un rôle d'assassin ! » Or voilà qu'à présent je veux jouer des rôles à la Cary Grant. Il me dit qu'il me comprend, que c'est tentant, mais que je risque une fois encore de déboussoler le public... Il me répète, rabâche, insiste :

— Le public veut te voir en héros. Il veut te voir dans des situations difficiles d'où tu sors vainqueur en emportant l'héroïne dans tes bras. Le public se fout éperdument du reste. Il n'a pas envie que tu lui fasses peur, même si tu y réussis parfaitement. Il n'a pas envie non plus que tu le fasses rire. Il s'en moque. Il te veut héroïque, beau et triomphant. Tout le reste ne pourra que te desservir auprès de lui.

» Viendra le moment où, voyant ton nom sur une affiche, les gens hésiteront à entrer voir le film parce qu'ils ne sauront pas à l'avance sous quel nouveau déguisement tu vas leur apparaître. Le public français n'aime pas être surpris, même si ce qu'on lui présente est de bonne qualité. Nous ne sommes pas en Amérique. Tu connais le sacro-saint principe des « étiquettes » que l'on accroche aux noms...

Je sais qu'il a raison dans un certain sens, mais têtu comme un mulet, mon caractère persévérant me pousse à passer outre. Et si j'étais le premier à réussir le tour de force qui consiste à déchirer cette étiquette ? Jean, à bout d'arguments, baisse les bras et me dit que, comme de toute façon, je n'en ferai qu'à ma tête...

Après l'avoir quitté, j'ai réfléchi. Le lendemain et les jours suivants, j'ai recommencé à peser le pour et le contre. Quelque part dans ma tête une petite voix me dit qu'il a raison, mais j'ai sincèrement trop de peine à l'idée de renoncer à ce que je voudrais faire de moi. Il y a une chose qui m'inquiète : il s'agit d'une sorte de règle fatidique qui n'a pas cours au théâtre. Au cinéma, si les grands comiques peuvent se permettre d'interpréter un rôle dramatique, non seulement le public l'admet mais il crie souvent au miracle. (C'est arrivé pour Fernandel, Bourvil et bien d'autres.) En revanche, on ne connaît pas d'exemple de grand acteur dramatique qui se soit taillé un succès dans un rôle comique. Ceux qui ont tenté l'expérience se sont royalement cassé la figure. Alors...

Est-ce la vanité, l'inconscience, l'excès de confiance en moi, l'acharnement à avoir raison envers et contre tout ? Je ne sais pas. Je ne sais plus. Toujours est-il que je décide, inconsidérément peut-être, de rencontrer Pierre Gaspard-Huit et d'accepter le rôle qu'il me propose.

C'est pour de multiples raisons que je n'ai pas joué à cette époque à l'Odéon, chez Renaud-Barrault, une pièce dont Georges Neveu est l'auteur, *La Voleuse de Londres*. C'est Raymond Gérôme (magnifique comédien) qui a interprété le rôle de Beltram. Ce que je regrette dans ce projet sans suite, c'est de ne pas avoir joué aux côtés de Marie Bell.

Il y a parfois d'extraordinaires coïncidences. Au moment précis où j'écris ces lignes et où ma pensée s'envole naturellement vers elle, le téléphone sonne. Nous sommes le 15 août 1985, il est six heures du soir, une amie m'apprend que Marie s'en est allée. Alors dans ma tête se déroulent en flash-back les bobines du film de nos rencontres épisodiques. Son appartement sur les Champs-Elysées, sa maison à étages de Monaco et puis des loges de théâtres, salle Richelieu, Marigny, le Gymnase. Trente ans de dialogue entrecoupé de longues périodes de silence. Cette femme m'a toujours fasciné. Quel personnage ! Sa vie aura été un fabuleux roman. Que n'a-t-elle pas vu ? Qui n'a-t-elle pas connu ?

Elle a séduit selon son désir, et vécu selon ses penchants. Dangereuse et attendrissante, émouvante et fatale, voluptueuse et dure, impériale et canaille, Diane chasseresse de réalités, Minerve sensuelle, Vénus calculatrice, railleuse et vulnérable, gouailleuse avec noblesse, princesse et courtisane, volcanique ou glacée, agressive et consolante, autoritaire et généreuse, pitoyable et souveraine, elle a traversé l'existence en s'appuyant sur le défi. Elle a tout défié, les êtres, les choses, les événements, l'adversité, les autres, la mode et le temps.

Son personnage reflétait tant de facettes diverses et contradictoires que l'on s'y perdait un peu, on ne sait pas exactement qui on allait retrouver en la rencontrant. Selon les jours, les heures, les lieux, les époques et les moments, elle employait la rouerie ou la franchise, la ruse ou la bonhomie mais, chaque fois, à un certain moment, cela devenait somptueux.

Cette femme fut, me semble-t-il, un paradoxe vivant. Après avoir interprété cinq actes de Racine où savamment drapée dans des jerseys elle se déhanchait avec grâce en prenant des poses de statue antique, après avoir fait pleurer une salle entière en exhalant les plaintes de Bérénice d'une voix aux accents déchirants autant qu'inimitables, on la retrouvait une heure plus tard, les coudes appuyés sur une nappe de papier de bistrot de quartier, en train de fumer, de trinquer et de rire, de rire, de rire !

Le rire de Marie Bell, on ne peut pas l'oublier. C'était une sorte d'éclat rauque, sensuel, viscéral, une provocation et un aveu. C'était subitement quelque chose d'animal. D'ailleurs, elle ne riait pas, elle se marrait sans retenue, sans contrainte, avec une joie totale. Elle se libérait d'on ne sait quoi.

Chère, chère Marie, royale et faubourienne, je ne pourrai pas m'empêcher d'entendre ton rire quand j'aurai du vague à l'âme. Je ne pourrai pas t'oublier. Du reste, je n'en ai pas envie. Tu emportes avec toi un secret que nous étions quatre à connaître et dont je reste à présent le dernier détenteur.

XXIV.

La neige a tenu longtemps durant l'hiver 1957. Autant en ville elle devient vite laide et sale, autant à la campagne elle poétise tout. Sur les arbres, les branches semblent habillées en dentelle, les prairies et les vallons paraissent couverts de velours blanc. C'est alors que la nature s'apprête à changer de revêtement que je reçois un coup de fil de Jeanne Moreau. Elle va me faire parvenir un manuscrit et me demande de le lire au plus vite. Elle me conseille de me pencher particulièrement sur le rôle d'un joueur de polo. Non, non, elle ne m'explique rien. Elle me rappellera à la fin de la semaine. C'est ainsi que je prends connaissance du script de son prochain film, *Les Amants*.

Je trouve le scénario habile, original, bien écrit. Les dialogues sont bons, incisifs, précis, émouvants. L'intrigue est mieux que valable : excellente. Il y a trois rôles d'hommes, très différents et personnalisés avec adresse.

La femme, dans cette histoire, se taille la part du lion. De toute évidence, ce film a été conçu pour Jeanne. Je pressens qu'elle y sera remarquable.

Comme prévu, elle me téléphone. Je lui dis mon enthousiasme et ma déception quant au rôle du joueur de polo. Nous discutons un peu. Elle insiste pour que je rencontre le metteur en scène. Ils viendront passer le week-end. Jeanne connaît le chemin de la maison.

Elle a bien avancé, cette jeune femme, depuis *Le Salaire du péché* ! Sachant adroitement alterner théâtre et cinéma, non seulement elle a réussi à se faire un nom, mais aussi une place. Elle incarne un type de femme que le cinéma français attendait depuis longtemps. De plus, elle est quasiment la seule à pouvoir tenir cet emploi rare : une sorte de Bette Davis jeune. Je suis heureux de sa réussite dont je n'ai pas douté un instant. Sur scène comme à l'écran, elle a su éblouir les critiques et séduire le public qui se dérange, nombreux, pour la voir.

C'est drôle, les coïncidences de la vie. Elle a obtenu un triomphe dans une pièce qui n'est autre que l'adaptation du film que me proposait naguère Camerini, à Rome, *L'Heure éblouissante*. J'aurais aimé jouer cette œuvre à Paris avec elle, mais c'est Pierre Blanchar qui a interprété le rôle. L'admirable Suzanne Flon faisait partie de la distribution ainsi que Bernard Lancret.

Jeanne Moreau, les bras chargés de cadeaux, boissons et victuailles, arrive à la campagne dans l'après-midi du samedi. Son futur metteur en scène l'accompagne, il s'appelle Louis Malle.

Après les avoir installés, nous nous retrouvons pour prendre un verre avant le dîner. Nous sommes tout de suite entrés dans le vif du sujet. Commençant par faire des compliments chaleureux et sincères sur l'ensemble du projet, j'insiste sur la perfection du rôle écrit pour Jeanne. En ce qui me concerne et pour répondre à leur proposition mutuelle, j'avoue que le rôle du joueur de polo ne peut en aucun cas me convenir. (La franchise est un défaut majeur qu'il faut planquer dans un tiroir secret dont on devrait oublier le mécanisme. Hélas, j'ai trop de mémoire !) Je vais plus loin en déclarant que ce dandy play-boy élégant et mondain est le portrait type du rôle que je m'ingénie à fuir.

Nous passons à table. Durant tout le repas, nous essayons de trouver d'autres sujets de conversation, mais passionnés que nous sommes tous les trois, nous revenons malgré nous, très vite, sur le rôle du joueur de polo dans cette histoire. Jeanne, intelligente, déploie toute la panoplie — ce n'est pas péjoratif — des armes féminines que le ciel a mises à sa disposition. Louis Malle prend la relève. L'écoutant avec attention, je découvre un homme sensible, ingénieux, lucide et perspicace. Il s'exprime avec délicatesse tel un avocat subtil mettant en évidence des arguments judicieux dont la parfaite sagacité devrait me convaincre — tant elle est pénétrante — si je n'étais pas aussi obstiné dans ma décision.

Après le dîner la discussion se poursuit autour d'un feu de bois. C'est en toute bonne foi — ils en sont à présent convaincus — que je leur répète quelle est ma position. Je crois d'ores et déjà au succès complet de leur film. J'aimerais sincèrement en faire partie, mais pas dans le rôle en question. Or je suis trop jeune pour interpréter le (beau) rôle du mari (c'est Alain Cuny qui le jouera) et trop âgé pour le rôle (magnifique) du jeune homme (qu'incarnera Jean-Marc Bory, débutant). Je suis désolé, vraiment, d'être entre les deux âges (comme on nage entre deux eaux). Mais en ce qui concerne le joueur de polo, je ne reviendrai pas sur ma décision. Mes interlocuteurs ont l'air navrés l'un et l'autre. A présent que tout est clair entre nous, nous continuons à parler du film, mais sur un autre ton.

Je partage de grand cœur leur enthousiasme. Nous allons nous coucher vers deux heures du matin, enchantés, malgré tout, d'avoir échangé des idées entre professionnels vrais et amoureux de leur art.

Ils sont repartis le lendemain après le déjeuner. Je reverrai Jeanne, Louis Malle jamais. Le film a été un très grand succès — justifié — pour le metteur en scène et l'actrice principale. On a moins parlé des hommes. Alain Cuny, dont la forte personnalité était connue depuis longtemps, n'avait rien à prouver. En revanche, ce que je n'ai pas compris, c'est que la critique n'ait pas salué l'arrivée de Jean-Marc Bory. Ce jeune homme était remarquable dans son rôle délicat. Voyez-vous, cela fait partie des choses incompréhensibles de ce métier. Je reste surpris, étonné et vraiment désolé que ce garçon ne soit pas parvenu à faire une grande carrière. Il avait tout pour cela. C'est une injustice. Si vous lisez ces lignes, monsieur Bory, téléphonez-moi donc, j'aurai grand plaisir à vous rencontrer. Quant au joueur de polo il fut interprété par José Luis de Villalonga. Personne n'aurait pu être meilleur que lui dans ce rôle. C'était exactement le personnage.

Naturellement, bien avant le tournage du film, je me suis fait traiter de quelques noms d'oiseaux par Jean. Il trouvait ma décision imbécile. Pressentant comme moi le succès qu'allait remporter cette histoire, il ajouta :

— Mieux vaut avoir un rôle secondaire, même s'il ne te plaît pas, dans un film qui marche, qu'un rôle titulaire dans un film qui ne marche pas. (Il n'avait pas tort !) Sans méchanceté mais pour appuyer ses dires, il me fit part d'une mauvaise nouvelle : au grand référendum annuel, j'étais redescendu à la cinquième place, derrière Jean Marais, Georges Marchal, Luis Mariano et Yves Montand.

— Tu comprends... tu n'as que ce que tu mérites... Quand on veut jouer les comiques et les assassins, et qu'on n'est pas fait pour ça... il faut s'attendre au pire. C'est fait. On ne t'a vu dans aucun film à succès depuis *La Châtelaine du Liban* ! Ton expérience théâtrale mise à part, qui t'a bouffé un an de ton temps (il exagère !) uniquement pour satisfaire ta petite vanité, tu n'as rien fait de valable depuis dix-huit mois. Il n'y a pas un film à sortir et en plus tu t'offres le luxe, au nom d'on ne sait quel stupide critère, de refuser le film de Louis Malle.

» Est-ce que tu crois que c'est en continuant comme ça que tu vas retrouver une popularité que tu es en train de perdre ? Comme tu n'es pas idiot, je te crois inconscient. Tu ne te rends pas compte que tu es en train de te foutre par terre...

Evidemment, vu sous cet angle, ce que je viens d'entendre me pousse une fois de plus à la réflexion (pas gaie). J'arpente les sentiers de la forêt dans tous les sens, en jouant — sans rire du tout — au : « Non !... cependant » ; au : « Si, bien sûr... mais » ; au « Oui... évidemment... » Enfin, je ne sais pas à quoi je joue mais je sens que je continue à tourner en rond à force de peser le pour et le contre. Opposant mes idées contradictoires, je nage (mal) et patauge (complètement) dans le marécage de mon indécision. Céder aux arguments entendus — qui pourtant sont valables — me semble le comble de la couardise. Quelque chose me dit que mon envie n'est pas sotte. Cependant, m'obstiner dans la poursuite de mes rêves n'est pas sans danger véritable.

La raison me pousserait à renoncer. Mais le diable souffle en costume d'orgueil. Ce désir qui me pousse à vouloir prouver à tous que je vaux mieux que ce qu'il paraît ne me semble pas extravagant, ni mal fondé, ni absurde. Je sais que je peux, si on m'en donne l'occasion, les moyens, démontrer ce dont je me sens capable. Mais trouverai-je l'occasion ? Attendre c'est perdre du temps ; or le temps travaille contre moi. Je peux bien me raconter n'importe quoi, il serait insensé de nier cette évidence.

Oui, mais abdiquer, c'est être pusillanime, c'est avoir peur du risque. Et moi, n'est-ce pas, vieux grand dadais qui ne veut pas comprendre, je n'ai peur de rien ! Alors, aussi entêté que mon chien dont j'ai dû prendre le caractère (lequel a déteint sur l'autre ?), j'opte finalement pour l'utopie. Je m'embarquerai quoi qu'il en coûte à la recherche d'une sorte d'Atlantide. A force de chercher, je finirai bien par trouver un terrain fertile où, bien dirigé par un bon metteur en scène, je deviendrai enfin ce que je tends à devenir : un comédien hautement apprécié pour ses qualités artistiques et non plus pour la tête qu'il a.

Ce que j'oublie — ou que je veux oublier —, c'est que je ne sais pas de quel côté me diriger pour découvrir ce fameux « terrain fertile » — je ne suis même pas assuré qu'il puisse exister pour moi. Et puis où chercher ? A quelle porte frapper ? Quelle est l'oreille qui se laissera convaincre ? Je ne veux pas savoir que les responsables susceptibles de m'entendre sont avant tout des commerçants. S'ils prennent des risques, ceux-ci sont calculés. J'étouffe la voix de la raison sous un amas de guirlandes légères aux couleurs vives et chatoyantes. Je m'enivre d'espérance... Je rêve.

A ce moment de mon existence, j'avais, c'est probable, égaré ma boussole et perdu le nord.

Où sont les vrais chemins de la vie ? A quel instant se trompe-t-on de route ? Je ne l'ai jamais su ! Ce que je sais, par contre, c'est que la guerre a toujours fait rage au fond de moi. Je me suis battu pour vaincre, pour être fidèle à mes idées. Doit-on supprimer le désir qui nous pousse à s'accrocher à un rêve ? Je ne le crois pas. L'épanouissement d'un être passe par la croyance en soi — envers et contre tout —, contre tous s'il le faut. Il est certain que ce chemin-là passe par le doute. Il y a un temps pour tout (c'est dans l'Ecclésiaste). Que celui qui ne s'est jamais trompé me jette la première pierre !

A cette époque je devais faire une crise de croissance mentale, ou bien je me prenais pour quelqu'un d'autre. Quoi qu'il en soit, les idées de Don Quichotte ne m'ont jamais complètement quitté. Et comme le dirait un des mes copains : « C'est pas d'sa faute... c'est dans la tête que ça s'passe ! »

Ancré dans ma résolution, j'attends. Quoi ? Mais le père Noël bien sûr ! Il ne vient pas. Je m'adonne à l'une de mes joies les plus fortes : la lecture. Je me saoule de bons livres et vibre au contact des grands auteurs que j'aime : Montherlant, Giono, Stendhal, Marguerite Yourcenar, Ronsard, Racine, La Fontaine et tant d'autres. Non, je ne baye pas aux corneilles, j'ai trop horreur de l'inactivité.

Je commence à m'inquiéter tout de même. Mon imprésario reçoit peu d'offres et celles-là n'ont aucun intérêt. Jean me téléphone souvent et vient me voir de temps à autre. Il ne fait ni commentaires ni allusions sur ma situation actuelle. Avec un parfait illogisme, je lui en sais gré et lui en tiens rigueur tout à la fois. M'abritant derrière une mauvaise foi qui frise la provocation, c'est tout juste si je ne l'accuse pas de négliger ma carrière. Jean, qui me sent en période de crise, a la sagesse de ne pas prêter attention à ce que je raconte.

C'est à la fin du mois de mars, il me semble, qu'une relation commune me fait rencontrer un explorateur. Naturellement il parle de ses voyages. Avide d'entendre et d'apprendre ce que je ne connais pas, j'écoute ses récits avec passion. Nous nous revoyons plusieurs fois, et au cours d'une de ces rencontres, il me parle d'un projet qu'il aimerait pouvoir réaliser. Ce qui lui manque, bien sûr, c'est le nerf de la guerre : le financement. Voici ce dont il s'agit. En 1955, un avion survolant la chaîne centrale des montagnes de la Nouvelle-Guinée a repéré, au cours de voyages successifs, plus de huit cents kilomètres carrés de terre partiellement vierge. Une infime partie de cet espace est cultivée. Ces minuscules plantations sont situées autour de quelques rares agglomérations. On me montre des photographies prises d'avion. On m'explique, on me raconte. Je suis en plein roman d'aventures et je rêve comme un gosse de quinze ans. Cette région est peuplée d'indigènes cannibales... Ah !... bon !

Il serait passionnant de monter une expédition pour partir à la découverte de ces terres. Pourquoi ne pas y penser sérieusement ? A force de se voir, d'en parler, de regarder des cartes et des photographies, cette idée vague tout d'abord se précise petit à petit. Tant et si bien que bientôt nous avons établi un véritable projet.

Ayant étudié des plans, d'autres cartes, d'autres photos, nous avons réussi à établir une sorte de devis préalable. Cette expédition à travers les Sterren Gebergte de la Nouvelle-Guinée coûterait un certain nombre de millions qui, pour le moment, sont alignés sur le papier. Au cas où je serais résolu à participer à cette aventure et où cette décision serait officiellement déclarée dans la presse, on aurait toutes les chances de trouver sans difficulté le financement complet. Plusieurs hebdomadaires européens se battraient, me dit-on, pour obtenir l'exclusivité des documents photographiques que nous rapporterions. Nous pourrions aussi traiter avec des radios européennes, les télévisions du monde entier. On pourrait même tourner un film chemin faisant. N'importe quel éditeur nous procurerait une énorme avance pour s'assurer l'exclusivité du livre relatant nos dangereux exploits.

Nous pourrions obtenir des contrats de toute part. Les sponsors feraient de la surenchère pour que nous acceptions de laisser dire que nous employons et emportons leurs produits.

Les idées pleuvent comme les flèches à Crécy ou les obus à Gravelotte. Tout y passe. Matériel photographique, équipement technique et vestimentaire, laboratoires pharmaceutiques, fabricants de chaussures, de savons, de piles électriques, de sacs de couchage, d'armes et de munitions, etc. Bref, c'est Perrette et le pot au lait.

Au bout de quelques heures, à force d'additionner les chiffres, nous réalisons que nous avons trop d'argent... sur papier !

Le plus extraordinaire c'est que tout cela a bien failli se réaliser. J'avoue que je n'étais pas le moins enthousiaste de la bande. Lorsque « l'explorateur » racontait à quelqu'un, qu'il voulait convaincre, ce qu'était au juste la Nouvelle-Guinée (qu'il connaissait partiellement), on ne pouvait s'empêcher d'avoir un frisson qui vous remontait le long du dos. Les cochons étant la principale richesse de ces cannibales, on apprenait avec horreur et stupéfaction que ces animaux étaient parfois nourris grâce aux nouveau-nés en surnombre qui étaient alors livrés à leur appétit. On nageait entre Jules Verne et Edgar Poe. Bref, il fallait prendre une décision.

On me donnait tellement l'impression que la réalisation de cette expédition dépendait de moi que je me sentais presque tenu, à présent, de sauter le pas. Me retirer de ce projet alors que nous en parlions depuis plusieurs semaines me serait apparu comme une preuve de lâcheté. Et puis, mélangeant tout, je m'intoxiquais l'esprit en me racontant que cette décision courageuse (c'en était une) allait prouver à ces imbéciles de producteurs de quoi j'étais capable. Comme si on pouvait comparer la réalité d'un acte à la fiction du septième art ! Me voyant déjà au retour de cette expédition, fêté comme Mermoz (pas moins) après sa traversée de la cordillère des Andes, je me décidai (un coup de tête) à enfourcher ce nouveau dada que je transformai sur-le-champ en cheval de bataille. (Chez moi, les moulins de Don Quichotte ne sont jamais loin.) Cependant, il fallait agir avec prudence et discrétion, et s'assurer de la participation de tous ceux dont nous avions besoin avant que cette nouvelle ne s'ébruite.

Il fallait commencer par le plus important, l'indispensable. Ce territoire, situé entre Irwereiden Burg et Eilanden, dépendait du gouvernement hollandais. Or, sans autorisation officielle, toutes nos démarches devenaient inutiles.

Je ne sais plus par quel truchement ce rendez-vous fut obtenu, toujours est-il qu'un certain soir, flanqué de l'explorateur, je me suis retrouvé en face de l'époux de la reine Juliana qui, de passage à Paris, avait accepté de nous rencontrer. Le prince Bernard de Lippe fut très affable et nous assura du soutien du gouvernement hollandais.

Edmond Séchan, chef opérateur du *Monde du silence* et du *Ballon rouge*, se déclarait prêt à partir avec nous. L'expédition devait durer entre quatre et six mois, et le départ était prévu pour la fin de cette année-là (1958). Trois hélicoptères « Alouette » assureraient notre ravitaillement en vivres, munitions et médicaments. Les différents sponsors préparaient leurs contrats. Tout se présentait sous les meilleurs auspices.

Je commençais à me prendre pour Savorgnan de Brazza quand, le 29 août, le pétard éclata. Simultanément, *France-Soir*, *L'Aurore* et *La Croix* (!) publièrent en détail ce projet d'expédition alors que les accords n'avaient pas été signés et que le gouvernement hollandais ne semblait pas pressé de nous faire parvenir son « feu vert » officiel.

J'étais à Cannes. Les coups de fil se succédèrent à cadence rapide. Tous posaient la même question : c'est vrai ?

Je répondais qu'en principe, oui, c'était vrai, mais que rien n'était définitif encore.

Mes familles laissèrent percer leur inquiétude ; mon impresario semblait hésiter entre prendre le deuil et fermer boutique ; Jean, ahuri, cria « au fou ! ».

Si je ne suis pas parti, c'est à cause de Jean Delannoy. Il m'empêcha de prendre le risque de me faire manger par les cannibales en me proposant d'en prendre un autre beaucoup moins dangereux et plus en rapport avec mes capacités : tourner son prochain film, *Guinguette*, avec Zizi Jeanmaire.

Rien n'est plus désagréable, plus inquiétant, que de travailler sous l'autorité d'un réalisateur qui ne sait pas ce qu'il veut. On finit par prendre des initiatives (pas toujours bonnes), par avoir des idées personnelles (pas forcément justes) ou alors par faire n'importe quoi parce que personne n'a la volonté de vous en empêcher (le résultat est parfois fâcheux).

Avec Delannoy, ce n'est pas le cas. Pas du tout. Par exemple, en studio, lorsqu'il faut tourner une scène à plusieurs personnages, tout est préparé pour chaque interprète. Sur le sol du décor, il y a de longues bandes de couleurs différentes qui indiquent le tracé du parcours que devra emprunter chaque comédien. Lors de la répétition il nous indiquera (en foncion des mouvements de la caméra) à quel moment précis nous devons nous mouvoir les uns par rapport aux autres, chaque réplique sera dite à un endroit précis afin que la caméra puisse saisir en même temps les réactions de ceux qui écoutent.

C'est très astucieux et cela exige un travail préparatoire difficile de la part du metteur en scène. C'est du cinéma bien conçu. D'autres se contenteraient de tourner la scène dans son ensemble, quitte à faire ensuite des plans de coupe sur tel ou tel interprète. Au montage on intercalerait. Jean Delannoy ne travaille pas de cette façon. Il a réfléchi. Il veut que la scène se tourne de manière que tout soit lié, dans une série de mouvements successifs qui donnent une impression naturelle, comme si les comédiens avaient improvisé leurs places, alors que, comme je viens de vous le dire, tout a été prévu. S'il a fait appel à nous, c'est parce qu'il nous sait capables de bouger et de dire nos répliques aux endroits et aux moments prévus par lui. Un cadrage réussi se règle parfois à vingt centimètres près. D'où la difficulté majeure lorsqu'il y a plusieurs personnages. J'ai connu des réalisateurs qui mettaient leur caméra n'importe où sans avoir beaucoup réfléchi au préalable. L'important pour eux étant de mettre la scène « en boîte » dans les limites de temps prévues sur le plan de travail. Le résultat n'est pas tout à fait le même en projection. Et puis chaque metteur en scène de talent impose sa façon de faire. Delannoy ne travaille pas comme Max Ophüls ; Cayatte, Clément, Clouzot réalisent leurs films à leur façon. Chacun d'eux résout le problème qui le passionne avec sa vision personnelle.

Dans la distribution de *Guinguette*, il y a Paul Meurisse. Tout d'abord, il m'intimide vaguement.

Son visage, qui peut sembler un peu mou malgré son nez fort et son menton volontaire, est indéchiffrable. Le regard noir, un peu asiatique, illisible, n'invite pas à la familiarité. Quand on joue une scène avec lui, il est prudent de se tenir sur ses gardes (en tant qu'interprète) parce que si on ne fait pas très très attention, il va vous mettre « dans sa poche». Quelles que soient la situation ou les répliques à échanger, il va s'ingénier à prendre la part du lion dans la scène. Il a une telle maîtrise de son art (et une belle avance sur moi dans la pratique : quinze ans !), qu'il est prudent d'être attentif. Il n'est ni sournois, ni tordu, ni faux jeton, non au contraire. Seulement il est hermétique. Énigmatique Meurisse au sourire redoutable dont l'expression reflète une insolence irréprochable. Pour ma part, je me sens incapable de cerner sa personnalité réelle.

Avant d'attaquer la répétition d'une nouvelle scène, chacun d'entre nous a une idée plus ou moins précise de la façon dont il compte dire son texte. En face de Paul Meurisse, il est préférable de ne rien prévoir à l'avance. Mieux vaut attendre de voir et d'entendre ce qu'il va faire et comment. Après la seconde répétition, vous avez les idées plus claires. A moins que Delannoy n'intervienne (ce qui est très rare avec Paul Meurisse), vous pouvez être assuré que votre partenaire refera exactement la même chose à chaque prise de vues. Seulement cette « même chose », ce n'est pas n'importe quoi. Je ne suis pas sûr d'avoir rencontré un comédien autre que lui sachant tirer partie de tout avec autant de force et de justesse. C'est prodigieux. Il a le geste qu'il faut (il a dû y penser avant de le décider), l'intonation est toujours parfaite et lorsqu'il vous envoie sa réplique, c'est un archer qui vous décoche sa flèche. Elle touche au but immanquablement. La voix est belle, nette, incisive. Mieux vaut préparer la parade.

Au début, je me suis « fait avoir ». Et puis non seulement « ça s'est arrangé », mais nous avons fini par en rire ensemble. Derrière ce regard d'ébène et cette attitude dont la réserve frise la froideur, derrière ce sphinx (très humain), se cache un homme sensible, cultivé, généreux, courtois et très habile. Ayant beaucoup voyagé parmi ses contemporains, il a eu la sagesse d'en garder quelques bons souvenirs et surtout des leçons dont il entend tirer profit. N'ayant plus beaucoup d'illusions sur la gentillesse foncière de l'humanité, il s'est fait une raison. Ni agressif, ni amer, ni triste, ni gai, il entend simplement qu'on lui foute la paix et qu'on lui laisse exercer son art à sa façon. Passionné et convaincu de n'en pas guérir, il a la bonne foi de reconnaître ses erreurs, évite d'en commettre de nouvelles, mais s'abstient de donner des leçons à qui que ce soit sur quoi que ce soit. Bravo, monsieur Meurisse, tout le monde n'a pas votre discipline. Mais vous n'êtes pas « tout le monde ».

Nous avons un point commun que nous ignorions l'un et l'autre : en privé, nous nous adonnons à un travail délicat qui consiste à faire de la tapisserie. Ayant trouvé des bois de fauteuils Louis XIII au hasard de mes voyages dans les villes de France (oui, il y avait encore de vrais brocanteurs), j'ai décidé de recouvrir moi-même sièges et dossiers, et je m'y emploie. C'est un travail de patience (comme je n'en ai aucune, cela me fait beaucoup de bien aux nerfs) qui a le don d'exaspérer mon chien Fan, lequel préférait aller se promener en ma compagnie. Il essaye de me le faire comprendre et comme je joue au sourd et à l'aveugle, il me prend pour un imbécile. C'est seulement quand il pleut qu'il condescend à admettre cette occupation.

Si je travaille mes fils de laine sur mes genoux et sans lunettes, Paul Meurisse, lui, préfère le petit point au fil de soie qu'il manipule sur un métier et à l'aide d'une loupe. Cet exercice, quelle que soit la méthode utilisée, réunit plusieurs avantages : il vous occupe les doigts en vous laissant le loisir de penser à autre chose, de réfléchir ou de bavarder avec quelqu'un et, pendant ce temps-là, votre dossier de fauteuil avance vers sa finition.

Figurez-vous que lorsque j'ai quitté la campagne, dix-huit fauteuils étaient terminés (cé n'est pas une blague). J'avais mis près de vingt ans à les faire.

« Tout ceci se passait dans des temps très anciens... »

XXV.

En feuilletant une revue professionnelle (*Le Film français*), je remarque dans les pages consacrées aux films en préparation que le producteur Costa de Beauregard a l'intention de tourner prochainement une nouvelle version de l'œuvre de Pierre Loti, *Pêcheur d'Islande*. Le metteur en scène prévu pour ce film se nomme Pierre Schoendoerffer. A cette époque, il n'avait encore réalisé qu'un seul film : *Ramuntcho*, dont le succès n'avait pas été évident.

Pêcheur d'Islande... Pêcheur d'Islande... Il me semble avoir lu cette histoire il y a des années : un marin breton qui s'appelle Yan — ça, j'en suis sûr — et à qui il arrive un certain nombre d'aventures dont la plupart se passent en mer. Reprenant la brochure, je m'assure que j'ai bien lu : le début du tournage du film est prévu pour le 15 décembre, quelque part en Bretagne, du côté de Concarneau. L'équipe technique est déjà engagée, mais je ne vois pas un seul nom de comédien.

J'en parle à André Tabet, le dialoguiste engagé pour le film. Il me dit : « Vous comprenez, il faudrait un Pierre Brasseur jeune. Un costaud aux larges épaules, à l'allure sportive. Un type solide qui dégage une impression de puissance. Un acteur calme et musclé qui pourrait piquer des colères. Un Gabin jeune, quoi ! »

Effectivement — mais je ne dis rien — le portrait type du personnage me semble être tout de même assez flou. Un Brasseur jeune et un Gabin jeune, ce n'est pas du tout la même chose.

Le lendemain, je dévore le script qu'André Tabet m'a fait parvenir. Si l'histoire est un peu conventionnelle, elle ne manquera pas, quoi qu'il arrive, de toucher le public. Là, je suis formel. Il y a matière à émouvoir pendant une heure et demie. Pour le côté spectaculaire : scènes de bateaux, de tempêtes, de pêche et d'engueulades, ça dépend du talent du metteur en scène et de celui du monteur du film.

Je réfléchis ferme. Ce rôle n'est pas tout à fait pour moi, mais il m'intéresse beaucoup à cause de cela justement. Poursuivant ma petite idée dans le sens que l'éclectisme me semble être ce qu'il y a de plus intéressant pour un acteur, je cherche par quel moyen je peux convaincre Costa de Beauregard et Pierre Schoendoerffer.

Je les rencontre et j'attaque :

— Vous savez... je suis tellement convaincu que je peux interpréter ce rôle que c'est moi qui vous demande de faire des essais. Vous les verrez. Si vous estimez que décidément je suis incapable d'incarner le personnage, eh bien, nous constaterons que l'idée était mauvaise. Mais je trouve que c'est dommage de ne pas essayer. Nous pouvons avoir des surprises. Je peux me tromper complètement en croyant que... et de votre côté vous risquez de commettre une erreur en ne me donnant pas l'occasion de vous prouver que... Qu'est-ce que nous risquons ? Rien ! Si ! pardon ! Nous risquons de perdre deux heures et de dépenser quelques mètres de pellicule.

» En revanche, si nous ne tentons pas l'expérience, nous risquons, peut-être, tous, de le regretter. Ma bonne foi est évidente puisque c'est moi qui vous propose de faire des essais... Et puis je me permets de vous dire que vous trouverez peu de comédiens connus aussi passionnés par l'idée d'interpréter ce rôle...

Voilà, les dés sont jetés. Il y a un léger temps mort dans le bureau. Un court silence. Un échange de regards tripartite, et puis un éclat de rire de Beauregard, un sourire de Schoendoerffer, un soupir de ma part. C'est d'accord, on fera les essais.

Ouf ! A présent il faut se préparer à faire bonne figure à cet essai. Mais quand la force de conviction vous habite... Ne voulant pas ébruiter la chose, je ne dis rien à mon imprésario et préviens Jean que je pars me reposer quelques jours à la campagne.

J'y pars, effectivement. Là, me laissant pousser la barbe, je m'astreins à un régime de suralimentation. Le sucre, les pâtes et les matières grasses font partie de mon régime quotidien en plus des vitamines que j'ingurgite (en accord avec mon médecin) en grande quantité.

Nous avons tourné ces essais. Je ne me souviens plus comment cela s'est passé, ce que je peux vous dire c'est que j'ai été très heureux d'apprendre, trois jours après, que je ferais le film.

Pour des raisons techniques, nous ne commencerons à tourner *Pêcheur d'Islande* qu'au tout début du mois de janvier 1959. La majeure partie du film se déroulant à l'extérieur, Pierre Schoendoerffer a pris une décision sage et novatrice : au lieu de construire des décors en studio, nous tournerons les scènes d'intérieur sur place, ici et là, dans des maisons ou des endroits prêtés ou loués par les habitants. Cette nouvelle façon de procéder me semble très judicieuse. D'abord nous gagnerons du temps, ensuite, ces décors naturels donneront aux séquences d'intérieur une authenticité que l'on peut rarement retrouver tout à fait en studio malgré le talent du décorateur.

C'est l'esprit allègre et la joie au cœur que je prends la route pour gagner Concarneau. Tout se tournera en ville, aux alentours et bien sûr... en mer. Ma barbe brune a bien poussé. La balance indique cinq kilos de plus (heureusement pas placés sur l'estomac) et, les cheveux courts, la pipe à la bouche, sans ressembler à un vieux loup de mer, je crois me rapprocher de l'image que l'on peut se faire d'un capitaine de chalutier breton.

Avant de quitter Paris, je me suis procuré quelques gros pull-overs qui m'épaississent le torse, des cuissardes de caoutchouc qui m'arrivent à mi-cuisse et que l'on a munies de crampons parce que le caoutchouc sur le pont de bois des bateaux... ça glisse. Par mesure de précaution supplémentaire, j'ai acheté un sous-vêtement de rugbyman.

Arrivé à Concarneau plusieurs jours avant la date prévue pour le tournage, je compte employer mon temps à me familiariser avec les us et coutumes du coin. J'ai l'intention de traîner mes bottes le long des quais où l'on décharge le poisson fraîchement pêché, d'aller boire quelques verres en compagnie des hommes de mer afin de les observer. Leurs gestes, leur façon de parler, tout ce qu'ils peuvent dire et faire m'intéresse, leur démarche aussi. Ayant la ferme intention de réussir mon interprétation, j'entends m'imprégner de tout ce qui pourra m'aider à y parvenir. Avant d'incarner un « interne », je me suis bien enfermé dans un hôpital et l'expérience d'*Un grand patron* n'ayant pas été négative, je compte bien la réitérer. Dame... on ne s'improvise pas homme de mer en cinq minutes. Sans prétendre à paraître plus vrai que nature, je tiens essentiellement à mettre le maximum d'atouts dans mon jeu. Sans être perfectionniste, je souhaite ne pas m'en remettre au hasard. Pour moi, le plus beau compliment serait de sentir que les gens du cru, en voyant le film terminé, jugent que, sans être l'un des leurs, je m'en approche de très près.

Pendant plusieurs jours (et soirs), je hante les abords des bassins, les quais, les bistrots. Je regarde, j'écoute, je lie des conversations, j'offre des verres, j'en accepte. Je pose des questions, je m'informe. La première chose à faire est de démolir ma propre image. Vous vous doutez bien que mon arrivée à Concarneau n'est pas passée inaperçue. On me connaît. On a vu mes films. Et surtout, chacun s'excite à l'idée qu'une équipe de cinéma va s'installer sur place pendant plusieurs mois. Et puis (pardon pour la vanité apparente), il y a moi ! D'accord, mais « moi », qui est-ce pour eux ? Le comique léger des *Lavandières du Portugal*, le journaliste des *Mauvaises Rencontres*, le meurtrier du *Salaire du péché*, *Milord l'Arsouille* ou *Le Fils de Caroline chérie*? Parce que pour le public, je suis « tout ça ». Alors que je ne suis rien de « tout ça » en réalité.

Donc, si mon raisonnement tient debout, je dois m'efforcer discrètement de me montrer sous mon jour véritable. Ne jouer aucun personnage et surtout, surtout, ne pas essayer de les imiter devant eux.

Les Bretons sont ombrageux et fins (je les en félicite). Si je me laissais aller à copier leurs gestes ou leurs intonations en leur compagnie, ils s'en rendraient compte immédiatement et pourraient croire que je me « fous de leur gueule » comme dirait un de mes copains. Ce qui aurait pour résultat de me mettre à dos tous ceux que j'ai l'intention d'apprivoiser. Il faut absolument qu'en quelques jours personne ne soit plus surpris de me voir arriver pipe à la bouche et commander un vin blanc sur le zinc. Il faut que quelques-uns de ces pêcheurs admettent que je puisse partager leurs conversations sans qu'ils se sentent gênés ou contraints. Il faut, ayant fait leur connaissance et sympathisé, que nous échangions des saluts mutuels en nous croisant au-dehors.

Je me dis que le jour où, entrant dans le bistrot habituel, un gars me lancera : « Alors tu viens t'asseoir avec nous pour boire un verre ? », ce jour-là j'aurai fait un grand pas en avant.

Cette phrase-là, je l'ai entendue le troisième soir. J'étais adopté, et cette sensation a beaucoup simplifié la tâche que je m'étais donnée et tout le reste par la suite.

Toujours à la recherche d'authenticité, je commence par échanger discrètement deux ou trois de mes gros pull-overs tout neufs contre d'autres pull-overs qui ont vieilli sur des épaules battues par le vent, le soleil, la mer et la pluie. J'achète deux paires de pantalons dans le magasin du port où les marins s'habillent. Je prends encore un ciré jaune semblable à ceux qu'ils portent, une veste aussi, bleu marine, croisée à boutons avec un grand col. Muni de ces nouveaux trésors, je prends ma voiture et, faisant quelques kilomètres le long de ce magnifique littoral, je cherche un endroit bien rocheux et facile d'accès. L'ayant trouvé, je m'ingénie à esquinter mes vêtements. Non seulement mes derniers achats, mais aussi tout ce que j'ai apporté de Paris pour mon rôle. Je traîne les cuissardes de caoutchouc sur les rochers pointus pour les érafler. Je recommence jusqu'à ce que les marques soient bien visibles. Les pantalons, chemises, pull-overs, vestes, tout est trempé dans l'eau de mer et traîné sur le sable, le varech et les rochers. Après une heure de ce petit travail (exténuant), j'enferme dans le coffre de la voiture un tas de vêtements informes et dégoulinants. J'ai les mains glacées (il ne fait pas chaud, en Bretagne, au mois de janvier).

Arrivant à la pension où j'ai élu domicile, du côté de Beg-Meil (cela s'appelait « Tichupengwen » si je me souviens bien), je raconte à la directrice de ce respectable (et confortable) endroit je ne sais plus quel mensonge à propos de mes vêtements tombés à l'eau. Elle me propose (c'est exactement ce que j'escomptais) de faire sécher le tout dans la chaufferie au sous-sol. Je me confonds en remerciements. La bonne dame me promet que tout sera prêt le matin suivant. Elle est un peu surprise lorsque je lui demande de ne surtout pas repasser mes affaires.

Le lendemain, en récupérant l'ensemble, je fais semblant de découvrir avec contrariété qu'il y a des trous dans un pull-over beige. La brave femme me demande de lui montrer l'étendue des dégâts et, spontanément, se propose de repriser les trous, tout en me prévenant que ce sera un travail assez grossier. Par malheur elle n'a que de la laine grise... Content, je lui adresse un large sourire, la remercie par avance de ce qu'elle voudra bien faire et l'assure que ce sera parfait. Elle va gentiment exécuter un travail de ravaudage dans un coloris qui ne manquera pas de faire tache sur le vêtement. C'est ça que je souhaite. Il faut que ce « Yan » soit habillé durant tout le film avec des vêtements qui paraissent usés, raccommodés, vrais. Ici, pas un pêcheur ne se risquerait à arborer « du neuf » pour affronter les intempéries. Ils ont le respect de la valeur des choses et portent leurs affaires jusqu'à ce qu'elles soient irréparables.

Entre les bains dans l'eau de mer, un peu d'eau de Javel, quelques séchages, une ou deux déchirures d'étoffes habilement mais visiblement réparées, me voilà en quelques jours à la tête d'une garde-robe qui me semble parfaite pour ce capitaine de chalutier que je vais devenir dans quelques jours. A force d'observer ces hommes de mer qui vont et viennent, je finis par « piquer » leur démarche qui, sans être très caractéristique, ne ressemble pas à celle des hommes des villes. Parmi les pêcheurs que je rencontre au bistrot, il y en a deux ou trois qui, sans le savoir, m'ont appris certains gestes quotidiens. A présent, je sais comment je vais devoir m'asseoir, me lever, allumer ma pipe et boire mon verre. Il y a un rythme dans tout cela que je n'aurais certes pas trouvé tout seul. Et puis, il y a autre chose : je me sens très à l'aise auprès des gens d'ici. Leur mentalité et leur comportement me plaisent de plus en plus.

Il y aura demain une semaine que je suis arrivé à Concarneau et je vous assure que mon temps n'a pas été perdu. Si je n'ai pas appris tout ce que je désirais savoir, ces heures bien employées me serviront à éviter des erreurs dans lesquelles je serais fatalement tombé sans ce court séjour expérimental.

Et puis il y a quelque chose de très important : le pays m'a accepté. A présent, c'est « moi » que l'on salue en souriant, pas Milord l'Arsouille !

L'équipe technique arrivera dans deux jours, Pierre Schoendoerffer en tête. Je me réjouis de le retrouver. Dans les semaines à venir, j'aurai l'occasion de le connaître mieux.

C'est un personnage ! Dans le travail commun, son autorité indiscutable (et indiscutée) n'est pas une attitude. Elle est naturelle. Je me souviens avoir dit de lui que c'était « Bonaparte au pont d'Arcole ». Pourquoi ? Est-ce que cela voulait exprimer « courage », « volonté » ? Il avait prouvé qu'il n'était pas dénué de l'un et qu'il était doté de l'autre.

Nous avions fait « la guerre » jeunes, mais pas la même. Comparativement à la sienne, la mienne avait été moins terrifiante. Poursuivre les troupes nazies en fuite au milieu d'une armée victorieuse, ce n'est pas combattre et se défendre contre l'invasion sournoise des Viets. Pénétrer avec une division victorieuse dans Strasbourg, ce n'est pas subir l'encerclement désastreux dans la poche indochinoise de Diên Biên Phû. Nous nous étions battus certes, mais en ce qui concerne la souffrance physique et morale, Schoendoerffer avait vécu des heures douloureuses qui m'avaient été épargnées. C'est une des raisons pour lesquelles j'éprouvais le besoin instinctif de lui donner un droit d'aînesse.

J'éprouvais, c'est vrai, estime et admiration pour ce garçon qui revenait de si loin. Parlant peu, il maniait parfois l'ironie avec une sorte de précaution, comme s'il s'en méfiait. Je crois qu'il participait aux conversations pour ne pas paraître distant, alors qu'il aurait peut-être préféré le mutisme. Un regard à la fois aigu, plissé, un peu étrange et parfois lointain. Sensible et quelque part vulnérable, il semblait cacher une faille, indiscernable, si tant est qu'elle ait existé. Curieux homme. Attirant et réservé, habité, torturé peut-être entre le scepticisme et la conviction. Trop orgueilleux pour paraître amer, il devait être parfois submergé par sa mémoire et gardait jalousement, avec pudeur, ses secrets.

L'histoire dramatique, palpitante et héroïque de cette fameuse « 317e section », il la portait en lui. Il en livrerait un jour le récit et en ferait un film. Le fit-il pour accomplir une mission supplémentaire, voulant rendre hommage à la mémoire de ceux qui avaient souffert ? Le fit-il pour se délivrer ? Le fit-il pour exorciser un souvenir trop lourd ? Je ne suis pas à même de répondre à ces questions. J'ai lu ses livres. Je les ai aimés, avec une préférence pour *L'Adieu au roi*. Mais le film terminé, je n'ai jamais plus rencontré Pierre Schoendoerffer. Je crois savoir que sa façon de vivre (ou de survivre) est irréprochable. Il reste fidèle à une certaine éthique. Je regrette sincèrement de n'avoir pas su faire partie de ses amis intimes.

Schoendoerffer a réussi à convaincre Charles Vanel d'accepter de jouer l'un des rôles principaux. Je m'en réjouis car cet homme (dont j'ai dû voir presque tous les films) fait partie des comédiens auxquels je porte une admiration inconditionnelle. Alors jouer la comédie avec lui me semble être un cadeau supplémentaire. C'en est un.

Le petit œil perçant et rusé de cet ours silencieux et parfois bougon perçoit tout, saisit tout, comprend tout, pèse, jauge, juge et se marre. Il en a tant vu. Si peu de chose lui échappe, il s'abstient de tout commentaire. Sur le lieu de travail, il semble ne se préoccuper que de la scène à jouer alors que son regard qui se pose partout poursuit son œuvre informatrice. Il considère, découvre, remarque, distingue, discerne et garde ses réflexions pour lui. Si vous accrochez ses yeux, il ne baisse pas les paupières et ne détourne pas la tête. Il vous fixe calmement et il attend, ce qui vous force à dire quelque chose, n'importe quoi, pour justifier votre propre regard.

Les premiers jours je me suis senti gêné, et puis très vite cette impression s'est effacée. Nous avons souvent dîné ensemble après la journée de tournage. Appréciant les bonnes choses, nous nous invitions chacun son tour autour des excellentes tables qui fourmillaient dans la région. Il y avait une certaine auberge à Pont-Aven qui nous reçut souvent et où l'on nous préparait spécialement crustacés et fruits de mer dont nous nous régalions. (Il faut reconnaître que cette région est redoutable... pour sa cuisine !) Arrosés d'un petit vin sec, ces repas furent pour moi de délicieuses récréations, non seulement du côté culinaire, mais surtout parce que Charles Vanel, en général avare de confidences, me faisait l'amitié de me laisser entendre, avec une discrétion parfaite, des anecdotes se rapportant à son passé. J'ai oublié ce qu'il m'a dit, mais je sais que c'était assez passionnant.

Le temps est magnifique dans la région de Concarneau en cette seconde partie du mois de janvier 1959. Il fait froid mais beau.

C'est un vendredi soir que Schoendoerffer nous prévient que le lundi matin, vers six heures, nous embarquerons sur un chalutier pour aller vers le large procéder au tournage de la séquence de pêche : équipe technique réduite au minimum et seulement les comédiens dont la présence est nécessaire. L'équipage du bateau fait partie de la promenade. Il se trouve que je suis de ceux-là (et pour cause !).

C'est sans trop d'appréhension que je grimpe à bord, ce lundi matin. Dans le bassin, l'eau paraît calme et, renseignements pris, les conditions météorologiques sont bonnes. Totalement néophyte en ce qui concerne la navigation maritime, je ne tiens pas compte des recommandations qui me sont faites à propos du mal de mer et des réactions stomacales possibles. On m'a dit et redit qu'il fallait s'embarquer l'estomac plein et continuer à manger des pommes et des sandwichs pendant la promenade de travail. A six heures du matin, je n'éprouve aucune envie d'avaler quoi que ce soit de consistant. Ne voulant pas faire « bande à part », je regarde avec admiration et un léger dégoût l'équipage et l'équipe qui ingurgitent à qui mieux mieux jambon, saucisson, œufs sur le plat et fromage. Je commets l'erreur d'absorber un certain nombre de cafés pendant ce temps-là. Donc, c'est un peu énervé (tout de même) et le ventre plein de liquide que j'embarque avec les autres sur le chalutier.

Nous quittons le bassin. Longeant la digue, bientôt nous doublons le phare et piquons droit sur le large.

La rade de Concarneau miroite au soleil levant. Cependant, la mer, sans être agitée, n'est pas aussi calme que tout à l'heure. Il fait assez froid. A présent, il y a ce qu'on appelle de la houle. C'est un balancement léger, au rythme régulier qui, au début, paraît assez plaisant. J'ai l'impression d'être bercé... ce n'est pas désagréable.

Nous sommes à présent loin du port. En se retournant, on aperçoit encore, au loin, une ligne sombre. Ce sont les côtes bretonnes dont nous nous écartons de plus en plus.

L'équipage ayant repéré un banc de poissons, les hommes de mer se préparent à jeter les chaluts bâbord et tribord. Le temps est clair, la houle s'accentue légèrement, nous sommes au large. Les marins qui s'apprêtent à la pêche me proposent naturellement de prendre un coup de gnôle en même temps qu'eux. Je n'en ai pas la moindre envie, mais refuser cette offre amicale me ferait passer pour un « bêcheur ». J'attrape donc la bouteille et avale une gorgée d'un breuvage qui réveillerait un mort. J'ai l'œsophage en feu.

Ça y est ! Le moment est venu de jeter les chaluts. Nous autres, gens de cinéma, nous nous écartons pour ne pas gêner la manœuvre. Le bateau vire légèrement de bord. Nous attrapons la houle par le travers. C'est un nouveau balancement. Ce qu'il y a de plus désagréable à supporter, c'est lorsque roulis et tangage se mêlent. Il est préférable alors de prendre solidement appui sur ses jambes écartées pour ne pas tomber et rouler sur le pont.

L'accessoiriste du film, François Suné, grand gaillard brun, costaud, jovial et sympathique, dévore un sandwich et m'en propose un. Je le remercie hâtivement et me détourne pour ne pas le voir mastiquer. L'idée de manger quoi que ce soit me soulève le cœur. Amicalement, François Suné insiste pour que j'avale quelque chose, précisant que ce n'est pas raisonnable de rester l'estomac vide alors que nous sommes de plus en plus ballottés.

Il est vrai qu'à présent le bateau roule dans tous les sens. Mon estomac, qui jusqu'ici m'avait laissé à peu près tranquille, commence à réagir, surpris et malmené par ce traitement inhabituel.

L'équipage s'affaire, remue, se démène, lance des ordres au milieu d'un tintamarre de poulies, chaînes, treuils et filins en activité.

Il y a beaucoup de mouvement sur le pont. L'embarcation, elle aussi, bouge. Beaucoup !

Et puis, tout à coup, dans un brouhaha indescriptible, on relève l'un des chaluts. L'équipage s'ingénie à retenir cet énorme filet suspendu qui se balance. La manœuvre se poursuit. Cette masse imposante est amenée par un treuil au milieu du pont et, d'un seul coup, une cascade de poissons de toute sorte dégringole en s'échappant du filet. En un instant, le pont grouille du produit de cette pêche. Des poissons de toutes les couleurs sautent et sursautent sur le bois luisant. C'est très joli, ces reflets argentés au milieu desquels on discerne du bleu, du rose, du rouge et du blanc.

L'opération se répète avec l'autre chalut. Bientôt le pont n'est plus qu'un amas vivant. Les pêcheurs se démènent pour trier le poisson. Fixée au-dessus de la cabine vitrée du capitaine, la caméra a filmé toute cette pêche.

Schoendoerffer me fait dire de participer au triage du poisson. Il veut me voir à l'activité au milieu des pêcheurs. J'obtempère.

Malgré ma bonne volonté, je me sens maladroit. Ces poissons encore vivants me glissent entre les doigts. Je me coupaille les mains et mes pieds s'évertuent à trouver un peu de stabilité. Marcher sur un lit de poissons qui remuent tandis que le bateau roule et tangue de plus belle, ce n'est pas vraiment facile lorsque cela vous arrive pour la première fois. Insidieusement l'odeur fade de cette masse qui sort de l'eau s'accroche à mes narines. Mon estomac ne se pose plus de questions, il est en pleine révolte. Je sens le moment où je ne pourrai plus l'empêcher de se révulser.

Il doit être dix heures du matin. Un petit vent glacé s'est levé, d'abord discret. Le chalutier prend la houle en travers, le bateau roule sur lui-même, exécutant des demi-tonneaux de plus en plus accentués. La crête des vagues est blanche à présent et, portée par le vent qui forcit, l'écume balaye le pont. En un quart d'heure nous sommes trempés.

On me dit de m'abriter dans la dunette près de la barre, dans le coin réservé au capitaine. Après quelques minutes je ne peux plus tenir. L'odeur du mazout m'envahit à tel point que je dois me précipiter au-dehors pour aller vomir par-dessus le bastingage tout le café ingurgité depuis le matin et qui n'est pas passé. Bien entendu, je ne fais pas attention au sens du vent et, soulageant mon estomac, j'ai la désagréable surprise de me voir inondé de ce qu'il ne peut plus supporter. Heureusement les embruns me débarbouillent et c'est trempé d'eau de mer que j'essaye de me remettre sur pied. Je n'y parviens qu'avec peine. Les jambes en coton, j'ai l'impression que le pont se dresse et vient à ma rencontre. Je m'affale au milieu des poissons morts dont l'odeur fade me monte à la gorge. Je roule sur le pont comme un paquet, cherchant à me rattraper à n'importe quoi. J'éprouve à nouveau l'envie de vomir, mais mon estomac vide n'a plus rien à restituer. Il me semble que je n'ai plus de force. Le vent par contre accroît la sienne. Le bateau roule de plus en plus. Très mal à l'aise, je suis obsédé par une seule pensée : il faut que cela s'arrête d'une façon ou d'une autre. Je caresse l'idée de sauter à la mer pour ne plus subir ce balancement insupportable.

Tandis que mon corps, chahuté parmi les maquereaux épars et autres animaux marins, cherche en vain à gagner le bastingage afin de sauter par-dessus bord, François Suné, l'accessoiriste, me récupère et me porte comme un ballot de chiffon jusqu'au pied du grand mât. Ayant deviné mon intention, sans rien dire ni me demander mon avis, il m'attache au mât à l'aide d'un solide cordage, tout en me disant : « Nous rentrons. »

La mer ne se calme pas. Le vent non plus. Schoendoerffer, aussi trempé que je peux l'être, vient voir la tête que j'ai. Ça ne doit pas être beau à voir. Il me fait comprendre entre deux rafales de vent que par radio on a contacté le port et qu'un médecin m'attend à quai.

Retrouvant les eaux plus calmes du bassin, je me sens déjà mieux. On m'a détaché. Le bateau accoste. On m'aide à mettre pied à terre. L'équipe m'entoure, un peu inquiète. Les hommes de mer me regardent tranquillement, sans ironie. Il y a une ambulance sur le quai. On m'y fait grimper, on m'étend sur une couchette. Rapide examen médical : je n'ai rien du tout. J'ai simplement fait connaissance avec le mal de mer ! (Si vous ne connaissez pas, je ne vous conseille pas d'essayer. C'est insupportable ! On a vraiment envie de se jeter à l'eau.) Bref, le médecin m'a fait une piqûre. J'ai retrouvé mon sang-froid. Je m'assieds. Je demande à parler à Schoendoerffer.

Il me rejoint dans l'ambulance. Nous allumons une cigarette et, le regardant bien en face, je lui dis avec le plus grand calme qu'il est indispensable que nous reprenions la mer tout de suite. Peu importe qu'il ait filmé ce qu'il voulait, la question n'est pas là. Je le préviens que si je ne repars pas tout de suite affronter les difficultés que je viens de mal supporter, je risque d'avoir une telle appréhension la prochaine fois que je peux me trouver, malgré moi, dans l'incapacité physique d'assumer mon rôle. Me comparant à l'apprenti cavalier que l'on remet en selle dès après sa première chute, j'insiste pour me retrouver tout de suite secoué par les éléments marins. Je lui rappelle que nous avons des séquences importantes à réaliser en mer. Qu'est-ce qu'on fera si je suis malade comme un chien ?

Nous avons à tourner plusieurs scènes en pleine tempête et j'ai la ferme intention d'y participer. Alors, qu'il comprenne la situation et qu'il m'aide à résoudre mon problème sur-le-champ.

Il a tenu compte de mon raisonnement et approuvé ma décision. J'ai avalé (doucement) deux sandwichs.

Une heure après nous étions à nouveau en mer, aussi secoués qu'auparavant, à cette différence près que cette fois-ci je me tenais debout, respirant à pleins poumons l'air du large, bien campé sur mes jambes écartées qui se pliaient en épousant les mouvements du bateau.

Nous sommes rentrés au port avant la nuit, assez contents, les uns et les autres, de cette expérience.

Une fois à terre, face à face devant un bon scotch, Schoendoerffer m'avoua qu'il avait eu vraiment la trouille. Et moi donc !

C'est ainsi que j'ai fait connaissance avec la mer. L'expérience était nécessaire, heureusement qu'elle n'est plus à faire. C'est terrible.

Il m'est arrivé, pendant ce film, de devoir affronter du gros temps. Je n'ai plus jamais éprouvé le mal de mer.

Dans les jours qui suivent nous continuons à filmer les séquences au large. Tout se passe bien. A ma grande surprise je ne suis plus incommodé par les odeurs qui nous agressent. Pour des questions de raccords, nous avons dû conserver tel quel le poisson de la première pêche. La chair, en se décomposant au soleil d'hiver, commence à puer. Ces relents de pourriture animale mêlés aux émanations de mazout ne sont pas agréables, mais vient un moment où on n'y prête plus attention. J'arrive à bouffer mes sandwichs comme les copains malgré l'air pestilentiel qui nous environne. Nous parvenons à interpréter nos scènes dialoguées avec le plus grand naturel malgré tout.

Après quelques jours, plus rien ne me gêne ni ne me rebute, et je me surprends à me balader sur le pont de ce bateau par n'importe quel temps avec l'assurance d'un vrai loup de mer. L'équipe me dit que je donne l'impression d'avoir fait cela toute ma vie, ce qui pour moi n'est pas un mince compliment.

Nous avons presque terminé le tournage des séquences calmes sur le bateau. Depuis quarante-huit heures, toute l'équipe est à l'affût des prévisions météorologiques. Le temps est trop beau au large de Concarneau. Ce qu'il nous faut à présent, c'est une tempête. Puisqu'elle ne vient pas de notre côté, c'est nous qui irons la chercher.

C'est ainsi que nous avons embarqué un beau matin, mettant le cap sur l'île d'Ouessant qui, comme chacun sait, est un endroit particulièrement dangereux pour les navigateurs. Les courants, les rochers, la grosse mer, tout concourt à rendre ce lieu périlleux.

Le chalutier, armé d'un matériel de tournage très sophistiqué, avait pris la mer. Les techniciens avaient arrimé deux caméras. Solidement fixées à l'avant et à l'arrière du bateau, elles ne risquaient pas d'être emportées par les paquets de mer qui ne manqueraient pas (nous l'espérions) de balayer le pont. Deux autres caméras portatives complétaient notre équipement technique, ainsi qu'un certain nombre de housses protectrices en caoutchouc et un important métrage de toile isolante.

Schoendoerffer et son chef opérateur, Raoul Coutard, s'étaient procuré des objectifs spéciaux et un double vitrage tournant pour permettre aux caméras de filmer avec netteté à travers les paquets de mer. On emploierait une pellicule assez sensible pour que les images soient bonnes, même par ciel sombre. Nous étions parfaitement équipés.

Nous avons cherché la tempête, nous l'avons trouvée. Nous avons tourné sans panique, mais les fesses un peu serrées tout de même. C'est très impressionnant, la mer déchaînée, surtout quand vous avez la sensation toutes les trois minutes que la prochaine vague va vous engloutir. Ce soir-là, nous avons été particulièrement heureux de retrouver l'abri du port de Concarneau en nous remémorant nos exploits du jour.

Dernier détail d'ordre technique et maritime : m'étant laissé engraisser, mon poids au début devait dépasser de peu les quatre-vingts kilos. A la fin du tournage, j'en pesais à peine soixante-douze. Il y a des rôles assez durs quelquefois...

Je ne voudrais pas manquer de saluer au passage le grand talent du chef opérateur Raoul Coutard. Pour la séquence de la tempête, il avait été exclu de se servir de projecteurs. Vouloir embarquer un groupe électrogène aurait été aussi inutile que dangereux. Même bien arrimé, son poids aurait risqué de faire chavirer le bateau. Et puis un court-circuit aurait pu foutre le feu au chalutier. Malgré tout il fallait mettre en boîte certaines scènes courtes et dialoguées où je devais, en tant que capitaine, donner des ordres à mon second tout en me cramponnant à la barre. Un magnétophone enregistrait nos hurlements, tandis que Raoul Coutard, caméra sur l'épaule et attaché dans l'embrasure de la porte de la cabine vitrée, tentait d'attraper nos visages dans son objectif entre deux embardées du bateau et à travers les paquets de mer. Pour nous éclairer la figure, il avait fixé des bougies sur les parois de la cabine.

A la projection, le résultat fut extraordinaire. Ces images sont d'une beauté exceptionnelle. Or, à l'époque, le chef opérateur n'avait à sa disposition ni les moyens techniques ni le budget pour tourner *Barry Lindon*.

C'est le 21 janvier, vers dix heures du soir, qu'il m'est arrivé de faire encore quelque chose pour la première fois.

Schoendoerffer avait minutieusement réglé un plan de nuit assez compliqué. Le scène se situe sur le quai, au bord du bassin où sont amarrés les chalutiers. Elle commence sous un vaste hangar où les femmes des pêcheurs trient le poisson tout en échangeant leurs propos habituels et « colorés ». Partant de là, Charles Vanel et moi nous engueulant (comme d'habitude dans le scénario) quittons le hangar et, nous invectivant encore, nous avançons vers le quai, de plus en plus près du bord.

Suivant à la fois les directives du metteur en scène et le sens du dialogue, ma colère doit monter au fur et à mesure que la scène se déroule. Il me faut ponctuer mon irritation verbale de gestes de plus en plus violents. Marchant à deux mètres en avant de mon partenaire, je dois parler tantôt face à la caméra, tantôt en me retournant vers lui. Tous ces mouvements sont réglés avec précision car la caméra ne doit nous perdre ni l'un ni l'autre.

A force d'avancer vers le bord du quai, je finis par y arriver et là, me retournant une dernière fois très brusquement vers Vanel, je bouscule sans m'en rendre compte un malheureux gendarme que je n'ai pas vu et qui tombe à l'eau. (C'est Moustache qui joue le gendarme.)

Comme il barbote et hurle qu'il ne sait pas nager, je dois à toute vitesse quitter ma veste de pêcheur, me débarrasser de mes bottes et plonger pour sauver le gendarme moustachu.

La scène est longue, Schoendoerffer affectionne particulièrement ces plans séquences qui sont très difficiles à exécuter pour tout le monde mais qui, une fois mis au point, sont très « payants » à l'image. C'est de la vraie mise en scène mais la mise au point est ardue dans sa méticulosité et dans le synchronisme du texte, des mouvements, des déplacements et des arrêts.

Nous passons plusieurs heures à répéter. N'oubliez pas qu'à la fin janvier en Bretagne, vers dix heures du soir, la température ambiante n'incite pas spécialement à prendre un bain de mer. On serait plutôt tenté par un feu de bois. De plus — ce que Schoendoerffer ne sait pas —, je n'ai jamais encore exécuté de plongeon. Si je nage depuis l'enfance, j'ai toujours eu horreur d'avoir la tête sous l'eau. Or, entre le bord du quai et la surface liquide, je ne crois pas me tromper en disant que la distance doit être de six ou sept mètres, pas moins. Pour le premier plongeon de ma vie, je trouve que c'est très haut ! Mais il n'est pas question de se défiler ni de paraître hésiter. D'abord je ne veux pas passer pour un trouillard aux yeux de toute l'équipe, ni perdre la face auprès des gens de Concarneau. Et puis il y a aussi une sorte de pari avec moi-même. Ma conscience (ou mon inconscience ?) est là pour me rappeler que je passe mon temps à réclamer que l'occasion me soit donnée de prendre des risques. Cette fois-ci, je suis servi. Plonger en plein hiver de sept mètres de haut, la nuit, dans une eau de mer « dégueulasse » où surnagent des bouts de bois, des méduses, des têtes de poissons morts et divers détritus, c'est vraiment un cadeau ! De plus, les assureurs du film se sont déplacés tout exprès. Ils hésitent à prendre la responsabilité de cette prise de vues. Il est vrai qu'elle n'est pas sans danger.

Schoendoerffer discute ferme avec eux, leur affirmant que toutes les précautions sont prises, que je n'ai rien à craindre : toute une équipe de plongeurs se trouve sur place en cas d'incident. Les pompiers sont là, une ambulance attend, etc.

Je viens à la rescousse de Schoendoerffer, en affirmant avec un calme apparent (je ne sais pas où je suis allé le chercher) que cette scène est sans danger. C'est tout juste si je n'ajoute pas : « Vous savez, j'ai l'habitude ! »

Bref, tout le monde tombe d'accord. On ne tournera qu'une seule prise de cette scène. Schoendoerffer a prévu de filmer le plongeon à l'aide de trois caméras pour être sûr de ne pas me manquer à l'arrivée dans l'eau.

Il fait un froid de pingouin. On m'a fait enfiler une combinaison d'homme-grenouille, en caoutchouc. Sous mon pantalon et mon gros pull-over on ne la voit pas. Schoendoerffer me désigne les endroits précis où sont placées les caméras qui filmeront mon plongeon. J'en prends bonne note. Puis, passant ma grosse veste et enfilant mes bottes, je me déclare prêt pour une ultime répétition.

Elle a lieu dans un silence religieux. Tout va bien. Tout est prêt. Je regarde Moustache qui me sourit comme s'il voulait me dire qu'il me fait confiance (car lui aussi va tomber à l'eau dans un instant, poussé par moi). Je regarde Vanel qui me fait un clin d'œil. Je regarde Schoendoerffer qui me dévisage interrogativement.

Je jette encore un coup d'œil sur la distance à parcourir et puis comme on n'attend plus que moi, je fais un signe de tête au metteur en scène. On l'entend hurler : « Silence ! » dans un porte-voix. Ce n'est pas la peine. Tout le monde se tait. On entendrait marcher un chat.

Et puis : « Moteur ! Ça tourne ! Partez ! » La scène démarre tout de suite sur les chapeaux de roues. Est-la tension nerveuse ? je n'ai jamais été aussi agressif avec Vanel aux répétitions. Tout se déroule et s'enchaîne comme par magie. Le texte vient tout seul. Je ne parle plus, j'aboie. Mes gestes sont menaçants. Je suis hors de moi.

J'arrive à la fin de mon texte sans m'en rendre compte. Je bouscule Moustache avec une telle force qu'il pousse un cri de surprise tout à fait naturel en tombant dans l'eau. Sans perdre une seconde, je me débarrasse de ma veste et j'ôte mes bottes tout en me préparant à plonger.

Moustache me gêne : il est juste en dessous de moi. Je risque de tomber sur lui. Je me décale légèrement et plonge en raidissant mes jambes au maximum afin de les garder bien parallèles. Et puis malgré moi, je ferme les yeux.

J'ai déjà refait surface. La scène n'est pas finie ; il faut encore que j'aide Moustache à grimper par les échelons de fer scellés dans la pierre. Il parvient en haut du quai. Je le suis de peu. Il sort du champ des caméras. Moi je reste un instant la tête dégoulinante et j'esquisse un sourire puis, gravissant les derniers échelons, ruisselant de partout, je pose mes pieds sur le quai et sors du champ à mon tour.

— Coupez !

Ça y est ! Je guette Schoendoerffer. Il arrive en courant. Je le questionne, un peu anxieux :

— Alors, comment était-ce ?

Il arbore un sourire d'une oreille à l'autre :

— For-mi-da-ble !

Au bistrot du coin on m'aide à changer de vêtements. Après une bonne friction à l'alcool je me sens en pleine forme. L'alcool sur le corps, ça fait du bien, mais l'alcool dans le gosier, c'est encore meilleur. Nous ne nous en sommes pas privés, Moustache et moi. On nous offrait à boire... nous acceptions. Toute l'équipe était contente. Schoendoerffer heureux, les assureurs soulagés, les gens du cru admiratifs, et nous pas encore complètement ivres. Ce n'est pas tous les jours que l'on tourne une scène d'engueulade avec Vanel, en plein hiver, se terminant par un plongeon dans l'eau sale et glacée d'un port de pêche...

Je réalise que le 21 janvier correspond à la date de mon baptême (c'est aussi la mort de Louis XVI me direz-vous). Eh bien, le 21 janvier deviendra le jour anniversaire de mon premier plongeon. Quand j'ai appris la vérité à Schoendoerffer, il ne m'a pas cru.

Quelques jours plus tard nous avons vu la scène en projection ; elle était très réussie dans le jeu et les mouvements de caméra. Ce qui m'a le plus épaté, c'est le plongeur. Un professionnel n'aurait pas pu mieux faire. Non, sans blague ! On avait vraiment l'impression que j'étais entraîné à ce genre de sport depuis toujours. Quand je vous dis que la trouille donne des ailes...

Depuis ce jour Schoendoerffer me prend pour un menteur. Il a tort.

XXVI.

Février est moins agréable à Paris que dans la rade de Concarneau.

A peine rentré mon imprésario me fait part d'une proposition pour le printemps. Elle est très intéressante à plusieurs niveaux. Il s'agit d'une importante coproduction franco-allemande qui se doit se tourner à Hambourg pour la partie studio et en Autriche pour les extérieurs. L'histoire se situe à l'époque du congrès de Vienne, c'est-à-dire à la fin du Premier Empire : 1815.

On me propose d'incarner le tsar Alexandre Ier. Pourquoi pas? Ayant réussi (paraît-il) à me rendre plausible en pêcheur breton, pourquoi ne serais-je pas crédible en empereur de toutes les Russies. Au cinéma, les producteurs et les metteurs en scène sont souvent dans l'obligation d'oublier toute ressemblance historique (si tant est qu'ils s'en préoccupent).

Alexandre Ier était de taille moyenne, blond, un peu chauve, le corps plutôt potelé et affublé d'un regard bleu... c'est-à-dire que je lui ressemble autant qu'une girafe à un épagneul. Peu importe. Ce sont (vous l'aviez deviné) des considérations commerciales qui m'amènent ce rôle.

Le metteur en scène n'est pas connu en France (Axel von Ambesser, ce nom ne vous dira pas grand-chose, je suppose). Ce qu'il y a de plus attractif à mon avis dans ce projet, c'est la personnalité de ma future partenaire.

Elle est toute jeune, blonde, fraîche, ravissante. Sa grand-mère (Mme Albach Réty) a été sociétaire du « Burg Theater » de Vienne et y a joué jusqu'à son dernier jour. Elle est morte à quatre-vingt-dix ans...

Sa mère était une actrice fort appréciée dans les pays germaniques et elle, toute petite jeune fille, est en train de devenir une extraordinaire vedette européenne grâce à une série de films où, incarnant l'impératrice Elisabeth d'Autriche, elle s'impose comme une star. L'impératrice c'est Sissi. La star c'est Romy Schneider.

Je ne sais pas pourquoi, je sens que ce petit bout de femme est un personnage exceptionnel.

L'occasion m'a été donnée de la voir dans un des *Sissi*. Si le film ne m'a pas ébloui, Romy Schneider m'a séduit. Il me semble qu'elle porte en elle une puissance, un tempérament et un talent qui peuvent aller beaucoup plus loin que ce genre de rôle (nous sommes en 1959 !).

Après lecture du scénario que nous devons interpréter ensemble, je me rends bien compte que l'histoire en elle-même ne dépasse pas la valeur des *Sissi*. C'est le type même de la grande fresque historico-romancée où la bergère évolue au milieu des princes et des têtes couronnées et finit, grâce à son charme, par tout obtenir d'eux sans rien leur donner en échange que des sourires. C'est charmant. C'est sans prétention autre que de montrer des gens élégants se donner mutuellement la comédie dans des cadres luxueux, des palais habsbourgeois du XIXe siècle, l'ensemble évoluant au son des valses et des ballets tout en échangeant des dialogues légers. C'est un divertissement plutôt qu'autre chose.

Et, puisque Romy Schneider en fait partie, je n'ai plus qu'un désir : me divertir en sa compagnie puisque l'occasion m'en est donnée.

C'est sans beaucoup de discussions que nous signons ce contrat.

C'est par un beau matin de printemps, à Orly, que je rencontre Romy Schneider.

Elle part pour Munich et moi pour Barcelone. C'est dans un petit salon d'Air France que nous laissons éclater notre joie mutuelle. Nous sommes réellement heureux à la pensée de nous retrouver dans quelques semaines pour travailler ensemble. Je ne sais pas d'où vient ce bonheur. Je ne me souviens pas de ce que nous nous sommes dit. Peut-être n'importe quoi. Les mots n'avaient pas d'importance. Ce dont je suis sûr c'est que nous éprouvions l'un et l'autre l'envie d'être réunis au plus tôt. Ce n'était pas seulement la perspective du travail en commun qui nous attirait si fort l'un vers l'autre, c'était autre chose, en plus. Ne vous méprenez pas. Il ne s'agit pas là de sentiments amoureux ou d'attirance physique que certains appellent « coup de foudre ». Ce n'est pas cela. C'était autre chose et, pour rester sincère, de très ardu à analyser.

Imaginez deux êtres qui, ayant vécu jusque-là sans se connaître, ont subitement l'impression qu'ils se connaissent justement depuis toujours. Cette sensation soudaine de se trouver en face de quelqu'un qui vous ressemble à tous les niveaux, qui souffre des mêmes choses, qui tend vers les mêmes buts, qui est passionné, fragile, autoritaire, conscient et inconscient, dur et vulnérable comme vous-même, cette sensation-là c'est à peu près, je crois, ce que nous avons éprouvé ce matin-là. C'était prodigieux. C'est prodigieux. On ne rencontre pas tous les jours un sosie du cœur et de l'âme.

Le temps de tourner un film en Espagne et je retrouve Romy Schneider à Hambourg.

Au début du tournage nous n'avons pas beaucoup de temps pour nous isoler. Les journées de travail commencent tôt, finissent tard. Romy est de toutes les séquences et, de plus, nous devons tous les deux apprendre les pas de danse d'un ballet que l'on doit tourner prochainement. Nous quittons le studio après le tournage quotidien pour nous rendre dans une salle de danse, en ville, où le corps de ballet nous attend pour répéter. Après deux heures de cet exercice difficile, nous sommes si fatigués que nous ne pensons qu'à aller nous reposer afin d'être frais pour affronter les caméras le lendemain matin.

Les prises de vues se déroulent sans heurts, surprises ou murmures. Tout est organisé avec une telle précision que rien n'est laissé au hasard ou à l'improvisation. Vu sous un certain angle, j'apprécie assez cette atmosphère disciplinée qui ne gêne nullement nos interprétations.

Certains comédiens tournent en deux langues. Les Allemands (dont Charles Reigner et Romy Schneider) s'astreignent à jouer les deux versions, alors que nous autres Français nous contentons de parler notre langue. Je suis le premier à me reprocher (mentalement) ce manque de courtoisie et de professionnalisme. Si j'avais su, j'aurais tenté d'apprendre mon texte en allemand, mais prévenu trop tard... je ne me sens pas assez sûr de moi pour proposer présentement de tenter l'expérience. Cela pourrait passer pour un caprice et être mal interprété par le metteur en scène. Et puis ce n'est pas prévu au plan de travail. Si ma proposition était émise et acceptée, je risquerais de retarder toute l'équipe en cas d'échec. Par conséquent, je m'abstiens.

Je ne sais pas encore (comment l'aurais-je pressenti ?) que cette ville de Hambourg deviendra dans quelques années l'un de mes ports d'attache, que j'y séjournerai souvent et que je participerai à de nombreuses émissions de télévision très diverses, en pratiquant la langue allemande comme un natif du pays. Mais ceci est une autre histoire. Dans cette ville qui est un port, je suis allé, comme à Barcelone, visiter les boîtes à matelots, y faisant avec plaisir d'autres découvertes.

Pour le moment, huit heures par jour je suis Alexandre Ier, tsar de toutes les Russies. Le rôle n'est pas difficile, et il est amusant. Cependant (je suis décidément incorrigible en ce qui concerne la langue française), il y a dans le dialogue des détails qui me choquent. Je pourrais ne rien dire, mais ce goût (agaçant) du perfectionnisme me pousse (et je m'en veux) à intervenir à propos de ce qui peut passer auprès de la plupart des gens pour du purisme inutile. Je n'ai jamais réussi à comprendre (et ça continue) comment et pourquoi les adaptateurs, dès qu'il est question de s'adresser à des têtes couronnées, se laissent aller à mettre dans la bouche de leurs interlocuteurs des termes impropres. On ne dit pas « Oui Majesté, non Majesté », on ne dit pas « Bonjour Majesté », comme on dirait « Bonjour monsieur » !

Est-ce que ceux qui écrivent l'ignorent, ou bien est-ce qu'ils s'en moquent ? Est-ce qu'ils ne connaissent pas l'emploi de la troisième personne ?

On peut dire : « Bonjour Sire (ce qui veut dire Seigneur), est-ce que Votre Majesté a bien dormi ? » Mais « Bonjour Majesté, avez-vous bien dormi ? », ce n'est pas possible (pour mes oreilles d'enquiquineur !), et puis surtout, ce n'est pas français.

Alors je me permets de lever ce lièvre en cours de tournage. Le metteur en scène éprouve quelques difficultés à saisir la nuance. Alors je ne m'acharne pas, mais je regrette. Ce n'était pourtant pas bien sorcier de mettre les mots à leur place. Tant pis... (j'ai passé une bonne partie de mon temps à me dire que j'étais un imbécile et que j'avais tort de désirer jouer les redresseurs de torts. On se crée de cette façon une réputation de pinailleur intempestif que les gens supportent difficilement).

Nous en avons terminé avec les grands décors. Le ballet, les valses et les menuets ont été filmés avec moins de difficulté que je ne m'y attendais. Nous en sommes à présent aux scènes plus intimistes. Le travail étant moins ardu nous pouvons nous permettre quelques heures de détente le soir. C'est ainsi que je dîne quelquefois seul à seule avec Romy Schneider. En général nous partons sur les bords de l'Elbe à la recherche de petits restaurants tranquilles où elle pourra se laisser aller à être elle-même sans se sentir dévisagée, observée, épiée par toutes les personnes présentes.

Cette femme extraordinaire fait partie de mes beaux souvenirs. Nos rapports, je vous l'ai déjà dit, furent d'une pureté cristalline. L'idée ne nous a pas même effleurés de « madrigaliser » sur le plan amoureux. Et puis, pour mettre les choses tout à fait au clair, il était de notoriété publique (ou presque à l'époque) qu'Alain Delon était entré dans sa vie. Elle vivait cet amour naissant avec la passion qu'elle mettait dans toute chose. C'est-à-dire tout elle-même. L'idée ne me serait pas venue de lui faire du charme, ayant le sens du ridicule et le respect du bonheur d'autrui. Alain est venu plusieurs fois à Hambourg durant notre tournage. Je le sais puisque nous nous sommes revus à ce moment-là. Mais leurs retrouvailles devaient être discrètes. Si je me souviens bien, ils ne tenaient ni l'un ni l'autre à se voir poursuivis par les photographes. Ils voulaient la paix. Ils la cherchaient et la trouvaient. C'est lorsqu'il ne venait pas à Hambourg que je profitais de la présence de Romy.

Du jour où je l'ai rencontrée, cette femme a été pour moi un fréquent sujet de réflexion. Nous avions la même ambition concernant notre carrière et les mêmes difficultés à nous imposer sous la forme que nous souhaitions. L'image que le public voyait de nous ne correspondait pas à nos aspirations. Nous éprouvions le même besoin, intense, de prouver à tout prix que nous valions mieux que les rôles dans lesquels nous apparaissions. Elle souffrait de cette popularité inouïe que lui avait apportée *Sissi*, comme j'avais souffert d'être devenu populaire grâce aux *Caroline chérie*. Nous étions conscients de la légèreté des personnages que nous interprétions ensemble en tournant *La Belle et l'Empereur*. Mais l'heure ne se prêtait pas à exaucer notre désir profond de sortir de ces films gracieux et inconsistants dans lesquels nous nous trouvions dans l'obligation de paraître. Il fallait attendre avec patience.

Or, s'il est quelque chose que nous avions en commun (parmi tant d'autres), c'était bien l'impatience.

Romy Schneider, comme moi, subissait avec peine cet état de stagnation. Nous avions l'impression d'être des pur-sang attelés à des tombereaux. En naissant nous avions reçu bien des choses en partage. La nature nous avait gâtés mais la sérénité ne faisait pas partie des dons que le ciel nous avait accordés. Derrière cette beauté apparemment sereine, sous ce front haut, nul ne pouvait supposer la présence de tempêtes. Les orages n'étaient pas visibles. Elle avait trop de volonté pour laisser deviner ses angoisses et trop d'orgueil pour permettre à qui que ce soit de non autorisé à le faire d'aborder un sujet qui la tourmentait sans cesse.

J'ai senti chez cette petite fille-femme — dans le cadre de l'expression de son art — un besoin, une nécessité de se donner totalement à quelque chose en quoi on veut croire envers et contre tout et tous. Cette envie d'exprimer des sentiments profonds, ce penchant à chercher à se dépasser soi-même, à devenir quelqu'un d'autre pour exister, c'était cela aussi qui nous rapprochait.

Elle supportait déjà cette peur viscérale qui oblige à vivre quotidiennement (ou presque) dans une tension constante, à la recherche de sa propre identité. Elle existait, craignant et désirant à la fois imposer ses propres exigences, tiraillée entre la conviction d'avoir raison et le doute de soi perpétuel. Ses yeux clairs qui savaient si bien sourire laissaient parfois échapper des éclats d'acier lorsqu'elle se sentait contrariée, contrecarrée dans ses desseins. Dans son âme, la femme se battait avec la petite fille, et la comédienne ne savait plus à laquelle des deux parts d'elle-même il lui fallait avoir recours.

Je ne crois avoir jamais connu un être humain aussi authentiquement pathétique. Elle m'a bouleversé parce que je la comprenais bien. Je souhaite qu'elle ait été heureuse. Cela a dû lui arriver, j'en suis convaincu, mais je ne crois pas que son bonheur ait été celui de tout le monde. Comment aurait-elle pu s'en contenter ! Il y avait trop de violence en elle. Le calme, l'harmonie, qu'elle croyait rechercher, n'étaient pas un climat fait pour un cœur comme le sien. Cette guerrière éprouvait un immense besoin de tendresse, mais supportait mal qu'on le sache.

Chère, chère Romy, splendide et pitoyable, orgueilleuse, attendrissante, dure et vulnérable, agressive, tremblante, pudique et provocante, rieuse excessive, docile, capricieuse, délicieuse et tragique, tu t'es battue et débattue avec fierté toute ton existence comme un oiseau blessé que le ciel n'a pas épargné. C'est difficile de vivre avec le cœur gros. On peut avoir l'Europe à ses pieds, provoquer l'admiration des foules, être fêtée partout, encensée de toute part et à juste titre, et puis en même temps être très malheureuse.

Romy Schneider, extraordinaire amalgame — or pur, airain et vif-argent —, me fait penser à ces êtres d'exception que le destin foudroie avec une injustice qui fait pleurer. Biche et panthère, mouette et mésange, elle est partie. Fasse le ciel qu'elle se repose enfin. Je souhaite de tout mon cœur que son âme palpitante ait enfin trouvé la paix. Oui, c'est triste. Je vous avoue que ce n'est pas sans émotion que je trace ces lignes.

Pendant longtemps, après notre film, Romy Schneider a essayé sans arrêt de sortir de ces personnages fades et inconsistants dont j'ai parlé plus haut. Elle a tout tenté. Elle est partie pour les Etats-Unis puisqu'en Europe elle ne parvenait pas à trouver l'exutoire qu'elle cherchait éperdument. Là-bas non plus « ça n'a pas marché ».

Elle est revenue. C'est un homme qui l'a sauvée : Alain Delon. En lui faisant tourner *La Piscine* a ses côtés, il est parvenu à obliger les imbéciles à convenir de leur erreur. Après le succès mérité remporté par ce film, Romy a pu, finalement, jouer les rôles pour lesquels elle était faite. Sa prodigieuse carrière a réellement démarré à ce moment-là. Seulement, et c'est ce qui m'attriste, je crois ne pas me tromper en disant qu'elle n'a dû vivre intensément qu'en entrant dans la peau de ses personnages. Heureuse « d'être quelqu'un » pendant la durée du tournage, et puis replongeant dans ses doutes et ses angoisses en attendant de devenir à nouveau quelqu'un d'autre dans le film suivant.

Il est bien possible que Romy Schneider n'ait jamais pu ni su être elle-même. Si cela a été, c'est bouleversant.

XXVII.

Aurais-je enfin rendez-vous avec Rastignac? Pathé projette de tourner une œuvre balzacienne. Il s'agit d'une importante coproduction entre Paris et Berlin-Est. Le film sera réalisé entièrement à l'Est dès le début du mois de juillet et durera jusqu'au début septembre. C'est un grand sujet : *La Rabouilleuse*. Connaissant l'œuvre, je m'enflamme tout de suite à l'idée de devenir Philippe Brideau. Ce personnage (qui ressemble comme un jumeau à Rastignac) est l'incarnation de l'arrivisme. A travers ruses, machinations, mensonges et tromperies, il parvient à vaincre et à duper tous ses adversaires. Mais « la roche Tarpéienne étant près du Capitole », il s'écroule à la fin de l'histoire, dupé à son tour par plus malin que lui. C'est un vrai grand rôle, difficile, puissant, passionnant. Dès nos premières conversations je donne avec joie mon accord de principe aux producteurs.

La mise en scène de cette étonnante et tortueuse fresque « louis-philipparde » sera confiée à un Français de talent, Louis Daquin. C'est lui qui a adapté l'œuvre avec Philippe Hériat, lequel signera les dialogues du film. Si je connais bien l'auteur des *Enfants gâtés* pour avoir souvent dîné chez lui dans son appartement de la plaine Monceau, je ne connais pas du tout Louis Daquin. Je sais que c'est un grand metteur en scène, je sais aussi qu'il n'est pas « à la mode », pour la simple raison qu'il ne se cache pas d'afficher des idées partisanes assez peu prisées par le gouvernement de l'époque. Personnellement je trouve cette attitude estimable, et rien ne me plaît davantage que de rencontrer et de travailler avec un homme qui, convaincu de ce qu'il pense, a le courage de ses opinions.

Louis Daquin a la gentillesse de se déplacer et de venir me voir à Hambourg. C'est un homme de haute taille que je rencontre. (Je ne saurai que quelques mois plus tard que c'est aussi un grand homme qui a été privé de la célébrité qu'il méritait à cause de son honnêteté foncière et de la persistance dans ses convictions politiques.) Il a le regard sombre dans lequel nagent des tristesses : des yeux dominateurs et timides à la fois. Physique d'épicurien qui passerait pour « bonhomme » si on ne décelait, cachée sous cette placidité, une tension intellectuelle qui ne doit pas l'inciter au calme. Son visage n'est pas beau, il est magnifique. Sous les traits de terrien on devine une intelligence aiguë, brillante. C'est un homme cultivé, fin, sensible et rude à la fois avec lequel je parle.

Ce faux ours me séduit.

A l'inverse, je sens instinctivement que je ne lui plais pas. Ce qui m'inquiète c'est que je ne sais pas pourquoi. Mes questions concernant la conception du film me semblent logiques et normales, mais peut-être n'est-il pas habitué à rencontrer un comédien qui cherche à être éclairé avec autant de précision. Nous savons que nous allons faire ce film ensemble, mais lorsqu'il me quitte, lors de notre première rencontre, j'ai la désagréable impression de l'avoir agacé. (Cela s'arrangera si bien par la suite que nous travaillerons plusieurs mois dans une entente parfaite.) La dernière question qui se pose est de savoir qui incarnera cette fameuse « Rabouilleuse ».

La firme Pathé désire que ce personnage soit interprété par une comédienne au talent écrasant, à la popularité certaine, à la personnalité très marquée. Il est de fait que la comédienne choisie est exactement le personnage, seulement elle jouit d'une réputation (j'ai la même) de « caractère difficile ».

Le producteur est venu me convaincre d'accepter de tourner avec elle malgré l'autoritarisme dont on se plaît à dire qu'elle fait preuve durant le tournage de chacun de ses films.

Personnellement je porte à cette comédienne une sincère admiration, et connaissant bien le scénario il me semble qu'au contraire, ce caractère difficile que l'on s'efforce de lui prêter ne peut être qu'un apport considérable au rôle.

Dans cette effroyable histoire de Balzac, la Rabouilleuse et Philippe Brideau passent leur temps à se piéger, à se guetter, à se battre, à se haïr. Alors il me paraît tout à fait souhaitable que deux personnes aussi « dures » (soi-disant) dans le travail se trouvent réunies, face à face, en jouant des rôles foncièrement antagonistes.

C'est instantanément que je donne mon accord. Je me réjouis à l'avance de me bagarrer devant les caméras en me heurtant à l'extraordinaire Madeleine Robinson. C'est non seulement sans arrière-pensées, mais avec enthousiasme que les contrats sont établis et signés.

Ce qui surprend mon entourage (et moi aussi), c'est mon absence de fatigue. Je me suis rarement senti aussi bien dans ma peau. Pourtant, depuis près d'une année, je n'ai pas pris de repos, enchaînant *Guin-*

guette, *Le Fric*, *Pêcheur d'Islande*, *L'Homme de la frontière* et *La Belle et l'Empereur* coup sur coup.

C'est avec un moral d'acier et en pleine possession de mes moyens que je vais attaquer *La Rabouilleuse*.

Cette année 1959 marque le point culminant de ma carrière cinématographique. Nul ne peut prévoir alors — moi moins que tout autre — que son déclin s'esquisse déjà. J'ai trente-deux ans et je ne crois pas me souvenir d'avoir jamais été en meilleures conditions physiques et morales.

A Berlin il fait une chaleur torride cet été-là. Je découvre cette ville étonnante qui cicatrise ses blessures avec une admirable volonté. Les immeubles ultra-modernes côtoient des ruines. Les gens s'activent avec bonne humeur et efficacité.

Il a été décidé que je séjournerais à Berlin-Ouest. Chaque matin, une voiture de l'Est viendra me chercher pour me faire passer la frontière qui sépare les deux Allemagnes. Les studios, à l'Est, sont bien installés. L'équipement technique est ultra-moderne et les décors dessinés par Léon Barsacq splendides. Louis Daquin, qui m'accueille, semble de très bonne humeur. Il semble qu'aucun nuage ne plane entre nous. Il n'y en aura pas un pendant dix semaines. Il me présente à toute l'équipe technique et artistique.

Et puis... Et puis... il y a la rencontre avec Madeleine Robinson.

Il est indéniable que prévenus l'un sur l'autre, nous nous guettons. Affublés de la même réputation qui nous précède partout (et à tort), nous n'avons pas l'intention de rater notre premier contact. Nous avons instinctivement le réflexe franc de ne pas nous déguiser en anges pour nous dire bonjour. C'est un regard direct que je rencontre. Un regard net, pur, clair qui attaquerait au moindre prétexte, mais qui reste en ce premier instant dans l'expectative.

L'œil est bleu, dominateur sans doute et très scrutateur. Si la poignée de main est ferme, la douceur de la paume ne me laisse pas insensible. Madeleine a une belle voix, elle le sait et en joue avec un art consommé. Elle a une mâchoire de louve, des dents de carnassier, mais une bouche qui fait songer à un fruit mur. Son rire (comme elle sait bien rire!) exprime la force et la santé. C'est celui d'un voyageur au long cours qui a tout vu, tout connu, tout supporté et sauvé ce qu'il a pu.

Madeleine Robinson ressemble à une sorte d'officier de marine qui n'a pas envie d'être officier mais simplement marin. Il y a quelque chose el elle (dans l'autorité du ton qu'elle emploie et dans sa façon de se mouvoir) qui fait songer à ces femmes capitaines du temps de la flibuste. On l'imagine parfaitement se battant en duel, ponctuant les coups avec des éclats de rire.

Elle sait d'avance qu'elle sera vainqueur.

On peut supposer sans peine qu'elle se précipitera, tout à coup maternelle, pour soigner et sauver celui qu'elle aura blessé.

Dans un premier temps je vois tout cela en regardant Madeleine pour la première fois. Le sentiment qu'elle m'inspire tout de suite est un mélange d'estime, de respect, et surtout un délicieux désir de me battre avec elle, à tous les niveaux. Connaissant un peu le caractère des hommes et aussi celui des femmes, je conclus qu'avec elle il me faudra faire face sur les deux fronts. Je la sens parfaitement capable d'interchanger ses armes, passant du masculin au féminin selon l'opportunité du moment.

Ce n'est pas seulement une femme extraordinaire que j'ai en face de moi, c'est un personnage hors du commun. Il va me falloir faire très attention. Non seulement cela ne me fait pas peur mais j'irais jusqu'à dire que cela m'excite.

Je ne peux pas deviner ce qu'elle pense le jour de cette première rencontre, mais elle ne s'est certes pas privée de son côté de me jauger et d'avoir son opinion sur moi. Elle ne m'en a jamais rien dit, mais la qualité de nos rapports a été telle qu'ils étaient en soi une réponse à la question que j'étais en droit de me poser ce jour-là.

Le film a été dur, long, difficile, mais il me semble que je n'ai jamais aussi bien travaillé. Madeleine et moi, dès le premier jour du tournage, avons été, avec une spontanéité qui a dû beaucoup surprendre, projetés l'un vers l'autre, tels deux naufragés se débattant dans la tempête et sauvagement décidés à découvrir la barque salvatrice. (Parce qu'on a toujours peur lorsque l'on veut tenter de faire convenablement ce métier.) Si certains s'attendaient à des heurts, des éclats ou des scènes d'affrontement entre elle et moi, ils ont dû être bien déçus. Je ne crois pas avoir été plus proche d'une de mes partenaires que je l'ai été de Madeleine Robinson.

Où le paradoxe va-t-il se nicher ? Nos rôles respectifs nous obligeaient à nous haïr chaque jour devant la caméra. Nous nous disions les pires choses à travers le dialogue écrit par Philippe Hériat. Et pourtant, entre chaque scène, nous nous précipitions pour travailler ensemble afin de chercher ce qu'il y aurait de plus vrai, de plus efficace à placer dans notre interprétation du plan suivant. Nous soumettions nos suggestions à Louis Daquin qui les acceptait le plus souvent, enchanté de notre entente constructive. Cela n'arrive pas souvent.

Alors, quand vous entendrez dire d'un comédien qu'il a un caractère impossible (c'était notre cas à tous les deux), méfiez-vous. Je crois pouvoir affirmer, et Madeleine Robinson, si elle lit ces lignes, ne me contredira pas, j'en suis certain, que s'il nous est arrivé à l'un comme à l'autre d'avoir des explications orageuses dans le cadre de nos activités professionnelles, c'est simplement parce que nous avions affaire alors à des personnes incapables, prétentieuses, hypocrites, lâches ou imbéciles. (Il y en a qui réussissent à être tout cela en même temps.) Madeleine Robinson ne peut pas ne pas partager cette opinion.

Il faut dire que nous étions dirigés de main de maître. Louis Daquin avait un souci permanent de bien faire, une modestie à toute épreuve, une délicatesse presque féminine dans sa façon de nous diriger, une politesse absolue, et un talent magistral sur lequel nous nous reposions avec béatitude. Quel confort moral pour les comédiens de sentir que l'œil qui les observe ne laissera rien « passer » qui ne soit juste, approprié. Oh, les belles heures que j'ai passées là ! Voilà comment j'aime travailler.

On s'attendait au pire, c'est le meilleur qui est venu. Le rôle difficile de Philippe Brideau est peut-être celui que j'ai le mieux interprété de toute ma carrière cinématographique. Je me suis donné beaucoup de mal, c'est vrai, chaque jour. Mais si je suis parvenu à être « bon » dans cette histoire, le mérite en revient surtout à Balzac, Daquin, Hériat et Madeleine Robinson.

La fatigue à présent se fait sentir. C'est tout à fait normal. Il n'y a pas à s'inquiéter, mais il faut éviter que cette lassitude physique égratigne mon moral. La partie romantique de mon caractère aurait tendance à m'attirer vers un climat de rêveries tristes et stériles que je m'efforce d'éviter, connaissant trop bien les dangers de ces sortes de délectations moroses auxquelles j'aurais tendance à céder, quelquefois. C'est avec la volonté de ne pas fléchir que je redresse les épaules et lève le menton.

Cette fin d'année 1959 n'est pourtant pas gaie.

Gérard Philipe nous quitte dans les derniers jours de novembre. Henri Vidal s'en va au début du mois de décembre. Son départ me bouleverse et m'attriste. C'est le premier « copain » qui disparaît. Je me souviens de Rome, de nos folies, et j'ai du chagrin, beaucoup.

Quelques jours avant Noël, je suis invité à participer à la Nuit électrique, grande manifestation populaire qui a lieu sous le chapiteau d'un immense cirque bruxellois. Les artistes invités se produiront sur la piste dans des numéros de cirque inhabituels pour eux. Le public belge se bat pour obtenir des places car il se réjouit à l'avance de voir telle vedette faire du trapèze, telle autre jongler, celle-ci présenter des chiens savants, celle-là évoluer au milieu des phoques. Sachant que je monte à cheval, on m'a proposé de présenter un numéro qui tient de la haute école et de la danse. Pendant deux jours je répète consciencieusement avec un splendide pur-sang. Il obéit au talon, à la pression du genou, au mors et il danse à ravir au son d'une musique à laquelle il est habitué. Les répétitions se passent au mieux et j'ai le plaisir d'être félicité par le propriétaire du cheval, M. Druz, qui se réjouit du succès que je ne manquerai pas de remporter, d'après lui, demain, lors de la représentation.

Eh bien, pas du tout !

Le soir du gala, le cheval n'a rien voulu entendre. Il était sourd, n'écoutant pas plus la musique que mes encouragements de plus en plus nerveux. Je suis sorti de la piste après quelques minutes d'infructueux essais. Le public, indulgent, ne m'en a pas tenu rigueur.

Gina Lollobrigida, assise dans une loge, a eu la gentillesse de ne pas rire, cette soirée ayant été l'occasion de nos « raccommodailles » officielles. Elles furent franches. Je ne tiens pas à rester en mauvais termes avec qui que ce soit, quelle que soit la raison qui ait pu provoquer, un jour, une mésentente. Je préfère l'harmonie et la courtoisie aux bouderies et aux fâcheries qui le plus souvent sont des attitudes qui ne veulent rien dire, le temps ayant passé.

Au mois de janvier 1960, la corporation est éberluée par la valse-hésitation qui tournoie autour de *La Rabouilleuse*. Depuis plusieurs mois, la publicité a été faite sur le titre de cette œuvre balzacienne. Or c'est à présent seulement que les distributeurs (qui en l'occurrence sont les producteurs : Pathé) se posent des questions sur la valeur du titre. Au stade de la haute direction on se demande tout à coup si « la Rabouilleuse » est un mot susceptible d'attirer le public. On en doute, paraît-il.

« On » craint subitement que les gens ne comprennent pas de quoi il s'agit et boudent le film.

On se réfère au fait que Balzac lui-même a longtemps hésité avant de titrer son œuvre. Il l'a tout d'abord intitulée *Les Deux Frères*, titre qu'il a abandonné pour le remplacer par : *Un ménage de garçons*. Inutile de vous dire que ce titre-là ne peut être retenu en aucune façon pour des raisons que vous imaginez sans peine, et puis ce n'est pas le sujet du film de Louis Daquin. Finalement, après de longues discussions auxquelles nous ne sommes pas conviés, il est décidé que le film s'intitulera *Les Arrivistes*.

Le titre est bon mais arrêté définitivement beaucoup trop tard. Les affiches placardées dans Paris étonnent les gens qui ne font pas le rapprochement avec le titre initial. On leur a annoncé *La Rabouilleuse* de Balzac, avec Pascal et Robinson, et ils apprennent la sortie imminente des *Arrivistes*. Ils croient qu'il s'agit là d'un autre film.

Le film sort sur les Champs-Elysées et le public s'y rend peu nombreux, déboussolé par ce changement de titre. Ce revirement soudain est d'autant plus regrettable que le film est excellent à tous points de vue.

Quel dommage !

L'échec commercial relatif du film de Louis Daquin est un de mes regrets. Il aurait mérité un tout autre accueil, à tous les niveaux. On a parlé, à l'époque, sous le manteau, de « boycottage » de l'œuvre pour des raisons plus ou moins politiques. Etant mal éclairé là-dessus, je ne peux me permettre d'émettre une opinion. Le résultat n'en demeure pas moins triste et injuste.

Au mois d'août de cette année-là, il m'est permis de rencontrer — et c'est un rare privilège — un personnage qui représente une sorte de légende vivante. Un gentleman (plus anglais qu'anglais), Cecil Everly, me convie à un dîner dans les Hauts de Cagnes. Rendez-vous est pris chez Suzy Solidor qui a pignon sur rue dans ce ravissant village (à l'époque). Elle y a ouvert un restaurant « très chic » où les personnalités qui passent sur la Côte d'Azur viennent lui rendre visite et l'écoutent en fin de soirée chanter des chansons dans une salle entièrement tapissée de ses propres portraits. Le cadre est agréable. Suzy Solidor, qui ne se prive pas de laisser libre cours à sa personnalité marquée et marquante, continue à faire parler d'elle. Sa façon de vivre sans complexes, en toute liberté d'expression, fait encore couler beaucoup d'encre. L'ayant déjà rencontrée, ce n'est pas elle qui m'attire ce soir-là dans les Hauts de Cagnes.

C'est une autre femme. Une femme connue, reconnue du monde entier. C'est une actrice. C'est un symbole. C'est un mystère. C'est quelqu'un d'inaccessible, d'invisible. C'est Greta Garbo.

Nous sommes trois autour de la table. Cecil Everly encore plus britannique que d'habitude, la Divine et moi.

Elle est vraiment très belle. On m'a prévenu qu'il n'était pas question de lui parler de cinéma (commode !). Le fait de me trouver là, à ses côtés, me rend muet. Je ne sais pas quoi dire, il ne me vient que des fadaises à l'esprit. Qui n'a pas rêvé de Greta Garbo parmi les hommes de ma génération ? Qui ne serait pas embarrassé à ma place ?

Je ne sais pas pourquoi, je suis fasciné par son nez. Il me semble n'avoir jamais vu une arête de nez aussi pure. Son profil a l'air d'être sculpté dans l'albâtre. C'est très beau, un peu froid, mais beau.

Et puis la paupière... Ah... les paupières de Garbo... c'est inoubliable. Elle a une façon de voiler et dévoiler son regard qui est proprement subjugante. Jamais je n'ai vu ça. En joue-t-elle ou est-ce naturel ? Je n'ai pas su le discerner, mais quel étonnant spectacle !

Il m'est difficile de vous parler de sa voix car durant toute la soirée elle n'a pratiquement rien dit. Elle s'est contentée de sourire, à peine, fugitivement, et de déguster son repas en chipotant, piquant par-ci, par-là, du bout de sa fourchette des petits morceaux de légumes dans son assiette. Nous échangeons quelques mots tout de même, très peu, en français. Elle parle sur le souffle, si elle timbre on entend un son un peu rauque, un peu bas, mais assez mélodieux.

Devant ce personnage je ne me sens pas très à l'aise. Sa froideur (peut-être seulement apparente) n'incite pas à la détente et écarte toute idée de familiarité. Je suis troublé. Il y a en elle quelque chose d'ultra-féminin et en même temps des brusqueries de garçon.

Est-ce qu'elle joue le rôle de Garbo dans la vie ? Est-ce que chez elle tout n'est qu'attitude ? Est-ce qu'elle se recopie ? Que fait-elle ? Elle ne fait rien ! Alors on ne sait pas. Elle est de glace.

Cecil Everly monologue longuement (il faut bien que quelqu'un parle). Moi je la regarde. Elle, je ne suis même pas sûr qu'elle entende ni qu'elle écoute. Elle est là et elle est absente. Elle s'ennuie peut-être ?

Plus tard, j'apprendrai qu'il n'en est rien, et elle ira jusqu'à dire, paraît-il, qu'elle a passé une soirée charmante... Personnellement je me sens frustré de je ne sais quoi et m'accuse de n'avoir pas su la distraire ou l'intéresser. Mais de quoi voulez-vous parler avec un mythe ? Surtout avec un mythe qui donne l'impression de vouloir rester un mythe pour le commun des mortels.

C'est un peu exaspérant. J'ai passé la soirée à côté d'une statue.

Les films tournés l'année précédente sont sortis. Les uns ont connu de vrais succès, d'autres ont été accueillis de façon moins évidente. Et puis, le fait que je me mette à chanter bouscule un peu les normes établies. Paris s'empresse de colporter le bruit que j'abandonne ma carrière de comédien au profit de celle de chanteur.

Or rien n'est plus faux.

Mais en France, il n'est pas bien vu de tenter de faire autre chose que ce que l'on attend de vous. Nous ne sommes pas aux Etats-Unis (refrain connu). Là-bas, les stars font du théâtre, du cinéma, jouent, chantent et dansent.

Ici, ça ne se fait pas ! A la rigueur on peut admettre qu'une personnalité venue du music-hall s'essaye au cinéma (Yves Montand) mais l'inverse n'est pas permis. Un homme de cinéma qui se lance dans le music-hall, c'est inadmissible. C'est une désertion ! Si les bonnes langues osaient le faire, elles iraient jusqu'à prononcer le mot : déchéance.

Nous sommes en 1960. C'est seulement dans quinze ans que Serge Reggiani, dont le talent de comédien est considérable, réussira à passer le cap sans être mis au pilori du cinéma. En 1960, la pirouette était beaucoup plus périlleuse.

XXVIII.

1961 sera l'année du *Rendez-Vous*. Ce rendez-vous avec Jean Delannoy aura lieu en mars. Je ne savais pas cette année-là que les ides de mars m'étaient contraires pour le cinéma. (Je venais de remporter par hasard le Grand Prix Eurovision de la chanson.) Georges Sanders, Philippe Noiret, Michel Piccoli font partie de la distribution dans des rôles importants quoique épisodiques. Pour jouer le rôle de ma première femme (dont j'ai un fils), Jean Delannoy a choisi une jeune comédienne qui fait déjà beaucoup parler d'elle. Son talent est reconnu, sa beauté attire les regards, sa personnalité intéresse et son caractère se dessine comme étant volontaire. Elle vient de quitter la Comédie-Française en claquant la porte, n'acceptant pas de se soumettre aux contraintes que l'on impose, paraît-il, aux nouvelles venues dans la Maison de Molière.

Bref, c'est une personne qui ne manque pas de tempérament ni d'esprit de décision.

Elle se nomme Annie Girardot.

Il se trouve que la première scène que nous tournons se joue entre Annie Girardot et moi dans un petit café. Nous avons autant le trac l'un que l'autre. La scène est une rencontre entre les deux personnages qui doivent exprimer derrière les mots apparemment anodins du dialogue une certaine gêne de se retrouver face à face.

Bien qu'il ne m'en ait jamais rien dit, je reste persuadé que Jean Delannoy a choisi tout exprès cette scène pour notre premier contact. Notre trac commun donne à la scène le ton que souhaitait sans doute obtenir le metteur en scène.

Annie Girardot m'a subjugué tout de suite.

C'est un paquet de nerfs. Mince, fine, espiègle, sensible, grave, belle et vive, elle joue la comédie avec un tel naturel qu'elle donne l'impression d'improviser son texte. En répétant elle semble vouloir s'en débarrasser, le rejeter comme un bagage encombrant et inutile. Elle mâche ses mots, mord dans la phrase, casse la ponctuation, accélère sa diction, bafouille à la recherche du rythme qu'elle entend donner à son phrasé. C'est un travail de dentellière. Le résultat est étourdissant. Dès la première prise chaque intention est à sa place comme par enchantement. Il y a là quelque chose d'acrobatique et de miraculeux. Se précipitant sur certaines répliques, elle les lance hâtivement et puis tout à coup, au milieu de la phrase suivante, elle s'interrompt, semble hésiter, prend un temps comme si elle cherchait le mot approprié et elle enchaîne avec une justesse qui surprend chaque fois.

C'est une très grande comédienne.

Son éblouissante personnalité va séduire toute l'Europe. Annie Girardot deviendra dès ses premières apparitions à l'écran une fantastique star internationale. Elle est modeste, traqueuse, bonne camarade et professionnelle accomplie. Un courant de profonde sympathie s'installe vite entre nous. Nous nous amusons réellement en jouant ensemble. D'ailleurs cela se sent à l'écran. Nos scènes, grâce au rythme qu'elle leur impose, semblent particulièrement réussies. Décidément, cette grande fille, apparemment simple, me plaît beaucoup. Son extrême sensibilité me touche ; sous la gaieté et la bonne humeur qu'elle affiche volontiers, on devine un être écorché. Trop humaine, trop vraie, trop sincère, trop franche, elle a dû beaucoup souffrir en se heurtant aux exigences de toute sorte que sa fierté naturelle aurait sans doute aimé éviter.

Géraldine (c'est le surnom que je lui ai donné) est sans conteste un personnage très original.

Or je crois ne pas me tromper en disant que ce ne doit pas être facile de vivre affublé d'un tel caractère. Si elle a souffert, comme je le présume, elle a su, en rencontrant des rôles à sa mesure, exprimer ce que bien peu d'actrices sont capables de donner. Je l'en félicite de tout mon cœur. C'est de tout mon cœur aussi que je la plains. Si elle lit cette phrase elle sera furieuse parce que son orgueil (bien placé) ne supportera pas l'idée que quelqu'un s'apitoie sur son sort. Je ne crois pas lui faire injure en avouant qu'elle me paraît avoir eu tous les courages et aussi toutes les faiblesses.

J'espère ne pas la choquer en écrivant qu'il est probable qu'à l'époque j'ai été amoureux d'elle. Elle se souviendra peut-être d'une certaine journée de tournage en extérieurs au fond de la Bretagne où, si je me souviens bien, nous éprouvions l'un et l'autre une certaine difficulté à nous dire au revoir. Le film se terminait ce jour-là.

Il y a eu entre nous des silences plus éloquents que des gestes ou des mots.

Nous avons hésité, il me semble.

Et puis nous nous sommes séparés sans rien dire. Il est possible que nous soyons passés l'un et l'autre à côté de quelque chose de très beau.

Ne regrettons rien, Géraldine. Je n'ai d'ailleurs pas le droit de t'associer à mon regret car, si je suis certain de ce que je ressentais alors, rien ne m'autorise à croire que tu éprouvais la même chose que moi.

C'est au mois de mai, quelques semaines après la fin du tournage, que Jean Delannoy nous montre notre film. *Le Rendez-Vous* est une réussite. Chacun de nous apparaît au meilleur de sa forme. Les rôles ayant été parfaitement distribués, le montage des scènes en continuité donne une impression de parfaite homogénéité. On se passionne pour cette histoire strictement racontée. Le metteur en scène a réussi un étonnant travail d'horloger et le résultat est enthousiasmant. Personnellement je n'attends pas longtemps pour bénéficier de ce beau travail d'équipe.

Quelques jours après cette projection privée, le producteur, Robert Dorfmann, m'invite à déjeuner. Au cours de ce repas, il me fait part d'une proposition qui m'étourdit. Venant de quelqu'un d'autre, l'idée en elle-même aurait été déjà séduisante, mais énoncée par le plus intelligent des producteurs français du moment, elle est fabuleuse.

Dorfmann me déclare qu'il croit en mon avenir. Il souhaite me prendre sous contrat d'exclusivité. Il me propose de tourner trois films, un par an. Sujets et metteurs en scène seront choisis d'un commun accord. On établira ce contrat dès après la sortie du film à l'automne prochain.

Je crois rêver. Je rêve.

A ma connaissance, jamais un comédien n'a reçu une telle proposition de la part de Robert Dorfmann.

Le 4 octobre, *Le Rendez-Vous* sort sur les écrans parisiens. Quinze jours plus tard nous sommes obligés de constater que c'est un échec total. Le public ne se déplace pas pour voir le film. Pour nous tous c'est une forte déception, pour Robert Dorfmann c'est une catastrophe.

Le 24 octobre, c'est plutôt tristement que j'évite de fêter ma trente-quatrième année. En fonction des désastreux résultats commerciaux du film, Robert Dorfmann nous apprend qu'il n'a plus l'intention de donner suite à son projet me concernant.

J'avais rêvé. Le réveil a été pénible et ma déception à la hauteur des espoirs que j'avais, un moment, caressés.

Ce que je me dois de dire à présent ne me fait aucun plaisir mais, m'étant promis d'être tout à fait sincère au cours de ce récit, je me sens obligé d'avouer que ma véritable carrière cinématographique s'est arrêtée ce jour-là.

Bien sûr j'ai tourné d'autres films après celui-ci mais ce ne fut plus tout à fait la même chose, et je suis incapable de vous donner les raisons de ce changement. Je ne les connais pas. Ce n'est pas faute de les avoir cherchées. Ce soir encore je me pose la question et ne trouve pas de réponse.

Ce qu'il y a de paradoxal c'est le fait que ma popularité n'a cessé de grandir jusqu'à présent non pas à cause de mes mérites personnels — lesquels ont tout de même, soyons juste, leur part de responsabilité — mais parce que j'ai su, me semble-t-il, me servir de ce prodigieux moyen de garder le contact avec le public qui s'appelle la télévision.

Ces feuilletons ou ces « séries » de six heures comme *Le Chirurgien de Saint-Chad* m'ont permis de pénétrer dans tous les foyers d'Europe et si dans les rues de Madrid, Berlin, Rome et Stockholm on me reconnaît toujours, ce n'est plus à cause de mes films de cinéma. C'est aussi parce que j'ai fait le tour du monde avec mon orchestre.

Alors on serait tenté de conclure en disant que celui qui chante et qui joue pour le petit écran, fût-il international, est automatiquement rayé de la liste des comédiens engageables pour le cinéma. Vous avouerez que c'est curieux.

Cette constatation ne me rend pas malade ni jaloux, ni amer, ni aigri — on a eu le temps de juger de mon état d'esprit actuel en lisant ces pages —, non, je continue simplement à ne pas comprendre.

Je ne crois pas que ce soit une question d'âge ou de talent, non, c'est tout simplement une question qui, comme je vous le disais précédemment, reste sans réponse... Je n'en souffre pas, étant occupé à cent autres choses qui me passionnent, mais on ne m'empêchera pas d'être surpris de ne pas avoir « fait de cinéma » en France depuis bientôt vingt ans.

Plus mes activités d'interprète de chansons prennent de l'importance en Europe, plus les propositions de films se font rares. C'est inversement proportionnel.

A cette époque, je parcours le monde avec mon orchestre. De Varsovie à Sofia, de Tokyo à Montréal et j'enregistre des disques en plusieurs langues.

Je passe les trois quarts de mon existence dans les aéroports, les hôtels étrangers et les salles de spectacle où nous présentons mon « One Man Show ». Mes activités théâtrales et cinématographiques étant devenues quasi inexistantes, je vois moins mon imprésario et mes rapports avec Jean perdent de leur fréquence car les milieux du music-hall et du disque lui sont étrangers.

De la fin 1967 à la fin 1972, j'ai continué à chanter de par le monde tout en tournant pour les télévisions française et européennes des « séries » de plusieurs heures de diffusion qui prennent des mois de travail consécutifs : *Comment ne pas épouser un milliardaire ? Une autre vie*, *Le Temps de vivre*, etc.

C'est à la fin de 1972 que je reçois un coup de téléphone de Raymond Gérôme. Il me dit qu'à sa grande surprise il m'a aperçu la veille au soir dans un restaurant parisien. Pourquoi surprise ?

Parce que Paris est persuadé que j'ai quitté la France et que je passe ma vie à l'étranger ! S'il est vrai que je suis souvent absent, c'est rarement plus de quinze jours de suite. Après chaque escapade professionnelle dans d'autres pays, je retrouve mon appartement de la porte d'Auteuil où j'ai élu domicile depuis le printemps 1964. Seulement voilà, comme je rentre en général assez fatigué de mon travail, je préfère me reposer avant de repartir.

De ce fait, je sors peu le soir. Or, ne pas se montrer à Paris, c'est laisser libre cours aux interprétations les plus fantaisistes concernant votre absence.

Comme on ne vous voit plus sur scène ni à l'écran, ni dans les endroits à la mode, les bonnes langues (qui ne manquent pas d'imagination) ont vite fait de vous déclarer malade ou parti pour l'exil.

Reprenant ma conversation téléphonique avec Raymond Gérôme, j'entends celui-ci me déclarer qu'il voudrait me rencontrer au plus vite avec Lars Schmidt (ce monsieur suédois qui a épousé Ingrid Bergman est à cette époque propriétaire du théâtre Montparnasse). Il s'agit d'un projet de pièce, une œuvre de Noel Coward jamais encore jouée en France. Claude-André Puget se charge de l'adaptation française, René Gruau fera les décors et les costumes et c'est Danielle Darrieux qui interprétera le rôle féminin. Je tombe des nues !

Si j'étais allé dîner ailleurs, Raymond Gérôme n'aurait pas pensé à moi ! A quoi tient un retour au théâtre ? Le hasard, décidément, est pour beaucoup dans le destin d'un homme...

Lars Schmidt et Raymond Gérôme éclatent de rire quand je leur avoue ma stupéfaction d'avoir été contacté par eux. Je lis la pièce qui est excellente. Il y a quatre personnages mais c'est surtout Danielle Darrieux et moi qui aurons à nous bagarrer sur scène pendant trois actes. Nous créerons la pièce en avril 1973.

Il y a quelque chose qui me fait sourire lorsque je réalise quels sont les noms réunis autour de ce projet. Ce sont les hommes que j'ai rencontrés au début de ma vie que je vais retrouver rassemblés par un curieux hasard.

Claude-André Puget : c'est une scène tirée de l'une de ses œuvres

(*La Peine capitale*) que j'ai présentée au concours du cours Simon vingt ans auparavant.

Noel Coward : je l'ai rencontré alors que je jouais *La Dame aux camélias* avec Edwige Feuillère.

René Gruau : c'est grâce à lui que j'avais fait mes débuts de modéliste chez Christian Dior, jadis.

Avouez que la coïncidence est troublante.

Quant à Danielle Darrieux, nous avons tourné ensemble *Le Salaire du péché* dix-sept ans plus tôt. Nous allons nous retrouver sur scène sans nous être jamais revus entre-temps.

Si j'ai évoqué les états d'âme qui furent les miens à certains moments précis de mon existence, c'était pour tenter de dessiner les mutations successives qui ont en fin de compte formé mon caractère. L'interprète du *Grand Jeu* n'est plus le jeune homme qui débuta dans *La Dame aux camélias* et n'est pas encore le héros balzacien de *La Rabouilleuse*.

Et cependant c'est le même homme. Il a tout simplement changé.

Personnellement je n'ai jamais cherché à passer pour un saint. A aucun moment je n'ai été tenté par cet état. La canonisation appartient à l'Eglise de Rome, et la « sainteté » doit être réservée à des esprits supérieurs, ou encore à des êtres dont le comportement exemplaire implique un renoncement de soi (ce qui, comme le dit Alceste, « n'est point du tout mon cas » !). J'ai trop aimé la vie ! En vertu de quelle loi l'esthète ne pourrait-il être épicurien ? Doté d'un tempérament du genre volcanique (ce qui ne veut pas dire « glouton »), je ne crois pas m'être privé de quoi que ce soit dans la recherche quasi permanente du plaisir et des plaisirs de tous ordres, que l'on donne et que l'on reçoit. Je ne veux pas dire que j'ai tout essayé, ce ne serait pas exact. Cependant, dans le domaine des sens (nous en avons cinq), j'avoue, avec un certain sourire, que je ne crois pas m'être privé de grand-chose.

Dans ce domaine je ne regrette rien et ne suis pas gêné de vous le dire ici. Il n'y a d'impur que ce qui est impur. Par rapport à ces choses, il me semble que ce qui compte — et ce qui compte seulement — c'est l'idée qu'on en a et celle qu'on s'en fait.

Les empêchements à satisfaire un désir sont le plus souvent le résultat d'une forme d'éducation. C'est lorsqu'arrive l'automne que l'on se reproche de ne pas avoir profité de toutes les occasions qui se sont présentées. C'est un peu tard. J'irai plus loin : même si l'on ne s'est privé de rien dans certains domaines, on regrette de ne pas en avoir fait davantage.

XXIX.

Je vous ai déjà confié, je crois, l'amour que je porte à la langue française. J'aime sa musique et j'apprécie au plus haut point les auteurs qui savent, à leur manière, la manier avec justesse et efficacité. Je n'ai pas l'intention d'ouvrir ici une longue parenthèse où je citerais mes auteurs préférés en me livrant à des analyses de style pour vous prouver que mon goût est le bon. Nous ne sommes pas obligés d'aimer les mêmes écritures. Je me bornerai à dire que Jean Giono, Henry de Montherlant, Marguerite Yourcenar, Jean Anouilh et quelques autres sont, depuis que j'ai quinze ans, les auteurs que je relis sans lassitude. Leur vision des êtres et des choses me charme, leur façon d'exposer les états d'âme me fascine, leurs descriptions m'éblouissent et leur langue m'enchante. J'ai peut-être lu dix fois les *Mémoires d'Hadrien* et *L'Œuvre au noir*. Chaque fois j'y découvre autre chose, en plus. Quant à *Port-Royal*, je m'y replonge pour prendre un bain de pureté de langage mais je triche puisque à présent je connais l'œuvre presque par cœur. Un jour (qui sait ?) je serai peut-être le père supérieur de *La ville dont le prince est un enfant*, ou le roi Ferrante de *La Reine morte*. En revanche, je ne suis pas certain d'être capable de devenir l'archevêque de Paris dans *Port-Royal*. Cette œuvre-là, je la servirais mieux, me semble-t-il, en la mettant en scène comme je l'ai fait pour *Bérénice*, en laissant à de grands interprètes le soin de restituer un texte dont la hauteur atteint les sommets de la langue française contemporaine.

Il existe une parenté entre Racine et Montherlant : c'est la pureté du langage. Que la première œuvre ait été écrite au XVIIe siècle et en vers, et la seconde de nos jours et en prose ne les différencie pas pour autant. Il y a dans ces deux drames (je crois que c'est indéniable) un souffle qui vous transporte d'autant plus haut qu'il a trouvé sa source aux cimes de l'inspiration quant au fond, et au génie en ce qui concerne le choix du verbe. Certains appellent cela du « classique », et esquissent des grimaces dubitatives lorsqu'on en parle devant eux avec enthousiasme.

Pour peu que l'on aime le théâtre et la langue française, je reste persuadé de ne pas avoir tort. Bien sûr, je ne serai pas entendu.

Et pourtant... pour défendre ce que j'aime le plus, je ne suis pas resté un nostalgique passif. Je me suis battu sur le terrain. En 1982, la plus belle occasion m'est offerte d'accorder mes actes à mes idées.

J'ai exactement six mois pour monter *Bérénice* à l'auditorium Maurice-Ravel à Lyon. Lieu propice car Racine est aussi un musicien. La première représentation sera donnée dans les derniers jours de juin 1982. Outre la mise en scène, j'ai demandé à être responsable du décor et des costumes. C'est sans hésitation que l'on a accédé à ce désir. J'en suis infiniment reconnaissant aux personnes qui ont bien voulu, de cette façon, me prouver la confiance qu'elles m'accordaient, et surtout à Jean Aster, directeur de cet endroit magique.

L'enthousiasme et la panique sont mes plus intimes compagnons. En revanche je suis heureux et fier de ce qu'il m'est donné d'entreprendre.

Depuis 1975, année de l'inauguration de l'auditorium, seuls des œuvres symphoniques, des solistes, des opéras et des ballets ont été programmés dans ce lieu. *Bérénice* est la première œuvre dramatique montée dans ce cadre merveilleux.

N'est pas tragédien qui veut. Les interprètes choisis me semblent, dans la génération nouvelle, se situer parmi les meilleurs. J'ai fait appel à eux non seulement pour leur talent reconnu, mais aussi en fonction de leur physique. A cette énumération j'ajouterai deux éléments majeurs : la qualité et le timbre de leur voix.

Un auditorium comme celui de la Part-Dieu, qui, en dénitive, est un centre d'expression musicale, se devait de faire entendre au public différentes sonorités vocales réunies pour former une sorte d'orchestre. Les solistes présentant ensemble cette œuvre racinienne. Je remercie Maryvonne Schiltz (Bérénice), Jean-Pierre Bouvier (Titus), Jacques Zabor (Antiochus), sans oublier Henri Déus, Mony Rey et Yves Collignon. Jean-Pierre Ribeil a su restituer à merveille le décor que nous avons ensemble inventé, et la musique originale composée par Jean-Guy Bailly s'y est parfaitement intégrée. Je ne veux pas manquer de saluer ici les techniciens de Lyon qui ont participé à la réalisation de cette œuvre. Sans leur talent et leur bon vouloir, rien n'eût été possible.

S'il est bon de surprendre lorsque l'on présente une œuvre classique, il ne me paraît pas souhaitable de chercher à surprendre à tout prix, surtout au détriment de la pièce. Le théâtre doit rester le théâtre. Bérénice pourrait être présentée sur fond neutre, sans décoration aucune, et les personnages pourraient être habillés de tissus couleur des draperies, la langue émouvante de Racine se ferait toujours entendre.

Je voudrais conclure en laissant la parole à Edwige Feuillère. Je ne crois pas commettre une erreur en disant que je la tiens pour responsables des quelques vraies réussites qui ont quelquefois jalonné ma carrière. Elle eut le courage de lancer dans le monde du théâtre un jeune homme débutant en le faisant jouer à ses côtés. Elle eut ensuite la gentillesse de me soutenir au milieu de ma carrière, alors que je prenais des risques. Elle eut, à l'occasion de ma première mise en scène, le courage encore de me parrainer.

Tout ayant vraiment commencé grâce à elle, il me paraît logique de la laisser s'exprimer à mon sujet quelque trente ans plus tard. Je ne crois pas qu'elle puisse me trouver ici indiscret ou infidèle.

12 mai 1982

Cher Jean Claude,

J'aime qu'on s'accroche à un rêve !

Au temps lointain où vous débutiez dans Armand Duval de La Dame aux camélias, *vous m'avez confié que vous aimeriez jouer Titus et mettre en scène* Bérénice, *la plus pure tragédie de la langue française. Je pensais que vous visiez haut et, vous en souvenez-vous ? j'ai encouragé votre ambition.*

Un long et glorieux parcours de films et de chansons vous a dévié de ce qui est, sans doute, votre itinéraire idéal.

Et voilà que la ville de Lyon vous offre un lieu prestigieux. Vous pourrez y mettre en scène, dans les décors et les costumes de votre imagination, l'histoire d'amour la plus tendre et la plus malheureuse d'un empereur romain et d'une reine juive. Vous lui apporterez votre goût, votre passion, un amour du théâtre que vous saurez faire partager aux interprètes, aux techniciens, au public enfin !

Le succès récompensera vos efforts et moi, je me réjouirai du rare privilège qui vous ramène à l'ambition de vos vingt ans.

A vous, à vos camarades, tous mes vœux amicaux pour un grand succès.

LETTRE OUVERTE AVANT DE FERMER UN LIVRE

Et pourtant je n'ai pas oublié. Même si leur nom n'est pas mêlé à l'un des épisodes rapportés dans cet ouvrage, ce livre s'adresse :

A ceux qui m'ont aimé
Et qui ne l'ont pas dit
A ceux qui me l'ont dit
Et que je n'ai pas crus

A ceux que j'ai aimés
Et qui n'ont pas compris
A ceux qui m'ont compris
Et qui n'en ont rien dit

A ceux que j'ai aimés
Et qui ne l'ont pas su

A vous
A toi
A elle
A lui
A eux

ACTIVITÉS THÉÂTRALES ET CINÉMATOGRAPHIQUES DE JEAN CLAUDE PASCAL

THÉÂTRE

1950-1952 *La Dame aux camélias,* d'Alexandre Dumas fils, avec Edwige Feuillère.
1950-1951 *La Femme en blanc,* de Marcel Achard, avec Renée Saint-Cyr.
1956-1957 *Un Français à Moscou,* de Pol Quentin, mise en scène de Jacques Charon.
1974-1975 *Les Amants terribles,* de Noel Coward, avec Danielle Darrieux.
1984-1985 *Adieu prudence,* de Leslie Stevens, avec Françoise Christophe.

MISE EN SCÈNE DE THÉÂTRE

1981 *Faisons un rêve,* de Sacha Guitry, mise en scène de Jean Claude Pascal, et rôle principal.
1982 *Bérénice,* de Jean Racine, mise en scène de Jean Claude Pascal, avec Jean-Pierre Bouvier et Maryvonne Schiltz.

CINÉMA

1949-1950 *Le Jugement de Dieu,* de Raymond Bernard, avec Pierre Renoir et Gabrielle Dorziat.
1951 *Ils étaient cinq,* de Jacques Pinoteau.
1951 *Quatre Roses rouges,* de Malassoma.
1951 *Un grand patron,* d'Yves Ciampi, avec Pierre Fresnay.
1951 *Le Rideau cramoisi,* d'Alexandre Astruc, avec Anouk Aimé.
1952 *La Forêt de l'adieu,* de Ralph Abib, avec Françoise Arnoul.
1952 *Le Plus Heureux des hommes,* d'Yves Ciampi, avec Maria Mauban.

1952 *Un caprice de Caroline,* de Jean Devaivre, avec Martine Carol.
1953 *Alerte au Sud,* de Jean Devaivre, avec Eric Von Stroheim.
1953 *Le Grand Jeu,* de Robert Siodmak, avec Gina Lollobrigida.
1953 *Le Chevalier de la nuit,* de Jean Anouilh, avec Renée Saint-Cyr.
1953 *Les Enfants de l'amour,* de Léonide Moguy, avec Mylène Demongeot.
1953 *La Rage au corps,* de Ralph Abib, avec Françoise Arnoul.
1953 *Si Versailles m'était conté,* de Sacha Guitry.
1954 *Les Trois Voleurs,* de Fellini, avec Toto.
1954 *Le Fils de Caroline,* de Jean Devaivre, avec Brigitte Bardot et Magali Noël.
1955 *Les Mauvaises Rencontres,* d'Alexandre Astruc, avec Anouk Aimé.
1955 *Milord l'arsouille,* d'André Haguet.
1956 *Le Salaire du péché,* de Denis de La Patellière, avec Danielle Darrieux et Jeanne Moreau.
1956 *La Châtelaine du Liban,* de Richard Pottier, avec Gianna Maria Canale.
1957 *Les Lavandières du Portugal,* de P. Gaspard-Huit, avec Anne Vernon.
1958 *Guinguette,* de Jean Delannoy, avec Zizi Jeanmaire.
1958 *Le Fric,* de Maurice Cloche, avec Roger Hanin.
1958 *Pêcheur d'Islande,* de Pierre Schœndorffer, avec Charles Vanel.
1959 *Préméditations,* de Berthomieu, avec Pascale Roberts.
1959 *La Belle et l'Empereur,* d'Axel Von Ambasserr, avec Romy Schneider.
1959 *Les Arrivistes,* de Louis Daquin, d'après « la Rabouilleuse » d'Honoré de Balzac, avec Madeleine Robinson.
1959 *L'Homme de la frontière,* mise en scène de Jean Claude Pascal, avec Analia Gade.
1961 *Le Rendez-vous,* de Jean Delannoy, avec Annie Girardot.
1962 *La Salamandre d'or,* de Maurice Régamey, avec Madeleine Robinson.
1963 *Sans merveille,* de Marguerite Duras, mise en scène de Michel Mitrani, avec Alexandra Stewart.
1964 *Le Faux pas,* mise en scène d'Antoine d'Ormesson.
1966 *Flower of evil,* de Terence Young, avec Rita Hayworth.
1967 *Les Quatre Mariages de Marisol.*
1967 *Angélique et le sultan,* de Bernard Borderie, avec Michèle Mercier.
1969 *Les Toits de Saint-Paul,* mise en scène d'Alfred Weidman.

TABLE DES MATIÈRES

L'impression de ce livre
a été réalisée sur les presses
des Imprimeries Aubin
à Poitiers/Ligugé

pour les Éditions Robert Laffont

Achevé d'imprimer en février 1986
N° d'édition, L 832 — N° d'impression, L 21091
Dépôt légal, mars 1986

Imprimé en France